Rachel Linden

Die geheime Zutat der Liebe

RACHEL LINDEN

Die geheime Zutat der Liebe

ROMAN

Aus dem amerikanischen Englisch von
Charlotte Lungstrass-Kapfer

dtv

MIX
Papier | Fördert gute Waldnutzung
FSC® C014496
FSC www.fsc.org

Deutsche Erstausgabe

Titel der amerikanischen Originalausgabe: *Recipe for a charmed Life*
2024 erschienen bei Berkley, an imprint of Penguin Publishing Group, a division of Penguin Random House LLC
Umschlaggestaltung: FAVORITBUERO, München
Umschlagmotive: shutterstock.com / Maly Designer, Likanaris, OlgaBombologna, Engineer studio, tr3gin, Maite Tiscar, Nataly Studio, JulieK2
Redaktion: Angela Kuepper
Gesetzt aus der Stempel Garamond
Satz: Greiner & Reichel, Köln
Druck und Bindung: GGP Media GmbH, Pößneck
Printed in Germany · ISBN 978-3-423-26419-8

Für meine Mutter Adelle –
klein, aber mächtig.
Ich danke dir für all deine Gebete und
die vielen Schmorbraten.

1

Im Himmel duftete es nach geschmolzener Butter, da war sich Georgia May Jackson sicher. Und in ihren dreiunddreißig Lebensjahren war sie dem Himmel nie so nah gekommen wie in der emsigen Betriebsamkeit einer Pariser Küche an einem kühlen Abend Anfang April. Sie gönnte sich einen Rundumblick in der Küche des La Pomme d'Or, eines mit einem Michelin-Stern ausgezeichneten Restaurants, in dem sie als Souschefin arbeitete. Mitten in dem hektischen Treiben sog sie für einen Moment das verlockende Aroma von in Butter bratendem Knoblauch in sich auf. Dabei versuchte sie, nach Möglichkeit die beiden Männer zu ignorieren, die sie von der Tür aus beobachteten. Ihre prüfenden Blicke zerrten an ihren Nerven. Von dem heutigen Abend hing so viel ab. Schnell wischte sie die schweißfeuchten Hände an ihrer weißen Kochjacke ab und bemühte sich, möglichst gelassen, selbstbewusst und konzentriert zu wirken. Schließlich war sie absolut bereit hierfür, nicht wahr? Ihr gesamtes Erwachsenenleben lang hatte sie auf genau diese Gelegenheit hingearbeitet.

»Komm schon, Georgia, du schaffst das«, raunte sie sich selbst zu. »Es ist ein Abend wie jeder andere auch.« Was für eine dicke, fette Lüge. Der heutige Abend konnte ihr gesamtes Leben verändern. Lief es gut, würde das ein für alle Mal beweisen, dass sie über ausreichend Wissen und Erfahrung verfügte, um hier in Paris ihre eigene

Küche zu leiten. Davon träumte sie, seit sie zehn Jahre alt gewesen war, und nun war die Erfüllung dieses Wunschtraums zum Greifen nah. Sie musste nur noch beweisen, dass sie auch wirklich bereit war …

Wieder huschte Georgias Blick zur Küchentür, wo ihr Mentor, der berühmte Pariser Chefkoch Michel Laurent, mit Etienne Fontaine zusammenstand, dem Küchenchef des La Pomme d'Or. Beide hatten die Arme vor der Brust verschränkt und beobachteten sie aufmerksam. Michel nickte ihr verhalten zu und schenkte ihr ein höfliches Lächeln. Etienne hingegen – seit sechs Jahren ihr Boss und seit zwei Jahren ihr Freund – zwinkerte ihr fröhlich zu und grinste frech. Erleichtert atmete Georgia auf. Etienne wusste genau, wie wichtig diese Beurteilung für sie war. Er wäre sicher nicht so unbekümmert, wenn es nicht gut für sie liefe.

Plötzlich sah Georgia sich selbst als junges Mädchen vor dem alten Fernseher im Wohnzimmer der staubigen Ranch in Westtexas, wie sie gebannt die Wiederholungen von *The French Chef* in sich aufsog. Mit zehn hatte sie eigentlich nur aus knochigen Gliedmaßen und leuchtend roten, lockigen Zöpfen bestanden, doch in ihrem Innern hatten sich große Träume und Ziele verborgen – getrieben von dem Wunsch, ihren Wert unter Beweis zu stellen. Und dort, in dieser tristen Stube, hatte Georgia ihre Inspiration gefunden: Julia Child, die Ikone der französischen Kochkunst im Amerika der 1960er-Jahre. Julia war zu ihrer persönlichen Schutzheiligen in der Küche geworden. Damals sah sie ihr Tag für Tag dabei zu, wie sie beeindruckende flambierte Käsesoufflés oder jungen Truthahn zubereitete, und träumte davon, wie es wohl wäre, als Starköchin eine eigene Restaurantküche in Paris zu leiten.

Genau wie Julia wollte sie sein, so unbeschwert und patent, die eigene Zukunft fest im Griff, die Würze des Lebens voll auskostend. Schon in diesem zarten Alter wollte sie ihrer Familie und der Welt dort draußen zeigen, dass sie gut genug dafür war und fähig, etwas Großes zu schaffen. Bedeutsam wollte sie sein, unbedingt. Dieser Drang hatte sie seitdem nie wieder losgelassen. Und wenn heute alles gut ging, würde sich ihr Traum endlich erfüllen.

Georgia atmete tief durch und schob eine unbändige rote Locke zurück unter ihre Barett-Kochmütze. Jetzt war nicht der richtige Zeitpunkt für Zaghaftigkeit. Sie hatte zu lange und zu hart auf diesen Moment hingearbeitet. Aus alter Gewohnheit strich sie kurz mit den Fingerspitzen über den Anhänger, den sie an einer dünnen Goldkette um den Hals trug. Das vierblättrige Kleeblatt war aus grüner Emaille gearbeitet und nach vielen Jahren häufigen Reibens abgenutzt und sogar leicht angeschlagen. Eigentlich billiger Modeschmuck, war er doch Georgias kostbarster Besitz. Sie trug ihn schon, seit sie fünf Jahre alt war. Noch einmal rieb sie den Glücksbringer und schickte ein kurzes Gebet zu ihrer Ikone hinauf.

»Hilf mir, ihnen zu beweisen, dass ich es kann, Julia«, flüsterte sie. »Die jahrelange Arbeit und die vielen Opfer müssen sich endlich auszahlen.«

Nun war es an der Zeit.

»Alles bereit?«, rief sie auf Französisch. Das Küchenpersonal nickte.

»*Oui*, alles bereit«, bestätigte Beiköchin Celine knapp, ohne dabei von dem Seezungenfilet aufzublicken, das sie gerade von Gräten befreite.

»Bon.« Georgia begann einen langsamen Rundgang durch die Küche und kontrollierte die einzelnen Statio-

nen. Jeder hier kam seinen Pflichten mit der Genauigkeit eines gut geölten Maschinenteils nach; das feine Schaben der Gemüse zerteilenden Messer vereinte sich mit dem Zischen und Blubbern der in Töpfen und Pfannen heranreifenden Köstlichkeiten.

Es war erst kurz nach sechs und damit für die Pariser noch längst nicht Essenszeit, doch die Tische im Gastraum füllten sich bereits mit Touristen, die üblicherweise früher speisten als die Einheimischen. Es versprach ein langer und arbeitsreicher Abend zu werden. Georgia nickte knapp – bisher lief alles wie am Schnürchen.

»*Pardon,* Georgia, könntest du diese Pistou probieren?« Der neue Hilfskoch Ismael tauchte neben ihr auf und streckte ihr einen Löffel voll leuchtend grüner Soße entgegen. »Cyril meint, sie wäre ungenießbar«, fügte er bedrückt hinzu.

Automatisch wanderte Georgias Blick zu dem großen, dunkelhäutigen Cyril, der an dem blitzblanken Gasherd hantierte. Der gebürtige Lyoner hatte schon gekocht, als sie noch nicht einmal geboren war. Und obwohl er durchaus talentiert war, behandelte er das übrige Küchenpersonal oft ziemlich grob, vor allem die jüngeren Hilfsköche. Georgia fand seine Gemeinheiten unerträglich und versuchte immer wieder, sie auszugleichen, indem sie seine Opfer besonders in ihrem Tun bestärkte.

»Ungenießbar also?« Sie nahm den Löffel entgegen. »Dann wollen wir doch mal kosten.«

Sie hob den Löffel an den Mund und probierte ein paar Tropfen. Einen Moment lang spürte sie ein nervöses Ziehen in der Magengrube. Würde es ihr diesmal gelingen, die Zutaten herauszuschmecken? Ihr eigentlich extrem ausgeprägter Geschmackssinn hatte sie in letzter Zeit unerklärlicherweise hin und wieder im Stich gelassen, ein ebenso rätselhaftes wie furchteinflößendes Phänomen.

Georgia konzentrierte sich. Knoblauch. Basilikum. Pistazien. Comté-Käse. Voller Erleichterung atmete sie auf. Ja, sie schmeckte alles. Eine frische, kräftige Soße voller Aromen, der eigentlich nur ... das gewisse Etwas fehlte.

»Die ist gut«, versicherte sie Ismael, der wie ein eifriges Hündchen neben ihr stand. »Sie braucht nur noch ein wenig ...« Noch einmal kostete Georgia die Pistou und ließ sämtliche Zutaten auf sich wirken: Hinten am Gaumen spürte sie das nussige Käsearoma, vorne an der Zungenspitze die Schärfe von rohem Knoblauch, grell und beißend wie Stahl auf dem Wetzstein. Hinzu kam das kräftige Umami der gerösteten Pistazien. Was fehlte? Sie schloss die Augen und blendete die Hektik der Küche aus, bis es nur noch die Aromen in ihrem Mund gab und die Gewissheit, dass diese Soße noch ...

Entschlossen öffnete sie die Augen. »Ich hab's!«

Sie gab zwei Prisen frisch gemahlenen schwarzen Pfeffer und einen Spritzer Zitronensaft hinzu und probierte noch einmal. Perfekt.

Ismael hatte sie nicht aus den Augen gelassen. »Wie machst du das?«, staunte er. »Woher weißt du so genau, was noch fehlt?«

Georgia zuckte mit den Schultern. »Keine Ahnung. Ich spure es einfach.«

Schon immer hatte sie nach ihrem Bauchgefühl gekocht, was Etienne gerne zu dem Scherz verleitete, bei ihr sei die Kochkunst mehr Mystik als Wissenschaft, womit er im Prinzip gar nicht so falschlag. Nach dem Besuch einer Kochschule in den Vereinigten Staaten hatte sie zwölf unglaublich harte Jahre lang in verschiedenen Küchen in Paris gelernt. Heute arbeitete sie zwar tagtäglich mit den Techniken, die sie sich dabei angeeignet hatte, verließ sich in Bezug auf die Speisen aber hauptsächlich auf ihren sechsten Sinn, jene Intuition, die sie eigentlich niemals im Stich ließ. Zumindest bisher nicht … Hastig schob sie diesen Gedanken beiseite. Heute schien sie das Glück nicht verlassen zu haben, und das reichte ihr schon.

»Hier, probier mal.« Sie streckte Ismael einen frischen Löffel entgegen, auf dem ein paar leuchtend grüne Soßentropfen glänzten.

Er kostete und nickte dann. *»C'est delicieux.«* Köstlich.

»Sehr schön. Sag Cyril, dass die so rauskann.«

Nervös spähte Ismael zu Cyril hinüber. »Könntest du es ihm vielleicht sagen?«, fragte er schüchtern. »Mir wird er nicht glauben.« Seine Ohren liefen zartrosa an, und er starrte auf seine Küchenclogs. »Er hat mich als Dreck bezeichnet, der nur dazu taugt, den Mist zu entsorgen, den ich koche.«

»Das hat er gesagt?« Georgia war empört. Sie stemmte die Hände in die Hüften und sah kurz zu Michel und Etienne hinüber. Eigentlich wollte sie unschöne Szenen vermeiden, solange Michel anwesend war. Aber sie hatte jetzt die Leitung dieser Küche inne, deshalb konnte sie nicht tatenlos zusehen, wie Cyril seine Kollegen terrorisierte, auch nicht an einem so entscheidenden Abend. Also atmete sie einmal tief durch und ging zu Cyrils Station hinüber; er stand am Herd und briet eine Entenleber.

»Ich muss dich kurz sprechen, Cyril«, begann sie leise auf Französisch.

»Was ist denn?« Über den Herd hinweg starrte er sie herausfordernd an. Georgia wusste, dass er ihr die Beförderung zur Souschefin, durch die sie nun über ihm stand, übel nahm, auch wenn sie eindeutig die bessere Wahl gewesen war. Entschlossen, sich nicht einschüchtern zu lassen, reckte sie das Kinn. Dieser Mann war muskelbepackt und mindestens einen Kopf größer als sie, aber das würde sich nicht verunsichern. Wenn sie eines nicht ausstehen konnte, dann waren es kleinliche Tyrannen. Und sie hatte schon früh gelernt, dass man im Umgang mit solchen Menschen am besten die Fäuste ballte und sich durchbiss. Auch wenn ein nervöser Ismael hinter einem herumspukte und am anderen Ende der Küche ein Michel stand, der alles mit nüchternem Interesse verfolgte. Georgia beugte sich so weit vor, dass sie die aufsteigende Hitze des Gasherds im Gesicht spürte und die feinen Schweißperlen auf Cyrils Oberlippe sah. Dann schluckte sie kurz und fauchte den Koch mit gedämpfter Stimme an: »Solltest du noch einmal einen deiner Kollegen als Dreck bezeichnen, wirst du die Reste von den Tellern kratzen und den Küchenmüll entsorgen, bis du zu einem verträglicheren Umgangston gefunden hast. Ist das klar?« Eine gefühlte Ewigkeit lang starrte sie ihm direkt in die Augen. Dabei stieg ihr der reichhaltige, fettige Duft der bratenden Entenleber in die Nase. So hoch hatte sie noch nie gepokert. Was, wenn er sich ihr widersetzte und Michel das mitbekam? Was sollte sie dann tun? Nur mit Mühe gelang es ihr, nicht vor ihm zurückzuweichen. Nein, in dieser Küche war sie seine Vorgesetzte, und Etienne stand hinter ihr. Sicher würde Cyril nicht die grundlegende Küchenhierarchie infrage stellen. So etwas war undenkbar. Gehässig kniff er die Augen zusammen, während Georgia nicht einmal zu blinzeln wagte.

Der Augenblick zog sich in die Länge, dann aber gab sich Cyril geschlagen. Er warf Ismael einen giftigen Blick zu, bevor er sich wieder auf seine Pfanne konzentrierte und sie gekonnt schwenkte, um die Leber zu wenden. Seine Lippen verzogen sich zu einem abfälligen Lächeln, und er nickte kaum sichtbar. Dann wandte er sich ab und murmelte dabei einige derbe französische Schimpfwörter, die sicherlich gegen Georgia gerichtet waren. Sie tat so, als hätte sie nichts gehört. Wieder einmal wischte sie ihre feuchten Hände an ihrer Kochjacke ab, trat einen Schritt zurück und sammelte sich. Ihre Finger zitterten leicht.

»Vielen Dank«, flüsterte Ismael, als er mit der Pistou an ihr vorbeihuschte.

Georgia nickte und atmete einmal tief durch. »Gern geschehen.«

Dann nahm sie die Schultern zurück und zauberte ein selbstbewusstes Lächeln auf ihr Gesicht. Katastrophe im letzten Moment abgewendet, Ordnung in der Küche wiederhergestellt. Zu ihrer Erleichterung gesellte sich ein Gefühl von Dankbarkeit, da ihr Geschmackssinn an diesem Abend normal zu funktionieren schien. Zurzeit war das keine Selbstverständlichkeit. Während der letzten Monate war ihre Fähigkeit, einzelne Zutaten wie grellbunte Farben erkennen zu können, immer öfter ausgefallen und damit auch ihre Intuition, an der all ihr kreatives Können hing. Inzwischen kam und ging sie vollkommen unvorhersehbar. Manchmal lief viele Tage lang alles normal, und dann, ganz plötzlich, hatte sie den Geschmack von Muskat und Zimt auf der Zunge, wenn sie in eine rohe Knoblauchzehe biss. Hin und wieder schmeckte sie auch einfach überhaupt nichts, was noch viel beunruhigender war. Dann schob sie sich einen Löffel Kaviar oder ein saftiges Orangenfilet in den Mund, und anstelle von salzigen Meeresaromen oder süßsaurem Zitrusgeschmack blieb ihr Geschmackssinn so unbeeindruckt, als hätte sie einen Schluck Wasser getrunken oder einen Eiswürfel gekaut – vollkommene Leere, keinerlei Geschmacksnote.

In solchen Momenten packte sie die nackte Angst. Sie war bereits bei mehreren Ärzten gewesen, auch bei Spezialisten. Hatte eine Reihe von Tests über sich ergehen lassen. Kein Hirntumor, keinerlei Auffälligkeiten. Alle Ergebnisse sahen gut aus. Körperlich fehlte ihr also nichts, trotzdem wusste Georgia, dass irgendetwas nicht stimmte. Mit jedem Tag wurde ihre Sorge größer, in ihrem Brustkorb schien sich eine eiserne Faust zusammenzuballen. Sie hatte keine Ahnung, was mit ihr los war, versuchte aber verzweifelt, die Ursache ihres Problems zu erkennen, damit sie eine Lösung finden konnte. Schließlich hing ihr großer Lebenstraum davon ab.

2

Drei Stunden später war der Abendservice in vollem Gange. Sämtliche Tische waren belegt, in der Küche wurde präzise und effizient gearbeitet.

»Gib acht bei der Soßenmenge, Ismael«, warnte Georgia, während sie die braune Buttersoße von den hausgemachten Ravioli mit Speck, Ricotta und Hühnchen kratzte. »Lass die Pasta erstrahlen.«

»Jawohl, Chef. Natürlich.« Ismael nickte ergeben. Schnell schob Georgia ein freundliches Lächeln hinterher, um der Kritik die Spitze zu nehmen.

Michel war vor einiger Zeit gegangen, wann genau, wusste Georgia nicht. Irgendwann hatte sie hochgeblickt, und er war weg gewesen. Etienne war ebenfalls verschwunden und hatte dabei etwas von einem schnellen Gespräch mit Manon gemurmelt, der neuen Konditorin. Da er bislang nicht zurückgekehrt war, hatte Georgia weiterhin die Aufsicht über die Küche inne. Alles in allem war sie zufrieden mit dem, was Michel hier gesehen hatte. Sie hatte die Küche mit Haltung und Selbstvertrauen geleitet. Selbst den unangenehmen Zwischenfall mit Cyril hatte sie schnell ausgebügelt.

Plötzlich stürmte Damien, der Oberkellner des La Pomme d'Or, in die Küche. »Notfall!«, rief er atemlos.

»Wie bitte?« Überrascht blickte Georgia hoch. »Was ist denn los?«

Mit kaum verhüllter Panik im Blick erklärte Damien: »Antoine Dupont.« Aufgebracht zeigte er Richtung Gastraum. »Er ist hier. Heute. Jetzt. Amelie bringt ihn gerade zu seinem Tisch!«

»Antoine Dupont? Bist du sicher?« Den benutzten Löffel noch in der Hand, erstarrte Georgia. Alle hielten inne und warteten mit angehaltenem Atem auf Damiens Antwort.

»Absolut.« Damien rang die Hände. »Natürlich versucht er, sich mit einem falschen Schnurrbart zu tarnen, aber der Mann ist rund wie ein Weinfass. Und dann noch diese Nase! Ich bin mir sicher, dass er es ist. Und Amelie stimmt mir zu.«

»Merde«, fluchte Georgia leise auf Französisch und sah sich suchend um. Wo blieb Etienne nur so lange? Und wo steckte er überhaupt? Der Starkoch des La Pomme d'Or musste erfahren, dass in diesem Moment der berühmteste Restaurantkritiker von ganz Paris in seinem Gastraum saß. Eine schlechte Kritik von Dupont bedeutete immer Schwierigkeiten; missfiel ihm ein Restaurant, halfen auch keine Michelin-Sterne mehr. In der Pariser Restaurantszene war Duponts Wort heiliges Gesetz, und er war berüchtigt für seine extrem hohen Ansprüche.

Dummerweise war Etienne nirgendwo zu sehen.

»Okay.« Georgia wandte sich an die Küchenmannschaft, die auf Anweisungen wartete. Obwohl ihr Herz wild raste, gab sie sich gelassen und stark. »Dass heute Antoine Dupont zu unseren Gästen zählt, ändert rein gar nichts«, betonte sie. »Wir werden das tun, was wir jeden Abend tun: unseren Gästen köstliches Essen servieren. Macht euch keine Gedanken um Antoine Dupont. Wenn jeder von uns einen ordentlichen Job macht, wird alles gut gehen. Wir schaffen das.« Entschlossen klatschte sie in die Hände. »Zurück an die Arbeit!«

Sofort geriet die Crew wieder in Bewegung und arbeitete geordnet weiter, doch die mühsam unterdrückte Panik war deutlich zu spüren. Da für den Augenblick alles unter Kontrolle war, machte sich Georgia schnell auf die Suche nach Etienne. Er musste erfahren, dass Dupont im Restaurant war. In einem so entscheidenden Moment war es keine Frage, dass er selbst die Leitung seiner Küche übernahm. Etienne war ein brillanter Koch, als Vorgesetzter aber manchmal schwierig. Und eigentlich auch als Partner. Dank seiner sinnlichen Lippen und der leidenschaftlichen dunklen Augen war ihr umwerfend aussehender Vorgesetzter gerade erst zum Sexiest Chef von Paris gewählt worden, was wohl niemand anzweifelte. Doch er neigte zu extremen Stimmungsschwankungen und konnte sehr fordernd sein. Heute war er nicht zum ersten Mal während des stressigen Abendservices verschwunden, allerdings war das noch nie vorgekommen, während ein bekannter Restaurantkritiker im Gastraum auf sein Essen wartete. Dadurch stand einiges mehr auf dem Spiel.

Cyril blickte von seiner Arbeit auf, als Georgia an ihm vorbeilief.

»Bist wohl auf der Suche nach deinem Lover?«, fragte er mit einer gewissen Schadenfreude.

Georgia zögerte kurz, nickte dann aber.

»Versuch's mal im Kühlraum. Da ist er in letzter Zeit angeblich öfter«, schlug Cyril vor. In seinem Blick lag nicht ein Hauch von Wärme.

Verwirrt runzelte Georgia die Stirn, und ein ungutes Gefühl machte sich in ihr breit. Warum in aller Welt sollte Etienne sich im Kühlraum aufhalten? Trotzdem ging sie den kurzen Gang hinunter, an dessen Ende der Kühlraum des Restaurants lag. Schon während sie sich näherte, hörte sie ein merkwürdiges rhythmisches Rumpeln. Als sie den Türgriff packen wollte, stellte sie fest, dass die schwere Metalltür nur angelehnt war. Merkwürdig. Mit einem Ruck riss sie die Tür auf.

»Was zum ...?«

Der Anblick im Inneren des Kühlraums machte sie sprachlos.

Zwischen Käselaiben und von der Decke herabhängenden Schinken presste sich Manon, die neue Konditorin, mit dem Rücken gegen ein Regal voller Butter. Ihre Bluse war bis zum Nabel aufgeknöpft. Und zwischen ihren milchweißen Schenkeln machte sich Etienne zu schaffen. Mit geschlossenen Augen presste er die Lippen auf ihren Hals. Manon stieß einen schrillen Schrei aus, der Etienne aufblicken ließ. Als er Georgia entdeckte, riss er entsetzt die Augen auf.

»Georgie ...« Sein Kosename für sie. Taumelnd sprang er zurück und fummelte an seinem Hosenschlitz herum, gleichzeitig streckte er die Hand aus, als wollte er sie aufhalten.

Halb lachend, halb fluchend knöpfte Manon sich die Bluse zu. »Ich habe dir ja gesagt, dass uns hier irgendwann jemand erwischen wird«, rügte sie ihn.

Georgia knallte die Kühlraumtür zu und lehnte sich zitternd von außen dagegen. Einen Moment lang starrte sie benommen an die Decke. In ihrem Kopf begann es zu summen, als wäre ein ganzer Bienenschwarm darin gefangen. Sie wurde dieses Bild nicht mehr los: Manon und Etienne. Seine Lippen an ihrem Hals, ihre straffen Schenkel fest um seine Hüften geschlungen, beide in inniger Umarmung.

Hilflos drückte sie eine Hand an die Brust, auf die Stelle, wo sich die stählerne Faust krümmte. Wie ein spitzes Schälmesser bohrte sich der Schmerz tief in ihr Herz.

»Ach, Etienne«, hauchte sie atemlos. »Was hast du getan?«

Aus dem Kühlraum ertönte nun ein lautes Hämmern, Fäuste schlugen von innen gegen die Metalltür. Flehend rief Etienne in seinem schleppenden Englisch: »Mach die Tür auf, Georgie. Ich kann das erklären.«

Aber Georgia machte die Tür nicht auf. Im Moment schaffte sie es nicht einmal, Luft zu holen. Sie glaubte, an diesem Verrat ersticken zu müssen. Sechs Jahre hatte sie in diesem Restaurant gearbeitet. Während der letzten zwei waren Etienne und sie ein Paar gewesen, hatten Wohnung und Bett geteilt, ein gemeinsames Leben gehabt. Fast jede wache Minute hatten sie zusammen verbracht. Das hier war ihre ganze Welt. Und auf einen Schlag hatte Etienne das alles zerstört.

Mit schleppenden Schritten kehrte sie in die betriebsame Küche zurück. In der Tür blieb sie stehen und musterte beinahe verwundert das hektische Treiben. Als dem Team ihre bedenkliche Reglosigkeit auffiel, verstummten nach und nach alle Stimmen. Cyrils Hand verharrte reglos an der Pfanne, in der er gerade ein Seezungenfilet in Butter und Knoblauch anbriet. Celine ließ das Messer ruhen, mit dem sie frischen Thymian hackte. Alle Blicke richteten sich auf Georgia. Die plötzliche Stille sorgte dafür, dass die gedämpften Flüche von Etienne und Manon im Kühlraum hörbar wurden; brüllend verlangten sie, endlich rausgelassen zu werden.

»Bitte lass es mich erklären, Georgie«, bettelte Etienne. »Es ist nicht das, was du denkst.«

Georgia registrierte den kurzen Seitenblick, den Celine in Cyrils Richtung schickte; der wiederum hatte grinsend die Arme vor der Brust verschränkt. Ismael starrte angestrengt auf seine Füße. Sie hatten es alle gewusst, erkannte sie mit eisiger Klarheit. Das mit Manon und Etienne kam für sie nicht überraschend. Nur Georgia selbst hatte nicht die leiseste Ahnung gehabt.

»Ihr habt es gewusst?«, presste sie kaum hörbar heraus. Erbärmlich leise klang das, klein und schwach, von ihrer üblichen Selbstsicherheit war nichts geblieben. Georgia räusperte sich und wiederholte deutlich lauter: »Ihr habt es alle gewusst?«

Celine schenkte ihr einen traurigen Blick und nickte. Mehr Bestätigung brauchte Georgia nicht.

In diesem Moment platzte Damien ungebremst herein und rief auf Französisch: »Ist die Seezunge Meunière schon fertig? Wir dürfen Monsieur Dupont nicht warten lassen!«

»Merde!«, fluchte Cyril. »Ich habe die Seezunge ruiniert. Die ist jetzt knochentrocken.« Hastig zog er die Pfanne von der Flamme, in der in einem Bett aus schwarzen Bröckchen der traurig geschrumpfte Fisch lag. Von dem ruinierten Filet stieg ein unangenehmer Geruch nach verbrannter Butter auf. »Ich mache schnell eine neue.«

»Nein.« Brennend heißer Zorn ließ Georgia aufschreien. Sie lief zum Herd, schnappte sich einen sauberen Teller und ließ den völlig übergarten Fisch aus der Pfanne gleiten. »Ich werde ihn servieren.«

Diese Entscheidung sollte sie später noch bitter bereuen, aber in diesem Moment wurde sie von Schmerz und Demütigung getrieben. Etienne hatte sie zutiefst verletzt, nun wollte sie ihm einen ebenso bitteren Schlag versetzen.

Cyril versuchte, ihr den Teller zu entreißen. »Das kannst du nicht machen«, knurrte er, während er an dem Porzellanrand zog. »Du kannst Monsieur Dupont nicht so etwas vorsetzen. Das ist ungenießbar. Dafür wird er uns eine schlechte Kritik verpassen.«

Doch Georgia verschwendete keinen Gedanken an die möglichen Folgen ihrer übereilten Entscheidung. Sie richtete sich zu ihrer vollen Größe von einem Meter siebenundsechzig auf und starrte Cyril herausfordernd an. »Es hat eben Konsequenzen, wenn der Küchenchef so sehr damit beschäftigt ist, am Butterregal seine Konditorin zu vögeln, dass er die Aufsicht über seine Küche vernachlässigt«, erwiderte sie wütend. »Und jetzt lass mich.«

Sie entriss ihm den Teller und marschierte damit in den Gastraum hinaus, bevor sie jemand aufhalten konnte. Hoch erhobenen Hauptes trat sie durch die Tür und sah sich um; Antoine Dupont war leicht zu erkennen. Er saß ganz hinten an einem Ecktisch und hob gerade sein Weinglas an die Lippen. Der falsche Schnurrbart sah einfach nur lächerlich aus. Sie baute sich vor seinem Tisch auf, atmete noch einmal tief durch und stellte dann den Teller mit der angebrannten Seezunge Meunière vor ihm ab. Der Restaurantkritiker warf einen kurzen Blick auf das Gericht und sah indigniert zu Georgia hoch.

»Was soll das sein?«, fragte er auf Französisch.

»Ein Gruß des Küchenchefs«, antwortete sie knapp, drehte sich um und verschwand wieder in der Küche. Ihr Herz raste.

Als sie durch die Tür trat, wurde sie von einer in ungläubigem Entsetzen erstarrten Küchenmannschaft empfangen. Während Georgia sie alle der Reihe nach musterte, flammte in ihrer Brust der Schmerz auf. Diese Menschen waren ihre Freunde, ihre Welt, sie kamen hier in Paris einer Familie am nächsten. Und sie alle hatten sie hintergangen. Wieder drückte sie eine Hand an die Brust, um den Druck zu lindern. Nur wenige Minuten waren vergangen, und doch war ihre gesamte Welt in dieser kurzen Zeit in sich zusammengebrochen. Wie sollte sie jemals wieder in dieser Küche arbeiten? Unter Etiennes Führung? Nachdem ihr nun klar war, dass alle hier von Etiennes Untreue gewusst und ihr dennoch nichts gesagt hatten, konnte sie doch keinem von ihnen mehr ins Gesicht sehen! Das Ausmaß von Etiennes Verrat – und dem aller anderen – raubte ihr den Atem. Keine Sekunde länger konnte sie hierbleiben.

Und so hatte sie von einem Moment auf den anderen nicht nur ihre Zukunftschancen, sondern auch ihren Platz in dieser Küche verloren. Tränen stiegen ihr in die Augen, aber Georgia blinzelte sie verbissen fort. Ganz sicher würde sie nicht hier vor diesen Menschen zusammenbrechen. Später ja, aber jetzt musste sie sich das letzte bisschen Würde bewahren, das ihr noch geblieben war.

Das Trommeln und Brüllen aus dem Kühlraum hatte seinen Höhepunkt erreicht. Georgia bemerkte, wie Celine besorgt Richtung Flur schaute. Vermutlich wurde es dort drin inzwischen ziemlich kalt. Vor allem für Manon mit ihrem kurzen Röckchen.

»Jemand sollte sie rauslassen«, schlug Georgia resigniert vor. Dann reckte sie das Kinn und sah sich noch einmal in der Küche um. »Und richtet Etienne von mir aus, dass ich kündige.« Damit holte sie ihre Tasche und ihre Messer und verließ die niedergebrannte Ruine, zu der dieses Leben soeben geworden war.

3

Noch immer vollkommen geschockt, wanderte Georgia durch die schmalen Gassen des berühmten Quartier Latin, ihre Kochmesser fest an die Brust gedrückt.

»Was habe ich bloß getan?«, stöhnte sie ungläubig. Wie konnte es sein, dass ihr gesamtes Leben durch das Öffnen einer Kühlraumtür zerstört worden war – innerhalb eines Atemzuges? Sie kam an einem Café vorbei, vor dem mehrere kleine Tische standen. Einer davon war frei, und so ließ sich Georgia benommen auf einen Stuhl fallen. Wenig später erschien ein Kellner. Er warf nur einen kurzen Blick auf sie, verschwand wieder und kehrte mit einem Glas Pastis de Marseille zurück, das er direkt vor ihr abstellte. »Für Sie, Madame, geht aufs Haus.«

»Merci.« Georgia war ihm aufrichtig dankbar. Sie schüttete etwas Wasser aus der bereitgestellten Karaffe in das Glas und gönnte sich dann einen großen Schluck von dem Aperitif. Der starke Alkohol brachte sie wieder ein wenig ins Lot, sodass sie zitternd durchatmen konnte. Es war ein schwülwarmer Abend, und die Mischung aus Abgasen, Essensduft und staubigem Asphalt verdichtete sich zu einem Geruch, den Georgia wohl immer mit Paris in Verbindung bringen würde. Hinter ihr ließen sich die Restaurantgäste ihr Essen und ihre Drinks schmecken, aus dem Gastraum drangen Licht, Musik und fröhliche Stimmen auf die Straße hinaus. Auch an den Tischen ringsum wurde angestoßen und gelacht. Diese Menschen erfreuten sich an dem schönen Abend und an der Stadt des Lichts, nur Georgia schien von all dem abgeschnitten zu sein. Sie begann zu zittern.

Als ihr Telefon summte, warf sie einen prüfenden Blick auf das Display. Etienne. Sie drückte den Anruf weg. Sofort rief er wieder an. Diesmal ließ Georgia den Anruf auf die Mailbox gehen und schob das Telefon in die geräumige Tasche ihrer Kochjacke. Ihn konnte sie jetzt ganz bestimmt nicht ertragen. Sie wollte seine Ausreden und Rechtfertigungen nicht hören, geschweige denn eine Entschuldigung. Nichts von alledem konnte ungeschehen machen, was sie in diesem Kühlraum gesehen hatte. Nichts von alledem konnte ungeschehen machen, was er – und auch sie selbst – gerade getan hatte.

Mit einem tiefen Seufzer zog sie die Barett-Kochmütze vom Kopf und fuhr sich mit der Hand durch die feuchten Locken. Was sollte sie jetzt tun?

Instinktiv wanderten ihre Finger zu dem vierblättrigen Kleeblatt an ihrem Hals, und sie strich über die winzigen Blättchen. Vor langer Zeit hatte ihre Mutter ihr erklärt, sie stünden für Glaube, Hoffnung, Liebe und Glück.

»Das sind die vier Grundzutaten im Rezept für ein Leben voller Magie, Georgia May«, hatte ihre Mutter ihr versichert. Im Moment hatte Georgia allerdings von allen vieren ziemlich wenig auf Lager. Und hatte sie alle bitter nötig. Sie schluckte krampfhaft, dann versuchte sie, ihr Gehirn in den Problemlösungsmodus zu zwingen. Doch vor ihrem inneren Auge erschienen immer wieder Etiennes entrückte Miene, die dunklen Strähnen in seiner Stirn, Manons cremeweiße Brüste. Mit einem heftigen Kopfschütteln versuchte sie, dieses Bild zu vertreiben. Es tat einfach zu weh, sich mit seinem Verrat zu beschäftigen.

»Was soll ich tun, Julia?«, flüsterte sie. Schon mehr als einmal hatte Georgia Lösungen gefunden, indem sie sich die einfache Frage stellte: Was würde Julia Child in dieser Situation tun? Sie stellte sich vor, wie ihr Vorbild mit dem treuen Hackbeil Rindfleisch zurechtschnitt, voll pragmatischer Zuversicht, ganz die zupackende Amerikanerin.

»Ich halte es für äußerst wichtig, dass jede Frau ihren eigenen Gasbrenner hat«, teilte sie Georgia im Plauderton mit.

Georgia seufzte wieder. Von dieser Seite war also keine Hilfe zu erwarten. Sie nippte noch einmal an ihrem Pastis. Langsam wurde es spät, aber sie konnte ja schlecht in die Wohnung zurückkehren, die sie sich mit Etienne teilte. Heute ging das auf gar keinen Fall, das lag ja wohl auf der Hand. Vor allem war es eigentlich seine Wohnung, schon seit Generationen im Besitz der Familie. Während sie nun da saß, wurde ihr langsam klar, dass sie nicht mehr dort wohnen konnte. So war sie also innerhalb eines Abends nicht nur ihren Job und ihren Freund losgeworden, sondern auch noch ihr Zuhause.

Erschüttert fischte sie ihr Handy aus der Tasche. Dabei fiel etwas Zartes, Grünes heraus und landete auf dem Asphalt. Verwirrt hob Georgia das kleine Ding auf und musterte es. Ein vierblättriges Kleeblatt. Wie in aller Welt war das in ihre Tasche gekommen? Inzwischen lebte sie seit über zehn Jahren in Paris und hatte hier noch kein einziges vierblättriges Kleeblatt gesehen. Verwundert betrachtete sie die kleinen, gerundeten Blättchen, dann ließ sie es wieder in ihre Tasche fallen. Äußerst merkwürdig.

Nachdem sie sich noch einen Schluck zur Stärkung gegönnt hatte, ging sie ihre Kontakte durch. Wen konnte sie um diese Zeit anrufen? Fast alle in ihrem Freundeskreis standen irgendwie mit Etienne oder dem Restaurant in Verbindung. Von denen konnte sie niemanden um Hilfe bitten, aber zumindest für heute Nacht brauchte sie dringend einen Unterschlupf. Nach kurzem Nachdenken hatte sie eine Idee: Phoebe. Aber natürlich, immerhin war sie ihre engste, nicht mit der Arbeit verbundene Freundin in Paris. Schnell rief sie Phoebe an, ohne sie allerdings zu erreichen, und die Mailbox war wie immer übervoll, sodass sie aus der Leitung flog. Also versuchte Georgia es gleich noch einmal.

»Komm schon, Phoebs, geh ran«, flüsterte sie verzweifelt. Ein Klicken, dann …

»Georgia May!«, begrüßte sie eine offenbar angetrunkene, lautstarke Stimme mit britischem Akzent. Georgia zuckte zusammen und hielt das Telefon ein Stück von ihrem Ohr entfernt.

»Hi, Phoebe.«

Sie hatten sich vor Jahren in einem Sprachkurs kennengelernt und bei ihrem gemeinsamen Kampf mit den Tücken der französischen Sprache schnell Freundschaft geschlossen. Die ursprünglich aus Liverpool stammende Phoebe arbeitete für ein Mode-Marketingunternehmen hier in Paris und bewohnte ein wundervolles, übertrieben teures Apartment im schicken Viertel Le Marais im dritten Arrondissement. An Georgias freien Tagen trafen sie sich oft, um sich bei zu viel gutem Wein über ihre Arbeit auszutauschen. Phoebe hatte einen herausragenden Weingeschmack. Eigentlich hatte sie in allen Dingen einen herausragenden Geschmack.

»Wie geht es dir, Babe?«, kreischte Phoebe nun. Im Hintergrund wummerte grauenvolle elektronische Musik, sodass Georgia sie über den stampfenden Bass hinweg kaum hören konnte.

»Wo bist du?«, schrie sie ins Telefon, um den Lärm zu übertönen.

»Metro Oberkampf, im Panic Room, mit ein paar Mädels von der Arbeit«, gab Phoebe ebenso laut zurück. »Die polnischen Models wollten das Pariser Nachtleben kennenlernen. Und ich Glückspilz darf die Touristenführerin spielen.«

Bei der Vorstellung, wie Phoebe den Rest der Nacht in einem Club feierte, verließ Georgia der Mut.

»Warte kurz, ich gehe aufs Klo, da höre ich dich besser«, brüllte Phoebe. Kurz darauf reduzierte sich die Hintergrundmusik auf ein dumpfes Wummern. »Schon besser«, verkündete Phoebe, nun in normaler Gesprächslautstärke. »Was ist los?« Plötzlich klang sie etwas nüchterner.

Georgia holte tief Luft. Eigentlich war sie es nicht gewohnt, andere um Hilfe zu bitten, sie verließ sich lieber auf ihre eigene Kraft und Entschlossenheit, aber heute wurde ihr einfach alles zu viel. Jetzt brauchte sie dringend eine Freundin.

»Ich stecke in der Scheiße«, gab sie deshalb unverblümt zu. »Und ich brauche deine Hilfe, Phoebs.«

Eine halbe Stunde später trafen sich die beiden in dem prunkvollen Treppenhaus von Phoebes Wohnhaus. Für den Ausflug in den Club hatte sich Phoebe in einen weißen Lederminirock geschmissen, der an ihr tatsächlich gut aussah, und stöckelte auf einem sensationellen Paar nietenbesetzter schwarzer Ankle Boots von Louboutin heran. Das hellblonde Haar fiel ihr offen über den Rücken. Sofort zog sie Georgia in eine feste Umarmung, die sie in eine Wolke aus Wodkadunst und Mitgefühl hüllte.

»Ich habe zwar keine Ahnung, was eigentlich los ist, aber bestimmt wird alles wieder gut«, flüsterte Phoebe Georgia etwas zu laut ins Ohr. »Also, warum hast du dich mit Messern ausgerüstet?« Sie trat einen Schritt zurück und musterte vorsichtig Georgias Messerset. Mit großen Augen verkündete sie dann: »Ich denke, wir brauchen Wein.«

Sie schloss die Wohnungstür auf und signalisierte Georgia, schon mal ins Wohnzimmer zu gehen, während sie selbst in der Küche verschwand, um wenig später mit einer gekühlten und nicht gerade billigen Flasche Vouvray wieder aufzutauchen. Nachdem sie ihnen beiden großzügig eingeschenkt hatte, ließ sie sich neben Georgia auf das mit Samt bezogene Sofa fallen, streifte die Nietenstiefeletten von den Füßen und rollte sich wie eine Katze zusammen.

»Okay, ich will alles wissen«, drängte sie.

Georgia wappnete sich mit einem großen Schluck Wein und berichtete dann sämtliche Einzelheiten dieses grauenvollen Abends – von Etienne und Manon im Kühlraum bis zu ihrer Racheaktion mit dem verbrannten Fisch und Antoine Dupont. Als sie fertig war, schüttelte Phoebe verblüfft den Kopf.

»Heilige Scheiße, Babe. Ich weiß gar nicht, was ich sagen soll. Etienne ist ein Arschloch, ein Riesenarschloch sogar. Klar, total sexy und grandios in der Küche, aber ein Arsch. War er aber schon immer. Und tschüss, sage ich da nur! Und was den verbrannten Fisch angeht – das hast du gut gemacht. Etienne hat nichts anderes verdient!«

Sie füllte Georgias leeres Weinglas auf, rutschte näher heran und legte der Freundin den Arm um die Schultern. Georgia ließ den Kopf an Phoebes Schulter sinken. Auch wenn sie sich hundeelend fühlte, war sie dankbar für die Unterstützung. Phoebe roch nach Wodka und Miss Dior, was irgendwie tröstlich wirkte. Möglicherweise hatte sie ja recht, und Etienne hatte nichts anderes verdient, aber der erste Zorn flaute langsam ab, und nun bereute Georgia ihre übereilte Tat. Sicher, sie war zutiefst gedemütigt worden, aber das machte es nicht besser. Ihr wurde übel, wenn sie an die Ereignisse des Abends zurückdachte – sowohl an Etiennes Betrug und das Schweigen seiner Mitverschwörer als auch an ihren Racheakt. Wieder dachte sie im Stillen, dass sich damit ihr gesamtes Leben aufgelöst hatte. Und Etienne … Sie schloss die Augen, ließ bei der Erinnerung an seine Untreue die Trauer zu. Sie hatte geglaubt, er liebe sie. Wie naiv sie doch gewesen war!

»Das ist die schlimmste Nacht meines Lebens«, murmelte sie trostlos. »Ich habe meinen Job verloren, meine Freunde, meinen Partner und meine Wohnung. Ich weiß nicht einmal, wo ich heute Nacht schlafen soll.« Sie war vollkommen ausgelaugt und hatte jeden Halt verloren.

»Du kannst bei mir bleiben, solange es nötig ist«, versicherte Phoebe und drückte tröstend ihre Schulter. »Und morgen überlegen wir uns, wie es weitergehen soll. Am Morgen sieht immer alles besser aus, ganz bestimmt.«

Georgia richtete sich auf und leerte ihr Weinglas. »Hoffentlich hast du recht«, erwiderte sie grimmig. »Wobei … Viel schlimmer kann es ja nicht mehr werden.«

4

Leider sah am nächsten Morgen gar nichts besser aus. Irgendwann im Laufe des Vormittags erwachte Georgia auf Phoebes Gästefuton, gekleidet in ein Seidennachthemdchen mit passendem Morgenmantel. Beides hatte bestimmt ein Vermögen gekostet, taugte aber kaum dazu, auch nur Georgias Hintern zu bedecken. Eigene Kleidung hatte sie nicht, bloß ihre dreckige Kochjacke. Deshalb musste sie vor allem zurück in ihre Wohnung und ihre Sachen rausschaffen, sobald sie sicher sein konnte, dass Etienne nicht zu Hause war. Sie rollte sich herum und setzte sich auf die Bettkante. In ihrem Kopf pochte es dumpf. Zu viel Pastis und teurer Vouvray auf nüchternen Magen.

Während sie blinzelnd die Augen öffnete, kehrten auf einen Schlag die katastrophalen Ereignisse des Vorabends zurück. Mit einem gequälten Stöhnen schlug sie die Hände vor das Gesicht. Also war das kein Albtraum gewesen, sondern grausame Wirklichkeit.

»Okay, Georgia, reiß dich zusammen«, raunte sie sich zu und zwang sich, ihre Lage realistisch zu betrachten. »Du musst herausfinden, was du jetzt tun solltest.« Zunächst einmal brauchte sie eine Dusche, Frühstück und Kaffee, wenn auch nicht unbedingt in dieser Reihenfolge. Ihr Magen schmerzte bereits vor Hunger. Also erst Frühstück, die Dusche konnte warten.

Sie schlich auf Zehenspitzen in Phoebes makellose und kaum genutzte Küche und nahm vorsichtig den Inhalt des Kühlschranks in Augenschein: ein welker Bund Karotten und ein halber, nicht mehr sonderlich frisch aussehender Becher Joghurt. Zum Glück gab es unten an der Ecke eine hervorragende Boulangerie. Schnell zog sie ihre zerknitterte Kochjacke über, band die widerspenstigen Locken halbwegs ordentlich zurück und verließ mit ein paar Euro in der Hand die Wohnung.

Zehn Minuten später saß sie an dem winzigen Tisch in Phoebes Küche und ließ den Blick über die Dächer von Paris schweifen. Vor ihr stand der Espresso, den sie Phoebes hochkomplexer, teurer italienischer Kaffeemaschine abgerungen hatte – dem einzigen Küchengerät, das regelmäßig verwendet wurde –, und daneben lag eine bereits leicht durchgefettete Papiertüte. Nachdem sie einen Zuckerwürfel in die kleine weiße Tasse gegeben und umgerührt hatte, öffnete Georgia die Tüte und genoss den Duft ihres frischen Croissants. Es war noch warm. Wer sitzen gelassen und öffentlich gedemütigt wurde, konnte immer noch Trost in der französischen Backkunst finden, dachte sie traurig. Eine kleine Gnade. Mit geschlossenen Augen biss sie in den buttrigen, flockigen Blätterteig und genoss die knusprigen Teigschichten, die zart zwischen ihren Zähnen zerbrachen. Doch anstelle der köstlichen Butter schmeckte sie etwas Grauenvolles.

Angewidert spuckte sie den Bissen zurück in die Tüte und gab einen empörten Schrei von sich. Bitter wie die Haut einer Mandel schmeckte das. So bitter, dass sich in ihrem Mund alles zusammenzog. Was zum Teufel stimmte denn nicht mit diesem Croissant? Verwundert starrte sie es an, bevor sie das Gebäck zurück in die Tüte schob. Um den bitteren Geschmack loszuwerden, trank sie einen Schluck von ihrem Espresso, den sie beinahe ebenfalls wieder ausgespuckt hätte. Er schmeckte genau wie das Croissant – nicht angenehm bitter, wie es bei einem guten Kaffee der Fall sein sollte, sondern so ungenießbar wie unreife Trauben, die zu früh geerntet worden waren.

Oh nein. Eine schreckliche Vorahnung ließ Georgia erstarren. All die Momente während der letzten Monate, in denen ihr Geschmackssinn ihr böse Streiche gespielt hatte – der Knoblauch, der nach Zimt geschmeckt hatte, die Orangenschale, die fade gewesen war wie Wasser … Geschah das etwa gerade wieder? Hatte es sich verschlimmert?

»Oh, bitte nicht«, flüsterte sie. Hastig sprang sie auf, wollte sich unbedingt das Gegenteil beweisen und durchwühlte dazu Phoebes Küchenschränke, um irgendetwas Essbares zu finden. Ein Bissen von den welken Karotten: bitter. In ihrer Verzweiflung fischte Georgia einen Zuckerwürfel aus der Dose und legte ihn sich auf die Zunge. *Bitte, bitte,* flehte sie stumm, *lass mich einfach nur reinen, süßen Zucker schmecken.* Doch schon im nächsten Moment spuckte sie den kleinen Klumpen ins Spülbecken und starrte ihn entsetzt an. Nun ließ es sich nicht mehr leugnen. Sie konnte nur noch eine einzige Geschmacksrichtung wahrnehmen: bitter.

Vollkommen entmutigt lehnte sie sich gegen die Spüle. Wie hatte ihr Leben derart außer Kontrolle geraten können? Etienne, ihr Job, ihr Zuhause – alles weg. Und nun hatte sie auch noch ihren Geschmackssinn verloren? Wer würde sie zur Küchenchefin eines mit Spannung erwarteten neuen Restaurants in Paris ernennen, wenn alles, was ihre Zunge berührte, nach verbranntem Kaffeepulver schmeckte? Ein Ding der Unmöglichkeit.

»Äh ... Babe?« Phoebe betrat in einem langen Satinmorgenmantel die Küche, das blonde Haar offen über die Schultern fallend. »Ich denke, das solltest du dir ansehen.« Betrübt streckte sie Georgia ihr Telefon hin. Mit einem unguten Gefühl in der Magengrube nahm diese das Gerät entgegen.

SABOTAGE IN DER KÜCHE, lautete die Schlagzeile des Artikels, den Phoebe aufgerufen hatte. Er war auf einer bekannten Pariser Klatschseite namens *Une Pipelette* erschienen – was grob übersetzt so viel wie Plappermaul bedeutete –, auf der vor allem Tratsch über die Gastro- und Partyszene der Stadt veröffentlicht wurde. Und natürlich drehte sich alles um den vergangenen Abend.

Welcher heiße Chefkoch wurde während des Abendservices von seiner Freundin und Souschefin auf frischer Tat ertappt?, fragte der Artikel neckend, bevor er die aus einer anonymen Quelle stammenden pikanten Details über Georgia, Etienne und Manon präsentierte. Georgia schwankte zwischen Fassungslosigkeit und Entsetzen, während sie die Zeilen überflog.

Laut unseren Quellen war Antoine Dupont nach seinem schrecklichen Essen im La Pomme d'Or außer sich vor Wut und wird bald eine entsprechend vernichtende Kritik darüber schreiben, versprach der Artikel, um dann mit einer grauenhaften Frage abzuschließen: *Wird dieser Skandal die Reputation von Etienne Fontaine angreifen, der gerade erst zum Sexiest Chef von Paris gewählt wurde, oder wird er lediglich die Karrierechancen der aufstrebenden amerikanischen Köchin Georgia May Jackson zunich-*

temachen? Mit einem erstickten Laut gab Georgia ihrer Freundin das Handy zurück. Nun wusste also ganz Paris über Etiennes Untreue Bescheid – und über ihre impulsive Racheaktion. Die gesamte Stadt war über die schrecklichste Nacht ihres Lebens im Bilde. Das war einfach zu viel.

Phoebe musterte sie mitfühlend, aber schweigend. Was gab es da auch noch zu sagen?

Verzweifelt massierte sich Georgia die Schläfen, um den aufsteigenden Stresskopfschmerz zu lindern. Eigentlich hätte sie damit rechnen müssen. Eine so pikante Geschichte wie die der vergangenen Nacht blieb nie lange geheim. Vor allem nicht, wenn Cyril alles mitangesehen hatte. Sie hätte ihren letzten Euro darauf verwettet, dass er diese anonyme Quelle war. Voller Reue lehnte sie sich gegen die Küchenzeile. Wie hatte sie sich nur von ihrem spontanen Hass überwältigen lassen können? Ja, der Verrat hatte sie schrecklich gedemütigt, was ihr gedankenloses Handeln wohl erklärte, aber dieser Racheakt hatte vermutlich einen hohen Preis. Eine ruinierte Seezunge konnte ihre Karriere in Paris auf einen Schlag beenden. Die gehobene Gastronomieszene der Stadt war klein, und so ziemlich jeder, den sie kannte, las *Une Pipelette*. Der dort verbreitete Klatsch wurde in der Küche des La Pomme d'Or regelmäßig heiß diskutiert. Schon bald würde jeder Restaurantbesitzer und Küchenchef in Paris Bescheid wissen, wenn es nicht sogar längst so weit war. Auch Michel. Georgia verließ der letzte Mut. Ob er den Artikel bereits gelesen hatte?

»Was willst du jetzt tun?«, fragte Phoebe leise.

Hilflos schüttelte Georgia den Kopf. »Ich habe keine Ahnung.«

Einen Moment lang gab sie sich ihrem Selbstmitleid hin und wünschte sich, einfach auf Phoebes gemütlichem Sofa zusammenzubrechen und zu heulen, bis sie sich in einer schmierigen Pfütze auflöste. Sie wollte sich dieser niederschmetternden Reihe von Tiefschlägen ergeben und in Verzweiflung versinken. Aber wenn sie das tat, gab sie damit alles auf, was sie sich über die Jahre hinweg hart erarbeitet hatte. Und eine Georgia May Jackson gab nicht einfach auf. Sie hatte schon öfter harte Zeiten durchgestanden. Gut, diesmal war es richtig, richtig, richtig übel, aber sie hatte trotzdem noch die Wahl: aufgeben oder sich wieder aufrappeln und es weiter versuchen. Wenngleich sie weder Etiennes Handeln noch ihre widerspenstigen Geschmacksknospen kontrollieren konnte. Und sie konnte Antoine Dupont auch keine frische, perfekt gebratene Seezunge Meunière servieren, um Abbitte zu leisen. Oder die Zeit um zwei oder sechs Jahre zurückdrehen und sich selbst vor dem warnen, was geschehen würde.

Angestrengt nagte sie an ihrer Unterlippe und erwog die Möglichkeiten. Ihr Vater Buck hatte immer gesagt: *Selbst in den schlimmsten Zeiten lässt sich irgendetwas machen.* Und auch wenn sie bei den meisten Dingen nicht seiner Meinung war, hatte er in diesem Punkt recht. Sie musste alles in ihrer Macht Stehende tun, um ihren Anteil an dem, was passiert war, irgendwie wieder in Ordnung zu bringen. Vielleicht konnte sie diesem Desaster am Ende ja noch etwas Gutes abgewinnen.

»Ich muss unbedingt mit Michel sprechen«, entschied sie deshalb. »Gestern Abend habe ich einen schlimmen Fehler gemacht, aber wenn ich ihm begreiflich machen kann, wie es dazu kam, kann ich ihn vielleicht doch noch davon überzeugen, dass ich die beste Wahl für das La Lumière Dorée bin.«

»Wie kann ich helfen?«, fragte Phoebe sofort.

Georgia überlegte kurz. »Dürfte ich mir etwas aus deinem Kleiderschrank borgen? Ich habe nichts zum Anziehen, und ich muss mich anständig präsentieren, wenn ich Michel meinen Fall vortrage.«

Nach einem kritischen Blick verkündete Phoebe: »Nimm dir, was immer du willst. Und ich verpasse dir dazu noch ein Makeover. Wenn wir fertig sind, wirst du umwerfend aussehen«, versprach sie, rümpfte dann aber angewidert die Nase. »Vorher brauchst du allerdings eine Dusche. Du riechst nach verbrannter Butter.«

Die beiden machten sich sofort ans Werk. Eine halbe Stunde später stand Georgia frisch geduscht in Phoebes opulentem Badezimmer und musterte prüfend das Outfit, das ihre Freundin für sie ausgesucht hatte. Die smaragdgrüne Seidenbluse und die Zigarettenhose verliehen ihr einen stilvollen Look. Zwar war Phoebe größer als Georgia und hatte schmalere Hüften, aber die Sachen saßen trotzdem einigermaßen, zumindest solange sie den Bauch einzog und aufpasste, dass die Knöpfe der Bluse nicht aufsprangen; im Brustbereich war sie ein wenig zu eng.

Natürlich verbrachte Georgia den Großteil ihrer Zeit in ihrer bequemen, aber wenig schmeichelhaften Kochjacke. Aber wenn sie hin und wieder ausging, liebte sie den Pariser Chic, der von zurückhaltender, klassischer Eleganz geprägt war – auch wenn sie deutlich kurviger war als die meisten Pariserinnen, die darauf achteten, möglichst dünn zu bleiben. Wie hatte Etiennes Cousine Giselle ihr einmal erklärt? *Du weißt, dass dein Gewicht stimmt, wenn du in der Kuhle an deinem Schlüsselbein einen Zuckerwürfel ablegen kannst.* Das hatte Georgia zwar nie geschafft, doch sie kleidete sich trotzdem gerne wie eine Französin. Sicher, sie war in Texas aufgewachsen, aber Paris war die Stadt, der ihr Herz gehörte.

Auch Phoebe musterte kritisch das neue Outfit. »Schon besser. Was ist mit Schmuck?«

Sofort hob Georgia die Hand an ihre Halskette. »Ich trage nur das.«

Phoebe war skeptisch. »Bist du sicher?«

Georgia nickte entschlossen. »Es war das letzte Geschenk meiner Mutter. Und der Talisman hat mir immer Glück gebracht.«

»Dann bringt er dir heute hoffentlich einen ganzen Haufen Glück«, erwiderte Phoebe herzlich, bevor sie sich einer Schublade zuwandte, die schier überquoll vor Bürsten, Mascarafläschchen und Make-up-Tuben. »Also schön, Babe, kümmern wir uns um dein Gesicht.«

Zwanzig Minuten später schlüpfte Georgia in einen ebenfalls geborgten schwarzen Trenchcoat und griff nach ihrer Handtasche. Bevor sie ging, warf sie noch einen letzten Blick in den Spiegel. Phoebe hatte mit Foundation, Bronzer und Mascara ein wahres Wunder bewirkt. Nun sah sie aus wie eine selbstbewusste, stilvolle Pariserin. Selbst ihr sonst so widerspenstiges Haar war in halbwegs gezähmte Locken gelegt. So konnte man ihr wenigstens nicht mehr ansehen, dass sich ihr Leben in einen Scherbenhaufen verwandelt hatte.

Das letzte i-Tüpfelchen trug Georgia selbst auf, bevor sie zur Tür hinausging: ihren Lieblingslippenstift von Lancôme, so leuchtend rot, dass es aussah, als hätte sie gerade in ein Stück Kirschkuchen gebissen. Den verwendete sie sogar bei der Arbeit in der Küche. Und auch jetzt verschaffte ihr der Lippenstift einen Extraboost an Selbstvertrauen. Georgia blickte ihrem Spiegelbild fest in die Augen und nahm die Schultern herunter. »Okay, Georgia May Jackson. Zieh los und rette deinen Traum von Paris.«

5

»*Bonjour*, Michel.« Georgia begrüßte ihren Mentor bewusst fröhlich, um die schreckliche Nervosität zu kaschieren, die sie erfasst hatte, sobald er die Tür seiner aus dem siebzehnten Jahrhundert stammenden Villa in Trocadéro im sechzehnten Arrondissement öffnete.

»*Bonjour*, Georgia«, erwiderte er sanft. Obwohl er leicht überrascht wirkte, bat er sie freundlich herein. Ihr Herz raste, als sie in die Eingangshalle trat. Nichts von dem, was sie am vergangenen Abend angestellt hatte, ließ sich wiedergutmachen. Aber sie war fest entschlossen, alles dafür zu tun, dass dieser Fehler nicht ihre Zukunftsträume zerstörte. Sie war so nah dran gewesen. Indem sie die Finger verschränkte, unterdrückte sie ihr nervöses Zittern. Sogar jetzt spürte sie das sanfte Kribbeln, das wie Champagnerblasen in ihr aufstieg, wann immer sie an die Entscheidung dachte, die Michel bald treffen würde. Auf eine solche Chance hatte sie fünfzehn Jahre lang hingearbeitet: erst an der Kochschule in den Staaten, dann über ein Jahrzehnt hier in Paris. Und nun war der Erfolg endlich zum Greifen nah. Deshalb durfte sie nicht zulassen, dass dieses Debakel mit Etienne alles verdarb. Sie musste Michel davon überzeugen, dass sie noch immer die beste Küchenchefin für sein neues Restaurant war, das La Lumière Dorée, auf dessen Eröffnung bereits die halbe Stadt hinfieberte.

Michel führte sie durch einen schmalen Flur, an dessen Ende sich eine überraschend moderne und großzügige Profiküche auftat. Schon beim Kauf der Villa hatte er einen Teil des Erdgeschosses in eine herrliche, bestens ausgestattete Testküche umgebaut, sodass er im eigenen Heim experimentieren und seiner Kreativität freien Lauf lassen konnte. In diesem blitzblanken, lichtdurchfluteten Raum wuselten oft einige seiner Assistenten herum, doch am heutigen Morgen war er still und leer. Anscheinend arbeitete Michel heute allein. Georgia war dafür extrem dankbar.

»Welchem Umstand verdanke ich die Freude deines morgendlichen Besuchs?«, fragte er sie nun rundheraus, während er an die Kücheninsel trat, wo er offenbar gerade auf einem Schneidebrett dunkle Schokolade in kleine, gleichmäßige Stücke hackte. In seinem Englisch schwang ein feiner französischer Akzent mit. Aus der Bretagne stammend hatte er mehrere Jahre in New York gelebt, wo er für einen amerikanischen Starkoch gearbeitet hatte, bevor er nach Paris zurückgekehrt war. Und irgendwie hatte er es geschafft, das Beste aus beiden Welten in sich zu vereinen. Sein kurz geschnittenes graues Haar war tadellos frisiert, und sein einziges optisches Zugeständnis an die Küchenarbeit waren die bis zu den Ellbogen aufgekrempelten Ärmel seines himmelblauen Anzughemdes. Er trug teure, makellos saubere Schuhe und eine kleine Brille mit runden Gläsern.

Ohne auf seine Frage einzugehen, sah Georgia sich um. »Machst du heute einen Experimentiertag?« Auf dem Küchentresen stand ein Tablett mit winzigen Macarons in allen Farben des Regenbogens, und auf einem Kuchengitter neben der Spüle kühlte gerade eine Tarte Tatin mit Birnen ab. Weiter hinten auf dem Tresen entdeckte Georgia einen ganzen Haufen schneeweißer Baisers.

»Ich spiele nur mit ein paar Ideen herum«, antwortete Michel lächelnd. »Hier.« Er ging zur Spüle und schnitt ein Stück von der Tarte ab. »Sag mir, was du davon hältst. Ein alter Klassiker mit einem neuen Twist.« Er streckte ihr den Kuchen entgegen. Widerstrebend nahm Georgia einen Bissen. Da er sie aufmerksam beobachtete, achtete sie darauf, nicht das Gesicht zu verziehen, während sie kaute und schluckte. Wie erwartet schmeckte es grauenvoll.

»Interessant«, verkündete sie schließlich vorsichtig. »Deine Desserts sind immer besonders kreativ.« Die reine Wahrheit, auch wenn es nichts mit dem Geschmack zu tun hatte, der nun ihren Mund erfüllte. Sie wollte Michel nicht anlügen. Normalerweise war sie stolz darauf, offen und ehrlich zu ihren Mitmenschen zu sein, aber sie war einfach noch nicht dazu bereit, ihm von dem Verlust ihres Geschmackssinns zu erzählen. Nach den Geschehnissen im La Pomme d'Or käme das Eingeständnis, nur noch bitter schmecken zu können, einer Katastrophe gleich. Zwei derartige Rückschläge wären zu viel. Auf keinen Fall wollte sie sich die Chance nehmen, vielleicht doch noch das La Lumière Dorée überantwortet zu bekommen.

La Lumière Dorée – Das goldene Licht – sollte das neue Schwesterlokal des La Pomme d'Or werden. Es lag in Montmartre, nur einen Steinwurf von der wundervollen Basilika Sacré-Cœur entfernt. In der Pariser Gastronomieszene wurde viel darüber spekuliert, wen Michel zum Küchenchef berufen würde. Neben Georgias Namen wurden noch einige andere gehandelt, doch Etienne hatte letzte Woche angedeutet, dass Michel in ihr wohl seine Favoritin sah. Das war allerdings vor der gestrigen Katastrophe gewesen.

Ihr Urteil über seine Tarte Tatin ließ Michel überrascht die Brauen heben. »Ist das alles? Keine Kritik? Bisher hast du doch noch immer versucht, meine Kreationen zu verbessern.«

Sofort wurde Georgia rot. »Vielleicht habe ich heute meinen großzügigen Tag«, erwiderte sie neckend. »Entweder das, oder aber du bist einfach besser geworden.« Damit legte sie das Probestück der Tarte beiseite.

Ein belustigtes Lächeln huschte über Michels Gesicht. »Meiner Meinung nach ist sie noch nicht so gut, wie sie sein könnte.« Nachdenklich kniff er die Augen zusammen. Als einer der einflussreichsten Köche Europas genoss Michel den Ruf, unglaublich hohe Standards zu erwarten, während er selbst über einen untrüglichen Geschmack verfügte. Allerdings war er in erster Linie Geschäftsmann, nicht Künstler, weshalb er auch für seine Genauigkeit und Ausgeglichenheit bekannt war – eine Ausnahme in der stets unter Hochdruck stehenden Welt der Profiköche.

»Ein Vögelchen hat mir gezwitschert, dass du keinen sonderlich angenehmen Abend hattest«, stellte er nun gelassen fest, während er zum Messer griff und sich wieder seiner Schokolade widmete.

Alarmiert starrte Georgia ihn an. Was wusste er? »Hat Etienne dich angerufen?«

Wenn er bereits Etiennes Version der vergangenen Nacht gehört hatte, würde das alles um einiges erschweren. Sie wollte es ihm selbst sagen und ihm erklären, warum sie so gehandelt hatte.

Ohne das Messer abzusetzen, antwortete Michel: »Nein, Antoine Dupont hat mich heute Morgen angerufen.«

Georgias Mund war plötzlich staubtrocken.

»Monsieur Dupont war äußerst unzufrieden mit seinem gestrigen Besuch im Restaurant, vor allem mit dem ungenießbaren Essen, das ihm – wie er mir sagte – von dir serviert wurde.« Michel warf ihr einen kurzen Blick zu, dann schüttete er die Schokoladensplitter in eine Schüssel. »Und er war regelrecht perplex, als Etienne ihn anschließend davon überzeugen wollte, keine Kritik zu verfassen. Als Grund für das miserable Essen gab Etienne wohl einen Beziehungsstreit mit dir an. Außerdem habe ich heute Morgen bereits ein halbes Dutzend Nachrichten erhalten, die sich wohl alle auf einen Artikel im Internet beziehen. Du weißt ja, dass ich so etwas nicht lese, aber eine Menge Leute haben mich kontaktiert, um mir davon zu berichten. Du bist sozusagen das Stadtgespräch, meine Liebe.«

Dazu fiel Georgia keine Erwiderung ein. Michel sah sie lange an; nicht unfreundlich, aber fordernd. »Ist es wahr? Hast du Monsieur Duponts Bestellung manipuliert, wie Etienne behauptet?«

Georgia verschränkte zögernd die Arme vor der Brust. Sie kam sich vor wie ein Kind, das Schelte bezog. »Ja und nein«, antwortete sie schließlich. »Ich habe Etienne mit der neuen Konditorin im Kühlraum erwischt, daraufhin habe ich die beiden dort eingeschlossen. Bei dem ganzen Tumult ist Monsieur Duponts Seezunge etwas zu lange in der Pfanne geblieben. Natürlich hätte ich die Küche anweisen sollen, eine neue zuzubereiten, aber das habe ich nicht getan. Ich …« Verlegen hielt sie inne. »Ich habe sie Monsieur Dupont mit Absicht so serviert«, gestand sie schließlich reumütig.

»Aha.« Michel blieb noch immer freundlich. »Du hattest schon immer ein Temperament, das deinem wundervollen Haar entspricht.« Nun warf er ihr doch einen strafenden Blick zu und schüttelte den Kopf. Er holte ein Tablett mit kleinen Auflaufförmchen aus dem Kühlschrank, in denen cremiger weißer Pudding glänzte. Vorsichtig stellte er es auf der Arbeitsfläche ab.

»Ich war wütend und habe mich gedemütigt gefühlt«, platzte es aus Georgia heraus. »Aber ich hätte es trotzdem nicht tun dürfen.«

»Das ist richtig«, stimmte Michel ihr ruhig zu, während er eines der Förmchen inspizierte, einen kleinen Löffel aus seiner Brusttasche zog und probierte. Konzentriert kniff er die Augen zusammen. »Das war eine bedauerliche Fehlentscheidung.« Er stellte das Förmchen weg und warf ihr wieder einen tadelnden Blick zu. »Natürlich warst du wütend, Georgia, aber hast du dir einmal überlegt, was eine schlechte Kritik für deine Kollegen bedeutet? Für all die anderen, die ebenso hart in dieser Küche gearbeitet haben wie du? Du hast jedes Recht, auf Etienne wütend zu sein. Er ist ein brillanter Koch, aber in Herzensangelegenheiten lässt er sich von dem Ding zwischen seinen Beinen leiten wie ein Straßenköter. Doch von dir hatte ich mehr erwartet.« Er klang so ernst, dass Georgia das Herz in die Hose rutschte. Sie hasste es, ihn zu enttäuschen. »Deine Entscheidung war von Rücksichtslosigkeit gegenüber anderen geprägt«, rügte er sie. »Und so kann man niemanden anleiten oder inspirieren, Georgia. Dir muss stets daran gelegen sein, den Menschen in deinem Umfeld zu dienen, nicht allein dir selbst. Erst dann wirst du wirklich bereit sein, ein eigenes Restaurant zu führen.«

Georgia nickte mutlos. Wie hatte sie zulassen können, dass eine schlechte Entscheidung so viele Jahre harter Arbeit zunichtemachte? Sie war furchtbar enttäuscht von sich.

»Und was nun?«, fragte sie leise. Sie nahm sich ein winziges lavendelfarbenes Macaron von dem Tablett auf dem Tresen, es war nicht größer als eine Vierteldollarmünze und leicht wie eine Feder. Erst nachdem sie es zurückgelegt hatte, schaffte sie es, Michel anzusehen. Er wiederum hatte sie aufmerksam beobachtet.

»Ich muss ehrlich zu dir sein, Georgia«, begann er nun. »Ich hatte dich als Chefkoch für das La Lumière Dorée in Erwägung gezogen.«

Dass er die Vergangenheitsform wählte, versetzte Georgia einen schmerzhaften Stich.

»Aber ich zögere noch«, fuhr er fort. »Und zwar weniger wegen der gestrigen Geschehnisse. Ich fürchte, es ist um einiges ernster.« Er ging zum Herd und kehrte anschließend mit einem kleinen Kochtopf zurück, in dem sich eine bernsteinfarbene, klare Flüssigkeit befand. Der verlockende Duft von Rosmarin und karamellisiertem Zucker stieg auf.

»Etwas Ernsteres?«, hakte Georgia beinahe furchtsam nach. Wie konnte es denn bitte schön noch ernster werden? Hatte er etwa herausgefunden, dass sie ihren Geschmackssinn verloren hatte?

»Geht es um die Leidenschaften des Herzens, verlieren wir alle hin und wieder den Verstand.« Michel gab ein paar Teelöffel von der Flüssigkeit auf jedes Cremeförmchen. »Das ist bedauerlich, aber nachvollziehbar. Doch es ist mehr als das. Ich fürchte, du verlierst dein Feuer, Georgia.« Er warf ihr einen prüfenden Blick zu.

»Mein Feuer?«, wiederholte sie verständnislos.

Mit einem feinen Lächeln fragte er sie: »Weißt du, was ich gesehen habe, als wir uns das erste Mal begegnet sind?«

»Meinen Körper, der quer über die Motorhaube deines Wagens flog?«, riet Georgia spöttisch. Denn bei ihrer ersten Begegnung, wenige Wochen nach Georgias Ankunft in Paris, war sie Michel weniger *über* als vielmehr *in* den Weg gelaufen. Einige Studenten aus einer Touristengruppe hatten sie in der Nähe des Eiffelturms so heftig angerempelt, dass sie auf die Straße gestolpert und direkt vor Michels Wagen gelandet war. Eigentlich hatte die Motorhaube nur leicht ihre Hüfte gestreift, aber Michel war derart entsetzt darüber gewesen, dass er seinen Fahrer angewiesen hatte, sie zu ihrem Ziel zu kutschieren. Georgia hatte sich gerade auf dem Rückweg zu ihrem Hotel befunden, nachdem sie wieder einmal von einem Restaurant abgelehnt worden war, das keine weiblichen Köche mit amerikanischer Ausbildung einstellen wollte. Man hatte sie regelrecht ausgelacht. Und das nicht zum ersten Mal.

Während der Fahrt zu dem schäbigen Arrondissement, in dem ihr Hotel lag, waren Michel und sie ins Gespräch gekommen. Und die ungestüme rothaarige Amerikanerin mit dem Texas-Akzent hatte Michel so fasziniert, dass er sie schließlich gefragt hatte, ob sie noch Zeit hätte für einen kleinen Umweg. An jenem Tag fuhr er mit ihr zu einem seiner Restaurants, das um diese Zeit noch geschlossen war, und schlug ihr vor, ein einfaches Mittagessen für ihn zusammenzustellen. Nachdem er ihr Essen gekostet hatte, bot er großzügig an, sich bei einigen Restaurants nach einer möglichen Stelle für sie zu erkundigen. Und wie sich herausstellte, war sein Wort für sie das goldene Ticket. Zwar hatte sie ganz unten anfangen müssen, quasi als Tellerwäscherin, aber es war ein Anfang gewesen. Dank Michel hatte sie die Chance bekommen, sich in einem guten Restaurant in Paris zu beweisen. Und während der folgenden zwölf Jahre hatte er sie auch weiterhin protegiert, hatte ihr mit unschätzbar wertvollen Ratschlägen und Hinweisen unter die Arme gegriffen, während sie sich in diversen Restaurantküchen hochgearbeitet hatte.

Nun aber winkte er ungeduldig ab. »Georgia, an jenem Tag sah ich das Feuer, das in dir brennt. Du warst so unverbraucht, so idealistisch, so unvorbereitet, aber in der Küche hast du Unglaubliches erschaffen. So etwas hatte ich niemals zuvor gekostet. Ich habe gegessen, was du für mich gekocht hast, und es hat mich mit Staunen erfüllt, mit dem Gefühl grenzenloser Möglichkeiten, mit … *joie de vivre*, wenn man es so nennen will. Und zwar nicht, weil du technisch auf hohem Niveau gearbeitet hättest. Du bist eine begabte und gut ausgebildete Köchin, aber das sind Dutzende andere in dieser Stadt ebenso. Nein, es war mehr als das. Als ich das erste Mal etwas von dir Zubereitetes gegessen habe, konnte ich in jedem Bissen eine bessere Zukunft schmecken, eine der vielen Möglichkeiten, die noch kommen würden.«

Michel unterbrach sich, wohl um nach den richtigen Worten zu suchen. Während er weiter den karamellisierten Rosmarinsirup auf die Dessertcreme löffelte, breitete sich in der Küche ein süßer Geruch mit einem Hauch von herbem Nadelduft aus. »Dein Essen hat mich auf merkwürdige Art mit Hoffnung erfüllt. Deswegen habe ich so viel Zeit in deine Karriere investiert: In dir schien grenzenloses Potenzial zu schlummern, denn deinem Essen haftete etwas … wie sagt man … etwas Transzendentales an? Nein. Etwas Überweltliches. Ja, das trifft es. Dein Essen scheint über diese Welt hinauszuweisen, als könnte ich alles viel klarer sehen, während ich es genieße. Als würde es mich für einen Moment in eine bessere Welt blicken lassen. Das ist etwas Wundervolles. Beinahe etwas Heiliges.« Er blickte kurz von seinen Auflaufförmchen auf.

Georgia wartete stumm ab, sie war vollkommen erschlagen. Das hatte er ihr bisher nie erzählt.

»Aber jetzt …« Michel unterbrach sich kurz. »Jetzt bist du von deinem Weg abgekommen, fürchte ich. Eigentlich vermute ich das schon seit einiger Zeit. Dein Essen schmeckt anders. Technisch ist es immer noch exzellent, aber ihm fehlt dieses Feuer. Heute schmecke ich in deinem Essen nicht mehr das pure Leben, ihm fehlt die Freude. Du bist so sehr davon besessen, Küchenchefin zu werden, dass du wohl vergessen hast, warum du das überhaupt wolltest. Und wenn das geschieht, leidet alles darunter – dein Team, dein Essen, deine Inspiration.« Michel warf ihr einen strengen Blick zu. »Du bist so talentiert, Georgia, und so zielstrebig. In dir schlummert unglaublich viel Potenzial, aber wenn du dein Feuer verlierst, wird dich das auffressen. Aushöhlen. Dann wird das Leben bitter und hat keine wirkliche Bedeutung mehr. Das darfst du nicht zulassen.« Wieder schwieg er kurz. »Noch habe ich zum La Lumière Dorée keine Entscheidung getroffen. Du bist eine mögliche Kandidatin, aber es gibt auch noch andere.«

»Was kann ich tun, um es wiedergutzumachen?«, fragte Georgia erleichtert, gleichzeitig aber auch enttäuscht. Offenbar hatte er noch andere in die engere Wahl gezogen, Köche, die vermutlich schmecken konnten, was sie zubereiteten. Aber zumindest war noch nicht alles verloren. »Sag mir, was ich tun soll. Gib mir eine Chance«, flehte sie ihn leise an, aufrichtig geläutert. »Ich werde dir beweisen, dass ich meinen Biss nicht verloren habe. Wenn du mir etwas Zeit gibst, um den Kopf freizubekommen, kann ich über die Sache mit Etienne hinwegkommen und mir mein … Feuer zurückholen. Ich schaffe das. Du weißt, dass ich das kann. Niemand arbeitet mehr oder härter als ich. Niemand will es so sehr wie ich. Das weißt du, Michel. Bitte.«

Michel stellte vorsichtig den Topf beiseite und wischte ein paar Siruptropfen auf, die ihr Ziel verfehlt hatten. Dann wanderte sein Blick zum Fenster, über knospende Bäume und einen üppigen grünen Rasen hinweg. Offenbar wählte er seine Worte sorgfältig. »Vielleicht geht es gar nicht darum, mehr oder härter zu arbeiten, *mon amie*«, begann er nachdenklich. »Vielleicht geht es einfach nur darum, zu hinterfragen, warum man ein Ziel so unbedingt erreichen möchte. Vor allem, wenn man dieses Ziel schon sehr lange verfolgt.« Er drehte sich zu ihr um. »Die Antwort auf diese Frage wird dich möglicherweise überraschen.«

Stumm wartete Georgia darauf, dass er fortfuhr. Nach einer langen Pause nickte Michel schließlich, als wäre er zu einer Entscheidung gelangt. Er zog ein Schälchen mit Pinienkernen zu sich heran, füllte einen Teelöffel damit und ließ jeweils ein paar Kerne in jedes Puddingförmchen fallen. »Nun gut. So lautet mein Rat an dich: Ziehe dich für ein paar Wochen zurück. Verlasse Paris. Fliege in deine alte Heimat Texas oder meinetwegen auch in die Antarktis. Das spielt keine Rolle. Verschwinde und lass alles hier etwas zur Ruhe kommen. Momentan hat Etienne es zu seinem persönlichen Ziel erkoren, dafür zu sorgen, dass du in keiner angesehenen Küche in Paris mehr angestellt wirst. Er will, dass du mit einem totalen Bann belegt wirst.

Aber er wird sich auch wieder beruhigen, und nichts gerät schneller in Vergessenheit als Klatschgeschichten. Wenn Duponts Kritik erscheint, wird es noch ein paar Tage Gerede geben, bis der nächste Skandal die Schlagzeilen beherrscht. Paris ist nicht nachtragend, trotzdem wird es eine Weile dauern. Du musst hier weg. Finde einen Ort, an dem du zur Ruhe kommen kannst, wo du deine Inspiration wiederentdecken kannst, wo dir wieder bewusst wird, warum du überhaupt Köchin werden wolltest. Und wenn genug Zeit vergangen ist, kehrst du zurück und zeigst mir, warum ich das La Lumière Dorée in deine Hände legen sollte. Diese eine Chance gebe ich dir noch, aber du wirst dich … wie sagt ihr Amerikaner noch gleich? Du wirst dich offen und ehrlich beweisen müssen.«

Damit richtete er sich auf und wischte sich die Hände an einem sauberen weißen Geschirrtuch ab. Ihre Zeit war um, Georgia war entlassen. Widerwillig, aber erleichtert folgte sie Michel nach draußen. Momentan sah es für sie nicht gut aus, aber zumindest bekam sie noch eine Chance. Und sie war an Durststrecken gewöhnt. So etwas hatte sie schon öfter durchgestanden. Nun musste sie nur noch aus Paris verschwinden und ihr inneres Feuer wiederfinden, was auch immer das heißen mochte. Konnte Michel möglicherweise spüren, dass ihr Geschmackssinn sie nach und nach im Stich ließ? Meinte er das vielleicht mit dem verlorenen Feuer? So oder so musste sie tun, was er vorgeschlagen hatte. Sie würde Paris verlassen und sich überlegen, wie sie ihren Geschmackssinn und ihr Feuer wiedererlangen konnte. Aber wohin in aller Welt sollte sie gehen?

An der Haustür drückte Michel liebevoll ihre Schultern, beugte sich vor und gab ihr die üblichen Luftwangenküsse. *»Au revoir, mon amie«*, verabschiedete er sich.

Er roch einfach köstlich, nach Rosmarin, Schokolade und frischen Butterstreuseln. Georgia schnüffelte verstohlen, während sie die Küsse erwiderte. Ihr Geruchssinn war so scharf wie eh und je. Nur die Übertragung auf die Zunge schien nicht mehr zu funktionieren.

»*Merci*, Michel.«

Als er sich von ihr löste, glaubte sie Belustigung in seinen Augen zu sehen. »Hast du Etienne und diese Konditorin tatsächlich im Kühlraum eingeschlossen?«, fragte er. Seine Mundwinkel zuckten verräterisch.

Wieder stieg die Demütigung in Georgia auf, weshalb sie kurz die Augen schloss. »Ja, habe ich. Und sie einfach dringelassen«, gab sie zu.

»Mit dir sollte man sich besser nicht anlegen«, stellte Michel trocken fest. »Das ist gut. Und nun geh und komm erst wieder, wenn du dein kulinarisches Feuer wiederentdeckt hast.«

6

Eine Stunde später wanderte Georgia noch immer ziellos über die Kieswege unter den Kastanienbäumen des Jardin du Luxembourg. Auf den anderen Spazierpfaden waren einige Passanten unterwegs, die ihre Hunde ausführten oder am Telefon hingen, aber hier war sie zum Glück allein. Der Wind war für Anfang April noch recht frisch, brachte dafür jedoch den frischen Duft von knospenden Blättern und nasser Erde mit sich. Fröstelnd wickelte sich Georgia fester in den Trenchcoat, den sie sich von Phoebe geliehen hatte.

Wohin konnte sie gehen, wenn sie Paris verlassen musste? Das war momentan die dringlichste Frage. Und da Phoebe bei der Arbeit war, würde sie noch ein paar Stunden allein nach Antworten suchen müssen. Tief in Gedanken versunken, schlenderte sie durch den Park. Viele Optionen blieben ihr nicht.

»Was würdest du an meiner Stelle tun, Julia?«, flüsterte Georgia flehend.

Sie versuchte, das Bild ihrer hochgewachsenen, fröhlichen Schutzpatronin vor dem inneren Auge heraufzubeschwören. Was würde Julia ihr raten? Natürlich könnte sie jederzeit nach Texas zurückkehren, aber schon der Gedanke daran war deprimierend. Georgia hatte auf der Ranch immer ein Zuhause, ihr Vater und Tante Hannah würden sie niemals wegschicken. Aber das war ein schwacher Trost. Dort wartete rein gar nichts auf sie, keine Inspiration, niemand, der auch nur ansatzweise verstand, warum sie diese Wahl für ihr Leben getroffen hatte.

Georgia war als Einzelkind auf einer Ranch aufgewachsen, in der allgemeinen Erwartung, dass sie irgendwann den Sohn eines benachbarten Ranchers heiraten, Kinder bekommen und die nächste Generation von Ranchern großziehen würde, die dann das Erbe der Familie weitertrug. Ein hartes, aber befriedigendes Leben für jene, die es für sich wählten. Aber ein solches Leben hatte Georgia nie gewollt. Schon von klein auf hatte sie sich nach etwas anderem gesehnt und war den erdrückenden Erwartungen, die das Familienerbe an sie stellte, bei der erstbesten Gelegenheit entflohen. Wenige Tage nach ihrem achtzehnten Geburtstag hatte sie die Ranch verlassen und niemals zurückgeblickt. Dass Georgia sich bewusst gegen den Weg entschieden hatte, den ihr Vater und ihre Tante für die beste Wahl hielten, war ein ständiger Quell der Enttäuschung für die beiden, ein wunder Punkt, der niemals ganz zu verheilen schien. Deshalb war sie schon seit Jahren nicht mehr zu Hause gewesen. Nun mit eingekniffenem Schwanz zurückzukehren an jenen Ort, an dem sie sich nicht wirklich angenommen fühlte, war ein Ding der Unmöglichkeit. Nein, Texas kam als Ziel nicht infrage.

Georgia stellte sich Julia vor, in ihrer berühmten Fernsehküche, wie sie mit einem zufriedenen Nicken ein Hühnchen mit Butter bestrich, um es anschließend zu braten.

»Illegitimi non carborundum«, flötete sie, während sie ein Stück Zitrone in den ausgehöhlten Körper des toten Vogels schob. »Das ist Latein und bedeutet so viel wie: Lass dich von den Mistkerlen nicht unterkriegen.«

»Aber welche Alternativen hätte ich denn?«, entgegnete Georgia. Julia band geschickt das Hühnchen zusammen, ohne ihr weiteren Rat anzubieten. Mit einem frustrierten Seufzer blieb Georgia vor einer leeren Bank am Rande des Parks stehen und holte ihr Handy hervor. Ganz bewusst ignorierte sie die vielen Nachrichten, die inzwischen eingegangen waren. Sie stammten doch nur von Bekannten, die den Artikel gelesen oder irgendwelche Gerüchte gehört hatten und nun unbedingt mehr wissen wollten. Das hatte schon in der Früh angefangen, noch bevor sie aufgewacht war, aber sie wollte sie nicht lesen. Und auf keinen Fall wollte sie dem Skandal weitere Nahrung verschaffen. Dieses ganze Drama sollte sich so schnell wie möglich verflüchtigen. Sie brauchte jetzt erst einmal eine Möglichkeit, Paris zu verlassen.

Auf eine Eingebung hoffend, warf Georgia einen kurzen Blick in ihre Social-Media-Accounts. Böser Fehler. Anscheinend hatte sie nun einige Hater dort draußen, die nicht sonderlich erfreut darüber waren, dass sie den heißesten Koch von Paris in einen Kühlraum gesperrt hatte. Deshalb warfen sie ihr nun auf Französisch und Englisch ein paar nicht besonders nette Dinge an den Kopf. Georgias Wangen brannten angesichts von so viel Boshaftigkeit, und sie wischte hastig das Instagram-Fenster vom Display. Stattdessen öffnete sie ihre E-Mails, das schien ihr sicherer zu sein. Vielleicht gab es ja jemanden in ihren Kontakten, der ihr weiterhelfen konnte?

Ungeduldig ging Georgia die ungelesenen Nachrichten durch, die allerdings hauptsächlich aus Werbung und Spam bestanden. Ihre Mails checkte sie höchstens ein- oder zweimal pro Woche, da dort selten etwas Dringliches einging. Diesmal war es schon fast eine ganze Woche her, sodass nun mehrere Dutzend Nachrichten auf sie warteten. Sie warf kaum einen Blick auf die einzelnen E-Mails, scrollte hastig weiter und löschte dabei das meiste. So hätte sie auch beinahe die unauffällige Nachricht übersehen, die zwischen einer easyJet-Werbung und einer Mahnung ihres Handyanbieters versteckt war. Erst als ihr Blick am Namen des Absenders hängen blieb, hielt sie inne. Ungläubig starrte sie auf die Buchstaben. Das war nicht möglich. Vor fünf Tagen gesendet. Der Betreff lautete schlicht: *Bitte lesen.*

Georgias Herzschlag geriet kurz ins Stolpern, und ihre Finger suchten automatisch nach dem Glücksbringer an ihrem Hals. Fast schon krampfartig schlossen sie sich um das abgegriffene Kleeblatt. Auf einen Schlag war sie wieder fünf Jahre alt und stand in der staubigen Einfahrt der Ranch in Westtexas. Die Augustsonne brannte auf sie herab, trotzdem spürte sie die leichte Kette, die in ihrem Nacken geschlossen wurde. Zärtlich strichen die von den Gitarrensaiten schwielig gewordenen Finger ihrer Mutter über ihre Wange. Schön kühl waren sie. Und sie hörte ihre Stimme, warm und rau wie die Kieselsteine unter ihren nackten Füßen.

»Pass gut auf diese Kette auf, Georgia May, und trage sie, bis wir uns wiedersehen. In diesen vier Blättern verbergen sich die Grundzutaten des Rezepts für ein Leben voller Magie. Sieh her: Glaube, Hoffnung, Liebe und Glück. Das alles wünsche ich dir, mein wundervolles Mädchen.« Dann war ihre Mutter davongefahren. Und niemals zurückgekehrt.

Mit wild pochendem Herzen öffnete Georgia die E-Mail.

Liebe Georgia May,
mein Name ist Star Stevens, und ich bin deine Mutter. Bitte entschuldige, dass ich dich ohne jede Vorwarnung anschreibe, aber ich muss dir dringend etwas sagen, das möglicherweise dein Leben verändern könnte. Ich weiß zwar nicht, was man dir seit deiner Kindheit über mich erzählt hat, aber du sollst wissen, dass ich niemals aufgehört habe, dich zu lieben.
Wenn du die Wahrheit über dich und unsere Familie erfahren willst, komm nach San Juan Island. Ich hoffe sehr, dass du mir die Möglichkeit gibst, dir alles zu erklären.
In Liebe,
Star

Vollkommen perplex starrte Georgia die Worte an, las sie wieder und wieder. Star Stevens – jene Frau, die vor achtundzwanzig Jahren gegangen und spurlos aus ihrem Leben verschwunden war. Warum, in aller Welt, suchte sie jetzt Kontakt? Und wie hatte Star sie überhaupt gefunden?

Wenn du die Wahrheit über dich und unsere Familie erfahren willst, komm nach San Juan Island … Ganz langsam las Georgia die Worte laut vor, als könnte sie nur so ihre wahre Bedeutung entschlüsseln. Für einen Moment sah sie ihre Mutter vor sich: schlank, drahtig, in einem weiten, orange gefärbten Batikkleid, wie sie ihren Gitarrenkoffer auf die Rückbank eines verbeulten braunen Eldorado warf und davonfuhr. An ihr Gesicht konnte sich Georgia kaum erinnern, aber an ihr Haar. Wild und ungezähmt war es ihr immer in langen rotblonden Locken über den Rücken gefallen. Im Laufe der Jahre war Star in ihrer Vorstellung beinahe zu einer Art Fantasiegestalt geworden. Die Frau, die ihren Daddy verlassen und auf einer staubigen Ranch in Texas eine Fünfjährige mit gebrochenem Herzen zurückgelassen hatte, deren unbändige rote Locken so sehr denen ihrer Mama glichen. Die Frau, nach der sie sich so lange gesehnt hatte, die nie ganz aus ihren Gedanken verschwunden war, auf deren Rückkehr sie heimlich immer gehofft hatte. Die Frau, auf die Georgia nun seit fast dreißig Jahren wartete.

»Star Stevens«, murmelte sie leise. »Ich habe immer gehofft, dass du mich finden wirst.« Dann brach sie völlig unvermittelt in Tränen aus.

»Aber natürlich musst du da hin!«, rief Phoebe. »Geht's noch?«

Inzwischen war es später Nachmittag, und Georgia hatte ihrer Freundin soeben von ihrem Besuch bei Michel und der Nachricht ihrer Mutter erzählt. Letztere hatte sie seit jenem Moment auf der Bank im Jardin du Luxembourg noch Dutzende Male gelesen, wodurch sie aber nichts von ihrer verblüffenden Rätselhaftigkeit verloren hatte.

Nun beugte sich Phoebe über den winzigen Küchentisch und bewunderte die regenbogenbunten Macarons in der schmalen pistaziengrünen Schachtel, die vor ihr stand. Vorsichtig strich sie mit den Fingerspitzen über das zarte Gebäck, bei dem jede der leuchtenden Farben eine eigene köstliche Geschmacksrichtung widerspiegelte. »Orangenblüte, meine Lieblingssorte. Du hast es nicht vergessen!«, freute sie sich und fischte eine zart pfirsichfarbene Köstlichkeit aus der Schachtel.

Da sie unbestritten die besten Macarons von ganz Paris machten, war Ladurée für Georgia schon immer Anlaufstelle Nummer eins gewesen, wenn sie sich etwas gönnen wollte – sei es nun am Geburtstag, zur Beförderung oder irgendeinem anderen Meilenstein in ihrem Leben. Und so hatte sie auf dem Rückweg von Michel in einem der Geschäfte haltgemacht und ein Dutzend Macarons gekauft, als kleines Dankeschön für Phoebe.

»Du magst Zitrone, richtig?«, hakte diese jetzt nach und streckte Georgia ein kanarienvogelgelbes Macaron entgegen. »Bitte schön, ich teile gern.«

Georgia lehnte dankend ab. Sie konnte den Geschmack des Gebäcks ja sowieso nicht genießen, aber das sagte sie Phoebe nicht.

»Meine Mom hat uns verlassen, als ich noch klein war«, erklärte sie stattdessen. »Fast drei Jahrzehnte lang war sie spurlos verschwunden. Also, warum nimmt sie jetzt Kontakt zu mir auf? Und was soll das überhaupt heißen – komm nach San Juan Island, wenn du die Wahrheit über dich und unsere Familie erfahren willst? Welche Wahrheit? Das ist alles so … merkwürdig.« Verwirrt und von leisem Zweifel getrieben, runzelte Georgia die Stirn.

»Für mich sieht das nach einer perfekten Fügung aus.« Phoebe knabberte an ihrem Macaron herum und las noch einmal die E-Mail auf Georgias Handy. »Das könnte die Lösung sein! Du kommst aus Paris raus, wie Michel es dir geraten hat, und du kannst eine Verbindung zu deiner verschollenen Mutter herstellen. Du bist doch bestimmt neugierig, oder? Das ist deine Chance, endlich die Wahrheit herauszufinden. Was könnte an diesem Plan schlecht sein?«

»Nun ja.« Georgia zögerte. Irgendetwas in ihr sträubte sich dagegen. Außerdem fiel es ihr schwer, das alles zu begreifen. Star Stevens, ihre Mutter, war nicht nur wohlauf, sondern lebte auch irgendwo auf einer Insel und lud Georgia urplötzlich ein, sie dort zu besuchen? Einfach so, aus heiterem Himmel? Sie wusste nicht, was sie davon halten sollte. Gleichzeitig hatte sie so viele Fragen an ihre Mutter. Jedes Mal, wenn sie an Star dachte, erwachte tief in ihrem Innern eine inzwischen altbekannte Mischung aus Zorn, Sehnsucht, Trauer und Trotz. Ebenjene Gefühle, die schon seit ihrer Kindheit in ihr schlummerten. Star Stevens. Dieser Name stand für Komplikationen. Andererseits hatte Phoebe recht – Georgia war tatsächlich neugierig, sehr neugierig sogar. Was wollte Star ihr so dringend mitteilen? Und warum? Ja, sie hatte eine Menge Fragen.

»Was hast du denn bitte schön zu verlieren?«, bohrte Phoebe weiter, holte sich ein hellrosa Himbeermacaron aus der Schachtel und knabberte daran.

»Verloren habe ich ja schon alles«, gab Georgia zu. »Ich kann einfach nicht glauben, dass sie mich nach all den Jahren tatsächlich kontaktiert hat. Ich weiß absolut nichts über diese Frau. Für mich ist sie eine Fremde.« Wieder überflog sie die E-Mail. »Wo in aller Welt liegt überhaupt dieses San Juan Island?«

»Klingt auf jeden Fall exotisch. Lass uns nachsehen!« Voller Tatendrang zückte Phoebe ihr Smartphone, nur um gleich darauf einen entzückten Schrei auszustoßen. »Ooh, sieh mal! Das ist eine Insel im Staat Washington, nördlich von Seattle gelegen. Und es ist wundervoll dort!« Sie streckte Georgia das Telefon entgegen und präsentierte ihr ein Dutzend Fotos: tiefblaues Wasser, üppige grüne Inseln mit dichten Nadelwäldern, felsige Buchten und hübsche weiße Fährboote, die an dahinziehenden Orcas vorbeiglitten. Dazu ein niedliches Städtchen mit schindelgedeckten, bunt angestrichenen Häusern und einem Hafen voller Segelboote. Kurz gesagt: eine wundervolle Naturidylle. Die Bilder strahlten Gelassenheit und Ruhe aus. Eine vollkommen andere Welt als Paris oder auch Texas.

Georgia nahm ihrer Freundin das Telefon aus der Hand und studierte die Fotos. Sie war fasziniert. Etwas Derartiges hatte sie noch nie gesehen. In ihrer Brust regte sich ein merkwürdiges Ziehen, das sie nicht wirklich beschreiben konnte. Als würde sie etwas an diesen Ort rufen. Sie musste dorthin.

Phoebe holte sich ihr Telefon zurück und las ein wenig. »Hier heißt es, San Juan Island sei bekannt für die vielen Orca-Schulen, Kajaksport, eine Lavendelfarm, Apfelwein, Weinberge, seine Muschelzucht, seine auf die Küche des Nordwestens spezialisierten Restaurants und Wochenmärkte.« Sie ließ das Handy sinken und sah Georgia erwartungsvoll an. »Du musst da hin«, drängte sie wieder. »Denk doch mal nach. Könnte es einen besseren Ort geben, um dein Feuer wiederzuentdecken? Außerdem kannst du so deine Mom neu kennenlernen und herausfinden, was sie dir sagen will. Eine absolute Win-win-Situation.«

Nachdenklich nagte Georgia auf ihrer Unterlippe. »Das klingt schon ziemlich perfekt«, gab sie schließlich zu.

»Oh, fein!« Phoebe klatschte in die Hände. »Der richtige Zeitpunkt für ein Abenteuer.« Sie warf Georgia einen neckenden Blick zu. »Und vielleicht entdeckst du dort sogar mehr, als du jetzt ahnst.«

»Was soll das denn nun wieder heißen?«

Achselzuckend führte Phoebe aus: »Ach, keine Ahnung. Eine Romanze mit einem sexy Fischer oder Holzfäller vielleicht? Irgendetwas Schönes, womit du nicht gerechnet hast. Mein Bauchgefühl sagt mir, dass sich dadurch für dich alles ändern wird.«

Irritiert rümpfte Georgia die Nase. »Oh nein, vielen Dank. Nach Etienne habe ich erst einmal die Schnauze voll von Romanzen.«

Wenn sie diese Insel besuchte, dann nur, um ihren Geschmackssinn zurückzubekommen und rechtzeitig ihr inneres Feuer anzufachen, damit sie Michel beweisen konnte, dass sie für eine eigene Restaurantküche bereit war. Und vielleicht, um die Neugier in Bezug auf ihre Mutter zu befriedigen. Aber mehr auch nicht. Zu Star auf diese Insel zu fahren, war möglicherweise ein Schritt in die richtige Richtung. Vielleicht konnte sie so ja auch ihren Geschmackssinn wiederfinden. Und wenn sie erst wieder schmecken konnte, würde sich alles andere bestimmt fügen.

»Dann fährst du also hin?«, fragte Phoebe aufgeregt.

»Ich fahre hin«, entschied Georgia. Was hatte sie schon zu verlieren? Schnell schickte sie eine Antwort an Star, bloß einen Einzeiler, um ihr mitzuteilen, dass sie kommen wolle, und das möglichst bald. Bevor sie es sich anders überlegen konnte, klickte sie hastig auf »Senden«.

»Das ist dermaßen spannend!«, jubelte Phoebe, die sich kaum auf ihrem Stuhl halten konnte. Sie liebte jede Art von Drama. »Wie spät ist es jetzt da drüben? Früher Morgen, richtig? Ooooh, ich hoffe so sehr, dass sie bald antwortet.«

»Ich auch.« Georgia schickte ein leises Stoßgebet gen Himmel: »Bitte mach, dass das kein Fehler war.«

Als Georgia zwanzig Minuten später das nächste Mal in ihre E-Mails schaute, hatte sie eine Antwort von Star.

Liebe Georgia,

du kannst kommen, wann immer du möchtest. Ich warte hier auf dich.

Star

Darunter stand noch ihre Adresse, ein Ort namens Friday Harbor auf San Juan Island. Nachdenklich starrte Georgia auf die Angaben. Was würde sie dort wohl erwarten? War Star verheiratet? Hatte sie noch andere Kinder bekommen? Möglicherweise hatte sie ja eine zweite Familie, von der sie nie etwas geahnt hatte. Irgendwie war dieser Gedanke verstörend. Worauf ließ sie sich da nur ein? Im Laufe der Jahre hatte Georgia immer wieder den Namen ihrer Mutter gegoogelt, war im Netz aber auf keinerlei Spuren gestoßen. Fast schien es, als würde Star Stevens gar nicht existieren. Aber ganz offensichtlich nun eben doch. Und wenn alles gut ging, würde Georgia ihr bald leibhaftig gegenüberstehen. Diese Vorstellung machte sie nervös, aber sie freute sich auch darauf.

»Schenke mir Mut«, flüsterte sie in der Hoffnung, dass Julia ihr helfen würde. »Bitte, mach, dass es gut geht.«

Phoebe hatte mit einem Freudenschrei auf den Entschluss reagiert und kramte nun eine Flasche Champagner hervor, um zu feiern. Währenddessen suchte Georgia bereits nach Flügen. Es dauerte nicht lange, bis sie ein One-Way-Ticket nach Seattle fand, dem nächstgelegenen Flughafen. Bereits früh am nächsten Morgen würde es losgehen. Alles passierte so schnell, aber warum warten? Nein, es war besser, sich so bald wie möglich auf den Weg zu machen. Hier hielt sie im Moment nichts. Sie musste nur noch ihre Sachen aus ihrer alten Wohnung holen, dann könnte sie einige Stunden später bereits unterwegs sein. Lediglich der exorbitante Preis des Tickets ließ sie schlucken; das würde einen Großteil ihrer mickrigen Ersparnisse verschlingen. Einen Moment lang schwebte ihr Finger zögernd über dem »Flug buchen«-Button. War es nicht vollkommen verrückt, sich Hals über Kopf in diese

Reise zu stürzen? Was konnte da nicht alles schiefgehen! Und wenn sie nun ihren Geschmackssinn nicht wiedererlangte, ihr inneres Feuer nicht neu entfachen konnte? Wenn Star und sie keinerlei Gemeinsamkeiten hatten? Was, wenn das alles ganz schrecklich in die Hose ging?

Noch immer zögerte sie. Plötzlich sah sie nur noch das Risiko, als müsste sie mit geschlossenen Augen von einer Klippe springen. »Komm schon, Georgia, jetzt zieh nicht den Schwanz ein«, rügte sie sich leise. Immerhin hatte sie schon eine Menge Hindernisse überwunden: Mit achtzehn war sie von zu Hause fortgegangen, mit gerade mal hundert Dollar in der Tasche und begleitet von der Enttäuschung und Missbilligung ihrer Familie. Sie hatte sich durch die Kochschule gequält, wo sie tagsüber Gourmetmenüs gezaubert hatte, um nachts für einen Hungerlohn in diversen Jobs zu schuften. An vielen Tagen hatte es nichts anderes zu essen gegeben als zwei Erdnussbuttersandwiches und Rührei, weil sonst das Geld nicht gereicht hätte. Dann hatte sie sich einen Weg in die Pariser Restaurantszene gebahnt und mit Talent und Entschlossenheit Stufe für Stufe erklommen – in den Küchen von Paris, als Amerikanerin, als Frau. Eine wahre Mammutaufgabe. Sie hatte Opfer gebracht, geknausert und sich die Finger wund gearbeitet, um voranzukommen. Und nun war das Ziel zum Greifen nahe. Sie würde einfach alles tun, um Michel zu beweisen, dass sie die richtige Wahl war. Noch konnte das La Lumière Dorée ihr gehören. Doch dazu musste sie diese Chance ergreifen.

Und bei einem Besuch auf San Juan Island könnte Georgia auch endlich wieder mit der Frau zusammenfinden, die sie erst auf die Welt gebracht und dann verlassen hatte – und über die nach ihrem Verschwinden in

Georgias Familie nie wieder gesprochen worden war. Und nach der sich Georgia noch immer so sehr sehnte, dass sie manchmal nachts unter Tränen aufwachte, verwirrt und verloren nach einem Albtraum, an den sie sich nicht einmal erinnern konnte. Ja, sie würde Paris verlassen, um all die Kostbarkeiten zurückzugewinnen, die sie verloren hatte. Das war das Risiko sicher wert.

»Lass uns auf dein Abenteuer anstoßen«, verlangte Phoebe, die gerade mit zwei vollen Champagnerflöten an den Tisch zurückkehrte.

»Moment noch.« Georgia holte tief Luft und klickte dann auf »Buchen«. Nun gab es kein Zurück mehr. Sie würde es tatsächlich durchziehen.

»Bon appétit, ma choupinette!«, gluckste Julia irgendwo in Georgias Hinterkopf, schob ihr Hühnchen in den Ofen und winkte zum Abschied.

7

»Wir erreichen nun den Fährhafen von Friday Harbor«, verkündete die Stimme aus dem Lautsprecher der Washington State Ferry. »Die Passagiere werden gebeten, sich rechtzeitig zu ihren Fahrzeugen zu begeben. Passagiere ohne Fahrzeug müssen das Schiff zu Fuß über das Autodeck verlassen.«

Georgia beugte sich über die Reling des Passagierdecks und sog vom höchsten Platz auf dem zweigeschossigen weiß-grünen Fährboot aus die salzige Meeresluft und den Duft der Nadelwälder in sich auf, während das erstaunlich große Boot gemächlich auf San Juan Island zusteuerte. Noch nie hatte sie so frische Luft geatmet. Dabei war die bisherige Reise einfach nur zermürbend gewesen: zwei Zwischenlandungen in Frankfurt und Washington, und auf allen drei Flügen war sie auf dem Mittelplatz eingeklemmt gewesen. Doch nach einer Shuttlefahrt vom Flughafen zum Fährterminal und einer einstündigen Bootsfahrt zwischen den atemberaubend schönen Inseln hindurch näherte sie sich nun endlich Friday Harbor. Georgia schluckte nervös. Bald war es so weit.

Sie holte ihre beiden Rollkoffer aus dem Aufenthaltsraum und folgte den anderen Passagieren hinunter auf das Autodeck. In den beiden schweren Koffern befanden sich all ihre weltlichen Besitztümer. Nachdem sie den Flug gebucht und mit Phoebe auf das neue Abenteuer angestoßen hatte, hatte sie den Rest des Tages abgewartet, bis sie am späten Abend sicher gewesen war, dass sich Etienne im Restaurant aufhielt. Erst dann waren Phoebe und sie zu ihrer alten Wohnung gefahren, um Georgias Sachen zu holen. Während Phoebe *Goodbye* von den Spice Girls in Dauerschleife gespielt und systematisch sämtliche teuren Spirituosen aus Etiennes Art-déco-Bar in die Küchenspüle gekippt hatte, war Georgia hastig durch die Wohnung gehuscht, hatte ihre Sachen zusammengepackt und sich innerlich von ihrem Heim und dem Mann verabschiedet, mit dem sie es geteilt hatte. Auf diese Weise zu gehen, war irgendwie brutal. Denn auch wenn im Laufe ihrer Beziehung immer wieder Zweifel an Etienne in ihr aufgestiegen waren, hätte sie trotzdem nie gedacht, dass es einmal so enden würde. Noch immer verschlug es ihr beim Gedanken an seinen Verrat den Atem. Doch nun würde sie Paris verlassen – mehr als bereit für einen Neuanfang.

Als die Fähre den Hafen erreichte, kuschelte sich Georgia zitternd in ihren gefütterten Trenchcoat. Offenbar war es hier im April noch recht kühl. Die mit Salz und Regen durchsetzte Luft auf dem offenen Fährdeck schwankte zwischen erfrischend und kalt. Obwohl die Erschöpfung ihr das Gefühl gab, knapp über dem Boden zu schweben, war Georgia gleichzeitig so nervös, dass ihre Sinne auf Hochtouren arbeiteten. Zusammen mit den anderen autolosen Reisenden beobachtete sie, wie die bunt bemalten Schindelbauten von Friday Harbor langsam näher kamen. Das beschauliche Städtchen schien hauptsächlich aus historischen Bauten in leuchtenden Farben zu bestehen. Georgia kam sich vor wie am Filmset einer romantischen Komödie. Nirgendwo Hochhäuser, kein Fitzelchen Unrat auf der Straße.

Sobald die Fähre angelegt hatte, ging Georgia die Rampe hinunter und musterte dabei die wartenden Autos. Schon bald entdeckte sie einige Taxis und fand einen Fahrer, der sie zu der Adresse bringen wollte, die Star ihr geschickt hatte. Sein klassisches gelbes Taxi war sehr hübsch, aber auch teuer. Seufzend ließ sich Georgia auf die Rückbank fallen und sammelte erste Eindrücke, während sie durch die Straßen des Städtchens kurvten. Sie sah mehrere Pubs, Fischrestaurants und eine Eisdiele direkt an der Marina für Segelboote. Außerdem gab es ein Kino mit zwei Sälen und einen altmodischen Eisenwarenhandel. Alles hier wirkte wie auf einer Postkarte: idyllisch mit nautischem Flair und damit weit weg von dem erhabenen Pariser Prunk. Georgia fand es einfach nur bezaubernd.

»Sind Sie auf Urlaub hier?«, fragte der Taxifahrer freundlich, als sie sich dem Stadtrand näherten. »Die Orcas sind heute Morgen weitergezogen nach Norden, habe ich gehört.«

»Nein, wegen eines … Familienbesuchs«, antwortete sie. Ihr Puls beschleunigte sich, und sie schluckte nervös. In wenigen Minuten würde sie ihrer verschollen geglaubten Mutter gegenüberstehen. Bevor sie in Paris aufgebrochen war, hatte sie Star noch eine E-Mail geschickt, um ihr mitzuteilen, dass sie unterwegs sei und mit welchem Flug sie komme, hatte aber keine Antwort mehr erhalten. Sie hatte Star auch geschrieben, dass sie selbstständig von der Fähre zu ihrem Haus fahren würde, da sie nicht genau sagen könne, wann sie auf der Insel einträfe. Eine Telefonnummer ihrer Mutter hatte sie nicht und auch sonst keine Möglichkeit, sie zu erreichen. Hoffentlich war es Star auch wirklich recht, dass ihre Tochter so kurzfristig bei ihr auftauchte. Doch selbst wenn nicht – für eine Umkehr war es nun zu spät.

Georgia starrte zu den sanften Hügeln vor dem Fenster hinaus, zwischen denen immer wieder saubere Bauernhöfe und dichte Nadelwälder auftauchten. Zwischen den Bäumen und Feldern blitzte hin und wieder das blaue Meer auf. Alles auf dieser Insel strahlte Schönheit und Ruhe aus. Etwas derart Friedvolles hatte Georgia wirklich noch nie gesehen.

Nervös frischte sie ihren Lippenstift auf und strich sich über die wirren Locken. Gleich würde sie Star gegenüberstehen, und die von Anspannung durchzogene Vorfreude zerrte an ihren Nerven. Wie würde sie sein? Ob sie wohl irgendetwas mit den wenigen verschwommenen Erinnerungen gemein hatte, an die sich Georgia ihr Leben lang geklammert hatte? Und wenn sie ihr nun einfach nur fremd war? Wenn sie keinerlei Gemeinsamkeit entdecken konnte? Oder wenn Georgia nicht Stars Erwartungen entsprach? Wenn sie selbst sich als die große Enttäuschung entpuppte? Dieser Verdacht lauerte schon lange in ihr. Schließlich hatte Star sie verlassen und war nie zurückgekehrt. Warum sonst hätte sie Georgia einfach zurücklassen sollen? Der Gedanke, ihre Mutter enttäuschen zu können, quälte sie. In ihrem Innern steckte noch immer das kleine Mädchen, das jeden Abend vor dem Schlafengehen am Fenster stand und auf die Rückkehr seiner Mutter wartete. Das kleine Mädchen, das die lange, staubige Einfahrt nicht aus den Augen ließ und mit jeder Faser seines Herzens hoffte, dass es irgendwo dort draußen eine Mutter gab, die es noch immer liebte. Aber heute war sie nicht mehr dieses kleine Mädchen. Sie war eine erwachsene Frau, die schon vor Jahren gelernt hatte, sich in einer

Welt voller Enttäuschungen und offener Fragen zurechtzufinden, die aber im empfindsamsten Teil ihres Herzens auch noch den Schmerz über den Verlust der Mutter und all die gebrochenen Versprechen in sich trug – wohlbehütet durch Zorn und Trauer.

Georgia lehnte den Kopf an die Scheibe und ließ die Landschaft an sich vorbeiziehen. Wieder einmal sandte sie ein leises Stoßgebet aus: »Bitte lass mit Star alles gut gehen.« Sie wünschte sich so sehr, dass Star sie mochte und dieses Wiedersehen ein glückliches wurde. Denn falls es nicht funktionierte, wusste sie nicht, wohin sie sonst gehen sollte. Die Tatsache, dass von einer großen Unbekannten quasi alles abhing, weckte in ihr ein Gefühl der Verletzlichkeit.

Viel zu schnell hielten sie vor einem kleinen weißen Cottage mit steilem grünen Giebeldach. Hinter dem Haus war die blaugraue Bucht zu erkennen, Nadelbäume zogen sich bis zum Wasser hinab. An dem weißen Gartenzaun wucherten üppig blühende Lavendelbüsche. Ein pittoreskes, friedliches Bild, das Georgia einfach nur hinreißend fand.

Vorne an der Straße fiel ihr ein kleiner, einfacher Holzstand ins Auge, auf dem Einmachgläser mit verschiedenen Blumensträußen und einige Honiggläser aufgebaut waren. An einer wuchtigen Metallkiste hing ein Schild.

HIER BEZAHLEN
HONIG 15 $ / BLUMEN 12 $
SEID EHRLICH, SONST VERPASST
EUCH DAS KARMA EINEN TRITT
IN DEN HINTERN

»Das ist es?«, vergewisserte sich Georgia.

»Aber ja doch«, bestätigte der Taxifahrer. »Das ist das Haus von Star Stevens. Früher auch von Justine Hardy, aber Justine ist nicht mehr unter uns. An Krebs gestorben, glaube ich, schon vor ein paar Jahren.« Er drehte sich zu Georgia um. »Gute Menschen, die beiden. Meine Frau kauft gerne Stars Honig und ihre Tomaten. Diese Frau hat den grünsten Daumen der ganzen Insel, sagt sie immer.«

Das klang ja alles recht beruhigend, auch wenn Georgia sich fragte, wer wohl diese Justine war. Bestimmt würde sie das noch herausfinden. Sie stieg aus, bezahlte und gab dem Fahrer ein großzügiges Trinkgeld, auch wenn der Fahrpreis allein ihr schon die Tränen in die Augen trieb. Der Mann lud ihre Koffer aus und schüttelte ihr dann die Hand.

»Genießen Sie Ihren Aufenthalt auf der Insel. Das ist ein ganz besonderer Ort«, erklärte er noch, dann fuhr er davon und ließ die plötzlich extrem verunsicherte Georgia in einer weißen Staubwolke zurück. Ihre Zögerlichkeit verflog allerdings wenig später, da lautes Hundegebell einsetzte und etwas Goldblondes um die Hausecke schoss und mit einem großen Satz über das Gartentörchen setzte. Georgia schrie auf und riss schützend die Arme hoch, als ein großer, kräftiger heller Labrador vor ihren Füßen landete. Der Hund sprang sie an, stützte sich mit den Vorderpfoten auf ihren Schultern ab und leckte ihr mit seiner rosafarbenen, extrem feuchten Zunge das Kinn ab.

»Pollen! Pollen! Runter mit dir, Mädchen. Ab! Ab!« Eine drahtige Frau mit langen grauen Locken kam um das Haus gelaufen, wohl um den Hund einzufangen. Ihre strengen Kommandos lösten bei dem Tier keine erkennbare Reaktion aus, das weiterhin Georgias untere Gesichtshälfte ableckte; diese wiederum versuchte vergeblich, den Hund von sich herunterzuschieben.

»Igitt.« Mit kleinen Schritten wollte Georgia nach hinten ausweichen, aber der Labrador folgte ihr auf den Hinterbeinen wie ein Tanzpartner beim Walzer. Offenbar war Pollen ein sehr entschlossener und liebevoller Hund.

»Tut mir schrecklich leid, sie freut sich einfach so. Aber sie würde keiner Fliege etwas zuleide tun.« Die Frau hatte das Törchen geöffnet und zog den Hund nun am Halsband; auf ihre Erklärungen ließ sie nahtlos die nächste Rüge folgen: »Runter mit dir, Pollen. Hör auf, fremde Menschen abzulecken. Das ist unhöflich.« Erst jetzt sah sie Georgia direkt an, und plötzlich versagte ihr die Stimme.

»Georgia May?« Für einen Moment wirkte sie erschrocken, dann nur noch verblüfft.

»Mama?«, erwiderte Georgia, ohne nachzudenken. Sie starrte ihrer Mutter ins Gesicht, und plötzlich war alles wieder da. Sie kannte dieses Gesicht. Natürlich war Star älter geworden, das Leben hatte seine Spuren hinterlassen, aber ihre Augen waren unverändert: leuchtend graugrün, wie das Wasser des Pudget Sound. Und nun strahlte in ihnen eine Mischung aus Hoffnung und Vorfreude, während sie Georgia so gebannt anstarrte, als sähe sie einen Geist. Verlegen strich Georgia über ihr zerknittertes weißes Shirt und setzte zu der Rede an, die sie im Flugzeug Dutzende Male geübt hatte: »Tut mir leid, dass ich hier einfach so hereinplatze. Ich habe dir eine E-Mail geschickt, bin mir aber nicht sicher, ob du sie noch rechtzeitig bekommen hast. Und ich hatte ja auch keine Telefonnummer, um anzurufen. Falls es dir jetzt nicht passt, kann ich auch in ein Hotel gehen oder …« Der Rest des Satzes blieb ungesagt, da Georgia ihre verschollen geglaubte Mutter nun einfach nur noch wortlos anstarrte. Nervös wartete sie auf eine Antwort.

Star ließ den Hund los, trat einen Schritt vor und umfasste mit beiden Händen Georgias Gesicht. Sie hatte kräftige, leicht knotige Finger, ihre Handflächen waren schwielig. Mit einer so intimen Geste hatte Georgia nicht gerechnet, aber sie wehrte sich auch nicht gegen die Berührung. Inzwischen studierte Star jeden Millimeter von Georgias Gesicht, als wäre es ein seltenes Kunstwerk.

»Ich hätte dich jederzeit wiedererkannt«, stellte sie dann liebevoll fest. Ihre Stimme klang genau wie in Georgias Erinnerung, warm und rau – und so vertraut, dass sie ein Ziehen in Georgias Magengrube auslöste. Es war so lange her. »Sieh dich an. Diese Haare! Du siehst genauso aus wie meine Großmutter Emma.« Stars Mundwinkel hoben sich, und ein überraschtes, fröhliches Lachen drang aus ihrer Kehle.

Georgia wich einen Schritt zurück; die unerwartete Intimität warf sie ein wenig aus der Bahn. Sofort trat auch Star zurück und rieb sich verlegen die Hände. »Oje, es hat mich wohl einfach mitgerissen. Aber dafür ist später noch Zeit. Komm rein, du bist bestimmt erschöpft. Natürlich kannst du hier wohnen, ich habe genügend Platz.«

»Bist du sicher?«, fragte Georgia zögernd. »Ich möchte mich wirklich nicht aufdrängen.« Doch eigentlich war sie erleichtert. Ein Hotel könnte sie sich höchstens für ein paar Nächte leisten, und bis sie nach Paris zurückkehren könnte, würde es eine ganze Weile dauern.

Star winkte ab. »Du kannst dich gar nicht aufdrängen, schließlich sind wir eine Familie. Und außerdem …« Sie zeigte auf den Labrador, der aufgeregt von einer Pfote auf die andere trat und so heftig mit dem Schwanz wedelte, dass sein gesamtes Hinterteil wackelte. »Pollen würde es mir nie verzeihen, wenn du nicht bei uns bleibst. Sie liebt Besuch. Komm, ich mache uns Tee und Toast. Toast macht alles besser.«

Damit packte sie Georgias Koffer, wuchtete sie ächzend hoch, schleppte sie zur Verandatreppe und ins Haus. Georgia sah fragend zu Pollen hinunter, die zustimmend bellte. Der Anblick ihrer Mutter hatte Georgia schwer erschüttert – sie fühlte sich benommen und berauscht zugleich, war hin- und hergerissen. So viele Fragen gingen ihr im Kopf herum und verlangten nach einer Antwort, aber für den Moment schob Georgia sie alle beiseite. Dafür war später noch Zeit. Vorerst war es genug, dass sie wieder zusammen waren. Also sah sich Georgia noch einmal neugierig um, dann folgte sie Star ins Haus. Und mit jedem Schritt wurde ihr ein wenig leichter ums Herz.

8

Fünf Minuten später saß Georgia an einem weiß lackierten Tisch in einer schlichten, altmodischen Landhausküche, während Star damit beschäftigt war, Tee und Toast zuzubereiten. Die Nachmittagssonne schien durch eine breite Fensterfront zu ihnen herein, hinter den Scheiben erstreckte sich ein leuchtend grüner Rasen, der sanft zur Bucht hin abfiel. Der Ausblick war atemberaubend. Georgia versuchte sich vorzustellen, wie es wohl sein mochte, jeden Morgen mit einem solchen Panorama aufzuwachen. Konnte man sich daran jemals sattsehen? Bestimmt nicht. Hier war es so friedlich. Dieses Haus strahlte eine angenehme Ruhe aus, mit einem Hauch von Traurigkeit. Dabei hatte Georgia ihre Mutter ganz anders in Erinnerung, als farbenfrohen Wirbelwind, unbändig wie ein zischender elektrischer Funke. Heute aber verströmte Star ruhige Gelassenheit, in der ein wenig leiser Kummer mitschwang. Die senkrechten Falten rund um ihren Mund zeugten von Leid. Diese Frau wirkte nicht wie eine Drogensüchtige, eine Lügnerin oder eine Hexe – und all das hatte Georgia aus dem Getuschel über ihre Mutter aufgeschnappt, nachdem diese damals verschwunden war. Nein, sie wirkte eher wie eine Frau, die ein hartes Leben hinter sich hatte und nun endlich mit sich selbst im Reinen war.

Georgia beobachtete ihre Mutter dabei, wie sie getrocknete Kräuter aus einem Einmachglas abmaß und in einen

Becher mit heißem Wasser einrührte. Ihr Aussehen ließ vermuten, dass sie Anfang fünfzig war, dazu schmal gebaut, ein wenig kleiner als Georgia und mit dichten, von Grau durchsetzten Locken, die ihr offen über den Rücken fielen. Sie trug keinerlei Make-up, und ihr Gesicht war von feinen Fältchen durchzogen, wie sie entstehen, wenn man viel Zeit in der Sonne verbringt. Ihre Augen wurden von klassischen Krähenfüßen eingerahmt. Gekleidet war sie in Georgias Augen wie ein typischer Hippie, aber mit eigenem Touch: ein Grateful-Dead-T-Shirt im Batiklook und dazu ein sandfarbener, weiter Plisseerock. Ihre langen, mit Federn und Steinchen verzierten Ohrhänger klimperten leise, wenn sie sich bewegte. Auf dem rechten Oberarm lugte ein Tattoo unter dem Shirtärmel hervor: ein Totenkopf mit einer bunten Blumenkrone. All das registrierte Georgia voller Neugier. Was verriet ihr das über das Leben, das Star geführt hatte, seit sie damals fortgegangen war? Auf der Arbeitsfläche sprangen mit einem leisen Ploppen die Brotscheiben aus dem Toaster, die Star daraufhin zunächst mit Butter und dann mit Honig bestrich, den sie aus einem riesigen Glas löffelte.

»So, das kannst du jetzt gut gebrauchen.« Sie stellte einen Teller vor Georgia hin; der Toast darauf war mit einer dicken Schicht aus flüssigem Gold bedeckt. Anschließend schob sie den Becher mit dem Kräutertee daneben. »Der Honig stammt von meinen eigenen Bienen.« Star zeigte in den Garten hinaus. Und tatsächlich entdeckte Georgia am Rand der Grünfläche, dicht bei den Tannen, einige Bienenstöcke, jeder in einer eigenen leuchtenden Farbe bemalt: Rot, Orange, Gelb und Türkis. Aus reiner Höflichkeit knabberte Georgia ein wenig an ihrem Toast herum. Das Brot war anscheinend selbst gebacken, hatte allerdings die Konsistenz und Härte einer Gipskartonplatte. Da brauchte es schon mehr als Honig, um das noch zu retten.

Die Bitterkeit der wenigen Toastbissen ließ Georgia das Gesicht verziehen, und sie versuchte hastig, mit etwas Tee die trockenen Brocken herunterzuspülen, die in ihrem Hals stecken zu bleiben drohten. Sie hatte sich schon immer gefragt, woher sie wohl ihr kulinarisches Talent hatte. Tante Hannah war zwar eine recht anständige Köchin gewesen, die nahrhafte, genießbare Mahlzeiten servierte – nichts Außergewöhnliches, eben klassische amerikanische Hausmannskost, um die Mägen von hungrigen Ranchern zu füllen. Aber Tante Hannah hatte auch nie einen Hehl daraus gemacht, dass ihr das Kochen keinen Spaß machte. Sie sah darin keine besondere Kunst, lediglich eine lästige Pflicht, wie Unkrautjäten. Allerdings hatte Georgia auch ein paar vage Erinnerungen daran, mit Star in der Küche gewerkelt zu haben, und hatte sich deshalb oft gefragt, ob darin vielleicht ihre anfängliche Inspiration zu finden war. Nachdem Star gegangen war, hatten Tante Hannah und ihr Vater sich geweigert, über sie zu sprechen. Und so hatte Georgia während ihrer Kindheit die wenigen Erinnerungen und Informationen, die sie aufgeschnappt hatte, gehütet wie einen Schatz. Wenn sie sich jetzt allerdings dieses Brot ansah, war Star vielleicht doch nicht ihre Inspirationsquelle gewesen. Immer wieder drückte sie prüfend an den Scheiben herum. Irgendwie war sie enttäuscht. Bisher hatte sie gehofft und angenommen, dass Star und sie die kulinarische Gabe teilten. Doch anscheinend hatte sie sich in diesem Punkt geirrt.

Georgia nippte noch einmal an ihrem Tee. Auch hier schmeckte sie nur bitter, aber sie genoss den kräftigen

Kräuterduft, der aus dem Becher aufstieg. »Was ist das für ein Tee?« Star hatte ihr gerade den Rücken zugekehrt, was Georgia nutzte, um ihren Toast an Pollen zu verfüttern, die dicht neben ihrem Stuhl hockte, die Schnauze auf Georgias Knie drückte und sie flehend anstarrte. Dadurch zufriedengestellt, streckte sich der Hund auf dem Boden aus und kaute an der Brotrinde herum wie an einem Knochen.

»Ach, das ist eine bunte Mischung.« Star setzte sich mit einem eigenen Becher zu ihr an den Tisch. »Was mein Garten so hergibt. Ich bin eine große Freundin der Kräuterkunde, jede Pflanze hat ganz spezielle Eigenschaften. Und das hier ist meine persönliche Mischung.« Sie rührte in ihrem Becher und ließ die Blätter kreisen. »Möchtest du raten, was es genau ist?«

Prüfend sog Georgia den Duft ein. »Mal sehen. Minze, das ist eindeutig.«

»Bringt Weisheit«, nickte Star und nahm einen Schluck.

»Und Rosmarin.«

»Stärkt die Erinnerung«, bestätigte Star.

»Und …« Noch einmal roch Georgia an ihrem Tee. »Estragon?« Schon immer hatte der Estragon zu ihren Lieblingsgewürzen gehört. In der französischen Küche galt er als König aller Kräuter.

»Für die Hingabe.« Star wirkte erfreut. »Ich bezeichne diesen Tee auch gerne als Klarheitsserum. Meiner Meinung nach hilft er uns dabei, uns daran zu erinnern, was wir verloren haben, aber auch, was uns das Leben bisher gelehrt hat. Er erinnert uns daran, was uns wirklich wichtig ist.«

»Scheint ja ein ziemlich einflussreicher Tee zu sein«, murmelte Georgia. Noch immer versuchte sie, die reife

Frau hier am Tisch mit den wenigen verblassten Erinnerungen in Einklang zu bringen, die ihr aus der Zeit vor Stars Verschwinden geblieben waren. Natürlich war ihr klar, dass sie ihre Mutter vor sich hatte, aber zwischen ihnen lagen so viele Jahre, über die sie rein gar nichts wusste. Wie sollten sie das jemals aufholen? Wie konnten sie all die verlorene Zeit ersetzen und einander neu kennenlernen? Und was war in diesen verlorenen Jahren alles geschehen? Was es auch sein mochte, es hatte dafür gesorgt, dass sie sich nun vollkommen fremd waren.

Plötzlich flog mit einem Knall die Hintertür auf. Pollen sprang wedelnd auf und begrüßte bellend einen Mann, der hereingestapft kam.

»Ich habe frische Teppichmuscheln für dich, Star«, verkündete er, hielt dann aber überrascht inne, als er Georgia entdeckte. Er war bestimmt eins neunzig groß, hatte vom Wind zerzaustes dunkles Haar und einen erkennbaren Bartschatten. Georgia schätzte ihn ungefähr auf ihr Alter, also Mitte dreißig. Und er trug eine grellorange leuchtende Gummihose, die ihm bis über die Brust reichte, und damit wohl das albernste Outfit, das sie jemals an einem erwachsenen Menschen gesehen hatte. Sie musterte ihn irritiert, was er mit einem ähnlich gereizten Blick quittierte. In einer Hand trug er einen Metalleimer, von dem Wasser auf den Boden tropfte.

»Cole, das ist meine Tochter Georgia«, erklärte Star schlicht. Die leuchtend blauen Augen des Mannes musterten Georgia von Kopf bis Fuß und weiteten sich kurz, als würde er sie kennen, nur um sich im nächsten Moment in frostige Eissplitter zu verwandeln. Innerhalb weniger Sekunden zeichneten sich in seinem Gesicht zunächst Überraschung, dann Beunruhigung und schließlich Abneigung ab. Überrascht schnappte Georgia nach Luft. Was hatte sie getan, das einen so eiskalten Blick gerechtfertigt hätte?

»Georgia, das ist Cole. Er ist Justines Neffe. Sie war meine beste Freundin, wir haben viele Jahre zusammen hier gewohnt, bis … bis sie gestorben ist. Cole lebt ebenfalls auf dem Grundstück, in einer kleinen Hütte unten am Wasser, und er arbeitet quasi nebenan, bei der Westcott Bay Shellfish Company«, stellte Star ihn vor.

Das erklärte diese Hose. Noch verblüffender war allerdings die Tatsache, dass er in diesem Ding tatsächlich gut aussah, als wäre er einem Modekatalog für Muschelfarmer entstiegen. Ja, das konnte sie sich gut vorstellen: er in einem Outdoormagazin, an einem klaren Gebirgsfluss posierend, unter dichten Tannen, auf eine raue Art gut aussehend und unnahbar in seiner orangefarbenen Gummihose. Irgendwie kam er ihr sogar bekannt vor, aber sie wusste nicht, woher. Und wo hätten sie sich auch schon begegnen können? Vielleicht hatte er einfach Ähnlichkeit mit einem Werbemodel, das sie irgendwo einmal auf einem Plakat gesehen hatte. Entschlossen richtete sie sich auf, um sich seiner verwirrenden, aber unübersehbaren Abneigung offen zu stellen.

»Bonjour«, begrüßte sie ihn kühl. Wobei der französische Gruß eigentlich gar nicht geplant gewesen war, der war ihr einfach so herausgerutscht. Wenn sie sich bei einer Begegnung unwohl fühlte, wechselte sie oft ins Französische. Die Tatsache, dass sie die Sprache fließend beherrschte, verschaffte ihr in Paris im sozialen Kontext oft Vorteile. Die Franzosen mochten es, wenn Ausländer sich in der Landessprache ausdrückten.

»Enchanté«, erwiderte er ebenso kühl und musterte sie weiter wachsam. Überrascht blinzelte Georgia zu ihm

hinauf. Sein Französisch klang gar nicht schlecht. Aber warum in aller Welt versauerte ein frankophones Katalogmodel als Muschelfarmer auf dieser Insel?

»Du sprichst Französisch«, stellte sie nun auf Englisch fest. »Wo hast du das gelernt?« Schlagartig wurde seine Miene undurchdringlich, und er wandte sich Star zu, ohne auf Georgias Frage einzugehen. »Ich muss wieder an die Arbeit. Genieß deine Muscheln.« Er schenkte Georgia ein extrem knappes Nicken, dann verschwand er durch die Hintertür.

Star räusperte sich kurz und lachte angespannt. »Cole hat es nicht so mit Small Talk, aber er ist ein anständiger Kerl.« Sie stand auf und stellte den tropfenden Eimer, den Cole zurückgelassen hatte, in die Spüle. »Justine und er standen sich sehr nah, als Teenager hat er uns jeden Sommer hier besucht. Als Justine dann an Krebs erkrankte, zog er her, um uns zu unterstützen. Er war mir ein großer Trost, als sie starb.«

»Das ist nett«, erwiderte Georgia höflich. Was auch immer dieser Cole für ein Typ sein mochte, sonderlich tröstlich wirkte er nicht auf sie. »Erzähl mir mehr von Justine. Sie war also deine beste Freundin?« Georgia nippte an ihrem Tee.

»Eigentlich war Justine für mich wie eine Schwester, die treueste und loyalste Freundin, die ich jemals hatte«, begann Star, öffnete die Tür zur Vorratskammer, die direkt neben dem Kühlschrank lag, und verschwand kurz. Als sie wieder auftauchte, hatte sie ein paar Kartoffeln und eine Zwiebel dabei. »Wir haben dieses Haus vor vielen Jahren zusammen gekauft und hier gewohnt, bis sie schließlich Billy kennenlernte. Er ist der Leiter der Muschelfarm nebenan. Die beiden wurden ein Paar, und sie zog bei ihm ein. Er hat einen hübschen kleinen Bungalow am anderen Ende des Betriebsgeländes.« Sie legte das Gemüse auf dem Tisch ab und holte einen Bund Karotten aus dem Kühlschrank. »Als sie krank wurde und es dem Ende zuging, zog sie wieder hier ein. Billy hatte durch seinen Job auf der Muschelfarm zu viel zu tun und konnte sie nicht pflegen, deshalb haben Cole und ich uns um sie gekümmert, und Billy hat gearbeitet. So haben wir es dann gehalten, bis zum Schluss.«

»Wie lange ist es her, dass … Justine gegangen ist?«

Star drehte den Wasserhahn an der Spüle auf und fing an, die Kartoffeln und die Karotten zu schrubben. »Fast fünf Jahre«, antwortete sie sachlich; Georgia glaubte aber, leises Bedauern in ihrer Stimme zu hören. »An manchen Tagen fühlt es sich an wie eine Ewigkeit, an anderen scheint es erst gestern gewesen zu sein. So ist das wohl mit der Trauer, wenn man einen geliebten Menschen verliert.«

»Das stimmt«, gab Georgia ihr leise recht. »Angeblich heilt die Zeit ja alle Wunden, aber das glaube ich nicht. Nicht alle.« Noch bevor sie sich dessen ganz bewusst war, hatte sie die Worte bereits ausgesprochen. Nun fühlte es sich an, als hätte sie zu schnell zu viel von sich preisgegeben. Verunsichert sah sie zu Star hinüber, die ihr aber nur einen verständnisvollen Blick schenkte.

»Ja, manche Wunden scheinen niemals vollständig zu verheilen, ganz egal, wie viel Zeit man ihnen gibt«, pflichtete sie Georgia bei. Dabei huschte ein merkwürdiger Ausdruck über ihr Gesicht – Reue vielleicht? Sie legte das gewaschene Gemüse neben die Spüle und räusperte sich energisch. »Da plappere ich hier von der Vergangenheit, dabei bist du bestimmt erschöpft von der Reise. Möchtest du dich etwas hinlegen, bevor wir essen? Dann zeige ich dir schnell dein Zimmer.«

Bei der Vorstellung, sich in ein sauberes Bett fallen zu lassen, entkam Georgia beinahe ein sehnsüchtiger Seufzer. Erschöpft traf es nicht einmal annähernd. »Ein Nickerchen wäre jetzt herrlich«, gestand sie deshalb.

»Dann komm.« Star wusch sich die Hände und ging Richtung Wohnzimmer.

Dort blieb Georgia kurz vor einem gerahmten Foto stehen, das an der Wand hing. Es zeigte Star vor dem Eingang ihres Häuschens, neben ihr eine Frau mit einem übervollen Gemüsekorb. Star drückte einen riesigen Strauß bunter Dahlien an die Brust. Neben den beiden Frauen saß Pollen und blickte hingebungsvoll zu ihnen auf, die rosa Zunge hing ihr seitlich aus dem Maul.

»Ist das Justine?«

Star warf einen kurzen Blick über die Schulter. »Ja. Das Bild wurde aufgenommen, kurz bevor sie richtig krank wurde.«

Interessiert musterte Georgia die beiden Frauen auf dem Foto. Justine war ein wenig größer und kräftiger als Star und hatte das grau melierte Haar zu einem strengen Bob geschnitten. Star trug auf dem Bild einen Arbeitskittel und mehrere lange Schmucksteinketten. In ihrem freundlichen Lächeln lag eindeutig auch Trauer. Star. Ihre Mutter. So viele Jahre war sie bloß eine Erinnerung gewesen, und nun stand sie leibhaftig vor ihr. Georgia gingen unzählige Fragen durch den Kopf, während sie sich das Foto ansah. Was war seit damals alles passiert? Warum hatte Star nicht früher Kontakt zu ihr gesucht – und warum ausgerechnet jetzt? Wie hatte sie sie überhaupt gefunden? Und warum war sie so lange verschwunden gewesen? Wie Luftbläschen schienen sie in ihrer Kehle aufzusteigen und dann wie glatte Kieselsteine über ihre Zunge zu rollen, vorangetrieben von Sehnsucht, Verwirrung und Zorn. Als sie sich umdrehte, bemerkte sie, dass Star sie aufmerksam musterte.

»Sicher möchtest du mir einige Fragen stellen«, vermutete sie leise, als hätte sie Georgias Gedanken gelesen.

Georgia nickte überrascht und räusperte sich. »Das stimmt«, gab sie zu.

»Ich werde versuchen, sie dir alle zu beantworten«, versprach Star. »Du musst gewisse Dinge erfahren, Georgia, entscheidende Dinge, die bereits viele Generationen umspannen. Aber jetzt solltest du erst einmal hochgehen und dich einrichten. All das hat keine Eile, uns bleibt noch genügend Zeit dafür.« Damit ging sie die Treppe hinauf.

Das Obergeschoss war schlicht gehalten: zwei Schlafzimmer, dazwischen ein Bad mit Löwentatzenwanne und kleinem Fenster, von dem aus man einen herrlichen Blick über die Bucht hatte. Star schob Georgia in das linke Zimmer und verschwand im Bad, um ihr saubere Handtücher zu holen. Georgia sah sich um. Die Wände ihres Zimmers waren in einem leuchtenden Gelb gestrichen, sodass der Raum sogar an einem trüben Nachmittag schön hell wirkte. Mehrere Fenster gewährten einen freien Blick auf einen kleinen Obstgarten, in dem die Apfelbäume bereits in voller Blüte standen. Von einem anderen Fenster aus blickte man aufs Wasser hinaus. Viele Einrichtungsgegenstände gab es nicht. Neben einem großen Bett mit Patchworkquilt, das in Richtung der Apfelbäume ausgerichtet war, entdeckte Georgia eine einfache Kommode und einen kleinen, filigran gearbeiteten Tisch. Auf dem Nachtkästchen lag eine alte, schwarz eingebundene Bibel. Ein schlichter, angenehmer Raum. Georgia setzte sich auf das Bett. Durch die leicht geöffneten Fenster wehte eine frische Brise herein, die Salzgeruch und den berauschenden Duft der Apfelblüten in sich trug.

»Hier hast du Handtücher, falls du duschen möchtest.« Star kam herein und legte die leicht verwaschenen Tücher auf der Kommode ab. Dann hielt sie inne und musterte Georgia, als könnte sie nicht glauben, dass sie tatsächlich vor ihr saß. »Ich hole dich dann, wenn das Essen fertig ist, falls du nicht von allein aufwachst.«

Georgia nickte müde. Sie streifte bereits die Schuhe ab und schlug die Tagesdecke zurück. »Ich mache nur ein paar Minuten die Augen zu.«

»Lass dir Zeit.« In der Tür blieb Star noch einmal stehen. »Jetzt bist du hier, das ist alles, was zählt. Ruh dich aus und genieße die frische Inselluft. Sie hat etwas Magisches an sich. Lass dich von ihr ins Gleichgewicht bringen.« Damit zog sie leise die Zimmertür hinter sich zu.

Georgia wollte noch etwas erwidern, aber ihre Lider waren einfach zu schwer. Eigentlich hätte sie wach bleiben und diesem Ort all seine Geheimnisse entlocken, sich all die Antworten holen sollen, doch stattdessen zog sie die maßgeschneiderte Jeans aus, genoss das angenehm kühle Laken an ihren Zehen und versank sofort in einen tiefen, traumlosen Schlaf. Bevor sich ihr Bewusstsein ausschaltete, ging ihr kein klarer Gedanke mehr durch den Kopf, sondern eher ein Gefühl. Eine Art gedämpfte Vorfreude. Im Halbschlaf sah sie noch einmal Stars Gesicht vor sich, als sie Georgia vor ihrem Haus entdeckt hatte. In ihren Augen war keinerlei Enttäuschung zu erkennen gewesen, kein Widerwille. Star hatte ihre Tochter angesehen, als hielte diese Sonne, Mond und Sterne in den Händen. Kurz bevor sie wegdämmerte, wurde Georgia von einer überraschenden Erkenntnis erfüllt: Star hatte sie angesehen, als wäre sie die Antwort auf all ihre Gebete.

9

Ein leises Klopfen an der Tür riss Georgia aus dem Schlaf. Sofort setzte sie sich auf und sah sich mit wild pochendem Herzen um. Es dauerte einen Moment, bis ihr wieder einfiel, wo sie sich befand: auf San Juan Island, in Stars Cottage. Offenbar hatte die Abenddämmerung eingesetzt, denn fahles blaugraues Licht fiel ins Zimmer. Die Apfelblüten unten vor dem Fenster schimmerten wie ein Brautschleier. Durch die geschlossene Tür hörte sie Stars Stimme: »Die Suppe ist fertig, Georgia. Wir essen gleich.«

»Ich komme«, antwortete Georgia müde und zog sich den Quilt über die pinke Seidenunterwäsche. Nur mühsam gelang es ihr, den vom Jetlag ausgelösten Nebel aus ihrem Kopf zu vertreiben. Sie sollte aufstehen, nach unten gehen und anfangen, das in Angriff zu nehmen, wozu sie gekommen war. Sie hatte Fragen, und Star kannte die Antworten. Wenn sie den halben Tag verschlief, brachte sie das weder bei der Wiederherstellung ihres Geschmackssinns noch bei der Anfachung ihres Feuers irgendwie weiter. Trotzdem griff sie zunächst einmal zum Telefon und schickte Phoebe eine Nachricht, um sie wissen zu lassen, dass sie gut angekommen sei.

Bin auf der Insel. So weit, so gut.

Obwohl es in Paris bereits nach Mitternacht war, schrieb Phoebe sofort zurück. Sie schlief extrem wenig und war im Moment vermutlich mit ihren Kolleginnen und Kollegen in irgendeinem Club unterwegs.

Und, wie ist es so? Ist deine Mom eine Axtmörderin? Schreib mir, wenn ich dich retten soll. Und mehr Details, bitte!!!!

Georgia musste sich ein Grinsen verkneifen.

Bisher scheint sie … wirklich toll zu sein.

Das feindselige, aber attraktive Lands-End-Model mit der orangefarbenen Gummihose erwähnte sie nicht. Stattdessen schlüpfte sie wieder in ihre Jeans, wusch sich im Bad mit kaltem Wasser das Gesicht und versuchte kurz, ihre Haare zu bändigen, bevor sie ihren Lieblingslippenstift auftrug. Nun sah sie halbwegs präsentabel aus, wenn auch mit dunklen Ringen unter den Augen. Das kurze Nickerchen hatte sie tatsächlich erfrischt, trotz der langen Reise. Vielleicht lag das ja an der Seeluft. Möglicherweise hatte die wirklich etwas Magisches an sich.

Leicht fröstelnd kehrte sie in ihr Schlafzimmer zurück, öffnete den Koffer und suchte nach ihrem Kaschmirpullover. Der Abend brach an, und es wurde kühl. Schließlich fand sie den Pullover, der als Hülle für etwas Großes, Schweres diente. Vorsichtig wickelte Georgia das Buch mit dem türkisfarbenen Cover und dem orangefarbenen Schriftzug aus und musterte es liebevoll. Eine Vintage-Ausgabe von Julia Childs *Mastering the Art of French Cooking* aus dem Jahr 1960. Aus diesem Buch stammten die ersten Rezepte, an denen sie sich versucht hatte, zum Beispiel eine Tarte Tatin, die gleichzeitig zu fest und enttäuschend flüssig geworden war. Ein totaler Fehlschlag, aber sie war trotzdem drangeblieben. Als sie die Ranch verlassen hatte, war dies das einzige Buch in ihrem Reisegepäck gewesen, und es hatte sie seitdem bei all ihren Umzügen begleitet. Neben ihrer Halskette war es ihr kostbarster Besitz.

»Dich konnte ich doch nicht zurücklassen«, murmelte sie und strich vorsichtig über den Buchdeckel. Er war mehrfach eingerissen und geflickt worden, außerdem wiesen einige Seiten Butterflecken auf. Georgia schlug das Buch auf, und sofort blieb ihr Blick an dem handschriftlich eingefügten Namen hängen: *Star Stevens*. Mit der Fingerspitze zog sie die Buchstaben nach. Lange Zeit war ihre Mutter nicht mehr gewesen als das – ein Name und eine Handvoll halb verblasster Erinnerungen. Doch wenn alles gut ging, würde sie bald so viel mehr sein als das. Getrieben von einer Mischung aus Vorfreude und Nervosität legte Georgia das Buch auf ihrem Nachttisch ab und machte sich auf die Suche nach ihrer Mutter.

Schon auf der Treppe hörte sie Star und eine eindeutig männliche Stimme; sie schienen sich in der Küche weiter hinten im Haus zu unterhalten. Neugierig geworden schlich Georgia auf Zehenspitzen die letzten Stufen hinunter und durch das Wohnzimmer. Im Flur blieb sie stehen und lugte vorsichtig in die Küche hinein. Am Küchentisch saß, mit dem Gesicht zu ihr, der unfreundliche Austernmann Cole. Irritiert runzelte Georgia die Stirn. Er hatte sich entspannt auf der weißen Küchenbank zurückgelehnt und kraulte Pollen hinter den Ohren. Seine Gummihose hatte er abgelegt und trug nun ein hellblaues

Hemd mit hochgekrempelten Ärmeln und einem T-Shirt darunter. Seine dunklen Haare lockten sich leicht über dem Hemdkragen. Mannomann, dieser Kerl sah wirklich verdammt gut aus. Nur blöd, dass er dazu eine Persönlichkeit hatte, die Milch sauer werden ließ. Noch einmal musterte Georgia eingehend sein Gesicht und versuchte herauszufinden, warum er ihr so bekannt vorkam, aber es wollte ihr einfach nicht einfallen.

»Mir gefällt das nicht«, sagte er gerade. »Das fühlt sich nicht richtig an, Star.«

Die Angesprochene stand am Herd und schöpfte Eintopf in Suppenschalen. Nun drehte sie sich um und warf ihm einen flehenden Blick zu. »Du hast es mir versprochen. Vertrau mir und halte dich daran. Ich werde es ihr ja sagen, aber jetzt noch nicht. Bitte, Cole. Ich brauche noch etwas Zeit.«

Angespannt beugte Georgia sich vor. Ihr was sagen? Wozu brauchte Star mehr Zeit? Cole hatte die Arme vor der Brust verschränkt und wollte gerade etwas erwidern, als er durch die offene Tür Georgia entdeckte. Einen Moment lang wirkte er verblüfft, dann blitzte wieder diese misstrauische Abneigung in seinen Augen auf. Was hatte er verdammt noch mal für ein Problem? Und worüber hatten Star und er gerade gesprochen? Nun noch neugieriger, begegnete Georgia seinem Blick, zog voller Arroganz eine Augenbraue hoch und betrat hoch erhobenen Hauptes die Küche. Was immer Cole gegen sie haben mochte, sie würde nicht zulassen, dass er ihr bei ihren mit diesem Besuch verknüpften Zielen im Weg stand.

»Georgia!«, begrüßte Star sie voller Wärme, warf Cole dabei aber einen merkwürdigen Blick zu. »Du kommst genau richtig. Da ist dein Platz.« Sie zeigte auf den Stuhl, der genau gegenüber von Cole stand. In der Küche war es warm, die Luft war feucht und roch nach leicht angebrannter Suppe. Star stellte ihnen ihre Eintopfschalen hin. Widerwillig ließ sich Georgia auf den Stuhl gleiten, achtete aber genau darauf, unter dem Tisch nicht Coles Knie zu streifen.

»Bonjour.« Entschlossen reckte sie das Kinn und sah ihm direkt in die Augen. Nach kurzem Zögern wandte er den Blick ab und murmelte einen knappen Gruß. »Sind wir uns schon einmal begegnet?«, fragte Georgia und musterte ihn noch einmal abschätzend. »Du kommst mir irgendwie bekannt vor.«

Das brachte ihr nur einen gelangweilten Blick von ihm ein. »Nicht, dass ich wüsste.« Damit beugte er sich über seine Suppe und machte dem Gespräch ein Ende.

Inzwischen hatte Star sich ebenfalls ihre Portion geholt und trat mit der Schale in der Hand an den Tisch. »Fischsuppe mit Muscheln direkt hier aus der Bucht«, erklärte sie. »Cole hat sie heute frisch geerntet, sagt er.«

»Das erklärt die Gummihose«, murmelte Georgia. Sofort wurden Coles Augen schmal, offenbar hatte er das gehört. Sie schenkte ihm ein aufgesetztes strahlendes Lächeln.

»Also, Georgia May, ich habe noch gar nicht gefragt: Wie lange kannst du bleiben?«, wollte Star von ihr wissen, während sie etwas Suppe für Pollen in ein Schälchen schöpfte, das sie neben ihrem Stuhl abstellte, bevor sie sich setzte.

»Hm.« Unsicher griff Georgia zum Löffel. »Ich weiß es nicht genau. Momentan nehme ich mir eine Auszeit von meinem Job als Souschefin, ich habe also keinen festen Zeitplan. Aber ich will dir natürlich auch nicht zu lange zur Last fallen.« Indem sie in der Suppe herumrührte, schob sie den Moment auf, in dem sie den ersten bitteren Bissen nehmen musste. Schon im Flugzeug hatte sie entschieden, dass sie niemandem von dem Verlust ihres Geschmackssinns oder der Situation in Paris erzählen würde. Das machte sie verwundbar, und sie konnte keinerlei Nutzen darin erkennen. Außerdem hoffte sie noch immer, dass ein wenig Ruhe, der Tapetenwechsel und der Abstand zu dem großen Druck in Paris ihr noch während ihres Aufenthalts auf der Insel das Geschmacksempfinden zurückbringen würden. Wenn alles gut ging, war dieser Aussetzer bald nur noch eine Erinnerung, und niemand würde jemals davon erfahren müssen.

»Du kannst bleiben, solange du willst«, versicherte ihr Star. Dann wandte sie sich an Cole: »Georgia ist Köchin, in *Paris*«, erklärte sie ihm mit unverhohlenem Stolz in der Stimme.

»Das erwähntest du bereits«, erwiderte er ausdruckslos. Wieder beugte er sich über seine Suppenschale und aß schweigend weiter. Für jemanden mit einem solchen Aussehen war er übermäßig gut darin, den eigenen Charme auf Sparflamme zu schalten, stellte Georgia stirnrunzelnd fest. Was hatte sie bloß getan, um ihn dermaßen zu verärgern? War er einfach nur ein Eigenbrötler, oder hatte sie etwas Konkretes an sich, das ihn störte? Noch nie hatte ein völlig Fremder so negativ auf sie reagiert. Verwundert und auch ein wenig beleidigt zwang sich Georgia, ein paar Löffel Suppe zu essen, auch wenn sie wie erwartet schrecklich bitter schmeckte. Allerdings roch sie auch etwas angebrannt und war irgendwie klumpig. Daraus schloss sie, dass es selbst mit voll funktionsfähigen Geschmacksknospen nicht viel besser gewesen wäre.

Ihr kulinarisches Talent hatte sie eindeutig nicht von Star geerbt.

»Na ja, ich dachte mir, vielleicht eine Woche oder so? Wenn das für dich okay ist?«, nahm sie zögernd den Faden wieder auf.

Sie wollte Stars Gastfreundschaft nicht überstrapazieren, wusste aber auch nicht, wie lange es dauern würde, ihre erhofften Ziele hier auf der Insel zu erreichen. Außerdem war es völlig offen, wann sie nach Paris zurückkehren musste, um sich Michels Auswahlverfahren zu stellen. Seit ihrem Besuch in seiner Villa hatte sie nichts mehr von ihm gehört. Also plante sie erst einmal eine Woche, dann würde sie weitersehen. Falls nötig, konnte sie ihren Aufenthalt ja einfach verlängern.

»Bleib, so lange, wie du willst«, betonte Star wieder. »Wir haben dich gerne bei uns.«

Klappernd landete Coles Löffel auf der Tischplatte. Er hatte seine Suppe in Rekordzeit aufgegessen. »Entschuldigt mich«, murmelte er. »Ich muss nach den Austern sehen.«

Ohne Georgia eines Blickes zu würdigen, rutschte er auf der Bank entlang, bis er das andere Ende des Tisches erreichte und möglichst viel Abstand zu ihr gewonnen hatte. »Vielen Dank für die Suppe, Star.« Er verknüpfte seinen Dank mit einem langen, rätselhaften Blick, den Star beinahe flehend erwiderte. Dann schüttelte er mit einem schweren Seufzer den Kopf, jedoch eher ergeben als abwehrend. Georgia schaute zwischen den beiden hin und her und versuchte herauszufinden, was genau ihr hier entging. Hing das vielleicht mit dem Gespräch zusammen, dessen Ende sie mitbekommen hatte, als sie die Treppe heruntergekommen war? Was gefiel Cole nicht? Und in

Bezug worauf forderte Star sein Vertrauen ein? Hatte sie etwa ein Geheimnis?

Wortlos stand Cole auf und ging durch die Hintertür hinaus. Mit einem lauten Knall fiel die Fliegengittertür hinter ihm zu.

»Bin ich ihm irgendwie auf den Schlips getreten?«, fragte Georgia und legte ihren Löffel beiseite. »Er scheint mich nicht sonderlich zu mögen.« Was noch freundlich ausgedrückt war.

Star seufzte schwer, doch ihr Blick war voller Wärme, als sie Cole hinterhersah. »Er ist ein guter Mensch, aber er hat eine ziemliche Last zu tragen. Und mit Fremden tut er sich schwer, selbst wenn es sich dabei um schöne Pariser Köchinnen handelt. Lass ihm etwas Zeit. Der kriegt sich schon wieder ein.« Sie wandte sich ihrem Eintopf zu. »Pollen und ich haben dich jedenfalls gerne hier.«

Beim Klang ihres Namens klopfte die Hündin mit dem Schwanz auf den Boden und zog grinsend die Lefzen hoch, wobei sie sich eifrig die letzten Eintopfreste vom Maul leckte.

»Vielen Dank für die Suppe«, sagte Georgia artig und in der Hoffnung, genug gegessen zu haben, um nicht unhöflich zu wirken.

»Oh, gern geschehen. Für eine gelernte Köchin zu kochen macht einen natürlich etwas nervös.« Star lachte verlegen.

»Unter den Ungelernten daheim am Herd findet man oft die besten Köche«, erwiderte Georgia. Zwar gehörte Star ganz eindeutig nicht dazu, aber es wäre extrem unfreundlich gewesen, ihr das zu sagen.

»Ich war nie besonders gut in der Küche«, gab Star nun selbst ganz offen zu. »Meist hat Justine für uns gekocht.

Als sie krank wurde, musste ich das übernehmen, aber es fällt mir immer noch recht schwer.« Bedauernd schüttelte sie den Kopf. »Als du noch klein warst, habe ich ein oder zwei Jahre lang wirklich versucht, kochen zu lernen. Wir haben uns nach deinem Mittagsschlaf immer zusammen Julia Childs Show *The French Chef* angesehen. Dabei habe ich mir alles aufgeschrieben und später versucht, die Rezepte richtig hinzukriegen. Aber bei mir kam am Ende nie dasselbe heraus wie bei Julia.« Sie stieß ein belustigtes Schnauben aus. »Du hast als Dreijährige schon mehr Talent in der Küche gezeigt als ich heute.«

»Wirklich?« Gespannt beugte Georgia sich vor. Das war ihr neu. Sie dachte kurz nach. »Ich erinnere mich daran … dass wir zusammen in der Küche waren. Ich habe Teig ausgerollt, stimmt das? Du hast deine Hände auf meine gelegt und mit mir das Nudelholz festgehalten. Der Teig ist immer an der Arbeitsfläche kleben geblieben, wir mussten ihn mit einem Buttermesser abkratzen.« Bis zu diesem Moment hatte sie das völlig vergessen – das schwere Nudelholz in ihren Händen, Stars fester Griff, der sie hielt. Eine ganz und gar unvermittelt auftauchende Erinnerung.

Star lachte leise. »Oh ja, das war eine Katastrophe. Ich wollte Julias Quiche Lorraine backen. Mein erster Versuch mit dieser Art von Teig. Am Ende war der Teig steinhart und die Eierfüllung noch flüssig. Ein totaler Fehlschlag. Dein Vater hat sich dann zum Abendessen eine Dose Bohnen aufgemacht. An Teigböden bin ich immer gescheitert, aber Gott weiß – ich habe es versucht.« Tiefe Reue huschte über ihr Gesicht, dann sah sie Georgia an und fügte hinzu: »Doch du hattest ein Händchen dafür. Deshalb habe ich schon früh vermutet, dass du kulinarisches Talent hast, und habe dir mein Exemplar von Julia

Childs Kochbuch geschenkt. Irgendwie wusste ich, dass du wesentlich mehr damit anfangen konntest als ich.«

Überrascht sah Georgia ihre Mutter an. »Du hast mir das Kochbuch geschenkt?« Natürlich sah sie sofort das butterfleckige Buch vor sich, das nun oben auf ihrem Nachttisch lag. Bisher war sie davon ausgegangen, dass Star es einfach zurückgelassen hatte, wie so vieles andere in ihrem Leben, unter anderem ihre Familie. Nachdem sie verschwunden war, hatte Georgia das Buch in dem Regal in ihrem Zimmer gefunden, halb versteckt hinter der in weißes Leder gebundenen Kinderbibel, die sie in der Sonntagsschule bekommen hatte. Sie hatte angenommen, Tante Hannah hätte es beim Putzen in das Regal gestellt. Von Anfang an hatte sie das Buch heiß und innig geliebt und es abends oft heimlich mit ins Bett genommen, um sich die mysteriösen und faszinierenden Illustrationen anzusehen, wenn sie eigentlich schon hätte schlafen sollen. Doch sie war nie auf den Gedanken gekommen, dass Star es ihr ganz bewusst überlassen haben könnte.

Diese nickte nun. »Ich habe es extra für dich dagelassen. Für dieses Buch hatte ich monatelang mein Eiergeld gespart und es mir dann selbst zum Geburtstag geschenkt. Ich habe Julia Child so verehrt. Für mich war sie damals die stärkste, unabhängigste und selbstsicherste Frau, die ich je gesehen hatte. Sie schien ihr Leben wirklich voll und ganz im Griff zu haben. Das hat sie zu meiner Heldin gemacht. Jahrelang habe ich davon geträumt, einmal nach Paris zu reisen. Wir beide hatten sogar ein gemeinsames Spiel, bei dem wir unsere Parisreise planten. Dann haben wir uns zusammen das Kochbuch angesehen und entschieden, was wir dort gerne essen würden. Das hat mir Raum geschaffen für Träume und uns beiden etwas gegeben, worauf wir uns freuen konnten. Und ich hoffte, dass ich mithilfe von Julias Kochbuch ein wenig mehr so werden könnte wie sie. Aber wie sich am Ende herausstellte, kann man manche Dinge einfach nicht aus Büchern lernen«, stellte sie beinahe verzagt fest. »Hast du denn schon einmal Rezepte aus diesem Buch ausprobiert?«

»Oh ja.« Georgia räusperte sich. Was Star ihr gerade erzählt hatte, machte sie sprachlos. Das kulinarische Talent hatte sie ihr zwar nicht vererbt, aber Julia und den Traum vom Leben in Paris? Warum konnte sie sich daran nicht erinnern? Es war eine regelrechte Erleuchtung für Georgia. »Wegen Julia Child bin ich überhaupt erst in Paris gelandet«, erklärte sie. »Dieses Kochbuch hat quasi meinen Lebensweg vorgezeichnet.«

Nun war Star sichtlich überrascht. »Das freut mich«, sagte sie leise. »Dann habe ich wohl doch etwas richtig gemacht.«

Noch immer vollkommen verblüfft über diese Verbindung zwischen ihrer Vergangenheit und ihrer großen Leidenschaft sah Georgia ihre Mutter an.

»Lass mich morgen Abend für dich kochen«, bot sie spontan an. Erst nachdem es ausgesprochen war, fiel ihr wieder ein, dass sie ja nichts schmecken konnte.

»Wirklich?« Star wirkte unsicher. »Ich würde furchtbar gerne etwas probieren, was du gekocht hast. Aber nur, wenn du das wirklich willst.« Nun leuchtete eine solche Vorfreude in Stars Augen, dass Georgia es nicht übers Herz brachte, einen Rückzieher zu machen.

»Es wäre mir eine Freude.« Obwohl sie das übereilte Angebot bereits bereute, lächelte Georgia tapfer. Der Gedanke zu kochen, ohne etwas schmecken zu können, war beängstigend. Vor allem, wenn sie für ihre Mutter kochen sollte, die noch nie eines ihrer Gerichte probiert hatte. Aber jetzt war das Kind sozusagen schon in den Brunnen gefallen. Sie würde sich einfache Gerichte aussuchen, mit denen sie durch und durch vertraut war, und sich irgendwie durchkämpfen. Vielleicht könnte sie sogar etwas aus Julias Kochbuch zubereiten. Viele dieser Rezepte kannte sie sowieso auswendig.

»Na, dann.« Star wirkte zufrieden. »Ich werde Cole Bescheid geben, bestimmt freut er sich darüber.«

Sie stand auf und fing an, den Tisch abzuräumen. Georgia erhob sich ebenfalls. »Soll ich beim Abspülen helfen?«, bot sie an.

»Nicht doch.« Star räumte die Suppenschalen zusammen. »Das geht ganz schnell. Und du bist bestimmt müde.«

»Viele Hände machen der Arbeit bald ein Ende«, erwiderte Georgia nur und sammelte die Gläser ein. Ihre letzte Schicht in der Spülküche lag zwar schon einige Jahre zurück, aber das war wie Fahrradfahren. Wie man einen Topf schrubbte, konnte man gar nicht vergessen. Außerdem wollte sie jede Gelegenheit nutzen, um mehr über ihre Mutter zu erfahren, und dies schien ein guter Anfang zu sein.

»Dann machen wir es zusammen«, gab Star sich geschlagen.

10

Als sie wenig später Seite an Seite an der großen Küchenspüle standen, verfielen sie schnell in einen gemeinsamen Rhythmus. Star schaltete das Radio ein, und The Mamas & the Papas untermalten ihre Arbeit. Lächelnd summte Georgia das Lied mit. Es war Jahre her, dass sie so etwas gehört hatte. Bei Etienne war sie mit einer Mischung aus französischem Pop und Klassik gefüttert worden, und in der Restaurantküche waren meist treibende europäische Technobeats zu hören gewesen. Darüber hatte sie beinahe vergessen, wie seelenvoll die amerikanische Folkmusic sein konnte. Und gerade jetzt passte sie hervorragend zu der ruhigen, nachdenklichen Stimmung, die sich in der Küche ausgebreitet hatte.

Georgia spülte, Star trocknete ab und räumte das Geschirr weg. Das Licht über der Bucht wurde schwächer, bläuliche Schatten legten sich über das glitzernde Wasser. Etwas so Wundervolles hatte Georgia noch nie gesehen. Unten am Ufer entdeckte sie eine kleine Blockhütte mit einem Dach aus Holzschindeln. Bisher war sie Georgia gar nicht aufgefallen. In dem einzigen Fenster schimmerte warmes Licht.

»Das ist Cole. Vermutlich liest er wieder seine deutschen Philosophen und hadert mit den Problemen der Welt«, erklärte Star lächelnd.

»Dort unten wohnt er?« Georgia griff nach dem Suppentopf und spritzte Spülmittel darauf. Die Hütte schien kaum größer zu sein als ein Gartenschuppen.

»Ja, schon seit fast fünf Jahren. Ich glaube, er liebt diese Einfachheit.« Star trocknete mit ihrem dünnen Geschirrtuch ein sauberes Glas ab. »Bei ihm ist einiges schiefgelaufen, und er brauchte einen Ort, an dem er sich verkriechen konnte. Das war ungefähr zu der Zeit, als Justine von ihrer Krankheit erfuhr, und da passte es ganz gut, ihn hierzuhaben.« Versonnen blickte sie aus dem Fenster. »Es ging dann ziemlich schnell mit Justine. Der Leberkrebs war bereits weit fortgeschritten, als sie ihn entdeckten. In diesen letzten Monaten war Cole uns eine große Hilfe, und seit ihrem Tod hat er sich gut um mich gekümmert. Ich bin schon so lange hier zu Hause, und ich glaube, für ihn ist dieser Ort inzwischen auch eine richtige Heimat geworden.« Sie nahm die Trinkgläser und verstaute sie in einem der Küchenschränke.

Heimat. Für Georgia barg dieser Begriff äußerst widersprüchliche Gefühle.

»Es ist aber auch wirklich wunderschön hier auf der Insel. An einem solchen Ort war ich noch nie«, stellte sie fest, während sie mühsam die Reste des angebrannten Eintopfs vom Topfboden schrubbte. »Eine vollkommen andere Welt als Texas oder Paris.« Andere Vergleichsmöglichkeiten hatte sie nicht.

»Ein Stück vom Paradies – oder zumindest so dicht dran, wie es hier auf Erden möglich ist«, stimmte Star ihr zu.

Georgia spülte den Topf mit klarem Wasser ab und reichte ihn weiter. »So fühlt es sich an, ja«, nickte sie.

»Doch es ist mehr als das«, fuhr Star fort. »Diese Insel ist für viele Menschen ein sicherer Hafen. Auch für mich war sie ein Zufluchtsort.« Mit nachdenklicher Miene trocknete Star den Topf ab. »Angeblich tragen die Insel und das Meer eine ganz besondere Magie in sich, eine wohltuende Energie. Ein Ort, der Wunden heilen lässt und dir zeigt, was sich tief in deinem Herzen verbirgt. Diese Insel kann dabei helfen, Menschen den Weg nach Hause aufzuzeigen.«

Georgia hörte sich das schweigend an. Da es nichts mehr abzuspülen gab, zog sie den Stöpsel aus dem Becken und sah zu, wie das trübe Wasser im Abfluss verschwand. Stars Beschreibung weckte eine leise Sehnsucht in ihr, obwohl sie keinen konkreten Grund dafür erkennen konnte. Lag es vielleicht an ihrer aktuellen Situation, oder hatte es doch tiefere Ursachen? Hing es mit dem leisen Schmerz zusammen, den sie schon seit Jahren mit sich herumschleppte, eigentlich solange sie denken konnte? Mit dem ständigen Verlangen, gesehen und angenommen zu werden?

»Wo fühlst du dich denn richtig zu Hause?«, fragte Star und warf Georgia einen neugierigen, aber auch zögernden Blick zu. »Noch immer in Texas oder inzwischen doch mehr in Paris?«

»Weder noch«, gab Georgia offen zu. »Ich glaube, ich habe mich noch nie irgendwo wirklich zu Hause gefühlt.« Mit kräftigen Strichen wischte sie das Spülbecken aus. Natürlich waren sowohl Texas als auch Paris beinahe eine Heimat für sie, wenn auch auf unterschiedliche Weise. Beide Orte waren vertraut, doch sie hatte nie das Gefühl gehabt, wirklich dort hinzugehören. Die Hoffnung auf eine solche Heimat hatte sie bereits vor Jahren begraben; manche Menschen hatten wohl keinen Ort, mit dem sie richtig tief verbunden waren. Also hatte sie versucht, mit dem Gefühl der Vertrautheit zufrieden zu sein. Allerdings gab es noch immer Momente, in denen das nicht mehr war als ein schwacher Trost. Seit fast dreißig Jahren hatte sie sich nirgendwo mehr richtig heimisch gefühlt. Nicht mehr seit jenem brütend heißen Augusttag, an dem sie hatte zusehen müssen, wie Star in ihrem Eldorado vom Hof gefahren war und sie in einer roten Staubwolke zurückgelassen hatte. Georgia wusste noch genau, wie ihre Tränen klebrige Bahnen durch den feinen Schmutz auf ihren Wangen gezogen und am Kragen ihres Lieblingskleides feuchte Flecken hinterlassen hatten – das mit den Regenbögen und den Zickzackbändern, das Star für sie genäht hatte. Noch immer brannte diese Erinnerung in ihrem Innern wie Essig auf einer offenen Wunde.

Wenn sie ganz ehrlich zu sich war, musste sie sich eingestehen, dass es nur einen Ort gegeben hatte, an dem sie sich wirklich angenommen und geborgen gefühlt hatte: in Stars Armen. Eingehüllt in den Duft, der ganz ihre Mutter war. Erst später hatte sie herausgefunden, dass es eine sehr spezielle Mischung aus Anis, Minze und Thymian war, überlagert von Cannabis. Auch jetzt stieg ihr dieser Duft in die Nase, da sie dicht neben Star stand. Der Geruch löste eine solche Nostalgie in ihr aus, dass ihr beinahe schwindelig wurde. Unbewusst lehnte sie sich noch ein wenig weiter zu Star hinüber, als könnte sie so das Gefühl von Sicherheit und Geborgenheit, an das sie sich so gut erinnerte, wieder heraufbeschwören.

»Du weißt hoffentlich, dass du hier immer ein Zuhause haben wirst, Georgia«, sagte Star nun sanft. Fast schien es, als hätte sie die Gedanken ihrer Tochter gelesen.

Plötzlich wurde alles zu viel für sie, und so räusperte sich Georgia nur, da sie nicht wusste, was sie sagen sollte.

Sie nickte knapp, wrang das Spültuch aus und hängte es über das Abtropfgestell. Dann trat sie einen Schritt zurück, um etwas Abstand zwischen sich und ihre Mutter zu bringen. Ihr fehlten die Worte. Was sie von Star über das Kochbuch erfahren hatte, stürmte nun ebenso auf sie ein wie die Ereignisse der vergangenen Tage, die unvermutete Wendung, die ihr Leben in nicht einmal achtundvierzig Stunden genommen hatte. All die Fragen, die widersprüchlichen Gefühle, die Enthüllungen und natürlich die Tatsache, dass ihre Mutter so plötzlich wiederaufgetaucht war. Ihr Herz schien übervoll zu sein wie eine Wolke, kurz bevor der Regen einsetzte.

»Ich denke, ich gehe jetzt mal nach oben und packe meine Sachen aus«, brachte sie schließlich mühsam hervor. »Es war ein langer Tag.«

»Natürlich.« Nickend trocknete Star das letzte Glas ab. »Schlaf dich richtig aus. Du findest mich im Garten, wenn du dann aufstehst.«

Im ehemaligen Schlafzimmer ihrer Mutter schaltete Georgia die Nachttischlampe ein, setzte sich auf das Bett und zog vorsichtig das alte Kochbuch auf ihren Schoß. Dann hatte Star es also nicht einfach nur zurückgelassen. Sie hatte es für Georgia zurückgelassen. Da sie etwas Besonderes in ihr gesehen hatte, war dies ihr Geschenk an sie gewesen. Konnte sie damals schon ahnen, welch großen Einfluss Julia Child, dieses Buch und Paris auf das Leben ihrer Tochter haben würden?

Georgia schloss die Augen und sah wieder ihr fünfjähriges Ich allein in der Einfahrt stehen, während das Auto ihrer Mutter in einer Staubwolke am Horizont verschwand. Irgendwann hatte sich eine Hand fest auf ihre Schulter gelegt. Tante Hannah hatte sie Richtung Haus herumgedreht und ihr damit den letzten Blick auf ihre Mutter genommen.

»Komm mit, Georgia, trockne deine Tränen«, hatte Tante Hannah ihr befohlen und ihr auf der Toilette im Erdgeschoss mit einem feuchten Waschlappen das Gesicht abgewischt. »Du bist eine Jackson, alles andere ist jetzt nicht mehr wichtig.«

Dann hatte sie Georgia das fleckige Kleid ausgezogen und sie in ein frisches gesteckt. Das Lieblingskleid mit den Regenbögen hatte Georgia danach nie wiedergesehen. Wie alles, was mit ihrer Mutter zusammenhing, war es einfach verschwunden. Niemand nahm mehr Stars Namen in den Mund; von diesem Tag an schien die Familie sie komplett aus ihrer Welt gelöscht zu haben. Tante Hannah hatte nie viel von Star gehalten, das wurde mehr als deutlich. Wann immer Georgia sie nach ihrer Mutter fragte, presste sie die Lippen zusammen, als hätte sie einen bitteren Geschmack im Mund. »Kümmere dich nicht um deine Mama«, sagte sie dann immer nur. »Du bist jetzt eine Jackson. Vergiss das nicht.«

Während Georgia aufwuchs, hatte sie immer wieder das Gefühl, ihre Tante beobachte voller Wachsamkeit, ob sie Gefahr lief, in die Fußstapfen ihrer Mutter zu treten und so vom rechten Weg abzukommen. Georgias Leidenschaft für das Küchenhandwerk und ihr Traum von einer Karriere als Köchin waren sowohl ihrem Vater als auch ihrer Tante ein Rätsel. Beide betrachteten dies mit Verwunderung und leiser Missbilligung. So viele Jahre war Georgia davon ausgegangen, dass niemand in ihrer Familie ihr kulinarisches Talent bemerkt oder gefördert habe. Mit diesen Träumen und Zielen hatte sie sich immer sehr allein gefühlt, aber nun kannte sie die Wahrheit. Star hatte sie mit Julia und mit Paris in Kontakt gebracht. Georgias Traum hatte bereits zu einer Zeit begonnen, an die sie keine Erinnerung mehr hatte. Und es war Star gewesen, die ihn ihr geschenkt hatte.

Sanft strich sie über die leuchtend orangefarbenen Buchstaben auf dem türkisblauen Buchdeckel. Welche neue Bedeutung bekam ihr großes Ziel, ihr lebenslanges Streben durch die Tatsache, dass es einem Traum entsprungen war, den sie einst mit ihrer Mutter geteilt hatte? Plötzlich war sie nicht mehr die Außenseiterin, die stets gegen die Erwartungen der Familie ankämpfte und für alle eine Enttäuschung war. Denn hier gab es nun jemanden, der früher einmal diesen Traum mit ihr geteilt hatte. Jemanden, der ihr Talent erkannt und vorausgeahnt hatte, was einmal aus ihr werden könnte. Jemanden, der sie darin bestärkt hatte. Mit Tränen in den Augen drückte Georgia das Kochbuch an die Brust und ließ sich rücklings auf das Bett sinken. Zum ersten Mal seit sehr langer Zeit fühlte sie sich nicht mehr einsam.

11

Am nächsten Morgen wachte Georgia erst spät auf, noch immer etwas benommen und erschöpft aufgrund der neun Stunden Zeitverschiebung. Gähnend musterte sie ihr Kochbuch, das wieder auf dem Nachttisch lag. Nach den vielen Erkenntnissen des Vortages war sie nun umso neugieriger auf Star; unzählige Fragen zu ihrem Verschwinden und dieser plötzlichen Rückkehr schwirrten ihr durch den Kopf. Aber vorerst mussten diese Fragen warten – Georgia würde ein Abendessen planen, und es sollte das beste Mahl werden, das Cole und Star jemals kosten durften. Eilig zog sie sich an: maßgeschneiderte weiße Bluse – immer passend –, dazu dunkelblaue Hosen und ein Haarreif à la Audrey Hepburn. Nach einem kurzen Blick in den Spiegel sandte sie ein Stoßgebet an ihre heilige Julia, Schutzpatronin der köstlichen Speisen.

»Hilf mir, heute etwas Großartiges zu kreieren, Julia. Ich möchte ihnen ein absolut unvergessliches Mahl zaubern.«

Vor ihrem inneren Auge sah sie Julia in ihrer Küche, wie sie dazu ansetzte, den großen Kartoffelpuffer in ihrer Pfanne mit einem kräftigen Schwung aus dem Handgelenk zu drehen. Wie immer trug sie Bluse und Perlenkette und erklärte hoch konzentriert: »Will man auf diese Weise etwas in der Pfanne wenden, braucht man vor allem Mut. Man muss es einfach wagen.« Damit schwenkte sie die Pfanne, doch der Versuch ging daneben, und die breiige Kartoffelmasse verteilte sich über den Elektroherd. »Oh, das ist ja mal gründlich schiefgegangen«, stellte Julia verblüfft fest.

Irritiert runzelte Georgia die Stirn. Genau so sollte es bei ihrem heutigen Abendessen eben nicht laufen. Alles sollte perfekt werden. Schnell trug sie ihren Lieblingslippenstift auf. »Du schaffst das«, erklärte sie ihrem Spiegelbild, um sich selbst Mut zu machen. Trotzdem blieb ein leises Bauchkribbeln bestehen. Michel glaubte, sie habe ihr Feuer verloren, und ihren Geschmackssinn hatte sie ganz sicher eingebüßt. Trotzdem wollte sie heute Abend ein Mahl zubereiten, mit dem sie Michel beweisen könnte, dass er falschlag. Sie würde versuchen, so viel kulinarisches Feuer in diese Mahlzeit zu packen wie irgend möglich, auch wenn sie selbst nichts davon schmecken konnte.

Julia schaufelte inzwischen die Kartoffelmasse zurück in die Pfanne, strich sie glatt und verkündete fröhlich: »Nun, auch wenn einmal etwas nicht so gelingt wie erhofft, macht das kaum einen Unterschied, denn fast alles lässt sich hinterher wieder richten.«

»Es wird aber nichts schiefgehen«, erwiderte Georgia entschlossen. »Und jetzt brauche ich erst mal eine Menge Butter.«

Unten fand Georgia eine verwaiste Küche vor; die Uhr über dem Herd verriet ihr, dass es schon fast elf war. Vor dem Küchenfenster erstreckte sich der hintere Garten, wo Georgia nun Star und Pollen entdeckte. Star kniete zwischen einigen Hochbeeten auf der Erde und war mit irgendwelchen grünen Ranken beschäftigt, während Pollen hingebungsvoll ihren eigenen Schwanz jagte. Cole war zum Glück nirgendwo zu sehen.

»Guten Morgen.« Die Fliegentür fiel lautstark hinter ihr zu, als sie zu Star hinausging. Sofort kam Pollen angerannt, leckte ihr die Hand ab und winselte vor Freude, als Georgia sie liebevoll tätschelte. Obwohl die Sonne schien, glänzten noch Tautropfen im Gras, und es hing der erfrischende Duft von Meer und frisch umgegrabener Erde in der Luft. Fröstelnd stellte Georgia fest, dass sie besser eine Jacke oder einen Pulli übergezogen hätte.

»Guten Morgen, Georgia May.« Star stemmte sich hoch und ließ ihre mit Erde verklebte Gartenschaufel sinken. »Hast du gut geschlafen?«

»Wie ein Stein«, antwortete Georgia, was voll und ganz der Wahrheit entsprach. Eigentlich wusste sie gar nicht mehr, wann sie zuletzt so gut geschlafen hatte. Zwar hatte sie noch bis drei Uhr morgens wach gelegen, war dann aber in einen tiefen und traumlosen Schlummer gesunken.

»Sehr schön.« Star ließ die Schaufel fallen und zog ihre mit Blumen bedruckten Gartenhandschuhe aus, um sie anschließend an ihrem Knie auszuklopfen.

»Dein Garten sieht fantastisch aus«, stellte Georgia mit Blick auf die beiden großen Hochbeete fest, die nur wenige Meter von der Küchentür entfernt aufragten. Obwohl der Frühling jetzt im April noch gar nicht richtig Einzug gehalten hatte, quollen sie bereits über vor Grün: Die Gurkenranken ringelten sich in alle Richtungen, dazwischen blitzten schon einige winzige Gürkchen hervor; Bohnen wuchsen in ordentlichen Reihen; zarte, durchscheinende Salatköpfe drängten sich aneinander; Tomatenranken klammerten sich an ihre Gitter und gaben den Blick frei auf erste, bereits leicht gerötete Früchte. Verwirrt musterte Georgia das üppig sprießende Gemüse. Vieles davon sah so aus, als könnte es bald geerntet werden, aber um diese Jahreszeit war es dafür eigentlich noch viel zu früh. In was für einem Klima reiften Tomaten denn so schnell? War diese Insel vielleicht eine Art Gärtnerparadies?

Star stützte die Hände in die Hüften und ließ den Blick ebenfalls über ihre Beete schweifen. »Das reinste Chaos. Ich verkaufe mein Gemüse und meinen Honig vorne am Stand vor dem Haus, und jetzt, wo alles anfängt zu reifen, muss ich dringend Ordnung schaffen. Im Grunde müssten Haus und Garten komplett aufgehübscht werden. Ich habe in den vergangenen Monaten einiges schleifen lassen. Nun wird es höchste Zeit, dass ich mich um alles kümmere.«

»Ich kann dir gerne dabei helfen, solange ich hier bin«, bot Georgia ihr an. Verwirrt kniff sie die Augen zusammen. War das in dem großen Topf neben der Küchentür etwa ein Feigenbaum? Und hingen da tatsächlich kleine violette Feigen an seinen Zweigen? Die sollten doch eigentlich erst im Spätsommer wachsen, oder?

Star fing eine lose Haarsträhne an ihrer Wange ein und schob sie zurück in ihren Pferdeschwanz. »Du erinnerst dich vermutlich nicht mehr daran, aber wir haben oft zusammen im Garten gearbeitet, als du noch klein warst. Vor allem die Ernte hast du geliebt. Das Unkrautjäten weniger. Und wenn ich mich richtig erinnere, warst du ganz versessen darauf, die Karotten zu ziehen. Deine Augen haben jedes Mal aufgeleuchtet, als hättest du einen Schatz geborgen.« Sie lachte leise.

»An die Karotten erinnere ich mich«, nickte Georgia. Wirklich im Garten gearbeitet hatte sie seit einer Ewigkeit nicht mehr, als Kind hatte sie allerdings stundenlang für Tante Hannah das Unkraut jäten müssen. Star hatte recht. Für diese Aufgabe hatte sie sich nie erwärmen können, aber die Gemüseernte hatte ihr immer Spaß gemacht. »Ich weiß noch, wie du mir gezeigt hast, dass man Kartoffeln immer mit den Augen nach oben einpflanzen muss.« Daran hatte sie seit Jahren nicht mehr gedacht. Wieder glitt ein kleines Stück ihrer Vergangenheit an seinen Platz. Nach und nach füllten sich so die Lücken. »Aber eigentlich wollte ich dich fragen, ob ich mir dein Auto ausleihen darf. Ich wollte nach Friday Harbor zum Einkaufen fahren. Mir fehlen noch ein paar Zutaten für heute Abend.«

»Na klar.« Star wischte sich mit dem Ärmel die Stirn ab und hinterließ dabei einen Schmutzfleck. »Ich habe heute nur einen Kunden, aber das kann ich auch erledigen, wenn du wieder da bist. Weißt du, ich verdiene mein Geld damit, dass ich mich um die Blumen und Gemüsegärten der Leute hier auf der Insel kümmere«, erklärte sie. »Aber noch hat die Saison nicht richtig angefangen, deshalb habe ich nur wenige Termine pro Woche. Wenn du willst, kann ich dir den Weg zum Supermarkt beschreiben, das ist eigentlich ganz einfach. Oder aber du wartest noch ein wenig, und ich bitte Cole, dich nach dem Mittagessen hinzufahren, während ich unterwegs bin.« Fragend sah sie Georgia an.

»Oh nein, ich finde mich schon zurecht. Damit müssen wir ihn nicht behelligen«, lehnte Georgia hastig ab. Eine Autofahrt mit einem heißen, vor sich hin brütenden Austernfarmer, der sie aus unerklärlichen Gründen zu hassen schien, stand heute definitiv nicht auf ihrer Agenda.

»Soll ich dir Frühstück machen?«, bot Star nun an.

»Alles gut«, versicherte Georgia ihr sofort. »Ich habe einen Proteinriegel gegessen.« Sie hatte sich am Flughafen in Washington mit den Riegeln eingedeckt. Da sie sowieso nichts schmeckte, hatte sie kaum Appetit, wusste aber, dass sie zumindest ein paar Kalorien zu sich nehmen musste, um bei Kräften zu bleiben. Und Proteinriegel – die der französische Chefkoch in ihr niemals als richtige Nahrung anerkennen würde – enthielten zumindest eine Menge Nährstoffe. So konnte sie einige bittere Bissen herunterwürgen und so tun, als hätte sie eine vollständige Mahlzeit zu sich genommen.

»Gut, wenn du meinst.« Star schienen die Riegel auch nicht wirklich zu überzeugen, aber sie ließ die Sache ruhen und erklärte Georgia stattdessen, wie sie fahren musste. Anschließend warf sie ihr den Schlüssel zu ihrem alten grünen Subaru Forester zu.

Georgia fuhr mit offenen Fenstern zum Supermarkt und genoss den Duft von frischem Gras und Tannennadeln, der zu ihr hereindrang. Die Insel war nicht sonderlich dicht besiedelt, anscheinend bestand sie hauptsächlich aus hügeligen Feldern und Nadelwäldern; nur hin und wieder tauchte einmal ein Haus auf. Ihr kamen auch nur wenige Autos entgegen, deren Fahrer sie alle mit einem freundlichen Winken grüßten. Georgia winkte zurück und spürte, wie sich ihre Laune immer mehr verbesserte. Es war schon einige Jahre her, dass sie selbst hinter dem Steuer gesessen hatte. In Paris benutzte sie ausschließlich die Metro, sie besaß gar kein Auto. Deshalb hatte sie ganz vergessen, wie viel Spaß es machen konnte, beim Fahren den Wind in den Haaren zu spüren, während die größten Hits von Grateful Dead aus dem CD-Player kamen. Gut, sie versuchte dann doch, auf Radio umzuschalten oder die CD auszuwerfen, aber die Disc schien sich irgendwie verklemmt zu haben, und das Radio funktionierte nicht. Achselzuckend ließ sie die Musik also weiterlaufen. So gab es nur sie, ihr Lenkrad, Jerry Garcias Stimme und die

Straße, die sich als graues Band zwischen den Hügeln dahinschlängelte. Eine Kombination, die ein berauschendes Gefühl absoluter Freiheit in Georgia auslöste. Wann hatte sie sich das letzte Mal so entspannt und frei gefühlt? Ohne es zu wollen, lachte sie laut auf. Langsam fing sie sogar an, sich auf das Abendessen zu freuen.

In Friday Harbor fand sie problemlos den Supermarkt und war erstaunt, wie viele hochwertige Waren es in dem eigentlich winzigen Laden gab. Begeistert strich sie über verschiedene französische Käsesorten, bevor sie sich für den Camembert entschied. Einige der Zutaten, die sie für das Abendessen brauchte, musste sie allerdings ersetzen. So gab es hier keinen Fenchel, dafür fand sie aber einen erstaunlich guten und preisgünstigen Pinot Noir aus dem Burgund. Davon kaufte sie gleich zwei Flaschen – eine zum Kochen, die andere würde sie als Tischwein zum Essen servieren. Da sie nicht wusste, wie abenteuerlustig Cole und Star in Bezug auf Essen waren, beschloss sie, sich an die französischen Klassiker zu halten und nicht zu avantgardistisch zu werden. Das Tête de Veau – gekochten Kalbskopf – würde sie für eine andere Gelegenheit aufheben. Am Ende kam an der Kasse eine erschreckend hohe Summe zusammen, die Georgia jedoch gerne bezahlte, nachdem sie einmal kurz geschluckt hatte. Es war die Sache wert, schließlich war dieses Essen nicht nur ein Dankeschön, sondern auch eine Gelegenheit, sich zu beweisen. Beides Dinge, die nun einmal ihren Preis hatten.

12

Mit einer alten weißen Baumwollschürze ausgestattet hatte Georgia bis zum späten Nachmittag bereits die Hälfte ihrer Vorbereitungen abgeschlossen. Sie war allein in der Küche. Star war noch bei ihrem Kunden, und Georgia genoss die Stille. Sie hatte genügend Töpfe, Pfannen und Küchenutensilien zusammengesucht, um ihr Menü kochen zu können, und zum Glück hatte sie ihre eigenen Messer dabei. Ein professioneller Koch benutzte niemals fremde Messer, wenn es sich irgendwie vermeiden ließ. Die vertrauten Arbeitsschritte entspannten sie: Gemüse schneiden, Hühnchen zerteilen, das Fleisch in Weinmarinade einlegen. Ihr Handy spielte Édith Piaf, dazu hatte sie sich ein Glas von dem guten Pinot Noir eingeschenkt und alle Zutaten bereitgestellt, die sie brauchte. Nun konnte sie ihre Küchenmagie wirken.

Während sie lauthals den Text des unvergessenen *La vie en rose* mitschmetterte, das leises Heimweh nach Paris in ihr weckte, briet Georgia den Speck für ihr Coq au Vin an, bis er braun und knusprig in der gusseisernen Pfanne zischte. Deshalb hörte sie nur am Rande, wie die Hintertür zufiel. Da Star gesagt hatte, sie werde so gegen vier zurück sein, blickte Georgia erwartungsvoll auf. Doch stattdessen erschien Cole im Türrahmen.

»Das riecht gut«, stellte er fest. Es klang beinahe freundlich. Er trug wieder diesen albernen orangefarbenen Gummianzug. Wie in aller Welt konnte er immer noch gut aussehen, wenn er bis zur Brust in einer Gummihose in Warnfarben steckte? Einer Brust, die offenbar kräftig gebräunt und sehr muskulös war. Unter dem Latz der Gummihose trug er ein dünnes Strickshirt, das eng genug war, um seinen Körperbau deutlich hervorzuheben. Aber Georgia war fest entschlossen, sich weder von seiner guten Laune noch von seinem Sex-Appeal beeindrucken zu lassen. Immerhin war sie noch bis vor Kurzem mit dem attraktivsten Koch von Paris zusammen gewesen, und was hatte es ihr gebracht?

Deshalb warf sie Cole nun bloß einen verschmitzten Blick zu und stellte gelassen fest: »Natürlich riecht das gut. Es ist Speck.« Sie holte die Speckstreifen aus der Pfanne und stellte sie zum Abkühlen beiseite, dann briet sie die Hähnchenteile in dem in der Pfanne verbliebenen Fett an.

Eigentlich hatte sie gehofft, dass er wieder gehen würde, aber er wanderte wortlos an ihr vorbei, holte sich ein Glas, ließ an der Spüle Wasser hineinlaufen und trank durstig. Ohne ihn weiter zu beachten, schwitzte sie nun Karotten und Zwiebeln im Schmortopf an, während das Fleisch weiter briet. Sie gab Knoblauch zum Gemüse und genoss das Aroma; er gehörte zu ihren liebsten Gerüchen. Wie schade, dass dieses köstliche Mahl sich in ihrem Mund zu etwas Schrecklichem verwandeln würde. Doch wenn es nur halb so gut schmeckte, wie es roch, würde es ein Erfolg werden. Bis jetzt hatte sie ein gutes Gefühl bei der Sache.

Édith begann im Hintergrund ein neues Lied, diesmal begleitet von einem Akkordeon. Als Cole skeptisch eine Augenbraue hochzog, warf Georgia ihm einen Seitenblick zu. »Lass mich raten. Du stehst nicht auf französische Chansons?«

»Das würde ich so nicht sagen.« Leicht belustigt lehnte er sich mit dem Glas in der Hand an die Spüle. »Es ist auf jeden Fall mal etwas ganz anderes als Grateful Dead und diese sozialkritischen, feministischen Hippie-Folk-Sängerinnen aus den Sechzigern, die Star immer hört. Versteh mich nicht falsch – ich bin total für Sozialprotest und gesellschaftskritischen Aktivismus, aber der Mensch kann eben nur eine begrenzte Anzahl an tamburingestützten Versionen von ›*Blowin' in the Wind*‹ aushalten.« Seine Mundwinkel zuckten verräterisch.

Auch Georgia konnte sich ein Grinsen nicht verkneifen; schnell goss sie einen Teil der Weinmarinade über das Gemüse. »Und was wäre dir lieber? Vielleicht ein wenig Johnny Cash? Weckt *Folsom Prison Blues* deine nostalgische Ader, weil es die guten alten Knastzeiten heraufbeschwört?«, neckte sie ihn.

Cole warf ihr einen erstaunten Blick zu und fing an zu lachen. Tief und ein wenig eingerostet klang das, als fehlte ihm die Übung. Hätte sie sein Lachen mit einer Spirituose vergleichen sollen, dann wohl mit einem guten Whiskey – dunkel, warm, rau, mit einem bissigen Nachgeschmack. Dieser unvermittelte Gedanke passte Georgia gar nicht, also schob sie ihn hastig beiseite.

»Wohl eher Leonard Cohen«, erwiderte er schließlich. »Den höre ich besonders gerne, wenn ich mir Klingen aus Holzlöffeln schnitze.« Seine Miene blieb vollkommen reglos, doch seine Augen funkelten belustigt.

Georgia schnaubte verblüfft. Er war ja richtig witzig und selbstironisch. Das hätte sie nicht gedacht. Wieder hoffte sie, dass er nun gehen würde, aber er rührte sich nicht vom Fleck, beobachtete sie sogar. Irgendwie fand sie das beunruhigend. Entschlossen legte sie die Hühnerbrust und die Keulen auf das Gemüsebett; sie würde seinen prüfenden Blick einfach nicht beachten, auch wenn ihr Herz plötzlich deutlich schneller schlug. In ihrer Küche war sie die Chefin, da würde sie sich ganz sicher nicht aus der Ruhe bringen lassen, vor allem nicht von einem Mann, der angezogen war wie ein Verkehrshütchen.

»Wie bist du auf den Gedanken gekommen, Köchin zu werden?«, fragte er neugierig.

Georgia überlegte sich ihre Antwort gut. »Durch Julia Child«, sagte sie schließlich. »Ich wollte irgendwie von der Ranch meiner Familie wegkommen, und das Kochen hat mir einen Ausweg geboten. Julia war meine Inspiration. Ich habe sie verehrt, wollte genauso werden wie sie. Nachmittags habe ich mir immer ihre Fernsehshow angesehen, wenn ich eigentlich Hausaufgaben machen sollte«, erzählte sie scheinbar unbeschwert, konnte die Wehmut aber doch nicht ganz aus ihrer Stimme verbannen. Noch heute konnte sie vor sich sehen, wie die junge Georgia jeden Nachmittag nach der Schule in Jeans und T-Shirt vor dem alten Fernseher im Wohnzimmer gehockt und bei Milch und Vollkornkeksen jedes Wort aus Julias Mund regelrecht aufgesaugt hatte. Ihre Hausaufgaben hatte sie stets in Rekordzeit erledigt, um anschließend so dicht wie möglich am Bildschirm zu kleben, den Ton möglichst leise gestellt, um Tante Hannah nicht zu alarmieren. Die hatte den Fernseher immer ausgeschaltet und Georgia irgendwelche Haushaltspflichten aufgedrückt, wenn sie zufällig ins Wohnzimmer gekommen war. Fernsehen am Nachmittag war bei Tante Hannah nämlich ebenso verpönt gewesen wie Julia Child.

Georgia hackte ein wenig Thymian, streute ihn über Huhn und Gemüse und verschloss den Schmortopf anschließend mit einem schweren Deckel. »Julia hat mir eine andere Art von Leben gezeigt«, fuhr sie fort. »Eine Welt jenseits der mühseligen Existenz auf einer Rinderfarm in Texas, jenseits der Beschränkungen einer staubigen Kleinstadt. Durch Julia habe ich einen anderen Blick auf die Welt bekommen, habe gelernt, ihre vielen Möglichkeiten zu entdecken. Sie hat mir gezeigt, dass man das Leben genießen sollte, nicht einfach nur ertragen.«

Als sie hochblickte, bemerkte sie, dass Cole sie stumm musterte. Dann trank er noch einen Schluck, bevor er fragte: »Das alles hast du durch eine Kochshow gelernt?« Ernst klang das, frei von Spott. So als wollte er die Antwort tatsächlich hören. Georgia nickte.

»Ich weiß ja nicht, inwieweit du im Bilde bist, aber Star hat uns verlassen, als ich fünf war«, begann sie, was sie selbst wohl am meisten überraschte. Sie sprach eigentlich nie über Star. Mit Etienne war sie fast zwei Jahre zusammen gewesen, bevor sie ihm anvertraut hatte, dass sie ohne Mutter aufgewachsen war. Auch jetzt war es noch ein heikles Thema für sie, aber irgendwie störte es sie nicht, Cole gegenüber so offen zu sein. Vielleicht lag es einfach daran, dass sie hier waren und Star quasi in direkter Reichweite. Cole gehörte ja nun irgendwie dazu. Georgia ließ die gehackten Pilze in die Pfanne mit dem ausgelassenen Fett gleiten und stellte den Herd höher. »Nachdem sie weg war, wurde es zu Hause … traurig. Die Ranch lief zwar gut, aber bei uns wurde selten gelacht, als gäbe es keine Freude mehr. So als hätte Star sie mitgenommen, als sie fortging. Mein Dad hat rund um die Uhr gearbeitet, deshalb hat seine Schwester, meine Tante Hannah, ihm bei meiner Erziehung geholfen. Ich weiß, dass sie mich auf ihre eigene Art durchaus geliebt hat, aber sie war eben kein besonders mütterlicher Mensch.«

Sofort sah Georgia ihre Tante vor sich: hochgewachsen, schlank, den Rücken so gerade, als hätte sie einen Schürhaken verschluckt. Eine Persönlichkeit, die zu gleichen Teilen aus Pflichtbewusstsein und Entschlossenheit bestand. Ja, ihre Tante hatte sie geliebt und wirklich versucht, ihr ein sicheres, stabiles Umfeld zu schaffen. Neben dem Sofa hatten stets moralisch einwandfreie Bibliotheksbücher bereitgelegen, und Georgia hatte jeden Tag ein einfaches, nahrhaftes Pausenbrot für die Schule mitbekommen. Abends war sie gebadet, am Morgen waren ihr Zöpfe geflochten worden. Samstags hatten sie zusammen ein Puzzle gelegt. Ihre Tante hatte ihr Bestes gegeben bei der Erziehung eines Kindes, das sie nie wirklich verstanden hatte. Und doch war Georgia von ihrem sechsten Lebensjahr an einsam gewesen. Sehr einsam.

»Meine Familie versteht bis heute nicht, warum ich Köchin geworden bin«, fuhr sie fort, während sie die Pilze schwenkte. »Es war ihnen unbegreiflich, warum ich so unbedingt nach Paris wollte und ein eigenes Restaurant leiten möchte. Meine Inspiration kam von Julia. Sie hat mir ein Ziel geschaffen, etwas, worauf ich hinarbeiten konnte. Sie hat mir ein anderes Leben eröffnet.« Georgia spürte, wie sie rot wurde. »Das klingt bestimmt furchtbar kitschig.«

Cole räusperte sich. »Nein, nicht kitschig. Ich finde es verständlich.«

Überrascht sah Georgia ihn an. »Mit zehn habe ich mir geschworen, es so zu machen wie Julia – nach Paris zu gehen und mir in der Welt der Köche einen Namen zu erarbeiten. Ich wollte in Julias Fußstapfen treten. Während ich auf ihrer Reine-de-Saba-Schokoladentorte die Kerzen ausgeblasen habe – übrigens hatte ich mir die selbst gebacken –, habe ich mir das Versprechen gegeben, eines Tages eine Restaurantküche in Paris zu leiten.«

»Und, konntest du dein Versprechen schon einlösen?«, fragte Cole interessiert.

Georgia zögerte. »Beinahe«, gestand sie schließlich. »Wir werden sehen«, fügte sie mit einem sehr französischen Achselzucken hinzu.

Cole leerte sein Glas und musterte sie eingehend. »Nur wenige Menschen wissen schon so früh, wie sie ihr Leben einmal gestalten wollen.«

»Na ja, die Alternative war nicht so berauschend«, murmelte Georgia. »Vieh einfangen und kastrieren oder Mähdrescher fahren. Für mich war das keine echte Option. Ich habe mir selbst ausgesucht, was ich aus meinem Leben machen wollte, und seitdem habe ich jede wache Minute damit verbracht, diesem Ziel näher zu kommen.« Wieder schwenkte sie die Pilze in der Pfanne. Wirklich erstaunlich, wie lange Cole nun schon hier herumstand. Vielleicht hatte sie ihn ja falsch eingeschätzt, und Star hatte recht. Vielleicht brauchte er einfach ein wenig, um mit neuen Menschen warm zu werden. Und vielleicht war er nun etwas wärmer geworden. »Was ist denn mit dir?«, fragte sie schnell. »Was wolltest du werden, als du noch klein warst?«

Ein leicht gequältes Lächeln huschte über Coles Gesicht. »Superheld. Ein Superheld, der durch sein Umweltbewusstsein und seine Recyclingbemühungen die Welt rettet«, gestand er. »Meine Lieblingsserie damals war *Captain Planet*, ich habe mir sogar selbst ein Captain-

Planet-Kostüm gebastelt. In einem Halloweenladen habe ich eine grüne Perücke aufgetan, dazu habe ich mir eine rote Unterhose über meine Jogginghose gezogen. Ich war fest davon überzeugt, dass ich die Erde von Müll und Verschmutzung befreien würde. Ein echt cooles Kind eben«, fasste er leicht ironisch zusammen.

Georgia lachte. »Wie süß. Und, hast du es geschafft? Hast du die Welt gerettet?«

Cole fuhr zusammen, und ein Schatten glitt über sein Gesicht. Anscheinend hatte sie einen Nerv getroffen. »Nein«, antwortete er knapp. »Ich züchte einfach nur Austern.« Abrupt stellte er sein Glas weg und nickte Georgia fast schon brüsk zu. »Ich muss zurück an die Arbeit.« Offenbar war ihr Gespräch damit beendet.

Leicht irritiert sah Georgia ihm hinterher, als er ging. Gerade eben noch hätte sie schwören können, dass sie sich einen Moment lang wirklich nahe gewesen waren, dass er sich in ihrer Gesellschaft wohlfühlte. Doch dann hatte er wieder dichtgemacht. Was war nur los mit diesem Kerl? Lebte er im Untergrund? War er Teil eines Zeugenschutzprogramms? Betrieb er in seiner Blockhütte vielleicht eine Methküche?

Achselzuckend schnitt Georgia ein großzügiges Stück von der guten Butter ab, streute etwas Mehl darüber und vermengte das Ganze zu Beurre Manié. Sie hatte wirklich keine Ahnung, was sie von diesem umwerfend attraktiven und doch so launenhaften Austernzüchter halten sollte, aber zumindest konnte sie Butter, Wein, Hühnchen und Gemüse zu einem Abendessen verbinden, von dem er hinterher hoffentlich noch lange träumen würde. Am Morgen hatte sie noch Zweifel gehabt, ob sie ein solches Essen kochen konnte, aber nun war ihr Selbstbewusstsein zurückgekehrt. Sie war wieder richtig gut in Fahrt, das spürte sie. Ja, sie würde es schaffen. Auch ohne Geschmackssinn konnte sie ihre Magie in der Küche wirken lassen.

»Sieh dir das an, Michel«, sagte sie laut, während sie Mehl und Butter verknetete. »Dieses Mahl wird ein kulinarisches Feuerwerk, wie sie es noch nie erlebt haben.« Zufrieden trank sie einen leider bitteren Schluck Pinot Noir direkt aus der Flasche und wandte sich dann wieder ihrer Aufgabe zu.

»Mit genügend Butter wird einfach alles köstlich«, trällerte Julia Child fröhlich in ihrem Kopf.

13

Das war einfach fantastisch, Georgia.« Star lehnte sich auf ihrem Stuhl unter dem Apfelbaum zurück und wischte sich mit der Serviette den Mund ab. »Oder etwa nicht, Cole?«

Der Angesprochene brummte etwas Unverständliches, während er mit einem Stück gebuttertem Baguette die Reste seines Coq au Vin vom Teller wischte und dabei missmutig auf die Bucht hinausstarrte. Insgesamt war das Essen allerdings sehr gut gelaufen, auch wenn Cole beschlossen zu haben schien, wieder unterkühlt und unzugänglich zu sein. Ihr kurzes Gespräch in der Küche war wohl einem Moment der geistigen Verwirrung zuzuschreiben. Vielleicht hatte er während dieser wenigen Minuten einfach vergessen, mürrisch zu sein; ein Lapsus, den er anscheinend wiedergutzumachen versuchte.

»Es freut mich wirklich, dass es euch geschmeckt hat.« Strahlend räumte Georgia die leeren Servierplatten ab. Trotz Coles Verdrießlichkeit verlief alles genau nach Plan, was sie mehr als glücklich machte. Sie hatte das Essen draußen im Apfelhain serviert und mit einer bunten Mischung aus altem Silberbesteck, diversen Porzellanserviceteilen und Gläsern eingedeckt; eben alles, was sie in den Schränken gefunden hatte. Der Tisch allein stand schon perfekt, eingerahmt von mit duftenden weißen Blüten übersäten Apfelbäumen, mit Blick über die Bucht.

Georgia hatte ihr iPhone in eine Astgabel gelegt, von der aus nun Nina Simones honigweiche Stimme *I Want a Little Sugar in My Bowl* säuselte. Ein besseres Ambiente hätte sich Georgia gar nicht wünschen können. Und das Essen … Nun – so, wie die beiden zugelangt hatten, musste es wohl ein Volltreffer gewesen sein. Ja, Georgia war rundum zufrieden und erleichtert darüber, dass sie anscheinend auch ohne Geschmackssinn noch anständig kochen konnte. Vielleicht irrte sich Michel ja, und sie hatte ihr Feuer gar nicht verloren. Dieser Gedanke verstärkte ihr Hochgefühl.

»So gute grüne Bohnen habe ich noch nie gegessen«, schwärmte Star von den Haricots Verts. »Und dieses Hühnchen … wie hast du es noch gleich genannt? Kock oh was?«

»Coq au Vin«, wiederholte Georgia lächelnd. Sie schob Teller und Besteck aufeinander und stellte den etwas wackeligen Stapel auf den Servierplatten ab. »Nicht weglaufen«, mahnte sie dann über die Schulter hinweg, während sie das taumelnde Geschirr stabilisierte. »Gleich kommt das Dessert.«

Drinnen stellte sie hastig das Geschirr auf dem Küchentresen ab und holte die Einmachgläschen aus dem Kühlschrank, in denen sie die Mousse au Citron angerichtet hatte. Das Rezept war simpel, ergab aber eine leuchtend helle Mousse, die herrlich nach frisch gepressten Zitronen und fluffig geschlagener Sahne schmeckte. Sie gehörte zu Georgias Lieblingsdesserts und hatte bisher noch jeden begeistert. Mit Nina Simones Song auf den Lippen brachte sie den Nachtisch nach draußen. Das Gras strich kühl und feucht über ihre nackten Knöchel, und von der Bucht wehte eine frische Brise herauf.

»Bitte schön.« Georgia legte kleine Silberlöffel quer über die Gläschen und reichte sie dann an Cole und Star weiter. »Mousse au Citron, einer meiner Lieblinge.« Sie setzte sich ans Ende des Tisches und trank einen Schluck Wasser. Das schmeckte zum Glück nach nichts. Zufrieden sah sie zu, wie Star mit ihrem Löffel ein wenig Mousse ausstach und den ersten Bissen nahm. Im nächsten Moment riss sie die Augen auf und begann zu würgen.

Georgia entkam ein entsetztes Keuchen. »Alles okay? Was ist denn los?«

Star schüttelte nur den Kopf und griff nach ihrem Wasserglas. Nachdem sie sich mit einem kräftigen Schluck den Mund gespült hatte, spuckte sie einen klebrigen Batzen Mousse ins Gras. Cole, der vorsichtiger gekostet hatte, spuckte sein Dessert ebenfalls aus. »Schmeckt wie pures Salz«, presste er mit rauer Stimme hervor. Auch er spülte sich nun mit gequälter Miene den Mund aus.

»Was?« Fassungslos starrte Georgia die beiden an. »Nein!« Im Kopf ging sie das wirklich einfache Rezept noch einmal durch. Eigentlich müsste die Mousse perfekt sein.

»Tut mir leid, aber es ist so. Hier.« Star streckte ihr Glas und Löffel entgegen. Georgia zögerte kurz, nahm die Mousse dann aber nicht an. Es hätte ja sowieso keinen Sinn, sie zu probieren.

»Das tut mir schrecklich leid«, erklärte sie beschämt. »Ich habe keine Ahnung, wie das passieren konnte.« Das Essen war herrlich gewesen, geradezu perfekt. Und nun das. Sie war am Boden zerstört. Plötzlich spürte sie, wie Tränen in ihren Augen aufstiegen. Sie sah hoch und bemerkte Stars mitfühlenden Blick. Sofort drängte sie die Tränen mit einem heftigen Blinzeln zurück. Sie war tough. Das war nicht ihr erster Fehler in der Küche. Wegen einer versalzenen Mousse brauchte man nicht zu weinen. Trotzdem fühlte sie sich gedemütigt. Hier ging es um so viel mehr als nur eine versalzene Mousse. Hier ging es um ihren Traum, der ihr gerade unaufhaltsam durch die Finger glitt. Sie hatte sich selbst beweisen wollen, dass sie auch ohne Geschmackssinn noch eine gute Köchin sein konnte. Aber anscheinend war es eben nicht so. Mutlos starrte Georgia auf die Gläschen mit dem ungenießbaren Dessert. Michel hatte recht. Sie hatte ihr Feuer verloren.

»Ist doch nicht schlimm, Georgia. Der Rest des Essens war perfekt. Ein kleiner Fehltritt am Ende macht doch nichts«, versuchte Star sie zu trösten.

»Die Zuckerdose in der Küche war leer, und in der Speisekammer war eine große Papiertüte. Ich dachte, das wäre Zucker«, erklärte Georgia mit brennenden Wangen. »Aber offenbar war es Salz.«

Star nickte. »Ich kaufe vieles auf Vorrat, und manchmal vergesse ich, die Tüten zu beschriften.«

»Aber hast du es denn nicht probiert, bevor du es zum Kochen verwendet hast?«, fragte Cole kritisch und schob angewidert sein Dessertglas von sich.

Frustriert schüttelte Georgia den Kopf. »Das hätte nichts gebracht. Ich kann nichts mehr schmecken.« Einfach so rutschte ihr die Wahrheit heraus.

»Was?« Völlig verblüfft starrten Cole und Star sie an.

Georgia wich ihren fragenden Blicken aus; am liebsten hätte sie sich die unbedachten Worte in den Mund zurückgeschoben. In bitterer Ernüchterung starrte sie auf die grüne Rasenfläche und dann auf die silbrigen Wellen unten in der Westcott Bay. Wie in aller Welt hatte sie nur glauben können, im Wettstreit um Michels Gunst mithalten oder anschließend eine Restaurantküche leiten zu können, wenn sie nicht einmal merkte, dass ihre Mousse total versalzen war? Wieder musste sie gegen die Tränen ankämpfen.

»Was soll das heißen, du kannst nichts schmecken?«, hakte Cole nach. Er musterte sie prüfend.

»Ach, nichts.« Georgia winkte ab. »Ich habe einfach einen Fehler gemacht. Einen sehr dummen Fehler.«

»Na komm, Georgia May«, tröstete Star sie wieder, »jeder macht mal Fehler. Davon geht die Welt nicht unter.«

Georgia schüttelte verzweifelt den Kopf. »Meine vielleicht schon«, platzte es aus ihr heraus.

Für einen Moment senkte sich drückende Stille über den Tisch. Star und Cole wechselten einen ratlosen Blick.

»Georgia«, begann Star dann bedächtig, »was ist hier los?«

Zögernd blickte Georgia zwischen den beiden hin und her. Ihr blieben jetzt genau zwei Möglichkeiten: Sie konnte versuchen, ihnen weiszumachen, dass alles in Ordnung sei, und sich irgendwie durch den Rest ihres Besuches hier hindurchmogeln, oder aber sie konnte auf ihren Stolz pfeifen und reinen Tisch machen. Abwägend runzelte sie die Stirn. Ihr Blick blieb an Cole hängen, der voller Skepsis eine Braue hochgezogen hatte. Gut, für die Heile-Welt-Variante war es anscheinend zu spät. Dazu war bereits zu deutlich geworden, dass etwas nicht stimmte. Was hieß, dass sie ihnen wohl die Wahrheit sagen musste.

»Vor ein paar Tagen habe ich meinen Freund, mit dem ich seit zwei Jahren zusammen war – einen brillanten Koch, der zufällig auch noch mein Boss war –, mit unserer neuen Konditorin in der Kühlkammer erwischt«, gestand sie also. »Und aus einem Impuls heraus habe ich etwas sehr Dummes getan, um mich an ihm zu rächen. Danach musste ich kündigen.«

Star zuckte betroffen zusammen, während Cole nur ein leises »Autsch« von sich gab.

»Es wird noch schlimmer«, warnte Georgia sie. »Als ich am nächsten Morgen aufgewacht bin, hatte ich meinen Geschmackssinn endgültig verloren.«

Verblüfft beugte Star sich vor. »Du konntest überhaupt nichts mehr schmecken?«

»Für mich schmeckt alles einfach nur bitter«, konkretisierte Georgia. »Egal, was es ist. Ich schmecke immer nur etwas, das an verbrannten Kaffee erinnert.« Mit einer hilflosen Geste fuhr sie fort. »Mein Mentor Michel Laurent eröffnet bald ein neues Restaurant in Paris, und bis vor ein paar Tagen war ich noch seine Favoritin für die Stelle des Küchenchefs. Die Leitung der Küche im La Lumière Dorée wäre die Erfüllung meines Lebenstraumes, aber nach der Sache mit Etienne sind ihm Zweifel gekommen.«

»Ach, Georgia.« Star war voller Mitgefühl.

Georgia lehnte sich zurück und fuhr sich gereizt mit den Fingern durch die Locken. »Ich bin mit einundzwanzig nach Paris gezogen und habe mich Schritt für Schritt hochgearbeitet. Diese Jahre waren brutal, absolut gnadenlos. Eine Frau zu sein und auch noch Amerikanerin – das waren von Anfang an zwei Hemmnisse. Ich musste härter, länger und mehr arbeiten als die anderen. Und nun bin ich so dicht dran. Nach so vielen Jahren ist alles, wofür ich geschuftet habe, zum Greifen nah. Aber ich kann kein Restaurant leiten, wenn ich das Essen, das ich rausgebe, nicht schmecken kann. Dieser Abend heute war eine Art Experiment, um herauszufinden, ob ich auch ohne Geschmackssinn noch eine gute Köchin sein kann. Ein Experiment, das grandios gescheitert ist.« Mit einem tiefen Atemzug sog sie die frische, vom Duft der Apfelblüten gewürzte Abendluft in ihre Lunge, um sie anschließend voller Enttäuschung wieder auszustoßen. Ihr heutiges Versagen war demütigend. Und nachdem sie nun ihre schmutzige Wäsche vor den beiden gewaschen hatte, fühlte sie sich nur noch verwundbarer. »Michel hat mir geraten, eine Weile fortzugehen, bis sich die Lage wieder beruhigt hat«, erklärte sie weiter. »Und dann kam deine Einladung, was für mich die perfekte Gelegenheit war, um aus Paris zu verschwinden. Ich hatte gehofft, an einen friedlichen, schönen Ort zu kommen, wo ich ohne den Druck der Küche meinen Geschmackssinn wiederfinden könnte.« Sie sah Star offen an. »Allerdings war das nicht der einzige Grund für mich, diese Einladung anzunehmen. Ich wollte dich treffen«, versicherte sie ihrer Mutter. »Ich wollte dich unbedingt wiedersehen.« Zögernd wartete sie auf Stars Reaktion.

Nachdem sie einen Moment geschwiegen hatte, holte Star tief Luft. »Nun ja, das erklärt einiges. Aber aus meiner Sicht ändert es rein gar nichts. Ich war mir natürlich nicht sicher, ob du überhaupt noch etwas mit mir zu tun haben wolltest«, gestand sie. »Als ich dir geschrieben habe, wusste ich nicht einmal, ob du antworten würdest. Dass du gekommen bist, ist ein Riesengeschenk für mich, auch wenn du es vielleicht auch noch aus anderen Gründen getan hast.« Sie musterte ihre Tochter prüfend. »Du kannst so lange bleiben, wie du möchtest, und ich werde alles in meiner Macht Stehende tun, um dir zu helfen. Weißt du denn schon, wie du deinen Geschmackssinn zurückgewinnen kannst?«

»Ich habe keine Ahnung«, gab Georgia zu. »Ich war schon bei verschiedenen Spezialisten, die haben alles durchgetestet. Niemand weiß, was mit mir los ist oder wie es sich beheben lässt.« Nun schluckte sie auch noch den letzten Rest hinunter, der von ihrem Stolz geblieben war. »Falls ihr Ideen habt, ich bin für alles offen.«

Wortlos beugte sich Cole über den Tisch, goss eine großzügige Menge Pinot Noir in ein Glas und schob es ihr hin. Überrascht und dankbar nahm Georgia den Wein und nippte daran. Bitter, aber immerhin breitete sich in ihrem Bauch eine angenehme Wärme aus. Sie stellte das Glas ab und blickte zwischen Star und Cole hin und her. Die beiden wiederum ließen sie nicht aus den Augen. Star wirkte nachdenklich, als kaute sie auf einem bestimmten Problem herum. Cole hatte sich mit verschränkten Armen zurückgelehnt, er wirkte abwesend. Georgia hatte keine Ahnung, was ihm durch den Kopf ging. Plötzlich tauchte Pollen unter dem Tisch auf und leckte ihr die Hand. Sanft streichelte Georgia die weichen Ohren des Hundes und trank noch einen Schluck Wein.

»Ich werde darüber nachdenken«, versprach Star schließlich bedächtig. »Ein paar Ideen habe ich schon, aber ich will sichergehen, dass du auch dafür bereit bist.«

Erstaunt zog Georgia die Brauen hoch. Bereit wofür? Das klang ja spannend.

Star beugte sich über den Tisch, ihre langen, sehnigen Finger schlossen sich um Georgias Hand. »Es tut mir leid, dass du es so schwer hattest, Georgia May. Ich wünschte, ich könnte einfach einen Zauberstab schwenken und alles auf einen Schlag wiedergutmachen, aber das kann ich nicht. Hoffentlich findest du während deiner Zeit hier bei uns das, was du brauchst. Vergiss nicht, diese Insel hat ihre ganz eigene Magie. Dieser Ort kann dich vervollständigen.«

»Hoffentlich hast du recht«, seufzte Georgia. Stars Großmut beschämte sie etwas. Dieses Abendessen war überhaupt nicht nach Plan verlaufen. Eigentlich hatte Georgia die beiden beeindrucken und ihnen ganz sicher nicht ihre traurige Geschichte auftischen wollen. Ihr Scheitern einzugestehen, war peinlich, aber seltsamerweise spürte sie nun wieder ein Fünkchen Hoffnung in sich. Vielleicht konnte sie hier auf dieser Insel und mit Stars Hilfe doch noch einen Weg finden, um ihren großen Traum zu retten.

14

Eine Textnachricht von Michel riss Georgia aus dem Schlaf. Am Abend zuvor hatte sie ihm ein Foto von dem Essen geschickt, das sie für Star und Cole gekocht hatte, hübsch angerichtet unter dem Apfelbaum. Das Bild war wirklich großartig geworden.

Habe deinen Rat angenommen und versuche, mein Feuer wiederzuentdecken, hatte sie daruntergeschrieben und die Nachricht abgeschickt, bevor sie schlafen gegangen war. Das Debakel mit dem versalzenen Dessert ließ sie unerwähnt. Michel brauchte nur zu wissen, dass sie alles tat, was nötig war, außerdem wollte sie bei ihm nicht in Vergessenheit geraten. Und nun, am nächsten Morgen, war seine Antwort gekommen.

> *Hervorragend, weiter so. Der Wettbewerb um die Stelle des Küchenchefs wird in einem Monat stattfinden. Ich schwanke zwischen dir und zwei anderen Köchen. Details schicke ich dir, sobald alles feststeht.*
> Au revoir, *Georgie*

Noch im Bett sitzend starrte Georgia auf die wenigen Zeilen. Sie wusste nicht, ob sie erleichtert sein oder in Panik verfallen sollte. Vier Wochen. Das verschaffte ihr ein wenig Luft, aber die Zeit verging schnell. Sie hatte viel zu tun. Unsicher legte sie das Telefon weg und überlegte, wie sie am besten weitermachen sollte. Irgendwo musste sie anfangen, und zwar schnell. Sie wusste nun also, dass sie gegen zwei andere Köche antreten musste. Zwei Köche, die vermutlich extrem talentiert waren *und* über einen intakten Geschmackssinn verfügten. Sie durfte keine Zeit verlieren. Von nun an wurde ihr Besuch hier auf der Insel sozusagen von einer tickenden Uhr begleitet. Vier Wochen. Georgia glaubte den Countdown regelrecht zu spüren. Ab jetzt zählte jede Minute. Draußen vor dem Fenster warteten blauer Himmel und heller Sonnenschein, laut ihrem Handy war es kurz vor zehn. Entschlossen sprang sie aus dem Bett und ging zu ihrem Koffer. Sie würde sich fertig machen und dann Phoebe anrufen. Der Blickwinkel ihrer Freundin war nun bitter nötig.

Fünfzehn Minuten später stand sie in Skinny Jeans, weißem T-Shirt, marineblauem Blazer und Lederballerinas an Stars Grundstücksgrenze und blickte auf die Bucht hinaus. Phoebe nahm das Gespräch schon nach dem ersten Klingeln an. »Georgia, Süße, hiii!«

Georgia stützte sich auf den Gartenzaun.

»Hi, Phoebs.« Der vertraute Klang von Phoebes Stimme ließ sie erleichtert aufatmen. »Wo steckst du gerade?«

»Drüben in Saint-Tropez, mit diesen serbischen Models, die gleichzeitig angehende Bademodendesigner sind«, erklärte Phoebe übertrieben laut flüsternd. »Wir haben gerade ein Abendshooting. Sie haben eine riesige Villa für uns gemietet, inklusive Pool und eimerweise Wodka. Völlig verrückt und ein Riesenspaß.«

»Klingt wild«, stellte Georgia grinsend fest.

»Die Models werden ihre eigene Kollektion präsentieren, im Pool, mit brennenden Wodkashots, auf riesigen aufblasbaren Eiswürfeln. Das wird dann gefilmt«, erklärte Phoebe weiter.

»Wie sollte bei diesem Szenario noch irgendetwas schiefgehen?«, erwiderte Georgia trocken und ließ den Blick weiter über die Bucht schweifen. Es war ein kühler, klarer Tag, eine leichte Brise kräuselte das Wasser. Star war unten bei den Bienenstöcken, eingehüllt in eine unförmige weiße Kluft, die ein wenig an einen Gefahrgutschutzanzug erinnerte. Pollen sprang laut bellend um sie herum. Für Georgia schienen Frankreich und Phoebes glamouröse Modewelt in diesem Moment unendlich weit weg zu sein.

»Ich habe nicht viel Zeit, erzähl mir mehr über diesen Cole«, verlangte Phoebe nun. »Der Kerl klingt traumhaft.«

Georgia und ihre Freundin hatten seit ihrer Ankunft auf der Insel immer wieder Nachrichten ausgetauscht, und nach dem Vorfall mit der versalzenen Mousse am Vorabend hatte Georgia Cole in einer ihrer Nachrichten am Rande erwähnt. Darauf hatte Phoebe mit einem Dutzend Herzaugen-Emojis und dem klaren Befehl »RUF MICH AN!« reagiert.

»Ich habe gestern Abend lediglich seinen Namen erwähnt«, protestierte Georgia prompt. »Wie kannst du daraus bitte ableiten, dass er traumhaft sein soll?«

»Wäre er nicht traumhaft, hättest du ihn gar nicht erwähnt«, konterte Phoebe mit ihrer ganz eigenen Logik.

»Das stimmt nicht«, behauptete Georgia, gab dann aber zu: »Okay, er sieht schon verdammt gut aus … aber er ist auch total feindselig. Er kann mich definitiv nicht ausstehen, und ich habe keine Ahnung, warum das so ist.« Frustriert rümpfte sie die Nase. »Er arbeitet auf der

Austernfarm nebenan und trägt ständig diese lächerlichen orangefarbenen Gummioveralls.« Dass er selbst in diesen Overalls noch irgendwie gut aussah, erwähnte sie nicht.

»Wie kann er dich denn bitte schön nicht toll finden?« Phoebe war empört. »Du bist eine starke, unabhängige, umwerfende Frau, noch dazu aus PARIS. Und eine echte Rothaarige! Was gibt es daran nicht zu mögen?« Für sie schien das vollkommen unverständlich zu sein.

»Vielleicht steht er einfach nicht auf Rothaarige«, schlug Georgia vor. »Oder aber eine Rothaarige hat ihm einmal das Herz gebrochen? Keine Ahnung. Er war vom allerersten Moment an regelrecht angewidert von mir. Und ich kann ihn auch nicht ausstehen. Das beruht also auf Gegenseitigkeit.«

»Ooooh, vielleicht steht er ja heimlich auf dich«, rief Phoebe vollkommen begeistert. »Vielleicht verliebt ihr euch ineinander. Ja, genau das brauchst du jetzt: eine Inselromanze mit einem mysteriösen, heißen Austerntypen.« Sie kicherte fröhlich. »Schließlich sind orangefarbene Gummioveralls ja verdammt sexy.«

Georgia ließ ablehnend die Luft durch die Zähne zischen. »In deinen Träumen vielleicht. Mir wurde gerade erst von Etienne das Herz herausgerissen, schon vergessen? So bald werde ich bestimmt nach keiner Romanze Ausschau halten.« Dieser Name löste noch immer einen Stich in ihrer Brust aus, weshalb Georgia kurz die Augen schloss.

»Ach, Etienne, der war sowieso nicht der Richtige für dich, und das weißt du auch«, mahnte Phoebe. »Dein Stolz ist vielleicht verletzt, aber nicht dein Herz. Du hast doch genau gewusst, wie er ist.«

Im ersten Moment war Georgia wütend, musste dann aber zugeben, dass ihre Freundin recht hatte. Über Jahre hinweg hatte sie sich Etienne und der ständigen Versuchung widersetzt, obwohl da immer diese Anziehung zwischen ihnen gewesen war. Tief in ihrem Innern hatte sie tatsächlich immer gewusst, wie achtlos er mit den Herzen der Frauen umging – ein Mann, den man bewundern und vielleicht auch begehren konnte, dem man aber niemals vertrauen durfte. Am Ende hatte er sie wider besseres Wissen doch noch für sich gewonnen, und sie hatte zugelassen, dass sie sich in ihn verliebte. Der Versuchung hatte sie nachgegeben, ja, letztlich hatte ihr Bauchgefühl aber recht behalten. Trotzdem tat es noch immer weh. In diesem Punkt irrte sich Phoebe, denn ihr Herz war ebenso verletzt wie ihr Stolz. Obwohl sie sich der Gefahr bewusst gewesen war, hatte sie Etienne einen kleinen Teil ihres Herzens anvertraut, und er hatte ihn in tausend Splitter zerschlagen.

Ihre Gedanken wanderten wieder zu Cole, und für einen kurzen Moment gestattete Georgia sich, bei ihm zu verweilen. Verbarg er vielleicht wirklich einen tiefen Schmerz in seinem Innern? Oder war er einfach nur ein launischer Einsiedler in einer Blockhütte? Aus irgendeinem Grund sah sie plötzlich seine Hände vor sich, so stark. Seine langen Finger, die gestern Abend das Weinglas zu ihr hinübergeschoben hatten. Diese Geste purer Freundlichkeit hatte sie überrascht. Wie würde es sich wohl anfühlen, wenn diese Finger über ihre nackte Schulter glitten, sich für einen Moment in den Locken in ihrem Nacken verfingen? Entschlossen vertrieb sie das Bild aus ihrem Kopf. Das würde nicht geschehen, nicht in einer Million Jahren.

»Ich habe heute Morgen eine Nachricht von Michel bekommen, Phoebs«, wechselte sie das Thema und lenkte die Unterhaltung damit in sichere und wesentlich wichtigere Fahrwasser. Sie berichtete Phoebe von dem gesetzten Zeitrahmen bis zum Wettbewerb und von ihren beiden Konkurrenten.

»Und was hast du jetzt vor?«, fragte Phoebe ernst.

»Das weiß ich noch nicht«, gab Georgia offen zu. »Aber ich muss mir schnellstmöglich etwas einfallen lassen, um mein kulinarisches Feuer wieder zu entfachen. Mir läuft die Zeit davon.«

»Dir fällt bestimmt etwas ein«, versicherte ihr Phoebe tröstend. »Du gehst am Ende schließlich immer als Siegerin vom Platz, Georgia.« Nun wechselte sie abrupt das Thema: »Und wie läuft es so mit deiner Mom? Hat sie ihr großes Geheimnis schon preisgegeben?«

»Noch nicht, aber ich habe etwas Interessantes herausgefunden.« Georgia erklärte Phoebe Stars Verbindung zu dem Kochbuch, Julia Child und der Stadt des Lichts. »Sie meinte, früher hätten wir immer gemeinsam von Paris geträumt und uns ausgemalt, was wir tun würden, wenn wir einmal dort wären.«

»Oh mein Gott, Süße!«, rief Phoebe begeistert. »Das ist ja wundervoll! Dann hatten deine Mom und du also diesen gemeinsamen Traum, und du hast die ganze Zeit nicht gewusst, dass ihr ihn geteilt habt? Und trotzdem hat er dein gesamtes Leben beeinflusst? Das ist ja herrlich tragisch.« Sie seufzte voller Dramatik. »Wie in einem Shakespeare-Stück.«

Im Hintergrund rief jemand Phoebes Namen. Die schrie zurück: »Ich komme gleich. Reibt sie einfach mit Babyöl ein. Ja, vorne und hinten!« Sie wandte sich wieder ihrem Telefon zu. »Tut mir leid, aber ich muss Schluss machen. Hast du denn zumindest eine Vermutung, was das für eine große Sache sein könnte, die sie dir sagen will?«

»Nein.« Zögernd sah Georgia wieder zu den Bienenstöcken und der in Weiß gekleideten Gestalt ihrer Mutter hinüber. »Aber ich bin schon sehr gespannt darauf.« Sie kniff nachdenklich die Augen zusammen, während sie sich Stars erste E-Mail ins Gedächtnis rief.

Ich muss dir dringend etwas sagen, das möglicherweise dein Leben verändern könnte …

Dieser Satz war hängen geblieben. Was hatte er wohl zu bedeuten? Was könnte Star wissen, das einen solchen Einfluss auf Georgias Leben hatte?

»Ich muss jetzt wirklich los, Süße«, entschuldigte sich Phoebe. »Die Eiswürfel sind fertig aufgeblasen, wir müssen anfangen zu drehen.«

»Geh du nur zu deinen Bademodenmodels«, entließ Georgia sie großmütig. »Und sei vorsichtig mit dem brennenden Wodka, ja, Phoebs?«

»Knutsch du mal lieber mit deinem Austerntypen«, erwiderte Phoebe kichernd. »Amüsier dich!« Damit legte sie auf.

Georgia schob das Telefon in ihre Hosentasche und sah sich noch einmal nach ihrer Mutter und Pollen um. Star wusste etwas, dem sie genug Bedeutung beimaß, um Georgia zu sich auf die Insel zu holen, etwas, das angeblich ihr gesamtes Leben verändern könnte. Was mochte das wohl sein? Und konnte es ihr in ihrer momentanen Lage helfen?

»Vielleicht sollte ich es einfach herausfinden«, murmelte Georgia und machte sich auf den Weg zu den Bienenstöcken.

»Ist es gefährlich, sich zu nähern?« Vorsichtig ging Georgia durch das taufeuchte Gras zu Star und den Bienen hinüber. Für die Insel waren ihre Schuhe eindeutig nicht geeignet, stellte sie fest, als sich die Nässe binnen weniger Sekunden einen Weg durch das dünne Leder ihrer Ballerinas suchte. Pollen kam ihr fröhlich schwanzwedelnd entgegen und begrüßte sie mit einem kurzen Bellen; wieder einmal schien das gesamte Hinterteil des Hundes in Bewegung zu sein. Als Georgia sie am Kopf kraulte, grunzte Pollen genüsslich.

»Guten Morgen, Georgia. Du kannst gerne näher kommen, aber bewege dich möglichst langsam. Ich bin fast fertig«, wies Star sie mit ruhiger Stimme an. Neben dem weiten weißen Anzug trug sie einen breitkrempigen Imkerhut mit schwarzem Netz. Sie hatte an einem der Bienenkästen den Deckel entfernt und ließ nun etwas Rauch hineingleiten; dazu benutzte sie eine Metalldose, die aussah wie die Ölkanne des Blechmannes im *Zauberer von Oz*. Wie auch ihre Stimme waren ihre Bewegungen ruhig und stetig, beinahe träge, sozusagen in Zeitlupe. Georgia nahm an, dass sie so möglichst wenig Unruhe unter den Bienen verbreiten wollte. Den Netzschleier an ihrem Hut hatte sie allerdings zurückgeschlagen, sodass ihr Gesicht freilag. Handschuhe trug sie auch nicht – Star arbeitete mit bloßen Händen an ihren Bienenstöcken.

Vorsichtig schlich Georgia näher heran, machte dabei aber einen weiten Bogen um die Kästen. »Was machst du da?«, fragte sie neugierig.

Star zog eine der quadratischen Platten aus dem Bienenkasten und untersuchte sie aufmerksam. Auf beiden Seiten wuselte ein dichter Teppich aus Bienen herum. »Ich prüfe die Bienenstöcke, um sicherzugehen, dass die Tiere glücklich und gesund sind und ausreichend Nahrung haben. Endlich ist es dafür warm genug. Im Winter ist es immer zu kalt, aber jetzt kehrt die Wärme zurück, alles blüht, und die Bienen machen sich bereit, um den Sommer über fleißig Honig zu produzieren.« Sie schob die Scheibe zurück in den Kasten.

»So.« Sie trat von den Bienenstöcken zurück. »Möchtest du mir dabei helfen, den Honig der letzten Saison zu beschriften? Ich muss neue Gläser für den Verkaufsstand herrichten.«

»Okay.« Vielleicht ergab sich dabei ja eine Gelegenheit, um Star nach ihrer E-Mail zu fragen. Georgia folgte ihrer Mutter zu dem Tisch bei den Apfelbäumen. Dort zog Star den Imkeranzug aus; darunter trug sie eine abgetragene blaue Jeanslatzhose und ein moosgrünes Hemd.

»Setz sich«, wies sie Georgia an. Nachdem sie einige Apfelblüten vom Stuhl gefegt hatte, nahm Georgia Platz. Auf dem Tisch war ungefähr ein Dutzend Einmachgläser mit Honig aufgereiht, außerdem lagen dort eine Schere, Klebeetiketten, Stifte und eine Rolle mit dickem Jutezwirn. Star setzte sich ebenfalls, und Pollen ließ sich schnaufend vor ihren Füßen unter den Tisch fallen, wo sie wenig später einschlief.

»Ich beschrifte die Etiketten und klebe sie auf. Könntest du das Band um die Gläser wickeln?«, fragte Star.

»Klar.« Georgia nahm eines der Gläser in die Hand. Der Honig im Innern schimmerte wie flüssiges Gold – dick, samtig und von herrlich warmer Farbe.

»Diesen Honig habe ich im August geerntet«, erklärte Star. »Die Bienen lieben den Lavendel vorne vor dem Haus. Er verleiht dem Honig ein ganz besonderes Aroma.« Sie schrieb *San Juan Island Lavendelhonig – 15 $* auf ein Etikett.

»Star?« Georgia nahm ihren Mut zusammen, um die Frage zu stellen, die sie seit dem Gespräch mit Phoebe umtrieb. Nervös rollte sie den Zwirn in ihren Händen hin und her. »Als du mir die E-Mail mit der Einladung geschickt hast, hast du geschrieben, dass du mir dringend etwas sagen müsstest, etwas, das mein Leben verändern könnte. Kannst du mir verraten, was das ist?«

Star legte die Etiketten weg und sah Georgia prüfend an. »Bist du sicher, dass du schon dafür bereit bist?«, fragte sie ruhig.

Zögernd erwiderte Georgia: »Glaubst du, dass es mir helfen könnte?«

Ihre Mutter presste kurz die Lippen zusammen und überlegte. »Ja, ich denke schon. Ich glaube sogar, dass es noch viel mehr bewirken wird.«

»Dann sag es mir«, verlangte Georgia.

Wieder sah Star sie nachdenklich an, so lange, dass Georgia durch diese intensive Musterung leicht verlegen wurde. Angespannt starrte sie auf die Schnur in ihrer Hand.

»Was empfindest du, wenn du kochst?«, fragte Star schließlich. »Wenn du deine Zutaten berührst, ein Gericht kreierst?«

Die Luft war vom zufriedenen Summen der Bienen erfüllt, die überall um sie herum die Pollen der Apfelblüten sammelten. Der üppige Duft der Blüten war berauschend.

Georgia dachte kurz nach. »Ich denke, ich fühle mich dann lebendiger als sonst, als wäre alles bunter. Es ist ein regelrechtes Hochgefühl.« Zögernd fügte sie hinzu: »Das klingt vielleicht verrückt, aber wenn ich meine Zutaten berühre, scheinen all meine Sinne miteinander zu verschmelzen. Ich kann die Bestandteile aller Zutaten schmecken, sehen, hören. Und ich erkenne instinktiv, was jedes Gericht braucht, wie alles zusammenwirkt. Das ist eine Art Bauchgefühl, ein intuitives Gefühl von … Richtigkeit. Zumindest war es bis vor Kurzem immer so.« Mit einem verlegenen Seitenblick zu Star resümierte sie: »Aber das ergibt überhaupt keinen Sinn, oder?«

Star lächelte verschmitzt. »Und wie das Sinn ergibt. Immerhin bist du eine Stevensfrau.«

Verwirrt starrte Georgia sie an. »Was soll das heißen?«

Ohne darauf einzugehen, fragte Star weiter: »Und wie reagieren die Menschen, wenn sie das essen, was du für sie gekocht hast?« Beinahe im Plauderton erkundigte sie sich danach, aber Georgia überkam eine Ahnung, dass ihre Antworten von großer Bedeutung waren.

»Ich … keine Ahnung. Positiv?« Das hatte man sie noch nie gefragt.

»Das ganz sicher«, nickte Star und musterte Georgia dann wieder aufmerksam. »Genauer gefragt: Was passiert, wenn jemand ein von dir zubereitetes Gericht verspeist? Welches Gefühl löst dein Essen in den Menschen aus?«

Georgia war ratlos. Natürlich wusste sie, dass sie eine begabte Köchin war, und auch, dass gutes Essen die Menschen auf einer ganz tiefen, ursprünglichen Ebene ansprechen konnte. Bei ihrem Essen schien das besonders gut zu funktionieren. Aber sie hatte nie genauer darüber nachgedacht. Nun tat sie es.

»Mein Mentor in Paris hat gesagt, mein Essen erfülle ihn mit Staunen, mit einem Gefühl unbegrenzter Möglichkeiten, einer Art *joie de vivre*«, erklärte sie gedehnt. »Dass er in jedem Bissen eine bessere Zukunft schmecken könne, eines der vielen Dinge, die noch geschehen könnten. Er sähe dann klarer, als bekäme er Einblick in eine bessere Welt. Und dass mein Essen ihm Hoffnung schenke, dass ihm etwas ... Überweltliches anhafte.« Sie spürte, wie Röte in ihre Wangen stieg, während sie krampfhaft auf den mit Apfelblüten übersäten Boden starrte. Ein solches Loblied auf ihr eigenes Können anzustimmen, war ihr peinlich. Aber schließlich hatte Michel das gesagt, nicht sie selbst.

»Und empfinden andere Menschen bei deinem Essen ähnlich?«

Georgia sah hoch und begegnete Stars aufmerksamem Blick. Stirnrunzelnd ließ sie sich die Frage durch den Kopf gehen. Während sie auf das Wasser der Bucht hinaussah, versuchte sie sich an die vielen Jahre in verschiedenen Küchen zu erinnern, an all die Gerichte. Einzelne Erinnerungen lösten sich aus dem Durcheinander: eine Frau, die nach einem Löffel von ihrer Mousse au Citron bei einem späten Mittagessen plötzlich aufgestanden war und verkündet hatte, dass sie sich mit ihrer Schwester versöhnen müsse, bevor es zu spät sei. Anschließend hatte sie einen Hunderteuroschein für die Rechnung auf den Tisch geworfen, wo die kaum angerührte Mousse zurückblieb, und war, ohne ihren Mantel zu holen, hinausgestürmt. An einem bitterkalten Winterabend hatte ein Amerikaner nach einem Stück von Georgias Rote-Beete-Ziegenkäse-Tarte plötzlich seine ihm gegenübersitzende Freundin angestarrt. Später meinte er, in diesem Moment habe er glasklar erkannt, dass sie nicht die Liebe seines Lebens sei. Er rannte in die Küche, wo man einen Verlobungsring auf ein Stück ebenfalls von Georgia zubereiteten Kirschclafoutis gelegt hatte, das nun servierfertig bereitstand, und nahm den Ring wieder an sich. Die beiden verließen wenig später das Restaurant – der Ring in seiner Tasche verborgen, die Freundin in Tränen aufgelöst. Und es hatte noch andere Vorfälle gegeben. Viele andere, wenn Georgia genauer darüber nachdachte. Irgendwann war es zu einer Art Running Gag beim Küchenpersonal geworden: Georgias Kochkunst sorge für mehr Trennungen, Verlobungen, Familienfehden und Versöhnungen, als einem einzigen Restaurant vergönnt sein sollten. Sie hatte das nie zu einem Gesamtbild zusammengefügt, aber nun …

»Ich glaube, mein Essen bringt den Menschen irgendwie Klarheit«, fasste sie es überrascht zusammen. Dann berichtete sie Star von den Vorfällen, an die sie sich noch erinnern konnte. »Ich habe das bisher immer nur als Einzelfälle gesehen«, gab sie zu. »Und ich habe es für vollkommen normal gehalten. Beim Essen finden die Menschen zusammen, was eben manchmal zu lebensverändernden Situationen führt. Aber bei genauerer Betrachtung scheinen mit dem von mir zubereiteten Essen schon ungewöhnlich viele große Wendepunkte im Leben meiner Gäste einzutreten.« Wirklich extrem viele, wenn sie ehrlich war.

»Und hast du, wenn du ein von einem anderen Koch zubereitetes Gericht gegessen hast, jemals einen solchen Moment der Klarheit erlebt, der dein ganzes Leben verändert hätte?«, bohrte Star weiter und beschriftete nebenbei das nächste Etikett. Ein feines Lächeln umspielte ihre Mundwinkel. Das machte Georgia stutzig. Offenbar wusste Star etwas, das sie ihr nicht verraten wollte.

»Nein«, gab sie zu, wickelte ein Stück Zwirn von der Rolle und schnitt es ab. »Natürlich habe ich im Laufe der Jahre viele tolle Gerichte gegessen, von denen ich jeden Bissen genossen habe und die mich wirklich glücklich gemacht haben. Aber ich habe niemals etwas gegessen, das einen lebensverändernden Moment zur Folge gehabt hätte. Absolut niemals.«

»Da hast du deine Antwort«, stellte Star gelassen fest. »Dies ist deine Gabe, Georgia May, und das Zeichen einer echten Stevensfrau. Deine Kochkunst bringt den Menschen Klarheit über ihre Gefühlswelt.« Inzwischen hatte sie einen ganzen Bogen der Etiketten beschriftet.

»Was soll das heißen – das Zeichen einer echten Stevensfrau?«, hakte Georgia verwirrt nach.

Wieder beugte Star sich in ihrem Stuhl vor und verschränkte die Hände. »Die Frauen in unserer Familie sind alle mit … speziellen Gaben gesegnet«, begann sie ruhig. »Manche nennen es Magie, andere bezeichnen es als tiefgehende Verbindung zur Erde. Man kann der Sache viele Namen geben, Tatsache ist aber, dass jede Frau der Stevensfamilie irgendeine besondere Fähigkeit hatte. Deine Urgroßmutter, also meine Großmutter Emma, konnte Kuchen backen, die die Menschen dazu brachten, die Wahrheit zu offenbaren. Ein Bissen von ihrem Apfelstreuselkuchen, und schon gestand ein Mann seine Affäre. Eine Gabel von ihrem Pfirsich-Cobbler, schon entschuldigten sich zerstrittene Geschwister und versöhnten sich wieder. Ihrem Kirschkuchen sagte man nach, dass er vor allem schüchternen Herren dabei half, ihren Auserwählten ihre Liebe zu gestehen oder einen Antrag zu machen.«

Star lachte leise. Geschickt zog sie eines der Etiketten vom Bogen ab, nahm sich ein Glas Honig und klebte das Schildchen sorgfältig auf die Vorderseite.

»Grandma Emma war in ihrem Heimatstädtchen in Georgia berühmt für diese spezielle Fähigkeit«, fuhr sie fort. »Meine Mutter Helen hingegen hatte eine andere Gabe. Sie konnte durch bloße Berührung kleinere Verletzungen oder Krankheiten heilen. Während unserer Kindheit mussten wir nie schmerzhafte Kratzer, Schnitte oder auch nur Halsschmerzen durchleiden. Ich weiß noch, wie ich einmal mit einem aufgeschürften Ellbogen zu ihr kam, nachdem ich vom Fahrrad gefallen war. Mama beugte sich über die Wunde und küsste sie – wie sie war, blutig, dreckig, mit kleinen Steinchen im offenen Fleisch. Als sie sich wieder aufrichtete, war mein Ellbogen mit weicher, zartrosa Haut bedeckt, und die Wunde war verschwunden.«

Wie gebannt hörte Georgia ihr zu. Leise Trauer schlich sich in Stars Blick. »Alles konnte sie leider nicht heilen. Sie konnte weder das Nierenversagen bei Grandma Emma verhindern noch ihren eigenen Brustkrebs aufhalten. Aber alltägliche Wehwehchen vertrieb sie mit einer kurzen Berührung. Diese Gabe hatte sie schon, seit ich denken konnte.« Star sah ihre Tochter offen an. »Wenn die Leute also sagen, deinem Essen hafte etwas Überweltliches an und es bringe ihnen geistige Klarheit, dann finde ich das ganz und gar nicht merkwürdig. Du bist eine Stevensfrau und führst mit dieser einzigartigen Fähigkeit die Erblinie weiter. In deinem Fall besteht die besondere Gabe eben darin, dass du Essen zubereiten kannst, das den Menschen innere Klarheit schenkt.«

Georgia war völlig perplex. »Was genau willst du damit sagen? Dass die Frauen in unserer Familie quasi Hexen waren und dass ich auch eine bin?« Hätte Star verkündet, ein Alien aus einer anderen Galaxie zu sein, hätte sie das kein bisschen weniger verwirrt.

»Nein.« Mit Nachdruck schüttelte Star den Kopf. »Wir sind keine Hexen. Meine Großmutter war eine sehr gläubige Katholikin, meine Mutter Lutheranerin. Ich habe zu meinem ganz eigenen Glauben gefunden, nachdem ich dank der AA clean geworden war. Wir verfügen über eine Gabe. Das ist ein Geschenk, aber nichts, was wir durch Beschwörungsformeln oder Zaubersprüche kontrollieren könnten.« Sie klebte das nächste Etikett auf. »Unsere Fähigkeiten werden von unserer Umwelt oft missverstanden, trotzdem hat jede von uns ihr ganz eigenes Talent, und wir benutzen es, um den Menschen Freude zu bringen. Wir setzen unsere Gaben für das Gute ein, und indem wir mit unseren Fähigkeiten das Leben anderer Menschen verbessern, wird auch unser eigenes Leben bereichert. Wenn wir anderen helfen, bringt uns das Glück und eine Bestimmung. Das entwickelt eine ganz eigene, positive Dynamik.« Star hielt inne, damit Georgia ihre Worte verarbeiten konnte.

Die fühlte sich vor allem überfahren. Von allen Geheimnissen, die sie vielleicht von Star erwartet hätte, wäre sie niemals auf so etwas gekommen. Einfach grotesk war das. Aber irgendwie auch faszinierend.

Plötzlich wurde Georgia bewusst, wie wenig sie im Grunde über Star wusste. Vielleicht gab es in ihrer Familie ja Geisteskrankheiten, von denen man ihr nie etwas erzählt hatte. Was, wenn ihre Mutter einfach den Bezug zur Realität verloren hatte? Denn war das nicht die einzige logische Erklärung? Doch als Star über ihre weiblichen Vorfahren gesprochen hatte, hatte Georgia tief in ihrem

Innern gespürt, dass sie sehr gut in diese Reihe passte. Schon seit Jahren wusste sie, wie außergewöhnlich das war, was sie beim Umgang mit ihren Kochzutaten empfand. Wie außergewöhnlich *sie* war. Nur den Grund dafür hatte sie bisher nicht gekannt. Was Star ihr erzählte, ergab Sinn, auch wenn es zugleich furchtbar unrealistisch klang. Nein, das konnte sie einfach nicht glauben. Auch wenn es eine Menge erklären würde …

15

»Wenn das wahr ist, wie wirkt sich dann deine Gabe aus?«, fragte Georgia skeptisch. Sie schlang ein Stück Zwirn um ein Honigglas und band es anschließend zu einer ordentlichen Schleife.

»So.« Star brach einen kleinen Zweig von dem Ast über ihnen ab; er war mit winzigen weißen Knospen besetzt, die sich noch nicht geöffnet hatten. Sanft legte Star den Zweig in ihre offene Handfläche. »Sieh genau hin.« Und direkt vor Georgias Augen fingen die Knospen an, sich zu öffnen, entfalteten sich immer weiter, bis aus ihnen zarte weiße Blüten geworden waren. Nach wenigen Sekunden hielt Star einen Zweig voller duftender Apfelblüten in der Hand, wo zuvor nur halb ausgereifte Knospen gewesen waren. Nicht einmal eine Minute hatte das gedauert. Mit einem wissenden Lächeln sah Star ihre Tochter an.

»Unglaublich«, hauchte Georgia überwältigt.

»Ich habe einen grünen Daumen.« Star streckte Georgia den blühenden Zweig hin. »Das ist meine Gabe, ich kann Dinge wachsen und gedeihen lassen. Bei mir reifen das ganze Jahre über Tomaten, ich kann mitten im Winter Pfirsiche von meinen Bäumen ernten, die beinahe platzen vor Saft. Ich kann jeder Pflanze Leben entlocken, zu jeder beliebigen Zeit.«

Vorsichtig nahm Georgia den Zweig entgegen und starrte ihre Mutter ungläubig an. Es klang wie ein Märchen, ein Wunschtraum, doch sie hatte es ja gerade mit eigenen Augen gesehen. »Aber wie geht das?« Es fiel ihr schwer, überhaupt Worte zu finden.

Achselzuckend gestand Star: »Keine Ahnung. Es war schon immer so, schon seit meiner Kindheit. Genau wie meine Mutter oder auch du weiß ich nicht, wie oder warum ich es kann. Es ist einfach ein Teil von mir, so wie deine Gabe ein Teil von dir ist.«

»Das erklärt dann wohl den Zustand deines Gartens«, stellte Georgia mit Blick auf die üppigen Beete rund um das Haus fest. Sie hatte sich nicht geirrt: Es war wirklich noch zu früh für eine solche Pflanzenpracht – die halb unter ihren Ranken vergrabenen Gurken, die roten, sanft im Meereswind schwankenden Tomaten, die reifen violetten Feigen … Sie hatte es sich durch eine verlängerte Erntesaison erklärt, irgendein übermäßig mildes Mikroklima auf der Insel, dabei war das alles in Wirklichkeit Stars Gabe zuzuschreiben. Sie roch an den zarten Apfelblüten, jede einzelne verströmte einen berauschend süßen Duft. »Das ist erstaunlich«, flüsterte sie und strich über die feinen Blütenblätter.

Lächelnd erwiderte Star: »Genau wie deine Gabe. Als ich ging, warst du noch so klein, dass ich nicht sicher sein konnte, welche Fähigkeit du genau entwickeln würdest. Die Familie deines Vaters hat meine Gabe immer voller Misstrauen beäugt, für sie war es etwas Böses. Sie hielten es für Hexerei, glaubten, ich sei mit dem Teufel im Bunde. Da ich nicht in den Rahmen passte, den sie für sich erschaffen hatten, um die Welt zu verstehen, fürchteten sie mich und lehnten mich ab. Deshalb machte ich mir Sorgen, dass sie dich nie dazu ermutigen würden, deine Gabe zu nutzen, wenn sie sich irgendwann bei dir zeigte. Und natürlich wusste ich auch nicht, wie du selbst dazu stehen würdest, ob es dir überhaupt bewusst werden würde. Als ich dann hörte, dass du nach Paris gegangen seist, um dort Köchin zu werden, war ich mir ziemlich sicher, dass das Kochen irgendetwas damit zu tun haben musste. Schon als du noch klein warst, hatte ich eine gewisse Ahnung, konnte es aber nicht mit Gewissheit sagen, weil du einfach noch nicht alt genug warst. Doch als du gestern dieses Menü für uns gekocht hast, wurde mir mit jedem Bissen bestätigt, dass ich mit meiner Vermutung richtiglag. Ich habe es in deinem Essen geschmeckt.«

»Du konntest die Magie schmecken?«, hakte Georgia skeptisch nach.

»Deine Gabe«, erwiderte Star schlicht. »Das ist kein Hokuspokus, kein bloßes Märchen, Georgia May. Es ist einfach ein besonderes kleines Extra, das wir mitbekommen haben, um es an die Welt weiterzugeben. Ein Geschenk, ganz egal, welchen Stempel du ihm aufdrückst.« Sie schob Georgia ein paar frisch etikettierte Gläser hin.

Leicht beschämt senkte die den Blick. »Tut mir leid. Das ist alles einfach so merkwürdig, und es kommt so plötzlich.«

»Ich würde es selbst nicht glauben, wenn ich es nicht mit eigenen Augen sehen und in meinen eigenen Händen spüren könnte«, gab Star ihr recht. »Aber wir müssen es ja gar nicht voll und ganz durchschauen, um zu wissen, dass es echt ist. Wir können etwas als Wahrheit akzeptieren, auch ohne die genauen Mechanismen und Hintergründe zu kennen, oder nicht? Du hast diese Gabe doch gespürt, ihre Auswirkungen selbst erlebt, nicht wahr? Die Empfindung war da, obwohl du nicht wusstest, wie du sie nennen solltest.«

»Jedes Mal, wenn ich eine Karotte anfasse, ein Ei aufschlage oder eine Mandarine schäle«, gab Georgia zu. »Ich dachte einfach, ich hätte eine Riesenmacke. Tante Hannah stand meiner Kochkunst immer sehr skeptisch gegenüber. Ich glaube, es hat sie verunsichert, wenn ich ihr sagte, dass ich die Zutaten mit allen Sinnen spüren konnte. Als ich noch klein war, habe ich ihr einmal dabei geholfen, Äpfel zu schälen. Dabei sagte ich ihr, dass ich ihre Farbe hören könne. Daraufhin hat sie mich der Küche verwiesen und niemals wieder irgendetwas getan, was mich in meinem Interesse am Kochen bestärkt hätte. Vermutlich habe ich ihr einen Heidenschreck eingejagt.« Im Nachhinein betrachtet glaubte Georgia allerdings auch, dass Tante Hannah wahrscheinlich befürchtet hatte, sie könne so werden wie Star. Deshalb hatte sie partout eine Jackson aus ihr machen wollen, damit sie den Teil ihrer Herkunft, der auf die Familie Stevens zurückging, irgendwann vergaß.

»Die Menschen fürchten, was sie nicht verstehen«, bestätigte Star und schob das nächste Glas zu Georgia hinüber.

»Während meiner Jugend dachte ich, meine Synapsen wären irgendwie anders verkabelt, dass ich eine Art Freak wäre. Aber Michel hat meine Gabe wohl von Anfang an irgendwie gespürt«, vermutete Georgia nachdenklich. »Michel ist mein Mentor in Paris. Er nennt es mein ›kulinarisches Feuer‹, meint damit aber wohl dasselbe. Deshalb hat er mir ja empfohlen, Paris für eine Weile zu verlassen – weil er der Meinung war, ich hätte mein Feuer verloren und müsse herausfinden, wie ich es mir zurückholen kann.«

Das ließ Star kurz innehalten. »Er sagte, du habest dein Feuer verloren?«

Georgia nickte. »Bisher dachte ich, er hätte irgendwie

gemerkt, dass ich meinen Geschmackssinn verloren habe, aber nun frage ich mich, ob nicht mehr dahintersteckt. Vielleicht habe ich ja beides verloren, Geschmackssinn und meine besondere Gabe? Oder vielleicht hängt beides irgendwie zusammen?«

»Ich habe gestern Abend etwas herausgeschmeckt«, begann Star bedächtig. »Ich konnte in deinem Essen deine Gabe spüren, aber da war auch noch etwas anderes, vor allem in der versalzenen Mousse. Sie hat irgendwie bitter geschmeckt.«

Das überraschte Georgia. »Bitter? Merkwürdig.« Das Rezept enthielt nichts, was einen bitteren Geschmack hervorrufen konnte. »Was soll ich jetzt tun?«, fragte sie. »Wie kriege ich meine Gabe zurück, falls ich sie wirklich verloren habe?«

Stirnrunzelnd gab Star zu: »Ich weiß es nicht. Wann ist dir denn das erste Mal aufgefallen, dass etwas nicht stimmt?«

»Das kam so nach und nach«, erklärte Georgia. »Das erste Mal habe ich vor ungefähr sechs Monaten etwas bemerkt. Plötzlich konnte ich die Zutaten nicht mehr so deutlich wahrnehmen wie früher. Manchmal schmeckte etwas auch vollkommen falsch, oder aber ich schmeckte für einen Moment überhaupt nichts. Da bin ich dann zu verschiedenen Spezialisten gegangen, aber die sagten nur, alles sei in Ordnung. Und nach dem Eklat mit Etienne bin ich morgens aufgewacht, und alles schmeckte nur noch bitter. Ich bin zu Michel gegangen, der mir geraten hat, Paris zu verlassen und mir mein Feuer zurückzuholen.«

»Hmm.« Konzentriert klopfte Star mit dem Stift gegen ihren Mund. »Aber warum kannst du bitter noch schmecken?«

Georgia war ratlos. »Keine Ahnung.«

»Wie hat sich das Kochen denn angefühlt, seit du bemerkt hast, dass etwas im Argen liegt? Bringt es dir immer noch genauso viel Freude, hat es noch denselben Zauber?« Star musterte sie prüfend.

Während sie sorgsam das nächste Honigglas mit einer Schleife versah, versuchte Georgia, sich zu erinnern. In Gedanken ging sie Hunderte von Küchenstunden durch, die vielen Wochenenden und Überstunden, die Erschöpfung und den Druck, Etiennes Launen, kleine Katastrophen. Tägliche Plackerei, die sich irgendwann mit jedem Monat wiederholte und so nach und nach ihr gesamtes Leben bestimmte. Georgia konnte nicht sagen, wann es passiert war, aber nun sah sie es ganz deutlich: Etwas hatte sich verändert. Wo sie früher Freude gefunden hatte, gab es heute keine mehr.

»Nein«, gestand sie deshalb offen. »Ich habe beim Kochen schon seit … Wochen oder Monaten keinen Zauber und keine Freude mehr empfunden. Vielleicht sogar noch länger.« Wie lange genau? Ganz sicher nicht erst, seit ihr Geschmackssinn sie im Stich gelassen hatte. Eigentlich konnte sie sich gar nicht mehr daran erinnern, wann sie das letzte Mal aus purer Freude gekocht hatte. Sicher, sie war sehr gut darin und führte ihr Handwerk mit höchster Präzision aus. Aber irgendwann war das Kochen zu einer reinen Tätigkeit geschrumpft – und zu einem Wettstreit. Zu einer Abfolge von Schritten, die sie möglichst effizient hinter sich bringen musste, um ein bestimmtes Ergebnis zu erzielen. Doch das war ihr bis jetzt nicht bewusst gewesen.

Dabei hatte es sich nicht immer so angefühlt. Sogar noch, als sie im La Pomme d'Or angefangen hatte, war ihr jedes Mal ein freudiger Schauer über den Rücken gelaufen, wenn sie die blitzblank geputzte Küche betreten hatte. Aber nun … Der Zauber hatte sich nach und nach verflüchtigt, so langsam, dass sie es nicht einmal bemerkt hatte. Dieser Gedanke machte sie traurig. Was für ein schrecklicher Verlust.

»Und in anderen Bereichen deines Lebens?«, bohrte Star weiter, klebte das nächste Etikett auf und strich es auf der Rundung des Glases glatt. »Was bringt dir da Freude?«

Georgia suchte nach einer Antwort, fand aber keine. Während ihrer Zeit in Paris war sie voll und ganz von der Arbeit in der Küche in Anspruch genommen worden, und auch davor hatte sie wie eine Getriebene gelebt, seit sie mit achtzehn die Ranch verlassen hatte. Natürlich hatte es wundervolle Momente gegeben: Während ihrer ersten Wochen in Paris hatte sie sich bei jedem Schritt gefühlt, als wandelte sie auf Wolken. Und einige Jahre lang hatte die Tatsache, in professionellen Küchen arbeiten zu können, ihr ein größeres Glücksgefühl verschafft als irgendetwas sonst. Der Biss in ein saftiges Macaron von Ladurée entlockte ihr stets ein Lächeln, und im Frühjahr zu Fuß durch Paris zur Arbeit zu schlendern, mit den ersten zarten Sonnenstrahlen auf der Haut, unter den blühenden Kastanien des Jardin du Luxembourg, das empfand sie als einen wahren Segen. Aber in letzter Zeit …

»Es ist nicht nur das Kochen«, gab sie zu. »Es gibt schon seit einer Weile keine echte Freude mehr in meinem Leben. Ich war so sehr auf das fixiert, was ich erreichen wollte, dass ich alles andere darüber wohl komplett vergessen habe.«

Star lehnte sich zurück. »Vielleicht kannst du nur noch bitter schmecken, weil dein Leben genauso geworden ist?«, schlug sie vor, offenbar einer plötzlichen Eingebung folgend, die sich in ihrem strahlenden Blick widerspiegelte.

»Wie meinst du das?« Georgia griff nach dem Blütenzweig und drehte ihn zwischen den Fingern.

Star erklärte: »Du bist eine Stevensfrau. Unsere Gaben bringen uns Freude, wenn wir tun, wozu wir bestimmt sind, und anderen helfen. Das spüre ich jedes Mal, wenn ich in meinem Garten bin. Dinge wachsen zu lassen, erfüllt mich mit mehr Freude als irgendetwas sonst auf dieser Welt. Wenn ich die Erde zwischen meinen Fingern spüre, wenn ich grüne Blätter und frische Knospen berühre, ist das einfach überwältigend schön. Dann fühlt es sich so an, als würde ich genau das tun, worin in dieser Welt meine Bestimmung liegt. Und was ich hier wachsen lasse, hilft anderen, es ernährt sie, was mich ebenfalls mit Freude erfüllt. Du allerdings scheinst nur noch deine Liste abzuarbeiten, um deine Ziele zu erreichen, und hast darüber vermutlich aus den Augen verloren, worin der Sinn deines Tuns bestehen sollte – dich an deiner einzigartigen Gabe zu erfreuen und anderen damit Gutes zu tun. Nehmen wir also einmal an, du hast dir selbst nach und nach diese Art von Nahrung entzogen: die Freude, den Zauber, deinen Daseinszweck. Vielleicht hast du deshalb dein Feuer und deinen Geschmackssinn eingebüßt? Vielleicht ist dir nach all dem Stress und dem gnadenlosen Streben nur noch die Bitterkeit geblieben? Dann könntest du möglicherweise, indem du deine Liebe zu den Lebensmitteln und dem Kochhandwerk wiederfindest, auch deine Gabe und deinen Geschmackssinn zurückgewinnen.«

Georgia ließ sich die Worte ihrer Mutter durch den Kopf gehen. Das klang logisch. »Aber wie soll ich das schaffen?«

Geistesabwesend blickte Star auf die zwischen ihnen aufgereihten Honiggläser. »Unsere Gaben sollen nichts weiter sein als ein Geschenk. Kein Beruf, kein Zwang, sondern das Gefühl, zur richtigen Zeit am richtigen Ort zu sein und genau das zu tun, was uns durch diese Gabe ermöglicht wird. Möglicherweise lässt sich dein kulinarisches Feuer nicht durch noch mehr Plackerei zurückgewinnen. Vielleicht geht es vielmehr darum, es gar nicht bewusst zu versuchen?«

»Deiner Meinung nach sollte ich also jeden Versuch einstellen, mein Feuer wieder zu entfachen?« Georgia hatte da so ihre Zweifel.

Doch Star nickte. »Wenn du nicht mehr so besessen davon bist, irgendetwas tun zu müssen, sondern dir gestattest, einfach eine Weile das Hier und Jetzt zu genießen, schaffst du Raum in dir, Freude kann entstehen, und deine Gabe kann sich wieder entfalten.«

»Hmm.« Nein, das konnte Georgias Zweifel nicht ausräumen, denn das widersprach jedem Verhaltensmuster, dem sie je gefolgt war. Solange sie zurückdenken konnte, hatte sie hart an ihren Zielen gearbeitet. Und doch schien es wahr zu sein: Je angestrengter sie es versuchte, umso weniger Zugriff schien sie auf ihre Gabe zu haben. Je stärker sie sich antrieb, desto mehr schwanden Zauber und Freude aus ihrem Leben. Möglicherweise hatte Star also recht. Trotzdem kam es ihr riskant vor.

»Ich weiß nicht, wie ich das machen soll«, gestand sie. »Und was ist, wenn ich es wirklich nicht länger versuche, du aber falschgelegen hast? Dann bleibt mir nicht mehr genug Zeit, um eine andere Lösung zu finden, und ich verschenke meine Chance auf das La Lumière Dorée.« Schon beim Gedanken daran machte ihr Herz einen Satz.

»Das Risiko besteht«, gab Star zu. »Andererseits … Was haben dir deine verzweifelten Versuche bis jetzt gebracht?«

»Gar nichts«, musste Georgia eingestehen.

»Also dann – was hast du noch zu verlieren?«

Georgia zögerte noch immer. Sicher, Stars Argumentation folgte einer gewissen Logik. Ihre bisherigen Versuche waren erfolglos geblieben. Warum also nicht Stars Methode ausprobieren? Nur ein oder zwei Tage lang, um zu sehen, ob sich dadurch etwas änderte.

»Okay«, entschied sie also. »Ich werde versuchen, überhaupt nichts zu versuchen, und sehen, was passiert.«

Sichtlich erfreut lehnte sich Star zurück. »Großartig. Ich habe dazu auch schon eine Idee. Wir könnten dir dabei helfen, den Zauber und die Freude wiederzuentdecken, indem wir dich an die schönsten Orte dieser Insel schicken, und zwar Orte, die direkt mit unseren regionalen Spezialitäten verknüpft sind. Wenn du dich entspannst und die Zeit genießt, wirkt die Insel vielleicht ihre Magie, du findest dein kulinarisches Feuer wieder, und dein Geschmackssinn kehrt zurück.« Fragend sah sie ihre Tochter an.

»Einen Versuch ist es wert«, befand Georgia. »Was habe ich schon zu verlieren?«

Star nickte. »Das ist die richtige Einstellung. Warte kurz, ich bin gleich wieder da.« Damit sprang sie auf, zog ein uraltes Klapphandy aus der Brusttasche ihrer Latzhose und ging zu den Bienenstöcken hinüber. Georgia vertrieb sich die Wartezeit damit, die restlichen Honiggläser mit Schleifen zu versehen. Stars Enthüllungen über ihr familiäres Erbe verblüfften sie noch immer, doch nun versuchte sie, sich vorzustellen, was das alles bedeuten konnte. Und würde Stars Plan aufgehen? Das konnte nur die Zeit zeigen.

Fünf Minuten später kehrte Star zu ihr zurück. »Alles geregelt«, verkündete sie, während sie das Handy zurück in die Tasche schob. »Ich habe gerade die erste Station deiner Tour der lokalen Köstlichkeiten arrangiert. Cole wartet drüben auf der Austernfarm auf dich, aber du musst jetzt gleich hingehen, weil die Farm um halb zwölf aufmacht. Und dann wird es dort immer schnell ziemlich hektisch.«

»Cole?«, stieß Georgia überrascht hervor. »Ich dachte, ich mache das mit dir.«

»Er ist nun einmal der Austernexperte«, betonte Star. »Außerdem habe ich in den kommenden Tagen einige Kundentermine. Cole hat sich bereit erklärt, dich herumzufahren und dir am Wochenende die Orte zu zeigen, die ich auf einer Liste für dich zusammenstellen werde. Morgen bringt er dich schon mal zu unserer örtlichen Winzerei. Das wird dir bestimmt Spaß machen.«

Georgia war wenig begeistert. Von Cole auf der Austernfarm oder sonst wo herumgescheucht zu werden, klang ungefähr so spaßig wie eine neue Füllung beim Zahnarzt. Nein, eigentlich noch unspaßiger. Aber ihr fiel keine vertretbare Möglichkeit ein, um sich aus der Sache herauszuwinden. Vorerst musste sie mitspielen. Mit einem widerwilligen Seufzen sah sie zur Austernfarm hinüber. Dann sollte sie wohl losziehen und das Beste daraus machen.

16

Während sie unter den Tannen zur Austernfarm hinüberwanderte, versuchte Georgia zu entscheiden, was wohl unangenehmer war: eine sicher schrecklich bitter schmeckende Auster essen zu müssen oder aber diese Auster in der Gesellschaft des Mannes essen zu müssen, der spielend den Pokal für den attraktivsten, aber auch den für den missmutigsten Austernfarmer der Welt gewinnen konnte. Am Ende wurde es ein Unentschieden. Doch sie war wild entschlossen, alles zu tun, wodurch sie ihr Leben vielleicht wieder in den Griff bekommen konnte. Davon würde sie auch der brummigste Austernfarmer nicht abhalten.

Die Farm selbst wirkte idyllisch-rustikal: Eine Handvoll holzverkleideter Bauten rahmten eine offene Picknickfläche ein, auf deren Holztischen einige Plastikkisten mit leeren Muschelschalen standen. Jenseits des mit Kies bedeckten Essbereichs fiel das Land sanft zum Strand ab, hinter dem sich die Bucht in all ihrer Weite ausbreitete. Ein langer, breiter Steg führte auf das Wasser hinaus, an seinem Ende stand eine kleine Holzhütte. Georgia entdeckte zwei Gestalten in orangefarbenen Latzhosen, die am Ende des Steges beschäftigt waren. Cole hielt sich in der Nähe des Picknickbereichs auf und hackte Holz; er schien direkt einer Werbung für Äxte entsprungen zu sein. Ansonsten war niemand zu sehen.

Als sie den ersten Tisch erreichte, verlangsamte Georgia ihre Schritte und atmete noch einmal tief durch. Zauber und Freude zu generieren, war nicht leicht, wenn man im Sturmschritt auf ein Ziel zustiefelte. Genau dieses Verhalten hatte ihr den ganzen Ärger ja vermutlich erst eingebrockt. Zwar schwirrte ihr nach Stars Enthüllungen noch immer der Kopf, aber sie zwang sich trotzdem, ganz im Moment zu leben und zur Ruhe zu kommen. Sie sah sich um und versuchte, die Schönheit ringsum in sich aufzunehmen. »Entspannen und genießen«, ermahnte sie sich. Dann wandte sie sich widerwillig der Quelle der lauten Axthiebe zu.

Sobald Cole sie sah, verzog er das Gesicht, legte die Axt weg und warf die Holzscheite auf einen großen Haufen nahe einer Feuergrube.

»Guten Morgen.« Georgia versuchte sich an einem strahlenden Lächeln.

Er erwiderte den Gruß mit einem knappen Nicken, wandte sich ab und signalisierte ihr, ihm zu folgen. »Bringen wir es hinter uns«, sagte er schroff.

Da sie hinter ihm ging, konnte Georgia unbemerkt die Augen verdrehen. »Ich folge dir.«

Was hatte er bloß für ein Problem? Gestern Nachmittag beim Kochen hatten sie sich doch ganz nett unterhalten, aber kurz darauf war er dann plötzlich wieder wortkarg und distanziert gewesen. Und jetzt behandelte er sie wie einen Pickel am Hintern. Der in seinem Fall äußerst knackig war. Sein Hinterteil sah wirklich gut aus in der Jeans. Natürlich versuchte sie, nicht hinzusehen. Zu dumm, dass er so viel Charakter hat wie eine nasse Socke, dachte sie unbarmherzig.

»Ist ja wirklich schön hier«, sagte sie laut.

Nach einem zustimmenden Grunzen erklärte er barsch: »Die Westcott Bay Shellfish Company gehört zu den noch immer ausschließlich in Familienbesitz befindlichen Aquakulturfarmen der Inseln. Wir züchten Austern, Venusmuscheln und Miesmuscheln, alles direkt hier in der Bucht. Unsere umweltschonenden Zuchtmethoden tragen zu einer Verbesserung der Wasserqualität und des gesamten Gleichgewichts in der Bucht bei und liefern zugleich täglich frische Meeresfrüchte für Einzelkäufer und die ortsansässige Gastronomie. Also ein solides Unternehmen.«

»Klingt toll.« Mit zunehmendem Interesse sah Georgia sich um. Zwar wusste sie so gut wie nichts über die Muschelzucht, doch durch das in der Sonne funkelnde Wasser, den Duft der Tannen und das Geschrei der Möwen verströmte die Farm friedvolle Ruhe.

Cole führte sie zu einer Art hohem, offenem Holzschuppen unten am Strand und blieb dort neben einer tiefen, mit Wasser gefüllten Metallwanne stehen. Auf dem Boden der Wanne lag ein großer Haufen Austern, die rauen, von grauen Riefen durchzogenen Schalen stapelten sich wahllos aufeinander.

»Ich gehe davon aus, dass du schon einmal Austern gegessen hast?« Bei ihm klang das tatsächlich nach einer Frage.

Spöttisch zog Georgia die Brauen hoch. »Ich lebe seit zwölf Jahren in Frankreich.«

Er nickte knapp. »Okay, dann such dir mal eine aus.«

Sobald ihre Hand das Wasser berührte, keuchte Georgia; es war eiskalt. Ihre Finger wurden sofort taub. Trotzdem gelang es ihr, eine große Auster zu packen und sie an die Oberfläche zu holen. Cole zog dicke Lederhandschuhe mit ausgestelltem Bund an und streckte fordernd die Hand aus. Georgia übergab ihm ihren Fang und beobachtete dann aufmerksam, wie er die Muschel öffnete, indem er routiniert sein Austernmesser zwischen die geschlossenen Schalen schob und sie aufhebelte. Geschick im Umgang mit Nahrungsmitteln hatte sie schon immer anziehend gefunden, und das hier war keine Ausnahme. Schon im nächsten Moment präsentierte er ihr die seidig glänzende Auster in der offenen Schalenhälfte.

Ohne nachzudenken, beugte sich Georgia vor, hielt mit den Lippen den Rand der Schale fest und legte dann den Kopf in den Nacken, sodass die Auster in ihren geöffneten Mund glitt. Kurz blitzte Überraschung in Coles Blick auf … und noch etwas anderes. Bewunderung, tippte Georgia, vielleicht sogar Verlangen. Damit hatte sie nicht gerechnet. In stummer Herausforderung begegnete sie seinem Blick, während sie die salzige Flüssigkeit schluckte. Die Auster war wie erwartet frisch und kalt, cremig mit ein wenig Biss. Im ersten Moment glaubte Georgia, sie sogar schmecken zu können, aber dann kam sie wieder, die Bitterkeit am Ende. Diese entsetzliche, widerliche Bitterkeit.

»Oh.« Schaudernd wich sie einen Schritt zurück.

Cole warf die leere Schale in eine Plastikkiste, die schon zur Hälfte gefüllt war, und trat eilig zurück. »Nicht gut?«

Georgia schüttelte den Kopf, versuchte aber, sich ihre Enttäuschung nicht anmerken zu lassen. »Nein.« Überhaupt nicht gut. Sogar grässlich. Und schrecklich deprimierend. Sie hatte so sehr gehofft, dass es funktionieren würde. War sie nicht genug im Moment verhaftet gewesen? Hatte sie den Augenblick nicht ausreichend genossen? Vielleicht hätte sie ihn stärker auskosten müssen.

»Tut mir leid, wenn deine Erwartungen nicht erfüllt wurden«, erwiderte Cole steif. Sein Blick wanderte zu dem Holzhaufen hinauf. »Ich muss mich wieder an die Arbeit machen.«

Georgia nickte, rührte sich aber nicht von der Stelle. »Trotzdem vielen Dank«, sagte sie. »Ich weiß es wirklich zu schätzen, dass du mir helfen willst.«

»Ich tue das nicht für dich«, entgegnete er gelassen.

»Oh.« Aber natürlich, er tat es Star zuliebe. Georgia war nichts weiter als ein Gefallen, um den Star ihn gebeten hatte.

»Na dann.« Nun fielen auch ihre Antworten deutlich knapper aus. »Vielen Dank für die Auster.«

»War mir ein Vergnügen«, behauptete er in einem Tonfall, der das komplette Gegenteil besagte. Wortlos ging er wieder zu seinem Holzhaufen hinüber und griff nach der Axt. Georgia schnaubte höhnisch. War mir ein Vergnügen? Sie wussten beide, dass das gelogen war. Aus einem Impuls heraus folgte sie ihm.

»Hör mal.« Sie baute sich direkt vor ihm auf, auch wenn das ihr Gesicht in direkte Nähe zu der großen, scharfen Metallklinge seines Beils brachte. »Ich weiß, dass du mich nicht leiden kannst. Ist in Ordnung. Ich bin eben nicht jedermanns Sache, habe ich verstanden. Und auch wenn mir nicht ganz klar ist, wodurch ich bei dir in kürzester Zeit in Ungnade gefallen bin, werden wir während meines Aufenthaltes hier ja doch immer wieder Zeit miteinander verbringen. Deshalb fände ich es gut, wenn wir wenigstens höflich miteinander umgehen könnten. Freundlich wäre sogar noch besser. Freundlichen Umgang pflegende Fremde. Sollte das nicht möglich sein, würde ich nämlich lieber Glasscherben essen, als auch nur eine weitere

Minute in deiner Gegenwart zu verbringen.« Trotzig starrte sie ihn an.

Aus der sichtbaren Überraschung in seinem Gesicht wurde schnell reumütige Belustigung.

»Findest du das etwa witzig?«, fragte Georgia gereizt. Sie verschränkte die Arme vor der Brust und durchbohrte ihn mit ihrem Blick. Der brodelnde Zorn in ihrem Innern ließ ihre Wangen leuchtend rot anlaufen. Sie wurde immer rot, wenn sie wütend war. Äußerst unpraktisch war das. »Mir ist noch nie ein unhöflicherer Mensch begegnet als du, und ich lebe seit mehr als einem Jahrzehnt in PARIS! Du kennst mich doch gar nicht. Keine Ahnung, ob du grundsätzlich etwas gegen Frauen hast oder nur gegen Rothaarige oder doch gegen mich persönlich, aber lass es uns einfach mit Höflichkeit versuchen – vor allem, da wir offenbar gezwungen sein werden, einen Großteil des Wochenendes miteinander zu verbringen. Okay? Wenn ich die Insel verlassen habe, sind wir einfach wieder nur zwei Fremde, die sich niemals wieder über den Weg laufen müssen. Was uns beiden wahrscheinlich das Liebste sein wird.«

Obwohl Cole sich ehrlich bemühte, eine reglose Miene zu machen, zuckten seine Mundwinkel verräterisch. Am liebsten hätte Georgia ihm sein Grinsen mit einer Ohrfeige aus dem Gesicht gewischt. »Rüpelhaftes Verhalten ist nicht lustig«, fauchte sie ihn an.

»Du hast recht«, sagte er unvermittelt. Er stützte den Kopf seines Beils auf dem Boden ab und lehnte sich auf den Stiel, wobei er Georgia fest in die Augen sah. »Du bist hier unverschuldet in eine … komplizierte Situation hineingestolpert. Ich war wirklich garstig zu dir, und das tut mir leid.«

Das nahm Georgia den Wind aus den Segeln. »Oh.« Sie wusste nicht, was sie sagen sollte. So viel Anstand hatte sie von Cole nicht erwartet. Aber was meinte er mit dieser komplizierten Situation? Und wer in aller Welt gebrauchte denn bitte schön noch das Wort »garstig«? Nun, offenbar ein Mann, der Französisch sprach, deutsche Philosophen las und mitten im Nirgendwo auf einer Austernfarm arbeitete. Was war nur los mit diesem Kerl? Diese Insel barg mehr als nur ein Geheimnis, so viel war sicher.

»Freundlichen Umgang pflegende Fremde also?«, fragte er mit leiser Ironie. Georgia musterte ihn aufmerksam; seine Augen funkelten. In diesem kurzen Moment der Unbeschwertheit überkam sie wieder das Gefühl eines Déjà-vus. Sie hätte schwören können, dass sie diesem Mann schon einmal begegnet war. Aber wo in aller Welt hätten sich ihre Wege denn kreuzen sollen? Sie schob das Gefühl beiseite.

»Freundlichen Umgang pflegende Fremde«, bekräftigte sie. Cole streckte die Hand aus, und sie schlug ein. Sein Griff war fest, und er hatte sogar noch mehr Schwielen an den Handflächen als sie. Als sie hochblickte, bemerkte sie seinen prüfenden Blick, in dem etwas mitschwang, das sie nicht deuten konnte. Ihr lief ein leichter Schauder über den Rücken, bis hinunter in die Zehen.

»Dann sehen wir uns morgen, Fremde«, verabschiedete er sich freundlich, bevor er ihre Hand losließ.

17

Am nächsten Tag hielt Cole genau eine Minute vor zwölf in einem alten, babyblauen Land Cruiser vor dem Cottage. Aus den offenen Fenstern dröhnte Musik. Kansas' *Carry On Wayward Son* begleitete Georgia beim Einsteigen, dann stellte Cole den Ton leiser.

»Das ist also dein Auto?«, fragte sie.

»Ich wünsche dir ebenfalls einen guten Tag«, erwiderte er trocken.

»Nein, es ist toll. Ich fühle mich, als wäre ich in der Zeit zurückgereist.« Die Federung ihres Sitzes war gewöhnungsbedürftig, und im Wageninneren roch es nach altem Vinyl und etwas, das wohl Cole selbst war: eine angenehme Mischung aus Harz, Kaffee und Seife. Ein voller, sauberer Duft. So sollte in Georgias Vorstellung ein erwachsen gewordener Pfadfinder riechen.

»Ihr Name ist Martha«, teilte Cole ihr nun mit.

»Mein Vater wollte mich ursprünglich Martha nennen«, erzählte Georgia, während sie sich anschnallte. »Nach seiner Großmutter.«

Cole warf ihr einen Seitenblick zu. »Zum Wagen passt der Name besser«, stellte er trocken fest.

»Sollte das ein Kompliment sein?«, erwiderte Georgia neckend.

»Das kannst du sehen, wie du willst«, lautete seine betont neutrale Antwort, doch seine Mundwinkel zuckten verräterisch. Er trug ausgewaschene Jeans und ein dunkles Hemd, das an der Brust auf genau die richtige Art eng saß, dazu eine Pilotensonnenbrille. Georgia hatte das Gefühl, in einem Werbespot gelandet zu sein. Vielleicht für Gin? Oder für Edelsonnenbrillen?

»Was steht denn für heute auf dem Plan?«, wollte sie von ihm wissen.

»Star hat uns eine Liste gemacht.« Cole deutete mit dem Kinn auf ein Blatt Papier, das vorne auf dem Armaturenbrett lag. Gespannt zog Georgia es zu sich heran. Dort stand in großen, geschwungenen Buchstaben:

Georgias Tour der Inselköstlichkeiten

Winzerei

Apfelweinverkostung

Bäckerei in Friday Harbor

Essen in der Anemone

»Das klingt äußerst … sättigend«, stellte Georgia nach einem prüfenden Blick auf die Liste fest. So viel Essen und Trinken. Star hatte ihr zwar gesagt, dass sie eine kulinarische Inseltour für sie zusammenstellen wolle, aber die Vorstellung, sich den ganzen Nachmittag mit Essen zu beschäftigen, hatte momentan eher etwas Beängstigendes an sich. Natürlich wusste sie, dass sich dahinter Stars Hoffnung verbarg, diese Erfahrungen könnten etwas in Georgia auslösen, sozusagen als Katalysator dienen, damit sie zu ihrer Gabe zurückfand. Georgia selbst sah auf dieser Liste aber vor allem jede Menge Gelegenheiten, um zu versagen. »Versuche, es zu genießen«, ermahnte sie sich leise. Ziel dieses Tages war, kein Ziel zu haben. Und das würde sie ja wohl hinkriegen, oder? Trotzdem wünschte sie sich, Star hätte auch ein paar Highlights eingebaut, die nichts mit Essen zu tun hatten. Allerdings war die Insel nicht sonderlich groß, und Star hatte ihr bereits gesagt, dass es hier kaum etwas gab, das nichts mit Nahrungsmitteln zu tun hatte: Eine Alpakafarm, eine Lavendelfarm und ein paar historische Sehenswürdigkeiten und Parks, mehr war es eigentlich nicht. Mit einem schweren Seufzer entschied Georgia, das Beste daraus zu machen. Dies war ihre Chance, zu beweisen, dass immer noch ein wenig pure Lebensfreude in ihr steckte, und sicher war es hier auf der Insel überall friedlich und schön, ob nun mit kulinarischer Ergänzung oder nicht. Sie würde das hinkriegen.

»Wir fahren zuerst zum Weingut«, beschloss Cole und legte den Gang ein. Hoppelnd setzte sich der Wagen in Bewegung, und sie bogen auf die Straße ein.

Sie fuhren schweigend, begleitet von Classic Rock und dem nach Wald duftenden Wind, der durch die offenen Fenster hereinwehte. Das Wetter war herrlich, nur hin und wieder glitten ein paar strahlend weiße Wölkchen über den Himmel. Vor ihnen zog sich die Straße wie ein gewundenes Band durch die Landschaft, vorbei an dunklen Nadelwäldern und pittoresken Weiden, auf denen Kühe und Schafe grasten. Nirgendwo war ein anderes Auto zu sehen, sodass Georgia das Gefühl bekam, der Sonnenschein und die Schönheit ringsum gehörten ihr ganz allein. Diese Insel war von einem tiefen Frieden durchdrungen, der so ganz anders war als Paris, das immer vor Betriebsamkeit summte und sich ständig selbst zu betrachten schien. Eigentlich war Georgia davon ausgegangen, dass sie die Stadt vermissen würde, aber nun verschwendete sie kaum noch einen Gedanken an sie. Sie war selbst überrascht, als sie das erkannte.

Sie reckte den Kopf aus dem Fenster und genoss die kühle Luft, die durch ihre Locken strich. Ja, schon besser. Ein Lächeln breitete sich auf ihrem Gesicht aus, sie schloss genüsslich die Augen. Ihre Sorgen schmolzen dahin, als sie sich ganz dem Augenblick überließ. Etienne und Michel, das Restaurant und Paris, ihr verlorenes kulinarisches Feuer – all das würde sie heute beiseiteschieben und einfach nur diesen wundervollen Tag genießen. Sie befand sich auf einer bezaubernden Insel und war in Begleitung eines gut aussehenden, beinahe erträglichen Fremden, der sie zu einem Weingut brachte. Ja, so ein Leben war alles andere als übel. Als sie die Augen wieder öffnete, merkte sie, dass Cole sie beobachtete. Sofort lief sie rot an, ließ sich wieder auf ihren Sitz zurückfallen, strich die Locken glatt und schob den Schal zurecht.

Am Morgen hatte sie sich bewusst etwas Mühe gegeben mit ihrem Äußeren. Zu einem maritim gestreiften Shirt trug sie eine dunkle, knöchellange Hose, ihre geliebten Lederballerinas und ihren Lieblingsschal, den sie sich als Haarband um den Kopf geschlungen hatte. Das Tuch war von Hermès, ein extravagantes Geschenk, das Etienne ihr zu ihrem zweiten Jahrestag gemacht hatte. Vermutlich wäre es besser gewesen, den Schal zu entsorgen, um damit schlechte Erinnerungen auszutreiben, aber sie wollte sich einfach nicht davon trennen – jedoch nicht, weil sie ihn von Etienne bekommen hatte, sondern weil sie das orangefarbene Muster liebte und vor allem das Gefühl, das ihr das Tuch vermittelte. Wenn sie es trug, bekräftigte das ihren Platz in Paris und in der Welt. Mit diesem Tuch war sie die beste Version ihrer selbst.

Allerdings gelang es dem Schal kaum, ihre Locken zu bändigen, die sich wie ein wilder Heiligenschein um ihren Kopf ringelten. Offenbar mochte ihr Haar die kühle, feuchte Luft hier im Pazifischen Nordwesten. Zumindest drehten ihre Locken komplett durch. Georgia atmete tief ein; noch immer lächelnd genoss sie die Sonne und sah verstohlen zu Cole hinüber. Der hatte einen Arm aus dem Fenster gestreckt und saß gelassen und entspannt hinter dem Steuer. Waren es nun seine muskulösen Unterarme oder doch eher die Sonnenbrille, die ihn so tüchtig-männlich wirken ließen? Überhaupt sah er beinahe freundlich aus, seine Mundwinkel schienen einmal nicht herabgezogen zu sein. Stand ihm gut.

»Wir sind da«, verkündete er plötzlich und bog in die Zufahrt des San Juan Vineyard ein. Neugierig sah Georgia sich um. Das Weingut war wirklich bezaubernd: ein kleines weißes Gebäude, das ein wenig an eine Kapelle erinnerte, umgeben von sanften Hügeln. Hinter dem Haus reihten sich an den Hängen ordentlich die Weinstöcke aneinander.

»Der Verkostungsraum ist hier drüben.« Cole deutete auf ein etwas moderneres, aber trotzdem rustikales Holzhaus, ebenfalls komplett weiß, vor dem es einen überdachten Sitzbereich gab. Er parkte den Wagen, stieg aus und schlug schwungvoll Marthas Tür zu.

»Diese Insel ist zu schön, um wahr zu sein«, stellte Georgia fest, während sie ausstieg. »Überall kommt man sich vor, als wäre man versehentlich an einem Filmset gelandet.«

»Ja, sie hat einen ganz eigenen Charme«, stimmte Cole ihr zu. »Die Inselbewohner halten sie jedenfalls für das schönste Fleckchen Erde auf diesem Planeten.« Er führte

Georgia zu dem Gebäude hinüber. »Ich bin schon ziemlich weit herumgekommen, und ich muss ihnen zustimmen. Dieser Ort hat wirklich etwas ganz Besonderes an sich.«

»Du bist also viel gereist? Und wo hat es dir am besten gefallen?« Ein faszinierender kleiner Einblick in sein Leben, das musste Georgia ausnutzen. Was hatte er wohl gemacht, das ihn so viel in der Welt herumgeführt hatte?

Cole hielt ihr die Eingangstür auf. »Japan war schön. Paris war auch toll.«

»Paris? Wann warst du denn in Paris?«, hakte Georgia neugierig nach.

»Ist schon ein paar Jahre her«, antwortete er ausweichend.

»Warst du damals zufällig in einem Restaurant namens La Pomme d'Or?«, bohrte sie weiter, während sie den Verkostungsraum betrat. Kam er ihr vielleicht deshalb so bekannt vor? Waren sie sich in Paris schon einmal begegnet?

»Nein«, erwiderte er knapp.

Georgia sah sich in dem mit warmem Holz verkleideten Raum um; hinter einem langen weißen Marmortresen warteten bereits einige Servicekräfte auf sie. Cole ging zum Tresen und warf einen Blick auf die Karte. »Hier werden unter anderem Siegerrebe und Madeleine Angevine angebaut. Ich würde dir empfehlen, eine von denen zu probieren.«

»Auch wenn es eigentlich vollkommen gleich ist«, seufzte Georgia gequält. Bitter war und blieb bitter, egal bei welchem Wein. Trotzdem versuchte sie, positiv zu bleiben. »Ich versuche es mit der Siegerrebe.«

Cole bestellte ein Glas für sie und ein Perrier für sich selbst.

»Du trinkst keinen Wein?«, fragte Georgia überrascht.

»Ich trinke überhaupt nicht«, präzisierte er sachlich. »Nächsten Monat seit fünf Jahren trocken.«

»Oh.« Das war ihr nun extrem peinlich. »Tut mir leid, das wusste ich nicht. Wir hätten auch woanders hinfahren können.«

»Ist schon gut, ich habe kein Problem damit. Ich war schon öfter hier, kenne die Leute«, winkte Cole ab. Georgia rief sich den Abend in Erinnerung, an dem sie ihr Menü gekocht hatte. Ja, auch da war Cole ausschließlich beim Wasser geblieben. Sie hatte nur nicht weiter darauf geachtet.

Sie wurden von einer niedlichen Blondine Anfang zwanzig bedient, die offenkundig mit Cole flirtete, während sie ihm die Getränke überreichte. »Kann ich sonst noch etwas für dich tun?«

»Alles gut, vielen Dank, Kelsey.« Entweder bemerkte Cole ihre Annäherungsversuche nicht, oder aber er ignorierte sie mit Absicht. Er bezahlte bar und nahm die Getränke.

Georgia bekam von dem Mädchen noch ein paar Servietten und wollte ihm dann folgen, aber Kelsey beugte sich über den Tresen und hielt sie zurück.

»Seid ihr zwei zusammen?«, fragte sie direkt und blickte Cole sehnsüchtig hinterher.

Georgia musste sich ein Lachen verkneifen. »Nein, ganz bestimmt nicht.«

Das munterte Kelsey sichtlich auf. »Wirklich?« Sie schnappte sich eine frische Serviette und schrieb ihren Namen und ihre Telefonnummer darauf. »Könntest du ihm das dann bitte geben?« Sie drückte Georgia die Serviette in die Hand.

»Na klar.« Leicht belustigt nahm Georgia die Nachricht entgegen.

»Weißt du, wer er in Wirklichkeit ist?«, fragte Kelsey sie mit verschwörerischem Unterton und beobachtete aufmerksam, wie Cole sich draußen einen Tisch aussuchte und dort ihre Getränke abstellte.

Das ließ Georgia aufhorchen. »Nein, du etwa?«

Kelsey lehnte sich noch weiter vor. »Es gibt eine Menge Theorien in Bezug auf Cole. Manche glauben, er sei bei der CIA gewesen. Meine beste Freundin schwört, dass er in dieser Fernsehserie mit den Vampiren mitgespielt hat. Angeblich hat ihre große Schwester die früher immer geschaut. Ist wohl schon eine ziemlich alte Serie, fünf oder sechs Jahre vielleicht, aber sie ist sich ganz sicher, dass er es war. Und für einen so alten Typen ist er ja auch noch richtig heiß, oder?«

Georgia musste sich auf die Wange beißen, um nicht laut loszulachen, als Cole den Stempel »alt« aufgedrückt bekam.

»Ja, für einen so alten Typen ist er schon nicht schlecht«, gab sie zu. »Vielen Dank für die Servietten.« Damit ging sie zu Cole hinaus, der sich bereits gesetzt hatte. Kelseys Kommentar ließ sie nicht mehr los. Konnte an einer dieser Theorien etwas dran sein? Konnte Cole tatsächlich ein CIA-Agent oder ein berühmter Fernsehstar sein? Falls ja – warum in aller Welt arbeitete er dann jetzt auf einer Austernfarm auf San Juan Island?

Cole hatte ihnen ein ruhiges Plätzchen mit Blick auf die Weinberge ausgesucht. Sie waren nicht die einzigen Gäste auf der Veranda. An den anderen Tischen schienen hauptsächlich Touristen mittleren Alters zu sitzen, die in schicken Outdoorklamotten Selfies von sich mit ihren Weingläsern schossen. Georgia nahm gegenüber von Cole am Tisch Platz und schob ihm die spezielle Serviette hin.

»Das hat mir Kelsey für dich mitgegeben«, erklärte sie grinsend. Cole blinzelte betreten und schob die Serviette dann mit der Schrift nach unten unter seine Wasserflasche. Ihm schien das eher unangenehm zu sein. »Passiert dir das öfter?«, wollte Georgia von ihm wissen. Es machte Spaß, ihn ein wenig zu triezen.

»Öfter, als mir lieb ist.« Er trank einen Schluck. Die Sonnenbrille verhinderte, dass sie in seinen Augen lesen konnte.

»Ist sicher hart, wenn man so unwiderstehlich ist«, bedauerte sie ihn spöttisch.

»Da redet die Richtige«, brummte er.

Georgia kostete von dem Wein – wie erwartet, war er einfach nur bitter. »Was soll das denn heißen?«

»Komm schon – eine begabte, umwerfende Frau wie du, ganz allein in Paris. Sag jetzt nicht, dass du nicht auch genügend Aufmerksamkeit bekommst.« Cole warf ihr einen zweifelnden Blick zu.

Georgias Wangen verfärbten sich leicht. Er hielt sie also für begabt und … umwerfend! »Hauptsächlich von ältlichen Franzosen, die mich zu ihrer Mätresse machen wollen«, räumte sie ein. »Und ich muss ehrlich zugeben: Wenn es im Restaurant mal so richtig mies lief, war die Vorstellung beinahe verlockend.«

Cole lachte leise, dann wechselte er das Thema: »Wir sind zwar nicht in Frankreich, aber der Wein hier ist wohl wirklich gut. Sie haben sich inzwischen einen ordentlichen Ruf erarbeitet und auch schon ein paar Preise gewonnen.«

Georgia stellte ihr Glas hin. Es hatte keinen Zweck, mehr davon zu trinken, was wirklich schade war. Sie liebte guten Wein; einer der Vorteile, wenn man in Frankreich lebte. Stattdessen sah sie sich in Ruhe um. Es war wirklich wunderschön hier, und dank der Sonne war es angenehm warm. Bestimmt hätte sie es schlechter treffen können. Sie versuchte wirklich, in dem Anblick der akkuraten Weinstöcke, der malerischen weißen Kapelle und der wenigen anderen Gäste Entspannung zu finden. Mit einem trockenen Lächeln stellte sie fest, wie viel Mühe sie sich damit gab, sich keine Mühe zu geben. Aber das bloße Nichtstun lag ihr einfach nicht. Es entsprach so gar nicht ihrem Naturell. Sie war daran gewöhnt, hart zu arbeiten und ein klares Ziel vor Augen zu haben – das brachte sie zum Erfolg. Deshalb war sie sich nicht sicher, ob sie es überhaupt schaffen konnte, sich *nicht* anzustrengen. Ihr Ziel durch totale Entspannung zu erreichen, fühlte sich falsch an.

»Wie läuft es denn bisher so mit Star?« Cole riss sie mit seiner Frage aus ihren Grübeleien.

»Es läuft ...« Unwillkürlich musste sie wieder an ihr Gespräch über die Stevensfrauen und ihre Gabe denken. »Überraschend.«

Erstaunt zog Cole eine Braue hoch. »Überraschend wie?«

Georgia sah ihn prüfend an. Wie viel wusste er? War er mit Stars Gabe vertraut? Immerhin hatte er jahrelang quasi mit ihr zusammengelebt. War er also bereits dahintergekommen, dass an ihr etwas anders war? Die voll ausgereiften Tomaten mitten im Januar wären schließlich ein Hinweis gewesen.

»Ist dir an Star jemals etwas ... Ungewöhnliches aufgefallen?«, fragte sie vorsichtig.

Seine Augen waren noch immer hinter der dunklen Brille verborgen, doch auch der Rest seiner Miene wurde plötzlich betont ausdruckslos. »Ungewöhnlich in welcher Hinsicht?«, entgegnete er wachsam.

»Zuallererst wäre da dieser prachtvolle Garten, der so gar nicht zur Saison passt«, begann sie. »Ich habe noch nie einen derart ausgeprägten grünen Daumen gesehen.« Georgia unterbrach sich, um zu sehen, ob er auf ihre Feststellung einging. Dabei bemerkte sie, wie sich seine Schultern schlagartig entspannten.

»Ach so, du meinst die Tatsache, dass sie einfach alles zum Wachsen bringt, egal, zu welcher Jahreszeit? Diesen grünen Daumen? Ja, ist mir aufgefallen.«

Erleichtert atmete Georgia auf. »Du weißt also von ihrer Gabe?« Ihr schoss der Gedanke durch den Kopf, dass er sich erst entspannt hatte, als sie konkret Stars Gabe ins Spiel gebracht hatte – fast so, als hätte er befürchtet, hinter ihrer anfänglichen Frage könnte sich etwas ganz anderes verbergen. Möglicherweise hütete Star ja mehr als nur ein Geheimnis.

Cole nickte. »Sie hat es mir irgendwann erzählt. Es hat allerdings eine Weile gedauert, bis ich dahintergekommen bin, dass es nicht die einzigartigen Kräfte dieser Insel sind, die für reife Pflaumen an Thanksgiving und blühende Rosen zu Weihnachten sorgen. Etwas Derartiges habe ich sonst noch nirgendwo gesehen. Star ist wirklich ... besonders.«

Georgia nickte. »Allerdings, ja.«

»Und du kommst damit zurecht?«, fragte Cole ruhig.

Nachdenklich zog Georgia die Nase kraus und sah zu

einer Touristengruppe hinüber, die sich gerade vor den Rebstöcken ablichtete. »Na ja, es hat sich herausgestellt, dass ich … ebenfalls besonders bin.«

Fasziniert neigte Cole den Kopf und musterte sie eingehend. »Tatsächlich? Du verfügst über die gleichen Fähigkeiten wie sie?«

»Nicht ganz.« Georgia ließ den Wein im Glas kreisen. »Anscheinend haben die Frauen in unserer Familie individuelle Gaben. Ihre ist dieser extrem grüne Daumen, ich hingegen kann Speisen zubereiten, die den Menschen Klarheit schenken, wenn sie sie essen.« Möglichst sachlich gab sie wieder, was Star ihr erzählt hatte, angefangen bei Urgroßmutter Emma. Dabei wusste sie nicht einmal genau, warum sie sich ihm anvertraute. Vielleicht, weil er bereits von Stars Gabe wusste und kein Problem damit hatte. Oder aber, weil sie es einfach jemandem sagen musste, der sie nicht sofort als verrückt abstempelte.

Cole stieß einen leisen Pfiff aus, als sie ihre Geschichte beendete. Er wirkte beeindruckt. »Das erklärt auch, warum ich nach deinem Essen neulich nach Hause gegangen bin und den Rest des Abends all meine großen Lebensentscheidungen hinterfragt habe«, verkündete er grinsend. Allerdings war sich Georgia nicht ganz sicher, ob das wirklich ein Scherz sein sollte.

Trotzdem lachte sie erleichtert. Sie hatte die Wahrheit laut ausgesprochen, und Cole behandelte sie nicht, als wäre sie irre.

»Du glaubst mir also?«, fragte sie zögernd. »Du hältst mich nicht für verrückt?«

»Du vergisst offensichtlich, dass ich dank Star schon reife Wassermelone zum Valentinstag essen konnte«, grinste er. »Deshalb: Nein, ich halte dich nicht für verrückt. Ich denke, dass du eine Gabe hast, die niemand versteht. Das ist etwas vollkommen anderes.«

Georgia wusste nicht, was sie sagen sollte. Das berührte sie tief. Hier war jemand, der sie wirklich wahrnahm und von der einen Sache wusste, die sie immer von anderen Menschen unterschieden hatte. Und er fand das gut. Er hielt es nicht für falsch oder merkwürdig. Nein, er verhielt sich so, als wäre ihre Gabe tatsächlich das, was Star ihr gesagt hatte: ein Geschenk.

»Ich wusste eigentlich schon sehr früh, dass ich anders war«, gestand sie ihm nun. »Aber ich habe nie verstanden, warum. Während meiner Jugend hat man mir das Gefühl gegeben, dass mit mir etwas nicht stimmt, und ich glaube, dieses Gefühl habe ich noch sehr lange mit mir herumgetragen. Mein Dad und meine Tante haben mir immer vermittelt, dass die stevenssche Seite meiner Herkunft mit Vorsicht zu genießen sei. Und irgendwie ist es schon komisch, dass ausgerechnet das, was mir immer als Makel präsentiert wurde – das Erbe der Stevens' –, sich nun in Wahrheit als meine größte Gabe entpuppt.«

Cole hörte ihr aufmerksam zu und nickte dann. »Ihr Stevensfrauen seid etwas ganz Besonderes«, sagte er sanft. »Und du solltest dir von niemandem etwas anderes einreden lassen.«

Georgia war so gerührt, dass sie sich kurz räuspern musste. Angestrengt blickte sie in ihr Weinglas. Dass sie so schnell eine solche Vertrauensebene mit einem Mann erreicht hatte, der ihre Anwesenheit meistens kaum zu ertragen schien, verwirrte sie. Und irgendwie war es ihr auch peinlich. Doch nun saß er hier, und sie konnte in seiner Miene nichts als Respekt und vielleicht sogar leise Bewunderung erkennen. Immer schon hatte sie geglaubt, ihren eigenen Wert durch harte Arbeit unter Beweis stellen zu müssen. Von Kindesbeinen an hatte sie der Welt zeigen wollen, dass sie erfolgreich sein konnte, dass sie etwas wert war. Dass sie von Bedeutung war. Nun aber konnte sie nichts mehr schmecken und deshalb auch nicht mehr herausragend kochen, hatte also ausgerechnet das verloren, was immer ihr Weg gewesen war, um Anerkennung zu finden. Doch Cole schien trotzdem der Meinung zu sein, dass sie von Wert war. Einfach so, weil sie existierte, als wäre ihre Person selbst ein Geschenk an diese Welt. Das überraschte sie, und sie wusste nicht, wie sie damit umgehen sollte. Allein als Mensch geschätzt zu werden und nicht aufgrund dessen, was sie leisten konnte, verunsicherte sie. Das war zu schön, um wahr zu sein.

Dieser sehr persönliche Moment endete abrupt, als jemand quer über den Parkplatz einen Gruß zu ihnen herüberrief. »Hey, Mann, das gibt es ja wohl nicht!« Überrascht blickte Cole hoch. Ein junger Mann in einer offenbar brandneuen Patagonia-Fleecejacke und mit einer extrem hübschen Brünetten in teurem Athleisure-Outfit an seiner Seite ließ seinen funkelnden Mercedes SUV stehen und kam direkt auf sie zu.

»Erinnerst du dich noch? Tyler Perkins?« Mit an Dreistigkeit grenzendem Selbstbewusstsein trat der Mann direkt an ihren Tisch, dicht gefolgt von seiner Begleiterin. »Wir waren doch zusammen in diesem Gremium auf der Enviro Tech Expo in San Jose! Was ist aus dir geworden, Mann? Angeblich bist du komplett von der Bildfläche verschwunden, nachdem du diesen großen Preis gewonnen hattest.« Er streckte die Hand aus. »Sorry, bloß dein Name fällt mir jetzt nicht mehr ein.«

Georgia sah zu Cole hinüber, dessen Gesicht zu Eis erstarrt zu sein schien. Ohne die dargebotene Hand zu schütteln, sagte er: »Sie müssen mich mit jemandem verwechseln. Ich bin bloß ein Austernfarmer hier auf der Insel.«

Anscheinend war Georgia die Einzige, der auffiel, dass Cole seine Wasserflasche so fest gepackt hielt, dass das Glas zu zerspringen drohte. Leicht verunsichert ließ der junge Mann die Hand sinken und trat einen Schritt zurück.

»Ganz sicher?« Er musterte Cole fragend. »Moment, bestimmt lässt sich noch etwas über das Gremium im Internet finden. Sie sehen wirklich genauso aus wie dieser Typ damals, eine echte Biotech-Legende. Warten Sie, ich zeige es Ihnen.« Damit holte er sein Smartphone aus der Tasche.

Sichtlich gereizt schob Cole seinen Stuhl zurück. »Tut mir leid, aber Sie haben sich geirrt.« Er stand auf. »Wahrscheinlich habe ich einfach ein Allerweltsgesicht.« Achselzuckend wandte er sich an die Brünette: »Genießen Sie Ihren Aufenthalt auf der Insel. Die Weißweine hier sind besonders gut.« Dann marschierte er ohne ein weiteres Wort Richtung Parkplatz.

Die Brünette strich sich das Haar über die Schulter und zupfte am Arm ihres Begleiters. »Komm schon, ich habe Durst.« Sie zog ihn Richtung Eingang. Der Mann steckte sein Handy ein und folgte ihr widerwillig, sah sich aber voller Verwirrung noch einmal nach Cole um.

Georgia erhob sich nun ebenfalls – anscheinend war der Besuch in der Winzerei hiermit beendet. Cole hatte ein so entschlossenes Tempo angeschlagen, dass er schon fast im Wagen saß. Also ließ Georgia ihr Glas einfach stehen und folgte ihm zu Martha. Sie musste beinahe joggen, um ihn noch einzuholen.

»Was war das denn?«, fragte sie ihn, während sie sich auf den Beifahrersitz setzte und sich anschnallte.

»Gar nichts.« Cole startete den Wagen und fuhr so hastig vom Parkplatz, dass der Kies spritzte. »Bloß eine Verwechslung, nichts weiter.«

18

Während Cole auf die Straße einbog, drang der Beginn von Led Zeppelins *Ramble On* aus den Lautsprechern. Sofort drehte Cole die Lautstärke auf. Mit ausdrucksloser Miene starrte er nach vorne. Georgia war völlig verwirrt. Was war hier los? Sie wusste rein gar nichts über seine Vergangenheit. Star hatte ihr nur gesagt, dass er seit knapp fünf Jahren hier auf der Insel lebte. Aber was hatte er davor gemacht? Wer war dieser Mann? Sie kannte ja noch nicht einmal seinen Nachnamen. Und ganz offensichtlich wollte er auch nicht darüber sprechen.

»Würde es dir etwas ausmachen, wenn wir den Apfelwein für heute ausfallen lassen?«, rief er ihr unvermittelt über die dröhnende Musik hinweg zu. »Ich finde, es gibt hier auf der Insel noch etwas anderes, das du sehen solltest.«

»Klar, gerne«, schrie Georgia zurück, allein schon, um die angespannte Stimmung im Wagen ein wenig aufzulockern. So fuhren sie schweigend weiter, bis sie am Willkommensschild von Friday Harbor vorbeifuhren. Inzwischen kannte Georgia ein paar der hübsch gestrichenen Holzhäuser rechts und links: Das charmant altmodische Kino namens Palace Theatre glitt vorbei, gefolgt von dem wundervoll literarisch anmutenden Schaufenster des Griffin Bay Bookstore. Sie parkten vor dem Kings Market, und Cole stieg aus. »Bin gleich wieder da.« Ohne eine weitere Erklärung schlug er die Tür zu. Georgia blieb in Martha sitzen und vertrieb sich die Zeit, indem sie die Passanten beobachtete. Zehn Minuten später kehrte Cole mit einer vollen Papiertüte im Arm zurück, und sie fuhren wieder aus der Stadt hinaus.

»Wo fahren wir hin?«, wollte Georgia endlich wissen.

»Was hältst du von Orcas?«, erwiderte Cole.

»Die Wale?«, fragte sie verblüfft.

»Technisch gesehen gehören sie zur Familie der Delfine, aber ja.«

»Ich bin … dafür«, sagte sie zögernd.

»Sehr schön. In der Stadt erzählt man sich, dass sich gerade eine Gruppe von Orcas in der Gegend aufhält. Wenn wir Glück haben, können wir sie noch sehen, bevor sie weiter nach Norden ziehen.« Diese Vorstellung schien ihn aufrichtig zu begeistern.

Weitere zehn Minuten später fuhren sie auf den Parkplatz des Lime Kiln State Park, und Cole führte Georgia über einen Wanderweg zu einem alten weißen Leuchtturm mit leuchtend rotem Dach. Der Turm stand auf dem äußersten Ausläufer einer ganzen Reihe von hohen, dunklen Felsen, die direkt am Wasser aufragten. Knapp hundert Meter unter ihnen überzog die Sonne das Wasser mit silbrig schimmernden Mustern. Der Blick in die wogenden Tiefen machte Georgia schwindelig. Cole blieb am Fuß des Leuchtturms stehen und schirmte die Augen gegen das grelle Licht ab. »Die Strömung zieht nach Norden, also werden sie vermutlich aus Süden kommen. Üblicherweise folgen sie der Strömung, um Lachse zu jagen.« Er führte sie noch ein Stück weiter über einen staubigen Trampelpfad, bis sie einen verwitterten Picknicktisch erreichten, der direkt an der Klippe unter einem alten Erdbeerbaum stand. Nirgendwo war ein Mensch zu sehen, sie waren ganz allein mit dem atemberaubenden Ausblick auf Himmel und Meer.

»Oh, sieh doch!«, rief Georgia begeistert, als unter ihnen im Wasser plötzlich ein freundliches Gesicht aus den Wellen auftauchte. Es erinnerte an einen Hundewelpen.

»Das ist ein Seehund«, erklärte Cole und stellte seine Tüte ab. »Vor diesen Klippen fällt der Boden sofort sehr steil ab, das Wasser ist fast hundert Meter tief und voller Kelpwälder. Die Lachse mögen den Seetang, und die Orcas mögen die Lachse. Und die Seehunde ruhen sich gerne auf den Felsen aus.«

Während Georgia weiter den Seehund beobachtete, packte Cole ein Baguette, ein Stück Camembert, ein kleines Glas Oliven und andere Leckereien aus. »Mir ist klar, dass du nichts schmeckst, aber ich habe uns trotzdem ein kleines Picknick besorgt«, erklärte er. »Das macht man hier einfach so. Man wartet auf die Orcas und picknickt dabei. Also dachte ich mir, wir versuchen das auch einmal. Möchtest du Wein?« Als Letztes holte er eine kalte Flasche Weißwein aus der Tüte. »Ist einer von hier.«

»Gerne.« Georgia ließ sich auf der Picknickbank nieder, blickte auf das Wasser hinaus und nippte an dem Pappbecher, den Cole ihr reichte. Er hatte wirklich an alles gedacht. Natürlich war der Wein noch immer frustrierend bitter, doch beim nächsten Schluck konzentrierte sie sich nicht länger auf den fehlenden Geschmack, sondern vielmehr darauf, was ihre anderen Sinne ihr verrieten. Erfrischend kalt glitt die Flüssigkeit über ihre Zunge und in ihren Hals hinunter, wie ein Mundvoll Winterluft. Sie schloss die Augen und genoss das Bouquet des Weines: reife Aprikosen, die auf warmen Felsen zerplatzten, dazu der Geruch von frisch gemähtem Gras. Geschmacklich war der Wein für sie bitter, aber nun konnte sie ihn spüren, konnte fühlen, woher er kam. Als sie die Flasche nahm und das Etikett studierte, musste sie lächeln: Dort stand etwas von »reifen Steinfrüchten« und »komplexen Mineralien«. Mit einem Laut der Zufriedenheit beugte sie sich vor und stützte die Arme auf den Tisch. Der Ausblick hier war wirklich spektakulär.

Cole setzte sich neben sie und breitete das Picknick auf dem Tisch aus. Nach und nach bot er Georgia von allem etwas an, und sie ließ sich diesmal nicht von der Bitterkeit ablenken, sondern rückte die volle Cremigkeit der Käsemasse in den Vordergrund, die körnige Textur des Feigengelees, den krossen Biss der Baguettekruste. Wenn sie sich auf all diese anderen Eindrücke konzentrierte, war der bittere Geschmack nur halb so schlimm.

In einmütigem Schweigen saßen sie zusammen, aßen und genossen den Ausblick. Zum ersten Mal seit langer Zeit spürte Georgia, wie sie komplett losließ. So voll und ganz im Moment aufzugehen, war einfach herrlich. Sonst stand sie immer unter Strom, war in Gedanken mindestens einen Schritt voraus. Schon wenn sie morgens aufwachte, ging es los. Produktivität und Effizienz, das waren ihre goldenen Leitsätze. Innehalten und genießen … wie lange hatte sie das nicht mehr getan? Beschämenderweise wusste sie es nicht. Vermutlich nicht mehr seit ihrer brutalen Anfangszeit in Paris. Die vielen Zurückweisungen und Absagen damals waren hart gewesen, aber sie hatte auch die Schönheit und Aufregung der ihr fremden Stadt in sich aufgenommen, was einfach nur berauschend gewesen war. All ihre Sinne waren angeregt worden, hinter jeder Ecke war sie auf ein neues Highlight gestoßen, wodurch sie sich unglaublich lebendig gefühlt hatte. Wann war ihr diese Fähigkeit, sich so herrlich überraschen zu lassen, verloren gegangen? Dieses Gefühl hatte ihr gefehlt, ohne dass sie den Verlust überhaupt bemerkt hätte.

Sie legte den Kopf in den Nacken und schloss die Augen, genoss den Luxus, nirgendwo sein und absolut nichts tun zu müssen. Ihre momentane Aufgabe bestand lediglich darin ... zu existieren, nach Freude zu suchen und sich dem Zauber, der sie umgab, zu öffnen. Ihre Lider hoben sich, und sie stellte fest, dass Cole sie aufmerksam musterte. Peinlich berührt suchte sie nach einer Ablenkung.

»Bist du am Wasser aufgewachsen?«, fragte sie schnell und lenkte das Gespräch damit ganz bewusst auf seine Person. Schließlich hatte sie ihm auf dem Weingut quasi all ihre Geheimnisse anvertraut, da konnte er ruhig auch mal mit ein paar persönlichen Informationen herausrücken. Sie nahm sich eine Olive und knabberte vorsichtig daran herum. Immer noch bitter, doch sie aß sie trotzdem; es quietschte so lustig, wenn ihre Zähne über die Haut glitten.

»Nein.« Cole gönnte sich ebenfalls eine Olive. »Ich bin in Phoenix groß geworden, in Arizona. Also eigentlich das komplette Gegenteil von dem hier.« Er hatte sich Mineralwasser eingeschenkt und balancierte den Becher nun auf seinem Schoß, während er entspannt die langen Beine ausstreckte. Dabei wirkte er so heimisch, als wäre er ein Teil der atemberaubenden, rauen Landschaft.

»Fehlt dir die Wüste manchmal?«, fragte Georgia weiter. Wie viel er ihr wohl anvertrauen würde? Cole etwas entlocken zu wollen, erinnerte sie an das Knacken von Austern; er war ähnlich verschlossen wie die Muscheln. Plötzlich musste sie wieder an Kelseys Spekulationen denken.

Konnte er tatsächlich eine Berühmtheit sein? Oder ein Geheimagent der Regierung?

Cole trank einen Schluck und blickte zum Horizont. Überraschenderweise beantwortete er ihre Frage sogar: »Hin und wieder. Vor allem fehlt es mir, mit Tante Justine in die Wüste zu fahren. Meine Eltern haben sich noch vor meiner Geburt getrennt, deshalb hat mich meine Mom allein großgezogen. Obwohl sie schwerer geschuftet hat als jeder andere Mensch, den ich jemals kannte, konnten wir uns finanziell immer nur knapp über Wasser halten. Sie war Rezeptionistin bei einer Versicherungsagentur in Phoenix und hat nachts in einer Bar in unserer Straße gearbeitet. Wir hatten immer ein Dach über dem Kopf, aber für viel mehr reichten weder Zeit noch Geld. So wurde ich zu einem einsamen Schlüsselkind, das sich *Captain Planet* angesehen und davon geträumt hat, die Welt zu retten.« Er hielt kurz inne. »Irgendwann tauchte dann Tante Justine auf und hat bei uns auf der Couch geschlafen; zunächst sollte es nur für eine Woche sein, dauerte dann aber um einiges länger. Sie war nicht der liebevoll-fürsorgliche Typ, aber auf ihre Art war sie immer freundlich zu mir, außerdem noch blitzgescheit. Vor allem aber hatte sie Zeit für mich, das war das Wichtigste.«

Er lachte leise. »Ja, sie mochte mich – diesen nerdigen kleinen Neffen mit der dicken Brille und der beinahe wahnhaften Vorliebe für Recycling und Superhelden. Sie ging mit mir spazieren, wir waren Müllsammeln oder wir haben uns in der Bibliothek Bücher über die Pflanzen und Tiere der Region ausgeliehen. Wenn Mom am Wochenende arbeiten musste, fuhren wir mit ihrer alten Rostlaube in die Wüste hinaus, sind den ganzen Tag dortgeblieben und haben versucht, möglichst viele Tier- und Pflanzenarten zu bestimmen. Durch sie habe ich mich weniger einsam gefühlt, und sie hat mir schon als Kind ein Gefühl von Sinnhaftigkeit gegeben. Sie hat mir immer wieder gesagt, dass ich in dieser Welt etwas bewirken könne. Eine wundervolle Botschaft, die eigentlich jeder einmal hören sollte.« Er verlagerte sein Gewicht auf der harten Holzbank und trank noch einen Schluck. »Meine Mom ist gestorben, als ich Anfang zwanzig war, danach hatte ich außer Tante Justine keine Verwandten mehr. Star und sie haben mir hier auf der Insel ein Zuhause gegeben. Dafür bin ich sehr dankbar.« Nachdenklich ließ er den Blick über die Bucht schweifen.

»Das tut mir leid.« Georgia fragte sich, wie es wohl sein mochte, ganz allein auf der Welt zu sein. Natürlich hatte sie so ihre Probleme mit ihrer Tante und ihrem Dad, aber sie wusste, wo die beiden waren und dass sie jederzeit ein Heim bei ihnen haben konnte, wenn sie eines brauchte.

»Und wo hast du gelebt, bevor du auf die Insel gekommen bist?«, fragte sie weiter.

»Kalifornien«, antwortete er knapp.

»Star meinte, du wärst jetzt seit fünf Jahren hier …«, bohrte sie weiter.

»Ungefähr«, bestätigte er widerwillig. »Ich … wollte mich beruflich verändern, und als Tante Justine dann ihre Diagnose bekam, bin ich hergekommen, um ihr zu helfen, und … einfach geblieben.«

»Meinst du denn, dass du dauerhaft hier leben wirst?« Bei dieser Frage rechnete Georgia fast schon damit, dass er wieder dichtmachen würde, aber er schien hier draußen in der Einsamkeit deutlich entspannter zu sein, weniger verkrampft. Vielleicht lag es aber auch daran, dass sie sich ihm gegenüber vorhin auch verletzlich gezeigt hatte.

Sie war sich nicht sicher. Doch egal, was dahintersteckte, es gefiel ihr, Cole besser kennenzulernen. Er machte sie einfach neugierig.

»Nach Kalifornien gehe ich jedenfalls nicht zurück«, stellte er fest und suchte konzentriert den Horizont im Süden ab. »Dort wartet nichts mehr auf mich. Außerdem gefällt es mir hier. Die Inseln sind etwas ganz Besonderes, sie haben ein wirklich einzigartiges Ökosystem mit einer erstaunlichen Artenvielfalt.«

»Vielleicht kannst du hier ja doch noch deinen Traum von Captain Planet ausleben«, schlug Georgia lächelnd vor.

»Dieser Zug ist wohl abgefahren«, entgegnete er. Obwohl er nicht in ihre Richtung sah, bemerkte sie den dunklen Schatten, der über sein Gesicht huschte. Tiefe Reue sprach aus diesem Blick.

»Schau mal.« Plötzlich richtete er sich auf und schirmte die Augen gegen das Sonnenlicht ab. »Siehst du, wie das Wasser dort hinten hochspritzt?« Er zeigte auf die Bucht hinaus.

Angestrengt spähte Georgia in die angegebene Richtung.

»Was ist das?«

»Orcas.« Cole stand auf. In Georgias Körper breitete sich ein gespanntes Kribbeln aus. Zusammen gingen sie bis zur Felskante vor und beobachteten, wie sich die Orcas langsam näherten. Zunächst waren gar keine Tiere zu erkennen, nur aufgewühltes Wasser in der Ferne, Spritzer und kleine Wellen auf der silbern schimmernden Oberfläche. Schließlich entdeckte Georgia aber doch das erste schwarze Dreieck einer Rückenfinne, dann noch eines und noch eines.

»Ich sehe sie!« Vor lauter Begeisterung klatschte sie in die Hände. »Das ist ja unglaublich!«

Die Tiere waren wunderschön, sie glitten mit atemberaubender Geschwindigkeit und Eleganz durch das Wasser. Wie gebannt starrte Georgia zu ihnen hinüber. Mehr als ein Dutzend Orcas schossen auf sie zu, ganz in ihrer wendigen, wilden Jagd auf den Lachs gefangen. Es war absolut unmöglich, den Blick von diesen geschmeidigen Tieren abzuwenden, die sich hier in all ihrer schwarz-weißen Pracht präsentierten.

»Sieh doch!« Ohne nachzudenken, packte Georgia Coles Arm. Unter ihren Fingern wölbten sich kräftige Muskeln, doch das bemerkte sie kaum. Viel zu sehr war sie auf das Orcaweibchen mit dem Kalb konzentriert, das genau in ihre Richtung schwamm. Mit einem dumpfen Schnauben stießen die Tiere die Atemluft durch das Blasloch aus. Dann richtete sich das Muttertier beinahe senkrecht im Wasser auf, sodass sich die vordere Körperhälfte komplett über die Wellen erhob.

»Das nennt man Ausschauhalten«, erklärte Cole mit einem breiten Lächeln, das ihn äußerlich komplett veränderte. Attraktiv war er immer; wahrscheinlich sah er sogar noch gut aus, wenn er nachts im Schlaf sabberte. Doch dieses Lächeln ließ ihn deutlich jünger wirken, weniger distanziert und kontrolliert, fast schon jungenhaft. Es war einfach herzerwärmend.

Georgia lachte fröhlich, während sie dem Orcababy dabei zusah, wie es mit seiner Mutter im Wasser herumtollte. Wie lange hatte sie schon nicht mehr eine solche Begeisterung verspürt, war so vollkommen hingerissen gewesen? Das hier war pure Magie.

Sie beobachteten die Orca-Schule, bis auch noch das

letzte Tier zu einem winzigen Punkt am Horizont zusammengeschrumpft war. Erst dann fiel Georgia auf, dass sie noch immer Coles Arm umschlungen hielt. Als sie sich seiner warmen, festen Haut unter ihren Fingern bewusst wurde, erstarrte sie. Etienne war schlank und durchtrainiert gewesen, aber schmal gebaut und kaum größer als Georgia. Cole hingegen war deutlich größer als sie. Außerdem war er fast schon unverschämt braun. Anscheinend sorgte die Austernzucht für ein ordentliches Training. Als sie hochblickte, stellte sie fest, dass Cole sie mit undurchdringlicher Miene musterte. Er wirkte beinahe gequält. Mit hochroten Wangen ließ sie seinen Arm los.

»Tut mir leid. Die Wale haben mich voll und ganz in ihren Bann geschlagen.«

»Delfine. Aber ja, das können sie gut. Kein Problem.« Er nahm seine Sonnenbrille ab und blickte den weiterziehenden Tieren beinahe liebevoll hinterher. Plötzlich wurde Georgia bewusst, dass Cole und sie ziemlich nah beisammenstanden – und ziemlich dicht an der Felskante. Ein Schritt nach links würde sie direkt in das tiefe Wasser mit den Kelpwäldern befördern. Trat sie einen Schritt nach rechts, landete sie an Coles Brust. In diesem Moment wusste sie nicht, welche Option mehr Gefahren in sich barg.

»Wir sollten wohl besser zurückfahren«, schlug sie leise vor.

Keiner von ihnen rührte sich. Georgia schluckte. Dieser Nachmittag hatte etwas mit ihr gemacht; in ihrem Innern hatte sich etwas gelöst, das viel zu lange viel zu verkrampft gewesen war. Sie atmete auf einmal viel freier. Noch halb in Gedanken versunken wollte sie sich an Cole vorbeischieben und zum Tisch zurückgehen, trat dabei aber auf ein paar lose Steine. Mit einem knappen Schrei verlor sie das Gleichgewicht und ruderte wild mit den Armen, um irgendwo Halt zu finden. Sofort war Cole da, seine starken Finger schlossen sich um ihre Oberarme, und er riss sie vom Abgrund zurück. Dummerweise rutschte er dabei selbst aus und landete rücklings auf dem Boden. Da er Georgia noch immer festhielt, zog er sie mit, sodass sie direkt auf ihn fiel.

»Uff.« Cole ächzte dumpf. Sie schlugen hart auf, was ihre Gesichter viel zu dicht aneinanderrückte. Einen Moment lang war Georgia wie erstarrt. Sie spürte Coles Herzschlag an ihrer Brust. Sein Blick huschte für den Bruchteil einer Sekunde zu ihren Lippen, dann ließ er ihre Arme so plötzlich los, als wäre sie eine heiße Bratpfanne. Ebenso hastig rappelte Georgia sich auf. Wie peinlich.

»Ist alles okay?«, fragte sie besorgt. Cole stand auf, zuckte aber kurz zusammen.

»Mein Steißbein und mein Ego haben wohl etwas abgekriegt.« Leicht verlegen verzog er das Gesicht. »Da habe ich schon Schlimmeres überstanden.« Er bückte sich nach seiner Sonnenbrille, die ihm beim Sturz aus der Hand gerutscht war.

Georgia klopfte sich Staub und trockenes Gras von der Kleidung, ihre Wangen glühten noch immer. Ganz ruhig, Georgia, ermahnte sie sich. Der schöne Tag und die Orcas hatten sie umgehauen … und vielleicht auch ein wenig Coles Pheromone. Egal, woran es lag: Es gab wohl kaum etwas Peinlicheres, als erst gerettet und dann abgewiesen zu werden. Ganz offensichtlich wünschte er keine körperliche Nähe zu ihr, womit sie prima leben konnte. Sie wollte ja ebenfalls nichts Körperliches, zumindest nicht, solange die Erinnerung an Etienne im Kühlraum noch so frisch war. Oder solange Michels Frist alles überschattete. Auch wenn Cole sie für etwas Besonderes hielt … und sie umwerfend fand … was in ihm aber anscheinend nicht den Wunsch weckte, irgendetwas in dieser Richtung zu unternehmen. Und sie selbst konnte momentan keinerlei Ablenkungen gebrauchen. Nein, sie musste ihr kulinarisches Feuer neu entfachen und ihr Leben wieder in den Griff bekommen. Was bedeutete, dass sie klare Prioritäten setzte. Durch ein entschlossenes Kopfschütteln versuchte Georgia, ihren Verstand wieder in die richtigen Bahnen zu lenken.

»Vielen Dank für den Einsatz als Sturzpolster«, witzelte sie steif und brachte vorsichtshalber noch etwas mehr Abstand zwischen sie.

»Gern geschehen.« In betretenem Schweigen sahen sie sich an, der Zauber dieses Nachmittags war eindeutig verflogen. »Wir sollten uns wohl besser auf den Weg machen«, entschied Cole schließlich und fing hastig an, die Überreste ihres Picknicks zusammenzupacken. Auch die dunkle Brille setzte er wieder auf.

»Gute Idee.« Georgia nahm die noch fast volle Weinflasche und folgte ihm zum Auto. Auf der Heimfahrt waren sie beide sehr still. Georgia starrte krampfhaft durch die Windschutzscheibe nach vorne. Aus dem Augenwinkel sah sie, dass Cole es ebenso hielt. Von der unbeschwerten Kameradschaftlichkeit, die sie noch wenige Stunden zuvor verbunden hatte, war nichts geblieben. Irgendwann schaltete Cole das Radio ein und ignorierte sie komplett.

Am Cottage angekommen, hielt er vor dem Törchen, ließ aber den Motor laufen. Als Georgia ausstieg, räusperte er sich und verkündete, ohne sie anzusehen: »Ich hole dich morgen um eins ab. Star will unbedingt, dass ich dich in die Anemone ausführe, das ist das beste Restaurant auf der Insel. Wahrscheinlich hofft sie, dass diese Umgebung dir neue Inspiration verschafft.«

»Dann drücken wir mal die Daumen, dass sie recht behält«, erwiderte Georgia unbehaglich. »Vielen Dank. Bis morgen.« Eigentlich wollte sie damit ins Haus gehen, aber irgendetwas ließ sie zögern. Stattdessen blieb sie noch einmal stehen und sah zu, wie Cole in Richtung Austernfarm davonfuhr. Sie glaubte noch immer seine starken Finger an ihren Oberarmen zu spüren. Fröstelnd schlang sie die Arme um den Körper. Und auch wenn sie ehrlich versuchte, den Gedanken gar nicht erst zuzulassen, ging ihr eine Frage im Kopf herum, während sie seinem Wagen hinterherblickte: Wenn sie Cole küsste, wie würde er dann wohl schmecken?

19

Cole

Verdammt, er saß in der Klemme. Cole bog auf den Parkplatz der Austernfarm ein und steuerte seinen üblichen Platz unter der großen Eiche an. Nachdem er den Motor abgestellt hatte, drückte er mit einem gequälten Stöhnen die Stirn gegen das Lenkrad und fing an, leise zu fluchen. War ja mal wieder typisch, dass sich Stars Tochter als verdammt attraktiv herausstellte – selbstbewusst, kultiviert und gleichzeitig verwegen. Starke Frauen mit Grips und Mumm hatten ihn schon immer angezogen, und sie hatte mehr als genug von beidem. Noch dazu war sie rothaarig. Auch Rotschöpfe hatte er schon immer gemocht. Georgia sah aus wie die populäre *We-can-do-it*-Frau aus dem Propagandafilm der 1940er, nur eben in Tizianrot. Insgesamt entsprach sie also exakt seinem Typ, was alles viel komplizierter machte als erwartet.

Als Star ihm von der Idee erzählt hatte, ihre verloren geglaubte Tochter, die inzwischen Köchin geworden war und in Paris lebte, auf die Insel einzuladen, hatte er sich gesagt, dass es unmöglich dieselbe Frau sein könnte. Das wäre schon ein unglaublicher Zufall. Immerhin war es inzwischen mehr als sieben Jahre her, und es war auf einem anderen Kontinent passiert! Auf gar keinen Fall konnte sie es sein. Doch schon bei ihrer ersten Begegnung – Georgia in der Küche, quasi gerade erst gelandet, mit ihren roten Haaren und dieser spitzbübischen Miene – hatte er es gewusst. Es war doch dieselbe Frau. Verdammt.

Also hatte er sich geschworen, auf Abstand zu bleiben, aber Star schien wild entschlossen zu sein, sie immer wieder zusammenzubringen. Was bezweckte sie überhaupt damit? Nun verfluchte er Star, die ihn erst in diese Lage gebracht hatte. Vor allem aber war er wütend auf sich selbst. Denn er hatte den heutigen Ausflug mit Georgia wirklich genossen … viel zu sehr genossen. Sie war witzig und intelligent und hielt ihn eindeutig auf Trab. Sie war … außergewöhnlich. Das ließ sich leider nicht abstreiten.

Er hatte schon sehr lange nicht mehr so für einen anderen Menschen empfunden. Seit Amy nicht mehr. Das war bereits eine Ewigkeit her, und man wusste ja, wie es geendet hatte. Also, offenbar gelang es ihm nicht, sich von Georgia fernzuhalten. Aber er musste es tun. Wenn sie herausfand, wer er war und was er getan hatte, würde ihr Interesse sich sowieso sofort verflüchtigen. Außerdem hatte sie mehr als deutlich gemacht, dass ihr Lebensmittelpunkt und ihre Träume in Paris verankert waren und somit weit, weit weg von hier. Es konnte also keine gemeinsame Zukunft für sie geben.

»Reiß dich zusammen«, befahl er sich leise. »Geh ihr einfach so gut wie möglich aus dem Weg.« Leider wollte sein Herz da so gar nicht mitmachen.

Stirnrunzelnd lehnte er sich zurück und sah sich um. Der Parkplatz war voll, die Touristen belagerten die Picknicktische und ließen sich ihre Austern schmecken. Der Grill war angefacht worden, Billy bereitete gegrillte Austern zu, die mit verschiedenen Soßen angeboten wurden. Ein angenehmer Rauchgeruch zog durch die Luft. Doch Cole stieg nicht aus. Samstags arbeitete er nicht, außerdem versuchte er grundsätzlich, möglichst wenig mit den Kunden in Kontakt zu kommen. Viel lieber kümmerte er sich einfach nur um die Austern.

Cole seufzte schwer, der Schmerz der Vergangenheit drückte ihn nieder. Fünf Jahre war es nun her, dass er Amy verloren hatte. Die kleinen Dinge fehlten ihm am meisten: sich im Bett umzudrehen und an ihren Rücken zu schmiegen oder bei ihrem Lieblingsjapaner gemeinsam Ramen zu essen – sie hatten sich immer eine Portion geteilt, weil sie so groß war. Waren die Nudeln langsam knapp geworden, hatten sie wild mit ihren Stäbchen um die Reste gekämpft. Cole hatte ihr immer das gekochte Ei überlassen, dafür hatte sie die Frühlingszwiebeln für ihn herausgepickt.

Es war kein frischer Schmerz mehr, eher ein dumpfer Druck tief in seinem Bauch, der sich jedes Mal meldete, wenn er an sie dachte. Aber sie fehlte ihm immer noch. Selbst jetzt noch, nach fünf Jahren, lebte er wie ein Mönch, ganz ihrem Andenken verpflichtet. Im vergangenen Jahr hatte er sich das erste Mal gestattet, es mit einem Date zu versuchen. Ein paarmal nur, freitagabends in einem Pub in Friday Harbor, aus Langeweile und Einsamkeit. Er traf keine Frau zweimal, es wurde nie etwas Ernstes daraus. Aber mit Georgia war es anders.

»Tu das nicht«, ermahnte er sich laut. »Das kann nicht gut ausgehen.«

Ein paar Tage, das würde er ja wohl schaffen. Kopf einziehen und aussitzen, nur noch ein paar Tage. Dann würde Georgia May Jackson wieder nach Paris entschwinden, und er würde so weitermachen wie in den letzten fünf Jahren: hart arbeiten, Ärger vermeiden und keinerlei Komplikationen in seinem neuen Leben und seinem Herzen zulassen. Das müsste er hinbekommen. Wie schwer konnte das schon sein?

20

Star?« Noch halb verzaubert von dem wundervollen Nachmittag schlenderte Georgia durch das Haus, auf der Suche nach ihrer Mutter.

»Im Garten«, lautete die kaum hörbare Antwort. An der Küchentür kam ihr Pollen entgegen, wie immer mit einem fröhlichen Bellen und ausgelassen schwanzwedelnd. Sie hatte Erde an der Schnauze.

»Hallo, mein Mädchen.« Liebevoll streichelte Georgia den breiten Hundekopf. »Was hast du denn heute so getrieben?«

»Wie war der Ausflug zum Weingut?« Star stand über dichte Ranken gebeugt, die Hände voll frisch geernteter Gurken. Der Duft von satter Erde und die Frische wachsender Pflanzen hingen in der Luft.

»Kurz«, gestand Georgia, »und voller Überraschungen. Der Wein hat immer noch bitter geschmeckt, aber ich glaube, ich habe trotzdem Fortschritte gemacht. Und der Rest des Tages war einfach fantastisch …«

Sie berichtete ihrer Mutter in groben Zügen von ihrem Nachmittag, ließ dabei aber den Beinaheabsturz, die Rettung durch Cole und die peinliche Heimfahrt unter den Tisch fallen. Star setzte inzwischen ihre Ernte fort und reichte das Gemüse an Georgia weiter, die es auf der Hintertreppe ablegte. Als sie an die merkwürdige Begegnung mit dem Pärchen auf dem Weingut zurückdachte, wanderte ihr Blick automatisch zu der kleinen Blockhütte hinunter. Kein Lebenszeichen. Wo Cole wohl gerade war?

»Weißt du eigentlich, was Cole gemacht hat, bevor er auf die Insel kam?«, fragte sie möglichst unbeteiligt.

»Ja.« Star richtete sich auf und streckte ächzend den Rücken durch, der hörbar knackte. »Ich weiß es, aber ich habe kein Recht, die Geschichte weiterzuerzählen. Cole legt viel Wert auf seine Privatsphäre. Er wird es dir bestimmt selbst sagen, wenn er so weit ist.« Mit einem kurzen Blick zu Georgia wechselte sie das Thema: »Wenn du mir bei der Ernte helfen möchtest – ich könnte gut noch ein Paar Hände gebrauchen. Der Salat explodiert momentan geradezu.«

»Natürlich.« Georgia war enttäuscht, fügte sich aber. Dann musste sie eben auf anderem Wege etwas über Cole herausfinden. Der Tag neigte sich sowieso dem Ende zu, über der Bucht war die blaue Stunde angebrochen. Dadurch wurde es kühl, wie Georgia nun fröstelnd feststellte. Rauchgeruch und der Duft von gegrilltem Essen zogen über die Tannen zu ihnen heran. Außerdem drangen leise Musik und Gelächter von der Austernfarm herüber. Zögernd blieb Georgia neben den Gemüsebeeten stehen. »Ich habe aber nicht die richtigen Schuhe dabei«, gestand sie nun. Italienisches Leder vertrug sich nicht gut mit Matsch.

Nach einem kurzen Blick auf Georgias Füße deutete Star mit dem Kopf zur Verandatreppe hinüber, wo ein Paar grüne Gummilatschen stand. »Du kannst meine Gartenclogs anziehen«, entschied sie. »Wir haben dieselbe Größe, denke ich.«

Also streifte Georgia ihre Ballerinas ab und schob die nackten Füße in die Clogs. Dabei kitzelte sie etwas an den

Zehen. Sie zog den einen Schuh wieder aus und schüttelte ihn. Zu ihrer großen Überraschung fielen mehrere vierblättrige Kleeblätter heraus.

»Was ist das?« Verwundert wischte sich Star mit dem Ärmel die Stirn ab.

Georgia hob eines von den Stufen auf und reichte es ihrer Mutter.

»Vierblättrige Kleeblätter«, erklärte sie. »Momentan stoße ich ständig auf sie, und das immer an den merkwürdigsten Orten.«

Star kam zu ihr, nahm das Kleeblatt sanft in die Hand und hielt es zwischen zwei Fingern. »Na, sieh mal einer an«, murmelte sie. An Georgia gerichtet fuhr sie fort: »Meine Grandma Emma war Irin, sie kam aus der Nähe von Galway – daher stammen auch unsere roten Haare. Sie hat vierblättrigen Klee geliebt. Für sie war er eine Verbindung zu ihrer alten Heimat. Wenn ich ihr als Kind ein solches Kleeblatt brachte, bekam ich immer ein Bonbon von ihr, und sie erklärte mir, die vier Blätter stünden für Glaube, Hoffnung, Liebe …«

»… und Glück«, vervollständigte Georgia. »Das weiß ich noch.« Automatisch tastete sie nach ihrer Halskette. Star bemerkte die Bewegung und starrte fassungslos auf den Anhänger, den Georgia nun aus ihrem Ausschnitt hervorzog.

»Ist das etwa die Kette, die ich dir vor all den Jahren geschenkt habe?« Sie beugte sich vor, um das Amulett besser sehen zu können.

Georgia nickte. »Du hast sie mir an dem Tag gegeben, an dem du fortgegangen bist«, sagte sie leise. »Und ich habe sie seitdem immer getragen. Sie ist mein Glücksbringer.«

Sichtlich verblüfft richtete Star sich wieder auf und räusperte sich. »Diese Kette steht für mehr als Glück. Möglicherweise ist der Anhänger auch ein Glücksbringer, aber in ihm steckt noch viel mehr.« Sie sah ihre Tochter offen an. »Grandma Emma schenkte mir dieses Schmuckstück, als ich zwölf Jahre alt war. Nach ihrem Tod war diese Kette das Einzige, was mir von ihr blieb. Drei Jahre später starb dann meine Mutter. Da war ich fünfzehn, und mit ihrem Tod zerbrach quasi meine gesamte Welt.« Beinahe sachlich sagte sie das, doch der traurige Zug um ihren Mund verriet, dass sie diese Erinnerung noch immer belastete. »Als ich noch vor meinem zwanzigsten Geburtstag von zu Hause fortging, hatte ich außer dieser Kette nichts weiter bei mir als meine Gitarre und zweihundert Dollar, die ich meinem Stiefvater gestohlen hatte.« Ein Schatten huschte über ihr Gesicht. »Mir schien das damals zumindest eine kleine Entschädigung zu sein für das, was er mir genommen hatte. Jahre später dann, nachdem ich … die Ranch in Texas verlassen hatte, ging ich in Santa Fe in ein schäbiges kleines Tattoostudio und ließ mir das hier stechen.« Sie zog ihren salbeigrünen Kittel herunter, bis ihre Schulter frei lag. Wieder stieg Georgia dieser vertraute Duft in die Nase, ein Hauch von Anis und Minze mit ein wenig Thymian. Auf der hellen, mit Sommersprossen übersäten Haut ihrer Mutter prangte ein smaragdgrünes vierblättriges Kleeblatt.

»Genau wie der Anhänger«, murmelte sie überrascht.

Star nickte und zog ihren Kittel wieder zurecht. »Georgia May, ich habe dir diese Kette geschenkt, damit du niemals aus den Augen verlierst, wer du bist«, erklärte sie voller Entschlossenheit. »Und damit du, falls es doch einmal passiert, uns alle, die Frauen deiner Familie, immer dicht an deinem Herzen trägst. Ich habe sie dir geschenkt, damit du immer einen Teil von mir, von Grandma Emma und von meiner Mutter Helen bei dir hast, wohin dein Weg dich auch führen mag. Sie sollte dich in deinem Glauben bestärken und dir dabei helfen, niemals die Hoffnung zu verlieren. Du solltest immer spüren, dass ich dich liebe, auch wenn ich nicht bei dir sein konnte. Und ja, vermutlich habe ich auch gehofft, dass sie dir ein wenig Glück bringen wird.« Ihre hellen Augen waren fest auf Georgia gerichtet.

Die drehte nachdenklich den Anhänger an der Kette. Natürlich bedeutete es ihr unglaublich viel, dass ihre Mutter ihr das Amulett geschenkt hatte, um so mit ihr verbunden zu sein, gleichzeitig löste das aber weitere Fragen in ihr aus. Warum war Star überhaupt gegangen?, fragte sie sich, wie so oft in den letzten knapp dreißig Jahren. So lange schon sehnte sie sich nach einer Antwort. Und plötzlich wurde ihr bewusst, dass sie nicht länger warten wollte.

»Star.« Georgia nahm all ihren Mut zusammen.

Anscheinend konnte ihre Mutter ihre Miene richtig deuten, denn ihr rutschte ein leises »Oh« heraus, bevor sie mit einem »Ja?« antwortete. Ihr war deutlich anzusehen, dass sie sich innerlich wappnete; als wüsste und fürchtete sie, was nun kommen würde.

»Warum hast du uns verlassen?« Sobald sie die Worte ausgesprochen hatte, konnte Georgia wieder frei atmen.

Star zögerte. Ihr Gesicht verzog sich, sie blickte zu Boden. »Weil ich es versprochen hatte«, antwortete sie leise. »Und weil mir keine andere Wahl blieb.«

Verwirrt runzelte Georgia die Stirn. »Wem hast du was versprochen? Und warum hattest du keine Wahl?«

Star schüttelte nur den Kopf. »Es tut mir leid, Georgia May, aber das kann ich dir nicht sagen.« Wie groß ihr Bedauern war, verriet ihr entschuldigender Blick.

Fassungslos starrte Georgia ihre Mutter an. Da hatte sie nun endlich die Frage gestellt, die fast dreißig Jahre lang ihr Leben bestimmt hatte, und das sollte ihre Antwort sein?

»Ich habe es verdient, die Wahrheit zu erfahren«, protestierte sie scharf. Die Ausflüchte ihrer Mutter machten sie wütend.

Star nickte betroffen und ließ die Schultern hängen. »Ja, das hast du«, stimmte sie zu, »und ich wünsche mir so sehr, ich könnte es dir sagen. Aber ich habe meinen Teil der Abmachung nun schon seit beinahe dreißig Jahren eingehalten, da kann ich mein Versprechen jetzt nicht doch noch brechen. Es tut mir schrecklich leid, Georgia.« Vorsichtig ließ sie das Kleeblatt in die Tasche ihres Kittels gleiten.

Voller Zorn starrte Georgia ihre Mutter an. Was redete Star denn da bitte? Was für ein Versprechen musste sie halten? Wem gegenüber?

Star trat nervös von einem Fuß auf den anderen. »Ansonsten werde ich dir alles sagen«, versicherte sie reumütig. »Was auch immer du wissen möchtest. Aber ich kann dir nicht sagen, warum ich damals gegangen bin. Wahrscheinlich ist das jetzt nur ein schwacher Trost für dich, aber bitte glaube mir, ich habe keine andere Wahl.« Flehend sah sie ihre Tochter an, bat sie stumm um Verständnis.

Georgia war sprachlos. In all den Jahren hatte sie sich genau dieses Gespräch immer wieder ausgemalt, aber sie wäre niemals auf die Idee gekommen, dass es so verlaufen könnte. So oft hatte sie sich vorgestellt, was Star ihr sagen, welche Gründe und Erklärungen sie ihr für ihre lange Abwesenheit nennen würde – manche waren schrecklich, andere herzzerreißend. Doch kein einziges Mal hatte sie in Erwägung gezogen, dass sie überhaupt keine Antwort bekommen könnte. Hinter der Geschichte steckte eindeutig mehr, aber Star schien unbedingt Stillschweigen wahren zu wollen. Wo stand sie, Georgia, denn nun? Ihre Fragen blieben unbeantwortet, was mehr als frustrierend war.

»Ich brauche einen Moment«, sagte sie steif und wandte sich dem Apfelgarten zu, um etwas Abstand zwischen sich und Star zu bringen. Sie brauchte Raum und Zeit zum Nachdenken. Unter den blütenbeladenen Ästen blieb sie stehen. Ihre Gedanken überschlugen sich, und sie war so wütend, dass ihr beinahe schlecht wurde. Mit verschränkten Armen blickte sie auf die Bucht hinaus. Ihr Herz raste, und sie knirschte mit den Zähnen. Verraten kam sie sich vor. Und sie hatte keine Ahnung, wie sie weitermachen sollte. Sie hatte die Frage gestellt und keine Antwort bekommen. Was jetzt? Wo stand sie nun? Kurz sah sie über die Schulter zu Star zurück, wandte sich dann aber sofort wieder ab. Nein, sie war noch zu wütend, um zurückzugehen. Die Dämmerung ging in den Abend über, und noch immer stand sie dort, versunken in die vielen Jahre voller Hoffnung und Schmerz, die vielen Fragen und die Unwissenheit, das Gefühl der Zurückweisung und Verwirrung. Alles führte hin zu diesem einen Moment, in dem sie Star gegenüberstand und ihr diese Frage stellen konnte. Und wieder hatte sie keine Antworten. Georgia fühlte sich hilflos, wie so oft. Es war völlig vertrackt. Sie ballte die Fäuste, und Tränen der Wut stiegen in ihren Augen auf. Als die Dunkelheit die Bucht schließlich vollständig einhüllte, wischte sie sich die Wangen ab und holte zitternd Luft. Ihr Zorn hatte sich etwas abgekühlt, leise Ruhe breitete sich in ihr aus wie ein erfrischender Windhauch. Wieder drehte sie sich um. Star arbeitete noch immer in ihrem Beet, nun im Schein der Verandabeleuchtung. Als sie die schmale Silhouette ihrer Mutter dort sah, verrauchte Georgias Zorn noch weiter. Star schwieg nicht aus eigenem Antrieb, das spürte sie. Irgendetwas oder irgendjemand hielt sie davon ab, ihrer Tochter die Wahrheit zu sagen.

Aber was bedeutete das für Georgia? War sie bereit, weiterzumachen, ohne eine Antwort auf diese für sie so unglaublich wichtige Frage zu erhalten? Konnte sie überhaupt weitermachen, ohne den Grund zu kennen? Dieses riesige Fragezeichen hatte einen so großen Einfluss auf ihr Leben. Nachdenklich stieß sie den Atem aus. Konnte sie denn wirklich eine Beziehung zu Star aufbauen, solange diese Frage ungeklärt blieb? Wieder einmal strich sie über ihren Anhänger. Glaube, Hoffnung, Liebe und Glück. Von alldem brauchte sie jetzt eine ganze Menge. Sie zögerte noch immer, dachte an das Tattoo auf Stars Schulter, an das Bestreben ihrer Mutter, auch über Zeit und Raum hinweg eine Verbindung zu ihr aufrechtzuerhalten. Ihre Beziehung trug ein Gespinst aus Geheimnissen in sich, das Star aus irgendeinem Grund nicht für sie entwirren konnte. Und doch … Und doch war Georgia davon überzeugt, dass ihre Mutter sie liebte, sie immer geliebt hatte. Etwas hatte sie damals fortgetrieben und dafür gesorgt, dass sie so lange getrennt gewesen waren. Etwas, das sie auch heute noch schweigen ließ.

Georgia grübelte weiter. Sie hatte Star gerade erst wiedergefunden. Und sie wollte ihre Mutter nicht aufs Neue verlieren. Schließlich hatte sie noch so viele Fragen, wollte so vieles über die Frau wissen, zu der Star geworden war. Also war es vorerst vielleicht auch einfach genug, sich wieder anzunähern und einander als Erwachsene kennenzulernen. Darauf hatte sie lange gewartet. Auf Erklärungen zu Stars Verschwinden konnte sie nun auch noch ein wenig länger warten. Nachdem sie diese Entscheidung gefällt hatte, ging Georgia langsam zu ihrer Mutter zurück. Als sie an das Beet herantrat, hob Star den Kopf und warf ihr einen verunsicherten Blick zu.

»Okay.« Georgia räusperte sich. »Ich werde warten. Aber kannst du mir versprechen, dass du mir irgendwann die Wahrheit sagen wirst, voll und ganz, ohne Einschränkungen?«

Star nickte bedächtig. »Ja, das kann ich«, sagte sie schließlich. »Irgendwann.« Mit einem herzzerreißenden Funken Hoffnung in den Augen sah sie ihre Tochter an.

Georgia holte tief Luft. Irgendwann, damit konnte sie sich abfinden. Schließlich lebte sie nun schon sehr lange mit dieser Frage. Und überraschenderweise schien sie jetzt nicht mehr ganz so schwer zu wiegen wie zuvor. Star war hier, sie stand direkt vor ihr und war bereit, sie zu lieben und rückhaltlos anzunehmen. Ja, damals war etwas Schreckliches geschehen, doch das konnte nicht das Hier und Jetzt auslöschen und auch nicht all das Gute, was nun Realität wurde. Mit Star zusammen zu sein, hatte etwas Befreiendes an sich. Entschlossen wandte sich Georgia dem Beet zu und beugte sich über die papierdünnen Blätter der sprießenden Salate.

»Erzähl mir, was passiert ist, nachdem du Texas verlassen hattest«, bat sie. »Wie hast du Justine kennengelernt?«

Ein Lächeln reinster Erleichterung überzog Stars Augenwinkel mit feinen Fältchen. »Wir sind uns in Arizona begegnet, genauer gesagt in Phoenix. Und das ausgerechnet bei einem AA-Meeting.« Sie wandte sich ebenfalls dem Salat zu. »Das war ein paar Jahre nach meinem Abschied von Texas. Ich hatte mich eine Weile immer weiter Richtung Westen durchgeschlagen und dabei ziemlich viel Mist gebaut – kleinere Ladendiebstähle, oft war ich betrunken oder high. Ich tat alles, um den Schmerz zu betäuben, der durch meine miesen Entscheidungen hervorgerufen wurde. Am Ende landete ich in Phoenix. Justine war zu diesem Zeitpunkt schon seit ein paar Jahren clean und hatte eine ziemlich miese Ehe hinter sich. Sie wohnte bei ihrer Schwester und ihrem Neffen – Cole – und arbeitete auf einem Golfplatz. Cole vergötterte sie, aber sie hasste Arizona. Sie träumte von Regen und davon, irgendwann ein eigenes Heim zu haben. Jedenfalls tauchte ich eines Nachmittags bei ihrem AA-Treffen auf – eigentlich nur auf der Durchreise, aber in Phoenix kam ich in mehr als einer Hinsicht nicht mehr weiter, und ich begriff, dass ich Hilfe brauchte.« Ächzend richtete sie sich auf und streckte den Rücken, ohne dabei den geernteten Salat beiseitezulegen. »Das Treffen war typisch: schlechter Kaffee aus Pappbechern, hässliche Auslegeware, grelles Licht. In irgendeiner Methodistenkirche. Und ich spazierte also herein. Damals war ich das, was man – wenn man nett sein möchte – als Freigeist bezeichnet. Korrekter wäre wohl die Bezeichnung ›wandelndes Pulverfass‹ gewesen.« Mit einem trockenen Lachen verließ sie das Beet und legte den Salat sorgsam auf der Verandatreppe ab. »Justine meinte später, sie habe gedacht, ich sei high, doch das war ich nicht. Ich war stocknüchtern. Ich setzte mich direkt neben sie. Sogar heute weiß ich noch, dass ich diese Schlaghose mit Patchworkmuster trug, die ich mir aus einem alten Quilt genäht hatte. Meine Hände zitterten so stark, dass ich meinen Kaffee verschüttete. Das ist so am Anfang des Entzugs. Justine sah mich direkt an und fragte, ob ich Hilfe brauchte. Und ich sagte: ›Ich bin schon ewig auf der Flucht, aber jetzt kann ich nicht mehr weglaufen. Entweder bleibe ich ab heute clean, oder ich werde bei dem Versuch sterben.‹ Daraufhin öffnete die gute Justine ihren Mund, und vermutlich gegen ihren eigenen Willen kamen die Worte ›Ich werde dir dabei helfen‹ heraus. Und das war's dann.«

»Was war's dann?« Georgia streckte Star ihre Ernte entgegen, die nun ebenfalls auf den Haufen bei den Stufen wanderte.

»Ich wurde clean«, antwortete Star schlicht, kehrte auf ihren Platz zurück und wandte sich der nächsten Salatreihe zu. »Justine hat mir geholfen. Ich war immer schon verdammt stur. Wir beide. Ich hatte mir das in den Kopf gesetzt, also tat ich es. Zusammen haben wir es geschafft. Die ersten Wochen waren die reinste Hölle, aber ich wurde clean, und wenig später sind wir zusammen aus Phoenix weggegangen. Haben uns die kalifornische Küste hochgearbeitet bis in den Pazifischen Nordwesten und dann noch ein wenig herumgesucht, bis wir schließlich auf die Inseln hier stießen. Wir waren auf der Suche nach einem sicheren Hafen, einem Ort, an dem wir in Frieden leben konnten, so wie wir es wollten. Und sobald wir auch nur einen Fuß auf diese Insel gesetzt hatten, wussten wir, dass wir ihn gefunden hatten. Wir sparten an allen Ecken und Enden und nahmen sämtliche Jobs an, die wir finden konnten, bloß um irgendwie über die Runden zu kommen. Dann starb Justines Mutter und hinterließ ihr ein wenig Geld, sodass wir dieses Haus hier kaufen konnten. Und so haben wir uns vor fast fünfundzwanzig Jahren hier niedergelassen. Es gibt einiges in meinem Leben, das ich zutiefst bedauere, aber ich bin auch für sehr vieles dankbar.« Star richtete sich auf und ließ den Blick über die Beete, den Obstgarten und ihre Bienenstöcke wandern, bis hinunter zum Wasser. »Dieser Ort war meine Rettung, hier habe ich eine zweite Chance erhalten. Er hat mich geheilt, als ich dachte, ich sei für immer zerbrochen. Denke ich an all die Jahre zurück, in denen ich wieder und wieder nur meinen Schmerz betäubt habe, und dann an mein Leben heute … Trotz allem, was ich bereue, bin ich aufrichtig dankbar. Es hätte auch ganz anders enden können.«

»Aber warum warst du ausgerechnet zu diesem Zeitpunkt so entschlossen, clean zu werden?«, fragte Georgia neugierig. »Damals in Phoenix. Was war der Auslöser?«

Ein versonnenes Lächeln huschte über Stars Gesicht. »Jede Entscheidung, die ich im Laufe der Jahre getroffen habe – clean zu werden, die Entdeckung dieser Insel, mir hier ein neues Leben aufzubauen –, habe ich nicht allein für mich getan, sondern auch deinetwegen, Georgia May.« Rückhaltlos offen und voller Verletzlichkeit sah sie ihre Tochter an. »Denn ich habe immer gehofft, dass dieser Tag kommen würde. Dass wir irgendwann wiedervereint sein würden. Deshalb habe ich das alles auch für dich getan.«

21

Später am Abend stand Georgia oben im Bad, schrubbte den Dreck von ihren Händen und putzte sich die Zähne. Dabei ließ sie die Ereignisse des Tages noch einmal Revue passieren. Es war so viel passiert, dass ihr der Kopf schwirrte. Wieder sah sie Coles Gesicht vor sich, als sie ihm von ihrer Gabe erzählt hatte. Der Gedanke, dass diese Besonderheit der Stevensfrauen, die sie anscheinend auch in sich trug, ein Segen sein sollte und kein Fluch, war noch immer ungewohnt. Während ihrer Kindheit hatte man sie glauben lassen, dass der mütterliche Teil ihrer Herkunft minderwertig sei, beschämend, irgendwie falsch. Dieses erlogene, unausgesprochene Narrativ war in ihr junges Herz gepflanzt worden: die Stevens-Seite sei ein Makel, den man ablegen müsse, um ein braver Bürger zu sein, des Namens Jackson würdig. Nun aber hatte sie etwas über Star und die Stevensfrauen erfahren, das diesen Glauben völlig auf den Kopf stellte. Ja, sie war durch und durch eine Stevens, und langsam begriff sie, wie wundervoll das war.

Sie musste auch wieder an das rätselhafte Gespräch denken, das Star und sie im Garten geführt hatten.

»Georgia?« Stars leise Schritte im Flur verharrten. »Ich habe dir etwas in dein Zimmer gelegt.«

Überrascht griff Georgia nach einem Handtuch und trocknete sich eilig das Gesicht ab. »Oh, danke.«

Pause. Dann: »Schlaf gut.«

»Und lass dich nicht von den Wanzen beißen«, ergänzte Georgia automatisch. Sie erstarrte. Seit nahezu dreißig Jahren hatte sie diesen Satz nicht mehr vervollständigt. In diesem Moment schienen Vergangenheit und Gegenwart zu verschmelzen. Sie war dreiunddreißig Jahre alt, nur eine Badezimmertür trennte sie von ihrer Mutter. Gleichzeitig war sie drei Jahre alt und drückte kichernd ihr vom Baden gerötetes Gesicht an das von Star, Nase an Nase, und sie flüsterten sich den Gutenachtwunsch wieder und wieder zu, bis beide atemlos waren vor Lachen.

»Gute Nacht ... Mama«, rief Georgia zögernd durch die Tür. So hatte sie Star seit ihrer Ankunft nicht mehr genannt, und da war es ihr einfach so herausgerutscht. Da es sich aber auch merkwürdig angefühlt hätte, sie bei ihrem Namen zu nennen, ohne jeden Bezug zu der Tatsache, dass Star ihre Mutter war, hatte sie eine direkte Ansprache einfach vermieden. Nun aber fühlte es sich endlich richtig an.

Star zögerte ebenfalls. »Gute Nacht, Georgia May«, sagte sie dann sanft.

In den seidenen Morgenmantel gehüllt, den sie sich anlässlich ihrer ersten Gehaltserhöhung in Paris gekauft und der offenbar der kühlen Inselluft rein gar nichts entgegenzusetzen hatte, tappte Georgia vom Bad in ihr Zimmer hinüber. Als sie die Nachttischlampe einschaltete, entdeckte sie einen weißen Umschlag auf ihrem Kopfkissen. Auf der Vorderseite stand in großen, geschwungenen Buchstaben ihr Name. Georgia nahm ihn an sich und schlüpfte erst einmal fröstelnd unter die Bettdecke. Dann öffnete sie den Umschlag. Kaum hatte sie die Klappe angehoben, strömte ihr Anis-, Minze- und Thymianduft entgegen, umspielt von muffigem Cannabis. Star. Tief sog sie die Mischung in sich auf und versuchte, den Duft ihrer Mutter in ihrem Gehirn zu verankern, damit sie ihn auch später noch abrufen konnte, wenn sie wieder in Paris war.

Dann holte sie einen Stapel Fotos aus dem Umschlag, alle leicht abgegriffen, mit weichen, geknickten Ecken. Von dem ersten Bild blickten ihr drei Frauen entgegen. Georgia drehte es um. Auf der Rückseite stand in Stars Handschrift: *Emma, Helen und Star Stevens.* Neugierig geworden sah sich Georgia das Foto genauer an. Drei Generationen von Stevensfrauen. Anscheinend war das Bild in einer alten Bauernküche aufgenommen worden, mit weißen Schränken und Resopalarbeitsplatten. Die Älteste der drei, vermutlich Emma, hatte breite Hüften und grüne Augen. Ihr langes rotes Haar war im Nacken zu einem Dutt gedreht. Sie trug eine Schürze und war gerade dabei, Teig auszurollen. Georgia studierte ihr Gesicht. Ja, in der Stirnpartie konnte sie eine gewisse Ähnlichkeit zu sich selbst entdecken, ebenso bei der Nase. Auch die jüngere Frau neben Emma hatte diese Stirnpartie, allerdings war ihr Haar kürzer, dunkler und lockig. Helen, vermutete Georgia; feine Fältchen in den Augenwinkeln verrieten, dass sie oft lachte. Ihre Großmutter. Und dann noch die kleine Star. Fasziniert betrachtete Georgia das Gesicht ihrer Mutter. Fast schien es ihr, als würde sie in einen Zerrspiegel blicken, der ihr die Ähnlichkeiten aufzeigte: die gleichen wilden roten Locken, die gleichen Katzenaugen, die gleiche Nase. Bei Star war sie allerdings ein wenig länger und mit zarten Sonnensprossen gesprenkelt. Das Mädchen Star hockte auf dem Küchentresen, gekleidet in eine helle Jeanslatzhose und einen leuchtend orangefarbenen Rollkragenpulli. Dieser Pulli und Helens blaugrüne Schlaghose ließen vermuten, dass das Foto in den späten Siebzigern aufgenommen worden war. Star trug eine feine Kette um den Hals, an der ein Georgia wohlbekanntes Kleeblatt schimmerte. Automatisch hob sie die Hand an den Hals und strich ehrfürchtig über den Anhänger. Durch dieses Foto wurde ihre Familiengeschichte plötzlich lebendig.

Mit akribischer Genauigkeit sah sich Georgia jeden Millimeter des Fotos an. Dies war ihr Erbe, ihre Familie. Noch während sie es anstarrte, spürte sie, wie in ihrem Innern ein bislang fehlendes Puzzleteil seinen Platz fand. Die Stevensfrauen wirkten weder besonders heldenhaft noch waren sie ikonenhaft oder engelsgleich. Sie waren ganz normale Frauen. Helen, deren Gesicht von dunklen Locken eingerahmt wurde, lachte direkt in die Kamera. Emma hatte konzentriert die Lippen zusammengepresst, ignorierte die Kamera und kümmerte sich weiter um ihren Teig, doch auch auf ihrem Gesicht ließ sich ein Lächeln erahnen. Und Star auf dem Tresen schlenkerte offenbar glücklich und zufrieden mit den Beinen.

So sah also die fehlende Hälfte von Georgia aus, jene Hälfte, die immer als schlecht dargestellt worden war, als falsch. Als eine Schwäche, die es zu meiden galt. Aber so waren diese Frauen nicht. Sie waren schlicht und einfach menschlich, mit Macken, Fehlern und Träumen. Frauen, die genau gewusst hatten, wohin sie gehörten, und die ihre Gaben wie ein kostbares Erbe in sich trugen. Und sie waren ein Teil von ihr. So wie Georgia ein Teil von ihnen war. Was sie auf diesem Foto sah, gab ihr das Gefühl, nicht allein dazustehen, sondern von drei Generationen gestützt zu werden – von den Stevensfrauen und einem

Erbe, nach dem sie sich immer gesehnt hatte, ohne es zu kennen. Noch einmal strich Georgia sanft über den Anhänger an ihrem Hals.

»Glaube, Hoffnung, Liebe und Glück«, flüsterte sie. Und dann fügte sie ein fünftes Element hinzu, zwei kleine Worte, die für sie unendlich bedeutsam waren: »Und Familie.«

Ihr wurde erst bewusst, dass sie weinte, als eine Träne auf das Foto fiel. Schnell wischte Georgia den Tropfen fort. Dann schob sie das Bild vorsichtig zurück in den Umschlag und widmete sich dem verbliebenen Stapel. Das nächste Foto war in jenem Format ausgedruckt, das am besten in eine Brieftasche passte. Als Georgia es richtig herum drehte, schnappte sie erstaunt nach Luft. Das war ihr eigenes Gesicht, im Kindergartenalter. Tante Hannah hatte ihr kurz vor dem Fototermin einen extrem grässlichen Haarschnitt verpasst, oben schmal und unten breit, dazu einen krausen Pony. Sie trug ihre Lieblingslatzhose mit einem T-Shirt, auf dem schwarze Hündchen aufgedruckt waren. Ein wahrhaft schreckliches Foto. Aber wie konnte es sein, dass Star es überhaupt in ihrem Besitz hatte?

Schnell blätterte Georgia die restlichen Bilder durch und wurde immer ratloser: Sie zeigten alle nur sie, eines aus jedem Schuljahr. Es gab die Erstklässlerin Georgia mit den riesigen Schneidezähnen, die sie aussehen ließen wie ein Eichhörnchen, gekrönt von einer breiten Zahnlücke. Auf dem Foto aus der vierten Klasse präsentierte sie stolz ein Outfit in Senfgelb, da sie fest davon überzeugt gewesen war, in dieser Farbe umwerfend auszusehen (was definitiv nicht der Fall war). Und auf dem Bild vom Highschool-Abschluss in Robe und Hut prangte ein riesiger Pickel auf ihrem Kinn. Zum Glück hatte sie bis dahin zumindest gelernt, was man mit Schaumfestiger alles erreichen konnte, und hatte Tante Hannah verboten, ihrem Haar weiterhin mit der Schere zu Leibe zu rücken, sodass es in diesem Punkt ein wenig bergauf gegangen war.

Sie reihte sämtliche Fotos vor sich auf dem Bett auf. Dreizehn Jahre bildlich festgehalten, vom Kindergarten bis zum Schulabschluss. Und es kamen noch zwei hinzu, die sie selbst irgendwann an ihren Dad und Tante Hannah geschickt hatte: Eines zeigte sie bei der Abschlussfeier der Kochschule, an der niemand aus ihrer Familie teilgenommen hatte. Auf dem anderen stand sie in Kochjacke vor dem La Pomme d'Or und starrte grinsend in die Kamera, die Augen weit aufgerissen wie ein verschrecktes Kaninchen. An ihrem ersten Tag dort war sie so voller Begeisterung gewesen – und gleichzeitig beinahe starr vor Angst.

Verwundert ließ sie den Blick über die Bilder wandern. Tante Hannah und ihr Dad hatten sich zwar immer geweigert, mit ihr über Star zu sprechen, aber gehässige Kommentare in der Schule und gewisse Andeutungen der Erwachsenen hatten Georgia suggeriert, dass Star sie einfach im Stich gelassen habe und aus reiner Selbstsucht abgehauen sei, um sich ganz ihrem ungehemmten, drogenverseuchten Lebensstil hingeben zu können. Man hatte Georgia glauben lassen, dass sie einfach verschwunden war. Doch wenn das stimmte, warum besaß Star dann diese Bilder? Und wo hatte sie die Fotos überhaupt her? Verwirrt versuchte Georgia, das Rätsel zu lösen. Offensichtlich hatte Tante Hannah oder ihr Vater Buck während all der Jahre gewusst, wo Star zu finden gewesen war. Denn nur sie konnten ihr diese Fotos von Georgia geschickt haben, so viel stand fest. Aber wieso? Wieso waren sie heimlich mit ihr in Kontakt geblieben und hatten Georgia nie gesagt, wo ihre Mutter war? Warum hatten sie so getan, als würde Star nicht mehr existieren?

Georgia musste wieder an das Gespräch im Garten denken. Stars Antwort auf die Frage, warum sie so unbedingt hatte clean werden wollen. *Für dich, Georgia May. Ich habe es für dich getan.*

Irgendetwas passte da nicht zusammen. Während sie weiter auf die jüngeren Versionen ihres eigenen Gesichts starrte, begriff Georgia noch etwas. Star hatte sie all die Jahre über im Auge behalten, sie aber nie zu sich geholt, nicht einmal irgendwie Kontakt zu ihr aufgenommen. Selbst als Georgia bereits erwachsen gewesen war, die Kochschule besucht hatte und dann nach Paris gegangen war, hatte Star gewusst, wo sie sich aufhielt. Trotzdem hatte sie keinen Versuch unternommen, sie zu sehen. Warum also gerade jetzt? Eine vage Ahnung ließ Georgia vermuten, dass es in diesem Spiel noch ein weiteres Element gab, von dem sie bisher nichts wusste. Dass Star sie aus einem speziellen Grund ausgerechnet jetzt kontaktiert hatte. Sie hatte nur überhaupt keine Ahnung, wie der aussehen könnte.

Vorsichtig sammelte sie die Fotos ein und schob sie zurück in den Umschlag. So viele kleine Georgias mit roten Locken, voll sturer Entschlossenheit, alle mit einer Frage im Herzen, die ihr niemand beantworten konnte. Warum war ihre Mutter gegangen? Nun aber kam eine zweite Frage hinzu, die ihr beinahe ebenso wichtig erschien: Warum hatte Star entschieden, gerade jetzt den Kontakt zu ihr aufzunehmen? Georgia legte den Umschlag auf den

Nachttisch und kuschelte sich unter ihre Decke. Kurz bevor sie einschlief, gab sie sich selbst ein Versprechen: Sie würde so bald wie möglich eine Antwort auf diese Frage finden.

22

Um vier Uhr morgens – und damit nur wenige Stunden später – lag Georgia wach im Bett, und das Gedankenkarussell nahm seinen Dienst wieder auf. Leise auf den verdammten Jetlag schimpfend stand sie auf und schaltete das Licht ein. So schnell konnte sie nicht wieder einschlafen, das stand fest. Sie ging zum Fenster, schob es hoch und lehnte sich hinaus. Dicke Wolken hingen am dunklen Himmel, und es nieselte leicht. Links unter ihr schimmerten die weißen Apfelblüten, prachtvoll wie das Kleid einer Elfenbraut. Und unten am Wasser sah sie Coles Blockhütte. Das warme gelbe Licht im Fenster verriet ihr, dass er ebenfalls wach war. Sie zog den Kopf zurück und schloss das Fenster. Auf keinen Fall sollte er sie bei einem Blick nach draußen erwischen. Sonst kam er noch auf die Idee, sie würde ihm hinterherschnüffeln; denn genau das tat sie schließlich. Wenn sie an Cole dachte, weckte das ein seltsames Gefühl in ihrer Magengrube, eine Art warmes Kribbeln wie von Champagnerbläschen. Der gemeinsam verbrachte Nachmittag hatte etwas in ihr ausgelöst, etwas vollkommen Unerwartetes.

»Oh nein, so etwas kannst du gerade überhaupt nicht gebrauchen, Georgia May Jackson«, murmelte sie, kehrte in ihr Bett zurück und machte das Licht aus. »Du darfst dir keinerlei Ablenkung erlauben.« Trotzdem tauchte während der vergeblichen Warterei auf den Schlaf immer wieder sein Gesicht vor ihr auf, wenn sie in die Dunkelheit starrte. Wie sich seine Pupillen geweitet hatten, als er sie von der Felskante zurückgerissen hatte … Seine eisblauen Augen hatten sie starr fixiert. Wenn es ihr gelang, ihn zum Lachen zu bringen, kam es ihr vor, als hätte sie einen hart erkämpften Sieg errungen. Und immer wieder dachte sie darüber nach, wie beunruhigt er gewirkt hatte, als in der Winzerei dieses Pärchen an ihren Tisch getreten war. Die Begegnung ließ sie einfach nicht los. Coles Reaktion hatte definitiv nicht dem entsprochen, was man angesichts einer harmlosen Verwechslung erwarten konnte. Normalerweise tat man so etwas mit einem Lachen ab und machte einfach weiter. Er aber war regelrecht geflüchtet. Kurz gesagt: Er hatte reagiert wie jemand, der etwas zu verbergen hatte.

»Wer bist du?«, flüsterte sie in der Dunkelheit. Schließlich griff sie zum Handy, sah auf die Uhr und berechnete schnell den Zeitunterschied. In Paris war es gerade ein Uhr mittags. Sie rief Phoebe an. Es wurde höchste Zeit, mehr über diesen mysteriösen Cole herauszufinden.

Obwohl sie eigentlich bei der Arbeit war, war Phoebe sofort mit von der Partie, als sie den Grund für Georgias Anruf erfuhr. »Oh, ist das aufregend!«, quietschte sie. »Bleib kurz dran, ich mache einfach Mittagspause, dann können wir ihn zusammen auf Google stalken.« Nach einem kurzen Rascheln am Ende der Leitung war Phoebe auch schon wieder da. »Okay, welche Infos hast du über ihn?«, fragte sie ein wenig atemlos.

Georgia zählte alles auf, was sie über Cole wusste – die Faktenlage war recht dürftig. »Sein Name ist Cole, Nachnamen kenne ich nicht. Und er hat in Kalifornien gearbeitet, lebt jetzt aber seit fünf Jahren hier auf der Insel.«

Schon während sie es aussprach, wurde Georgia bewusst, wie erbärmlich klein ihre Ausgangsbasis war.

»Sonst noch etwas?«, hakte Phoebe skeptisch nach. »Das ist ja nicht gerade viel.«

»Er ist in Phoenix aufgewachsen.« Georgia seufzte. »Und auf der Insel erzählt man sich, dass er entweder bei der CIA war oder vor ein paar Jahren bei irgendeiner berühmten Vampirserie mitgespielt hätte.«

»Oh, eine Vampirserie? Das ist ein guter Tipp«, lobte Phoebe. »Dann wollen wir doch mal sehen!« Georgia hörte, wie ihre Freundin eine Weile auf ihrer Tastatur herumtippte. »Nein, doch nicht gut. So komme ich nicht weiter. Hast du vielleicht ein Foto von ihm?«

Georgia schickte ihr das Bild, das sie am Vortag heimlich im Lime Kiln State Park von ihm gemacht hatte. Darauf starrte Cole mit finsterer Miene in die Bucht hinunter und hielt nach Orcas Ausschau. Er hatte gar nicht gemerkt, wie sie die wundervolle Landschaft fotografiert hatte – oder ihn. Der Wind hatte sein Haar zerzaust, und wie immer hatte er einen leichten Bartschatten gehabt.

»Oh, là, là«, gurrte Phoebe, »du hast nicht übertrieben. Wirklich ziemlich sexy. Sieh dir nur dieses Gesicht an. Und er hat eindeutig diese grüblerischen Vampir-Vibes. Gut, dann schauen wir doch mal, was wir über unseren mysteriösen Schönling herausfinden können.«

Wie sich herausstellte, gab es erstaunlich viele Vampirserien. Fast eine Stunde lang gingen sie Besetzungslisten durch, aber ohne Erfolg.

»Vielleicht habe ich mich ja geirrt«, stellte Georgia schließlich widerwillig fest. Unglaublich, wie viele gut aussehende dunkelhaarige Männer es im Showgeschäft gab, die alle *nicht* Cole-ohne-Nachnamen waren. Allerdings hatten sie beide beschlossen, dass er ein Glücksfall für Ian Somerhalder war, falls der jemals einen Doppelgänger brauchte. Cole hätte sein Zwillingsbruder sein können. »Wenn wir doch nur seinen Nachnamen wüssten …« Plötzlich schnippte Georgia mit den Fingern, denn ihr war wieder eingefallen, dass der Taxifahrer bei ihrer Ankunft etwas erwähnt hatte. »Warte mal. Der Nachname seiner Tante mütterlicherseits war Hardy. Justine Hardy. Schau doch mal, ob du damit etwas erreichst.«

Tipp, tipp, tipp. Ein paar Sekunden Stille. Dann stieß Phoebe einen begeisterten Schrei aus.

»Georgia May, ich habe ihn gefunden! Und du wirst es nicht glauben!«

Auf Georgias Handy erschien eine neue Nachricht. Sie enthielt ein von Phoebe geschicktes Foto. Völlig verblüfft starrte Georgia auf das Bild. Ja, das war eindeutig Cole dort auf dem roten Teppich, im eleganten Smoking, missmutig-attraktiv wie immer, einen Arm um seine Tante Justine gelegt. Georgia erkannte sie sofort, nachdem sie deren Foto hier im Wohnzimmer gesehen hatte. Und auf Coles anderer Seite stand niemand Geringerer als König Charles, Herrscher des Vereinigten Königreiches, der Cole freundlich lächelnd irgendeine Medaille überreichte.

»Wer BIST du?«, hauchte Georgia fassungslos.

»Sein Name ist Cabot Cole Montgomery«, erklärte Phoebe aufgeregt. »Dr. Cabot Cole Montgomery. Er ist kein Schauspieler.« Dieser Teil der Information schien sie ein wenig zu enttäuschen. »Er hat eigentlich überhaupt nichts mit Vampiren zu tun. Und er ist auch kein Arzt. Anscheinend hat er vor zehn Jahren einen Preis für irgendeine bahnbrechende Erfindung im Bereich der nachhaltigen Technologien gewonnen. Auf diesem Foto wird ihm der Preis gerade überreicht, von König Charles, damals allerdings noch Prinz Charles.« Nach einer angemessen ehrfurchtsvollen Pause fügte Phoebe hinzu: »Georgia, dein Austernfarmer ist ein genialer Wissenschaftler, und zwar einer von den Guten.«

»Die Anemone gilt allgemein als das beste Restaurant der Insel«, erklärte Cole, als er Georgia am darauffolgenden Tag um ein Uhr mittags abholte. »Sozusagen ein verborgenes Juwel.«

Danach wandte er sich der Straße zu, presste die Lippen zusammen und sagte nichts mehr. In bedrückendem Schweigen fuhren sie dahin. Cole schien sie völlig auszublenden, was Georgia allerdings nur recht war. Sie musterte sein Profil und versuchte es mit dem übereinzubringen, was sie in den frühen Morgenstunden über den Mann erfahren hatte, der hier neben ihr saß. Das ergab doch alles keinen Sinn. Was tat er bitte schön hier? Nach ihrem Telefonat mit Phoebe hatte sie die Zeit bis zum Sonnenaufgang damit verbracht, bei Google möglichst viel über Dr. Cabot Cole Montgomery herauszufinden. Sie hatte sich Interviews auf YouTube angesehen, seine Biografie auf Wikipedia studiert und bestimmt ein Dutzend Fotos von ihm angestarrt. Was Phoebe ihr berichtet hatte, war nur die Spitze des Eisbergs gewesen. Dr. Montgomery hatte einen Master von der UCLA in irgendeinem Biotech-Fach und einen PhD in Umweltwissenschaften der Universität Berkeley. Er hatte in San Diego ein Start-up-Unternehmen gegründet, das sich der äußerst vielversprechenden Entwicklung einer erneuerbaren Energiequelle aus Meeresalgen widmete. Als die Texte genauer auf die technischen Aspekte dieser Algenentwicklung eingegangen waren, war

Georgia innerlich zwar etwas abgedriftet, doch dafür hatte sie sich einige Interviews mit Cole angesehen. Ja, er war es tatsächlich, mit wild wucherndem Haar und niedlicher dicker Brille. Auf diesen Aufnahmen sah er aus wie ein Filmstar, der einen nerdigen, aber brillanten Wissenschaftler spielte. Doch anscheinend war er *tatsächlich* ein nerdiger, aber brillanter Wissenschaftler. In mehreren Artikeln wurde erwähnt, welch hohe Erfolgschancen man seinen Entdeckungen einräumte. Dazu waren auch führende Köpfe dieses Forschungsgebiets interviewt worden.

»Hierbei könnte es sich um den großen Durchbruch bei der Suche nach sauberer, erneuerbarer Energie handeln«, sagte sein Doktorvater in Berkeley in einem Interview mit CNN.

»Es könnte unsere gesamte Energiegewinnung verändern«, befand der Vorsitzende eines großen Biokraftstoffherstellers im gleichen Interview.

Die *New York Times* titelte über ihn: *Kann dieser Mann dafür sorgen, dass die Lichter an bleiben* und *der Planet gerettet wird?* Für das *Time Magazine* gehörte er zu den 35 vielversprechendsten Existenzgründern unter 35. Ein Tech-Milliardär hatte viel Geld in sein Start-up investiert. 2017 dann hatte Cole einen weltweit anerkannten Innovationspreis auf dem Gebiet der nachhaltigen Technologien gewonnen. Sein Stern befand sich eindeutig im Aufstieg, doch gerade als er kurz davorstand, zu einem ganz großen Namen im Bereich der Biotechnologien und erneuerbaren Energien zu werden, hatte er einen schrecklichen Autounfall gehabt. Dabei war eine Frau, die man als seine Verlobte identifiziert hatte, schwer verletzt worden. Wenig später hatte er seine Firma an ein führendes Biotechunternehmen verkauft und war vollkommen aus der Öffentlichkeit verschwunden. Aus der Zeit nach 2018 fand Georgia lediglich ein paar Onlineforen, in denen nach seinem Verbleib gefragt wurde; die Spekulationen reichten von Selbstmord bis zur Schafzucht in Argentinien. Danach nichts mehr. Dr. Cabot Cole Montgomery war zu einem Geist geworden.

Einem Geist, der in diesem Augenblick neben ihr auf Marthas Fahrersitz saß und mit ihr zum Mittagessen fuhr. Sie konnte es einfach nicht fassen. Kopfschüttelnd lehnte sich Georgia zurück. Die Welt war wirklich seltsam. Natürlich fand sie diese neuen Erkenntnisse über ihn faszinierend, wusste aber nicht, ob sie ihn darauf ansprechen sollte. Er schien nicht wirklich gut gelaunt zu sein. Mal wieder. Also beschloss sie, zunächst abzuwarten. Wenn der richtige Moment kam, würde sie ihm verraten, dass sie hinter seine Geheimidentität gekommen war. Vorerst aber würde sie einfach nur die magere Frühlingssonne genießen.

Da sie wild entschlossen war, sich nicht von Coles Laune anstecken zu lassen, führte sich Georgia noch einmal ihre Tagesziele vor Augen: keine bewussten Bemühungen, einfach nur Freude und Zauber genießen. Star hatte ihr beim Frühstück noch einmal den Rücken gestärkt, als Georgia ihr gebeichtet hatte, wie nervös sie die Aussicht machte, ein Restaurant zu besuchen. Das Debakel im La Pomme d'Or war einfach noch so frisch.

»Versuch es und sieh, was passiert«, riet ihr Star. »Du hast Jahre deines Lebens in Restaurants verbracht. Das macht einen großen Teil deines Wesens aus und bestimmt vor allem, wie du deine Gabe mit der Welt geteilt hast. Und vielleicht setzt es ja in dir etwas in Bewegung, wenn du wieder in einem Restaurant stehst – in einem wirklich guten, wo vieles richtig gemacht wird.«

Also hatte Georgia die Nervosität verdrängt und Star widerstrebend zugestimmt. Und es war schließlich nur ein Mittagessen. Was konnte da schon groß passieren? Obwohl sie noch immer nichts schmeckte, hatte Star vielleicht recht. Wenn sie als Gast in ein Restaurant ging, nicht als Köchin, erinnerte sie das vielleicht wieder daran, warum sie sich überhaupt erst in die Gastronomie verliebt hatte. Ein Versuch konnte sicherlich nicht schaden.

Und jetzt, auf dem Weg zur Anemone, knurrte ihr der Magen, auch wenn sie bereits wusste, wie schrecklich das Essen für sie schmecken würde. Star hatte ihr am Morgen Chiapudding gemacht, den sie fast aufgegessen hatte. Doch wenn alles mies schmeckte, war es einfach schwer, sich überhaupt zum Essen zu motivieren. Und während er jede Menge Nährstoffe enthielt, hatte der Chia-Pudding nun mal die Konsistenz von Froschlaich. Egal, jetzt würde sie sich so gut amüsieren, wie es eben ging, beschloss Georgia und ließ ihr Fenster herunter, während sie an der Ostküste der Insel entlangfuhren. Sie streckte die Hand hinaus und ließ den Fahrtwind zwischen ihren Fingern hindurchgleiten. Von dieser frischen Luft mit ihrem Tannengrün-Salz-Aroma würde sie niemals genug bekommen. Sie war einfach berauschend.

Die Anemone war in einem Holzhaus ganz oben auf einer Klippe untergebracht, eingeklemmt zwischen einem dichten Nadelwald und dem Meer. Klein war der Gastraum, mit weniger als einem Dutzend Tische und einer hölzernen Bar, an der noch einmal sechs Gäste Platz fanden. Der rustikal gestaltete Raum hatte eine gewölbte hohe Decke mit einem zarten runden Dachfenster im Zentrum. Dadurch wirkte er offen und luftig, was gut zu der maritimen Dekoration passte: An den Wänden hingen alte Fischernetze und Ruder, und unter der Decke war sogar ein verwitterter Holzkahn aufgehängt worden.

Der heimliche Star des Ganzen war allerdings der Ausblick. Da die gesamte Rückwand aus einer riesigen Fensterfront bestand, konnte man von hier aus bis zu den kleineren, mit Grün bedeckten Inseln hinübersehen. Das wilde, einsame Panorama war einfach atemberaubend. Georgia und Cole setzten sich an einen gemütlichen Zweiertisch, und sofort wurde Georgias Blick von dem stahlgrauen Wasser angezogen. Ihr Kellner – ein junger Mann, der sich ihnen als River vorstellte –, legte ihr eine Speisekarte hin, und Georgia überflog das Angebot: Lamm von der Insel mit Kräutern und Wurzelgemüse aus dem hauseigenen Garten; Schweinebauch mit hausgemachtem Sauerkraut und Apfelsoße aus alten Apfelsorten. Es gab auch ein paar Fischgerichte: Räucherlachs aus eigener Herstellung auf einem Bett aus regionalen Kartoffeln und handgepflückten Pilzen; Westcott-Bay-Venusmuscheln in Weißwein aus der Inselwinzerei; rohe Austern in der Schale mit Cider-Mignonette-Soße, natürlich mit lokal hergestelltem Cider. Schon bei den Beschreibungen lief Georgia das Wasser im Mund zusammen.

Sie sah sich um. Ein Großteil der Tische schien durch eine Reisegruppe besetzt zu sein, die überwiegend aus Koreanerinnen mittleren Alters bestand. Alle schossen eifrig Fotos und unterhielten sich angeregt mit einer mageren Kellnerin. An einem Tisch nahe der Fensterfront saß eine vierköpfige Familie mit zwei Teenagern. Sie waren alle von Kopf bis Fuß in Wanderkleidung gehüllt. Drüben an der Bar hatte ein Mann mit Halbglatze im Seemannspullover Platz genommen, der sich neben einem Bier eine große Schüssel gedämpfte Muscheln gönnte.

»Die Anemone hat sich voll und ganz dem Konzept verschrieben, nur Lebensmittel aus dem Pazifischen Nordwesten zu verwenden, die sie sowohl von den Bauern und Produzenten auf der Insel bezieht als auch zum Beispiel von privaten Pilzsammlern«, erklärte Cole schließlich. »Ihre Meeresfrüchte kauft sie bei der Westcott Bay Shellfish Company, und Star beliefert sie mit ihrem Honig. Die Gerichte hier sind einfach und bodenständig, eben gut zubereitete Inselkost. Und sie sind stolz darauf, ökologisch nachhaltig zu handeln. Ich kenne die Besitzerin, Myra. Sie baut viele der hier verarbeiteten Produkte sogar selbst an. Einfach toll.«

Beeindruckt bestellte Georgia den hausgemachten Räucherlachs mit Kartoffeln. Cole nahm die Muscheln. Immer wieder warf Georgia ihm verstohlene Blicke zu und versuchte all das, was sie in der vergangenen Nacht gelesen hatte, mit dem Mann hier am Tisch zu verknüpfen, der noch immer stirnrunzelnd die Speisekarte studierte. Wie konnte das derselbe Mensch sein? Vom genialen Wissenschaftler und Erfinder mit Doktortitel zum … Austernfarmer auf einer abgelegenen Insel? Das war schon schwer zu begreifen. Irgendwann kündigte ihr Handy eine Nachricht von Phoebe an.

Hast du ihm schon gesagt, dass du seine Geheimidentität als sexy Wissenschaftler aufgedeckt hast?

Phoebe hatte die Frage mit nicht weniger als zwölf Fragezeichen versehen und noch ein paar verwirrende Emojis beigefügt, darunter Aubergine, Flammen und einen Messbecher.

Bin dabei, schrieb Georgia zurück, tippte auf »Senden«

und sah wieder zu Cole hinüber. Eigentlich wusste sie aber gar nicht, wie sie das Thema anschneiden sollte. Würde es etwas zwischen ihnen ändern, wenn er erfuhr, dass sie von seiner Vergangenheit wusste? Momentan schienen sie in einer Art fragilem Waffenstillstand zu verharren, weshalb sie sich fragte, ob er sich dann nicht sofort wieder tief in seinem Schneckenhaus verkriechen würde. Andererseits wollte sie unbedingt wissen, wie er hier gelandet und vom eigenen Start-up zur Austernfarm mit orangefarbenen Gummilatzhosen gekommen war. Deshalb musste sie fragen, und zwar bald. Ihre Neugier ließ ihr einfach keine Ruhe.

Georgia beschloss, die Sache ganz direkt anzugehen und abzuwarten, was geschehen würde. Sie beugte sich vor und sah ihm ins Gesicht. »Ich bin heute Morgen dank Jetlag extrem früh aufgewacht und habe ein wenig im Internet gestöbert. Und jetzt sieh mal, worüber ich dabei gestolpert bin.« Sie streckte ihm ihr Telefon entgegen, das geöffnete Bild von ihm bei der Preisverleihung voll herangezoomt. »Nun kenne ich auch endlich deinen Nachnamen. Hallo, Dr. Montgomery.«

Vollkommen reglos starrte er auf das Foto. »Wo hast du das gefunden?«, wollte er sichtlich erschüttert wissen.

»Dann bist du also doch nicht dieser Schauspieler aus *The Vampire Diaries*, wie? Kelsey wird zutiefst enttäuscht sein«, stellte sie scherzhaft fest.

Cole blieb stumm. In seinem Gesicht zeigte sich keinerlei Reaktion.

»Möchtest du vielleicht etwas dazu sagen?«, hakte Georgia nach.

»Nein.« Mehr kam nicht. Genauso gut hätte sie mit der Wand sprechen können.

Mit einem schweren Seufzer schob Georgia das Telefon zurück in ihre Handtasche. Dann lehnte sie sich zu Cole hinüber und fragte so leise, dass die anderen Gäste es nicht hören konnten: »Wieso in aller Welt arbeitest du auf einer Austernfarm? Du hast den prestigeträchtigsten Forschungspreis auf dem Gebiet der erneuerbaren Energien gewonnen und bist anschließend einfach spurlos verschwunden?«

Sie kam nicht weiter, da nun River mit betretener Miene an ihren Tisch trat. »Äh … Leute, es gab leider einen kleinen Vorfall in der Küche«, erklärte er ihnen mit einem nervösen Räuspern.

Georgia und Cole sahen zu ihm hoch. »Was für einen Vorfall?«, wollte Cole wissen. Er schien erleichtert zu sein, das Gespräch mit Georgia auf diese Weise beenden zu können.

»Äh …« Der junge Mann schaute kurz über die Schulter Richtung Küche und fuhr dann mit gesenkter Stimme fort: »Unsere neue Köchin, die … Na ja. Sie hat sich bei der Vorbereitung der Jakobsmuscheln die Fingerspitze abgeschnitten.«

Cole zuckte betroffen zusammen, während Georgia mitfühlend den Atem einsog. Aus dem Augenwinkel sah sie, wie drei Menschen durch den Hinterausgang des Restaurants auf den Parkplatz liefen. Eine der Gestalten trug eine Kochjacke und hielt sich die Hand, während die beiden anderen sie stützten. Georgia erkannte die Kellnerin im Strickoutfit wieder; sie half der verletzten Köchin ins Auto und nahm selbst hinter dem Steuer Platz, dann rasten sie davon. Zurück blieb eine kleine, äußerst bestürzt wirkende Frau mit dunklen Haaren, die den beiden ratlos hinterherblickte.

»Es tut mir wirklich leid, aber wir werden euch leider kein Essen servieren können«, entschuldigte sich River. »Heute bekommen wir sicher keinen neuen Koch mehr. Natürlich entschuldigen wir uns aufrichtig für die Unannehmlichkeiten, die bereits servierten Getränke gehen aufs Haus.« Damit wollte er gehen.

»Warte kurz«, hielt Cole ihn zurück und schenkte Georgia ein kurzes Lächeln. River blieb stehen. Dieses Lächeln gefiel Georgia überhaupt nicht. Er würde doch wohl nicht …

»Heute ist euer Glückstag, mein Freund, denn diese bezaubernde Dame hier ist zufällig eine gelernte Köchin, direkt aus Paris«, verkündete Cole fröhlich.

Georgia warf ihm einen bösen Blick zu, während River zeitgleich fragte: »Wirklich?«

»Aber ja«, bekräftigte Cole voller Hilfsbereitschaft. »Und sie hat ein Herz aus Gold. Springt immer gerne ein, wenn Hilfe gebraucht wird.«

»Einen Moment, ich werde Myra holen«, bat River, dann hastete er mit hoffnungsfroher Miene davon.

Sofort fuhr Georgia zu Cole herum. »Was soll das bitte schön werden?«, fauchte sie ihn an.

In gespielter Unschuld zuckte er mit den Schultern. »Ich helfe dir ein wenig auf die Sprünge, nichts weiter. Du hast doch selbst gesagt, dass du dein kulinarisches Feuer wiederfinden musst. Wodurch könnte dir das besser gelingen als durch einen kleinen Hilfseinsatz in einem örtlichen Restaurant?« Gemächlich nippte er an seinem Wasser. »Eine gute Tat zieht immer Gutes nach sich, sagt man nicht so?«, fügte er mit einem spöttischen Blick hinzu.

Und sie hatte gedacht, sie würden langsam richtig warm miteinander werden.

»Du bist unmöglich«, zischte sie aufgebracht. Aber es gab kein Zurück mehr, denn hier kam bereits River zusammen mit der kleinen, gestressten Frau vom Parkplatz. Sie begrüßte Cole mit einem müden Lächeln, was er mit einer fröhlichen Geste erwiderte. »Hi, Myra.«

Dann wandte sie sich Georgia zu, und sofort begann sie zu strahlen, als hätte sie die pure Erlösung vor sich. »River sagte mir, Sie wären Köchin?«, fragte sie vorsichtig.

»In Paris«, steuerte Cole wieder äußerst hilfreich bei. »Ihr Restaurant hat sogar einen Michelin-Stern.«

»Zwei Sterne«, korrigierte Georgia ihn automatisch. »Aber ich bin dort nur Souschefin.« Nichts davon wurde zur Kenntnis genommen.

»Dem Himmel sei Dank«, seufzte Myra erleichtert. »Ich bin Myra Yoon.« Sie streckte Georgia die Hand hin. Die zierliche Frau schien Anfang vierzig zu sein und wirkte sehr erdverbunden; Typ Naturdeo und Kompostspezialistin. »Könnten Sie … also würden Sie vielleicht … bei uns einspringen? Nur für heute?« Mit einem flehenden Blick fuhr Myra hastig fort: »Ich weiß, das ist viel verlangt, Sie machen hier ja vermutlich Urlaub, und ich würde natürlich verstehen, wenn es nicht geht, aber wir sind mittags und abends komplett ausgebucht, und ich kann mir einen ganzen Tag Ausfall einfach nicht leisten …« Sie verstummte abrupt. Die Hoffnung in ihrem Blick schaffte es nicht ganz, ihre Erschöpfung zu übertünchen.

Georgia wurde schwach. Myras Blick verriet ihr, dass sie Schwestern im Geiste waren: Frauen, die eine Leidenschaft für Essen hatten und irgendwie versuchten, sich in einer extrem von Männern dominierten Branche zu behaupten. Deshalb waren die Frauen in der Gastronomie eine eng verknüpfte Gemeinschaft, und Georgia glaubte fest daran, dass sie die Pflicht hatten, einander zu unterstützen. Deshalb musste sie Myra natürlich helfen, wo auch immer es ging.

»Okay, ich werde sehen, was ich tun kann. Aber erwarten Sie nicht zu viel«, warnte sie mit einem schweren Seufzer, stand auf und schob ihren Stuhl zurück. »Ich habe wenig Erfahrung mit diesen Zutaten, und in einer fremden Küche zu kochen, ist immer eine Herausforderung.«

Ganz zu schweigen davon, dass sie weder Zutaten noch fertige Gerichte schmecken konnte. Ihr Blick wanderte über die anderen Tische – die Familie mit den Teenagern und die Damen mittleren Alters aus der koreanischen Reisegruppe. Nun wartete also ein ganzes Restaurant darauf, dass sie ein kulinarisches Wunder aus dem Hut zauberte. Ihr Magen rumorte nervös. Was, wenn sie versagte? Wenn es wieder zu einer solchen Katastrophe kam wie mit der salzigen Mousse?

Myra seufzte erleichtert. »Vielen Dank! Sie wissen gar nicht, was das für uns bedeutet. Ich bin zwar keine Köchin, finde mich aber recht gut in der Küche zurecht. Während unserer Suche nach einem Souschef habe ich auch schon am Herd gestanden, deshalb kann ich Ihnen mit unseren Rezepten helfen. Und gemeinsam sollten River und ich alle Tische bedienen können. Da ich Koreanisch spreche, übernehme ich die Reisegruppe, den Rest der Mittagsreservierungen kriegt River sicherlich hin. Wenn wir alle zusammenarbeiten, sollten wir es schaffen.« Noch einmal warf sie Georgia einen gehetzten Blick zu.

»Okay, dann machen wir uns an die Arbeit«, erwiderte diese nachsichtig. Während sie Myra Richtung Küche folgte, drehte sie sich kurz um und zeigte Cole den Mittelfinger. Der rief ihr mit einem grimmigen Lächeln hinterher: »Amüsier dich gut, Schätzchen. Ich hole dich dann zur Sperrstunde ab.«

Georgia sah sich noch einmal im Gastraum um und blieb stehen. »Entschuldigen Sie bitte«, begann sie dann laut. Sämtliche Blicke richteten sich auf sie. Die Damen aus Korea verstummten. Die jungen Leute blickten von ihren Handys auf. »Sollte Ihnen der charmante Herr an diesem Tisch dort drüben bekannt vorkommen, haben Sie vollkommen recht – er ist tatsächlich dieser berühmte und umwerfend attraktive Schauspieler aus *The Vampire Diaries*. Und da er den Kontakt zu seinen Fans liebt, ist er heute ausnahmsweise bereit, mit jedem hier, der es gerne möchte, ein Selfie zu machen. Trauen Sie sich ruhig, gehen Sie einfach hin!« Mit einem strahlenden, dadurch aber kein bisschen weniger boshaften Lächeln hob sie den Arm und zeigte auf Cole.

Sofort fingen die beiden Teenager an, Cole quer durch den Raum zu fotografieren, während die koreanischen Damen ihre Selfiesticks hervorkramten und aufsprangen. Der Kahlkopf im Seemannspullover hingegen aß weiter seine Muscheln, sah sich den Tumult aber interessiert an.

Cole warf Georgia noch einen hasserfüllten Blick zu, dann sprang er auf und flüchtete aus dem Restaurant. Sie genoss für einen Moment diesen kleinen Triumph, bevor sie sämtliche Gedanken an Dr. Cabot Cole Montgomery – mysteriöses, untergetauchtes Wissenschaftsgenie alias Austernmann alias Riesennervensäge – aus ihrem Kopf verbannte und mit Myra in die Küche ging. Sie hatte jetzt Wichtigeres zu tun, es wurde Zeit für ein wenig Küchenmagie. Außerdem machte sie sich vor Angst beinahe in die Hose.

23

»Hilf mir, Julia! Wie soll ich das schaffen?«, flüsterte Georgia, während sie sich in der Restaurantküche umsah. Fremde Umgebung und keinerlei Geschmackssinn außer bitter – das war definitiv ein Grund zur Panik. Was, wenn sie versagte und die Anemone dadurch schlecht aussehen ließ? Wenn ihre Kochkunst Myras Ruf schadete? Georgia nahm sich einen Moment Zeit, um die Angst zu unterdrücken, die wie ein aufgescheuchter Vogel in ihrem Bauch umherflatterte. Erst dann hörte sie die leise Stimme ihrer Mentorin in ihrem Kopf, die wie immer einen zeitlosen Ratschlag parat hatte. »Ein guter Koch muss wagemutig sein«, rief Julia ihr ins Gedächtnis. »Er muss sich auch an neue Rezepte herantrauen, aus seinen Fehlern lernen, stets furchtlos bleiben und vor allem mit Freude bei der Sache sein.« Mit einem tiefen Atemzug brachte Georgia ihre Nerven wieder unter Kontrolle. Julia hatte genau die richtigen Worte gefunden.

»Okay«, murmelte sie entschlossen und reckte das Kinn. »Ich kann das. Wagemutig, furchtlos, mit Freude.«

»Das ist die richtige Einstellung«, freute sich Julia, zwinkerte ihr zu und schenkte ihr ein ermutigendes Lächeln.

Die folgenden neun Stunden sollten zu den intensivsten, chaotischsten und kreativsten in Georgias gesamtem Leben werden. Nachdem sie sich einen kurzen Überblick über die Küchenausstattung verschafft hatte, stürzte sie sich auf die bereits wartenden Bestellungen. Die Küche war nicht groß, aber gut eingerichtet, und so dauerte es nicht lange, bis sie sich einigermaßen zurechtfand. Mit Myras Hilfe verkleinerte Georgia im Schnelldurchgang die Speisekarte auf jene Gerichte, deren Zubereitung sie sich zutraute, etwa den Räucherlachs mit Kartoffeln und die Muscheln in Weißweinsoße. Die etwas diffizileren Rezepte wie den Algensalat mit Jakobsmuscheln à la crudo verschoben sie auf ein andermal. Myra und sie arbeiteten so effizient zusammen, dass es beinahe wahnhaft war, und mit Rivers Hilfe gelang es ihnen tatsächlich, den Service im Gastraum einigermaßen reibungslos abzuwickeln. Myra schmeckte alles ab, was Georgia kochte, und schlug Änderungen vor, wenn etwas nicht ganz passte. Zwar dauerte die Zubereitung der Gerichte etwas länger, als es wünschenswert gewesen wäre, dafür war das Ergebnis am Ende aber besser als erwartet.

Je weiter der Tag voranschritt, desto mehr fand Georgia in ihren vertrauten Rhythmus zurück. Sie entspannte sich, und irgendwann fiel ihr auf, dass sich etwas geändert hatte: Wenn sie ihre Zutaten vorbereitete, sie befühlte, drückte, knetete, hielt, kehrte langsam das intuitive Gespür zurück, das sie beim Kochen immer gehabt hatte. Plötzlich fühlte sie wieder eisiges Wasser auf verwittertem Fels, wenn sie eine Handvoll Muscheln in Butter und Wein schwenkte. Hackte sie Pilze, stieg ihr der satte, erdige Geruch des Waldes in die Nase, Farnduft und kühle Feuchtigkeit. Ihre Erleichterung war so groß, dass sich ein Grinsen auf ihrem Gesicht ausbreitete. Zumindest für diesen einen Abend arbeiteten ihre Sinne wieder auf Hochtouren. Mit einem zufriedenen Seufzer beträufelte sie den auf Sonnenblumenkerncrackern angerichteten Ziegenkäse mit Stars Honig und hatte dabei das nektartrunkene Summen der Bienen im Ohr. Mit diesen Zutaten zu arbeiten, war die reinste Freude. Sie war genau dort, wo sie sein wollte, und tat, was sie am meisten liebte. Als ihr das klar wurde, hielt sie abrupt inne. Genau das hatte Star gemeint. Das hier war pure Freude für sie. Aber wie lange hatte sie nicht mehr so empfunden, wenn sie in der Küche arbeitete?

»Dein Essen bringt die Gäste zum Schwärmen«, berichtete Myra, als sie wieder einmal aus dem Gastraum zurückkehrte. Sie wirkte immer noch abgehetzt, nun aber auch froh. »Eine der koreanischen Damen sagte mir, sie habe ganz vergessen, dass Fisch so gut schmecken könne. Dieses Essen habe sie an ihre Kindheit auf dem Land erinnert, wo sie immer mit ihrem Großvater zum Fischen gegangen sei. Sie hatte Tränen in den Augen, als sie mir das erzählte. Dadurch sei ihr wieder bewusst geworden, wie sehr sie diese Besuche bei ihm geliebt habe. Und ein paar Stammgäste meinten, das sei das Beste, was sie hier jemals serviert bekommen hätten!«

Dieses Lob ließ Georgia an das denken, was Star über ihre Gabe gesagt hatte: dass sie ein Segen sei, den man mit anderen teilen müsse. Zumindest vorübergehend schien ihre Gabe zurückgekehrt zu sein. Und es fühlte sich herrlich an. Genau so sollte ihr Leben sein, begriff sie, während sie eine Portion Schweinebauch anrichtete. Sie tat etwas, das ihr selbst Freude brachte und andere glücklich machte. Es fühlte sich einfach nur richtig an.

Viele hektische Stunden später, lange nach Sonnenuntergang, verabschiedete Myra die letzten Gäste und kam dann nach hinten in die Küche. Georgia warf einen

Blick auf die Uhr und stellte verblüfft fest, dass es bereits nach elf war. Die Zeit war rasend schnell vergangen.

»Du bist einfach großartig. Und um Längen besser als unsere aktuelle Köchin«, stellte Myra unverblümt fest. Sie wirkte erschöpft, aber glücklich. »Unsere alte Köchin ist im September in Rente gegangen und nach Florida gezogen, und seitdem sind wir auf der Suche nach einem adäquaten Ersatz für sie. Die jetzige stammt aus Portland und hatte wirklich gute Referenzen, aber irgendwie funktioniert es nicht. Offen gesagt habe ich den Verdacht, dass sie die Hälfte der Zeit zugedröhnt ist. Du bist nicht zufällig gerade auf Jobsuche, oder?«, fragte sie hoffnungsvoll.

Lachend wischte Georgia die Arbeitsfläche ab. »Nein, ich werde bald nach Paris zurückgehen. Aber ich hatte heute wirklich viel Spaß. Danke, dass ich das hier ausprobieren durfte. So viel Freude in der Küche hatte ich nicht mehr seit … nun ja, schon sehr lange nicht mehr.« Eigentlich hatte sie komplett vergessen, dass sich das Kochen so anfühlen konnte. Es war fast wieder gewesen wie damals in Texas, wenn sie hinter dem Haus unter der Weihrauchkiefer in ihrer Spielküche imaginäre Köstlichkeiten aus Staub, Unkraut und Kiefernzapfen gezaubert hatte. Ja, genau. Heute hatte sich die Arbeit in der Küche angefühlt wie ein Spiel.

»Du hast uns wirklich gerettet«, fasste es Myra zusammen und fragte mit einem schweren Seufzer: »Wie kann ich dir dafür jemals danken?«

»Das musst du gar nicht«, versicherte ihr Georgia fröhlich. »Es hat Spaß gemacht. Und der heutige Tag war auch für mich eine große Hilfe, sogar mehr, als du dir vorstellen kannst.«

Ihr Handy kündigte piepsend eine Nachricht an. Unbekannte Nummer. Georgia las sie trotzdem.

Myra hat mir geschrieben. Bin in 5 Min. da, um dich abzuholen. Cole

Na, das konnte ja interessant werden. Sie war so in ihr Handwerk versunken gewesen, dass sie ganz vergessen hatte, wie sie auseinandergegangen waren.

Schnell holte sie ihre Tasche und verabschiedete sich von Myra und River. Während der junge Kellner ihr begeistert (und etwas schwitzig) die Hand schüttelte, zog Myra sie in eine feste Umarmung.

»Meinst du …« Zögernd löste sich die grazile Frau von ihr. »Könntest du dir vielleicht vorstellen, noch ein wenig länger hier einzuspringen?« Hastig fügte sie hinzu: »Nur, bis wir uns etwas überlegt haben? Ich würde dich natürlich auch bezahlen.«

Georgia wurde unsicher. Ja, sie hatte wirklich viel Spaß gehabt, aber wäre es klug, das zu tun? Würde es ihr auf ihrem Weg weiterhelfen?

»Lass mich darüber nachdenken, ich rufe dich morgen früh an«, schlug sie deshalb vor.

Ausgestattet mit zwei Flaschen Apfelwein und einem riesigen Glas hausgemachter Essiggurken, ohne die Myra sie nicht hatte gehen lassen wollen, trat Georgia schließlich in die feuchtkalte Nacht hinaus. Sofort begann sie zu frieren. In der Küche war es heiß gewesen, und sie hatte am Mittag keine Jacke mitgenommen, da es angenehm warm gewesen war. Nun aber stand sie allein unter dem klaren Sternenhimmel. Sie atmete einmal tief durch. Dieser Tag war berauschend gewesen; das abflauende Adrenalin machte sie zittrig. Beinahe glaubte sie zu schweben. Sie schloss die Augen, holte entspannt Luft und genoss die Stille der Nacht.

Wenige Minuten später brachte Cole den Wagen so schwungvoll vor ihr zum Stehen, dass der Kies spritzte. Dusty Springfields *Son of a Preacher Man* drang durch die geschlossenen Fenster. Georgia stieg ein. Wortlos fuhr Cole wieder auf die Straße hinaus, während sie sich anschnallte. Prüfend musterte Georgia sein Profil, seine verkrampften Hände am Lenkrad. Er wirkte so ernst und abweisend, dass es beinahe Furcht einflößend war. Beinahe. Aber sie ließ sich nicht so leicht einschüchtern. Schließlich hatte sie es über Jahre hinweg ständig mit wütenden Gästen und cholerischen Küchenchefs zu tun gehabt. Für sie gab es nur einen Weg, um mit Herausforderungen umzugehen: Man musste sich ihnen stellen.

»Möchtest du darüber reden?«, fragte sie deshalb unbeeindruckt.

»Nein.« Das war alles. Verbissen starrte er nach vorne. Er fuhr schnell, nahm die Kurven ein wenig zu aggressiv. Georgia lehnte sich zurück und sah aus dem Fenster. Überraschenderweise fragte er nach ungefähr einer Minute: »Wie ist es heute gelaufen?«

»Eigentlich war es … großartig«, gab sie zu. Der Gedanke an die hektischen, aber glückseligen Stunden ließ sie schon wieder lächeln. »Das Kochen hat mir schon seit vielen Jahren nicht mehr so viel Spaß gemacht. Ich hatte ganz vergessen, dass es so sein kann.«

Mit etwas Mühe ließen sich seinem Grunzen die Worte »Ist doch gut« entnehmen.

Da Georgia nicht antwortete, breitete sich wieder drückende Stille im Wagen aus.

»Was machst du hier auf der Insel, Cole?«, fragte Georgia schließlich. Schon seit sie ihn das erste Mal gesehen hatte, in seiner albernen orangefarbenen Latzhose und mit einem tropfenden Muscheleimer in der Hand in Stars Küche, hatte sie sich gefragt, welche Geschichte wohl hinter diesem Mann steckte.

Sie ließ die Frage einfach im Raum stehen, und lange Zeit sagte Cole nichts.

Schließlich seufzte er. »Du wirst nicht lockerlassen, oder?«

»Kannst du es mir verübeln?«, entgegnete sie offen. »Dass ich mir diese Frage stelle, nachdem ich nun weiß, wer du bist?«

Ohne ihr zu antworten, riss er das Steuer herum und bog scharf nach rechts ab. Wenige Minuten später sah Georgia, wie das Cottage an ihnen vorbeiglitt.

»Ich glaube, du bist gerade am Haus vorbeigefahren«, merkte sie an.

»Wir fahren nicht zu Stars Haus«, erwiderte er ruhig.

Überrascht blickte sie in den Außenspiegel, wo die Straße sich im Licht der Heckscheinwerfer wie ein rotes Band hinter ihnen abspulte. Einen Moment lang überkam sie irrationale Furcht. Wo brachte er sie hin? Niemand wusste, dass sie bei ihm war. Es war mitten in der Nacht, er konnte überall hinfahren. Dann aber schob sie diesen Gedanken beiseite. Sie vertraute Cole. Trotz seines missmutigen Gehabes war er ein guter Kerl.

»Lass uns ein Spiel spielen«, schlug sie vor. »Jeder hat zwanzig Fragen. Ich fange an. Bringst du mich gerade an einen abgelegenen Ort, um mich zu ermorden?«

Er schnaubte belustigt. »Nein. Ich bringe dich nach Roche Harbor. Da du ja so wild entschlossen bist, mir meine

Lebensgeschichte zu entlocken, dachte ich mir, wir können dieses Verhör genauso gut in einem angenehmen Ambiente hinter uns bringen«, erklärte er ihr resigniert.

»Oh. Na gut, dann …« Zufrieden starrte sie wieder in die Dunkelheit hinaus. Einen Moment später fügte sie leise hinzu: »Du musst es mir nicht sagen, wenn du nicht willst.«

Darauf reagierte er nicht. Stattdessen fragte er sie ungläubig: »Dachtest du wirklich, ich würde dich umbringen und dann … was tun? Dich an die Seehunde verfüttern?«

»Nun ja.« Gelassen zuckte Georgia mit den Schultern. »Man kann nie vorsichtig genug sein. Immerhin kenne ich jetzt dein großes Geheimnis.«

»Eines davon«, brummte er.

»Wie bitte?« Neugierig drehte sie sich zu ihm um.

»Gar nichts.« Er blickte wieder stur geradeaus. »Außerdem fressen Seehunde keine Menschen. Nächste Frage.«

»Wirst du vom FBI oder von Interpol gesucht?«

»Nein.«

»Bist du im Zeugenschutzprogramm?« Dieses Spiel gefiel ihr immer besser.

»Ernsthaft?« Cole warf ihr einen erstaunten Blick zu. »Mein Leben hier auf der Insel hat rein gar nichts mit einer internationalen Verbrecherkarriere oder Spionage zu tun. Das ist vollkommen selbst gewählt.«

Sie erreichten Roche Harbor, und für einen Moment vergaß Georgia ihre Fragen. »Das ist ja traumhaft hier!«

Unter ihnen breitete sich ein winziges Städtchen mit weißen Bauten und bilderbuchgleichen Craftsman-Häusern aus, die in einem beinahe perfekten Halbkreis um die Bucht und einen wunderschönen Hafen herum arrangiert waren. Auf dem dunklen Wasser schimmerten gelbe Lichter, weiße Segelboote und Jachten schaukelten sanft auf den kleinen Wellen.

»Stimmt. Der Lieblingsspielplatz aller reichen Jachtbesitzer an der Westküste«, erklärte Cole ironisch. »Vor hundert Jahren war das hier noch eine Arbeitersiedlung mit Kalkbrennerei. Heute kostet ein Omelett fünfzehn Dollar, und man begegnet das ganze Jahr über der pensionierten Firmenspitze von Microsoft.«

»Das sieht aus wie auf einer Postkarte«, stellte Georgia entzückt fest. »Können wir uns ein wenig umsehen?«

Ergeben steuerte Cole einen Parkplatz nahe des winzigen Stadtkerns an. Hier gab es einen kleinen Supermarkt namens Company Store, ein historisches Hotel mit Restaurant, ein Immobilienbüro und ein paar Boutiquen, die es offenbar auf Kundschaft der höheren Einkommensschichten abgesehen hatten. Vor dem Company Store standen einige weiß gestrichene Buden, die nun natürlich geschlossen waren. Cole erklärte Georgia, dass es sich um den örtlichen Kunsthandwerkermarkt handelte.

»Während der Touristensaison verkauft Star samstags hier ihren Honig.« Er parkte, und sie stiegen aus. Da Georgia sichtlich fröstelte, beugte Cole sich noch einmal in den Wagen hinein, zog eine dicke, alte Fleecejacke hinter seinem Sitz hervor und reichte sie ihr.

»Danke.« Erleichtert zog sie die Jacke an. Sie war immer wieder überrascht davon, wie kalt es im Frühling auf dieser Insel noch war. Die Jacke roch nach Cole: Seife, Nadelduft und ein Hauch von dunklem Espresso. Einfach köstlich. Am liebsten hätte sie die Nase in dem Stoff vergraben, doch stattdessen wickelte sie sich möglichst fest darin ein, um sich aufzuwärmen. Das Stadtzentrum wurde zwar von hübschen Straßenlaternen erleuchtet, doch außer ihnen schien niemand mehr unterwegs zu sein. Oben in den Hügeln schimmerte in vereinzelten Häusern noch Licht, abgesehen davon war aber alles still. Georgia sah sich aufmerksam um; der idyllische Charme von Roche Harbor schien sie um hundert Jahre in der Zeit zurückzuversetzen. Schweigend schlenderten sie Seite an Seite zum Hafen hinunter. Es fühlte sich an, als wären sie die einzigen Menschen auf der Welt.

24

Cole überraschte sie, als er plötzlich die Hände in die Taschen stemmte und sagte: »Du wolltest wissen, warum ich immer noch hier bin. Nun, ich denke, ich verstecke mich hier.«

»Verstecken? Wovor denn?«

»Dem Erfolg. Dem Versagen. Dem größten Fehler meines Lebens«, antwortete er düster. Sie gingen an dem kleinen Supermarkt und einem hübschen, mit bunten Blumen bepflanzten Park vorbei.

Gespannt wartete Georgia ab.

Cole seufzte. Das Gespräch schien ihm schwerzufallen. »Ich habe dir ja schon erzählt, wie ich aufgewachsen bin. Von meinem Wunsch, wie Captain Planet zu sein.« Als sie nickte, fuhr er fort: »Tante Justine hat mich in diesen Wunschträumen immer unterstützt, auch wenn sie für den Sohn einer alleinerziehenden Mutter, die Monat für Monat um ihr finanzielles Überleben kämpfen musste, fast unerreichbar schienen. Allerdings hatte ich zwei Dinge, die für mich sprachen: Ich war schlau – also richtig, richtig schlau –, und ich war hartnäckig. Dass man durch harte Arbeit schlechte Startbedingungen ausgleichen kann, war mir nicht fremd; meine Mutter hatte das schon mein ganzes Leben lang getan. Und so bekam ich nach der Highschool ein volles Stipendium an der University of Arizona. Dort habe ich zwei Abschlüsse in Umweltwissenschaften und einen in angewandten Biotechnologien gemacht.«

»Kleiner Schlauberger«, murmelte Georgia, war in Wahrheit aber zutiefst beeindruckt. Sie hatten den langen Holzpier erreicht, der sich bis weit in das dunkle Hafenbecken hinaus erstreckte, und wanderten nun an einem halben Dutzend nicht gerade kleiner Jachten vorbei. Viele lagen dunkel und still da, aus anderen schimmerte Licht. Hinter der Glasschiebetür einer Kabine saß ein korpulenter Mann an einem Tisch und löste ein Kreuzworträtsel. Außer dem Knarzen der Holzbohlen unter ihren Füßen und dem leisen Plätschern der Wellen an den Schiffsrümpfen war nichts zu hören.

Dieses Lob schien Cole peinlich zu sein. »Eigentlich hat Tante Justine die Liebe zur Natur und das Interesse am Umweltschutz in mir geweckt. Die Schule ist mir einfach leichtgefallen, und aufgrund der Wahl meiner Studienfächer war ich auch richtig motiviert. Ich wollte etwas bewirken in der Welt. Mit sechsundzwanzig hatte ich dann eine Karriere in Aussicht, die Captain Planet sicher stolz gemacht hätte. Ich habe meinen Master an der UCLA gemacht und in Berkeley meinen Doktor. Die Forschungen für meine Doktorarbeit haben mich nach Europa und Asien geführt, genauer gesagt nach Frankreich, Korea und Japan. Und während dieser Reisen bin ich auf erstaunliche wissenschaftliche Daten gestoßen, die vor mir noch niemand entdeckt hatte. In ihnen schlummerte ein möglicher Durchbruch im Bereich der Biotechnologien und der sauberen Energiegewinnung. Das hat mir viele Jobangebote eingebracht, aber viel wichtiger noch: einen Investor. Ein Hightechmilliardär namens Bruce Hannigan wollte mir meine weiteren Forschungen finanzieren. Er trug mir auf, ein Team zusammenzustellen, und ließ mir bei meiner weiteren Arbeit freie Hand. Wir haben uns dann in San Diego angesiedelt, wo bereits einiges im Gange war in Bezug auf algenbasierte Biokraftstoffe. Mein Traum wurde tatsächlich wahr.«

»Klingt ganz danach«, stimmte ihm Georgia zu. Dieses Forschungsfeld war ihr vollkommen fremd, aber es klang beeindruckend. Sie schlenderten an einem roten Segelboot vorbei, auf dessen Deck ein freundlich wedelnder schwarzer Labrador stand, der sie mit einem kurzen Bellen begrüßte.

»Meine Forschungen hatten das Potenzial, eine grundlegende Veränderung beim Einsatz von Biokraftstoffen herbeizuführen und neue, ökologisch vertretbare Biotechnologien zu entwickeln, durch die sich der gesamte Energieverbrauch vollkommen umstrukturieren ließe«, fuhr Cole fort. »Kurz gesagt haben wir versucht, eine neue, saubere Energiequelle zu entwickeln. Es war furchtbar aufregend und innovativ. Und dann habe ich Amy kennengelernt.«

Bedrückende Schwermut schlich sich in seine Stimme, und er starrte angestrengt in die Bucht hinaus, während sie weiter an den vertäuten Booten vorbeiliefen. »Sie war die älteste Tochter meines Investors Bruce Hannigan. Tochter eines Milliardärs und doch der normalste und unkomplizierteste Mensch, dem ich je begegnet war. Während der Schulzeit jobbte sie in einem Fast-Food-Laden, und als wir uns kennenlernten, fuhr sie noch immer den schäbigen weißen Toyota Camry, den sie sich damals von ihrem Gehalt gekauft hatte. Sie hat immer hart gearbeitet und nie etwas für selbstverständlich gehalten. Dazu war sie noch verdammt clever und hat regelrecht gesprüht vor

Witz und Charme. Kurz nach der Highschool hatte sie die Wahl zur Miss California gewonnen und die sich daraus ergebende Plattform dazu genutzt, Mädchen zu unterstützen, die in den MINT-Bereichen Karriere machen wollten. Sie wollte in die Sozialarbeit gehen. Es hat sofort gefunkt zwischen uns.«

Cole blieb unter einer der Laternen auf dem Pier stehen, und Georgia hielt ebenfalls inne. Sie traute sich nicht einmal, hörbar zu schlucken, da sie fürchtete, er würde vielleicht nicht weitererzählen. Und sie wollte noch so viel mehr erfahren. Sie wollte alles über Cole und Amy wissen und über die Geschehnisse, die letztendlich dafür gesorgt hatten, dass er hier gelandet war. In einem der Artikel über den Autounfall hatte sie ein Foto von Amy gesehen: eine extrem hübsche Frau, Typ amerikanische Blondine, mit einem offenen, gewinnenden Lächeln. Süß und heilsam wie Apfelkuchen.

»Amy war das Beste, was mir jemals passiert war«, fuhr Cole fort. Seine Stimme war rau und voller Sehnsucht. Verlegen kratzte er mit dem Schuh über die verwitterten Holzbohlen des Piers. »Durch sie wurde ich geerdet in dieser extremen Welt von Forschung, Entwicklung und Biotech, gepaart mit dem kalifornischen Lebensstil von Geld, Politik und Big Business. Sie hat mir klargemacht, dass ich mich nicht von meiner Arbeit auffressen lassen durfte. Schon seit der Highschool hatte ich ständig geschuftet, mich immer weiter angetrieben. Neben meinen Forschungen hatte ich kaum noch ein Leben, keine Hobbys, quasi keine Freizeit. Aber sie gab mir einen Grund, das zu ändern. Da sie gerne wandern ging, haben wir uns manchmal einfach weggeschlichen, sind die Küste hochgefahren und haben die Riesenmammutbäume besucht und unter dem Sternenhimmel campiert. Mit ihr hat das Leben wieder Spaß gemacht, etwas, das ich schon seit vielen Jahren nicht mehr gespürt hatte.«

Sein Seufzen klang eher wie ein Stöhnen, als er nun heftig den Kopf schüttelte. Sie gingen weiter, kamen an kleineren Stegen vorbei, die wie die Zweige eines Baumes von dem Hauptpier abgingen. An ihnen lagen Dutzende von Segeljachten, Schleppern und Fischerbooten.

»Eine Zeit lang lief alles großartig, und dann erhielt ich den Pierce-Morton-Award. Ein weltweit anerkannter Preis, der alle zwei Jahre für außergewöhnliche Innovationen auf dem Gebiet der erneuerbaren Energien verliehen wird. Plötzlich stand ich in der Öffentlichkeit. Alles ging absurd schnell. Ich bekam reihenweise Jobangebote, die *New York Times* brachte einen Artikel über mich.«

»Den habe ich gelesen«, nickte Georgia, die sich langsam schwer damit tat, mit seinen langen Beinen Schritt zu halten.

»Ich wurde im *Time Magazine* erwähnt.«

»Nicht gerade das schmeichelhafteste Foto, aber dafür ein guter Artikel«, stellte Georgia fest.

Cole blieb stehen und warf ihr einen prüfenden Blick zu. »Hast du etwa meine gesamte Lebensgeschichte bei Google nachgelesen?«

»So ziemlich«, gestand Georgia. »Es ist wirklich erstaunlich, was sich im Internet alles finden lässt, wenn man nur ordentlich tief gräbt.«

»Und warum erzähle ich dir das dann überhaupt?«, hakte Cole mit finsterer Miene nach.

»Weil ich immer noch nicht verstehen kann, wie aus dem Kronprinzen der Algentechnologie ein Inkognito-Austernmann geworden ist«, erklärte sie ihm.

Cole verzog das Gesicht und blieb an einem Schlepper namens *The High Tide* stehen. »Der Erfolg hat mir das Genick gebrochen«, sagte er schlicht. »Für einen Kerl, der eigentlich einfach nur ein ruhiges Nerd-Leben führen und sich seinen Forschungen widmen will, ist so viel Publicity ein wahrer Albtraum. Ich entwickelte ernst zu nehmende Angststörungen, sodass ich vom Arzt Beruhigungsmittel verschrieben bekam, um überhaupt normal funktionieren zu können. Das Scheinwerferlicht war für mich wie ein Gefängnis. Alle verlangten nach Fortschritten, nach Forschungsdurchbrüchen, nach einem Produkt. Gleichzeitig wollte man mir meine Firma abkaufen, bot mir Jobs an, fragte nach Interviews, es gab sogar Versuche, unsere Forschung zu stehlen. Der reinste Affenzirkus war das. Ich kam mir vor wie ein Tier im Zoo. Deshalb wollte ich weg aus San Diego, wollte mir einen ruhigen Ort suchen, an dem ich meine Forschungen fortsetzen konnte, ohne ständig verfolgt zu werden. Mir war eine interessante Jobmöglichkeit in Korea angeboten worden, und ich dachte ernsthaft darüber nach. Aber Amy wollte nicht weg. San Diego war ihr Zuhause.« Er stieß einen resignierten Seufzer aus. »Wieder fühlte ich mich gefangen, ich liebte sie schließlich. Wir hatten uns ein paar Monate vor der Award-Vergabe verlobt und fingen gerade an, unsere Hochzeit zu planen. Sie war das absolut Beste in meinem Leben, trotzdem hatten wir nicht dieselben Vorstellungen, was unsere Zukunft anging. Heute begreife ich das, damals allerdings nicht. Sie zu verlassen, war für mich unvorstellbar, San Diego zu verlassen, war für sie unvorstellbar, und so brannte ich immer mehr aus und geriet in eine Abwärtsspirale.« Sie hatten das Ende des Piers erreicht und blieben stehen. Cole blickte auf das glatte, dunkle Wasser hinaus, doch Georgia ahnte, dass er vor seinem inneren Auge etwas vollkommen anderes sah. Gedanklich war er gerade weit weg.

»Die Forschungen verliefen vielversprechend«, fuhr er schließlich leise fort. »Aber wir brauchten mehr Zeit und Geld, um etwas daraus zu entwickeln. Ich wollte einfach nur noch weg, irgendwohin, wo ich nachdenken konnte. Alle verlangten nach Ergebnissen, ich aber konnte nicht mehr liefern als das Versprechen, dass wir unser Möglichstes taten. Das reichte ihnen nicht. Selbst Bruce wurde irgendwann unruhig. Mir kam es so vor, als würden die Wände immer näher rücken. In dem verzweifelten Versuch, alles irgendwie in den Griff zu bekommen, arbeitete ich mehr als je zuvor, aber es gelang mir nicht. Ich hinkte immer einen Schritt hinterher.« Beinahe verzweifelt fuhr sich Cole mit beiden Händen durch die Haare. Selbst im trüben Licht der Laternen auf dem Pier konnte Georgia erkennen, wie er angespannt die Zähne zusammenbiss.

Ihn so aufgewühlt zu sehen, beunruhigte sie, also bat sie ihn leise: »Du musst gar nicht mehr sagen.« Er aber schüttelte den Kopf.

»Nein, ich kann die Geschichte nicht an diesem Punkt abbrechen.« Er schloss die Augen und fügte beinahe tonlos hinzu: »Ich muss sie beenden. Aber ich werde es dir nicht übel nehmen, wenn du nichts mehr mit mir zu tun haben willst, sobald du alles weißt.«

»Das werden wir ja sehen«, entgegnete sie sanft.

Cole warf ihr einen zweifelnden Blick zu, bevor er den Faden wieder aufnahm: »Meine Mom war ein paar Jahre zuvor gestorben, als ich gerade zu Forschungszwecken in Japan war. Es ging sehr schnell, ein Herzinfarkt, und so schaffte ich es nicht, rechtzeitig nach Hause zu kommen.

Das hat an mir genagt. Sie war immer so stolz auf mich, deshalb hat sie sicher verstanden, warum ich nicht bei ihr war, als sie ging. Ich saß in dem Moment in einer 747 irgendwo über dem Pazifik, hatte den erstbesten Flug genommen, kam aber trotzdem zu spät. Und obwohl ich wusste, dass ich nichts hätte tun können, fühlte es sich für mich so an, als hätte ich sie im Stich gelassen. Deshalb schien mein gesamtes Leben um mich herum einzustürzen, als dann Tante Justine ihre Diagnose bekam. Zu diesem Zeitpunkt war ihr Krebs bereits weit fortgeschritten. Tödlich weit. Man konnte nichts mehr für sie tun. Sie war meine einzige noch lebende Verwandte. An dem Tag, als ich es erfuhr, hatte ich mich gerade heftig mit Bruce gestritten. Er hatte mir mitgeteilt, dass er uns die Mittel entziehen wolle, wenn wir nicht bald greifbare Ergebnisse lieferten. Und direkt nach diesem Meeting rief mich Justine an und erzählte mir von ihrer Diagnose. Das war einfach alles zu viel.«

Für einen Moment versagte ihm die Stimme.

»Das tut mir so leid«, flüsterte Georgia. Der Schmerz hinter seinen Worten war so spürbar, als wäre das alles gerade erst geschehen und nicht fünf Jahre zuvor. Instinktiv wollte sie ihm die Hand auf den Arm legen, um ihn zu trösten, zögerte dann aber. Starr wie ein Holzblock stand er neben ihr am Ende des Piers und starrte auf die dunkle Bucht hinaus. Der Mond zeichnete eine helle Bahn auf das ruhige Wasser. »Ich selbst weiß gar nicht mehr genau, was eigentlich passiert ist, doch nach allem, was Polizei und Ärzte später rekonstruiert haben, muss ich wohl eine wesentlich höhere Dosis meines Beruhigungsmittels genommen haben, als mir verschrieben worden war. Hinzu kamen einige Gläser Jim Beam pur. Dabei mag ich

Whiskey eigentlich gar nicht«, sagte Cole mit einem bitteren Lachen. »Ich wollte einfach nur die Angst und den Schmerz betäuben. Der Gedanke, meine Finanzierung zu verlieren, war erschreckend und ließ Wut in mir aufsteigen. Aber in Wahrheit machte mich vor allem die Vorstellung fertig, ich könnte Justine verlieren.« Noch einmal unterbrach er sich kurz. Irgendwo bellte ein Hund, und draußen auf dem Wasser streckte ein Seehund den Kopf empor und sah kurz zu ihnen herüber, bevor er wieder abtauchte.

»Als Amy mich schließlich im Labor fand, waren meine kognitiven Fähigkeiten schon stark eingeschränkt, doch wir merkten beide nicht, wie schlimm es tatsächlich war.« Im Ton eines geschlagenen Mannes im Beichtstuhl fuhr Cole fort: »Später meinte sie, ihr sei klar gewesen, dass irgendetwas nicht stimmte, sie sei aber davon ausgegangen, dass es nur der Stress und die Anspannung wären, vielleicht auch der Schlafmangel. Und mir war kein bisschen bewusst, wie schlimm es um mich stand. Sie wollte, dass ich mit ihr nach Hause fuhr.« Cole schluckte. »Sie hatte gekocht, eine Carbonara. Und sie wollte mir zeigen, für welche Hochzeitseinladungen sie sich entschieden hatte. Am Ende ließ ich mich von ihr überreden, was zum schlimmsten Fehler meines Lebens führte.«

Er presste die Lider zusammen, als könnte er so die Erinnerungen ausblenden. Unverhüllte Reue verlieh seiner Stimme einen rauen Klang.

»Es war der zwölfte Juli, um kurz nach halb sieben abends. Um diese Zeit war es noch nicht einmal dunkel. Und unsere Wohnung lag nur ein paar Blocks entfernt. Wir hatten uns extra etwas in der Nähe des Labors gesucht, damit wir uns auch dann noch sehen konnten, wenn ich Überstunden machte, was eigentlich fast immer der Fall war. Als wir zum Auto gingen, bekam sie eine dringende Nachricht von der Arbeit, deshalb fragte sie, ob ich fahren könne. Natürlich hätte ich ablehnen müssen, aber wie gesagt: Keiner von uns hatte begriffen, wie benebelt ich in Wahrheit war. Wir stiegen in ihren Camry. Im Radio lief Ed Sheeran, das weiß ich noch. Amy liebte Ed Sheeran. Für unseren Hochzeitstanz hatte sie *Perfect* ausgesucht. Wir fuhren los, sie schrieb auf dem Handy bereits die Antwortmail für die Arbeit. Zwei Blocks von unserer Wohnung entfernt fuhr ich gegen einen Telefonmast. Ein wirklich dämlicher Unfall, ganz allein meine Schuld. Die Ärzte vermuteten, dass ich für einen Moment weggetreten war. Mitten auf einer Kreuzung verlor ich einfach die Kontrolle. Mir passierte bei dem Ganzen nichts, ein paar blaue Flecken und Prellungen, mehr nicht. Aber Amy … Sie saß auf der Seite, die mit dem Mast kollidierte. Danach war sie von der Hüfte abwärts gelähmt. Einen ganzen Monat lag sie Krankenhaus, hat das Gefühl in den Beinen aber niemals wiedererlangt.«

»Ach, Cole«, hauchte Georgia. Natürlich hatte sie über den Unfall gelesen und so nicht nur von Amys Verletzungen erfahren, sondern auch, dass Cole wegen schwerer Gefährdung des Straßenverkehrs angeklagt worden war. Doch das Ganze aus seinem Mund zu hören und dabei die Trauer und die abgrundtiefe Reue in seinem Gesicht zu sehen … das war etwas vollkommen anderes.

»In einem Moment der Achtlosigkeit habe ich das Beste zerstört, was es in meinem Leben gab. Ich habe ihr Leben zerstört, und ich habe uns zerstört.« Gequält ließ er den Blick über das stille Wasser schweifen. »Ich werde mir niemals verzeihen, was ich ihr angetan habe«, schloss er spröde. »Alles, was mein Leben gut gemacht hat, war mit jenem Tag vorbei.«

Georgia hatte so viele Fragen. Was war nach Amys Rückkehr aus dem Krankenhaus zwischen den beiden geschehen? Sie hatte überlebt, warum waren sie also nicht mehr zusammen? Doch als sie zu ihm hinübersah und erkannte, wie fertig er war, bedrängte sie ihn nicht weiter. Für ihn war das alles noch immer sehr präsent, das spürte sie. Auch wenn mehrere Jahre vergangen waren, war Cole noch immer in den verheerenden Nachwirkungen dieses Unfalls gefangen. Stumm legte sie ihm eine Hand auf den Arm, um ihm Trost zu spenden.

Die Geste schien ihn zu überraschen.

»Es tut mir unendlich leid«, sagte Georgia und musterte ihn eingehend. Er wirkte … gebrochen. Und resigniert.

Cole nickte. »Mir auch.«

Nachdem sie einen Moment schweigend auf die Bucht hinausgeblickt hatten, fragte Georgia doch noch: »Was ist nach dem Unfall geschehen?«

Erschöpft stieß Cole den Atem aus. »Bruce hat mir nach dem Unfall sämtliche Gelder entzogen, was ich ihm nicht verübeln konnte. Damit waren meine Forschungen am Ende. Natürlich hätte ich mir neue Geldgeber suchen können, aber … ich schaffte es einfach nicht, weiterzumachen. In der Woche, in der Amy aus dem Krankenhaus entlassen wurde, beendete ich das Forschungsprojekt. Mir fehlte jeglicher Antrieb dafür. Von da an zählte nichts anderes mehr als Amy, nur noch der Versuch, ihr irgendwie zu helfen.« Stirnrunzelnd erklärte er: »Ich habe unsere bisherigen Ergebnisse an Bruce abgetreten, der sie dann an ein großes Biotechunternehmen verkaufte, das sowieso schon seit Jahren versucht hatte, uns für sich zu gewinnen.

Anschließend widmete ich mich voll und ganz Amys Pflege. Doch ein paar Monate nach dem Unfall hat sie unsere Verlobung gelöst.« Er verstummte, schluckte schwer. Die verkrampften Muskeln unter ihren Fingerspitzen verrieten Georgia, wie angespannt er war. »Als sie unsere Beziehung beendete, hatte ich gerade alle Strafmaßnahmen abgeleistet, die mir der Staat Kalifornien im Prozess wegen des Unfalls auferlegt hatte. Mich hielt nichts mehr in San Diego. Also löste ich eine Woche später meine Wohnung auf und kam hierher, um Justine zu unterstützen. Und ich bin geblieben.«

Georgia wusste nicht, was sie sagen sollte. Diese Tragödie kam ihr so vollkommen sinnlos vor.

»Und seitdem hast du dich hier draußen versteckt, wo niemand weiß, wer du wirklich bist?«

Mit einem zynischen Lachen drehte Cole sich zu ihr um. »Cabot Montgomery ist ein Versager, ein Mann, der alles zerstört, was er anfasst. Warum sollte ich noch dieser Mann sein wollen? Hier kann ich wenigstens einen Job machen, durch den die Welt ein ganz kleines bisschen besser gemacht wird. Ich kann dabei helfen, Austern zu züchten, die das Meer reinigen und die Menschen ernähren. Und niemand hier bemitleidet mich, verurteilt mich oder stellt Forderungen. Für mich gibt es nur einen Weg, um mit dem zu leben, was ich getan habe. Ich muss den Menschen, der ich damals war, hinter mir lassen.«

Nachdenklich biss sich Georgia auf die Unterlippe. »Das ist wohl das Traurigste, was ich jemals gehört habe«, sagte sie ehrlich.

»Ich habe mir das alles selbst zuzuschreiben«, erwiderte Cole mit einem erschöpften Achselzucken. »Und nun muss ich mit den Folgen leben.« Entschlossen und doch voller Hoffnungslosigkeit sah er sie an. Georgia zerriss es beinahe das Herz. Welch eine furchtbare Verschwendung das doch war.

»Wir sollten wohl besser zurückfahren«, entschied er plötzlich und schaute auf seine Uhr. »Ich muss morgen früh raus und die Austernsaat reinigen.«

Schweigend gingen sie zum Auto zurück. Immer wieder warf Georgia Cole verstohlene Blicke zu; sein Verlust ging ihr nahe. Sie wollte ihn trösten, fand aber nicht die richtigen Worte. Und auch wenn sie diese Last gerne von seinen Schultern genommen hätte, spürte sie doch, dass sie nicht wirklich etwas tun konnte. Er saß fest in einem Käfig aus Reue und Scham, den er selbst errichtet hatte. Und nur er konnte einen Weg finden, um sich daraus zu befreien.

25

Nachdem sie auf dem Beifahrersitz Platz genommen hatte, machte Georgia es sich bequem und griff nach dem Sicherheitsgurt. Ausgerechnet in diesem Moment meldete sich ihr Magen lautstark zu Wort. Cole, der gerade den Motor anlassen wollte, starrte sie überrascht an. Georgia wurde rot. »Ich habe vollkommen vergessen, etwas zu essen«, erklärte sie ihm. »Es war einfach zu viel zu tun.« Als prompt ein zweites Knurren aus ihrem Bauch drang, huschte ein Lächeln über Coles Gesicht. So schaffte es das dumpfe Geräusch, die bedrückende Trauer zu verscheuchen, die sich über sie beide gelegt hatte. Georgias Blick blieb an dem Glas mit den Essiggurken hängen, das Myra ihr mitgegeben hatte.

»Wie wär's?« Fragend hievte sie das große Glas auf ihren Schoß.

»Sind die von Myra?«, wollte Cole wissen.

»Sie hat darauf bestanden, dass ich sie nehme.« Georgia schraubte den Deckel auf. »Hier.« Sie fischte eine dicke Gurke aus dem Glas, schüttelte die Lake ab und reichte sie ihm.

»Myras Essiggurken sind einfach köstlich.« Knirschend schlug er die Zähne in die Gurke. Georgia bediente sich ebenfalls und ließ ihre Gurke über dem offenen Glas abtropfen. Der scharfe Essiggeruch brannte in ihrer Nase, angereichert mit einer leichten Dillnote. Sie schraubte das

Glas wieder zu, stellte es in den Fußraum und lehnte sich zurück. Vorsichtig knabberte sie an der Gurke: Knackig und frisch schmeckte sie und durch die Lake fast schon beißend sauer. Georgia hielt inne, nahm noch einen Bissen und kaute langsam. Nein, sie hatte es sich nicht eingebildet.

»Ich kann es schmecken«, flüsterte sie ungläubig. »Cole, ich kann die Säure der Essiglake schmecken.«

»Wirklich?« Verblüfft sah er zu ihr hinüber.

»Wirklich!«, rief sie begeistert. »Ich schmecke sauer! Nicht den Geschmack der Gurke, aber die Säure, den Essig, in dem sie eingelegt war.« Vollkommen überwältigt sah sie ihn an. »Vielleicht bekomme ich ja tatsächlich meinen Geschmackssinn zurück!« Überglücklich schob sie sich den Rest der Gurke in den Mund und hüpfte dabei beinahe in ihrem Sitz wie in einer Art Freudentanz. Dankbarkeit und pure Erleichterung zauberten ein Lächeln auf ihr Gesicht. Cole kaute weiter an seiner Gurke herum, und Georgias Anblick ließ auch ihn schmunzeln.

»Was ist?«, hakte sie sofort nach.

»Gar nichts. Ich habe bloß noch nie erlebt, dass sich jemand so sehr über eine Essiggurke gefreut hätte.«

Ungeduldig verdrehte Georgia die Augen und schlug ihm empört auf den Arm. »Du weißt genau, dass es um mehr geht als das.«

»Ja, ich weiß. Und ich freue mich aufrichtig für dich.« Er nahm den nächsten Bissen.

»Vielen Dank.« Mit leuchtenden Augen sah sie ihn an.

»Wofür?«, fragte er vorsichtig.

»Wärst du heute nicht so ein Arsch gewesen und hättest mich nicht als Aushilfe in die Küche der Anemone geschubst, wäre das alles nicht passiert«, erklärte sie ihm.

Das entlockte ihm ein zufriedenes Lachen. »Stets zu Diensten.«

Georgia lehnte sich gegen die Wagentür und musterte ihn im trüben Schein der Innenbeleuchtung. »Nein, ehrlich. Ich glaube, der Kocheinsatz in der Anemone hat das bewirkt. Irgendwie hat er etwas in mir geweckt, das ich viel zu lange vergessen hatte. Deshalb danke ich dir, auch wenn das eine ganz miese Nummer war.«

»Miese Nummer? Da musst du gerade reden!«, spottete er. »Ich wurde von einem halben Dutzend Teenagern und Koreanerinnen abgelichtet und werde wohl in ihren Urlaubsalben landen. Die glauben alle, ich wäre irgend so ein Star, der einmal einen Vampir gespielt hat.«

»Moment mal, du hast tatsächlich Selfies mit denen gemacht?« Was für eine herrliche Vorstellung!

»Ich habe es nicht übers Herz gebracht, sie wegzuschicken«, gestand er. »Die Teenies sind mir bis auf den Parkplatz gefolgt für ein gemeinsames Foto. Und ich bin mir relativ sicher, das einige Damen der Reisegruppe Bilder von meinem Hintern gemacht haben, als ich ins Auto gestiegen bin.«

Georgia lachte schallend. »Jetzt laufen auf dieser Insel also einige Touristen herum, die fest davon überzeugt sind, Ian Somerhalder getroffen zu haben.«

»Und ein paar von ihnen haben Fotos von seinem Hintern in ihrem Besitz.« Cole grinste breit. »Es wird eine herbe Enttäuschung für sie werden, wenn sie herausfinden, dass es lediglich Bilder von einem gestrandeten Ex-Wissenschaftler sind, der seinen Lebensunterhalt mit der Austernzucht verdient.« Er drehte den Zündschlüssel, und Martha erwachte brummend zum Leben.

»Aber es ist ein wirklich schöner Hintern«, entgegnete

Georgia neckend, während sie sich anschnallte. »Ian Somerhalder sollte stolz sein.«

»Äh … vielen Dank.« Das war Cole offensichtlich peinlich; Georgia glaubte sogar, eine feine Röte auf seinen Wangen zu erkennen. Sie fuhren vom Parkplatz, nahmen den Weg in die Hügel hinauf und verließen Roche Harbor. Cole warf ihr einen kurzen Seitenblick zu. Er wirkte erleichtert, seine Schultern waren nicht mehr ganz so angespannt. »Okay, nachdem du nun über meine tragische Lebensgeschichte im Bilde bist, habe ich ein paar Fragen an dich«, begann er schließlich.

»Klingt fair.« Georgia holte sich noch eine Essiggurke aus dem Glas und biss zufrieden hinein. »Was möchtest du wissen?«

»Was passiert, wenn dein Geschmackssinn nicht zurückkehrt?« Sie fuhren an dunklen, stillen Cottages und einer altmodischen Tankstelle mit nur einer Zapfsäule vorbei.

»Keine Ahnung«, gab Georgia offen zu. »In meinen alten Job kann ich nicht zurück. Nicht nach dem, was ich dort getan habe.«

»Was hast du denn getan?« Nun hatte sie Cole offenbar neugierig gemacht.

Georgia zögerte und musterte den avantgardistischen Skulpturenpark auf einem Feld in der Nähe des winzigen Flugplatzes von Roche Harbor, an dem sie gerade vorbeifuhren. Schon im nächsten Moment wurde die Zivilisation von schroffen, dunklen Nadelwäldern abgelöst, über denen der Sternenhimmel funkelte. Die Straße lag wie ein leeres, breites Band vor ihnen im Scheinwerferlicht. Nirgendwo war ein anderes Auto zu sehen. Jener grauenvolle Abend in Paris schien unendlich weit weg zu sein. Wie viel sollte sie ihm verraten? Cole hatte ihr gerade die schwersten Tiefschläge seines Lebens anvertraut. War sie mutig genug, um sich ihm gegenüber ähnlich verletzlich zu zeigen? Georgia holte tief Luft und gestand alles. Und zu ihrer großen Überraschung fühlte sie sich hinterher besser.

Als sie fertig erzählt hatte, stellte Cole fest: »Also, meiner Meinung nach ist der attraktivste Küchenchef von Paris ein Vollidiot. Er hat es nicht besser verdient.«

Überrascht drehte Georgia sich zu ihm um. »Woher weißt du, dass Etienne zum attraktivsten Küchenchef von Paris gewählt wurde?« Dieses Detail hatte sie nicht erwähnt.

»Du bist nicht die Einzige, die mit Google umgehen kann«, erwiderte er leicht verlegen.

»Du hast mich gegoogelt?«, empörte sich Georgia, bis ihr wieder einfiel, dass sie es mit ihm ja nicht anders gemacht hatte. »Dann sind wir jetzt wohl quitt.« Wieder besänftigt lehnte sie sich zurück.

»Und was hast du nun vor?«, fragte Cole weiter.

»Ich werde nach Paris zurückkehren und versuchen, diesen Posten als Küchenchefin zu bekommen. Ich kann nicht einfach aufgeben, genau darauf habe ich jahrelang hingearbeitet. Und nun stehe ich kurz davor, es zu schaffen. Der heutige Abend in der Anemone hat mir wieder vor Augen geführt, warum ich das Kochen so liebe. Es war … die pure Freude. Schon sehr lange hatte ich nicht mehr so viel Spaß in der Küche. Und nicht nur das, heute scheinen meine Gerichte auf die Menschen auch wieder so gewirkt zu haben wie früher. Beim Abendservice war ein Pärchen aus Toronto, das beschlossen hat, spontan nach Vegas zu fliegen und zu heiraten – und zwar während sie etwas gegessen haben, das ich gekocht hatte. So etwas ist auch schon lange nicht mehr passiert. Das lässt mich hoffen, dass ich auf dem richtigen Weg bin. Ich glaube wirklich, dass es funktioniert – mein kulinarisches Feuer erwacht langsam wieder. Ich gebe mir alle Mühe, mich nicht bewusst anzustrengen, einfach den Moment zu genießen und mich der Freude und dem Zauber zu öffnen. Star meint, dass ich so vorgehen sollte.« Georgia hörte selbst, wie verletzlich und hoffnungsvoll sie klang. Aber sie wünschte sich eben mit jeder Faser ihres Herzens, dass es funktionierte. Und heute hatte sich seit dem ersten bitteren Stück Croissant in Phoebes Wohnung endlich wieder etwas getan. Die Essiggurke war der Beweis. Beim Gedanken daran stieg wieder herrliche Erleichterung in ihr auf. Sie ließ das Fenster herunter, genoss den frischen Luftzug und streckte die Hand hinaus in die Dunkelheit, um die angenehme Kühle zwischen ihren Fingern zu spüren. In diesem Moment war ihr so leicht ums Herz, dass sie zu schweben glaubte.

Als sie an Stars Cottage ankamen, war alles dunkel und still.

»Vielen Dank für den Ausflug«, sagte Georgia leise und tastete nach dem Türgriff. »Und danke, dass du mich dazu gebracht hast, zu kochen. Ich habe dich dafür verflucht, aber es war wohl genau das, was ich heute gebraucht habe.«

Leicht verlegen erwiderte Cole: »Eigentlich wollte ich dich damit nur auf die Palme bringen.«

»Ich weiß.« Georgia grinste trocken. Das Licht von Marthas Scheinwerfern reichte nicht aus, um sein Gesicht deutlich erkennen zu können. »Und was deine Geheimidentität angeht, kannst du mir vertrauen«, fügte sie ernst hinzu. »Ich werde es niemandem sagen.«

Cole nickte. »Ich weiß. Im Grunde versuche ich nur,

unter dem Radar zu bleiben. Hier auf der Insel interessiert es keinen, wer du bist, es gibt eine Menge Leute mit einer Hintergrundgeschichte. Ehemalige CIA-Agenten, Schriftsteller, Kriminelle, sogar ein paar echte Stars. Niemand kümmert sich darum, solange man ein anständiger Bürger ist und hart arbeitet. Mir machen eher die Touristen Sorgen, so wie dieser Typ auf dem Weingut gestern. Ich kannte ihn tatsächlich. Er arbeitet für ein großes Biotechunternehmen in San Francisco. Deshalb sind wir in denselben Kreisen verkehrt.«

»Aber warum fürchtest du überhaupt, erkannt zu werden? Du bist nicht auf der Flucht, und du bist keine große Berühmtheit. Ich meine, wenn du wirklich Ian Somerhalder wärst, würde ich es ja verstehen. Aber interessiert sich denn überhaupt irgendjemand für einen Wissenschaftler? Nichts für ungut.«

Cole rieb sich den Bartschatten, der irgendwie immer in seinem Gesicht zu sprießen schien. »Mich interessiert es«, antwortete er schließlich. »Ich schäme mich für das, was ich war, für das, was ich Amy angetan habe, für den Menschen, zu dem ich unter dem ganzen Druck geworden bin. Das habe ich alles hinter mir gelassen, als ich hierherkam. Dr. Cabot Montgomery ist tot und begraben. Heute bin ich einfach nur noch Cole. Ich möchte nicht an die Fehler erinnert werden, die ich gemacht habe. Ich möchte nicht, dass die Menschen mich ansehen und erkennen, wer ich in Wahrheit bin.«

»Aber ist das wirklich alles, was du dir für dein Leben wünschst?«, bohrte Georgia weiter. »Auf einer Austernfarm arbeiten und jeden Abend allein in deiner Blockhütte sitzen und die Schriften der deutschen Philosophen lesen?«

»Es gibt Schlimmeres«, verteidigte er sich. »Ob das alles ist, was ich mir wünsche? Nun, es ist nicht das Leben, das ich mir einmal vorgestellt habe, aber es ist ein gutes, ehrliches Leben. Und ich kann Star helfen. Ich könnte sie nicht allein lassen, nicht jetzt. Also ist das wohl das Beste, was ich aus meinem Leben herausholen kann«, fasste er resigniert zusammen.

Georgia fand diese Antwort furchtbar traurig. Einen Moment lang sah sie ihn stumm an. Er war um einiges vielschichtiger, als sie anfangs gedacht hatte. Ein stilles Wasser, so hatte Star ihn einmal genannt. Jedoch ein Wasser, das angereichert war mit Schuldgefühlen, Pflichtbewusstsein, Trauer und Güte. Und voller Selbsthass wegen eines Fehlers, der ihn und seine große Liebe alles gekostet hatte. Wie sollte er sich jemals verzeihen können, dass er das zerstört hatte, was für ihn von Bedeutung gewesen war? Nun, er konnte es ja offensichtlich nicht.

»Du hast gesagt, dein ehemaliges Leben sei nur eines deiner Geheimnisse«, fiel ihr plötzlich wieder ein. »Es gibt also noch mehr?«

Ein trauriges Lächeln huschte über sein Gesicht. »Keine, die ich enthüllen dürfte«, antwortete er beinahe liebevoll. »Und für einen Abend hast du definitiv genug Fragen gestellt. Deine Zeit ist um.« Er beugte sich an ihr vorbei und öffnete die Beifahrertür für sie. Georgia verstand den Hinweis.

»Wenn ich richtig gezählt habe, darf ich noch mindestens ein Dutzend Fragen stellen«, belehrte sie ihn trotzdem, während sie sich abschnallte.

»Von dir hätte ich nichts anderes erwartet«, stellte er leicht belustigt fest. »Du bist eine erstaunliche Frau,

Georgia May Jackson.« Das klang beinahe wie ein Kompliment.

Georgia stieg aus und legte die geborgte Fleecejacke auf den Beifahrersitz.

»Vergiss deine Essiggurken nicht.« Cole nahm das Glas, öffnete die Fahrertür und stieg aus.

»Die darfst du behalten«, entschied Georgia.

Er kam trotzdem zu ihr herüber, und so standen sie angestrahlt von den Scheinwerfern zusammen vor dem Wagen. Georgia zögerte. Sie wollte den Abend noch nicht beenden. Zu Beginn des Tages war Cole für sie nicht mehr gewesen als ein leicht feindseliges Rätsel, nun aber war er so viel mehr – fast schon ein Freund.

Mit Cole war es so ganz anders als mit Etienne, der sie von Anfang an umworben hatte, obwohl sie es eigentlich besser hätte wissen müssen. Für ihn war die Jagd das Interessante gewesen. Bei Etienne hatte sie stets das Gefühl gehabt, mit ihm Schritt halten und immer noch ein wenig klüger, wagemutiger, sinnlicher, frecher sein zu müssen. Eben die optimale Version ihrer selbst, einfach nur, um gut genug zu sein. Doch bei Cole war das anders. Er schien sie so zu sehen, wie sie tatsächlich war – mit all ihren Fehlern und Sehnsüchten. Er erkannte ihren Mut ebenso wie ihre Entschlossenheit und ihr aufbrausendes Temperament, ihre Verletzlichkeit und ihre Schwächen. Und trotzdem verurteilte er sie nicht. Er hörte ihr einfach nur zu, ohne sie verbessern zu wollen, ohne sich von ihr abzuwenden. Dieser Gedanke machte sie froh. Sie war es gewohnt, sich beweisen zu müssen, sich stets von ihrer Schokoladenseite zu präsentieren und dann zu hoffen, dass diese gut genug war. Schon von Kindheit an hatte sie so um Lob und Aufmerksamkeit gekämpft. Doch bei Cole nicht. Bei ihm konnte sie sich echt und unverstellt zeigen. Niemals zuvor hatte sie so viel von sich preisgegeben und sich dabei so angenommen gefühlt. Das war erstaunlich. *Er* war erstaunlich.

»Du lagst übrigens falsch«, erklärte sie ihm nun.

»In Bezug worauf?«, wollte er leicht belustigt wissen. »Da gäbe es eine Menge Möglichkeiten.«

»Du warst der Meinung, ich würde nichts mehr mit dir zu tun haben wollen, wenn ich erst deine Geschichte kenne. Aber da irrst du dich.«

Er musterte sie ernst, dann nickte er. »Das freut mich«, sagte er leise.

»Soll ich dich denn nun Cole oder Cabot nennen, was übrigens ein extrem cooler Name ist?«

Cole dachte kurz nach. »Wir bleiben besser bei Cole. Unter diesem Namen kennen mich die Leute hier, und eigentlich mochte ich ihn sowieso schon immer lieber. Er erinnert mich an Tante Justine, sie hat mich immer bei meinem zweiten Vornamen genannt, deshalb erschien es mir auch irgendwie logisch, ihn hier auf der Insel ganz anzunehmen.« Er lehnte sich an Marthas Motorhaube. »Aber es ist … schön, jetzt jemanden zu haben, der meinen ganzen Namen kennt.«

»Gut, also dann: *Bonne nuit,* Cole.« Ganz spontan stellte sich Georgia auf die Zehenspitzen und drückte ihm einen Kuss auf die Wange. Dann trat sie an ihm vorbei, öffnete das weiße Gartentörchen und ging den mit zerstoßenen Muschelschalen bedeckten Pfad hinauf.

»Gute Nacht, Georgia May«, rief er ihr hinterher. Es mochte an der Dunkelheit liegen, aber irgendwie klang seine Stimme etwas belegt. Er rührte sich nicht vom Fleck, während sie zum Haus lief. Auch auf der Verandatreppe spürte sie seinen Blick im Rücken. Und als sie sich an der Haustür noch einmal umdrehte, wartete er, an Marthas Motorhaube gelehnt, das Glas mit den Essiggurken im Arm. Das silbrige Mondlicht war hell genug, um Georgia zu zeigen, dass er sie nicht aus den Augen ließ.

26

Cole

Cole ließ Georgia nicht aus den Augen, während sie die Verandatreppe hinaufging. Die Stelle, an der ihre Lippen seine Wange berührt hatten, brannte noch immer. Ganz schlecht war das. Er durfte sich nicht in Georgia May Jackson verlieben. Gut, heute Abend hatte sie ihn wirklich überrascht. Er hatte ihr gesagt, wer er war und was er getan hatte. All seine Fehler hatte er offengelegt, und sie hatte sich trotzdem nicht von ihm abgewandt. Für seine Ehrlichkeit hatte er das Schlimmste erwartet, deshalb hatten ihre Akzeptanz und ihr Mitgefühl ihn quasi überrumpelt.

Aber sie hatte auch eindeutig klargestellt, wo ihre Prioritäten lagen. Sie wollte auf jeden Fall nach Paris zurück. Dort waren ihr Lebensmittelpunkt und alles, wofür sie hart gearbeitet hatte. Er wiederum konnte sich nicht vorstellen, die Insel zu verlassen. Nein, ihre Wege wichen einfach zu weit voneinander ab. Ihr zu nahezukommen, war ein Spiel mit dem Feuer.

Und was würde passieren, wenn sie hinter das Geheimnis kam, von dem er ihr nichts erzählen durfte? Irgendetwas sagte ihm, dass es in diesem Fall nicht gut ausgehen konnte. Und früher oder später würde sie es herausfinden. Seiner Erfahrung nach kam die Wahrheit immer ans Licht, ob man es nun wollte oder nicht. Und auf dieser Insel erst recht. Zwar glaubte er nicht wie Star daran, dass diesem Ort eine eigene Magie innewohnte, aber … hier blieb auch nichts verborgen. Dass er seine Vergangenheit so lange hatte für sich behalten können, wunderte ihn. Die Insel mochte keine Geheimnisse. Deshalb war es nur eine Frage der Zeit, bis auch noch diese letzte Sache enthüllt würde.

Sobald Georgia unbeschadet das Haus betreten hatte, stieß er sich mit einem schweren Seufzer von Marthas Motorhaube ab, stieg ein und fuhr die kurze Strecke zur Austernfarm, wo er auf seinem üblichen Platz parkte. Während er im Schatten der Bäume zu seiner Blockhütte am Wasser hinunterging, zwang er sich, nicht zu Stars Haus hinüberzusehen. Er musste Abstand zu Georgia halten und seine Gefühle in den Griff bekommen. Na klar, als ob das jetzt noch funktionieren würde.

Wie immer ließ er sich von der Stille und Ruhe der Hütte umfangen, nachdem er durch die Tür getreten war. Seine kleine Behausung hatte nur ein Zimmer, war rustikal eingerichtet und roch immer etwas nach Seetang, aber sie war wetterfest, frei und gehörte allein ihm. Bei seiner Ankunft vor fünf Jahren war sie seine Zuflucht gewesen, sein Rückzugsort. In ihrer Schlichtheit hatte sie beinahe etwas Klösterliches an sich gehabt, als schwöre er, indem er hier lebte, Armut und Keuschheit. Während der ersten harten Jahre hatte er das als heilsam empfunden. Doch nun … Heute Abend fühlte er sich bloß ein wenig einsam.

Er stellte das Glas mit den Essiggurken auf dem schlichten Holztisch ab. Wieder sah er Georgia vor sich, wie sie in diese dicke Gurke gebissen und vor Freude geschrien hatte, weil sie den Essig hatte schmecken können. Nach neun Stunden in einer fremden Küche hatte sie müde ausgesehen, gleichzeitig aber auch regelrecht gesprüht vor Energie. Ihr Hermèstuch war verrutscht gewesen, ihre Wangen gerötet, die Locken hatten wild ihr Gesicht umrahmt, die grünen Augen gestrahlt.

»Fang gar nicht erst an, mein Freund«, ermahnte er sich leise, aber es war bereits zu spät. Ihr heute seine Geschichte zu erzählen und mitzuerleben, wie sie sich alles anhörte – ohne ihn zu verurteilen, ohne ihn zu bemitleiden, einfach nur voller Mitgefühl –, das hatte einen Teil seines Herzens freigelegt, den er eigentlich fest unter Verschluss hielt. Georgia hatte etwas in ihm berührt, das er seit Amys Unfall komplett abgeschottet hatte. Ja, er empfand etwas für Georgia May Jackson. So einfach war das. Als sie sich dann später ihm gegenüber geöffnet hatte, mit dieser herzzerreißenden Mischung aus Ehrlichkeit, Mut und Verletzlichkeit, da hatte er sie einfach nur beschützen wollen. Ihr klarmachen wollen, dass sie mehr als gut genug war, so wie sie war. Aber er wollte mehr als das. Wenn er ganz ehrlich zu sich war, musste er sich eingestehen, dass er seine Hände in diesen herrlichen roten Locken vergraben und sie küssen wollte, bis sie weiche Knie bekam und sie beide nach Luft schnappten.

»Du bist ein Idiot«, beschimpfte er sich angewidert. »So etwas passiert eben, wenn man fünf Jahre lang wie ein Mönch lebt.«

In seiner Hütte war es kühl, aber Cole fühlte sich erhitzt, gereizt und irgendwie fiebrig. Rastlos wanderte er ein paar Minuten lang auf und ab. Erst über den Unfall und Amy zu sprechen und sich wenig später auszumalen, wie er Georgia küsste, da musste er sich ja schuldig fühlen. Es war falsch, wie ein Treuebruch gegenüber Amy, auch wenn er wusste, dass sie sich schon lange ein neues

Leben aufgebaut hatte. Trotzdem konnte er nicht leugnen, dass Georgia von Tag zu Tag mehr Raum in seinen Gedanken einnahm. Cole schloss die Augen, doch dadurch hatte er nur Georgias Hals vor Augen, die helle Haut an ihrem Schlüsselbein, die halbmondförmige Narbe an ihrem Daumen, die er entdeckt hatte, als sie sich einmal die Haare aus der Stirn strich. Wie gerne würde er seine Lippen auf diese helle, weiche Kuhle an ihrem Hals drücken, sie sanft gegen Marthas Tür drängen und …

»Jetzt reiß dich mal zusammen«, empörte er sich über diese hitzige Fantasie. Hastig zog er Hemd und Jeans aus, riss die Tür der Hütte auf und marschierte nur in Boxershorts zum Wasser hinunter. Glatt und glänzend lag die Bucht im Mondschein vor ihm. Das Ufer war mit spitzen Austernschalen und Steinen übersät. Verbissen watete er ein paar Schritte und tauchte dann ganz in das eiskalte Wasser ein, nur um wenig später nach Luft schnappend wieder an die Oberfläche zu kommen. Er schwamm ein Stück hinaus, blieb so lange im Wasser, wie er es aushalten konnte, bis sein ganzer Körper kribbelte, als wäre er mit Eissplittern überzogen, und er kaum noch Luft bekam. Er wartete ab, bis sich sein Herzschlag wieder normalisiert hatte und sein Blut nicht mehr kochte vor Sehnsucht nach etwas, das er nicht haben konnte. Niemals. Erst als er glaubte, seine Emotionen wieder unter Kontrolle zu haben, schwamm er zurück ans Ufer.

»Mach die Lage nicht noch komplizierter, als sie sowieso schon ist«, murmelte er. Dann spülte er sich in der Außendusche schnell das Salzwasser vom Körper und zog sich eine Flanellpyjamahose über. In der Hütte holte er sich sein Buch – Heideggers *Sein und Zeit* – von der Krabbenfalle, die er als Nachttisch verwendete. Perfekt.

Heidegger war ein echter Stimmungskiller. Es gab doch nichts Besseres als ein anspruchsvolles deutsches Traktat über den Existenzialismus, um sich von unerwünschten Gedanken abzubringen. Ohne sich um ein Hemd zu bemühen, streckte er sich auf seinem mit einer kratzigen Armeedecke bestückten Bett aus und widmete sich seiner schweren Lektüre. Dabei versuchte er hartnäckig, sich sämtliche Gedanken an Georgia May Jackson zu verbieten.

»Sie wird nach Paris zurückkehren, und du gehst … nirgendwohin«, sagte er sich mit Nachdruck. »Bleib schön auf Kurs, und ehe du dich versiehst, findet alles wieder zu seinem Normalzustand zurück.«

Doch noch während er sich das vorbetete, wusste er, dass es gelogen war. Selbst wenn Georgia nach Paris zurückkehrte, würde sein Herz sicher nicht so schnell zu seinem Normalzustand zurückfinden.

27

Am nächsten Morgen tappte Georgia barfuß, in Schlafanzug und Bademantel und mit zerzausten Haaren in die Küche.

Wann immer sie an die Ereignisse des Vorabends zurückdachte, grinste sie wie ein Honigkuchenpferd. Es war so viel passiert: erst ihre wiedererwachte Freude in der Küche der Anemone, dann Coles Enthüllungen und schließlich noch die köstlich schmeckende Säure der eingelegten Gurke. Heute spürte sie seit ihrem Aufbruch aus Paris zum ersten Mal eine wärmende Vorfreude auf den Tag in ihrem Innern, wo zuletzt nur kalte, drückende Furcht gewesen war. Als sie die Küche betrat, kam Pollen angelaufen, schnüffelte an Georgias Knie und wedelte fröhlich mit dem Schwanz. Ein durchdringender Geruch nach Farbe hing in der Luft. Irritiert rümpfte Georgia die Nase. »Star?«

»Da bist du ja.« Star trat hinter dem Kühlschrank hervor, der ein paar Schritte von der Wand weggerückt worden war. In der Hand hielt sie einen Malerpinsel, und ihre ausgefranste Jeanslatzhose war großzügig mit Farbspritzern übersät. Ein blaues Tuch hielt ihre Haare aus dem Gesicht. Bob Dylans raue Stimme schwebte begleitet von seiner Mundharmonika durch den Raum. »Wie ist es in der Anemone gelaufen?«, wollte Star wissen. »Ich habe deine Nachricht bekommen, dass du für ihre Köchin einspringst. Das war wirklich nett von dir. Myra ist eine gute, hart arbeitende Frau.«

»Es war großartig!« Noch immer war Georgia wie berauscht vom gestrigen Tag. Es gab so viel zu erzählen. Wo sollte sie nur anfangen? Am liebsten hätte sie Star sofort über Cole ausgefragt, über das, was zwischen Amy und ihm vorgefallen war. Aber gleichzeitig wollte sie ihr auch alles über die Anemone berichten, und dann war da ja auch noch die herrliche Essiggurke gewesen … Viel zu viel auf einmal eben.

»Erzähl mir alles darüber«, bat Star sie, während sie wieder hinter dem Kühlschrank verschwand. »Ich streiche gerade die Küche, also bitte nicht an die Wände kommen, die sind noch feucht.« Der klobige Kühlschrank dämpfte die warnenden Worte ein wenig.

»Gibt es hier eigentlich irgendetwas, das du nicht aufhübschst?«, wunderte sich Georgia mit einem prüfenden Blick. Seit ihrer Ankunft schien Star ständig auf den Beinen zu sein, um Pflanzen zu stutzen, Unkraut zu ziehen, auszumisten oder zu streichen.

»Ich lege nur hier und da etwas Hand an. In den letzten Jahren ist einiges liegen geblieben«, versicherte Star scheinbar gelassen, allerdings sah sie Georgia nicht in die Augen, als sie dabei noch einmal hinter dem Kühlschrank auftauchte. »Der alte Kasten braucht ein wenig Liebe und Fürsorge. Aber genug davon, jetzt erzähl doch mal.«

Also setzte sich Georgia an den Tisch, knabberte ein paar Essiggürkchen, die sie im Kühlschrank entdeckt hatte, und lieferte einen Bericht des vorherigen Tages – angefangen bei der Anemone bis zum Höhepunkt, der Wiederentdeckung der Geschmacksrichtung sauer bei den Gurken. Währenddessen verpasste Star den Küchenwänden einen frischen weißen Anstrich; auf den größeren Flächen mit der Rolle, in den Ecken und Kanten mit dem Pinsel. Bob Dylan untermalte Georgias Geschichte mit dahingehauchter Hintergrundpoesie. Als sie schließlich fertig war, strahlte Georgia von einem Ohr zum anderen.

Star unterbrach ihre Arbeit für einen Moment und schenkte ihrer Tochter mit dem feuchten Pinsel in der Hand ein fröhliches Lächeln. »Das klingt ganz so, als ginge unser Plan auf«, stellte sie zufrieden fest.

»Scheint so, ja«, bestätigte Georgia. »Ich muss zwar noch die übrigen Geschmacksrichtungen wiederentdecken, aber sauer ist ein guter Anfang. Jetzt habe ich schon bitter und sauer. Fehlen nur noch süß, salzig und umami.« Überglücklich sah sie ihre Mutter an. »Ich bin unglaublich erleichtert.«

Star legte den Pinsel auf dem Deckel des Farbeimers ab und säuberte mit einem feuchten Tuch ihre Hände. »Ich freue mich so für dich, Georgia May«, versicherte sie lächelnd. »Jetzt stehen dir wieder alle Türen offen.«

»Mir reicht schon die Tür nach Paris«, betonte Georgia und trank einen Schluck von ihrem Tee. Star griff wieder zum Pinsel und malerte weiter.

Nach ein paar Minuten beendete Georgia ihr zufriedenes Schweigen. »Cole hat mir gestern Abend seine Geschichte erzählt.«

»Ach, wirklich?«, fragte Star mit einem überraschten Blick über die Schulter.

»Er hat von Amy und dem Unfall gesprochen.«

»Hmm.« Star nickte. »Das war eine echte Tragödie, für beide.« Sorgfältig zog sie ihren Pinsel über dem Türstock entlang.

»Was ist nach dem Unfall passiert? Warum sind sie nicht mehr zusammen?« Als sie gesehen hatte, wie sehr die Vergangenheit Cole noch immer belastete, hatte sie sich eigentlich vorgenommen, nicht weiter nachzuhaken. Aber nun wollte sie doch unbedingt wissen, was zwischen Amy und ihm vorgefallen war.

Mit einem schweren Seufzer schob Star eine vorwitzige Locke zurück unter das Tuch. »Nun, da er dir den Großteil der Geschichte bereits anvertraut hat, wird er wohl nichts dagegen haben, wenn ich dir noch den Rest erzähle. Sie hat ihn verlassen«, erklärte sie schlicht. »Nach dem Unfall haben sie es wirklich versucht, aber sie wollte ihr Leben weiterleben, während er in seinen Schuldgefühlen versank. Vermutlich hat er versucht, in allem perfekt zu sein, um es irgendwie wiedergutzumachen, aber wie soll man einem Menschen, den man liebt, einen solchen Verlust erträglicher machen, wenn man ihn selbst verschuldet hat? Sie wollte ihm verzeihen und es hinter sich lassen, aber das konnte er nicht.« Kopfschüttelnd fuhr Star fort: »Deshalb hat sie ihn irgendwann verlassen. Sie hat ihm erklärt, dass sie ihr Leben weiterleben wolle, auch wenn es nun ganz anders verlaufen würde, als sie es sich einmal vorgestellt hatte. Dass seine endlosen Entschuldigungen und seine Reue sie erdrückten. Sie hat ihm sogar ausdrücklich gesagt, dass sie ihm verzeihe. Sie gab ihm den Verlobungsring zurück und bat ihn zu gehen. Wenige Tage später stand er mit einer Reisetasche und gebrochenem Herzen vor unserer Tür. Niemals zuvor habe ich jemanden gesehen, der so sehr von Trauer und Schuld aufgefressen wurde.«

»Was ist aus Amy geworden?«, wollte Georgia wissen. Pollen kam zu ihr an den Tisch getappt und streckte sich mit einem zufriedenen Seufzer auf ihren Füßen aus.

»Sie hat die Zitronen genommen und Limonade daraus gemacht.« Obwohl sie auf einem Hocker stand, musste Star sich recken und strecken, um die Wand oberhalb des Türstocks zu erreichen. »Sie ist Motivationsrednerin geworden. Du weißt schon, das sind diese Leute, die zu anderen über ihre Geschichte sprechen, um ihnen Mut zu machen. Und sie ist wirklich erfolgreich.«

»Wow, das finde ich beeindruckend.« Diese Information musste Georgia erst einmal sacken lassen. Dann war Cole anscheinend der Einzige, der noch immer in der Tragödie verhaftet war. Amy war es gelungen, damit abzuschließen. Sie konnte durch den Unfall zwar nicht mehr laufen, aber es war Cole, der seitdem keinen Schritt vorangekommen war. Wie traurig.

»Mit Schuldgefühlen ist das so eine Sache.« Nachdenklich tauchte Star ihren Pinsel in den Farbeimer. »Schafft man es nicht, sich selbst zu verzeihen, steckt man fest. Die Welt um einen herum bewegt sich weiter, man selbst aber nicht. Stattdessen verharrt man in diesem einen Moment, hofft, wartet, wünscht sich ein anderes Ende herbei, das niemals möglich sein wird. Man tritt auf der Stelle, kommt im Leben nicht weiter voran. Glaub mir, ich kenne das.«

Betroffen sah Georgia ihre Mutter an. Dass Star sich schuldig fühlte, weil sie damals gegangen war, wusste sie. Das hatte sie ihr selbst gesagt. Aber wurde sie heute noch immer von diesen Schuldgefühlen überwältigt? Steckte Star etwa auch in einem Sumpf der Reue fest? Nein, das glaubte Georgia nicht. Was auch immer nach ihrer Zeit in Texas passiert war, Star hatte am Ende einen Ort für sich gefunden, an dem sie noch immer wachsen konnte. Sie bereute ihre damalige Entscheidung, aber sie wurde dadurch in ihrem Leben nicht vollkommen gehemmt. Dieser Umgang mit der eigenen Vergangenheit war in Georgias Augen um einiges gesünder als der Weg, den Cole eingeschlagen hatte.

»Du denkst also, Cole ist in seiner Schuld gefangen?«, fragte sie nachdenklich.

»Allerdings, ja.« Star stieg von ihrem Hocker und strich sich die Haare aus dem Gesicht, was einen weißen Farbfleck auf ihrer Wange hinterließ. »Was schade ist, denn er ist ein wirklich toller Mann – freundlich, rücksichtsvoll und verflucht intelligent. Und der Herr weiß, dass er nun wirklich kein schlechter Anblick ist.« Sie warf Georgia einen vielsagenden Blick zu. »Ihr zwei scheint euch ja inzwischen angefreundet zu haben.«

Georgia versuchte diese Beobachtung möglichst gelassen abzutun, merkte aber selbst, wie sie rot wurde. »Sagen wir es mal so. Wir haben endlich zu einem höflichen Umgangston gefunden«, korrigierte sie ihre Mutter und hoffte inständig, dass ihre glühenden Wangen sie nicht Lügen straften. Schnell schob sie sich das letzte Essiggürkchen in den Mund und wechselte das Thema: »Myra hat mich gefragt, ob ich weiter in der Anemone aushelfen könnte, bis sie einen neuen Küchenchef gefunden hat.«

»Und, was hast du ihr geantwortet?« Nun ging Star zu der Wandfläche unterhalb der Hängeschränke über und verbog sich wie eine Brezel, um jedes Fleckchen zu erreichen.

»Dass ich ihr heute Bescheid geben werde. Ich wollte vorher deine Meinung dazu hören.«

»Nun ja, möchtest du es machen?« Stars Frage wurde von einem leisen Ächzen begleitet.

Georgia rief sich noch einmal die Stunden am Vortag ins Gedächtnis: erst die nackte, adrenalingesteuerte Panik, dann die schiere Begeisterung. Ihr Blick streifte den leeren Teller, auf dem gerade noch ihre Essiggürkchen gelegen hatten. Ihre wiedergewonnene Fähigkeit, sauer zu schmecken, konnte damit in Verbindung stehen, möglicherweise aber auch nicht. Doch die Vorstellung, in die Küche der Anemone zurückzukehren, löste definitiv ein aufregendes Kribbeln in ihr aus. »Ich denke schon, zumindest ein Weilchen, bis sie jemand Neuen finden.« Plötzlich wurde Georgia unsicher. Sie hatte Star zwar von Michels Nachricht erzählt, sie aber nie gefragt, ob sie überhaupt so lange bleiben durfte. Nun jedoch, mit der Möglichkeit in Aussicht, noch länger in der Anemone zu kochen, stellte sie fest, dass sie noch gar nicht bereit dazu war, die Insel oder Star zu verlassen. »Wäre es okay für dich, wenn ich hierbleibe, bis ich wieder nach Paris muss?«, fragte sie zögernd. »Das wären möglicherweise noch einmal ein paar Wochen …«

Star schoss unter den Hängeschränken hervor wie ein Kaninchen aus seinem Bau. Ein strahlendes Lächeln zauberte Falten in ihre Augenwinkel. »Ich wäre überglücklich«, sagte sie schlicht. »Das hier ist jetzt auch dein Zuhause, Georgia May. Bleib, solange du möchtest.«

Ein paar Minuten später stand Georgia oben in ihrem Zimmer und zog sich an. Nachdem die Entscheidung gefällt war und sie bleiben und weiter in der Anemone aushelfen würde, konnte sie es kaum erwarten anzufangen. In den Tagen oder Wochen, die sie nun länger auf der Insel bleiben würde, konnte alles nur Denkbare passieren. Sich die Möglichkeiten auszumalen, war schon spannend. Bisher hatte ihr Weg immer ganz klar vor ihr gelegen, wie in einem Malen-nach-Zahlen-Bild hatte sie sich Schritt für

Schritt vorgearbeitet, das nächste Ziel immer bereits im Blick. Streng darauf achtend, nicht über die Linien zu malen und alles richtig aufeinander abzustimmen, hatte sie versucht, sich das Leben so einzurichten, wie sie es sich immer erträumt hatte. Plötzlich nicht mehr zu wissen, was als Nächstes geschehen würde, und sei es auch nur für ein paar Tage, löste eine ungeahnte Vorfreude in ihr aus, prickelnd wie ein Glas Veuve Clicquot. Das große Unbekannte hatte überraschenderweise etwas sehr Befreiendes an sich.

Während sie sich fertig machte, suchte Georgia nebenbei auf YouTube nach Videos. Schon nach Sekunden wurde sie fündig: ein Vortrag der querschnittsgelähmten ehemaligen Miss California Amy Hannigan. Sie ließ das Video laufen, während sie sich die Zähne putzte und versuchte, ihre Locken zu bändigen. Amy war noch immer bildhübsch und voller Energie. Mit einem strahlenden Lächeln sprach sie von ihrem motorisierten Rollstuhl aus zu einer Schülergruppe. Georgia sah sich den kompletten Vortrag an und konnte nur darüber staunen, wie diese Frau all die Widrigkeiten überwunden hatte. Das war wirklich inspirierend. Nun verstand sie auch, warum Cole seine Amy so sehr geliebt hatte. Oder vielleicht noch immer liebte. Dieser Gedanke versetzte ihr ungewollt einen Stich. Schnell schob sie das Gefühl beiseite. Cole war nun ein Freund, nur deshalb sorgte sie sich um ihn, sagte sie sich. Mehr war es nicht. Gleichzeitig glaubte sie wieder, seine stoppelige Wange an ihren Lippen zu spüren. Unwillkürlich hob sie die Finger an den Mund; ob zur Mahnung oder um die Erinnerung zu verstärken, wusste sie selbst nicht. Dann war das Video vorbei, und sie legte ihr Handy weg. Zu sehen, wie Amy auch im Rollstuhl ihr

Leben weiterlebte und einen produktiven Beitrag leistete, während Cole so vollkommen in sich gefangen war, tat weh.

Spontan schob sie das Badezimmerfenster hoch und lehnte sich so weit hinaus, dass sie Coles Hütte unten am Wasser sehen konnte. Was er wohl gerade tat? Vollkommen schamlos malte sie sich aus, wie er ohne Shirt dasaß und einen großartigen Waschbrettbauch präsentierte, während er grüblerisch und innerlich zerrissen seine deutschen Philosophen las. Für einen Moment war sie in Versuchung, einfach über die Wiese zu marschieren, an die Tür der Hütte zu klopfen und ihm das Video von Amy zu zeigen. Zu verlangen, dass er sich selbst verzieh und wieder anfing zu leben. Ein Teil von ihr wollte allerdings auch zu ihm hinuntergehen, um sich an ihn zu schmiegen und ihn so lange zu küssen, bis er den Schmerz und die Trauer vergaß und so sehr von ihr, Georgia, erfüllt war, dass kein Platz mehr blieb für Scham und Schuldgefühle. Beide Impulse unterdrückte sie sofort wieder; es war nicht ihre Aufgabe, Cole zu heilen. Das konnte er nur selbst tun. Entschlossen schob sie das Fenster wieder zu. Ganz egal, was sie für ihn empfand, die Wahrheit war einfach: Sie würde bald nach Paris zurückkehren. Diese Gefühle waren also so oder so aussichtslos.

28

Die folgenden zwei Wochen vergingen wie im Flug. Vormittags verbrachte Georgia ein paar Stunden mit Star, sie frühstückten zusammen, tranken Tee, Georgia bummelte in Haus und Garten herum oder half bei den verschiedenen Reparaturarbeiten.

Bei der gemeinsamen Arbeit tauschten sich die beiden Frauen über ihr Leben aus. Star erzählte noch mehr von früher, etwa von ihrer Kindheit bei Emma und Helen oder aus Georgias ersten Jahren, ihrer Baby- und Kleinkindzeit, aus der schließlich eine recht altkluge Vorschülerin hervorgegangen war. Hin und wieder erwähnte Star auch ihren Stiefvater, und diese Kommentare gingen Georgia jedes Mal durch Mark und Bein, da sie vollkommen emotionslos Dinge andeuteten, die kein Kind jemals durchmachen sollte. Doch so bekam Georgia durch die gemeinsame Zeit jeden Tag ein etwas klareres Bild von ihrer eigenen Herkunft, von der Jugend ihrer Mutter, von den Narben, die Star von ihrer Vergangenheit zurückbehalten hatte. Heute trug Star sie allerdings mit Würde, friedvoll, wie längst verheilte Knochenbrüche, die zwar manchmal schmerzten, aber sie nicht weiter beeinträchtigten. Über eines sprachen sie allerdings nicht: den Grund, warum Star Texas verlassen hatte. Georgia trug diese Frage noch immer mit sich herum, stellte aber fest, dass sie auch ohne eine Antwort viel dadurch gewann, dass sie Star einfach besser kennenlernte. Vorerst genügte ihr das.

Im Gegenzug erzählte Georgia ausführlich von ihrem Leben, nachdem auch sie die Ranch verlassen hatte: von der Kochschule, von ihren schweren Anfangsjahren in Paris, von den vielen Küchen, in denen sie gearbeitet hatte, den Macken und Eigenheiten der jeweiligen Kollegen dort, von ihren glücklichsten Momenten. Da Star vor allem Geschichten aus Paris liebte, versuchte Georgia, möglichst viele Erinnerungen aus dieser Zeit hervorzukramen. Ihr war bewusst, dass sie sich den Traum hatte erfüllen können, der für Star niemals wahr geworden war. So füllten sie langsam, aber sicher ihre Wissenslücken und bekamen eine gewisse Vorstellung von den Jahren, die sie im Leben der jeweils anderen verpasst hatten. Diese Vormittagsstunden schienen aus dem Strom der Zeit herausgelöst zu sein, eine flüchtige Kostbarkeit. Beiden war bewusst, dass Georgias Tage auf der Insel begrenzt waren.

Nach ihrer ersten Woche in der Anemone schickte Georgia ein Foto von einer ihrer Vorspeisen an Michel: fermentierte Kartoffelgnocchi mit Filet vom regionalen Lachs an hausgemachtem Seetangkimchi.

Nur wenige Minuten später kam seine Antwort:

Ça a l'air délicieux.

Nachdenklich starrte Georgia auf den einen Satz: »Das sieht köstlich aus.« Er schrieb nichts zu dem Wettbewerb, gab ihr kein konkretes Datum, wann sie nach Paris zurückkehren sollte. Die Minuten, Stunden und Tage bis zum Wettbewerb verrannen unaufhaltsam, doch überraschenderweise störte es sie gar nicht, keine weiteren Informationen zu bekommen. Sie wollte die Zeit hier so gut verbringen, wie sie konnte – die einfachen, entspannten Vormittage mit Star ebenso wie die arbeitsreichen und berauschenden Mittags- und Abendschichten in der Anemone. Cole hatte sie seit ihrem Ausflug nach Roche Harbor kaum noch zu Gesicht gekriegt. Wenn sie zu Hause war, war er bei der Arbeit, und danach war sie immer bis spätabends in der Anemone zugange und kam so erschöpft zurück, dass sie direkt in ihr Bett fiel. Star hatte ihr den Subaru als Dauerleihgabe gegeben, damit sie ins Restaurant und zurück fahren konnte, also musste sie Cole auch nicht mehr um Taxidienste bitten. Ihre Zeitpläne waren grundverschieden, außerdem schien es nun auch keinen Anlass mehr zu geben, um sich zu treffen. Für Georgia war das eine größere Enttäuschung, als sie sich eingestehen wollte.

Doch auch ohne Cole hatte sie eine herrliche Zeit. Jeden Tag stand sie mit Myra und ihrem Team in der Küche, experimentierte, erfand sich neu. Der Gedanke, dass all das bald enden sollte, löste einen spürbaren Widerwillen in ihr aus. Doch sie erklärte sich das damit, dass sie Paris ja nicht im Guten verlassen hatte. Da war es nur natürlich, dass sie einer Rückkehr an den Ort ihrer größten Schmach nicht gerade fröhlich entgegenblickte.

»Ich werde mich erst wirklich mit meiner Abreise beschäftigen, wenn ich Genaueres von Michel erfahren habe«, beschloss sie deshalb. »Jetzt konzentriere ich mich nur darauf, die letzten drei Geschmacksrichtungen wiederzufinden.«

Wenn ihr das gelang, wäre sie bereit für den Wettbewerb. Dann konnte sie nach Paris zurückkehren und ihr Leben weiterleben.

An Georgias erstem freien Montag brachte Cole Billy zum Abendessen mit, den Leiter der Austernfarm, der lange Justines Lebensgefährte gewesen war. Außerdem hatten die beiden eine üppige Portion blauschwarz schimmernder Muscheln dabei, ganz frisch aus der Bucht gefischt.

»Es freut mich so, Sie endlich kennenzulernen, Miss Georgia«, verkündete Billy zur Begrüßung und schüttelte ihr begeistert die Hand. Er war klein und rundlich und trug eine karamellbraune Latzhose, die am Bauch ordentlich spannte. Auf seinem Kopf saß eine klassische Fischermütze, die er sich tief in die Stirn gezogen hatte. Das drahtige graue Haar, das unter der Mütze hervorquoll, und der ebenso graue Bart ließen vermuten, dass er um die sechzig war. »Cole hat mir natürlich erzählt, dass Sie bei Star zu Besuch sind«, erklärte er mit wissendem Blick. »Das finde ich sehr schön. In einer solchen Zeit kann sie wirklich jede Hilfe gebrauchen.«

Leicht verwirrt wollte Georgia nachfragen, wie er das denn meine, aber in diesem Moment ging Star dazwischen und verlangte nach Freiwilligen, die mit dem Essen halfen.

Alle packten mit an. Billy kreierte einfache, aber köstlich duftende Muscheln in Weißwein, Georgia steuerte knuspriges Brot bei, das in der Anemone übrig geblieben war, und rührte ein French Dressing mit Balsamico für den Salat an, den Star zubereitete. Cole deckte den Tisch, und dann speisten sie alle zusammen in der Küche und lauschten Billys Geschichten von seiner wilden Zeit als junger Fischer auf einem Fangschiff in Alaska. Pollen hatte unter dem Tisch Stellung bezogen und hoffte darauf, dass die eine oder andere Muschel oder ein Stückchen Brot für sie abfielen. Von den Muscheln probierte Georgia aus reiner Höflichkeit, gönnte sich dann aber eine ordentliche Portion eingelegte Zwiebeln mit Kapern und Peperoni. Es kostete sie noch immer Überwindung, den bitteren Geschmack der meisten Speisen zu verkraften, aber sie tröstete sich damit, dass sie wenigstens eine weitere Geschmacksrichtung wieder erleben konnte. Noch nie hatte sie so viel Eingelegtes gegessen wie jetzt, und sie genoss jeden sauren Bissen davon.

Es war ein schöner, entspannter Abend. Die Küchenfenster beschlugen vom Dampf des Muschelsuds, schwere Regentropfen trommelten auf das Dach. Allerdings nahm Georgia Coles Anwesenheit von dem Moment an, als er durch die Tür getreten war, fast schon überdeutlich wahr. Sie versuchte, sich möglichst lässig zu geben und nicht zu oft zu ihm hinüberzusehen, doch ihr entging keine Bewegung, kein einziges Wort von ihm. Sie hatte ihn vermisst.

Hör auf, schimpfte sie sich selbst, das führt doch zu nichts. Es war zwecklos. Genauso gut hätte sie ein Radio sein können, über das man einzig und allein »Dr. Cabot Cole Montgomery FM« empfangen konnte.

Nach dem Essen forderte Billy alle zu einer Partie Scrabble heraus. Schnell räumten sie den Tisch ab.

»Das habe ich schon seit Jahren nicht mehr gespielt«, stellte Star fest, als sie das Brett aufbaute.

»Es war Justines Lieblingsspiel«, erklärte Billy. »Außerhalb der Austernsaison haben wir fast jeden Abend gespielt. Und sie hat mich immer geschlagen.«

»Ich konnte auch nie gegen sie gewinnen«, gestand Cole mit einem wehmütigen Lächeln. »Bei jedem meiner Besuche habe ich es versucht, mich aber irgendwann damit abgefunden, dass sie nicht zu besiegen war.«

Sie setzten sich, das Spiel begann. Star schlug sich recht ordentlich und schaffte fast immer zehn Punkte pro Runde. Cole brauchte jedes Mal ewig lange und kam dann mit merkwürdigen Worten wie »Kath« um die Ecke – ein in Afrika beheimateter Strauch, wie sich herausstellte – oder auch »verschwiemelt« für geschwollen, dick. Star oder Georgia erhoben regelmäßig Einspruch, doch er behielt immer recht. Für Georgia war es erstaunlich schwer, ausgefallene Wörter zu finden. Sie hatte zu lange in Französisch gedacht. Deshalb fiel ihr Punktestand extrem mager aus, aber sie hatte eine Menge Spaß. Wenn sie ehrlich war, lag das aber hauptsächlich daran, dass sie nur knapp einen Meter von Cole entfernt saß. Billy entpuppte sich als absoluter Scrabble-Experte. Er kannte die offizielle Kurzwortliste auswendig, und obwohl er die simpelsten und kürzesten Wörter legte, räumte er bei jeder Runde die meisten Punkte ab – sehr zu seiner eigenen Freude. »Manchmal sind die einfachsten Lösungen eben die besten«, sagte er und zog zufrieden seine Hose zurecht, bevor er sich zwanzig Punkte für eine weitere Kurzform aufschrieb.

In der vorletzten Runde legte Cole das Wort »ersehnen«; für einen Moment huschte sein Blick zu Georgia hinüber. Mit brennenden Wangen starrte sie auf ihre Buchstabenplättchen. Das konnte doch nur Zufall gewesen sein, oder? Star machte ihren Zug, dann war Georgia an der Reihe. Diesmal ließ sie sich absichtlich viel Zeit. In der Küche war es warm und gemütlich, es duftete nach Knoblauch und Wein, draußen prasselte der Regen an die Fensterscheiben. Am Tisch herrschte eine Art fröhlicher Wettbewerbsgeist. Georgia wollte nicht, dass der Abend endete. Schließlich legte sie ihre Buchstabenkombination ab. Cole starrte auf das Brett, dann hob er den Kopf und sah sie an. Georgia hatte das Wort »Kuss« gelegt.

»Na, das Spiel wird ja immer hitziger«, stellte Star schmunzelnd fest und blickte zwischen Georgia und Cole hin und her.

Letzterer fuhr sich mit beiden Händen durchs Haar, überlegte kurz und legte schließlich das Wort »weh«.

»Das könnte auch meine Arthritis sein«, scherzte Billy. »Meine Knie tun mir jeden Morgen weh.« Er legte wieder einmal eine Minimalkombination mit maximaler Punkteeffizienz. Star hob fragend die Brauen und wandte sich ihrer Tochter zu, sagte aber nichts. Bei ihr reichte es nur für vier Punkte mit dem Wort »Hut«.

Georgia biss sich auf die Unterlippe. Dann legte sie ihr letztes Wort: »fort«. Vorsichtig wagte sie einen Blick zu Cole hinüber und stellte fest, dass er sie beobachtete. Die nahezu unverhüllte Qual in seinem Blick traf sie so unerwartet, dass sie hastig wieder vor sich auf den Tisch starrte.

»Und das war's dann wohl«, verkündete Billy fröhlich, während er sein letztes, wieder äußerst einträgliches Kurzwort legte. Star rechnete die Punkte zusammen. Cole fixierte noch immer Georgia, die dadurch immer verlegener wurde.

»Billy hat mit Abstand gewonnen«, gab Star bekannt.

Ohne jede Vorwarnung stand Cole auf. »Ich werde dann mal gehen«, murmelte er. »Muss morgen früh raus.« Damit verabschiedete er sich.

Danach sah Georgia in wieder mehrere Tage lang nicht. Sie redete sich ein, dass es so am besten sei, trotzdem verging keiner dieser Tage ohne einen leisen Schmerz in ihrer Brust. Sie versuchte, ihn zu ignorieren, konnte aber trotzdem nicht leugnen, dass er da war.

An einem sonnigen Samstagmorgen, zwei Wochen nach ihrem ersten Besuch in der Anemone, fand Georgia nach dem Aufwachen eine etwas schrille Sprachnachricht von Phoebe auf ihrem Handy, in der diese auf Französisch mit Liverpooler Akzent »Happy Birthday« für sie sang. Georgia war perplex. Sie hatte tatsächlich vergessen, dass sie heute Geburtstag hatte. Normalerweise arbeitete sie an ihren Geburtstagen einfach. Von Etienne hatte sie immer teure Geschenke bekommen, meist edle französische Dessous. (Womit er sich, wenn sie jetzt darüber nachdachte, wohl eher selbst ein Geschenk gemacht hatte als ihr.) Auf dem Weg zur Arbeit holte sie sich dann bei Ladurée eine Schachtel Macarons, um sich etwas Schönes zu gönnen, aber das war dann auch schon alles. Dieses Jahr gab es wohl keine Macarons, stellte sie bedauernd fest. Dafür hatte sie aber eine zweite Nachricht bekommen, von Michel.

Der Wettbewerb wird am Samstag in zwei Wochen stattfinden, um elf Uhr im La Lumière Dorée. Bring all deine Inspiration mit. Danach werde ich meine Wahl treffen.

Für einen Moment rutschte Georgia das Herz in die Hose. *Bring all deine Inspiration mit.* In zwei Wochen würde also die Entscheidung fallen. Ihre große Chance, eine eigene Küche zu leiten.

Sie schrieb zurück.

Ich werde da sein. An der Inspiration arbeite ich schon fleißig. Wen ziehst du sonst noch in Betracht?

Dreißig Sekunden später kam seine Antwort.

Gerard Boucher und Leonie Alarie

Georgia überlegte. Gerard Boucher war kein ernst zu nehmender Gegner für sie. Der arrogante Wichtigtuer war zwar ein guter Koch, aber ziemlich unkreativ und eher der klassischen, schweren Küche zugeneigt. Es überraschte sie, dass Michel ihn überhaupt in die engere Wahl nahm. In diese Richtung wollte er das La Lumière Dorée bestimmt nicht steuern, da war Georgia sich sicher. Leonie Alarie war allerdings eine ganz andere Hausnummer, sie stellte eine wirkliche Bedrohung für sie dar. Die aus der Nähe von Marseille stammende Leonie war ein oder zwei Jahre nach Georgia nach Paris gekommen und dort schnell aufgestiegen. Ja, sie gab es nicht gerne zu, aber deutlich schneller als sie. Dabei hatten sie viel gemeinsam: Beide waren sie ehrgeizig, arbeiteten unermüdlich und waren mit ähnlich viel Leidenschaft und Entschlossenheit bei der Sache. Leonie würde sich problemlos gegen Georgia behaupten können, und ihre moderne, frische Interpretation der französischen Küche würde sich im La Lumière Dorée gut machen. Besorgt kaute Georgia auf ihrer Unterlippe herum. Gerüchten zufolge sollte Leonie allerdings Küchenchefin in einem Sternerestaurant in Nizza werden. Anscheinend waren diese Gerüchte falsch. Leise Unruhe breitete sich in ihr aus. Um gegen Leonie zu gewinnen, würde sie die Schlagzahl deutlich erhöhen müssen.

Noch einmal las sie Michels Nachricht. Zwei Wochen noch, bis sie nach Paris zurückkehren und Michel mit ihrem wiederentdeckten kulinarischen Feuer verzaubern musste. Einem Feuer, das zwar gerade wieder zaghaft aufflackerte, aber noch nicht wirklich heiß loderte. Panik kroch in ihr hoch. Und wenn sie nun nicht rechtzeitig bereit war? Natürlich tat sie alles, was in ihrer Macht stand – sie öffnete sich dem Zauber und versuchte, Freude im Moment zu finden, während sie gleichzeitig weniger verkrampft auf ihr Ziel zusteuerte und nicht immer versuchte, alles im Griff zu behalten. Und diese Vorgehensweise hatte ja auch schon erste Früchte getragen. Dankbar führte sie sich den Moment vor Augen, als sie die Säure wieder auf der Zunge geschmeckt hatte, die nun das Hauptkriterium in ihrer Nahrungswahl geworden war. Unwillkürlich leckte sie sich die Lippen. Aber konnte sie ein ganzes Menü zusammenstellen, das nur saure und bittere Komponenten beinhaltete, falls sie die drei anderen Geschmacksrichtungen in den nächsten zwei Wochen nicht wiederfand? Das klang einfach nur schrecklich. Schaudernd verwarf sie diesen Gedanken wieder. Nein, wenn sie auch nur den Hauch einer Chance haben wollte, musste sie die fehlenden Aromen unbedingt zurückgewinnen. Eine andere Möglichkeit gab es nicht.

Ihr Blick wanderte zum Fenster, und sie entdeckte vor der Hütte am Wasser eine Gestalt in orangefarbener Latzhose, die sich auf das Haus zubewegte. Cole. Ihr Herz machte einen Satz, gleichzeitig löste der Gedanke an ihn bittersüßes Bedauern in ihr aus. Das hatte keine Zukunft, das wusste sie. In zwei Wochen würde sie wieder nach Paris fliegen, denn dort gehörte sie nun einmal hin. Und doch …

Hastig verdrängte sie den Gedanken. Ihr blieben noch zwei Wochen, die musste sie so gut wie möglich nutzen. Vielleicht war heute ja ihr Glückstag. Vielleicht wurde ihr zum Geburtstag ein kleines Wunder beschert.

»Georgia?«, rief Star von unten. »Frühstück ist fertig. Und Cole ist hier.«

»Komme gleich!« Schnell zog Georgia sich an. Als sie ihren dunkelblauen Lieblingsblazer vom Bügel zog, ergoss sich aus den Taschen ein grüner Schauer über den Boden.

»Was zum …?« Sie schüttelte den Blazer, und prompt rutschten unter dem Kragen noch mehr grüne Pflänzchen hervor. Obwohl sie bereits wusste, was es war, hob Georgia eines der Blätter auf. Klee, vierblättrig. Dutzende davon.

»Was wollt ihr mir eigentlich sagen?«, murmelte sie ratlos, während sie den Klee aufsammelte und das Häufchen auf ihrem Nachttisch ablegte. Nachdem sie den Blazer noch einmal prüfend geschüttelt hatte, zog sie ihn über ihr maßgeschneidertes Shirt. Noch einmal sah sie sich ratlos im Zimmer um, dann ging sie hinunter zum Frühstück.

Fünf Minuten später saß sie mit Cole am Küchentisch, während Star am Herd Haferbrei kochte. Georgia sah immer wieder verstohlen über den Tisch, und auch Cole spähte heimlich zu ihr herüber; doch wann immer sich ihre Blicke begegneten, wandten sie sich beide hastig ab. Irgendwann räusperte sich Georgia vor lauter Verlegenheit. Wie viele Punkte bekam man beim Scrabble eigentlich für das Wort »peinlich«? Oder »alberne Schwärmerei«?

»Bitte schön.« Star stellte einen Teller vor Georgia hin. »Happy Birthday!« In einer riesigen Essiggurke steckte eine rosafarbene Geburtstagskerze. Lachend drehte Georgia sich zu ihrer Mutter um. Sie hatte ehrlich nicht damit gerechnet, dass ihr Geburtstag hier Erwähnung finden würde.

»Vielen Dank.« Es berührte sie wirklich, dass Star daran gedacht hatte. Mit einem schmerzhaften Stich wurde ihr bewusst, dass es das erste Mal in fast dreißig Jahren war, dass ihre Mutter an ihrem Geburtstag Anteil nahm.

»Blas die Kerze aus und wünsch dir etwas«, drängelte Star. »Die Gurke musst du natürlich nur essen, wenn du Lust darauf hast.«

»Einen Wunsch …« Nachdenklich blickte Georgia in die kleine Kerzenflamme. Wieder räusperte sie sich, unsicher, was sie sich wünschen sollte. Wollte sie ihr kulinarisches Feuer komplett zurückgewinnen? Die drei übrigen Geschmacksrichtungen wiederfinden? Den Wettbewerb um die Stelle im La Lumière Dorée gewinnen? Oder endlich Antworten auf alle Fragen bekommen, die sie Star noch stellen musste? Dabei hatte sie die Tatsache, dass ihr Herz jedes Mal Purzelbäume schlug, wenn sie Cole begegnete, noch gar nicht berücksichtigt. Zum Glück konnte sie jetzt die lustig tanzende Flamme fixieren, und so vermied sie es, ihn anzusehen. Um all diese Wünsche zu erfüllen, würde es eine Menge Geburtstage brauchen.

Sie schloss die Augen, schlug jede Vernunft in den Wind und konzentrierte sich auf einen einzigen, albernen, romantischen Wunsch. Dann blies sie die Kerze aus. Als sie die Augen wieder öffnete, sah sie direkt in Coles Gesicht. »Happy Birthday«, sagte er leise. Einen schier endlosen Moment lang sahen sie sich in die Augen.

Dann wandte Georgia hastig den Blick ab und zog die Kerze aus der Essiggurke. »Danke.«

»Freust du dich schon auf das Austerngelage heute Abend?«, fragte Star, die nun den Haferbrei in Schalen füllte und diese zum Tisch brachte.

»Das Austern-was?«, fragte Georgia verwundert. Vorsichtig probierte sie den Haferbrei, nahm extra einen Bissen mit Apfelstückchen und Honig. Immer noch bitter. Frustriert spießte sie die Essiggurke auf eine Gabel und knabberte daran herum. Bis jetzt kein Geburtstagswunder in Sicht.

»Hat Cole es dir nicht erzählt?« Star warf ihm einen missbilligenden Blick zu, der allerdings verschwendet war, da Cole stumm seinen Haferbrei löffelte und dabei höchst interessiert die Tischplatte studierte. »Du gehst heute Abend mit uns zum Austerngelage«, verkündete Star nun.

»Muss ich wohl vergessen haben«, brummte Cole und rutschte nervös auf seinem Stuhl herum.

»Das darfst du jedenfalls nicht verpassen«, fuhr Star an Georgia gewandt fort. »Das ist das jährliche Austernfest auf der Muschelfarm, es findet heute Abend statt. Es gibt Livemusik, Line Dancing, gegrillte Austern und Jahrmarktspiele. Quasi die ganze Insel wird da sein. Eine richtige Party eben.«

»Das klingt ... beschwingt.« Georgia zögerte. »Aber ich muss in der Anemone kochen.«

»Nein, ich habe schon mit Myra gesprochen, sie gibt dir heute frei«, erklärte Star. »Sie lässt dir alles Liebe zum Geburtstag ausrichten, du sollst dir einen schönen Abend machen. Der Finger ihrer bisherigen Köchin ist wohl so weit verheilt, dass sie wieder übernehmen kann, wenn du nach Paris zurückmusst. Heute Abend machen sie einen Testlauf, um zu sehen, ob es funktioniert.«

»Das ist ja mal ein gutes Timing.« Erstaunlicherweise empfand sie die Rückkehr der Küchenchefin der Anemone fast schon als übergriffig. Aber warum sollte sie das überhaupt kümmern? Myra musste sowieso jemanden einstellen, wenn sie nach Paris zurückflog.

»Du wirst dich heute Abend bestimmt prima amüsieren«, versicherte ihr Star. »Das Fest hat auf der Insel eine lange Tradition.«

Georgia war sich noch immer nicht sicher. »Das klingt lustig, aber ich weiß nicht, ob ich Zeit dafür opfern sollte. Ich habe heute Morgen eine Nachricht von Michel bekommen wegen des Wettbewerbs. Er wird schon in zwei Wochen stattfinden.« Sie schilderte ihnen die Einzelheiten. »Deshalb wäre es vielleicht besser, wenn ich mir heute Abend Gedanken über das Menü mache, das ich kochen werde.«

»Was ist denn aus ›loslassen und den Moment genießen‹ geworden?«, protestierte Star. »Gönn dir diesen einen Abend. Dein Menü kannst du auch morgen planen. So kannst du deine Zeit hier auf der Insel noch mal richtig feiern, vor allem, da du uns so bald wieder verlassen wirst. Sieh es als eine Art Abschiedsparty.« Es klang beinahe wehmütig.

Mit einem schweren Seufzer gab Georgia sich geschlagen. »Um wie viel Uhr geht es los?« Dieses Austerngelage war für Star offenbar wichtig, also würde Georgia ihr den Gefallen tun. Ein Abend mehr oder weniger konnte ja wirklich keinen großen Unterschied machen, oder? Hoffentlich.

Star richtete ihre Antwort an Cole: »Hol uns um sieben ab.«

»Okay.« Cole nickte knapp, legte seinen Löffel in die leere Breischale und stand auf. Nachdem er sein Geschirr schnell, aber gründlich abgespült hatte, verschwand er ohne ein weiteres Wort. Georgia sah ihm nach. Als sie sich anschließend zu ihrer Mutter umdrehte, musterte die sie mit einem wissenden Lächeln.

»Was ist?«, fragte Georgia abwehrend.

»Gar nichts.« Star hob beschwichtigend die Hände, grinste aber noch immer. »Anscheinend bin ich nicht die Einzige, die deinem Abschied mit Wehmut entgegenblickt.«

In diesem Moment piepste Georgias Handy; sie hatte eine Nachricht bekommen. Der Absender überraschte sie – es war ihr Vater.

Alles Gute zum Geburtstag, Georgia.
Buck Jackson

Belustigt verdrehte Georgia die Augen. Dass er eine Nachricht an seine eigene Tochter mit vollem Namen unterschrieb, war einfach typisch für Buck. Er stach beim Tippen auch immer mit dem Zeigefinger auf die Buchstaben ein, als wollte er sie zerquetschen. Eigentlich ein bisschen wie Star, fiel ihr auf.

Georgia wollte mit einem schnellen »Danke schön« antworten, hielt dann aber inne. Sie musste plötzlich an die ganzen Schulfotos denken, die Star ihr überlassen hatte, an die jährlich aktualisierte Chronik ihrer Kindheit. Und daran, wie strikt Star darauf beharrte, den Grund für ihr damaliges Verschwinden für sich behalten zu müssen. Es musste noch jemanden geben, der beteiligt gewesen war und all die Jahre dafür gesorgt hatte, dass sie sich nicht rührte. Und Georgia hätte einiges darauf gewettet, dass ihr Vater etwas damit zu tun hatte. Deshalb beschloss sie, nun einmal tief in das Wespennest hineinzustechen und zu sehen, was das auslöste. Er sollte erfahren, wo und bei wem sie war.

Deshalb wählte sie eine andere Antwort.

Vielen Dank, Daddy. Schau mal, wen ich aufgetan habe!

Dazu schickte sie ihm ein Bild von sich und Star, das sie ein paar Tage zuvor bei der Gartenarbeit aufgenommen hatte. Darauf grinsten sie verschwitzt und zerzaust in die Kamera, den Arm um die Schulter der anderen geschlungen. Die Ähnlichkeit zwischen ihnen war auf diesem Bild beinahe unheimlich. Zu ihren Füßen lag eine glücklich hechelnde Pollen.

Beinahe sofort erschienen drei wandernde Punkte auf dem Display.

Wie ich sehe, hat sie dich aufgespürt. Hält sie denn noch durch?

Verwirrt starrte Georgia auf die letzte Frage.

Was soll das heißen, ob sie »durchhält«? Es geht ihr großartig. Wir holen verlorene Zeit nach.

Anschließend wartete sie auf eine Antwort, die aber nicht kam. Buck hatte schon immer mit Worten gegeizt. Manchmal auch zu sehr.

»Ist alles in Ordnung?«, erkundigte sich Star.

»Alles bestens. Nur ein Geburtstagsgruß von Daddy.« Sie legte das Telefon weg, noch immer etwas verwirrt und auch irgendwie besorgt wegen seiner Nachricht. Was hatte er damit gemeint, ob Star »noch durchhielt«? Prüfend sah sie zu ihrer Mutter hinüber. Verbarg sie vielleicht etwas vor ihr? Aber woher sollte denn ausgerechnet Buck wissen, was bei Star vor sich ging? Das Ganze wurde immer mysteriöser. Georgia beschlich der Verdacht, dass sie gerade, ohne es zu ahnen, in ein ganz anderes Wespennest gestochen hatte als beabsichtigt.

»Möchtest du Tee?«, fragte Star. Entschlossen schüttelte Georgia das ungute Gefühl ab und nickte. Star goss zwei Becher ihrer speziellen Kräutermischung auf, stellte Georgia einen davon hin und nahm dann gegenüber von ihr Platz.

»Danke.« In Gedanken war Georgia noch bei Buck. Das Verhältnis zu ihrem Vater war schon immer kompliziert gewesen, geprägt von einer Mischung aus Liebe, Ungeduld, Gereiztheit und dem ständigen Gefühl, ihn zu enttäuschen. Es war einfacher, wenn sie auf Abstand blieben, deshalb war Georgia gegangen. Ihr war klar, dass er sie auf seine Weise wirklich liebte, aber die Enttäuschung überwog wohl manchmal die Zuneigung. Mit Buck und ihr war es nie einfach gewesen. Wieder musterte sie Star prüfend. Er musste sich irren. Star wirkte gelassen, geerdet, vollkommen okay. Georgia griff nach ihrem Becher. Gerade als sie ihn an die Lippen führen wollte, bemerkte sie etwas Seltsames zwischen den Minz- und Estragonblättern: Dort schwamm ein vierblättriges Kleeblatt.

»Was machst du denn da?«, murmelte sie, während sie es herausfischte.

»Was ist das?«, fragte Star verwundert.

Georgia zeigte ihr den tropfnassen Klee.

»Die finde ich momentan überall.«

Nun wurde Star nachdenklich. »Weißt du auch, warum?«

Georgia tupfte das Blatt mit ihrer Stoffserviette ab. »Keine Ahnung.«

Vorsichtig nahm Star den Klee zwischen die Fingerspitzen und drehte ihn hin und her. »Vielleicht will die Insel dir etwas sagen«, mutmaßte sie.

»Und was?«, fragte Georgia skeptisch.

Star überlegte, dann antwortete sie ernst: »Das weiß ich nicht, aber dieser Ort trägt seine ganz eigene Magie in sich, schon vergessen? Hier werden Geheimnisse enthüllt, und Verlorengeglaubtes findet nach Hause zurück.« Sie legte das Kleeblatt wieder auf Georgias Serviette. »Du solltest die Insel fragen, was sie dir mitzuteilen hat«, entschied sie schließlich. »Ihre Antwort könnte dich überraschen.«

29

Georgia hörte die typische Bluegrass-Musik bereits, als sie mit Star und Cole durch das Wäldchen lief, das ihr Grundstück von der Austernfarm trennte. Tau hatte sich über das Gras gelegt, sodass Star den Saum ihres langen Patchworkrocks anheben musste, damit er nicht nass wurde. Cole, der in blauem Fischerpullover und Jeans besonders umwerfend aussah, stapfte schweigend dahin. Seit er sie abgeholt hatte, war genau ein Wort über seine Lippen gekommen: »Fertig?« Allerdings hatte Georgia genau gesehen, wie sich seine Augen bei ihrem Anblick geweitet hatten.

Ihr kleines Schwarzes – in Paris das Standardoutfit für jede besondere Gelegenheit – hatte sie heute im Schrank gelassen und sich stattdessen für ein Kleid entschieden, das sie erst einmal getragen hatte, bei einem Kurztrip nach Cannes mit Etienne. Das lange Cocktailkleid aus grüner Seide hatte einen weiten Rock und einen herzförmigen Ausschnitt. Schon in dem Moment, in dem sie es im Schaufenster eines Vintage-Ladens in Paris gesehen hatte, war Georgia in dieses Kleid verliebt gewesen. Aber Etienne hatte es nicht gemocht. Zu grell, hatte er geurteilt, als sie es einmal getragen hatte, also hatte es im Schrank auf einen anderen Anlass warten müssen. Und der war heute gekommen, hatte Georgia beschlossen. Da die Abende kühl waren, hatte sie es mit einer weichen Kaschmirstrickjacke und Peeptoes mit flachem Absatz kombiniert, in denen sie immer tanzen wollte. Außerdem hatte sie ihren schicken Spitzen-BH daruntergezogen, in dem ihre Brüste besonders frech wirkten. Ihre Locken hatte sie in sanfte Wellen gezwungen – ein glamouröser Filmstar-Look, den sie bei besonderen Anlässen bevorzugte – und zum Schluss noch ihren geliebten roten Lippenstift aufgetragen. Für ein Austernessen unter freiem Himmel war sie damit zwar bestimmt overdressed, aber das war ihr egal. Scheiß auf Etienne, dachte sie sich, während sie durch das feuchte Gras lief. Sie fühlte sich wie eine Königin. Heute war ihr Geburtstag, und sie musste die Insel bald verlassen, da wollte sie feiern, und zwar mit Stil. Heute Abend würde sie alle offenen Baustellen vergessen und sich einfach nur amüsieren.

»Oh, seht nur!«, rief sie entzückt, als hinter den Bäumen die Austernfarm auftauchte. »Das ist ja zauberhaft!«

Für das Fest waren über dem Picknickbereich kreuz und quer Lichterketten gespannt worden, kleine Lampen beleuchteten die Wege. An den Tischen hatten sich bereits Inselbewohner und Touristen versammelt, alle in hübschen Partyoutfits, die sich frittierte und gegrillte Austern schmecken ließen, dazu gab es Bier und Wein. In einer Ecke griff die Bluegrass-Band mit Kontrabass und Banjo bereits fröhlich in die Saiten. Vor der Bühne war eine Tanzfläche aufgebaut worden, auf der sich einige unerschrockene Pärchen mehr oder weniger im Takt der Musik drehten. Auf der Wiese vor dem Hauptgebäude entdeckte Georgia ein paar Jahrmarktbuden, an denen Kinder und Teenies einander bei diversen Spielen anfeuerten. Über der fröhlichen Menge zog der Duft von Holzkohle und frittierten Austern dahin. Einfach köstlich.

Georgia sah sich mit einem zufriedenen Lächeln um; es war genau richtig, dass sie ihr Partykleid angezogen hatte. Das hier schien der perfekte Ausklang für ihren Geburtstag zu werden.

An einem der Tische saß Billy mit einer weißhaarigen Frau zusammen. Als die beiden ihnen zuwinkten, entschied Star: »Da sind Barbara und Billy, ich werde ihnen mal Hallo sagen. Wir sehen uns dann später.« Damit klinkte sie sich aus und ließ Georgia mit Cole allein.

»Komm mit.« Kurz entschlossen packte Georgia seine Hand und zog ihn zu der Warteschlange vor dem Essensstand hinüber. »Ich werde eine frittierte Auster probieren. Wer weiß, vielleicht kann ich sie diesmal ja sogar schmecken.«

Cole

Widerwillig stand Cole neben Georgia in der Schlange. In dem Gedränge wurde sie immer wieder gegen ihn gepresst. Ihr Haar strich über seinen Arm, und er konnte ihr Parfum riechen, das ihn an den zarten Duft von Kirschblüten erinnerte, an einen warmen Abend in Paris, an die Frische sprießenden Grüns. Unwillkürlich lehnte er sich noch weiter zu ihr und genoss die Erinnerung und ihre Wärme an seinem Körper. Bald würde sie wieder fortgehen; dieser Gedanke löste Wehmut in ihm aus. Gleichzeitig war es fast schon beängstigend, wie schnell sich seine Gefühle für sie entwickelt hatten. Schon sehr, sehr lange hatte er sich nicht mehr so sehr zu einem anderen

Menschen hingezogen gefühlt. Seit Amy nicht mehr. Nicht mehr, seit er alles zerstört hatte. Der Liebe gegenüber war er misstrauisch geworden. Beim ersten Mal hatte er sie nicht verdient, weshalb er auch keine zweite Chance bekommen sollte.

Aber Georgia war ja in ein paar Tagen weg, führte er sich vor Augen, und diese Erkenntnis sorgte dafür, dass er sich etwas entspannte. Warum sollte er ihre Nähe denn nicht genießen, wenn er Georgia May Jackson vermutlich niemals wiedersehen würde? Also konnte er sich heute Abend genauso gut amüsieren und bittersüßen Abschied feiern, bevor sie für immer aus seinem Leben verschwand. Der Gedanke an ihre Abreise versetzte ihm einen unerwartet schmerzhaften Stich – genau in dem abgrundtiefen Loch, das Amy in seinem Innern hinterlassen hatte. Dort etwas zu spüren, war verblüffend; sehr lange schon war dieser Teil von ihm vollkommen taub gewesen.

»Einen Weißwein, eine Cola und ein Dutzend frittierte Austern, bitte«, bestellte Georgia selbstsicher, als sie an die Reihe kamen. Fragend drehte sie sich zu ihm um. »Sonst noch Wünsche? Ich lade dich ein.«

»Alles bestens.« Er schüttelte den Kopf. Daraufhin bezahlte sie und drehte sich anschließend so schwungvoll um, dass sie beinahe in ihn hineingelaufen wäre. Ja, sie standen sehr eng beisammen. Zu eng. Beweg dich, bevor es peinlich wird, befahl er sich und trat einen Schritt zurück. Was hatte diese Frau nur an sich, das ihn dazu trieb, sich immer noch näher an sie heranschieben zu wollen?

»Bitte schön.« Georgia reichte ihm die Cola und eine Pappschale voller Austern. Wie durch ein Wunder fanden sie vorne am Strand zwei leere Hocker; um zusätzliche Sitzgelegenheiten zu schaffen, waren hier einige runde, aus Baumstämmen gesägte Blöcke aufgestellt worden. Cole zog ihre beiden ein Stück weiter an den Rand, damit sie mehr für sich waren. Dann setzte er sich und trank erst einmal einen Schluck. Georgia nahm gegenüber von ihm Platz, in einer Hand ihre Pappschale, in der anderen einen Plastikbecher mit Weißwein, und sah sich strahlend um.

Über ihnen schimmerten die Lichter, die schmachtende Stimme des Sängers drang herbei, der ihnen von seiner einen wahren Liebe vorschwärmte, untermalt vom Klang der Fiedel … In diesem Moment war sich Cole sicher, niemals etwas Schöneres gesehen zu haben als diese Frau. Georgia sagte etwas zu ihm, aber er nahm es gar nicht wahr. Zu sehr lenkte ihn der Anblick ihrer vollen Lippen ab, leuchtend rot durch den Lippenstift, den sie immer trug. Die Locken fielen ihr sanft über die Schultern, und als sie plötzlich ausgelassen lachte, spürte er, wie sein Mund trocken wurde.

Er wollte nicht, dass sie ging. So einfach war das. Er wollte, dass sie blieb. Er wollte in verregneten Winternächten ihre verschlafene Stimme neben sich hören. Er wollte ihre Hüfte an seiner spüren, wenn sie sich im Schlaf umdrehte. Er wollte … sie. Und das machte ihm Angst. Wieder trank er einen Schluck und starrte dann in die Bucht hinaus. Sein Herz schlug viel zu heftig. Bald würde sie fortgehen, würde zu ihrem Leben in Paris zurückkehren, zu dem Leben, von dem sie immer geträumt hatte. Und Star und er … Was würde aus ihnen werden?

Du musst es ihr sagen, drängte sein Gewissen ihn. Du kannst sie nicht gehen lassen, ohne dass sie die Wahrheit kennt. Das könnte alles verändern.

So viel war er ihr schuldig. Sie hatte es verdient, die Wahrheit zu erfahren.

»Georgia.«

»Ja?« Mit leuchtenden Augen wandte sie sich ihm zu. Und er wollte es ihr wirklich sagen, hielt dann aber doch inne. Plötzlich sah er wieder Star vor sich, wie sie ihn, hin- und hergerissen zwischen Hoffnung und Trauer, zu Stillschweigen verpflichtet und ihm dann von ihrem Plan erzählt hatte, Georgia auf die Insel zu holen. Es war nicht sein Geheimnis, deshalb hatte er kein Recht, es zu verraten. Es war Stars Geheimnis, und auch wenn es Auswirkungen auf sie alle hatte, durfte er ihr Vertrauen nicht enttäuschen. Er hatte es Star versprochen, und er stand zu seinem Wort.

Deshalb sagte er nun: »Ach, nichts. Du siehst einfach großartig aus heute Abend. Ein tolles Kleid.«

»Oh.« Feine Röte breitete sich auf ihren Wangen aus, sie schien sich über das Kompliment zu freuen. »Danke.« Sie nippte an ihrem Wein und verzog dann das Gesicht. »Ich wünschte nur, der würde besser schmecken.«

»Wahrscheinlich wäre er auch nicht viel besser, wenn du richtig schmecken könntest«, tröstete er sie. »Bei solchen Veranstaltungen spart Billy immer am Wein.«

Lachend wandte sie sich wieder dem Partygeschehen zu, lauschte der Musik und beobachtete die Tänzer. Cole gönnte sich einen Moment, in dem er einfach nur diesen Anblick genoss. Er versuchte, sich jedes noch so kleine Detail einzuprägen, sozusagen als Trostpflaster für die Zeit, wenn sie nicht mehr da wäre.

»Lass uns tanzen.« Georgia sprang auf und streckte ihm die Hand entgegen.

Sofort schüttelte Cole den Kopf. »Ich tanze nicht, habe zwei linke Füße.«

Ihre roten Lippen verzogen sich zu einem niedlichen Schmollmund. »Heute ist mein Geburtstag, und ich möchte tanzen. Das bedeutet, du darfst gar nicht Nein sagen.« Grinsend packte sie seine Hand, zog ihn hoch und schleifte ihn Richtung Tanzfläche. Seine Proteste verhallten ungehört. Diese Frau konnte wirklich verdammt überzeugend sein.

Georgia amüsierte sich großartig. Schon seit Jahren hatte sie sich nicht mehr so frei gefühlt. Wie sich herausstellte, war Cole ein überraschend guter Tänzer. Sein Rhythmusgefühl war prima, und er bewegte sich mit einer sparsamen Eleganz, die es leicht machte, sich von ihm führen zu lassen. Bei ihm sah das Ganze mühelos und sexy aus. Georgia hingegen geriet immer wieder ins Stolpern, da die körperliche Nähe sie ablenkte und sie hin und wieder vergaß, dass eigentlich er führen sollte. Waren es nun die Pheromone, die sie zum Tollpatsch werden ließen, oder der Wein? Sie war sich nicht sicher. Als die Band ein langsames Lied anstimmte, zog Cole sie an sich und legte ihr vollkommen selbstverständlich einen Arm um die Taille. Nach kurzem Zögern entspannte sich Georgia und überließ sich einfach der Musik und dem Augenblick. Sie legte ihre Arme um Coles Hals und schmiegte sich an ihn. Da war er wieder, sein Duft: Seife, Salz und Kaffee. Sie tanzten wirklich sehr eng, sogar ihre Köpfe berührten sich fast.

»Ich habe bei unserem Spiel noch mindestens ein Dutzend Fragen gut«, stellte sie neckend fest. »Und da ich heute Geburtstag habe, musst du sie alle ehrlich beantworten.«

Mit einem schiefen Grinsen hakte Cole nach: »So läuft das also?«

»Ganz genau.« Georgia schenkte ihm ein kokettes Lächeln. »Hier kommt die erste. Warum warst du mir gegenüber am Anfang so feindselig?« Er zögerte, und sie glaubte zu sehen, wie er seine Möglichkeiten abwog. »Du musst ehrlich antworten«, mahnte sie deshalb noch einmal.

»Du willst die Wahrheit wissen?« Er schob sie in eine langsame Drehung, bevor er resigniert zugab: »Ich hatte Angst, dass du mich wiedererkennen könntest.«

»Ernsthaft?« Georgia verzog das Gesicht. »Komm schon. Ich pflege normalerweise keinen Umgang mit heißen, eigenbrötlerischen Wissenschaftsgenies, auch nicht, wenn sie berühmte Preise gewinnen. Nicht ganz meine Szene.«

»Nicht deswegen«, protestierte er. »Aber du hattest recht, als du meintest, dass ich dir bekannt vorkomme. Wir sind uns früher schon einmal begegnet.«

»Wie bitte?« Georgia lehnte sich ein wenig zurück und starrte ihn fassungslos an. »Wann?« Angestrengt versuchte sie herauszufinden, wann sich ihre Wege schon einmal gekreuzt haben könnten. »Ich wusste es! Ich wusste, dass ich dich irgendwoher kenne. Aber dann hast du behauptet, dass wir uns nie begegnet sind.«

Cole hatte zumindest den Anstand, betreten dreinzuschauen, als er nun zugab: »Ich habe gelogen.« Wieder schob er sie in eine Drehung. »Wir sind uns vor ungefähr sieben Jahren in Paris begegnet. Die Akademikergemeinde wollte mich für irgendein Forschungsprojekt ehren, das ich während meiner Studienzeit in Paris abgeschlossen hatte. Vor der Preisverleihung gab es einen Cocktailempfang, und sie hatten extra einige Nobelköche für die Horsd'œvres eingeladen.«

In Georgias Augen blitzte Verstehen auf. »Ich erinnere mich an die Veranstaltung«, rief sie. Dann fragte sie überrascht: »Du warst auch dort? Das war ein furchtbarer Abend.«

Er nickte. Die anderen Paare glitten im Takt der Musik um sie herum, und sie schafften es, auch weiterhin Schritt zu halten. »Es war meine allererste Auszeichnung, weshalb ich meinen geliehenen Smoking vor lauter Nervosität schon beim Empfang durchgeschwitzt hatte«, fuhr Cole fort. »Und dann habe ich dich gesehen. Du hast irgendwelche pikanten Crêpes auf Texas-Art gemacht.«

»Schweinebauch-Barbecue-Crêpes«, korrigierte ihn Georgia und verzog betreten das Gesicht.

»Für mich warst du die schönste Frau, die ich jemals gesehen hatte.«

»Das ist wirklich lieb von dir«, bedankte sie sich, »aber dieser Abend war eine totale Katastrophe. Sie haben mich nach der Hälfte der Veranstaltung gefeuert, nachdem mich einer dieser arroganten Vollidioten beleidigt hatte und meine Reaktion etwas … heftig ausgefallen war.« Selbst die Erinnerung daran schien sie noch aufzuregen.

»Ich weiß.« Schuldbewusst zog Cole die Schultern hoch. »Das war ich.«

»Nein.« Ungläubig riss Georgia die Augen auf und trat einen Schritt zurück, sodass sie ihn loslassen musste. »Du machst wohl Witze! Das warst DU? Kein Wunder, dass du mir so bekannt vorgekommen bist. Wie konntest du nur?« Ihre anfängliche Verblüffung verwandelte sich schnell in Wut.

Cole blieb nun ebenfalls stehen und versicherte ihr beschämt: »Ich wollte dich nicht beleidigen, Georgia. Ich hatte mir extra mit drei Gläsern Champagner Mut angetrunken – dumme Idee, das weiß ich jetzt. Aber das war noch vor Amy, und ich war im Umgang mit Frauen total gehemmt. Und dann stand ich da mit meinem beschissenen Haarschnitt und dem geliehenen Smoking. Ich hatte den ganzen Abend mein Französisch aufpoliert, um dich ansprechen zu können. Und ich wollte dich einfach nur fragen, ob du nach der Preisverleihung mit mir etwas trinken gehen würdest.«

»Stattdessen hast du mich dumm angemacht und mich eine Hure genannt«, erwiderte Georgia, stemmte die Hände in die Hüften und musterte ihn böse. »Und das in sehr schlechtem Französisch.«

Nun wirkte Cole noch beschämter. »Aber das wollte ich ja nicht sagen. Bei dieser Verleihung waren auch die Techniker dabei, die Französisch sprachen. Die haben mir einen Satz beigebracht, mit dem ich dir ein Kompliment machen wollte. Am Ende stellte sich dann heraus, dass sie mich verarscht hatten und es alles andere als schmeichelhaft für dich gewesen war. Das war alles ein schreckliches Missverständnis.«

Leicht besänftigt gab Georgia zu: »Ich habe dich für einen dieser privilegierten Schnösel gehalten. Das passiert bei solchen Veranstaltungen immer wieder: Gib Männern Alkohol, und sie glauben, ausnahmslos jede Frau will mit ihnen ins Bett steigen. Das hatte ich einfach satt. Und du warst ungefähr der fünfte nerdige Wissenschaftler, der an diesem Abend versucht hat, bei mir zu landen. Da war deine vulgäre Anmache einfach der Tropfen, der das Fass zum Überlaufen brachte.«

»Was wohl erklärt, was dann passiert ist«, vermutete Cole. »Ich werde nie deinen Gesichtsausdruck vergessen, als du die Kelle mit dem Barbecuefleisch genommen, dich über den Tisch gebeugt und das Zeug ganz sorgfältig in die Brusttasche meines Smokings gekippt hast. Erwähnte ich eigentlich schon, dass der nur geliehen war?« Cole begann zu lachen. »Und dann hast du mich ganz unschuldig angesehen und mit deinem süßen Texas-Akzent ›*Bon appétit*‹ gesagt.«

Stöhnend vergrub Georgia das Gesicht in den Händen. »Kurz danach haben sie mich gefeuert.«

Grinsend stellte Cole fest: »Ich hatte es absolut verdient. Aber war es das wert?«

Georgia spähte zwischen ihren gespreizten Fingern hindurch. Ein boshaftes Lächeln huschte über ihr Gesicht. »Oh ja. Und wie es das wert war.«

»Ich musste zweihundert Euro Reinigungsgebühr bezahlen, als ich den Smoking zurückgebracht habe«, erzählte Cole weiter. »Den Geruch der Barbecuesoße haben sie aus dieser Tasche bestimmt nie wieder rausbekommen.«

Georgia warf ihm einen langen Blick zu, dann fing sie an zu lachen. Cole war überrascht, stimmte aber schnell mit ein. So standen sie sich auf der Tanzfläche gegenüber, die Band spielte, die Tanzenden flossen wie Meeresströmungen um sie herum, und sie lachten, bis ihnen die Tränen kamen.

Als der Lachanfall vorbei war, richtete sich Georgia keuchend auf. »Deshalb warst du also so ekelhaft zu mir, als ich hier angekommen bin? Weil du dachtest, ich würde mich an dich erinnern?«

Cole nickte verlegen. »Als Star mir von ihrer Tochter erzählte, die als Köchin in Paris arbeitet, dachte ich zunächst, das könntest unmöglich du sein. Ich meine, wie wahrscheinlich war das schon? Aber dann warst du da. Sobald ich dich gesehen habe, wusste ich es. Und dann hatte ich Angst, du könntest mich erkennen, herausfinden, wer ich war, und mich dafür hassen. Nicht nur wegen der misslungenen französischen Einladung, sondern auch wegen dem, was danach kam. Wegen Amy, wegen allem.« Seine Wangen röteten sich. »Ich habe mich geschämt. Und es tut mir leid.«

Mit einem Schlag wurde Georgia ernst. »Was Amy zugestoßen ist, war ein Fehler, Cole«, sagte sie sanft. »Ein schrecklicher, schrecklicher Fehler, mit dem du immer wirst leben müssen. Aber du hast es nicht mit Absicht getan. Und ein Fehler, wie groß er auch sein mag, bedeutet nicht, dass dein Leben damit vorbei ist. Du bist ein so liebenswürdiger und loyaler Mensch, Cole. Du hast es verdient, dass dein Leben auch jetzt noch mit Freude und Liebe erfüllt ist.«

Cole starrte auf den Boden, rieb angespannt den Schuh über das Holz. »Das sagt sich so leicht. Und ich wünschte wirklich, ich könnte es glauben«, erwiderte er leise.

Georgia nickte. »Ich weiß. Eines Tages wirst du es hoffentlich können.« Sie warf ihm einen spekulativen Blick zu. »Da dein Französisch sich ja inzwischen ein wenig verbessert hat«, begann sie in dem Versuch, die Stimmung wieder aufzuhellen, »könntest du ja noch einmal versuchen, mir ein nettes Kompliment zu machen.« Sie zog neckend eine Braue hoch, ein vorsichtiger Vorstoß. »Aber frag bloß nicht wieder deine Studienkollegen um Rat.«

Einen Moment lang sah Cole sie wortlos an, dann kam er mit undurchdringlicher Miene auf sie zu. Ganz langsam hob er die Hand, schlang den Arm um ihre Taille und zog sie an sich heran. Georgia schnappte nach Luft. Doch er schloss sich nicht wieder dem Tanz an, sondern stand einfach nur da und hielt sie fest. Vorsichtig legte sie die Arme wieder um seinen Hals.

»Was wolltest du mir denn an diesem Abend eigentlich sagen?«, fragte sie.

Cole beugte sich vor, bis seine Lippen ihr Ohr streiften. Seine Hand ruhte fest an ihrer Taille, und sein Atem strich warm über ihre Haut, als er antwortete: »Ich wollte dir sagen, dass du das kühnste und schönste Mädchen bist, das ich je gesehen habe.« Er unterbrach sich kurz. »Und das denke ich heute immer noch.«

Überrascht lehnte Georgia sich ein wenig zurück und sah ihn an. »Wirklich?«

Er nickte. »Georgia May Jackson.« In seinen eisblauen Augen flackerte eine so unverhüllte Sehnsucht auf, dass ihr der Atem stockte. »Einer Frau wie dir bin ich noch nie begegnet. Für mich bist du der strahlendste Stern am Nachthimmel.«

Vollkommen überrumpelt starrte Georgia ihn an, dann küsste sie ihn. Ihre Lippen erstickten den überraschten Laut, den er nicht mehr unterdrücken konnte, dann aber wanderte seine Hand zu ihrem Nacken hinauf, während er sie mit dem anderen Arm fest an sich drückte und ihren Kuss erwiderte. Die Lichter schimmerten, die Fiedel kratzte, der Bass brummte. Gleichzeitig verschwand die Welt um sie herum, als Georgia die Augen schloss und sich völlig diesem Moment hingab. Paris, Star und der Wettbewerb verschwanden aus ihrem Kopf. Sie dachte überhaupt nicht mehr. Ihre Finger glitten durch das weiche Haar in Coles Nacken, seine Bartstoppeln kratzten an ihrer Wange. Dieser Mann wusste definitiv, wie er seinen wundervollen Mund richtig nutzen konnte. Seinem Kuss wohnte eine unglaubliche Konzentration inne, als wäre das der einzige Sinn und Zweck seines Lebens. Georgia bekam weiche Knie, doch er hielt sie fest. Warm und drängend glitt seine Zunge in ihren Mund. Er schmeckte nach frittierten Austern. Ihr Kuss wurde immer leidenschaftlicher. Dann aber löste sich Georgia plötzlich von ihm und hob taumelnd die Hand an die Lippen.

»Ich kann dich schmecken«, flüsterte sie.

Mit glasigem Blick sah Cole sie an. »Was?«

»Ich kann dich schmecken«, wiederholte sie. »Die Austern, ihr Umami. Cole, ich kann es schmecken!« Für eine Sekunde starrte sie ihn wortlos an, dann stieß sie einen Freudenschrei aus und warf sich in seine Arme. Er fing sie auf, als sie die Arme um seinen Hals und die Beine um seine Hüften schlang – so ekstatisch lachend, dass es beinahe wie ein Weinen klang. Langsam drehte er sie im Kreis und lachte mit ihr, während die Lichter und die Musik um sie herum zu einem wundervollen Nebel verschwammen.

30

»Das war ja mal eine Party«, seufzte Georgia verträumt. Es war kurz vor Mitternacht, und mehrere Gläser Sauvignon Blanc, die sie zusammen mit einem Dutzend frittierter Austern genossen hatte, sorgten dafür, dass sie ein wenig angetrunken war. Cole stützte sie sanft, während sie im Mondlicht die Party verließen und unter den Tannen zum Cottage zurückschlenderten. Star war schon vor einiger Zeit gegangen und hatte die beiden tanzend zurückgelassen. Nun packte die Band ihre Sachen zusammen, die Tanzfläche war leer, und der Grill kühlte bereits ab. Billy lief mit einem großen schwarzen Müllsack über den Platz und sammelte pfeifend die Überreste rund um die Picknicktische ein. Das Austerngelage war für dieses Jahr beendet.

Doch war es eine herrliche Nacht gewesen. Georgia strahlte vor Glück, war berauscht von der Freude, wieder eine Geschmacksrichtung mehr wahrnehmen zu können, und natürlich auch von dem unerwarteten Kuss. Obwohl, eigentlich war es mehr als einer gewesen. Ja, seit dem magischen Moment auf der Tanzfläche hatte es einige Küsse gegeben, einer besser als der andere. Sie schloss die Augen und summte das Lied vor sich hin, das die Band zuletzt gespielt hatte. Dieser Abend … dieser Abend war wahrlich magisch gewesen: die Lichter, die Musik, der Wein, die Austern – und Cole. Sie sah kurz zu ihm hoch und stellte fest, dass er sie beobachtete. Plötzlich schien ihr Herz aus Butter zu bestehen, weich schmelzend durch die Hitze, die zwischen ihnen entflammt war. Georgias Blick blieb an seinen Lippen hängen, diesen wundervollen Lippen. Sie war in einen Mann verliebt, der jedem Kuss echte Bedeutung verlieh.

Coles offenes Eingeständnis seiner Gefühle hatte alles verändert. Er empfand etwas für sie, und sie empfand etwas für ihn. Aber was konnten sie daraus machen? Wäre er bereit, für sie nach Paris zu ziehen? Wohl eher nicht. Er liebte diese Inseln, die Natur hier, die Ruhe und Anonymität. Und er schien auch wirklich hierherzugehören. In Paris würde er nicht glücklich werden, das spürte sie. Aber Paris war ihr großer Traum, und sie konnte sich nicht vorstellen, diesen Traum für irgendetwas oder irgendjemanden aufzugeben. Nicht einmal für einen Mann, der küsste, als wäre das seine wahre Bestimmung im Leben. Nicht einmal für Cole. Frustriert runzelte Georgia die Stirn. Einfache Antworten gab es nicht im Leben. Während sie schweigend auf das Haus zugingen, beschloss sie, sich darüber erst später Gedanken zu machen. Heute war sie dafür zu glücklich, zu verliebt und auch etwas zu betrunken. Das war der beste Geburtstag aller Zeiten gewesen, und sie wollte ihn einfach noch ein klein wenig länger genießen.

An der Hintertür blieben sie stehen. Im Wohnzimmer brannte Licht, während die Küche im Dunkeln lag. Entweder war Star noch wach, oder sie hatte für Georgia eine Lampe angelassen. »Vielen Dank für den schönen Abend«, sagte Georgia leise. Cole stand dicht bei ihr, kaum mehr als ein Schatten im Dunkel der Nacht.

»Es war mir ein Vergnügen«, antwortete er.

Georgia hörte das Lächeln in seiner Stimme. Sie stellte sich auf die Zehenspitzen und drückte einen Kuss auf seine stoppelige Wange. Schön warm war sie in der kühlen Nachtluft. »Gute Nacht, Cole.«

»Gute Nacht, Georgia May.« Für einen kurzen Moment drückte er seine Stirn an ihre, sodass sich ihre Nasen beinahe berührten. Dann holte er tief Luft und öffnete die Küchentür. »Darf ich dich hineinbegleiten?«

Georgia nickte, nahm seine Hand und zog ihn ins Haus. Dieser Abend sollte noch nicht enden. Sie war nicht bereit für einen Abschied.

Händchen haltend führte sie ihn durch den dunklen Flur ins hell erleuchtete Wohnzimmer, wo sie vollkommen verblüfft innehielt.

Dort saß ihr Vater.

»Daddy?« Georgia blieb so abrupt stehen, dass Cole ihr prompt in die Hacken trat.

»Hallo, Georgia May.« Der große, hagere Buck Jackson saß in einem Sessel in der Ecke. Sein Stetson ruhte auf seinen Knien, die Arme waren vor der breiten Brust verschränkt. Wie immer war sein blondes Haar militärisch kurz geschnitten, und selbst jetzt im Frühling hatte ihn die Sonne schon ein wenig verbrannt. In ihrer Verwirrung glaubte Georgia einen Moment lang, er sei wegen ihres Geburtstags gekommen. Aber dann bemerkte sie den finsteren Blick, mit dem er Star musterte, die sich an ein Ende der Couch drückte, so weit von Buck entfernt wie nur möglich. Sie trug noch immer ihr Party-Outfit und schien zwischen Verunsicherung und Trotz zu schwanken. Zu ihren Füßen saß Pollen, die zwischen den Menschen hin- und herblickte und leise winselte.

Cole musste sich erst an Georgia vorbeibeugen, um

Buck zu entdecken, war dann aber ebenfalls verwirrt. »Wer sind Sie?«, wollte er wissen.

»Buck Jackson«, erklärte der Angesprochene und zog irritiert eine Braue hoch. »Georgias Daddy und Stars Ex-Mann. Und wer bist du, Söhnchen?«

Überrascht drehte Cole sich zu Georgia um, die nur wortlos nicken konnte. Noch immer war sie völlig schockiert darüber, ihren Vater hier zu sehen.

»Was machst du denn hier, Daddy?«, brachte sie schließlich mühsam hervor. Es war bereits mehrere Jahre her, dass sie ihren Vater zuletzt gesehen hatte. Warum in aller Welt saß er an ihrem Geburtstag mitten in der Nacht hier in diesem Wohnzimmer? Sie ging ein wenig weiter in den Raum hinein und blickte fragend zwischen ihren Eltern hin und her. Beide strahlten eine Feindseligkeit aus, die sich beinahe mit Händen greifen ließ. Die Hitze ihres Zorns hätte Wasser zum Kochen gebracht. Was war hier nur los?

»Georgia May.« Mit einem hörbaren Klatschen schlug Buck den Hut auf sein Bein, dann stand er auf. »Diese Frau ist eine Lügnerin.« Er zeigte auf Star. »Du kannst ihr nicht trauen. Pack deine Sachen, ich hole dich hier raus.«

»Wie bitte?«, rief Georgia empört, während Star zeitgleich protestierte: »Nein, Buck, nicht!«

»Du hast mir vor langer Zeit versprochen, dass du dich von deiner Tochter fernhalten würdest, und über all die Jahre hast du dieses Versprechen gehalten.« Nun zeigte Buck wütend mit dem Finger auf Star. »Bis heute.« Er wandte sich wieder Georgia zu. »Sie hat mich vor ein paar Wochen kontaktiert und mir eine herzzerreißende Geschichte über eine schlimme Krankheit erzählt und dass ihr nicht mehr viel Zeit bliebe. Regelrecht angefleht hat sie mich, wieder Kontakt zu dir aufnehmen zu dürfen. Weil sie es dir selbst sagen wolle, bevor es zu spät sei. Wider besseres Wissen habe ich eingewilligt und ihr deine E-Mail-Adresse gegeben. Und dann bekomme ich heute Morgen diese Nachricht von dir, und sieh an, es geht ihr prächtig! Deshalb habe ich beschlossen, herzukommen und Klarheit zu schaffen, um herauszufinden, was sie vorhat.« Vorwurfsvoll fuhr er zu seiner Ex-Frau herum. »Du hast mich wieder einmal belogen, Star. Aber das wird das letzte Mal gewesen sein.«

»Es ist keine Lüge!«, rief Star kläglich. Nun drehten sich alle zu ihr um. Sie schluckte nervös.

Bestürzt sah Georgia ihre Mutter an. »Was meint er damit?«, fragte sie schrill. »Bist du etwa krank?«

Star sah fast schon panisch zu Cole hinüber, der abwehrend die Hände hob und einen Schritt zurücktrat. »Dir muss doch klar gewesen sein, dass sie es irgendwann herausfindet, Star«, sagte er müde. Er wandte sich Georgia zu, und das Mitgefühl in seinem Blick ließ eisige Furcht in ihrem Herzen aufkeimen.

»Was würde ich herausfinden?«, bohrte sie weiter. Hilflos sah sie sich um. Was verschwiegen sie ihr? Warum war sie die Einzige, die nicht zu wissen schien, was hier vor sich ging? Der Gedanke machte sie wütend. Sie hatte es satt, im Dunkeln tappen zu müssen. »Ihr sagt mir jetzt sofort die Wahrheit!«, verlangte sie deshalb. »Was ist hier los?«

Star sackte in sich zusammen. »Es ist keine Lüge«, wiederholte sie schließlich widerwillig. »Was ich zu Buck gesagt habe, ist wahr. Die Diagnose wurde vor einem Monat bestätigt.«

»Welche Diagnose?« Georgia bekam kaum noch Luft. Ihre Lunge schien vollkommen leer gepresst zu sein.

Wieder schluckte Star angespannt, dann sah sie Georgia an. »Ich leide an einer Krankheit, die sich Lewy-Körperchen-Demenz nennt«, begann sie. »Das ist quasi eine Kombination aus Alzheimer und Parkinson. Noch befinde ich mich im Anfangsstadium, aber nachdem die Diagnose gestellt wurde, schreitet die Krankheit oft schnell voran. Die meisten Menschen leben danach nur noch ein paar Jahre. Es gibt kein Heilmittel dagegen.« Mit einem resignierten Blick fügte sie hinzu: »Es tut mir schrecklich leid, Georgia.«

»Nein«, flüsterte Georgia tonlos. Tränen stiegen in ihren Augen auf. »Das kann nicht wahr sein.« Star war unheilbar krank? Nun hatte sie ihre Mutter endlich gefunden, nur um sie sofort wieder zu verlieren? Das war zu grauenvoll, das durfte nicht wahr sein.

»Deswegen hast du mich also kontaktiert«, stellte sie leise fest, denn plötzlich fügten sich sämtliche Teile zusammen. Star hatte ihr geschrieben, weil sie krank war. Das war das große Geheimnis, das Star vor ihr verborgen hatte. Nun ergab alles einen Sinn: das Timing von Stars Kontaktaufnahme, Billys merkwürdige Andeutungen, das angespannte Gespräch von Star und Cole, das sie am Tag ihrer Ankunft mitangehört hatte.

Star stieß bedrückt den Atem aus und nickte. »Ich habe Kontakt zu dir gesucht, weil mir nicht mehr viel Zeit bleibt«, gestand sie. »Ich wollte dich noch einmal sehen, bevor … bevor es zu schlimm wird. Momentan sind meine Symptome noch erträglich, die meisten Menschen bemerken sie gar nicht. Hin und wieder bin ich etwas vergesslich, und ich schlafe schlecht oder gar nicht. Aber bald wird es sich verschlimmern. Innerhalb weniger Jahre werde ich den Großteil meiner kognitiven Fähigkeiten verlieren, mein Kurzzeitgedächtnis, die motorische Kontrolle über meinen Körper. Mir bleibt also nicht mehr viel Zeit, bis es richtig, richtig schlimm wird.«

Ungläubig sah Georgia sich um. Der Abend war so wundervoll gewesen, und plötzlich schien sie in einem schrecklichen Albtraum gelandet zu sein. »Aber können die Ärzte denn gar nichts tun?«, fragte sie so flehend, dass es sie selbst anwiderte.

Star schüttelte den Kopf. »Ich nehme zwar Medikamente, die den Verlauf verlangsamen, aber eines Tages wird die Krankheit mich überwältigen. Es ist nur eine Frage der Zeit.« Tieftraurig sah sie ihre Tochter an.

Georgia schloss die Augen. Ihr war schlecht. Kaum hatte sie geglaubt, wieder Hoffnung und Freude in ihrem Leben zu finden, kam der nächste Tiefschlag.

Cole, der nun in der offenen Zimmertür lehnte, räusperte sich kurz, bevor er forderte: »Du musst ihr alles sagen.«

»Was, da kommt noch mehr?«, fragte Georgia panisch. Mehr schlechte Neuigkeiten konnte sie nicht ertragen.

Mit gequälter Miene fuhr Star fort: »Ich werde das Haus verkaufen. Es muss sein, bevor sich mein Zustand verschlechtert. Das ist einfach alles zu viel für mich, selbst mit Coles Hilfe, außerdem werde ich das Geld brauchen, um meine Pflege zu bezahlen. In ein paar Wochen biete ich es zum Verkauf an und ziehe dann in eine Pflegeeinrichtung auf Lopez Island. Dort bekomme ich die Hilfe, die ich brauchen werde, wenn sich die Krankheit verschlimmert.«

Georgia war wie vor den Kopf geschlagen. Während der

vergangenen Wochen hatte sie mehr und mehr das Gefühl bekommen, nun nicht nur eine Mutter zu haben, sondern auch eine Geschichte und sogar eine richtige Heimat. Und nun brach alles in sich zusammen, löste sich innerhalb weniger Minuten einfach wieder in Luft auf.

»Ich ... ich kann das nicht glauben«, murmelte sie schließlich und schüttelte fassungslos den Kopf. Könnte sie doch nur die Zeit um ein oder zwei Stunden zurückdrehen, dann wäre sie wieder beim Austerngelage, würde tanzen und Cole küssen. Dann müsste sie nicht mitansehen, wie sich ihr gesamtes Leben auflöste wie ein Zuckerwürfel in Wasser. Innerhalb eines Augenblicks verschwand all das Gute, direkt vor ihren Augen.

»Georgia«, begann Star vorsichtig.

»Nein.« Abrupt hob Georgia die Hand, damit sie gar nicht erst weitersprach. »Ein ganz klares Nein. Nicht heute Abend.« Sie ertrug es einfach nicht. Schon jetzt schwirrte ihr der Kopf, die Furcht und die Trauer drückten wie ein schwerer Stein in ihrem Bauch. Hätte sie doch bloß nicht so viel Wein getrunken. Zwischen ihren Schläfen begann es zu pochen.

»Georgia?« Cole fasste sie sanft am Arm, aber sie schüttelte seine Hand ab.

»Du.« Plötzlich wieder wütend, fuhr sie zu ihm herum. »Du hast mich angelogen.«

»Nein, ich habe nicht gelogen.« Er wich ihrem Blick nicht aus, als er bedrückt hinzufügte: »Ich habe dir nur nicht die Wahrheit gesagt.«

»Das ist kein Stück besser. Geh einfach, Cole. Bitte ... geh.«

Er sah sie lange an, bevor er fragte: »Willst du das wirklich?« Verletzt wirkte er. Georgia nickte traurig und wandte sich ab. Wortlos drehte Cole sich um und verschwand durch die Hintertür.

Einen Augenblick lang herrschte Stille.

»Ich sollte ebenfalls gehen.« Buck klopfte mit seinem Stetson gegen sein Knie. »Star, es tut mir wirklich leid, dass es dir so schlecht geht. Ich werde dich jetzt in Ruhe lassen, damit du deine Zeit mit Georgia bekommst.« Er wirkte extrem verlegen.

»Nein«, widersprach Georgia scharf. Ihre Eltern sahen sie überrascht an. »Hier wird niemand gehen«, verlangte sie weiter. »Heute Abend ertrage ich keine weiteren Enthüllungen, aber morgen werden wir reden, und zwar alle drei. Ihr beide habt mir einiges zu erklären. Niemand geht, bevor wir nicht ein umfassendes Gespräch geführt haben, verstanden?«

Star und Buck sahen sich an, protestierten aber erstaunlicherweise nicht. »Du kannst hier auf dem Sofa schlafen«, bot Star ihrem Ex-Mann schließlich widerwillig an. Das schien Buck zu überraschen, doch er schien nicht glücklich damit. »Vielen Dank für das Angebot, aber der Wagen reicht mir völlig.« Er deutete mit dem Kopf zur Vorderseite des Hauses, wo ein schwarzer SUV neben Stars Verkaufsstand parkte, offenbar ein Mietwagen.

»Ich gehe jetzt ins Bett«, verkündete Georgia. »Wir sehen uns dann morgen früh.« Müde trat sie zur Treppe. Ihre Füße waren schwer wie Blei, sodass sie sich nur mühsam die Stufen hochschleppen konnte. Bei jedem Schritt glaubte sie, ihr Herz brechen zu hören.

»Georgia?«, rief Star ihr besorgt hinterher.

»Heb es dir auf bis morgen«, erwiderte Georgia, ohne sich umzudrehen. Dann ging sie allein in den ersten Stock hinauf.

In ihrem Zimmer angekommen verriegelte Georgia leise die Tür hinter sich. Ihr Schädel pochte, und in ihrem Hals steckte ein Kloß von der Größe einer Pflaume. Star war krank. Star würde ihr Gedächtnis verlieren. Es war nur eine Frage der Zeit …

Schluchzend streifte Georgia ihre Schuhe ab und sank auf die Bettkante. Der leuchtend grüne Rock ihres Partykleides bauschte sich um sie. Ihr magischer Abend war unwiederbringlich zerstört. Zu wissen, dass die Mutter, die sie gerade erst wiedergefunden hatte, sie bald erneut verlassen würde, ohne dass sie irgendetwas dagegen tun konnte, hatte ihr sämtliche Freude geraubt. Das war nicht nur unglaublich tragisch, sondern auch extrem ungerecht.

Krampfhaft kämpfte Georgia gegen die Tränen an. Sie schlüpfte aus ihrer Strickjacke, zog den Reißverschluss des Kleides auf und ließ es einfach zu Boden fallen. Herrlich unbeschwert hatte ihr Abend begonnen, mit Cole, Austern und Küssen. Nun ließen Enttäuschung und Verlustängste all das schal erscheinen. Fröstelnd stand Georgia nur in Unterwäsche im kalten Zimmer. Schnell zog sie ihren Pyjama über und hängte das Kleid in den Schrank. Als sie anschließend die Strickjacke vom Boden aufhob, fiel eine Handvoll Kleeblätter heraus und segelte auf die Holzdielen. Einen Moment lang starrte Georgia die grünen Blättchen reglos an, dann gewann ihre Frustration die Oberhand, und sie fing an, auf ihnen herumzutrampeln.

»Was wollt ihr mir sagen?«, zischte sie wütend.

Stille.

Mit einem schweren Seufzer sank sie auf die Knie und sammelte so viele Kleeblätter auf, wie sie finden konnte.

Sobald sie auf ihrer Hand lagen, bedachte Georgia sie mit einem finsteren Blick.

Glaube, Hoffnung, Liebe und Glück.

Heute Abend machte sich das alles ziemlich rar. In ihrem Leben schien es keinerlei Zauber mehr zu geben. Stattdessen kam sie sich vor, als hätte man ihr einen grausamen Streich gespielt. Alles war so gut gelaufen, bis das Wissen um Stars Krankheit ein riesiges Loch in das Zentrum dieser positiven Entwicklung gesprengt hatte. Wie sollte sie das verkraften – ihre Mutter zu verlieren, nachdem sie sich gerade erst wiedergefunden hatten? Noch immer war der Schock so gewaltig, dass er ihr den Atem raubte.

Entschlossen warf Georgia die Kleeblätter in den Mülleimer, stieg ins Bett und zog sich die verwaschene Decke bis unter das Kinn. »Julia«, wandte sie sich flüsternd an ihre persönliche Schutzheilige, »hilf mir! Ich gehe hier gerade hoffnungslos unter.«

Munter und pragmatisch wie immer antwortete Julia: »Meine Liebe, am Ende läuft meiner Meinung nach alles auf diese eine Wahrheit hinaus: Nichts im Leben ist verschwendet. Irgendwie lässt sich aus allem noch etwas Gutes gewinnen.«

Resigniert schloss Georgia die Augen. »Was kann daran denn bitte schön Gutes sein?«, murmelte sie traurig. »Ich brauche ein Wunder.«

»Eines der größten Geheimnisse beim Kochen«, fuhr Julia im Plauderton fort, schüttete etwas Rum über ein fluffiges Soufflé und zündete es an, »liegt wohl in der Erkenntnis, dass man stets versuchen sollte, Misslungenes zu korrigieren. Falls das nicht möglich ist, muss man allerdings lernen, es mit Offenheit und Mut zu ertragen. Und nicht vergessen: Wer sich nicht traut, mit Butter zu kochen, kann immer noch Sahne verwenden.«

»Offenheit und Mut.« Wieder stiegen Tränen in Georgias Augen auf. »Butter und Sahne.« Sie verstand nicht wirklich, was Julia ihr damit sagen wollte, fühlte sich aber dennoch getröstet, als sie schließlich einschlief.

31

Als sie im Morgengrauen aufwachte, war Georgia von Entschlossenheit und einer merkwürdigen Ruhe erfüllt. Sobald sie die Augen öffnete, wusste sie, was sie zu tun hatte. Schnell zog sie sich an, schlüpfte in ihre Kochjacke und band sich die Haare mit dem Hermèstuch zurück. In diesen Sachen fühlte sie sich am wohlsten, deshalb wollte sie nichts anderes tragen, wenn sie nun endlich die Antworten bekam, auf die sie seit Jahren gewartet hatte. Und sie wollte sich diese Antworten so schnell wie möglich holen.

Unten in der Küche nahm sie eine Schale mit übrig gebliebenem Reis aus dem Kühlschrank und stellte einen mittelgroßen Topf auf den Herd. Dann schaltete sie auf ihrem Handy leise Édith Piaf ein, sie musste jetzt einfach ihre Stimme hören. Korrigiere, was du kannst, und ertrage alles andere mit Offenheit und Mut – das hatte Julia ihr geraten. Und genau das würde Georgia nun versuchen. Sie gab den Reis, ein Stück Butter, eine Tasse Sahne, etwas Zucker und eine Prise Salz in den Topf und stellte den Herd an. Während die Mischung langsam warm wurde, streute sie Zimt und eine Prise Muskatnuss darüber und gab zum Schluss eine Handvoll Rosinen hinzu. Dann ließ sie den Reispudding unter vorsichtigem Rühren heiß werden.

»Bitte, lass es funktionieren«, murmelte sie verstohlen. Die unterschiedlichsten Gefühle brodelten in ihr. Beim

Gedanken an Stars Krankheit wurde ihr das Herz schwer, doch trotz aller Trauer war sie auch zunehmend wütend auf ihre Eltern. Jetzt würde sie ihre Antworten bekommen, ein für alle Mal. Doch sie wollte mehr als das. Sie wollte dabei helfen, alles zu bereinigen, wollte Klarheit in eine Situation bringen, die viele Jahre lang von toxischer Geheimhaltung überschattet gewesen war. Georgia wollte diesen Missstand korrigieren, und sie sah dafür nur eine Möglichkeit: Sie würde ihre Gabe nutzen und für ihre Lieben kochen, unterstützt von Butter und Sahne.

Der Reispudding war nun warm, also rührte Georgia noch ein wenig Sahne ein, gab ein geschlagenes Ei und etwas Vanilleextrakt hinzu. Reispudding hatte, seit sie denken konnte, regelmäßig abends auf dem Essenstisch der Jacksons gestanden, er war Bucks liebster Nachtisch. Warum also nicht auch einmal zum Frühstück? Sie alle würden den Trost brauchen, den nur warmer Pudding spenden konnte, wenn ihr Gespräch nicht zu einem totalen Reinfall werden sollte.

»Bring Klarheit in die Ungewissheit«, flüsterte Georgia beinahe wie im Gebet und streute noch ein wenig Muskat über den Pudding, weil Buck ihn so besonders gerne aß. »Zeig uns, was wir erkennen müssen.«

Sie holte sich einen Löffel und schmeckte den Pudding ab, innerlich bereits auf enttäuschende Bitterkeit eingestellt. Doch überraschenderweise schmeckte sie zarte Süße, sobald die cremige, warme Masse ihre Zunge berührte. Um sicherzugehen, leckte sie prüfend den Löffel ab. Nein, sie hatte sich nicht getäuscht. Sie schmeckte den Zucker, den Zimt und ein wenig Vanille.

»Oh.« Voller Erleichterung lehnte sich Georgia gegen die Arbeitsplatte. »Danke«, murmelte sie leise. Aber warum bekam sie ausgerechnet heute die Süße zurück? Seltsames Timing. Trotzdem war sie dankbar dafür. Wenigstens dieser Aspekt ihres Lebens verbesserte sich also mit dem heutigen Morgen. Nun brauchte sie nur noch für den Rest ein kleines Wunder.

Schritte im Flur ließen sie aufblicken. Star verharrte unsicher in der offenen Küchentür; der Hund drückte sich an ihren Füßen herum. Sie trug eine voluminöse Strickjacke aus cremefarbener Wolle, eine Leinenhose und ein Grateful-Dead-T-Shirt. Ihre Locken fielen ihr wie eine silbrige Wolke offen über die Schultern.

»Guten Morgen«, wünschte sie zögernd. Sie sah müde aus. Schließlich ging sie an Georgia vorbei zur Spüle und füllte dort den Wasserkocher. Georgia musterte ihre Mutter aufmerksam. Wie konnte diese Frau an einer Krankheit leiden, die ihr nach und nach ihre Erinnerungen stahl? Es ihr unmöglich machte, normal zu funktionieren? Wie konnte das sein?

»Warum hast du mir nichts gesagt?«, fragte sie leise.

Star holte einen Becher aus dem Schrank, bevor sie sich ihrer Tochter zuwandte. »Weil ich wollte, dass wir einander neu kennenlernen, ohne dass diese Diagnose zwischen uns steht«, erklärte sie unverblümt. »Wenn die Leute den Begriff ›Demenz‹ hören, verändert das schlagartig ihre Sichtweise. Wenn sie einmal wissen, dass man daran erkrankt ist, sehen sie nicht mehr, wer man trotzdem noch ist. So war es auch bei Justine und ihrem Krebs. Sie betrachten einen nicht mehr als vollwertigen Menschen, sondern nehmen nur noch die Krankheit wahr. Ich hatte dich seit achtundzwanzig Jahren nicht mehr gesehen und wollte uns unbedingt ein Zeitfenster schaffen, in dem du mich so siehst, wie ich jetzt bin, einfach nur Star, nicht eine Frau mit einer schrecklichen Krankheit, die nach und nach ihr Gehirn zerfrisst. Ich wollte … ein wenig Zeit mit dir, bevor du die Wahrheit erfährst.« Mit einem flehenden Blick bat sie Georgia um Verständnis.

Die rührte wortlos in ihrem Puddingtopf. Sie wusste nicht, was sie darauf erwidern sollte. Bat Star sie nun um Vergebung oder einfach nur um Verständnis? Natürlich konnte Georgia ihre Beweggründe verstehen, doch das linderte nicht ihren Schmerz über Stars Unaufrichtigkeit oder das Grauen ihrer Krankheit.

»Du hättest es mir sagen müssen«, erwiderte sie schließlich.

Star nickte. »Du hast recht«, gab sie zu. »Aber wärst du gekommen, wenn ich es dir gesagt hätte? Hätten wir einander so kennenlernen können, wie es in den letzten Wochen geschehen ist?«

Georgia zögerte. Was wäre anders gewesen, wenn sie es früher erfahren hätte? Bestimmt hätte sie Star trotzdem noch besucht, aber hätte sie ihre Mutter dann anders behandelt? Hätte sie vielleicht versucht, ihr eigenes Herz zu schützen, indem sie Star nicht wirklich an sich heranließ? Wären ihr dann diese kostbaren letzten Wochen entgangen, in denen sie ihre Vormittage damit verbracht hatten, zu reden und eine neue Bindung aufzubauen?

»Ich dachte, wir hätten mehr Zeit«, sagte sie schließlich traurig.

»Genau das habe ich versucht – uns mehr Zeit zu verschaffen«, versicherte Star, gab die Teemischung in ihren Becher und schüttete heißes Wasser darüber. »Cole hat mich mehrmals dazu gedrängt, reinen Tisch zu machen, aber ich habe es immer wieder vor mir hergeschoben. Nur einen Tag mit dir wollte ich noch. Jeden Tag wollte ich nur noch einen Tag mehr. Natürlich wusste ich, dass es falsch war, es dir zu verschweigen. Aber ich hatte solche Angst, dass du einfach verschwinden würdest, wenn du es erfährst, oder vielleicht innerlich auf Abstand gehst.« Sie sah Georgia offen an. »Du hast jedes Recht, wütend auf mich zu sein, aber ganz ehrlich: Ich würde die letzten Wochen mit dir gegen nichts auf dieser Welt eintauschen. Das war die glücklichste Zeit in meinem Leben.«

Georgia nickte. »So geht es mir auch«, gestand sie. Blinzelnd wandte sie sich ab und versuchte, den Kloß in ihrem Hals herunterzuschlucken. Wieder rührte sie den Pudding um – einfach um etwas zu tun, und nicht, weil es nötig gewesen wäre. Im Gegenteil, wenn sie so weitermachte, würde er zu Brei zerfallen.

Stille breitete sich in der Küche aus. Irgendwann hob Pollen den Kopf und bellte einmal leise, dann hörten sie die schweren Schritte eines Mannes im Flur. Wenig später betrat Buck die Küche. Er sah aus, als hätte er in seiner Jeans und der abgewetzten Lederjacke geschlafen. Als er den Hut absetzte, wurde Georgia zum ersten Mal bewusst, wie dünn sein Haar geworden war. Ihr Vater wurde alt. Diese Erkenntnis versetzte ihr einen Stich. Zwar war er immer noch fit, aber in seinem wettergegerbten Gesicht waren einige neue Falten erschienen, und seine Schultern schienen ein wenig herabzuhängen. Trotzdem füllten seine spürbare Präsenz und seine entschlossene Autorität noch immer jeden Raum, den er betrat.

»Ladys«, begrüßte er sie knapp, blieb aber verlegen in der Tür stehen und drehte seinen Stetson zwischen den Fingern. »Ich sollte mich wohl besser auf den Weg machen.« Der schnelle Blick zur Tür verriet, wie dringend er diese Küche verlassen wollte. »Mein Rückflug nach Texas geht heute Nachmittag. Ich muss zurück auf die Ranch, zu dieser Jahreszeit gibt es viel zu tun.«

»Noch geht hier niemand weg«, bestimmte Georgia entschlossen. »Nicht, bevor ihr mir endlich die Wahrheit gesagt habt. Du nimmst also besser am Tisch Platz. Ich habe euch Frühstück gemacht.«

Mit sichtlich überraschter Miene setzte Buck zu einem Protest an, gab aber sofort auf, als Georgia ihm einen stechenden Blick zuwarf. »Ich versuche seit fast dreißig Jahren zu begreifen, was damals mit meiner Mutter geschehen ist«, fuhr sie eisern fort. »Und ich weiß, dass ihr beide mir einiges verheimlicht habt. Aber damit ist jetzt Schluss. Keine Geheimnisse mehr. Ich habe es verdient, die Wahrheit zu erfahren.«

Buck kratzte sich unsicher am Kopf und sah fragend zu Star hinüber, die nur ergeben die Arme ausbreitete. »Ich hätte es ihr schon vor Jahren erzählt.«

Kraftlos ließ sich Buck auf einen Stuhl fallen. »Also schön.« Er seufzte schwer. »Gibt es Kaffee? Offenbar werde ich gleich einen brauchen.«

Fünf Minuten später nippte Buck an seinem Kaffee – stark und schwarz, wie er ihn mochte. Gegenüber von ihm hielt sich Star nervös an ihrem Teebecher fest. Pollen hatte sich auf dem Boden ausgestreckt und drückte winselnd den Kopf auf die Pfoten. Ihr Blick huschte ruhelos zwischen Star und Buck hin und her. Georgia stellte ihren Eltern Schalen mit Reispudding hin.

»Erst essen, dann reden wir«, befahl sie.

Während Star ihre Portion zu sich heranzog, warf sie Georgia einen nachdenklichen Blick zu. Die ignorierte ihn ganz bewusst und nahm am Ende des Tisches Platz, von wo aus sie beide im Blick hatte. Wie merkwürdig, ihre

Eltern zusammen an einem Tisch sitzen zu sehen. Es fühlte sich surreal an. Seit Jahren schleppte sie so viele offene Fragen mit sich herum. Und nun saßen hier die beiden Menschen, die vermutlich all die Antworten kannten. Georgia war wild entschlossen, dafür zu sorgen, dass sie endlich die Wahrheit erfuhr. Sie würde nicht aufgeben.

Ein paar Minuten lang waren nur das Klappern der Löffel und die unvermeidlichen Schlürfgeräusche zu hören. Als der Pudding beinahe aufgegessen war, blickte Georgia zwischen Star und Buck hin und her. »Ich möchte, dass ihr mir sagt, was mit unserer Familie passiert ist.« Abwartend verschränkte sie die Arme vor der Brust und musterte ihre Eltern mit entschlossener Miene.

Daraufhin wandte sich Star an Buck und zog süffisant die Brauen hoch. »Du hast mir Stillschweigen auferlegt«, sagte sie, »und ich habe mich all die Jahre an meinen Teil der Abmachung gehalten. Also musst du das Schweigen jetzt auch beenden.«

Buck runzelte nachdenklich die Stirn. Dann schlug er mit der flachen Hand auf den Tisch und seufzte ergeben. »Wahrscheinlich ist die Zeit der Geheimnisse wirklich vorbei.« Er sah Star fragend an. »Willst du es ihr erzählen, oder soll ich?«

»Ich werde es tun«, erwiderte Star ruhig. Sie wandte sich Georgia zu. »Ich war neunzehn Jahre alt und auf dem Weg nach Westen, auf der Flucht vor meinem bösartigen Stiefvater in Georgia, von dem ich dir ja schon erzählt habe. Dann gab im Westen von Texas mitten im Nirgendwo mein Auto den Geist auf. Wie sehr ich in der Klemme steckte, wurde mir allerdings erst nach einer Weile klar. Es herrschte glühende Hitze, kein Wasser weit und breit, und leichtsinnigerweise hatte ich nichts bei mir außer einem leeren Pappbecher vom letzten Tankstellenkaffee.« Sie spielte am Henkel ihres Teebechers herum; die Erinnerung ließ ihre Stimme sanfter werden. »Es waren keine Autos unterwegs, ringsum nichts außer ausgetrockneter Erde unter der brennenden Sonne. Ein paar Stunden hielt ich durch, dann hatte ich das Gefühl, gleich umzukippen.«

»Hitzschlag«, warf Buck ein. »Als ich sie fand, hatte sie bereits einen Hitzschlag.«

Star nickte. »Ich saß im Schatten meines kaputten Wagens, um einigermaßen kühl zu bleiben, als plötzlich dein Daddy in seinem großen Truck angefahren kam. Er hat mich gerettet, hat mein Auto zur Ranch geschleppt und mich auf sein Sofa gelegt, direkt vor den Ventilator. Dann hat er mir schlückchenweise Wasser eingeflößt.« Sie lächelte versonnen. »Ich habe mich sofort in ihn verliebt. Er war so groß und stark und zupackend, dabei aber ehrenhaft und anständig. Einem Mann wie ihm war ich vorher noch nie begegnet.«

Buck schien überrascht zu sein. »Nun ja, eine Frau wie sie war mir auch noch nie über den Weg gelaufen«, gab er mit einem verlegenen Räuspern zu.

»Ich war ein echter Wildfang«, erklärte Star an Georgia gewandt. »Schön und furchtlos. Und dein Daddy hat mich angesehen, als wäre ich eine kostbare, seltene Kreatur. Wir stammten aus verschiedenen Welten, hatten aber beide unsere Narben auf der Seele. Und diese Narben passten irgendwie zusammen, genau wie wir. Bevor das Wochenende rum war, sind wir zusammen im Bett gelandet.«

Wieder stieß Buck einen Laut der Verlegenheit aus und starrte peinlich berührt an die Decke. »Sie muss ja nun wirklich nicht alle Einzelheiten wissen«, brummte er.

Ohne ihn zu beachten, fuhr Star fort: »Eine Woche

später bin ich bei ihm eingezogen. Wir hatten kaum Gemeinsamkeiten, aber irgendetwas hat uns magisch angezogen.«

Diesmal drückte Bucks Brummen Zustimmung aus, doch er äußerte sich nicht weiter dazu.

Ein trauriges Lächeln huschte über Stars Gesicht; sie schien nun ganz in Erinnerungen versunken zu sein. »Der Jackson-Clan hat getobt, als dein Daddy mich vorgestellt hat. Jemanden wie mich wollten sie nicht für ihren Ältesten. Mir war klar, dass ich nicht gut genug für ihn war. Immerhin hatte ich jahrelang gelogen und gestohlen, um irgendwie zu überleben. Als ich Buck kennenlernte, nahm ich außerdem Drogen, um all das auszublenden, was mir als junges Mädchen widerfahren war. Bis ich auf seiner Ranch landete, war ich von einem Haufen Männer ausgenutzt und missbraucht worden. Aber als ich Buck traf, wusste ich, dass er zu den Guten gehörte. Und ich habe mich so sehr angestrengt, um mich seiner würdig zu erweisen. Um zu zeigen, dass ich für sie alle gut genug war.« Voller Bedauern setzte Star ihre Geschichte fort: »Dann wurde ich mit dir schwanger. Als seine Familie von dem Baby erfuhr, hassten sie mich nur noch mehr, weil sie dachten, ich hätte ihn in eine Falle gelockt. Aber so war es nicht. Für uns beide warst du von Anfang an das größte Glück, Georgia.«

»Ich schwöre bei Gott, genau so war es«, bekräftigte Buck ihre Worte.

»Seine Familie drohte, schrie und betete, bis sie alle heiser waren«, fuhr Star fort. »Sie haben wirklich alles versucht, um ihn dazu zu bringen, dass er mich verließ. Aber er blieb standhaft. Er machte mir einen Antrag, und ich nahm ihn an. Als ich im vierten Monat war, sind wir für ein Wochenende durchgebrannt und haben geheiratet. Mit den Drogen hatte ich aufgehört, sobald ich den positiven Schwangerschaftstest in der Hand hielt, von jetzt auf gleich, kalter Entzug. Ich liebte deinen Vater, und ich liebte dich, auch wenn du noch nicht größer warst als eine Kidneybohne. Und so lebten wir zusammen auf der Ranch, während mein Bauch langsam auf die Größe einer Wassermelone anschwoll.«

Star unterbrach sich und trank einen Schluck Tee.

»Und dann warst du da«, erklärte sie schlicht. »Du warst das schönste Wesen, das ich jemals gesehen hatte. Wir haben dich vergöttert. Für uns ging mit dir die Sonne auf und unter, Georgia May. Das Beste von uns beiden war in dir vereint, verschmolzen zu unserem perfekten kleinen Mädchen.« Die Erinnerung daran entlockte ihr ein liebevolles Lächeln. Georgia wandte sich ihrem Vater zu und stellte überrascht fest, dass er Star aufmerksam beobachtete. Einen solchen Ausdruck hatte sie auf seinem wettergegerbten Gesicht noch nie gesehen – eine Mischung aus Bedauern und Zärtlichkeit. Als er ihren Blick bemerkte, räusperte er sich hastig, starrte auf seinen Kaffeebecher und trank einen großen Schluck.

»Nach deiner Geburt kam ich eine Weile ganz gut klar«, berichtete Star weiter. »Bucks Familie hielten wir, so gut es ging, auf Abstand, auch wenn sie ständig versuchten, sich einzumischen – angeblich aus Sorge um ihn und um dich. Bis dahin hatten sie von meiner Gabe erfahren und stempelten mich als Hexe ab. Sie dachten ernsthaft, ich hätte deinen Daddy mit schwarzer Magie verhext. Nur so konnten sie sich erklären, dass er mit jemandem wie mir zusammen war.«

»Also, das ist jetzt nicht ganz fair«, protestierte Buck.

»Sie hatten gewisse Bedenken, und sie haben sich Sorgen um dich gemacht. Wozu sie ja auch allen Grund hatten, wie sich schließlich herausstellte.« Mit verschränkten Armen lehnte er sich in seinem Stuhl zurück. Star presste kurz die Lippen zusammen, widersprach ihm aber nicht.

»Ein paar Jahre lang lief alles gut, aber als du drei oder vier warst, zeigten sich die ersten Risse in der Fassade«, fuhr sie fort. »Buck wollte, dass ich mich mehr in die Gemeinschaft eingliederte. Ich wollte das nicht und konnte das nicht. Für eine Frau wie mich gab es dort einfach keinen Platz. Wir ... haben uns oft gestritten.« Ihr Blick huschte kurz zu Buck, der jedoch wieder schweigend in seinen Kaffeebecher starrte.

Schließlich nickte er. »Wir haben uns gefetzt wie Straßenköter«, bestätigte er zerknirscht.

»Seine Familie hasste mich nach wie vor und stichelte bei jeder Gelegenheit gegen mich. Sie hielten mich für ein kaputtes Mädchen, das versuchte, sich einzufügen, wo es nicht hingehörte. Und damit lagen sie gar nicht falsch.« Stirnrunzelnd hielt Star inne. »Jetzt kommt der Teil, über den ich nicht gerne spreche«, gestand sie. »Ich liebte es, deine Mutter zu sein, aber das Leben in Texas nahm mir die Luft zum Atmen. Jedes Mal, wenn ich in den Ort fahren musste, um einzukaufen, bekam ich Panik. Ich konnte nicht mehr schlafen, aß kaum noch. Die Wände schienen mich zu erdrücken. Überhaupt war ich nicht gemacht für das Leben auf einer Ranch, für die Hitze, die Isolation, den Dreck. Ich habe mir wirklich Mühe gegeben, aber alles, was ich versuchte, ging am Ende schief. Und es wurde immer schwieriger. Heutzutage würde man darin vielleicht eine ernste Depression oder eine posttraumatische Belastungsstörung erkennen, nach all dem, was ich durchgemacht hatte, bevor ich deinen Daddy kennenlernte. Damals wusste ich allerdings nicht genug darüber, um meinem Zustand einen Namen zu geben, und es gab auch niemanden, der mir helfen konnte. Buck versuchte es, so gut es ging, aber er räumte Probleme eher mit der Holzhammermethode aus dem Weg. Deshalb wusste er einfach nicht, wie er mit einer labilen, depressiven Frau umgehen sollte, die sich so nicht richten ließ.«

Buck hob den Kopf, und Georgia erwartete Protest von ihm, aber er meinte nur: »Ich habe alles versucht, aber nichts schien zu helfen.« Er rutschte betreten auf seinem Stuhl herum. »Ich wusste einfach nicht, was ich tun sollte.«

Star atmete einmal tief durch. »Es war eine schreckliche Zeit. Ich strengte mich so sehr an, um dir eine gute Mutter zu sein, um gut genug für Buck zu sein, aber irgendwie bekam ich es nie richtig hin. Und dann traf ich eine furchtbare Entscheidung, die am Ende unsere Familie zerstört hat.«

32

Star schwieg einen Moment, sodass Georgia befürchtete, sie würde nicht weitererzählen. »Was ist dann passiert?«, hakte sie nach.

Angestrengt starrte Star auf ihre Hände. »Ich fing wieder an, Drogen zu nehmen«, gestand sie. »Und diesmal war es Heroin.« Sie schloss die Augen, schien sich vor Scham zu krümmen. »Es gab im Ort einen Kerl, der mir den Stoff besorgen konnte. Er arbeitete im Supermarkt an der Fleischtheke, so ließen sich diese Transaktionen leicht tarnen. Ich bestellte ein paar Scheiben Mortadella, er übergab mir die Ware in braunem Einwickelpapier. Immer wieder redete ich mir ein, ich würde es nur nehmen, um irgendwie zurechtzukommen, und in gewisser Weise stimmte das sogar. Es war ein mieser Weg, aber einen anderen kannte ich einfach nicht.« Sie schluckte. »Beinahe ein Jahr lang konnte ich es verheimlichen, aber Geheimnisse und Lügen bleiben nie lange im Verborgenen.« Mit gequälter Miene hielt Star inne.

»Wer hat es dann herausgefunden?«, fragte Georgia angespannt. Ihr kam es vor, als würde sich direkt vor ihren Augen ein schrecklicher Autounfall ereignen, und zwar in Zeitlupe – sie war in diesem schrittweise zunehmenden Entsetzen gefangen, das einen packt, wenn eine Katastrophe ihren Anfang nimmt und sich nicht mehr aufhalten lässt. Aber sie war keine reine Zuschauerin, denn sie gehörte zu den Opfern der Katastrophe, auf die diese Geschichte zusteuerte.

Star schüttelte hilflos den Kopf. »Das kann ich nicht erzählen«, flüsterte sie. »Mach du das, Buck.« Inzwischen hatte sie die Finger so fest um ihren Teebecher geschlungen, dass die Knöchel sich weiß unter der Haut abzeichneten.

Buck räusperte sich. »Ich hatte schon eine Weile befürchtet, dass sie wieder Drogen nehmen könnte, aber es dauerte ein wenig, bis sich mein Verdacht bestätigte. Als ich es dann herausfand, konfrontierte ich sie damit. Sie schwor mir, aufzuhören, aber schon einen Monat später war sie wieder drauf. Es wurde zu einem Teufelskreis. Wir haben es vor allen geheim gehalten, haben versucht, alles irgendwie auf die Reihe zu bekommen, aber es lief nicht gut.« Er trank einen Schluck und stellte seinen Becher etwas zu heftig wieder auf dem Tisch ab. Das polternde Geräusch ließ Pollen aufschrecken, die besorgt bellte.

»Hannah vermutete ebenfalls, dass etwas nicht stimmte«, fuhr Buck fort. »Sie fing an, uns regelmäßig zu besuchen und mindestens einen Nachmittag pro Woche auf dich aufzupassen, damit sich deine Mutter ausruhen konnte. Zu dieser Zeit war es bereits so weit gekommen, dass Star sich selbst extrem vernachlässigte und manchmal auch dich. Oft kam ich nach einem langen Arbeitstag auf der Ranch nach Hause und fand einen leeren Kühlschrank vor, niemand hatte etwas zu Essen gemacht. Ein- oder zweimal lag Star bewusstlos in ihrem Bett, während du ganz allein draußen gespielt hast.« Betroffen fuhr er fort: »Ich wusste, dass Star Hilfe brauchte, aber ich wusste eben nicht, wie diese Hilfe aussehen sollte. Meiner Familie gegenüber konnte ich es nicht zugeben, weil sie schon immer etwas gegen Star gehabt hatten. Wir haben uns damals oft gestritten, deine Mutter und ich. Es war ein ewiger Kreislauf: Ich konfrontierte sie mit ihrer Sucht, sie versprach, sich zu ändern, ich gab ihr noch eine Chance, doch es endete immer auf ähnliche Weise. Damals wusste ich nicht, dass dieses Schema jede Sucht beherrscht – die Lügen, die Besserungsversuche, das Scheitern. Und ich begriff nicht, warum sie nicht einfach damit aufhören konnte.«

»Ich habe es versucht«, schaltete sich Star mit rauer Stimme ein. »Ich habe es so sehr versucht. Ich wollte aufhören, aber ich konnte es nicht. Immer wieder blieb ich ein paar Tage clean, ein paar Wochen, manchmal sogar einen ganzen Monat, aber dann geriet ich jedes Mal wieder ins Straucheln. Dabei hasste ich mich selbst für das, was ich Buck damit antat, und dafür, dass ich dich so im Stich ließ, Georgia. Aber ich konnte einfach nicht aufhören.«

»Was ist dann passiert?« In Georgia machte sich leise Unruhe breit, als wäre tief in ihrem Innern eine Erinnerung verborgen, die sie nicht ganz greifen konnte.

»Eines Tages bist du verschwunden«, erklärte Buck knapp.

Star ächzte, als hätte man ihr in den Magen geschlagen. Sofort hob Pollen den Kopf und legte ihn in Stars Schoß, von wo aus sie besorgt zu ihr aufblickte.

»Es war August. Du warst ein paar Monate zuvor fünf geworden. Ich weiß noch, dass es kurz vor Mittag war, als Hannah bei mir auf der Nordweide auftauchte«, berichtete Buck mit finsterer Miene. »Niemals zuvor und niemals wieder habe ich einen Menschen gesehen, der so verängstigt aussah: Leichenblass und krank vor Furcht war sie. Da wusste ich sofort, dass etwas Schreckliches passiert sein musste. Sie erklärte mir, dass sie vorbeigekommen sei, um nach dir zu sehen, stattdessen aber eine bewusstlose Star auf der Couch vorgefunden hätte. Der Fernseher lief – diese Kochshow, die ihr euch immer zusammen angesehen habt –, aber du warst nicht da. Nirgendwo aufzufinden.« Kopfschüttelnd stieß er den Atem aus. »Wir hatten keine Ahnung, wo du warst oder wie lange du schon fort warst. Es dauerte zwei Stunden, bis wir dich endlich fanden. Das waren die schlimmsten Stunden meines gesamten Lebens, Georgia May. Wir trommelten all unsere Landarbeiter zusammen, holten die Nachbarn dazu und bildeten Suchtrupps. Die Nachbarn brachten ihre Hunde mit, wir alarmierten sogar den Sheriff. Alle wussten, was einem Kind zustoßen konnte, das in der Sommerhitze in Texas in der Wildnis verloren geht.« Wieder trank er einen großen Schluck von seinem Kaffee. »Ich bekomme heute noch Albträume, wenn ich mir vorstelle, was hätte passieren können. Was beinahe passiert wäre.«

Georgia war einerseits entsetzt, andererseits fasziniert. Sie selbst konnte sich nur vage daran erinnern, allein eine leere Straße entlanggewandert zu sein, durstig, schwitzend und ein wenig ängstlich. Sie hatte die kleine Regenbogentasche dabeigehabt, die Star für sie genäht hatte, und hatte gesungen, um sich selbst Mut zu machen.

»Ich wollte zum Supermarkt«, fiel ihr plötzlich wieder ein. »Ich hatte im Fernsehen gesehen, wie Julia Childs Îles Flottantes machte. Die wollte ich nachkochen, aber wir hatten keinen Zucker mehr. Also nahm ich mir mein Taschengeld und beschloss, zum Supermarkt zu laufen, um Zucker zu kaufen.«

»Du wusstest nicht, dass der Supermarkt zwanzig Kilometer entfernt war«, bestätigte Buck. »Außerdem warst du in der falschen Richtung unterwegs, als wir dich fanden. Am Ende der Zufahrtsstraße warst du links statt rechts abgebogen, dadurch hast du dich immer weiter vom Ort entfernt. So bist du ein paar Kilometer weit ins Nirgendwo gelaufen.«

Georgia versuchte, den Rest der Erinnerung abzurufen, doch der war im Dunkel der Zeit verschollen. »Was ist passiert?«, fragte sie deshalb. »Wer hat mich gefunden?«

»Ich«, antwortete Buck schlicht. »Es war der schönste Anblick meines Lebens, als ich deine roten Rattenschwänze an der leeren Straße aufleuchten sah. Du warst verdreckt, durstig und hattest einen Sonnenbrand, aber du warst am Leben.«

Angespannt blickte Georgia zwischen ihren Eltern hin und her. »Und dann?«

»Das war der letzte Tropfen.« Buck seufzte schwer. »Als wir nach Hause kamen, erzählte ich dem Sheriff, Star sei wohl eingenickt, weil sie gesundheitlich ein wenig angeschlagen sei. Aber ich wusste, dass etwas geschehen musste. Ich vertuschte die Sache, weil ich unserer Familie den Klatsch, den Skandal und die Scham ersparen wollte, aber mir war klar, dass damit alles vorbei war. Wir hätten dich verlieren können. Dehydrierung, Hitzschlag, Schlangen oder ein Mensch mit bösen Absichten, der zufällig gerade die Straße entlangkam …« Selbst jetzt schauderte er noch bei dem Gedanken. »Sobald alle gegangen waren, machte Hannah dich sauber, gab dir etwas zu essen und steckte dich ins Bett. Dann hat sie verlangt, dass ich ihr klipp und klar sage, was los sei. Als ich das tat, stellte sie das gesamte Haus auf den Kopf …«

»… bis sie meinen Stoff fand.« Nun übernahm Star wieder. »Anschließend stellte sie deinen Daddy und mich zur

Rede. Ich gab alles zu und flehte um Vergebung, aber diesmal war es anders. Ich schämte mich so sehr. Ich liebte dich über alles, aber ich war nicht dazu in der Lage, dir eine gute Mutter zu sein. Das wusste ich. Innerlich war ich so kaputt, so voller Schmerz, dass ich mich einfach nicht um einen anderen Menschen kümmern konnte. Im Grunde konnte ich mich ja nicht einmal um mich selbst kümmern.« Sie sah kurz zu Buck hinüber. »Dein Vater ist ein guter Mensch, aber wie du ja weißt, kann er auch sehr hart sein. Seine Redlichkeit ist in Stahl gegossen, stark und unnachgiebig. Hannah war genauso, aber noch härter. Ich flehte sie an, mir zu verzeihen, aber zum allerersten Mal … verweigerte mir Buck die Vergebung …«

»Ich sagte ihr, dass sie nicht dazu fähig sei, deine Mutter zu sein«, fiel Buck ihr ins Wort. Selbst nach all den Jahren war ihm deutlich anzusehen, wie wütend ihn diese Erinnerungen noch machten. »Du hättest damals sterben können, Georgia May. Sie konnte schlichtweg nicht auf dich aufpassen.«

»Er hatte ja recht«, gab Star betroffen zu. »Ich habe es wirklich versucht, aber das war einfach nicht genug. Auch wenn ich dich über alles liebte, konnte ich mich damals nicht um dich kümmern, ebenso wenig wie um mich selbst.«

In Bucks Augen spiegelte sich ebendiese Härte, als er nun zu seiner Ex-Frau hinübersah; doch in Georgia regten sich Zweifel. Sie sah die Szene deutlich vor sich: die unmögliche Verbindung zwischen einer Frau, die ihr selbstzerstörerisches Verhalten einfach nicht in den Griff bekam, und einem Mann, dessen Pflichtbewusstsein und Sorge um die eigene Tochter ihm nicht gestatteten, dass er Gnade walten ließ.

Georgia schluckte. Die Wahrheit, nach der sie sich so lange gesehnt hatte, war noch schmerzhafter, als sie es sich vorgestellt hatte. Und sie wusste nicht recht, wie sie mit Stars Geständnis umgehen sollte. Eigentlich hatte sie gedacht, die Wahrheit müsse eine kathartische Wirkung haben oder ihr große Erkenntnisse bringen. Doch stattdessen war es einfach nur tragisch. Dieses Wissen brachte eher Krankheit als Heilung.

»Wie ging es dann weiter?«, fragte sie leise.

»Ich habe sie vor die Wahl gestellt.« Wieder rutschte Buck angespannt auf seinem Stuhl herum, wirkte aber gleichzeitig resigniert.

Star präzisierte: »Hannah wollte mich wegen Kindeswohlgefährdung anzeigen. Zusammen mit dem Besitz von Heroin hätte mich das ziemlich lange ins Gefängnis gebracht.«

»Aber ich war dagegen«, warf Buck ein. »Star war immer noch deine Mutter und meine Ehefrau. Die Frau, die ich einmal geliebt hatte. Deshalb habe ich ihr die Wahl gelassen, zu verschwinden und niemals zurückzukehren. Sie sollte die Ranch verlassen, unsere Ehe aufgeben … und dich. Es brach mir das Herz, aber ich konnte ihr einfach nicht mehr vertrauen. Und mir ist keine andere Möglichkeit eingefallen, um dich zu beschützen.«

»Und du hast eingewilligt?« Georgia drehte sich zu Star um. Nun kam also endlich die Wahrheit ans Licht, und sie erfuhr, warum Star gegangen und niemals zurückgekehrt war.

Star zögerte. »Es war eine schreckliche Wahl«, erklärte sie mit erstickter Stimme. »Buck sagte, ich könne freiwillig gehen, doch dann müsse ich schwören, spurlos zu verschwinden und ganz fortzubleiben. Dadurch würde ich dich für immer aufgeben. Gleichzeitig drohte mir Hannah damit, dass sie zum Sheriff gehen und mich wegen Kindeswohlgefährdung und Drogenbesitzes anzeigen würde, falls ich nicht ging. Dann hätte ich dich ebenfalls verloren.«

»Hannah hat dich geliebt, Georgia May«, betonte Buck. »Sie hat nur versucht, dich zu beschützen.«

»Sie sah in mir eine Bedrohung und wollte so für deine Sicherheit sorgen«, fuhr Star fort. »Ich saß also in der Falle. Setzte ich mich gegen sie zur Wehr, würde ich im Gefängnis landen und dich verlieren. Ging ich freiwillig, konnte ich dich wenigstens noch auf Fotos sehen und durch die Briefe, die Buck zu schicken versprach, etwas über dich erfahren. Und ich hatte die Hoffnung, dass ich – wenn ich clean würde und mein Leben in den Griff bekäme – vielleicht irgendwann später wieder Kontakt zu dir aufnehmen könnte, wenn du älter wärst.«

»Also hast du dich dafür entschieden, zu gehen«, fasste Georgia es knapp zusammen.

Star nickte beschämt. »Dich zu verlassen, war das Schwierigste, was ich jemals tun musste, Georgia May. Mir wurde das Herz aus der Brust gerissen, als ich damals davonfuhr. Im Rückspiegel konnte ich dein kleines Gesicht sehen, so verwirrt und verloren. Der Schmerz war so heftig, dass ich kaum atmen konnte. Ich konnte mir nicht vorstellen, auch nur einen Tag ohne dich zu sein. Mir war sogar der Gedanke gekommen, mich heimlich mit dir aus dem Staub zu machen, um dich bei mir behalten zu können. Aber ich wusste, dass dein Vater Himmel und Hölle in Bewegung gesetzt hätte, um dich zu finden. Und danach hätten sie dich mir für immer weggenommen. Dann hätte ich dich mit Sicherheit niemals wiedergesehen.

Außerdem war mir tief in meinem Innern klar, dass ich dir keine gute Mutter war. Du hattest etwas Besseres verdient. Bei mir warst du nicht sicher, ich konnte dich nicht vor meinen inneren Dämonen beschützen. Dein Vater und deine Tante Hannah konnten dir ein wesentlich besseres Leben bieten als ich, das wusste ich. Von ihnen bekamst du all das, was ich dir nicht geben konnte: Stabilität, Anstand, einen Namen. Also entschied ich mich für die bessere der beiden schrecklichen Alternativen und ging. Ich ging, weil ich dich liebte.«

Das konnte Georgia so nicht stehen lassen. »Aber du bist nie zurückgekommen«, protestierte sie. »Du bist clean geworden und hast dir ein neues Leben aufgebaut, doch du hast nie Kontakt zu mir gesucht. Wieso nicht?«

Star sah sie mitfühlend an, fuhr dann aber unerbittlich fort: »Dein Vater, Hannah und ich haben eine Vereinbarung getroffen, bevor ich ging. Sie versprachen, den wahren Grund für mein Verschwinden geheim zu halten, um dir und den Jacksons den Skandal und mir das Gefängnis zu ersparen. Im Gegenzug musste ich versprechen, niemals über die Geschehnisse und den Grund dafür zu sprechen. Wir alle haben ein Schweigegelübde abgelegt. So wollten wir uns und dich schützen. Außerdem versprach ich, mich von dir fernzuhalten, bis du alt genug wärst, um eigene Entscheidungen zu treffen.«

»Ich bin dreiunddreißig!«, rief Georgia frustriert. »Warum hast du so lange gewartet?«

Star warf ihrem Ex-Mann einen Blick zu, in dem sich Zweifel und Frustration die Waage hielten. »Weil sie mir gesagt haben, du wolltest mich nicht sehen.«

»Wie bitte?« Aufgebracht fuhr Georgia zu Buck herum. »Sag, dass das nicht wahr ist.«

Betreten rutschte Buck auf seinem Stuhl herum. »Also, Georgia May …« Ihm schienen die Worte zu fehlen, was extrem untypisch für ihn war.

Star nahm den Faden wieder auf: »Buck und Hannah haben mir regelmäßig Fotos von dir geschickt und berichtet, wie es dir geht, genau wie sie es versprochen hatten. So konnte ich sehen, wie du zu einer schönen, selbstbewussten und starken jungen Frau herangewachsen bist. Hin und wieder erkundigte ich mich bei ihnen, ob du vielleicht nach mir gefragt hättest, ob du dich noch an mich erinnern könntest, und sie verneinten das immer. Du seist glücklich, versicherten sie mir. Und als du älter wurdest, sagten sie, du wolltest keinen Kontakt zu mir haben. Zu deinem achtzehnten Geburtstag habe ich dir einen Brief geschrieben und dich gefragt, ob du mich kennenlernen möchtest. Angeblich hast du diesen Brief nicht einmal geöffnet.«

Wieder fixierte Georgia ihren Vater mit einem scharfen Blick. »Ist das wahr?«, wollte sie von ihm wissen. »Ich habe diesen Brief nie bekommen. Habt ihr tatsächlich behauptet, ich wolle keinen Kontakt?«

»Äh …« Buck kratzte sich am Kopf. Es war offensichtlich, dass er sich in diesem Moment möglichst weit weg wünschte. »Es könnte sein, dass wir etwas in der Art gesagt haben«, gab er schließlich zu, erklärte dann aber hastig: »Wir dachten eben, es wäre besser so. Du musst das verstehen, Georgia. Du warst gut in der Schule, du hattest Pläne, dein gesamtes Leben lag vor dir. Wir wollten nicht, dass Star dir das alles versaut, vor allem nicht, falls sie immer noch mit ihren Drogenproblemen zu kämpfen hätte. Da wir nicht wussten, ob wir ihr trauen konnten, schien es noch immer am sichersten zu sein, sie von dir fernzuhalten. Wir wollten dich beschützen.«

»Damals war ich schon seit Jahren clean, und das hatte ich dir auch gesagt«, setzte sich Star wütend zur Wehr.

Georgia war sprachlos. »Ihr hattet kein Recht, in meinem Namen zu entscheiden«, rief sie aufgebracht. »Ihr habt uns beide belogen.«

Zerknirscht gab Buck zu: »Ich verstehe, dass du wütend bist. Aber wir haben nur versucht, dich zu beschützen.«

»Indem ihr mir die Wahrheit verschwiegen und meine eigene Mutter fast dreißig Jahre von mir ferngehalten habt?«, konterte Georgia scharf. Dann wandte sie sich an Star: »Ich habe es nicht gewusst. Sie haben mir nie irgendetwas über dich erzählt. Als du fort warst, hast du quasi aufgehört zu existieren. Mir blieben nur ein paar Erinnerungen an dich, mehr nicht. Es gab keine Fotos, niemand hat auch nur deinen Namen in den Mund genommen. Es war, als hättest du dich einfach in Luft aufgelöst. So habe ich lange Zeit geglaubt, du wärst gegangen, weil du mich nicht wolltest. Dass du uns aus freien Stücken verlassen hättest.«

Betroffen schloss Star für einen Moment die Augen. »Georgia May, mein Herz hat sich während der vergangenen achtundzwanzig Jahre an jedem Tag und in jeder Sekunde nach dir gesehnt. Dich zu verlassen, war das Schwerste, was ich jemals tun musste. Es hat mich beinahe umgebracht. Als ich ging, ließ ich mein Herz bei dir zurück, in deinen kleinen Kinderhänden. Das Einzige, was mich durchhalten ließ, war das Wissen, dass du behütet und geliebt wurdest und dass es dir gut ging. Was ich auch tat, habe ich für dich getan. Deinetwegen bin ich clean geworden und habe mir ein gutes, stabiles Leben aufgebaut – in der Hoffnung, dass wir uns eines Tages wiedersehen würden. Ich habe mich nur deswegen noch so lange von dir ferngehalten, weil ich dachte, dass du es so willst, Georgia May. Aber ich habe die Hoffnung niemals aufgegeben.« Sie presste eine Hand an ihre zitternden Lippen, um sich zu beruhigen. »Und als ich dann meine Diagnose bekam, wusste ich, dass ich nicht länger warten konnte. Selbst auf das Risiko hin, dass du mich vielleicht nicht sehen wolltest, musste ich es versuchen. Mir lief die Zeit davon. Deine Antwort auf meine E-Mail, deine Zusage, hierherzukommen, war für mich wie ein Wunder.« In ihren graugrünen Augen schimmerten Tränen. »Als ich dich draußen vor dem Haus sah, an deinem ersten Tag hier ... so erwachsen, so wunderschön und selbstbewusst ... Erst in diesem Moment ist mein Herz zu mir zurückgekehrt. Endlich, nach all den Jahren, habe ich mich wieder vollständig gefühlt.«

Bei diesen Worten kamen auch Georgia die Tränen. Endlich, endlich waren ihre Fragen beantwortet worden. Achtundzwanzig Jahre lang hatte sie versucht, sich einen Reim darauf zu machen, warum Star sie verlassen hatte. Nun kannte sie die Wahrheit. Traurig sah sie ihre Eltern an. Welch eine herzzerreißende Geschichte: eine Familie, die an Sucht, Streit, Eheproblemen und menschlichen Schwächen zerbrochen war, durch Geheimnisse und Lügen zerstört. Georgia hatte geglaubt, es würde ihr Erleichterung bringen, wenn sie endlich den Grund für Stars Verschwinden erfuhr, eine Art inneren Frieden. Doch stattdessen war sie nun von tiefer Trauer erfüllt. Trauer um das, was zerbrochen war, um die beiden Menschen, die sie erschaffen und dann ihr eigenes und ihrer beider Leben ins Chaos gestürzt hatten. Sie hatten so viel Zeit verloren, die sich niemals zurückholen ließ. Das Ausmaß dieses Verlustes raubte ihr den Atem.

Noch einmal sah Georgia erst ihren Vater an, dann ihre Mutter. Beide waren gescheitert, und das hatte Georgia einiges gekostet. Deswegen war sie ohne Mutter aufgewachsen. Stars Kampf gegen die Sucht hatte sie von ihrer kleinen Tochter weggetrieben. Bucks fehlgeleitete Versuche, seine Tochter zu beschützen, hatten sie noch um einiges länger von Star ferngehalten. Sie schloss die Augen, dachte an die vielen Geburtstage zurück, an denen sie beim Ausblasen der Kerzen immer denselben Wunsch gehabt hatte: dass Star zurückkäme. So viele Tage, Wochen und Jahre der Einsamkeit, in denen sie sich nach dem Rat, der Liebe und der Anerkennung ihrer Mutter gesehnt hatte. Und irgendwie immer geglaubt hatte, selbst an allem schuld zu sein.

»Ich dachte, es läge an mir«, sagte sie nun leise, als sie die Augen wieder öffnete und Star ansah. Ihre Stimme brachte die Worte nur mit Mühe hervor. »Ich dachte, du wärst meinetwegen gegangen. Du hattest mir versprochen, zurückzukommen, hast es aber nie getan. Ich habe auf dich gewartet. Jahrelang habe ich gewartet, erfüllt von dem Vertrauen eines kleinen Mädchens, für das die Worte seiner Mama eine unumstößliche Wahrheit sind. Und dann, nach und nach, begann diese Hoffnung zu verblassen und starb schließlich. Zurück blieb nur der Gedanke, dass mit mir etwas nicht stimmen konnte, dass ich etwas Schlimmes an mir haben musste, weil du mich verlassen und dein Versprechen gebrochen hattest. Anders konnte ich es mir nicht erklären, dass eine Mutter das eigene Kind verließ.« Star zuckte betroffen zusammen, aber Georgia war noch nicht fertig. In einem unaufhaltsamen Strom brachen die Worte aus ihr hervor.

»Deshalb war ich wild entschlossen, es besser zu machen, besser zu werden. Ich musste mich vor allen beweisen – vor Daddy, Tante Hannah, der Welt und vor dir. Alles, was ich getan habe, diente dazu, meinen eigenen Wert unter Beweis zu stellen, zu zeigen, dass ich gut genug bin.« Fast schon verblüfft schüttelte sie den Kopf und blickte zwischen Star und Buck hin und her. »All die Jahre habe ich gedacht, ich sei der Grund dafür, dass unsere Familie sich aufgelöst hat. Diese Lüge hat mein gesamtes Leben bestimmt. Die ganze Zeit habe ich es mir selbst und der Welt beweisen müssen. Und nun, nach so vielen Jahren, begreife ich endlich, dass es rein gar nichts mit mir zu tun hatte. Die gebrochenen Versprechen, die Lügen, die Geheimnisse, was ihr getan oder nicht getan habt – das alles ist allein euch beiden zuzuschreiben.«

Einen Moment lang herrschte drückende Stille, nur das Ticken der Uhr war zu hören. Star und Buck saßen schweigend da; ihre Mutter hatte den Kopf gesenkt und die Hände vor sich auf dem Tisch verschränkt, als würde sie beten. Dabei weinte sie leise. Bucks Gesicht hingegen war überzogen von betroffenen Falten, und er tippte sich immer wieder mit dem Hut aufs Knie.

Wütend, hilflos und plötzlich unglaublich müde sah Georgia ihre Eltern an. Sie hatte es satt, die Last ihrer Fehler und Schwächen auf ihren Schultern zu tragen. War es leid, sich ständig beweisen und allen zeigen zu müssen, was sie wert war. Das war anstrengend. Viel zu lange schon hatte sie die Bürde ihrer dysfunktionalen Familie mit sich herumgeschleppt. Die wollte sie nun ablegen. Sie wollte endlich frei sein.

Ihr Blick wanderte zur Küchenuhr. Wenn sie sich beeilte, bekam sie vielleicht noch den Abendflug nach Paris. Schon der Gedanke daran brachte ihr Erleichterung. Sie könnte einfach packen und sich ein Taxi rufen. Dann wäre sie morgen wieder in Paris, weit weg von Schmerz und Familienchaos, weit weg von allem, was ihr so zusetzte. Die Vorstellung, die Insel zu verlassen, ließ ihre Verwirrung und ihren hilflosen Zorn sofort verblassen.

»Ich muss weg«, sagte sie deshalb – nicht als Entschuldigung, sondern als reine Ankündigung.

»Wo willst du denn hin?«, fragte Star alarmiert. Ihre Wangen waren nass von Tränen, sie schien am Boden zerstört zu sein.

»Dorthin zurück, wo ich hingehöre«, antwortete Georgia entschlossen. Dann ging sie nach oben, um zu packen.

33

Die wilde Entschlossenheit, mit der Georgia ihre Sachen in die beiden Koffer schleuderte, grenzte an Verzweiflung. Plötzlich klopfte es.

»Herein«, rief sie vorsichtig, ihre Lederstiefel noch in der Hand. Eigentlich rechnete sie mit Star, doch es war Buck, der nun durch die Zimmertür trat.

»Daddy?« Georgia war überrascht.

Er war so groß, dass er nur leicht gebückt im Türrahmen stehen konnte. »Ich wollte mich kurz verabschieden, Georgia. Die Fähre geht bald, und ich muss meinen Flug kriegen. Ich muss wieder zurück. Hannah hat schon seit einiger Zeit Herzprobleme, da kann ich ihr die Leitung der Ranch nicht lange aufbürden. Es strengt sie zu sehr an.«

»Oh.« Georgia richtete sich auf. »Okay.« Nach kurzem Zögern packte sie weiter. Sie wollte jetzt nicht mit ihm sprechen. Er sollte einfach nur verschwinden.

Buck wartete kurz, dann nickte er. »Also dann, ich sollte besser los.« Noch immer zögernd drehte er den Hut zwischen den Fingern. Es war so still, dass Georgia das Schaben des Stoffs an seiner rauen Haut hören konnte.

»Ihr hättet mir die Wahrheit sagen müssen«, platzte es schließlich aus ihr heraus, und sie fuhr zu ihrem Vater herum. Sofort war der Zorn wieder da. Wie einen Schild drückte sie eine gefaltete Jacke gegen ihre Brust.

»Meine Mutter ist nicht einfach so verschwunden, aber Tante Hannah und du, ihr habt so getan, als wäre genau das passiert. Das war falsch von euch. Ihr habt über meinen Kopf hinweg eine Entscheidung getroffen, die mein gesamtes Leben beeinflusst hat. Ihr hättet mir zumindest sagen müssen, dass sie noch lebt, und meine Fragen über sie beantworten müssen. Und als ich dann älter war, hättet ihr mir die Entscheidung überlassen sollen, ob ich sie treffen möchte. Jetzt ist sie krank, und es ist zu spät. Ihr habt mir … so viel genommen. All die Jahre, in denen wir hätten zusammen sein können, habt ihr mir genommen.« Ihr versagte die Stimme, und sie räusperte sich, um sich wieder in den Griff zu bekommen. Sie wollte nicht vor ihrem Vater weinen. Sie wollte stark bleiben. Also riss sie sich zusammen und reckte trotzig das Kinn.

Buck nickte. »Das habe ich jetzt auch eingesehen«, gab er zu. »Aber ich war lange der Meinung, wir würden das Richtige tun.« Reumütig erklärte er: »Viele Jahre lang war ich unglaublich wütend auf deine Mutter. Ich habe sie allein für das Scheitern unserer Familie verantwortlich gemacht, und wenn ich ganz ehrlich bin, habe ich ihr auch vorgeworfen, dass sie mir das Herz gebrochen hat. Ich habe niemals eine Frau so geliebt wie sie. Deshalb hat es mich wütend gemacht, dass sie einfach nicht aufhören konnte, sich selbst zu verletzen – aber eben auch dich und mich. Ich dachte, sie hätte eine Wahl, dass sie uns nicht genug lieben würde und deshalb die Drogen vorzog. Heute weiß ich, dass es wesentlich komplizierter war. Ihr Schmerz war so umfassend, dass sie einfach nicht in der Lage war, die richtigen Entscheidungen zu treffen, auch wenn sie das gerne gewollt hätte. Was wirklich traurig ist.« Er schüttelte bedauernd den Kopf. »Ich glaube, ich wollte sie auch deshalb von dir fernhalten, von uns fernhalten, weil es sich für mich so anfühlte, als hätte sie mit ihrer Entscheidung der Sucht den Vorzug gegeben. Als hätte sie sich gegen uns entschieden. Es war einfacher, sie komplett aus der Familiengeschichte zu streichen. Indem ich sie völlig ausgeblendet habe, hat es weniger wehgetan. Aber nun ist mir klar, dass es falsch war. Es tut mir leid, dass ich deine Mama wie ein schmutziges Geheimnis vor dir versteckt habe. Ich habe das einfach für dich entschieden, und das hätte ich nicht tun dürfen. Es tut mir leid, Georgia. Mein Mädchen.« Er räusperte sich verlegen.

Verblüfft, aber nicht ganz ohne Misstrauen sah Georgia ihren Vater an. Er hatte sich noch nie für irgendetwas entschuldigt. Überraschenderweise stellte sie fest, dass Worte allein ihr nicht reichten. »Eine Entschuldigung bringt mir mein Leben nicht zurück«, erwiderte sie deshalb spitz. »Eine Entschuldigung entschädigt mich nicht für all die Jahre, die ich mit meiner Mutter hätte verbringen können. Eine Entschuldigung ist kein Ersatz für die Wahrheit und die Entscheidungen, die du mir vorenthalten hast.« Sie warf ein paar Shirts in ihren Koffer. Das kleine Bröckchen Glut, das so lange in ihr geschwelt hatte, wurde durch selbstgerechte Empörung zu heißer Wut entfacht, die von all dem Schmerz, der Ungerechtigkeit, den Lügen und den Geheimnissen befeuert wurde, die ihre Eltern ihr jahrelang zugemutet hatten.

Wieder nickte Buck ernst. »Du hast jedes Recht, wütend zu sein, Georgia May, das steht außer Frage. Aber sei vorsichtig. Ich selbst habe viele Jahre an meinem Zorn und den Schuldzuweisungen gegenüber deiner Mutter festgehalten. Und nachdem ich das eine Weile mit mir herumgetragen hatte, nun ja, da ist es zu etwas Hässlichem,

Boshaftem geworden, zu einem harten Stein in meinem Innern. Die Zeit vergeht, und wir werden entweder weicher oder wir verknöchern. Heute erkenne ich, dass ich damals die falsche Entscheidung getroffen habe. Ich bin ein harter Mann, Georgia, und mit dieser selbstgerechten Abneigung habe ich mir eine schwere Bürde aufgeladen. Ich bin es leid, mich damit abzumühen. Ich bin langsam zu alt dafür. Es wird Zeit, die Last abzulegen, also werde ich meinen uralten Groll gegen Star begraben.« Er seufzte schwer. »Man muss auch loslassen können. Vergiss das nicht, Georgia. Star hat Fehler gemacht, ja, aber sie liebt dich, und ihr bleibt nicht mehr viel Zeit.«

Wieder warf Georgia ihrem Vater einen erstaunten Blick zu. Für ihn waren das sehr viele Worte auf einmal gewesen, und sie hatte ihn noch nie so selbstkritisch erlebt. Anscheinend hatte ihr Reispudding Wirkung gezeigt. Hatte er ihren Eltern nach all den Jahren tatsächlich emotionale Klarheit geschenkt?

»Ich werde darüber nachdenken«, erwiderte sie steif. Ja, sie hatte ihm zugehört, aber noch war sie nicht bereit, nachzugeben. Sie faltete eine Jeans zusammen, legte sie in den Koffer und fügte hinzu: »Ich glaube, das war das erste Mal, dass ich aus deinem Mund etwas Positives über Star gehört habe.«

Buck grinste reumütig. Lächeln war bei ihm eine Seltenheit, sein Gesicht war es nicht gewohnt, die Falten um seinen Mund verliefen genau in die andere Richtung. »Tja, bei einer gute Schale Reispudding findet man eben zusammen«, stellte er widerwillig fest. »Wir waren uns im Leben sicher nicht oft einig, und als Paar waren wir so verkehrt, wie es zwei Menschen nur sein können, aber wir haben dich immer geliebt und wollten nur das Beste für dich.

In diesem Punkt stimmen wir überein.« Sein verlegener Blick unterstrich die Tatsache, dass Georgia wohl noch nie ein solches Maß an Sentimentalität an ihm erlebt hatte.

»Wo willst du eigentlich hin?« Buck klopfte mit dem Stetson gegen sein Bein, um den Themenwechsel zur sicheren Alltagspragmatik zu unterstreichen.

»Zurück nach Paris«, erklärte Georgia und fügte widerwillig hinzu: »Ich habe mir gerade einen Flug gebucht. Ich werde bald bei einem Wettbewerb antreten und muss deshalb zurück. Falls ich gewinne, kann ich hinterher eigenständig die Küche eines Pariser Restaurants leiten.«

»Nun, das war ja immer dein großes Ziel«, stellte Buck fest. »Ich drücke dir die Daumen, Georgia May.« Nach kurzem Zögern fragte er: »Soll ich dich zum Fähranleger mitnehmen?«

Georgia schüttelte den Kopf. »Ich muss erst noch fertig packen, deshalb nehme ich das spätere Schiff. Mein Flug geht erst heute Abend. Fahr du also ruhig schon.«

Buck nickte. »In Ordnung. Dann mache ich mich wohl besser auf den Weg.« Er räusperte sich kurz. »Georgia … falls du jemals zurückkommen willst nach Texas, steht dir unsere Tür immer offen, das weißt du, ja? Hannah und ich würden dich jederzeit bei uns aufnehmen, egal, wie lange.«

Ohne auf die Einladung einzugehen, nickte Georgia und legte ein gefaltetes T-Shirt in ihren Koffer. »Danke, dass du extra hergekommen bist«, sagte sie widerwillig. Die Tatsache, dass ihr Vater auf der Ranch alles stehen und liegen gelassen und sich in das nächste Flugzeug gesetzt hatte, nur um sicherzustellen, dass es ihr gut ging, war Georgia nicht entgangen. Er hatte gedacht, Star würde Georgia etwas vormachen, und hatte deshalb einen Flug,

Stadtverkehr, eine Fährfahrt und eine Begegnung mit seiner verhassten Ex-Frau auf sich genommen, nur um sich davon zu überzeugen, dass seinem kleinen Mädchen nicht wehgetan wurde. Er war kein besonders offener Mensch, aber seine Taten sprachen für sich. Ja, er hatte eine Menge Fehler gemacht, doch tief in ihrem Innersten wusste Georgia, das ihr Vater sie über alles liebte.

Buck war sichtlich erfreut über den Dank, aber auch ein wenig verlegen. »Für einen Vater bleibt die Tochter immer sein kleines Mädchen, auch wenn sie schon erwachsen ist. Ich habe immer nur versucht, dich nach bestem Wissen und Gewissen zu beschützen, Georgia.«

Sie nickte. Nun war sie ein klein bisschen weniger wütend auf ihn. Eigentlich hatten sie schon immer ihre Differenzen gehabt, aber das hier war ein unverkennbarer Liebesbeweis. Trotz seiner vielen Fehler hatte er versucht, sich bestmöglich um sie zu kümmern. Und das war eine Menge wert.

»Richte Tante Hannah Grüße von mir aus. Hoffentlich geht es ihr bald besser.« Damit reichte sie ihm den sprichwörtlichen Olivenzweig. Ganz war ihr Zorn noch nicht verraucht, aber nun schwang darin auch ein wenig Verständnis mit.

Buck lächelte vorsichtig. »Ich werde es ihr sagen.« Zögernd ging er auf seine Tochter zu, drückte ihr einen Kuss auf die Wange, setzte seinen Hut auf und verschwand.

Georgia packte schnell ihre restlichen Sachen zusammen und zog sich an – ihr Lieblingsstreifenshirt, die bequeme marineblaue Hose, die Lederballerinas. Dann band sie sich ihr Hermèstuch um und trug zum Schluss noch ihren roten Lieblingslippenstift auf. Sie warf einen prüfenden

Blick auf ihr Handy. Das One-Way-Ticket zum Flughafen Charles de Gaulle war gebucht, und sie hatte sich auch schon ein Taxi bestellt, das sie am Cottage abholen sollte. Es würde in einer halben Stunde hier sein. Aber vorher … Sie ging möglichst laut die Treppe hinunter und vergewisserte sich, dass Star nicht da war, bevor sie die Küche betrat. Für eine Begegnung mit ihrer Mutter fühlte sie sich noch nicht bereit. Stattdessen füllte sie den restlichen Reispudding in eine Schüssel und verließ das Haus. Ein Gespräch musste sie noch führen, dann konnte sie all das hier hinter sich lassen.

34

»Du hast mich hintergangen«, beschuldigte Georgia Cole, sobald er die Haustür öffnete. Nur ganz am Rande nahm sie wahr, dass er lediglich mit einer ausgebleichten Jeans bekleidet war. An seinen Wangen klebte Rasierschaum, die Klinge hielt er noch in der Hand. Ohne sich von seinen fast schon übertrieben definierten Bauchmuskeln ablenken zu lassen, drängte sie sich an ihm vorbei. Sie hatte die Schüssel mit dem Reispudding dabei, aus der warmer Zimtduft aufstieg. Von Lügen und Halbwahrheiten hatte sie nun endgültig genug. Ihre Beziehung zu Star und Buck wurde durch Zeit, eine gemeinsame Geschichte und ihre Familienbande verkompliziert, aber bei Cole war das etwas anderes. Sie hatte sich in ihn verliebt, hatte ihm vertraut, hatte ihm ihr verletzliches Herz geöffnet, nur um dann zu erfahren, dass er nicht ehrlich zu ihr gewesen war. Dass er nichts dazu sagte, war noch verletzender und fachte ihren Zorn weiter an. Es fühlte sich an wie Verrat. Nun wurde es Zeit für ein wenig Ehrlichkeit. Und sie war gerne bereit, diese Konfrontation auszufechten.

Die Blockhütte war spartanisch eingerichtet, aber sauber: Neben einem Holztisch, zwei Stühlen, einem Campingkocher und einem Minikühlschrank gab es hier nur noch ein schmales, mit einer Armeedecke bedecktes Bett und eine alte Krabbenfalle, die wohl als Nachttisch diente, da sich auf ihr einige Bücher stapelten. Außerdem war der Raum so kalt, dass Georgia fröstelte. Und es roch nach Seetang.

»Ich habe dich nicht hintergangen«, wehrte sich Cole, während er die Haustür hinter ihr schloss. »Ich habe dir nur nicht alles erzählt.«

»Du hast mir Informationen vorenthalten, die einen wesentlichen Einfluss auf mein Leben haben«, widersprach ihm Georgia hitzig und fuhr zu ihm herum. Ihr Zorn flammte auf wie ein angerissenes Streichholz. »Die ganze Zeit hast du dieses gigantische Geheimnis vor mir verborgen. Zusammen mit Star«, warf sie ihm vor.

»Ich musste Star versprechen, nichts zu sagen«, erwiderte er ruhig. »Da es nicht mein Geheimnis war, hatte ich kein Recht, es dir zu erzählen.« Er holte sich vom Waschbecken in der Ecke ein Handtuch und wischte sich den Rasierschaum aus dem Gesicht. Dann ging er zu seinem Campingkocher hinüber und nahm dabei eine Emaille-Kanne von einem Regal über dem Tisch. »Kaffee?«, fragte er höflich.

Georgia schüttelte den Kopf. Reglos stand sie mitten im Raum, noch immer mit der Puddingschüssel in der Hand, kochte vor Wut und versuchte gleichzeitig, nicht auf seine nackte Brust zu starren. Bilder des vergangenen Abends stiegen in ihr auf: wie er sie an sich gezogen und zur Musik der Bluegrass-Band mit ihr getanzt hatte; seine warmen, fordernden Lippen an ihrem Mund. Sie hatte gedacht, das könnte der Auftakt zu etwas ganz Wundervollem sein. Da hatte sie aber auch noch nicht gewusst, dass er ihr die ganze Zeit etwas so Schreckliches verschwiegen hatte. Das verletzte sie mehr, als sie zugeben wollte.

»Als Star mir von ihrem Plan erzählt hat, hielt ich das für eine grauenvolle Idee«, erklärte Cole weiter, während er Wasser in die Kaffeekanne füllte. Er entzündete die Flamme des Campingkochers und stellte die Kanne darauf. »Ungefähr eine Woche lang habe ich versucht, ihr das auszureden. Aber sie wollte dich unbedingt sehen, bevor sich ihr Zustand verschlechtert. Sie wollte Zeit mit dir verbringen, damit ihr euch neu kennenlernen könnt. Wie hätte ich das ablehnen können?« Er nahm ein schwarzes T-Shirt vom Bett und zog es an. Georgia wandte diskret den Blick ab.

»Ich wünschte trotzdem, du hättest es mir gesagt«, murmelte sie.

»Was hätte das geändert?«, erwiderte er stirnrunzelnd.

»Keine Ahnung! Aber es war falsch, mir etwas so Wichtiges vorzuenthalten«, behauptete Georgia stur.

Cole nickte. »Da stimme ich dir zu. Und ich habe dieses Versprechen jeden Tag bereut, seit Star es mir abgerungen hatte. Sie hat mich angefleht, weiter mitzuspielen, meinte, es wäre ihr letzter Wunsch. Aber es tut mir leid.« Er sah Georgia offen an. »Du hättest es wissen sollen.«

Diese Entschuldigung brachte Georgia aus dem Konzept. Ihr Zorn legte sich ein wenig, aber doch nicht so sehr, dass sie Cole ganz vom Haken gelassen hätte. »Du hast mich geküsst, während du mir etwas verheimlicht hast«, beschwerte sie sich. »Hättest du mich etwa nach Paris zurückfliegen lassen, ohne mir die Wahrheit zu sagen?«

Leicht betreten wandte Cole ein: »Star hat mir versprochen, dass sie es dir vorher sagen würde.«

»Und wenn sie es nicht getan hätte?«

»Es war nicht mein Geheimnis«, wiederholte er zögernd.

»Also lautet die Antwort Ja – du hättest mich nach Paris zurückkehren lassen, ohne dass ich jemals von der unheilbaren neurologischen Erkrankung meiner Mutter erfahren hätte.« Georgia fixierte ihn wütend.

Plötzlich wirkte Cole, als wäre er in eine Falle getappt.

»Das reicht mir als Bestätigung«, beschloss Georgia. Ihre Augen funkelten zornig. »Ich hätte mehr von dir erwartet, Cole.«

Mit starrer Miene verschränkte er die Arme vor der Brust. »In welcher Hinsicht?«

»Ich dachte, ich könnte dir vertrauen. Ich dachte, du wärst ehrlich zu mir.«

»Ich war ehrlich zu dir«, behauptete er leise. »So ehrlich, wie ich eben sein konnte, ohne dabei mein Versprechen zu brechen.«

Plötzlich begriff Georgia, das sie nicht nur deshalb wütend auf ihn war, weil er ihr nichts von Stars Krankheit erzählt hatte. Eigentlich machte ihr noch etwas ganz anderes zu schaffen: er, sie beide, die gemeinsame Zukunft, die sie niemals haben konnten. Das sah sie nun ganz klar.

»Ich verstehe ja, warum du mir Stars Geheimnis nicht verraten hast«, gab sie deshalb zu. »Ich finde es nicht gut, doch ich kann es verstehen. Aber da ist noch etwas. Als du mich gestern geküsst hast, war das …« Georgia hielt inne. Ja, was war das eigentlich für sie gewesen? »Es hat sich einen Moment lang so angefühlt, als würde damit etwas Wundervolles beginnen. Aber damit lag ich falsch, das begreife ich jetzt.«

»Was genau meinst du?«, fragte Cole vorsichtig. »Wieso hast du damit falschgelegen?«

»Ich habe mir etwas vorgemacht«, behauptete Georgia. »Du bist noch nicht bereit für etwas Neues, egal, ob mit mir oder mit einer anderen. Sieh dich doch bloß hier um.« Mit einer ausholenden Geste deutete sie auf die karge Hütte, in der sie standen. »Du vergeudest dein Leben, indem du dich in dieser Blockhütte verkriechst und dich vor den Fehlern deiner Vergangenheit versteckst. Du hast dich selbst in einen Käfig aus Scham und Reue eingesperrt. Das allein ist schon tragisch, weil du eigentlich so viel zu geben hättest. Aber du versuchst nicht einmal, etwas daran zu ändern – bloß weil du in der Vergangenheit einen Fehler gemacht hast. Zugegeben, es war ein großer Fehler, bei dem ein Mensch verletzt wurde, den du liebst. Und das kannst du dir nicht verzeihen.«

»Ich habe das Leben der Frau zerstört, die ich liebte«, erwiderte Cole scharf. »Danach einfach weiterzumachen, wäre … herzlos.« Streitlustig reckte er das Kinn.

»Aber genau darum geht es ja«, beharrte Georgia. »Du hast Amys Leben nicht zerstört. Kann sie wegen des von dir verursachten Unfalls ihre Beine nicht mehr bewegen? Ja! Aber ihr Leben ist deswegen nicht ruiniert, ganz im Gegenteil. Ich habe mir einige Interviews mit ihr angesehen, und ich war von ihr begeistert. Sie vergräbt sich nicht in Selbstmitleid. Nein, sie lebt ein erfülltes, bedeutungsvolles, energiegeladenes Leben. Du hingegen hast dir dieses Exil in deiner kleinen Fischerhütte auferlegt. Durch den Autounfall wurde nur ein Leben zerstört, und zwar nicht Amys.« Trotzig sah sie ihn an, war aber gleichzeitig voller Mitleid. Welch eine Verschwendung, dachte sie im Stillen, er ist so ein brillanter, wundervoller Mann. Es zerriss ihr das Herz.

Ausdruckslos erwiderte Cole ihren bohrenden Blick. Aus der Kaffeekanne stieg pfeifend Dampf auf, also nahm er sie vom Feuer und schaltete den Kocher aus. »Das ist nicht wahr«, behauptete er dann tonlos. »Das hier ist kein Exil.«

»Ach nein?« Kämpferisch griff Georgia den Ball auf. »Du hast einen Doktortitel aus Berkeley. Du wurdest für deine Erfindungen mit einem der renommiertesten Preise der Umweltforschung ausgezeichnet, genau auf dem Gebiet, auf dem du schon immer etwas bewirken wolltest. Das war dein großer Kindheitstraum. Du warst so kurz davor, zu einem echten Captain Planet zu werden.« Sie hielt Zeigefinger und Daumen so eng aneinander, dass kaum ein Zentimeter Platz blieb. »Du hättest der Welt die dringend benötigte Wende bringen können, doch stattdessen verkriechst du dich hier und züchtest Austern. Und dabei versuchst du auch noch, dir einzureden, dass du es nicht besser verdient hättest. Dass du so Buße tun würdest. Du gibst vor, ein anderer zu sein, und lässt das Leben tatenlos an dir vorüberziehen, verschwendest es, da du nicht das tust, was dir wirklich wichtig ist. Wenn das in deinen Augen kein selbst auferlegtes Exil ist, belügst du nicht nur die Welt dort draußen, sondern vor allem dich selbst.«

Cole hatte angefangen, Kaffeepulver abzumessen und es zusammen mit dem heißen Wasser in eine Cafetière zu füllen; aus jeder Bewegung sprach unterdrückter Zorn. Als Georgia fertig war, erstarrte er kurz.

»Das verstehst du nicht«, sagte er dann. »Es ist kompliziert.«

»Das ist das Leben doch immer«, gab Georgia schon deutlich sanfter zu bedenken. Sie fühlte mit ihm, da sie begriff, wie gefangen er sich fühlte. Wie sehr die Wunden, deren Heilung er selbst nicht zuließ, noch immer schmerzten. »Du musst dir selbst verzeihen, Cole. Ja, du hast einen Fehler gemacht. Einen Fehler, der für einen

Menschen, den du sehr geliebt hast, schreckliche Folgen hatte. Doch anstatt das zu akzeptieren und zu versuchen, etwas Gutes daraus entstehen zu lassen – so wie Amy es getan hat –, hast du dich verkrochen und zugelassen, dass deine Schuldgefühle dich gefangen halten. Es gäbe so viele fantastische Möglichkeiten, um dein Talent und deine Fähigkeiten zu nutzen. Doch du vergeudest das alles, nur weil du glaubst, noch nicht ausreichend gebüßt zu haben. Du hast mir gesagt, du hättest früher einmal die Welt verbessern wollen. Nun, du könntest wesentlich mehr tun, als in orangefarbenen Gummihosen Austern zu ernten. Aber deine Schuldgefühle verhindern, dass du deinen Weg weitergehst. Du kannst den Gedanken, wieder richtig zu leben, nicht ertragen, weil du das Gefühl hast, es nicht zu verdienen.«

»Bei dir klingt das alles so einfach«, wandte Cole mit gepresster Stimme ein.

»Ich habe nie gesagt, dass es einfach ist«, widersprach sie. »Natürlich ist es nicht einfach, sich von Schuld zu befreien, sich selbst zu verzeihen, sich einem neuen Leben zuzuwenden. Sich wieder der Liebe zuzuwenden. Aber zwischen richtig und einfach besteht ein großer Unterschied. Und meiner Meinung nach versuchst du dich an keinem von beiden.«

»Ich denke, du hast genug gesagt«, stellte Cole förmlich fest. Obwohl sich in seinem Gesicht nichts regte, erkannte Georgia deutlich, wie wütend er war.

»Na schön.« Ihr kam es sowieso vor, als redete sie mit einer Wand. Cole war unnachgiebig wie eine Ziegelmauer. »Du kannst dich nicht ewig vor der Wahrheit verstecken«, warnte sie ihn trotzdem noch. »Sie wird dich finden, selbst hier auf deiner Insel. Hast du mir nicht selbst erklärt, dass die Insel keine Geheimnisse mag? Es ist nur eine Frage der Zeit, bis du dich deinen Geheimnissen wirst stellen müssen.« Gereizt stellte sie die Schüssel mit dem Reispudding auf den Tisch. »Guten Appetit.«

Damit wandte sie sich ab, verließ die Hütte und knallte die Tür hinter sich zu, um Cole, seine Küsse, seine Schuld und seine Geheimnisse ein für alle Mal hinter sich zu lassen.

»Georgia! Georgia, warte!«

Der Taxifahrer war gerade dabei, die beiden Koffer einzuladen, weshalb Georgia nicht sofort reagierte. Star lief dicht gefolgt von Pollen über den Fußweg zum Törchen.

Georgia zögerte. »Einen Moment, bitte«, sagte sie schließlich zu ihrem Fahrer.

Widerwillig trat sie durch das Törchen im weißen Gartenzaun und ging unter dem Laubengang aus gelben Kletterrosen hindurch, die bereits in voller Blüte standen. War es wirklich erst wenige Wochen her, dass sie das erste Mal durch dieses Törchen gegangen war? Seitdem war so viel passiert. Sie verließ die Insel als anderer Mensch, so angefüllt war sie von all dem, was ihr diese Wochen gebracht hatten – Gutes und Schlechtes, Bitterkeit und Süße. Schließlich standen sich Mutter und Tochter gegenüber und musterten sich stumm.

»Ich wollte dir nicht wehtun, Georgia«, begann Star schließlich. Sie wirkte mitgenommen. »Das macht es nicht besser, ich weiß, aber es tut mir schrecklich leid. Das wollte ich dir unbedingt noch sagen, bevor du gehst.«

Da sie ihrer Stimme nicht traute, nickte Georgia nur. Die Mischung aus Trauer, Schmerz und Beklommenheit in ihrer Brust machte es schwer, richtig zu atmen. Einerseits wollte sie die Insel nicht verlassen, andererseits konnte sie aber auch nicht bleiben. Ihre Träume warteten nun einmal in Paris auf sie, außerdem war die Insel für sie momentan in ein komplexes Netz aus Kummer, Geheimnissen und Widersprüchen versponnen. Vorne an der Straße räusperte sich der Taxifahrer mahnend. Georgia drehte sich zu ihm um. Wenn sie jetzt nicht aufbrach, würde sie die Fähre verpassen.

Nervös verschränkte Star die Hände vor dem Körper. »Ich kann die Jahre nicht zurückholen, in denen du auf mich gewartet und dir den Kopf über mich zerbrochen hast. Mir war nie bewusst, dass du überhaupt noch an mich denken könntest.« Mit Tränen in den Augen sah sie ihre Tochter an. »Die Entscheidungen, die dein Vater und ich getroffen haben, haben uns beiden Schmerz bereitet, und sie haben dir Schmerz bereitet. Das tut mir aufrichtig leid, und wenn ich es irgendwie ungeschehen machen könnte, würde ich es tun. Aber leider läuft das im Leben nicht so, man bekommt nur selten eine zweite Chance. Ich kann nur versuchen, es in Zukunft besser zu machen. Du warst immer das Kostbarste in meinem Leben, Georgia, das solltest du wissen. Ich habe eine Menge Fehler gemacht, aber ich habe niemals aufgehört, dich zu lieben.«

Wieder nickte Georgia stumm. Wenn sie jetzt den Mund aufmachte, würde sie anfangen zu heulen.

Star sah sie durchdringend an. »Georgia May, lass dir eines gesagt sein: Du musst niemandem etwas beweisen. Du bist gut genug, einfach weil du so bist, wie du bist. Als ich dich das erste Mal im Arm hielt, habe ich mir vorgestellt, wie du wohl einmal werden würdest. Aber du hast alles übertroffen, was ich mir jemals für dich erträumt habe. Du bist stark, mutig und wunderschön. In dir schlummern Talente, die dir noch gar nicht bewusst sind. Wohin du auch gehen magst, durch dich wird die Welt immer ein besserer Ort sein.« Ganz ruhig sagte sie das, aber voller Überzeugung. Es fühlte sich fast an wie ein Segen, den sie Georgia mit auf den Weg gab. »Du magst mir das nicht glauben, und vielleicht wirst du mir niemals verzeihen, aber du sollst wissen, dass ich unglaublich stolz auf dich bin, ganz egal, wohin es dich zieht oder was du tust. Ich liebe dich, Georgia May Jackson. Du bist ein Geschenk – für mich ebenso wie für die Welt.« Bei den letzten Worten versagte Star die Stimme, und sie wischte sich hastig mit dem Ärmel ihrer Strickjacke die Tränen von den Wangen.

Georgia blinzelte hektisch. So lange hatte sie darauf gewartet, diese Worte zu hören. Ihr ganzes Leben. Sie schloss die Augen, um die Tränen zurückzudrängen, und ballte krampfhaft die Fäuste. Plötzlich war sie wieder fünf Jahre alt und stand jeden Abend am Fenster, sehnsüchtig Ausschau haltend nach den Scheinwerfern des alten braunen Eldorado, die doch bestimmt gleich hüpfend den Zufahrtsweg entlanggleiten würden. Dann war sie zehn und schwor sich, nach Paris zu gehen und wie Julia zu kochen, damit ihre Mutter stolz auf sie war. Mit siebzehn stand sie vor dem Frisierspiegel, um sich für den Schulball fertig zu machen, und war in den Tagtraum versunken, dass ihre Mutter hinter ihr stand und ihr dabei half, ihre Locken hochzustecken. Und dann, als Dreiunddreißigjährige, las sie Stars E-Mail und begriff, dass ihre Mutter tatsächlich noch lebte, sodass wieder dieser kleine Hoffnungsfunke in ihrer Brust aufflammte. In diesem Moment war sie kurz davor zu bleiben, Paris aufzugeben und sich einfach in Stars Arme zu werfen. Doch in Wahrheit war es eben nicht so einfach. Ja, Star liebte sie. Aber bald würde Star sie auch wieder verlassen.

»Ich muss los«, sagte sie schließlich mit belegter Stimme. So war es besser; so war diesmal sie diejenige, die ging. Paris wartete auf sie. Ihre Träume warteten auf sie. Wenn sie blieb, stand ihr nur wieder ein qualvoller Abschied bevor. Das würde sie nicht noch einmal ertragen.

Star nickte, konnte ihre Enttäuschung aber nicht ganz verbergen. »Hoffentlich findest du, wonach du suchst, Georgia May«, sagte sie leise. »Ich wünsche dir nur das Allerbeste.«

Georgia kraulte noch einmal Pollens breiten Kopf. »Leb wohl, Mama.« Dann stieg sie in ihr Taxi und fuhr davon.

35

Paris hieß Georgia mit offenen Armen willkommen. Auf dem Weg zu Phoebes Wohnung beobachtete sie vom Taxi aus, wie die Straßen ihrer geliebten Stadt des Lichts an ihr vorbeizogen. Dieser Anblick erfüllte sie mit nostalgisch verklärter Erleichterung. Nun war sie wieder dort, wo sie hingehörte.

»Georgia! Komm hoch, Süße!«, befahl Phoebe über die Gegensprechanlage, als Georgia schließlich aus dem Taxi stieg und bei ihr klingelte. Gleichzeitig wurde die Haustür klickend entriegelt. Wenig später zerrte Georgia ihre beiden Koffer hinter sich aus dem Aufzug, und Phoebe riss die Wohnungstür auf. Ihr grellpinker, mit luftigen Marabufedern gesäumter Morgenmantel verlieh ihr den Glanz eines Starlets der 1930er, ganz im Stil von Jean Harlow.

»Du siehst furchtbar aus«, stellte Phoebe fest, als sie sich freudig auf Georgia stürzte. »Komm rein, ich mache dir Kaffee.«

Bisher hatte Georgia ihrer Freundin lediglich gesagt, dass sie nach Paris zurückkommen würde, mehr nicht. Den Rest wollte sie ihr erzählen, wenn sie wieder richtig miteinander reden konnten, nicht bloß am Telefon. Es gab eine Menge zu berichten.

»Ich muss erst in einer Stunde in die Arbeit, wir haben also massig Zeit«, erklärte Phoebe nun und servierte Georgia an ihrem winzigen Küchentisch einen Espresso.

Außerdem überreichte sie ihr eine bereits leicht fettige Bäckereitüte.

»Du bist ein Engel«, stellte Georgia fest und öffnete die Tüte. Ihr schlug der verführerisch buttrige Duft von frischem Pain au chocolat entgegen. Sofort begann Georgias Magen zu knurren. Das Essen im Flugzeug war wie erwartet mittelmäßig und knapp bemessen gewesen, weshalb sie jetzt einfach nur dieses Gebäck genießen und sich dann auf Phoebes wenig bequemem Futon zusammenrollen wollte, um ein Schläfchen zu machen. Da sie inzwischen auch wieder süß schmecken konnte, war französisches Gebäck genau das, was sie brauchte. Salzig fehlte ihr noch, weshalb das Essen für sie leicht fade schmeckte, aber sie war sehr erleichtert, dass sie inzwischen vier von fünf Geschmacksrichtungen wiedererlangt hatte. Hoffentlich kehrte salzig noch rechtzeitig vor dem Wettbewerb zurück.

Phoebe nahm gegenüber von Georgia Platz und holte sich ein Croissant aus der Tüte. »Ich bin am Verhungern«, verkündete sie, bevor sie sich einen großen Bissen in den Mund stopfte. »War das ganze Wochenende in Saint-Tropez auf Partytour mit diesen moldauischen Models. Und die essen so gut wie nie.« Sie verzog gequält das Gesicht. »So, jetzt erzähl mal.«

Georgia brach das knusprige, blättrige Ende von ihrem Pain au chocolat ab und genoss den Duft. Einfach himmlisch. Sie nahm den ersten Bissen. »Es gibt eine Menge zu erzählen«, warnte sie dann.

Phoebe winkte ab, als wären ihre Worte nicht mehr als lästige Mücken. »Lass den langweiligen Kram einfach weg. Was war denn nun mit dir und deinem heißen Austernmann-Schrägstrich-Wissenschaftler?«, fragte sie mit funkelnden Augen.

»Gar nichts.« Der Gedanke an Cole brachte die Erinnerung an die leidenschaftlichen Küsse beim Austerngelage zurück, und sie wurde rot. Das machte sie traurig und wütend zugleich. Aber nun lag ein ganzer Ozean zwischen ihnen. Ein Ozean, sein Schweigen und seine Unfähigkeit, sich von seiner tragischen Vergangenheit zu lösen. »Na gut, nicht ganz gar nichts«, lenkte sie ein. »Ich habe ihn geküsst. Oder er mich. Wir uns ... ziemlich oft.«

»AAAH! Ich wusste doch, dass du mit ihm rumknutschen würdest!«, jubelte Phoebe und stieß triumphierend eine Faust in die Luft. »Ich will alles wissen. Küsst er gut? Bestimmt, oder?«

»Don't kiss and tell«, wehrte Georgia diese Detailfragen ab, gab dann aber doch nach. »Okay, ja. Als er mich geküsst hat, war ich hin und weg«, gestand sie. Die Erinnerung an dieses Gefühl ließ sie kurz innehalten. Dabei war ganz klar ihre Welt aus den Fugen geraten. »So etwas habe ich noch bei keinem empfunden.« Verlegen spielte sie mit ihrer Espressotasse herum. »Aber dann habe ich wenig später herausgefunden, dass Star und er ein Geheimnis hatten. Ein richtig großes Geheimnis.«

»Oh nein.« Alarmiert nippte Phoebe an ihrem Kaffee. »Was war es? Ich brauche Details!«

»Star leidet an einer degenerativen Gehirnerkrankung namens Lewy-Körperchen-Demenz. Deshalb hat sie so plötzlich Kontakt zu mir aufgenommen: weil sie krank ist und ihr nicht mehr viel Zeit bleibt.« Georgia hörte selbst, wie jämmerlich sie klang, als sie Phoebe nun alles über das Austerngelage und Bucks überraschenden Besuch erzählte – und das, was danach kam. Die Enthüllung von Stars Krankheit. Als sie kurz Luft holte, starrte Phoebe sie völlig entgeistert an. »Oh mein Gott. Da bricht einem ja das

Herz, Süße. Und dann auch noch dieses beschissene Timing. Es tut mir so leid für dich.«

»Warte, da kommt noch mehr«, warnte Georgia sie mutlos. Sie schilderte Phoebe den Morgen danach, an dem sie endlich ihre lang ersehnte Erklärung zu Stars Verschwinden bekommen und den schrecklichen Grund dafür erfahren hatte, sodass sie nun wusste, warum ihre Familie auseinandergebrochen war.

Nun endlich fertig verstummte sie, und Phoebe lehnte sich mit einem melodramatischen Seufzer zurück. »Das ist epochal tragisch, Georgia, selbst für deine Verhältnisse. Die arme Star. Dann hat sie dich also all die Jahre aus der Ferne beobachtet und dich geliebt, ohne ein Teil deines Lebens sein zu können?«

Georgia nickte. »Das ist doch eine Riesenverschwendung! Wir hätten so viel mehr Zeit zusammen haben können. Und mein Dad und Tante Hannah haben mir die Wahrheit verschwiegen und gleichzeitig ihr gegenüber behauptet, ich wolle keinen Kontakt zu ihr.« Zornig zerriss sie ihr Gebäck in kleine Flocken. »Ich bin so wütend auf sie alle, weil sie mir das genommen haben: Erst Star selbst, weil sie keine gute Mutter für mich sein konnte, und dann, später, als sie clean war, haben mein Dad und Tante Hannah sie bewusst von mir ferngehalten.«

Phoebe wirkte nachdenklich. »Ja …«, sagte sie bedächtig, »ich verstehe deinen Standpunkt. Natürlich bist du wütend auf deinen Dad und deine Tante, weil sie dir das alles verschwiegen haben. Und es ist auch logisch, dass du verletzt bist, weil deine Mutter dich verlassen hat. Mir ginge es wohl auch so …«

Georgia hörte, wie sie zögerte. »Kommt da jetzt etwa ein Aber?«, fragte sie wachsam.

»Na ja, unter dem Strich sieht es doch so aus. Deine Familie liebt dich aufrichtig, auch jetzt noch«, erklärte ihr Phoebe vorsichtig. »Ich meine, klar, deine Mom konnte sich nicht um dich kümmern und hat dich verlassen, als du noch klein warst. Das ist schrecklich. Aber sie hat nie aufgehört, dich zu lieben. Sie hat ein paar miese Entscheidungen getroffen, hat dann aber versucht, das Richtige zu tun, auch wenn sie sich nur zwischen Pest und Cholera entscheiden konnte. Sie ist nicht weggegangen, weil sie dich *nicht* geliebt hätte. Sie ist weggegangen, *weil* sie dich geliebt hat. Weil sie der Meinung war, es wäre das Beste für dich. Und dann hat sie ihr Leben in den Griff gekriegt und all die Jahre gewartet und darauf gehofft, dass ihr eines Tages wieder zueinanderfindet.«

Sie zupfte an ihren French Nails herum und fügte wehmütig hinzu: »In all seiner Tragik ist das eigentlich wundervoll. Meine Stiefmutter zum Beispiel wäre sicher glücklich, wenn ich einfach nicht existieren würde. Es wäre ihr völlig egal, wenn ich morgen von dieser Erde getilgt würde. Und offen gesagt bin ich mir nicht sicher, ob mein Dad es bemerken würde, wenn es passierte.« Auf ihrem hübschen Gesicht zeichnete sich tiefe Traurigkeit ab, als sie Georgia einen kurzen Seitenblick zuwarf. »Deine Mom liebt dich wenigstens noch, und dein Dad ist extra aus Texas rübergeflogen, um nach dir zu sehen. Du hast eine Familie, der du wirklich wichtig bist, und das ist eine Menge wert. Auch wenn sie es vielleicht fundamental verkackt haben. In keiner Familie läuft immer alles rund. Aber nach dem, was du erzählt hast, wollen sie dich lieben, aus ganzem Herzen. Das kann dir doch nicht egal sein, oder?«

Georgias Blick wanderte an Phoebes in pinke Seide gehüllter Schulter vorbei zu der hohen Fenstertür, die auf einen winzigen Balkon hinausführte und von dort aus weiter über die Dächer von Paris.

»Vielleicht hast du recht«, gab sie schließlich zu. »Ich weiß, dass sie mich lieben. Aber sie haben mich einfach wahnsinnig enttäuscht, und ich bin mir nicht sicher, ob ich ihnen das verzeihen kann. Und selbst wenn, wie sollte ich das aushalten – meine Mutter gleich wieder zu verlieren, nachdem wir uns gerade erst gefunden haben? Das geht einfach nicht. Ich glaube nicht, dass ich das ertragen könnte.« Nachdenklich hielt sie inne. Wenn sie sich einfach fernhielt und sich wieder ganz auf ihr Leben hier in Paris konzentrierte, tat es vielleicht nicht ganz so weh. »Mein Leben ist hier«, verkündete sie schließlich im Brustton der Überzeugung. »Alles, was ich will, ist hier. Und nur darauf muss ich mich jetzt konzentrieren.«

Phoebe nickte widerwillig. »Wenn du dir sicher bist …« Sie wechselte das Thema: »Was ist denn sonst noch so passiert, während du dort warst? Hast du dir dein kulinarisches Feuer zurückgeholt?«

»Sogar mehr als das«, bestätigte Georgia. Sie dachte zurück an die wilden, abenteuerlichen Tage in der Anemone, daran, wie nach und nach ihr Geschmackssinn zurückgekehrt und wie es ihr endlich wieder gelungen war, in der Küche wahre Freude zu empfinden. Wie sie von ihrer Gabe und dem Erbe der Stevensfrauen erfahren hatte. Dadurch hatte sich alles verändert. Und obwohl das Gespräch mit Star und Buck schmerzvoll gewesen war, waren nun zumindest die Fragen geklärt, die sie fast dreißig Jahre lang gequält hatten. Die Antworten waren anders ausgefallen als erhofft, aber wenigstens kannte sie nun die ganze Geschichte. Und das war doch auch schon etwas, oder? Außerdem hatte sie getan, was Michel verlangt hatte: Sie war fortgegangen und hatte ihr kulinarisches Feuer neu entfacht. Ihr Geschmackssinn hatte sich erholt, und sie konnte zudem wieder wahrhaftige Freude empfinden: bei der Beobachtung von Orcas, bei der Gartenarbeit mit Star, bei einer Partie Scrabble, durch den morgendlichen Duft von Apfelblüten und Meer. Die Zeit auf der Insel hatte ihr Leben nachhaltig verändert.

»Ich glaube, auf der Insel habe ich wieder gelernt, richtig zu leben«, gestand sie ihrer Freundin.

»Das ist doch großartig, Süße!« Phoebe drückte ihre Hand. »Ich kann kaum fassen, dass sich dort für dich so viel verändert hat. Genau darauf hattest du doch gehofft! Und obendrauf gab's noch eine Knutscherei mit dem superheißen Wissenschaftler, der zum Austernmann wurde. Absolut epochal, wenn du mich fragst.«

»Ziemlich epochal, ja«, stimmte Georgia ihr zu. Phoebe hatte recht. Diese Knutscherei war wirklich, wirklich schön gewesen. Das ließ sich nicht leugnen. Beim Gedanken an Cole verzog sie das Gesicht. Wie sie ihn verlassen hatte … das versetzte ihr jetzt einen schmerzhaften Stich.

»Also gut.« Phoebe zog einen Schmollmund. »Ich muss mich langsam für die Arbeit fertig machen, aber vorher verrätst du mir noch, was du für Michel kochen wirst.«

»Das habe ich noch nicht entschieden«, musste Georgia zugeben. Zum Glück waren nun die weniger gefühlsbelasteten Themen an der Reihe. »Ich dachte mir, ich schlendere heute einfach einmal durch den Marché des Enfants Rouges, sehe mich am Donnerstag auf dem Marché Richard Lenoir um und lasse mich inspirieren.«

Paris war berühmt für seine hübsch überdachten Märkte, auf denen die örtlichen Landwirte und Lebensmittelproduzenten eine verlockende Auswahl an Käsesorten,

Fleischspezialitäten, Obst, Gemüse und Backwaren anboten. Ein Besuch dort war sicher sehr inspirierend.

»Oh, das klingt nach einem köstlichen Plan«, stellte Phoebe fest und streckte sich genüsslich. »Ich muss leider arbeiten. Fühl dich ganz wie zu Hause, du weißt ja, wo alles ist.«

Georgia nickte. Plötzlich war sie so erschöpft, dass sie einfach nur noch schlafen wollte. Am besten für immer.

»Danke, dass ich bis zum Wettbewerb bei dir wohnen darf, Phoebs.« Sie trank ihren Espresso aus und schob mit der Fingerspitze die Blätterteigkrümel zusammen.

Phoebe winkte ab. »Du kannst so lange bleiben, wie es nötig ist, das weißt du doch. Aber natürlich wirst du diesen Wettbewerb gewinnen und die Küchenchefin des La Lumière Dorée werden und kannst einfach überall wohnen. Dann ist ganz Paris deine Auster.«

Beim Wort »Auster« wurde Georgia von Sehnsucht gepackt. Irgendwie hatte sie dabei etwas vollkommen anderes vor Augen als Paris – eher das blaugraue Wasser der Westcott Bay und einen furchtbar gut aussehenden Mann in einer orangefarbenen Gummihose, der mit seinem Messer geschickt eine geschlossene Muschel aufhebelte. Sofort schob sie diese Bilder beiseite. Sie hatte die Insel hinter sich gelassen und damit auch das frustrierende Rätsel des Dr. Cabot Cole Montgomery mit seinem verbohrten gebrochenen Herzen. Ihr Herz schlug hier, in Paris. Hier gehörte sie hin.

Und doch wanderten Georgias Gedanken, während sie nach Phoebes Aufbruch das Frühstücksgeschirr abspülte, zurück auf die weit entfernte Insel. Einen Moment lang glaubte sie sogar, den würzigen Duft der Nadelbäume und die süßen Apfelblüten zu riechen. Ungewollt stiegen Tränen in ihren Augen auf. Sie versuchte, sie fortzublinzeln. Doch ein paar lösten sich trotzdem, liefen über ihre Wangen und blieben in ihren Mundwinkeln hängen. Georgia fing sie mit der Zunge auf – salzig wie Meerwasser schmeckten sie.

Vollkommen reglos stand sie da, die Hände noch im seifigen Spülwasser. Sie konnte die Tränen schmecken. Sie konnte das Salz schmecken! Schnell trocknete sie die Hände ab und holte Phoebes Salzstreuer aus dem Schrank. Sie schüttete sich ein paar Körnchen in die offene Hand und leckte sie ab. Kein Zweifel – sie schmeckte auch wieder salzig. Ganz langsam stellte sie den Salzstreuer hin und lehnte sich gegen die Arbeitsfläche. Ihre Erleichterung war so groß, dass sie regelrecht euphorisch wurde. Alle Geschmacksrichtungen waren wieder da, und das gerade noch rechtzeitig. Voller Dankbarkeit schloss sie die Augen. Möglicherweise verschwand ihr Geschmackssinn auch wieder, immerhin war es ja schon einmal geschehen. Aber ihr Bauchgefühl sagte ihr, dass das nicht geschehen würde. Zumindest nicht, solange sie auch weiterhin Freude und Zauber in ihrem Leben zuließ und ihre Gabe einsetzte, um andere Menschen glücklich zu machen. Der Gedanke an den anstehenden Wettbewerb entlockte ihr nun ein entspanntes Lächeln. So konnte sie voller Selbstbewusstsein antreten.

Als sie später ihren Koffer öffnete, um nach ihrem Pyjama zu suchen, stieß sie dabei auf ihre Kochjacke. Ein kleiner, schwerer Gegenstand war darin eingewickelt. Überrascht nahm Georgia das Bündel aus dem Koffer; dabei fielen einige taufrische Kleeblätter vor ihr auf den Boden. Ungeduldig wischte sie die Blättchen fort und entfaltete die Kochjacke. Darin kam eines von Stars Honiggläsern zum Vorschein, an dem eine kleine Notiz hing. In Stars Handschrift stand dort schlicht:

Georgia May,
falls du mal hungrig werden solltest.
Von deiner Mama Star

Nachdenklich hielt Georgia das Glas gegen das Licht und bewunderte den dunklen Goldton des Honigs. Sofort hatte sie wieder das Summen der Bienen im Ohr und roch den Duft des Apfelgartens und der angrenzenden See.

Aus einem Impuls heraus schraubte sie den Deckel vom Glas und tauchte ihren Finger in den Honig. Genüsslich leckte sie die goldene Masse ab. In der cremigen Süße entdeckte sie einen Hauch von Lavendel. Sie gönnte sich noch ein Tröpfchen. Merkwürdig. Für sie schmeckte dieser Honig nach Liebe, nach einer lang ersehnten Antwort, nach Zuhause.

Während der folgenden zehn Tage schwelgte Georgia voll und ganz in der Schönheit von Paris. Außer der Planung ihres Menüs für Michel hatte sie keinerlei Verpflichtungen, also wanderte sie vormittags ziellos durch die Stadt und genoss Kaffee und Gebäck, schlenderte durch die Gärten und über die Plätze und besuchte Museen, darunter auch das Musée d'Orsay. Sie fuhr mit dem Fahrstuhl auf den Eiffelturm, saß im Musée de l'Orangerie vor Monets Seerosen und lauschte dem Gesang der Nonnen in Sacré-Cœur. Einmal picknickte sie zu Mittag mit einer ehemaligen Mitbewohnerin. Sie saßen unter den Kastanienbäumen im Jardin du Luxembourg und teilten sich zu Camembert und knusprigem Baguette eine Flasche Wein. Abends traf sie sich hin und wieder mit Phoebe und einigen Bekannten, die nichts mit der Gastronomieszene zu tun hatten, auf einen Drink. Und beinahe täglich gönnte sie sich Zitronen-, Pistazien- und Orangenblütenmacarons von Ladurée und freute sich bei jedem Bissen über die wiedererlangten Aromen auf ihrer Zunge. Während sie so spazierte, saß, aß und sich mit Schönheit, Kunst und Kultur umgab, wurde ihr auch wieder bewusst, was sie an Paris schon immer so unwiderstehlich angezogen hatte. Diese Stadt war unvergleichlich.

Doch trotz all des Charmes musste Georgia feststellen, dass sie sich plötzlich nach etwas vollkommen anderem sehnte. Nach dem Duft von Tannennadeln auf feuchter Erde; nach einer salzigen Brise vom Meer; nach der schlichten Gemütlichkeit am Küchentisch; nach dem Summen von Stars glücklichen Bienen. Für sie kam diese Erkenntnis vollkommen überraschend, und es dauerte ein paar Tage, bis sie das seltsame Ziehen in ihrer Brust, das oft von kurzen Erinnerungsfetzen ausgelöst wurde, benennen konnte: Sie hatte Heimweh.

Nein, das konnte nicht sein, versicherte sie sich selbst, während sie vor der Glaspyramide des Louvre stand. Ganz sicher fehlten sie ihr nicht – die sanften Hügel der Insel, der silbrige Glanz des Wassers in der Westcott Bay, der manchmal miesepetrige, dunkelhaarige Austernmann oder diese etwas kraftlose Hippiebraut, die nach Kräutern und Cannabis duftete und ihr das Gefühl gab, bedingungslos geliebt zu werden. Wie konnte sie einen Ort und Menschen vermissen, die sie gerade mal ein paar Wochen kannte? Und es konnte doch wohl nichts Besseres geben als Paris! Irritiert versuchte sie, das Gefühl zu verdrängen, aber es ließ sich einfach nicht abschütteln und meldete sich in den merkwürdigsten Augenblicken zurück. Sie kleidete sich wie eine Pariserin, sie aß wie eine Pariserin, sie achtete darauf, ihr feinstes Französisch zu sprechen, aber sie konnte ihr verräterisches, aufmüpfiges Herz nicht davon abhalten, sich nach etwas zu sehnen, das sie an der Küste eines anderen Ozeans zurückgelassen hatte.

Auch das Kochen erwies sich als ungewohnt kompliziert. Jeden Nachmittag graste Georgia die Märkte von Paris ab und schleppte Taschen voller Lebensmittel nach Hause. Eigentlich hatte sie geplant, ihren typischen Stil zu präsentieren – klassische französische Küche mit einem Hauch von Texas –, musste nun aber feststellen, dass es sie immer wieder zu der Art von Gerichten hinzog, die sie in der Anemone gekocht hatte. Instinktiv griff sie zu Lachs und Austern, zu Seetang und Äpfeln anstelle von Schnecken und Käse. Dabei war sie selbst überrascht, dass ihr ein Ort, an dem sie so wenig Zeit verbracht hatte, derart viel Inspiration schenkte. Doch die Insel hielt ihre kulinarische Vorstellungskraft offenbar noch immer gefangen.

Sie versuchte sich wieder in den Griff zu bekommen, indem sie für ein Abendessen mit Phoebe einen vollkommen korrekten Cassoulet mit frischem Bärlauch kochte und am nächsten Tag klassische Gougères backte, aber sie musste selbst zugeben, dass ihre französischen Klassiker irgendwie langweilig waren. Schmackhaft, ja, aber ihnen fehlte das gewisse Etwas.

»Was soll ich nur tun, Julia?« Frustriert stach sie mit dem Finger in die Gougères und verzog das Gesicht. Die Käsewindbeutel sollten eigentlich luftig und leicht sein. Ihre aber waren eindeutig zu schwer und teigig geraten.

»Das Geheimnis liegt darin«, vertraute ihr Julia leise an, »etwas zu finden, wofür man echte Leidenschaft empfindet, und das dann zu tun.«

Georgia musterte ihre Windbeutel. Sie waren witzlos. In der Anemone hatte sie richtig unter Strom gestanden, wenn sie gekocht hatte. Das wollte sie wieder spüren.

»Okay.« Sie kapitulierte. »Ich habe es begriffen.«

Und so gab sie sich wenige Tage vor dem Wettbewerb geschlagen und öffnete sich diesem kreativen Funken. Sie zwang sich nicht mehr, weiter so zu kochen wie früher, und akzeptierte die unverkennbare Tatsache, dass die Zeit auf der Insel sie verändert hatte. Dort hatte sie ihr Feuer wiederentdeckt, und sie wollte nicht riskieren, es sofort wieder zu ersticken.

»Ich werde kochen, was mir Freude macht«, erklärte sie Phoebes leerer Küche. Und zwar mit Zutaten, die sie spannend fand, auch wenn sie vorher nicht genau wusste, was sie aus ihnen machen würde. Vorsichtshalber schickte sie aber auch ein kleines Gebet an Julia, damit ihre Schutzpatronin dafür sorgte, dass dieser neue Weg sie zur Erfüllung ihres lang gehegten Traumes führte – und nicht zu einer spektakulären kulinarischen Katastrophe.

»Bitte, es ist doch das Richtige, oder? Nicht nur ein Riesenfehler?«, flüsterte sie.

»Wenn man eine Entscheidung trifft, muss man sie mit Mut und Entschlossenheit in die Tat umsetzen«, antwortete ihr Julia aufmunternd. »Ein wankelmütiger Koch hat noch nie etwas Gutes hervorgebracht.«

Mut und Entschlossenheit. Georgia nahm die Schultern zurück. Julia hatte recht – gerade jetzt musste sie Stärke beweisen. Am Samstag würde sie dann herausfinden, ob ihr gewagter Sprung sich auszahlte.

36

Der Samstag, an dem der Wettbewerb stattfinden sollte, begann sonnig und warm – ein perfekter Frühlingsmorgen im Mai. Georgia allerdings war das reinste Nervenbündel. Alles war irgendwie neben der Spur, nur die Zutaten in ihren Händen gaben ihr Halt. Sie packte alles Nötige in zwei kleine Rollkoffer und zog ihre Kochjacke an. Michel hatte ihr in der Woche zuvor genaue Anweisungen geschickt, damit sie wusste, was auf sie zukam und was sie mitbringen musste. Im letzten Moment schlang sie sich noch ihr Hermèstuch um den Kopf und trug ihren Lieblingslippenstift auf.

Phoebe schickte ihr eine Nachricht:

Viel Glück heute, drück dich ganz fest – xoxo

Sie war heute bei einem Fotoshooting in den Gärten von Versailles. Georgia schaute immer wieder auf ihr Handy, doch es kamen keine anderen Nachrichten. Enttäuschung stieg in ihr auf. Doch was hatte sie denn erwartet? Sie war quasi mit einem Rundumschlag von der Insel abgereist. Dadurch hatte sie sozusagen alle verwandtschaftlichen Brücken abgebrochen. Wen wunderte es da, dass seit ihrer Abreise niemand versucht hatte, Kontakt mit ihr aufzunehmen?

Da niemand da war, der sie verabschiedet hätte, trat

sie allein aus der Wohnung und ließ sich trotz der hohen Kosten von einem Taxi zum La Lumière Dorée bringen. Es wäre zu mühsam gewesen, sich mit ihrer Ausrüstung und den ganzen Zutaten durch die Metro zu quälen. Da das Taxi im Verkehr stecken blieb, kam sie ein paar Minuten zu spät und war deshalb schon gestresst und neben der Spur. Michel wartete am Eingang auf sie. Nachdem er sie mit den üblichen Wangenküssen begrüßt hatte, trat er einen Schritt zurück und musterte sie.

»Diese Insel hat dir gutgetan«, stellte er mit einem anerkennenden Blick fest, während sie hineingingen. »Wie ich sehe, hast du deine *joie de vivre* wiedergefunden.«

Dass er das so deutlich wahrnehmen konnte, verblüffte Georgia. »Ich denke schon«, gab sie mit einem strahlenden Lächeln zu. Dabei verbot sie sich jeden Gedanken an Star, Cole oder die Insel. »Tut mir leid, dass ich zu spät komme. Aber ich bin bereit.«

»Gut.« Michel nickte zufrieden. »Die anderen sind schon da.« Er signalisierte ihr, ihm zu folgen, und ging Richtung Küche. Georgia sah sich neugierig um, während sie den Gastraum durchquerten. Er war wunderschön eingerichtet, intim und von zurückhaltender Eleganz geprägt. Neben dem Hauptraum gab es noch einen Außenbereich mit einem hübschen Innenhof, in dem die Tische unter üppigen Bäumen platziert waren. In eine der Mauern war ein Löwenkopf eingelassen, aus dessen Maul Wasser sprudelte. Irgendwie erinnerte sie das Restaurant an die nahe gelegene Basilika Sacré-Cœur – würdevoll und doch strahlend in unschuldigem Weiß. Einfach großartig. Und von heute an könnte sie hier das Ruder in der Hand halten. Merkwürdigerweise löste diese Vorstellung keine kribbelnde Vorfreude in ihr aus. Sie schob den Gedanken beiseite, das lag sicher nur an der Aufregung. Sie folgte Michel in die Küche.

»Dein Platz ist hier.« Er wies ihr einen Arbeitsbereich ganz hinten zu. Für eine Pariser Restaurantküche war der Raum geradezu riesig, jedenfalls deutlich größer als sein Pendant im La Pomme d'Or. Außerdem war er mit brandneuen, funkelnden Edelstahltischen und erstklassigen Geräten ausgestattet. Im Moment sah es hier aus, als sollte gleich eine Fernsehkochshow gedreht werden, wenn auch auf das Nötigste reduziert. Die Kontrahenten würden sich einen riesigen Gasherd teilen, dazu waren drei Edelstahltische, dem U-förmigen Schnitt der Küche folgend, angeordnet worden, auf denen sie ihre Zutaten vorbereiten konnten. Für jeden von ihnen lagen alle notwendigen Kochutensilien bereit. Unnötige schicke Accessoires wie Frozen-Joghurt-Maschinen oder Heißluftfritteusen suchte man hier vergeblich. Die gab es nur im amerikanischen Fernsehen, nicht aber in einer niveauvollen französischen Restaurantküche.

Ihre Konkurrenten Gerard Boucher und Leonie Alarie begrüßten Georgia höflich. Sie waren bereits dabei, ihre Stationen einzurichten. Georgia schluckte nervös. Und wenn sie nun in Panik geriet und ihre Gerichte nicht rechtzeitig fertig bekam? Oder wenn sie einen wichtigen Schritt vergaß oder ihr wieder ein dummer Fehler unterlief, wie die Verwechslung von Zucker und Salz? Was, wenn sie einfach vollkommen versagte? Sie holte tief Luft und schloss die Augen.

»Du schaffst das«, versicherte sie sich. Schließlich hatte sie nicht nur ihren Geschmackssinn wiedererlangt, sie wusste nun auch sehr genau, wer sie war: Sie war Georgia May Jackson, die Jüngste in einer langen Ahnenreihe von

Stevensfrauen. Sie hatte eine Gabe, die sie mit der Welt teilen wollte. Und das hier war ihr großer Moment, die Gelegenheit, auf die sie seit Kindertagen hingearbeitet hatte. Sie öffnete die Augen wieder.

»Julia, bitte hilf mir, heute zu gewinnen«, flüsterte sie. »Auf diesen Tag warte ich schon fast mein gesamtes Leben.« Sie hielt kurz inne, in der Hoffnung, einen inspirierenden Rat von ihrer Schutzheiligen zu bekommen.

»Denk immer daran, nichts ist wichtiger als die Menschen, die dich lieben. Die Beziehungen zu anderen Menschen sind das Wichtigste – nicht die Karriere, nicht die Arbeit, nicht der Erfolg. Das größte Geschenk sind die Menschen, die dich lieben«, flötete ihr Julia voller Ernsthaftigkeit ins Ohr.

Georgia blinzelte irritiert. »Das ist gerade so gar nicht hilfreich«, protestierte sie flüsternd. Julia schwieg.

»Ich danke euch, dass ihr heute gekommen seid.« Michel eröffnete den Wettbewerb mit einer kleinen Ansprache. »Ihr seid hier, weil ich der Meinung bin, dass ihr etwas Frisches und Aufregendes zur Pariser Kulinarik beisteuern könnt. Deshalb geht es mir heute weniger um technische Perfektion, sondern vielmehr um Inspiration, um diesen Hauch von Einzigartigkeit, der bei jenen, die eure Speisen kosten, etwas Wahrhaftiges auslöst. Ihr sollt mich nicht beeindrucken. Ihr sollt mich faszinieren. Bitte bereitet in angemessener Zeit ein Drei-Gänge-Menü für mich zu. In drei Stunden werde ich mich draußen im Innenhof dem Genuss eurer Kreationen widmen. Danach fälle ich meine Entscheidung.« Mit einem knappen Nicken beendete er seine Rede, und sofort machte Georgias Herz einen Satz. Nun war es so weit. Zeit, zu glänzen.

Gerard und Leonie machten sich sofort ans Werk. Georgia war einen Moment lang starr vor Angst, bis ihr Blick an den grünen Blättern der Selleriewurzel hängen blieb, die aus einer ihrer Taschen hervorlugten. Plötzlich konnte sie wieder frei atmen. Sie wusste, was zu tun war. Sie musste nur ihrem Herzen folgen und etwas kochen, das ihr Freude bereitete.

»Folge dem Zauber, folge der Freude«, murmelte sie und fing an, ihre Zutaten auszupacken.

Die folgenden Stunden vergingen wie im Flug. Später konnte Georgia sich kaum noch daran erinnern. Einmal begann Gerard derbe auf Französisch zu fluchen, weil er sich an einer Pfanne verbrannte. Gegenüber von ihm arbeitete Leonie still, aber extrem fokussiert vor sich hin. Nach ihrer anfänglichen Panik wurde Georgia von einer merkwürdigen Ruhe erfasst. Die Arbeit ging ihr schnell und leicht von der Hand, sie schnitt und hackte, sautierte und hantierte mit dem Schneebesen. Doch vor allem ließ sie die Zutaten zu sich sprechen. Sie kochte nicht nur, sie kreierte, und das leichtfüßig, mit Freude und einem Hauch von positiver Anspannung. Ihr Menü war simpel. Anfänglich bereitete ihr das ein wenig Sorge: War es vielleicht zu simpel? Aber sie hatte ihr kulinarisches Feuer wiederentdeckt und wollte es nicht durch zu kunstvolle Gerichte und komplizierte Techniken ersticken. Das Essen sollte eine leichte Melodie sein und gerade durch seine Frische und Einfachheit inspirieren. Deshalb schob sie ihre Bedenken beiseite und versuchte die Begeisterung einzufangen, die sie in der Anemone verspürt hatte, die spielerische Unbeschwertheit.

Neben ihr raunte sich Leonie leise Anweisungen zu, als wären sie ihr Mantra. Gerard ließ das Messer fallen und fluchte wieder. Georgia schloss die Augen und rief die Sinneseindrücke der Insel ab: den erfrischenden, würzigen Duft der Tannennadeln; salzige, cremige Austern direkt aus der Schale; die zähflüssige Fülle von Stars Honig, der aus den Waben quoll; die feine Säure des Apfelweins. Und dann kochte sie, was sie fühlte, mit dem Zauber, der Leichtigkeit und der Frische von klarer Meeresluft: eine Prise Salz, knackiges frisches Gemüse, die seidige Pracht von gutem Olivenöl. Irgendwann hörte sie aus weiter Ferne die Glocke klingeln. Die Zeit war um.

Sie erwachte wie aus einer Trance und war beinahe überrascht, sich in der Küche des La Lumière Dorée wiederzufinden. Leicht verwirrt sah sie sich um. Michel wartete bereits im Innenhof.

Gerard servierte als Erster sein Menü: ein recht ordentlich aussehendes Blauschimmelkäse-Soufflé, gefolgt von gebratenen Lammkoteletts mit Cognac-Senf-Soße, Kartoffelgratin und einem leichten Frühlingssalat. Zum Dessert reichte er Sauternescreme mit Karamellbitter. Technisch war das alles gut umgesetzt, das sah Georgia den Gerichten an, als er sie hinausbrachte. Doch seinem Menü fehlte es an Kreativität, und die Gerichte waren sehr schwer. Während Gerard seine drei Gänge servierte, klebten Georgia und Leonie regelrecht an dem Fenster, das auf den Hof hinausging, und beobachteten genau, wie Michel jeden Gang kostete.

»Er mag es nicht«, stellte Leonie auf Französisch fest.

Georgia sagte nichts, war aber ihrer Meinung. Sie kannte Michel ziemlich gut, und auch wenn er keine Miene verzog, war ihm bei keinem einzigen Bissen Überraschung oder Erstaunen anzumerken. Er genoss das Essen auch nicht, sondern nahm es nur pflichtbewusst zu sich. Voller

Erleichterung atmete Georgia auf – ein Kandidat aus dem Rennen, blieb nur noch eine Konkurrentin übrig. Schon standen ihre Chancen deutlich besser. Erstaunlicherweise verschaffte ihr diese Feststellung nicht das erwartete Glücksgefühl.

Dann war Leonie an der Reihe. Ihre Gerichte waren technisch komplex und perfekt umgesetzt, hatten aber auch eine ganz eigene Note. Sie war eine hervorragende Köchin, das musste Georgia zugeben. Nun stand ein schmollender Gerard mit ihr am Fenster. Sie sahen zu, wie Leonie ihre Kreationen hinausbrachte. Ihr erster Gang war eine Velouté aus geeistem Spargel mit Estragongarnitur; ein Gericht, so leuchtend grün wie frisches Gras. Es folgte ein herrlich duftender Lyoner Kartoffelsalat mit eingelegtem Hering, dazu Russische Eier mit Krabbenfüllung und einem Tropfen Sauce hollandaise sowie kleine Kalbsmedaillons in Pfefferkruste. Ihr Dessert bestand aus einer einfachen, aber opulenten Schokoladen-Ganache-Torte mit Olivenölkruste und gerösteten Pistazien.

Diesmal ließ sich Michel bei jedem Bissen deutlich mehr Zeit. Das Tortenstück aß er sogar ganz auf. Kein gutes Zeichen, dachte Georgia stirnrunzelnd. Nein, das war gar kein gutes Zeichen. Offenbar hatte es ihm richtig gut geschmeckt.

»Georgia?« Leonie tippte ihr auf die Schulter. »Du bist dran. *Bonne chance.*« Dem freundlichen Wunsch wohnte keinerlei Spitze inne.

Georgia nickte ihr zu und stellte lächelnd fest: »Vielen Dank. Deins hat ihm gut gefallen.«

Nun kehrte sie schnell an ihren Arbeitstisch zurück und brachte ihren ersten Gang zu Michel in den Hof hinaus: rohe Jakobsmuscheln aus der Normandie, beträufelt mit

Zitronen-Olivenöl und einem kleinen Algensalat. Michel schnitt ein kleines Stück von der Muschel ab, tauchte es in das Olivenöl und probierte. Dann nahm er einen Bissen von dem Algensalat. Georgia wartete mit angehaltenem Atem. Er schloss die Augen, kaute, schluckte. Schließlich sah er sie an. »Gewagt.«

Erleichtert atmete sie auf. Gewagt fand er immer gut. Ein ermutigendes Zeichen. Sie servierte den zweiten Gang. Ihr Menü war bewusst leicht gehalten, möglicherweise etwas zu leicht. Georgia servierte glasierte Apfelscheiben mit Sellerie und Ziegenkäse, dazu eine Paste aus gerösteten Walnüssen und ein Nest aus kandierten Lachsstreifen.

Michel musterte den Teller einen Moment lang, dann zog er fragend die Brauen hoch und sah Georgia an. Die zuckte leicht gereizt mit den Schultern. »Ich habe dir ja gesagt, dass ich auf der Insel mein Feuer wiederentdeckt habe.«

»Hmm.« Er piekte mit der Gabel in den saftigen Räucherlachs, der mit Salz und Zucker angemacht war, dann nahm er einen Bissen, der sämtliche Komponenten des Gerichtes beinhaltete. »Faszinierend.«

Michel legte die Gabel hin und trank einen Schluck Wasser. Enttäuscht ließ Georgia die Schultern hängen. Er fand es faszinierend, aber nicht so gut, dass er auch den Rest gegessen hätte. Ihr Blick huschte zum Fenster hinüber, wo Gerard und Leonie das Geschehen betont gleichmütig beobachteten. Doch sie wusste, dass die beiden jeden Blick und jede Geste von Michel analysierten. Nun schlug ihr die Anspannung langsam auf den Magen. Ein Gang blieb ihr noch.

Ihr Dessert war so schlicht, dass sie befürchtete, es könnte beleidigend wirken – luftig zartes Schaumgebäck, gefüllt mit kleinen Walderdbeeren und garniert mit einem Tröpfchen von Stars Lavendelhonig. Es war ihr einfach richtig vorgekommen, eine Zutat von der Insel miteinfließen zu lassen. Schließlich hatte sie es Star zu verdanken, dass sie ihr kulinarisches Feuer wiederentdeckt hatte. Und damit stand sie nun vor Michel, der Erfüllung ihres Traums so nah wie nie zuvor.

Er gab einen anerkennenden Laut von sich, als er das winzige, hübsche Baiser sah, das wie ein Stillleben in seinem Schälchen ruhte. Georgia hatte ein kleines Silberlöffelchen dazugelegt, dessen Kopf nicht mehr fasste als ein Wachtelei. Damit stach Michel nun in das Gebäck und nickte anerkennend, als es hörbar knackte. Er nahm eine Hälfte zusammen mit einigen Erdbeeren auf den Löffel und probierte, dann verspeiste er sofort auch die andere Hälfte.

Während er den letzten Rest vom Teller kratzte, fragte er: »Woher hast du diesen Honig?«

»Von meiner Mutter. Sie hat eigene Bienenstöcke.«

Wieder sah Michel sie abschätzend an. »Interessant.« Er schob den Teller von sich. »Merci, Georgia. Ich werde nun alles überdenken. Bitte sag den anderen, dass ich euch meine Entscheidung gleich mitteilen werde.«

So entlassen kehrte Georgia in die Küche zurück. Gerard und Leonie blickten ihr angespannt entgegen. Sie überbrachte ihnen Michels Nachricht.

»Was meinst du, wie es gelaufen ist?«, erkundigte sich Leonie. »Dein Dessert hat ihm gut geschmeckt.«

»Baiser, wie unkreativ«, höhnte Gerard leise. »Selbst ein Affe kann ein Baiser auf den Teller bringen.«

»Mag sein, aber er hat es komplett aufgegessen, was ja nicht bei allen Gerichten der Fall war«, entgegnete

Georgia spitz. Leonie lachte, während Gerard gereizt die Stirn runzelte.

»Komm, sehen wir uns mal um«, schlug Leonie vor und lud Georgia ein, sie zu begleiten. Zunächst bestaunten sie den Gastraum mit den edlen Leinenhussen über den Stühlen und dem verzinkten Bartresen, der luftige Eleganz verströmte. Dann unterzogen sie den hinteren Bereich des Restaurants einer genaueren Prüfung.

»Kannst du dir das vorstellen?«, fragte Leonie mit leiser Sehnsucht in der Stimme, als sie in die Küche zurückkehrten. »Hier die Leitung zu haben? Schon jetzt wird über kein anderes Restaurant in Paris mehr gesprochen als über das hier, es wird die Eröffnung des Jahres. Bestimmt holt Michel damit schnell den ersten Stern. Es wird ein Riesenerfolg werden, und wer auch immer Chefkoch wird, steuert diesen Erfolg in seine ganz eigene Richtung. Es wäre eine Ehre, hier Küchenchefin zu sein.«

Georgia sah sich um und versuchte sich selbst in dieser funkelnden neuen Küche zu sehen, wie sie für die höchsten Kreise von Paris kochte. Unzählige Stunden würde sie hier verbringen. Das wäre ihr ganzes Leben, mehr ihr Zuhause als irgendein anderer Ort auf dieser Welt. Doch sosehr sie sich auch bemühte – wenn sie sich das vorstellte, weckte das Bild keinerlei Begeisterung in ihr. Stattdessen wanderte ihr Geist jedes Mal zurück in die Küche der Anemone, durchlebte noch einmal die Panik und die Glücksgefühle, die sie während ihrer ersten Tage dort angetrieben hatten. Zwei Seiten einer Medaille.

»Georgia«, zischte Leonie plötzlich und stupste sie an der Schulter an. »Michel fragt nach dir.«

Er stand in der Tür zum Hof und winkte sie zu sich. Schnell ging sie mit ihm hinaus, wo er ihr einen Stuhl anbot. Dann nahm er ihr gegenüber Platz, schlug die Beine übereinander, lehnte sich zurück und musterte sie. Vollkommen gelassen saß er da in seiner marineblauen Jacke, der engen Jeans und den teuren Lederschuhen.

»Ich muss eine schwierige Entscheidung treffen«, begann er ohne lange Vorrede. »Auf der einen Seite habe ich eine französische Köchin mit herausragendem Talent und einem enormen Antrieb. Leonie wäre eine gute Küchenchefin für das La Lumière Dorée. Auf der anderen Seite habe ich dich und dieses besondere Feuer, das nun wieder in dir brennt. Es ist faszinierend, was es in dir erweckt hat. Eine Vorstufe davon habe ich auch schon früher in dir gesehen, aber nun ist es vollkommen ausgereift. Du bist ganz bei dir angekommen. Bist du vielleicht verliebt?«

Völlig überrumpelt ging Georgia davon aus, dass er von Cole sprach. »Ich kenne ihn kaum«, wehrte sie sofort ab. Hatte Michel etwas entdeckt, das ihr selbst entgangen war?

»Doch nicht in einen Mann.« Michel lachte. »Nein, du hast dich in einen Ort verliebt. Dieser Ort hat deinen Geist und dein Herz erobert. Was auch immer auf dieser Insel geschehen ist, es hat dir dein Feuer zurückgebracht. So etwas ist sehr selten und kostbar. Du hast dein kulinarisches Feuer, aber vor allem dein Herz wiederentdeckt. Das habe ich schon beim ersten Bissen erkannt. Man spürt das sofort. Du bist nun ganz in dein Talent hineingewachsen, Georgia, und du musst wissen, dass du über ein extrem seltenes Talent verfügst.«

Er legte die Fingerspitzen aneinander und sah sie nachdenklich an.

»Die wenigen Bissen deiner Gerichte haben mich an Orte, zu Erinnerungen und Emotionen geführt, die ich seit Jahren nicht mehr empfunden habe. Dein Dessert … es hat eine süße Wehmut in mir geweckt. Danach habe ich beschlossen, nächsten Monat endlich wieder einmal meine Mutter zu besuchen. Dein Gericht hat mir vor Augen geführt, wie kostbar die Zeit ist, die wir mit unseren Liebsten verbringen. Und es hat mir klargemacht, dass ich keinen Augenblick vergeuden darf. Dein Feuer brennt heller als jemals zuvor, Georgia. Eine Sache lässt mich allerdings noch zögern. Kannst du dir vorstellen, was es ist?«

Ratlos schüttelte sie den Kopf. »Nein, was denn?«

Mit einem abschätzenden Blick erklärte er: »Dieses Restaurant befindet sich in Paris. Wir befinden uns in Paris. Aber sag mir, Georgia: Ist Paris noch immer der Ort, an dem dein Herz verweilen möchte?«

Georgia schnappte nach Luft und setzte zu einer oberflächlichen Antwort an, zu der offensichtlichen und einzig richtigen Antwort. Doch die gelassene Neugier in Michels Blick ließ sie innehalten, denn bei seiner Frage hatte sich leiser Zweifel in ihr geregt. War Paris noch der Ort, an dem sie leben wollte? Wieder wurde sie für einen Moment von dem Geschmack von Honig und Kräutertee überwältigt, von salziger Meeresluft, von Coles warmer, kratziger Wange an ihrer, von Stars starken, sehnigen Fingern, die ihre Hand hielten.

Sie schluckte. Wie konnte sie auch nur für den Bruchteil einer Sekunde in Erwägung ziehen, sich von all dem abzuwenden, wofür sie jahrelang gearbeitet hatte? Das war doch Wahnsinn.

»Das hier war immer mein Traum«, sagte sie hilflos.

Ein feines Lächeln huschte über Michels Gesicht. »Aber ist es das auch noch? Träume können sich ändern, *ma chère.* Du musst dich dem öffnen, was jetzt dein Herz erfüllt.«

Georgia schloss die Augen. Plötzlich hatte sie wieder Stars Stimme im Ohr, die ihr erklärte, was es bedeutete, eine Stevensfrau zu sein. Die ihr von ihrer Gabe und ihrem Erbe erzählte. Und sie dachte an die Insel, der laut ihrer Mutter eine ganze eigene Magie innewohnte. Ihre Fingerspitzen fingen an zu kribbeln, als sie sich vorstellte, sie über die raue Schale einer Auster gleiten zu lassen oder etwas Honig aus einer Wabe zu schöpfen. Ob das Magie war, wusste sie nicht, aber dieser Ort hatte eindeutig etwas an sich, das ihr Herz anzog. Es war unlogisch, es war dumm, und trotzdem fühlte es sich vollkommen richtig an.

»Ich weiß es nicht«, gestand sie schließlich widerwillig, als sie die Augen wieder öffnete. Michel beobachtete sie noch immer schmunzelnd.

»Tatsächlich?«, hakte er nach. »Bist du sicher?« Obwohl er die Frage beinahe sanft stellte, fühlte Georgia sich provoziert.

»Es ist eine wichtige Entscheidung«, protestierte sie hitzig.

Michel nickte. »Da hast du recht. Und du solltest sie gründlich überdenken. Ich werde den anderen sagen, dass ich noch einen Tag brauche, um zu einem Entschluss zu gelangen. So viel Zeit kann ich dir geben. Das Restaurant gehört dir, wenn du es willst, Georgia. Lass es mich wissen, wenn du dir Klarheit verschafft hast.« Er nippte an seinem Wasser und fragte dann im Plauderton: »Weißt du eigentlich, warum ich dich bei unserer ersten Begegnung mitgenommen und für dich das Taxi gespielt habe?«

Georgia schüttelte den Kopf. »Weil du dich schuldig gefühlt hast, nachdem dein Auto mich angefahren hatte?«

»Ja, das war unschön«, stimmte er ihr zu. »Aber nein. Der Grund war ein anderer. Ich habe dich dort stehen sehen, im Licht der Scheinwerfer, die Motorhaube hatte dich gerade voll an der Hüfte erwischt, aber du hast kein bisschen ängstlich gewirkt. Gereizt, ja, vielleicht auch überrascht. Eindeutig kämpferisch. Aber in deinen Augen war nicht ein Hauch von Furcht. Überhaupt habe ich nie erlebt, dass du vor irgendetwas Angst gehabt hättest, weder als mein Fahrer dich angefahren hat noch irgendwann später. Dein Mut ist außergewöhnlich, meine Liebe. Du bist nie vor irgendetwas zurückgeschreckt, wenn du es nur wolltest. Also fang jetzt nicht damit an, ja?« Er beugte sich vor und tätschelte ihre Hand. »Finde heraus, was dein Herz sich wirklich wünscht.«

Und so packte Georgia wenig später zum zweiten Mal in ihrem Leben ihre Messer zusammen und verließ eine Küche, von der sie geglaubt hatte, noch lange in ihr wirken zu können. Sie trat in die goldene Pariser Nachmittagssonne hinaus. Nun konnte sie nur hoffen, dass es ihr gelang, sich über ihre wahren Herzenswünsche Klarheit zu verschaffen und herauszufinden, ob der Traum, auf den sie so lange hingearbeitet hatte, noch immer der Traum war, der sie glücklich machte.

37

In Phoebes Wohnung angekommen, streifte Georgia ihre Clogs ab, behielt die Kochjacke aber an. Für sie war diese Kleidung wie eine zweite Haut. Sie packte ihre Ausrüstung aus und verstaute die übrig gebliebenen Zutaten in Phoebes kleinem Kühlschrank. Erst als ihr Magen knurrte, wurde ihr bewusst, dass sie den ganzen Tag noch nichts gegessen hatte. Vor dem Wettbewerb war sie zu nervös gewesen, deshalb hatte sie nur einen Espresso getrunken. Nun aber war sie verwirrt, schlecht gelaunt und hungrig. Schlungrig … gab es dieses Wort?

Kurz entschlossen nahm sie sich zwei Eier aus der Schale auf Phoebes Küchentresen, dazu etwas von dem Ziegenkäse, den sie für Michels Gericht gebraucht hatte, und machte sich dann auf die Suche nach Butter. Sie fand sie in einer hübsch gemusterten Butterdose, die ebenfalls noch auf dem Tresen stand. Als sie den Deckel anhob, stutzte sie. Mitten auf der Butter lag ein vierblättriges Kleeblatt. Genervt verdrehte Georgia die Augen und pflückte das leicht fettige Blättchen ab.

»Okay, langsam wird es albern«, verkündete sie laut. »Was wollt ihr mir bitte schön sagen?« Wenn sie jemals auf irgendeine geheime Botschaft gehofft hatte, dann jetzt.

Stille.

Mit einem schweren Seufzer legte sie den Klee auf ihren Teller und widmete sich wieder ihrem Omelett. In ihrem

Kopf zählte Julia die einzelnen Schritte zur Zubereitung des perfekten französischen Omeletts auf. Keine Eierspeise war schlichter und doch so typisch französisch. Es war das erste von Julias Rezepten gewesen, das Georgia wirklich gelungen war. Sie schaltete den Herd auf die höchste Stufe und stellte eine Pfanne auf die Flamme, dann schlug sie die Eier auf und verquirlte sie in einer kleinen Schüssel.

»Zunächst einmal benötigt man einen großzügigen Esslöffel voll Butter«, wies Julia sie an. Also warf Georgia ein ordentliches Stück Butter in die Pfanne, das sofort zu zischen begann.

»Kurz bevor sich die Butter braun verfärbt, gibt man zügig die Eier hinzu. Die Pfanne muss sehr heiß sein.«

Georgia schüttete die verquirlten Eier in die Pfanne und sah ein paar Sekunden lang zu, wie sie Blasen schlugen, dann schob sie die Pfanne mit kräftigen Bewegungen auf der Flamme hin und her.

»Sieht es nicht herrlich aus, wie die Eier sich auf dem Pfannenboden zu einem echt französischen Omelett verbinden?«, schwärmte Julia zufrieden.

Wenig später ließ Georgia ihre Eierspeise auf einen Teller gleiten und ging damit auf Phoebes kleinen Balkon hinaus. Neben einem winzigen Tisch hatte gerade noch ein einziger Stuhl hier Platz gefunden. Nachdem sie sich auf dem harten Sitz niedergelassen hatte, nahm Georgia sich einen Moment zum Durchatmen. Sie schloss die Augen und streckte ihr Gesicht der Sonne entgegen, während sie auf den Straßenlärm lauschte, der von unten zu ihr heraufdrang. Dann genoss sie den Ausblick: Paris. So viele glückliche Jahre hatte sie hier verbracht. Was hatte sich bloß verändert? Die Antwort war offensichtlich – sie selbst.

»Was wollt ihr mir sagen?«, fragte sie noch einmal, fischte das Kleeblatt vom Tellerrand und drehte es zwischen den Fingern. Star hatte gesagt, ihre Gabe bestehe darin, den Menschen durch ihre Speisen Klarheit zu schenken. Würde das bei ihr selbst auch funktionieren? Konnte sie sich so zu innerer Klarheit verhelfen?

Spontan zupfte sie die vier kleinen Blättchen vom Stängel und streute sie über das Omelett. Warum nicht einfach ausprobieren? Klee war essbar, er hatte ein leichtes Zitrusaroma. Keine überragend schmackhafte Pflanze, aber in kleinen Mengen durchaus verträglich.

»Heute suche ich Glauben, Hoffnung, Liebe und Glück«, flüsterte sie, ohne zu wissen, ob es funktionieren würde. »Bitte zeigt mir, was ich wissen muss.« Noch während sie die Worte aussprach, wurde ihr bewusst, dass sich dieses Gebet nicht an Julia richtete, sondern an die Insel, an die Stevensfrauen Star, Emma und Helen und an ihr eigenes Herz. Sie hatte keine Ahnung, wer oder was ihr diese Zeichen in Form von Kleeblättern schickte. Vielleicht war es – wie Star vermutet hatte – die Insel, vielleicht aber auch das Universum oder Emma und Helen. Der Ursprung der Blätter blieb ein Rätsel, war am Ende aber auch nicht wirklich wichtig. Sie wollte einfach nur wissen, was es zu bedeuten hatte. Was wollten die Kleeblätter ihr zeigen?

Georgia nahm den ersten Bissen von ihrem Omelett. Es war saftig und weich, die Eier waren nur kurz angestockt, von schön cremiger Konsistenz. Der Geschmack war perfekt, die Bitterkeit der Kleeblätter bildete einen angenehmen Kontrast zu den deftigen Eiern. Sie leckte ihre Gabel ab und nahm noch einen Bissen. Dabei überkam sie mit einem Mal schreckliche Sehnsucht – nicht nach Texas oder Paris, sondern nach der Insel, dem Cottage, den wenigen Wochen, die sie dort verbracht hatte. Und nach Star.

Sie sah sich wieder an dem einfachen Küchentisch sitzen, zusammen mit Star, Cole und Billy beim Scrabble. Cole war gerade dabei, »ersehnen« zu legen, worauf sie frech mit »Kuss« reagiert hatte. Hitze stieg in ihre Wangen, als ihre Gedanken zu den leidenschaftlichen Küssen wanderten, die sie am Abend des Austerngelages ausgetauscht hatten. Coles letztes Wort beim Scrabble war »weh« gewesen. Danach hatte Georgia noch »fort« gelegt. Nun aber, bei der Wiederholung vor ihrem inneren Auge, legte sie etwas anderes. Nun legte sie an sein »weh« das schlichte Wort »Heim« an.

Ja, das war es. Als sie es schwarz auf weiß in Scrabblebuchstaben vor sich sah, wurde das Gefühl in Georgia so stark, dass sie für einen Moment keine Luft mehr bekam. Alles in ihr sehnte sich nach den knorrigen Apfelbäumen, dem fröhlichen Summen von Stars Bienen, dem miesepetrigen, aber freundlichen Mann mit den eisblauen Augen und der orangefarbenen Gummihose, der sein Leben an alte Schuldgefühle verschwendete, und nach der Frau mit den graugrünen Augen, die Georgia einladend die Hand entgegenstreckte. Sie sehnte sich nach einem Leben, das ihr mit jedem Sonnenaufgang, den sie hier erlebte, weiter zu entgleiten drohte.

Klappernd fiel ihre Gabel auf den Teller. Was machte sie überhaupt noch in Paris? Plötzlich war alles vollkommen klar. Paris war ihre Vergangenheit, ein alter Traum, den sie viele Jahre lang hatte leben können. Aber Paris war nicht ihre Zukunft. Ihre Zukunft lag an einem gänzlich anderen Ort.

»Ich will zurück«, stellte sie so laut fest, dass die Taube auf dem Nachbardach überrascht mit den Flügeln schlug. »Ich will zurück auf die Insel. Ich will nach Hause.«

So einfach und gleichzeitig so kompliziert war das.

Nachdenklich musterte sie das Omelett auf ihrem Teller. Fühlten sich die Menschen etwa so, wenn sie ihre Gerichte aßen? Spürten sie dann auch diese fast schon schmerzhaft intensive Klarheit? Sie nahm den nächsten Bissen, dann noch einen, bis sie schließlich alles aufgegessen hatte.

Langsam ließ sie den Blick über die Dächer von Paris schweifen, jener Stadt, die sie immer geliebt und nach der sie sich während ihrer ganzen Jugend gesehnt hatte. Ja, Paris war lange ihr großer Traum gewesen. Warum war sie nun also bereit, es zu verlassen? Weil es sich so … abgeschlossen anfühlte. Zum ersten Mal stellte sie sich die Frage, ob Paris denn je wirklich das gewesen war, wonach sie suchte.

»Ging es bei meinem großen Traum überhaupt um Paris?«, flüsterte sie. »Ging es überhaupt um Julia?« Vielleicht waren Paris und Julia nur Stellvertreter gewesen für etwas, das sich viel tiefer in ihrem Herzen verbarg: den Wunsch nach Wertschätzung und Anerkennung. Den Drang, als gut genug empfunden und geliebt zu werden. All das hatte sie sich so dringend von ihrer Mutter gewünscht und jetzt erst bekommen. Vielleicht waren Paris und Julia nur Lückenfüller, die sie heraufbeschworen hatte, um dieser Bestätigung und Akzeptanz so nah wie möglich zu kommen. Jener Wertschätzung, nach der sich ihr junges Herz so sehr gesehnt hatte.

»Möglicherweise habe ich all die Jahre das falsche Ziel verfolgt«, murmelte sie, »weil ich dachte, darin läge die Antwort.« Doch stattdessen hatte sie nun endlich gefunden, was ihr wirklich gefehlt hatte, und zwar nicht in Paris, nicht in ihrem großen Ziel, sondern in jenem Moment, als ihr Leben hier sich in einen Scherbenhaufen verwandelt hatte. Auf der Insel hatte sie die Antwort bekommen, nach der sie gesucht hatte – in einer Ahnenreihe aus starken Frauen mit außergewöhnlichen Fähigkeiten; in dem Moment, als Stars schwielige Hände sich bei ihrer ersten Begegnung um ihre Wangen geschlossen hatten und sie ihre Tochter voller Zärtlichkeit angesehen hatte; in Coles hingebungsvollem Blick, als er sie beim Austerngelage über die Tanzfläche geführt hatte; in seinem Kuss, seinem offenen Geständnis: *Georgia May Jackson, einer Frau wie dir bin ich noch nie begegnet. Für mich bist du der strahlendste Stern am Nachthimmel.*

Auch die Stunden in der Anemone hatten diese Antwort enthalten, in denen sie ihr kulinarisches Feuer neu entfacht und gelernt hatte, wieder wahre Freude zu empfinden und anderen durch ihre Gabe Klarheit zu schenken. Und nun hatte ebendiese Gabe ihr selbst Klarheit gebracht.

Ja, mit einem Mal verstand sie: Paris und Julia waren nie wirklich das Ziel gewesen. Der Kern des Ganzen lag viel tiefer. Auf der Insel, bei Star, Cole und in der Anemone, hatte sie gefunden, wonach sie ihr Leben lang gesucht hatte. Hatte gefunden, was sie von Texas nach Paris hatte ziehen lassen, was ihre Suche nach Julia motiviert hatte, was sie nach ihrem Lebenstraum hatte streben lassen. Ebendas, was sie in all den Jahren angetrieben hatte: ein Gefühl der Zugehörigkeit, der Akzeptanz, das Bewusstsein ihres eigenen Wertes. Sie hatte ihr wahres Selbst entdeckt.

»Es hat zwar über zwanzig Jahre gedauert, aber jetzt habe ich es endlich begriffen«, murmelte sie erstaunt.

»Am Ende ist es jede Mühe wert, wenn sich alles so entwickelt, wie es sein sollte«, sagte Julia tröstend, während sie mit einer Zange eine Artischocke aus dem Kochtopf holte und in Eiswasser legte.

Georgia nickte. »Da hast du recht. Und nun weiß ich auch, was ich zu tun habe.«

Sie stand auf und trug ihren Teller in die Küche, auf dem noch grüne Kleereste klebten. Sie würde auf die Insel zurückkehren. Natürlich würde es qualvoll werden, mitanzusehen, wie Star ihr mit fortschreitender Krankheit immer weiter entglitt, aber nicht bei ihrer Mutter zu sein, erschien ihr plötzlich unmöglich. Schon jetzt hatten sie viel zu viel Zeit verloren, es durfte sich keine weitere Minute mehr dazugesellen.

Ihre neuen Erkenntnisse konnten Stars Fehler natürlich nicht auslöschen. Tief in ihrem Innern spürte Georgia noch immer die Trauer und den Zorn, wenn sie daran dachte, was die Entscheidungen ihrer Eltern sie gekostet hatten. Der jahrelange Schmerz verschwand nicht einfach durch Zauberhand. Doch eines wusste sie nun mit absoluter Sicherheit: Auch wenn sie verletzt und wütend war, würde sie an Stars Seite sein, komme, was da wolle. Die Zeit, die ihnen noch blieb, wollte sie mit ihrer Mutter verbringen, auch wenn es vielleicht nicht mehr viel war. Das war es wert. Um die Wirren der Vergangenheit und ihre komplizierte Gefühlslage konnte sie sich auch später noch kümmern. Jetzt durfte sie keine Zeit mehr verlieren.

Kurz wanderten ihre Gedanken zu Cole. Sie hatten sich nicht gerade im Guten getrennt. Sie mochte ihn sehr; wenn sie ganz ehrlich zu sich war, musste sie sich eingestehen, dass sie sich sogar richtig in ihn verliebt hatte. Aber würde er sie nach ihrer letzten unschönen Begegnung überhaupt wiedersehen wollen? Georgia wusste es nicht. Paris zu verlassen und ohne jede Rückversicherung – ohne überhaupt zu wissen, wie es weitergehen sollte – auf die Insel zurückzukehren, machte ihr Angst. Aber was sollte sie sonst tun? Sie kannte die Antwort auf diese Frage. Entschlossen holte sie ihr Handy und schickte Michel eine Nachricht, in der sie ihn um ein Treffen bat. Trotz aller Risiken, trotz aller Ungewissheit gab ihr Herz ihr eindeutig vor, was sie zu tun hatte.

»Was soll das heißen – du wirst die Stelle nicht annehmen?«, fragte Phoebe wenige Stunden später irritiert. Sie war von der Arbeit gekommen, kurz nachdem Georgia von ihrem Treffen mit Michel zurückgekehrt war, und Georgia hatte ihr gerade die Neuigkeiten überbracht. »Aber wolltest du nicht genau das schon gefühlt dein ganzes Leben lang?« Sie war völlig verblüfft.

Georgia ließ den gekühlten Rosé in ein Weinglas fließen, das sie Phoebe anschließend in die Hand drückte. »Stimmt«, gab sie gelassen zu. »Aber das hat sich geändert.«

Fassungslos ließ sich Phoebe auf das Sofa fallen. Sie trug ein weißes Minikleid aus Leder mit Reißverschlussapplikationen und dazu Plateaustiefel, ebenfalls aus weißem Leder. Nach einem langen Arbeitstag war ihr hoch angesetzter Pferdeschwanz ein wenig abgesackt. Insgesamt konnte sie den Sechzigerjahre-Raumfahrtlook aber gut tragen. Anscheinend war dies das perfekte Outfit für ein Fotoshooting in Versailles.

»Ich begreife es nicht«, gestand sie nach einem großen Schluck Wein. »Was hat sich geändert?«

»Das kann ich nicht richtig erklären.« Georgia, die sich ebenfalls ein Glas Wein gönnte, setzte sich neben sie. Eine merkwürdige Ruhe hatte sie erfasst. »Es … fühlt sich einfach nicht mehr richtig an. Als Michel mir den Job angeboten hat, habe ich mir vorgestellt, wie ich in dieser Küche arbeite, und es hat sich angefühlt wie eine Gefängnisstrafe. Einmal ›lebenslänglich‹. Und dann ist mir klar geworden, dass ich mein Leben lang auf den Posten als Küchenchefin hingearbeitet habe, weil ich mir selbst, Star und meinem Dad etwas beweisen wollte. Ich wollte dadurch zeigen, dass ich gut genug war, wollte meinen Wert unter Beweis stellen. Und nach meinem Besuch auf der Insel, nach der Begegnung mit meiner Mutter und nachdem sie mir endlich gesagt hat, was damals passiert ist …« Georgia zuckte mit den Schultern. »Ich habe plötzlich nicht mehr das Gefühl, mich beweisen zu müssen. Nun bin ich frei und kann einfach nur ich selbst sein. Ich kann das tun, was ich wirklich will. Was genau das sein wird, weiß ich noch nicht, aber ich weiß, was es nicht ist. Ich werde nicht die Küchenchefin des La Lumière Dorée werden.«

Noch immer erstaunt lehnte Phoebe sich zurück. »Und was hast du jetzt vor?«

Mit einem leisen Lachen gestand Georgia: »Ich habe keine Ahnung. Total verrückt, oder? Ich hatte immer einen Plan. Seit ich zehn war, hatte ich einen festen Plan. Und jetzt werde ich wohl einfach improvisieren. Bisher weiß ich nur, dass ich nicht in Paris bleiben werde.« Das stand für sie fest. »Ich werde auf die Insel zurückkehren.«

»Hast du es deiner Mom schon gesagt?«, fragte Phoebe vorsichtig.

Zögernd schüttelte Georgia den Kopf. »Ich habe ein totales Chaos zurückgelassen, deshalb weiß ich nicht, wie ich ihr meine Rückkehr ankündigen könnte. Wahrscheinlich werde ich einfach … hinfliegen. Und wenn ich da bin, überlege ich mir, was ich sagen werde.« Sie unterbrach sich kurz, dann fügte sie hinzu: »Ich weiß, dass ich dort noch etwas zu tun habe. Ich muss wieder hin. So darf es nicht enden. Die Zeit, die meiner Mutter noch bleibt, möchte ich mit ihr verbringen.«

Phoebe atmete einmal tief durch. »Wow, der heutige Tag hat definitiv einige unerwartete Wendungen genommen.«

»Frag mal«, erwiderte Georgia trocken. Sie sahen sich an und fingen an zu lachen.

»Dann gehst du also aus Paris weg …«, begann Phoebe.

»… und ziehe auf die Insel«, bestätigte Georgia.

Grinsend hob Phoebe ihr Glas. »Auf ein überraschendes Ende.«

»Und auf den Neuanfang«, ergänzte Georgia. Sie stießen miteinander an.

»Paris wird dich vermissen«, stellte Phoebe plötzlich ernst fest und warf Georgia einen prüfenden Blick zu. »Hoffentlich weißt du, was du da tust.«

Georgia nickte und trank noch einen Schluck Wein. »Das hoffe ich auch.«

Als sie einige Stunden später endlich dazu kam, etwas zu essen – Fertigsalat und Pizza Margherita, die Phoebe mitgebracht hatte –, war ihre Abreise bereits komplett vorbereitet. Sie hatte für den Nachmittag des kommenden Tages einen Flug nach Seattle gebucht; das Ticket hatte den Rest ihrer Bezahlung aus der Zeit in der Anemone verschlungen. Sollte ihre Rückkehr auf die Insel nicht so verlaufen wie erhofft, hatte sie keine Ahnung, was sie tun sollte. Dann wäre sie pleite, obdachlos und ohne Arbeit. Daran wollte sie nicht einmal denken. Momentan handelte sie nur aus dem Bauch heraus.

Obwohl sie es nicht erklären konnte, war durch das Omelett alles überdeutlich geworden: Paris war noch immer wunderschön, doch es sprach nicht mehr zu ihr. Nun hörte sie nur noch den Ruf einer abgelegenen Insel in der kalten Salish Sea, auf der das Cottage stand, das ihr zum ersten Mal in ihrem Leben das Gefühl gegeben hatte, ein richtiges Heim zu haben. Dort waren Star und Cole – die beiden Menschen, deren Nähe sie sich mehr wünschte als irgendetwas sonst. Also folgte sie ihrem Bauchgefühl und wartete ab, wohin ihr Herz sie führen würde. Eine Vorstellung, die zu gleichen Teilen Vorfreude und Sorge in ihr auslöste.

Deshalb versuchte sie, vorerst nur an die praktischen Aspekte ihrer Entscheidung zu denken. Ihr gesamter Besitz befand sich in den zwei Koffern, die neben Phoebes Gästematratze warteten. Sie hatte sie gar nicht wirklich ausgepackt. Musste sie sonst noch etwas erledigen, bevor sie Paris verließ?

Sie legte auf ihrem Handy eine Liste der letzten Dinge an, um die sie sich noch kümmern musste: Bei Ladurée Macarons holen, als Dankeschön für Phoebes Gastfreundschaft. Taxi vom Flughafen in Seattle zum Fähranleger buchen. Das war nicht gerade viel. War es wirklich so einfach, all die Jahre hier zu beenden?

Georgia dachte nach. Gab es sonst wirklich nichts mehr? Keine losen Fäden, die noch verknüpft werden mussten? Dann fiel ihr etwas ein, das sie widerwillig innehalten ließ.

»Oh nein«, murmelte sie. Fast zwanzig Minuten lang versuchte sie, es sich auszureden, doch am Ende hatte es keinen Zweck. Schließlich gab sie sich geschlagen. Einen Ort musste sie noch aufsuchen, bevor sie Paris verließ. Obwohl sie nun wirklich überall lieber gewesen wäre als dort.

38

Der Geruch war unverändert: geschmolzene Butter, Weißwein, Estragon und Fenchel, dazu ein Hauch von Fisch und der Duft von frisch gebackenem Brot. Georgia betrat die Küche des La Pomme d'Or während der hektischen Zeit des Abendservices und sog erst einmal tief die Luft ein. Alles war so vertraut. Es dauerte fast eine Minute, bis die Küchenmannschaft ihr Erscheinen bemerkte. Ein überraschtes Raunen breitete sich aus, dann wurde es still, und alle starrten sie an.

»Bonsoir«, grüßte Georgia zögernd. Sie war nervös; es fühlte sich an, als wäre sie direkt in die Höhle des Löwen getreten. Vorsichtig sah sie sich um. Celine starrte sie vollkommen schockiert an; das Messer in ihrer Hand schwebte reglos über einem Bündel frischer Kräuter. Cyril war gerade damit beschäftigt, Fisch zu filetieren. Auch er hielt inne, als er sie sah, warf ihr einen finsteren Blick zu und stieß dann eine bunte Reihe von französischen Schimpfwörtern aus. Ismael rührte in einem großen Topf, in dem wohl die Tagessuppe köchelte. Ihm fiel die Kinnlade herunter, als er Georgia entdeckte. Der Geruch der Suppe ließ Georgia vermuten, dass es eines der Rezepte war, die sie genau hier kreiert hatte: junge Erbsen, Frühlingszwiebeln und Sahne. Die hektische, aber geordnete Aktivität und die vertrauten Küchendüfte machten Georgia wehmütig. Hier hatte sie viele schöne Jahre verbracht, vom Ende einmal abgesehen.

»Wir sind ausgebucht«, verkündete Damien, der gerade aus dem Gastraum hereinkam. Als er Georgia sah, blieb er abrupt stehen. »Georgia? Du bist wieder da?«, fragte er verblüfft.

»Ja, ich bin's.« Sie winkte verlegen. Zögernd musterte sie die vertrauten Gesichter. Unzählige Stunden hatte sie Seite an Seite mit diesen Menschen gearbeitet. Dass sie ihren Ruf geschädigt und damit all ihre Mühen in gewisser Weise herabgewürdigt hatte, bereute sie inzwischen zutiefst.

»Wo hast du denn gesteckt?«, fragte Celine leise. »Wir haben uns Sorgen um dich gemacht.« Sie legte die Kräuter hin, wischte sich die Hände an der Schürze ab und ging zu Georgia hinüber.

»Es gab einen familiären Notfall, drüben in Amerika«, antwortete Georgia, was ja auch der Wahrheit entsprach. Kein Grund, weiter ins Detail zu gehen. »Und ich werde morgen auch wieder zurückfliegen.«

»Du verlässt Paris?« Ismael war schockiert. Hilflos starrte er in seine Suppe und rührte weiter.

»Fort mit Schaden«, murmelte Cyril.

»Ja, ich werde Paris verlassen«, bestätigte Georgia, ohne auf Cyrils Gehässigkeit einzugehen. Sie holte tief Luft. »Aber vorher musste ich euch noch einmal sehen. Es gibt etwas, das ich euch sagen muss, bevor ich gehe.« Nacheinander sah sie alle an, ihre Pariser Küchenfamilie, mit der sie so viele Nächte gearbeitet und so viele Gerichte zubereitet hatte. »Es tut mir leid. An dem Abend, als Antoine Dupont hier war, habe ich nur an meine Rache gedacht. Ich war wütend und wollte Etienne dafür büßen lassen, dass er mich mit Manon betrogen hatte. Aber was ich getan habe, war euch gegenüber unfair, denn ihr arbeitet verdammt hart für dieses Restaurant. Ich habe es auch sofort bereut. Es war falsch, und ich kann mich nur dafür entschuldigen. Hoffentlich könnt ihr mir verzeihen.«

Einen Moment lang sagte niemand etwas. Ismael trat verlegen von einem Fuß auf den anderen, Damien räusperte sich und beobachtete die Küchenmannschaft.

Doch dann trat Celine vor und drückte Georgia an sich wie eine Schwester – noch immer mit einem großen Messer in der Hand. »Wäre das mir passiert, hätte ich ihm die Eier abgeschnitten«, flüsterte sie Georgia ins Ohr. »Ich hätte es dir sagen sollen, als ich ihn mit Manon gesehen habe. Tut mir leid.«

»Danke.« Georgia erwiderte die Umarmung. »Ich verzeihe dir. Hoffentlich kannst du mir auch verzeihen.« Über Celines Schulter hinweg sah sie, wie Ismael ihr ein schüchternes Lächeln zuwarf.

»Da hast du wirklich ein ziemliches Drama veranstaltet«, rügte Damien sie sanft und hob mahnend den Zeigefinger.

»Ich weiß, und es tut mir leid«, wiederholte Georgia reumütig.

»Zum Glück stehe ich total auf Drama«, fuhr er unbeschwert fort, hauchte ihr quer durch die Küche zwei Luftküsse zu und verschwand wieder im Gastraum. Nur Cyril ignorierte sie und wandte sich ab, als hätte sie nichts gesagt. Tja, man kann es nicht allen recht machen, dachte sich Georgia. Aber wenigstens hatte sie versucht, das Richtige zu tun, hatte ihren Fehler eingestanden und sich entschuldigt. Ob er diese Entschuldigung annahm oder nicht, lag bei Cyril. Sie löste sich aus Celines Umarmung, trat einen Schritt zurück und sah sich mit einem Hauch von Wehmut in der Küche um.

»Ihr werdet mir fehlen«, sagte sie dann zu Celine und Ismael. »Kommt mich mal besuchen.« Dann stellte sie die Frage, deren Antwort sie eigentlich gar nicht wissen wollte. »Ist Etienne da?«

»Der wollte etwas von hinten holen.« Celine zeigte zu dem kleinen Flur hinüber.

Angespannt ging Georgia den schmalen Korridor entlang, an dessen Ende sich ihr altes Leben vor wenigen Wochen in Luft aufgelöst hatte. Nun schien das eine Ewigkeit her zu sein. So vieles hatte sich seitdem verändert. Ihr Leben war nun anders. Sie selbst war anders.

Die Tür zum Kühlraum war nur angelehnt, was ein unangenehmes Déjà-vu in Georgia auslöste. Entschlossen richtete sie sich auf und nahm ihren Mut zusammen. Leises Rascheln und eine gedämpfte Stimme drangen durch den Türspalt. Etiennes Stimme. Beinahe wäre Georgia wieder gegangen, doch dann erkannte sie, dass er leise fluchte. Das machte es eher unwahrscheinlich, dass dort drin amouröse Dinge geschahen. Also klopfte sie kurz an, um ihn nicht zu erschrecken.

»Entrez.« Diese Stimme – weltgewandt und leicht gereizt. Georgia zog die Tür weiter auf und sah sich Etienne gegenüber, der gerade versuchte, einen Serranoschinken von einem Haken an der Decke zu heben. Als er sie sah, hielt er verblüfft inne.

»Georgia?« Er ließ den schweren Schinken los, der daraufhin an seinem Haken hin- und herpendelte. Auf Etiennes Stirn glänzten kleine Schweißperlen, als er sie nun angespannt musterte.

»Hallo, Etienne.« Erstaunlicherweise klang sie wesentlich gelassener, als sie sich fühlte. Vor ihrem inneren Auge zeichnete sich ihre letzte Begegnung ab – er mit offener

Hose und wildem Blick, als sie ihm die Kühlraumtür vor der Nase zuschlug. Nun huschte sein Blick zu ebendieser Tür, vermutlich ging ihm gerade genau dasselbe durch den Kopf. Bei seinem Anblick kehrte das Gefühl der Demütigung zurück. Wie hatte er ihr das antun können, ihrer Beziehung das antun können? Hatte sie ihm wirklich so wenig bedeutet?

Etienne verschränkte die Arme vor der Brust und sah sich rastlos um – überallhin, nur nicht zu Georgia. Sie hatte ihn eiskalt erwischt, wurde ihr klar. *Und jetzt versucht er herauszufinden, warum ich hier bin.*

»Ich habe gehört, du hättest Paris verlassen«, sagte er schließlich.

Und wessen Schuld war das? Sie verkniff sich die Worte. Schließlich hatte sich alles zum Guten gewendet. Wäre sie nicht aus Paris fortgegangen, hätte sie Star nicht gefunden und nie etwas von ihrer Gabe erfahren.

»Ich habe meine Mom besucht«, antwortete sie deshalb ruhig. »Brauchst du Hilfe mit dem Schinken?«

Etienne winkte ab. Er sah erschöpft aus. Langsam sah man ihm sein Alter an, was wohl durch Schlafmangel, Stress und zu viel Alkohol verstärkt wurde.

»Ich werde Paris verlassen«, erklärte sie nun. »Ich ziehe zurück in die Staaten.«

Er nickte. Dann standen sie sich stumm gegenüber – er mit versteinerter Miene, sie kühl, aber gelassen.

»Was willst du hier, Georgia?«, fragte er schließlich vorwurfsvoll. »Du hast dir dein Pfund Fleisch doch schon geholt. Dank dir hat uns Monsieur Dupont in seiner Kritik verrissen. Darunter hat das Restaurant schwer gelitten. Du hast bekommen, was du wolltest. Warum bist du also hier?«

Mit einem langen Blick versuchte Georgia, Etiennes unterschiedliche Gesichter zu einem zu verschmelzen: sein jungenhaftes Lächeln, wenn er frühmorgens aufwachte; das freche Grinsen, mit dem er ihr in der Öffentlichkeit Komplimente zugeflüstert hatte – wie wundervoll sie aussehe, wie glücklich er sich schätzen könne, dass sie mit ihm zusammen sei; diese ernste, eindringliche Miene, wenn er auf dem Markt seine Zutaten wählte; der prüfende Blick, mit dem er jeden Teller kontrollierte, bevor er die Küche verließ; das gereizte Stirnrunzeln, wenn er über den Büchern brütete. Er liebte sein Restaurant, und er arbeitete hart. Sie hatte ihnen allen unrecht getan, als sie Antoine Dupont den verbrannten Fisch serviert hatte. Etienne mochte die Moral einer Klapperschlange haben, aber durch den Sabotageakt an seinem Restaurant hatte sie das falsche Ziel getroffen. Dass er sie mit Manon betrogen hatte, war nicht richtig gewesen. Aber ihre Reaktion auf diesen Betrug war ebenfalls nicht richtig gewesen. Sie räusperte sich kurz, denn die Worte schienen wie trockene Brotkrümel in ihrem Hals festzustecken.

»Ich wollte mich entschuldigen«, brachte sie schließlich mühsam heraus. Natürlich wusste sie, dass es an der Zeit war, die Verantwortung für ihren Fehltritt zu übernehmen, aber leicht war es nicht. Immerhin hatte er ihr zuerst unrecht getan. Noch immer konnte sie diese Demütigung spüren.

Überrascht zog Etienne die Augenbrauen hoch. »Entschuldigen«, wiederholte er gedehnt. Er trat aus dem Kühlraum und zog die Tür hinter sich zu.

»Dass ich Antoine Dupont diesen Fisch serviert habe, war falsch. Es tut mir leid.« Eigentlich wollte Georgia noch mehr sagen, wollte ihm erklären, wie tief er sie verletzt hatte, wie verraten und gedemütigt sie sich gefühlt hatte. Sie wollte sich rechtfertigen und eine Entschuldigung von ihm verlangen. Aber sie beließ es dabei, stand einfach nur zu dem, was sie getan hatte. Für seine eigenen Handlungen war nur Etienne verantwortlich.

Ein, zwei Herzschläge lang wartete sie ab. Etienne sagte nichts. Kurz wirkte er unsicher, beinahe beschämt. Dann aber strich er sich das Haar zurück und musterte sie kühl.

»Das sollte dir auch leidtun«, betonte er. »Du hast uns eine Menge Ärger gemacht.«

Wieder wartete Georgia, aber mehr kam von ihm nicht. Er sah sie einfach nur trotzig an. Erst jetzt fiel ihr auf, dass Etienne eigentlich nie gut darin gewesen war, Fehler einzugestehen. Immer war jemand anderes schuld. Eigentlich war sie sich nicht einmal sicher, ob er sich jemals für irgendetwas entschuldigt hatte. Sie musterte ihren Ex-Freund, den attraktivsten Chefkoch von Paris, und empfand plötzlich großes Mitleid für die Frau, die als Nächstes in sein Leben treten würde. Etienne waren viele Dinge wichtig, aber nichts war für ihn so wichtig wie er selbst. An zweiter Stelle kam sein Restaurant, seine Partnerinnen folgten auf Platz drei.

Plötzlich musste Georgia an Cole denken, an seine Großzügigkeit, seine Loyalität. Er hatte seine Zeit geopfert, um ihr dabei zu helfen, ihr kulinarisches Feuer wiederzuentdecken. Er hatte sich um Justine gekümmert, bis sie gestorben war, und jetzt unterstützte er Star. Nun, wo sie Etienne gegenüberstand, sah sie überdeutlich die Unterschiede zwischen diesen beiden Männern. Cole waren andere Menschen wirklich wichtig. Er war bereit, für das Wohl anderer Opfer zu bringen. Er hatte einen schweren

Weg hinter sich, wusste deshalb aber genau, wie man aufrichtig liebte. Etienne hingegen liebte nur sich selbst.

Noch einmal zogen die mit Etienne verbrachten Jahre an Georgias innerem Auge vorbei – die Geburts- und Jahrestage, Familienessen, lange Nächte in Bars und Cafés, die eigentlich längst geschlossen hatten. Urlaube in der Provence und in Portugal. Eigentlich hätten diese Bilder Wehmut oder den Schmerz des Verlusts auslösen müssen, vielleicht auch Zorn oder Erniedrigung. Aber da war nichts. Nein, sie spürte … nichts. Höchstens ein klein wenig Erleichterung.

»*Au revoir,* Etienne«, sagte sie ruhig und wandte sich ab, um noch einmal in die Küche zu gehen. Sie wartete nicht auf eine Antwort, drehte sich nicht um, ließ ihn einfach dort stehen mit seinen Ausreden, seinem Stolz und seinem riesigen, störrischen Schinken. Sie hatte getan, wozu sie gekommen war, sie hatte sich entschuldigt und versucht, Wiedergutmachung zu leisten, bevor sie ging. Nun konnte sie die Stadt verlassen.

Als sie aus der Küche des La Pomme d'Or auf die Gassen des Quartier Latin hinaustrat, wurde Georgia beinahe schwindelig vor Erleichterung. Nun hatte sie mit einem Kapitel ihres Lebens endgültig abgeschlossen. Ohne die überfüllten Cafés oder die vielen Passanten zu beachten, schlenderte sie durch die schmalen, gewundenen Sträßchen. Mehr als zehn Jahre hatte sie in Paris gelebt, und sie verließ es ohne die geringste Ahnung, was das Leben im nächsten Kapitel für sie bereithielt. Doch auch wenn das verrückt klang: Genau das erfüllte sie mit Vorfreude, mit einem Gefühl von Freiheit, mit Hoffnung. Schaumig leicht wie Baiser und mild wie die Nachtluft hüllten diese Gefühle sie ein. Sie war bereit für den nächsten Schritt.

39

»Star?« Georgia klopfte beherzt an die Cottagetür und rechnete fest damit, gleich Pollens Begrüßungsbellen zu hören. Aber alles blieb still. Sie ging zum Wohnzimmerfenster und spähte hinein. Im Innern war es dunkel. Stars Auto stand nicht vor dem Haus, also war sie wohl nicht da.

Georgias Vorfreude verwandelte sich langsam in Enttäuschung. Sie hatte einen langen und turbulenten Transatlantikflug gehabt, dann war ihr Anschlussflug in Chicago verspätet gewesen, und sie hatte auf dem Weg vom Flughafen zum Fährhafen im Stau gestanden. Und während all dieser Stunden hatte sie permanent unter Strom gestanden, hin- und hergerissen zwischen Vorfreude und leisen Bedenken in Bezug auf das Wiedersehen mit Star. Nun stand sie in der Abenddämmerung allein auf der Veranda und spürte, wie die Anspannung in abgrundtiefe Erschöpfung umschlug. Sie wollte nur noch in Stars Gästebett kriechen und endlos schlafen.

Nachdem sie sich vorsichtig umgesehen hatte, öffnete sie die Haustür (die Star niemals abschloss) und ging hinein. Drinnen wanderte sie durch die verschiedenen Räume, aber alles war still, und das Haus fühlte sich leer an. Keine Pollen, keine Star, kein Hinweis darauf, wann Letztere zurückkam. Schließlich schleppte Georgia ihre Koffer die Treppe hoch und verstaute sie im Gästezimmer.

Zwar hatte Star ihr gesagt, sie sei jederzeit willkommen, aber bevor sie nicht mit ihrer Mutter gesprochen hatte, wollte Georgia nicht einfach davon ausgehen, dass diese Einladung noch galt. Wie lange würde sie wohl warten müssen? Sie gähnte so ausgiebig, dass ihr Kiefer knackte. Dabei sah sie sich zufällig im Spiegel über der Kommode und runzelte unwillig die Stirn. Ihre Haare hätten einem Clown als Perücke dienen können, und sie hatte dunkle Ringe unter den Augen. Am besten ging sie unter die Dusche und machte sich frisch, während sie auf Stars Rückkehr wartete. Das war doch mal ein vernünftiger Plan.

Ein Blick aus dem Fenster zur Bucht hinunter zeigte ihr, dass in der Blockhütte Licht brannte. Ihr Magen zog sich zusammen. Cole. Vielleicht sollte sie einfach hinuntergehen, bei ihm klopfen und fragen, wo Star war und wann sie zurückkommen würde. Allerdings wurde es bereits dunkel, und sie konnte kaum noch die Augen offen halten. Außerdem sah sie nach ihrem Transatlantikflug ziemlich schmuddelig aus. Ein prüfendes Schnüffeln an ihrer Bluse ließ sie angewidert die Nase rümpfen. Auf keinen Fall würde sie Cole mit diesem Aussehen und dieser Duftnote gegenübertreten. Morgen früh wäre es sowieso besser, nachdem sie mit Star gesprochen und anständig geschlafen hatte. Und wenn sie Wimperntusche und Deo ausgepackt hatte.

Der Gedanke an ein Wiedersehen mit ihm löste ein nervöses Kribbeln in ihr aus. Wie würde er zu ihrer Rückkehr stehen? Momentan bestand ihr Leben nur noch aus Unbekannten und Variablen. Sie beschloss, sich jetzt erst einmal zu waschen und sich über alles andere morgen den Kopf zu zerbrechen.

Ganz spontan ließ sie sich ein Bad ein, anstatt zu duschen, und schüttete eine ordentliche Portion von dem Lavendelbadeschaum ins Wasser, der am Rand der Löwentatzenwanne stand. Dann ließ sie sich mit einem erleichterten Seufzer in das warme Wasser gleiten und weichte ihren erschöpften Körper richtig ein, während über ihr leise der Regen auf das Dach tröpfelte. Georgia rutschte so tief ins Wasser, dass ihre Locken wie rote Entengrütze auf der Oberfläche trieben und nur noch Mund und Nase aus den duftenden Seifenblasen hervorspähten. Alles hier war so friedlich, dass sie beinahe wegdöste, während sie weiter auf Stars Rückkehr wartete.

Cole

Er hatte Kierkegaards *Furcht und Zittern* ungefähr zur Hälfte durch, als er zufällig aus dem Fenster sah und im Obergeschoss von Stars Cottage Licht bemerkte. Merkwürdig. Eigentlich sollte Star erst in zwei Tagen von ihrer Reise nach Lopez Island zurückkehren. Nachdenklich runzelte er die Stirn. War sie vielleicht früher gekommen und hatte es ihm nicht gesagt? Unwahrscheinlich. Bestimmt hätte sie ihm dann eine Nachricht geschickt. Er setzte sich auf. Möglicherweise waren es ein paar Teenager, die irgendwelchen Unsinn anstellten. Die schienen genau zu wissen, welche Häuser gerade leer standen, und machten sich hin und wieder einen Spaß daraus, dann dort einzubrechen – immer auf der Suche nach einer Partylocation und einem Spirituosenschrank, den sie leer räumen konnten. Tja, da stand ihnen heute in beiden Punkten eine herbe Enttäuschung bevor.

Cole machte seinem Unmut über die Störung mit einem leisen Brummen Luft, dann zog er die Stiefel an und holte seine Wolljacke. Auf dem Weg zur Tür griff er nach seinem Beil. Natürlich würde er es nicht benutzen, aber falls er verirrte Jugendliche einschüchtern musste, machte das sicher Eindruck. Wahrscheinlich war es wirklich nur Star, die früher als erwartet zurückgekehrt war, aber falls nicht …

Gereizt stapfte er über die feuchte Wiese zum Haus hinauf, ging leise durch die Küchentür hinein und schlich wie ein Einbrecher durch das Haus. Unten war alles in Ordnung. Ein Blick aus dem Wohnzimmerfenster zeigte ihm, dass der Subaru nicht vor dem Haus stand. Er hielt kurz inne. Also war es doch nicht Star. Seine Nackenhärchen stellten sich auf. Wer zum Teufel trieb sich dort oben herum?

Das Beil fest in der Hand schlich er die Treppe hinauf und stieg über die quietschenden Stufen hinweg. Unter der geschlossenen Badezimmertür drang ein Lichtschimmer hindurch. Sehr merkwürdig. Er klopfte leise. Keine Antwort. Dort drin rührte sich nichts. Verwirrt, aber auch zunehmend besorgt packte er den Knauf und stieß die Tür auf.

In der Badewanne schwamm eine Meerjungfrau. Im ersten Moment sah er nur milchweiße Haut und einen Kranz aus feuerroten Locken, der zwischen Schaumbergen trieb. Dann stieß die nackte Frau in der Wanne einen Schrei aus, der Tote hätte erwecken können, und sprang auf. Schaumiges Wasser spritzte aus der Wanne. Sie packte den Duschvorhang und wickelte sich darin ein, dann stand sie zitternd da und schleuderte ihm höchst kreative französische Flüche entgegen.

»Georgia?« Vollkommen perplex starrte Cole sie an und ließ das Beil sinken. Sie erwiderte seinen Blick mit großen Augen; klatschnass klammerte sie sich an den Duschvorhang, als wäre er ihre einzige Rettung.

»Du bist hier«, stellte Cole wenig intelligent fest. Ihr Anblick löste in ihm glühende Hitze aus, wie ein Toaster. Sie war zurückgekommen. Hier war sie, direkt vor ihm, und tropfte den Boden voll.

»Hallo, Cole«, begrüßte sie ihn und versuchte eine möglichst gelassene Miene aufzusetzen – soweit das möglich war für jemanden, der sich splitterfasernackt hinter einem Duschvorhang versteckte.

Cole spürte, wie seine Mundwinkel zuckten. Hastig starrte er an die Decke, um nicht laut loszulachen. Das wäre ihr sicher nicht recht.

»Tut mir leid, ich habe hier oben Licht gesehen und dachte, es wären vielleicht Jugendliche, die Ärger machen. Ich habe geklopft, aber du hast nicht reagiert.« Sein Blick klebte an einem Riss im Putz der Decke, als hätte er niemals etwas Spannenderes gesehen. Nein, er durfte jetzt nicht daran denken, dass sie nackt war. Und nur knapp zwei Meter von ihm entfernt. Ob sie wusste, dass dieser Duschvorhang nicht besonders blickdicht war?

»Meine Ohren waren unter Wasser, deshalb habe ich dich nicht gehört.« Sie reckte vorwurfsvoll das Kinn. Im Bad war es kühl, weshalb sie inzwischen ernsthaft zitterte.

Cole räusperte sich verlegen. »Äh … klar. Tut mir leid. Dann gehe ich mal wieder.« Er schob sich rückwärts aus der Tür und schloss sie hinter sich, noch immer mit seinem Beil bewaffnet. Er konnte es nicht fassen. Was in aller

Welt hatte sie dort verloren, hinter dieser Tür, leibhaftig und in Fleisch und Blut? Sehr attraktivem Fleisch übrigens. Vorsichtshalber wich er zwei weitere Schritte zurück, während er versuchte, sich wieder in den Griff zu bekommen. Hinter der dünnen Holztür plätscherte es, wohl weil Georgia sich wieder in die Wanne sinken ließ. Eine Sekunde später hörte er ihr gedämpftes hysterisches Kichern.

»Cole?«

»Ja?« Vorsichtig schob er sich wieder an die Tür heran.

»Vielen Dank, dass du mich nicht in der Badewanne mit der Axt erschlagen hast«, sagte sie bissig. »Sonst wären wir in einem dieser True-Crime-Podcasts gelandet, und auf diese Art möchte ich nun wirklich nicht abtreten.«

»Immer wieder gerne«, antwortete er mit einem erleichterten Grinsen. Einen Moment lang stand er einfach nur da und ließ die Tatsache, dass sie so plötzlich wieder aufgetaucht war, zusammen mit dem honigsüßen Klang ihres Lachens in sein Bewusstsein dringen. Sie war also nicht in Paris, nicht auf einem anderen Kontinent. Sie war hier. Zum ersten Mal, seit sie aus seiner Hütte marschiert war, atmete er wieder frei, auch wenn es ihm bis jetzt nicht bewusst gewesen war. Zwei Wochen waren es gewesen, aber für ihn hatte es sich angefühlt wie eine Ewigkeit. Sie hatte ihm mehr gefehlt, als er zugeben wollte.

Plötzlich kam ihm ein Gedanke. »Georgia? Weiß Star eigentlich, dass du hier bist?«

Stille. »Noch nicht.« Obwohl sie unbeschwert klang, glaubte er eine gewisse Unsicherheit in ihrer Stimme zu hören. »Ich hatte mich sowieso gefragt, ob du vielleicht weißt, wann sie zurückkommt.«

Mit einem tiefen Seufzer lehnte er die Stirn an die Tür. Sie hatte also keine Ahnung.

»Georgia?«

Wieder Stille, dann ein vorsichtiges »Ja?«.

Cole holte tief Luft. Vielleicht sollte er ihr das mit Star besser noch nicht sagen. Zunächst musste er wissen, was sie zu dieser Rückkehr bewogen hatte. »Warum bist du hier?«

Diesmal hielt die Stille länger an. »Ich habe den Wettbewerb um das La Lumière Dorée gewonnen«, erklärte die Stimme hinter der Tür schließlich. »Ich habe tatsächlich gewonnen. Das war alles, was ich je wollte.«

»Gratuliere«, erwiderte er ausdruckslos. Also hatte er sich geirrt. Sie war nicht zurückgekommen, um zu bleiben. Die Enttäuschung traf ihn wie ein Schlag in die Magengrube.

Im Badezimmer plätscherte es wieder, einen Moment später öffnete sich die Tür. Cole wich zurück, als plötzlich Georgia vor ihm stand, mit tropfenden Haaren und nachlässig in einen dünnen Seidenmorgenmantel gewickelt.

»Ich habe abgelehnt«, gestand sie leise.

»Du hast was?« Damit hatte er nicht gerechnet.

»Ich habe abgelehnt«, wiederholte sie. »Mir ist klar geworden, dass ich diesen Sieg eigentlich gar nicht wollte. Ich will nicht mein Leben lang in einer Pariser Restaurantküche stehen. Während meiner Zeit hier auf der Insel hat sich etwas verändert. Die Insel hat mich verändert, sie hat dabei geholfen, etwas in mir zu wecken. Star war ebenfalls daran beteiligt«, gestand sie. »Und du auch.« Unsicherheit blitzte in ihren Augen auf, doch sie reckte entschlossen das Kinn. »Als ich zurückging … Ich dachte wirklich, Paris wäre meine Heimat, aber irgendwie hat es sich …

falsch angefühlt. Mein Herz ist einfach nicht mehr dort.« Georgia schluckte. »Also habe ich Michels Angebot abgelehnt. Ich werde nicht die Küchenchefin des La Lumière Dorée werden.«

Cole sah sie lange an. »Und was hast du jetzt vor?«, wollte er schließlich wissen.

»Keine Ahnung«, platzte es aus Georgia heraus. »Aber ich will hier auf der Insel bleiben. Ich will Star bei ihrer Krankheit beistehen und ihr helfen, damit sie so lange wie möglich hier in ihrem Zuhause bleiben kann. Sie liebt dieses Haus so sehr, und für mich ist es auch schon zu einem richtigen Heim geworden. Wie das alles funktionieren soll, weiß ich noch nicht, aber ich will die Zeit, die Star noch bleibt, mit ihr verbringen – und keinen Moment davon verpassen.«

Tropfend und hoffnungsvoll sah sie zu ihm hoch. Ihre Haut war vom warmen Badewasser gerötet. Cole brach das Herz. Er musste es ihr sagen.

»Georgia«, begann er sanft, »Star ist fort.«

Erschrocken riss sie die Augen auf. »Was?«, keuchte sie. »Was soll das heißen – sie ist fort?«

»Sie ist nicht tot«, beruhigte er sie hastig, »es geht ihr gut. Aber sie ist nicht mehr hier.«

»Mann, hast du mich erschreckt.« Erleichtert drückte Georgia eine Hand auf ihr Herz, bevor sie ihn fragend ansah. »Aber wo ist sie denn?«

Zögernd erklärte Cole: »Sie war am Boden zerstört, als du gegangen bist. So habe ich sie noch nie erlebt, nicht einmal nach Justines Tod. Sobald du weg warst, hat sie ihre Planungen für den Umzug nach Lopez Island beschleunigt. Vor ungefähr einer Woche wollte ein Touristenpaar aus Kalifornien an ihrem Stand Honig kaufen.

Star war zufällig gerade draußen. Sie gerieten ins Plaudern, und dabei erwähnte Star, dass sie das Cottage verkaufen wolle. Die Frau hat sich auf den ersten Blick in das Haus verliebt. Und da sie sowieso beschlossen hatten, auf die Insel zu ziehen, und deshalb auf der Suche waren, gab Star ihnen eine Führung. Im Anschluss haben sie ihr ein großzügiges Angebot gemacht, das Star sofort angenommen hat.«

Georgia wurde blass. »Star hat das Haus verkauft?«, flüsterte sie ungläubig. »Kann sie das denn noch rückgängig machen?«

»Ich wollte auch, dass sie es langsamer angehen lässt, aber sie hat sich entschieden«, erklärte Cole resigniert. »Ich glaube, nachdem du weg warst, hat sie einfach keinen Grund mehr gesehen, es weiter hinauszuzögern. Vor zwei Tagen hat sie den Vertrag unterschrieben und die ersten Sachen zusammengepackt. Ich habe ihr dabei geholfen, ihr neues Heim auf Lopez zu beziehen. Die Käufer zahlen bar und haben es recht eilig, deshalb hat Star beschlossen, so schnell wie möglich umzuziehen. In den kommenden Wochen wird sie das Haus endgültig auflösen.«

»Oh nein.« Georgia wirkte schockiert. Zu ihren Füßen hatte sich eine Wasserlache gebildet.

»Es tut mir leid«, versicherte ihr Cole, da er sah, wie sehr sie diese Nachricht erschütterte. »Georgia …« Er zögerte. »Wenn es dir hilft … Ich bin mir sicher, dass Star dich mit offenen Armen hier empfangen würde, auch wenn jetzt alles anders ist, als du es erwartet hast.«

»Okay.« Georgia bekam nur noch ein Flüstern heraus. »Ich denke …« Sie fuhr sich mit beiden Händen durch die nassen Locken. »Ich denke, ich brauche einen Moment, um das zu verarbeiten. Es ist … ein ziemlicher Hammer.«

»Warum bleibst du nicht einfach heute Nacht hier, und ich bringe dich morgen zur Fähre nach Lopez?«, schlug Cole vor. »Dann kannst du mit Star reden und dir in aller Ruhe überlegen, was du tun möchtest.«

Georgia nickte. »Okay«, stimmte sie bedrückt zu.

In Cole regte sich der kaum bezwingbare Impuls, sie in den Arm zu nehmen und ihr zu versichern, dass alles gut werden würde. Aber sie hatte um Abstand gebeten, und das würde er respektieren. Also wandte er sich ab, um zu gehen.

»Cole?« Georgia räusperte sich entschlossen. »Würdest du Star bitte nicht verraten, dass ich hier bin? Das möchte ich ihr lieber persönlich sagen, wenn ich sie sehe.«

»Natürlich«, versprach er sanft. »Dann gute Nacht, Georgia.«

»Gute Nacht.« Sie wirkte völlig verunsichert. Nur mit Mühe brachte Cole es über sich, zu gehen.

Star war fort? Die Bedeutsamkeit dieser Nachricht war wie ein körperlicher Schlag. Nachdem Cole gegangen war, suchte Georgia fahrig in ihren Koffern nach ihrem warmen Schlafanzug. Diese Neuigkeit änderte alles. Sie war zu spät gekommen. Dabei hatte sie sich gedanklich schon ausgemalt, wie sie mit Star in ihrem Cottage an der Bucht lebte, wie sie einander richtig kennenlernten und herausfanden, was es eigentlich bedeutete, Mutter und Tochter zu sein. Sie hätte Star davon überzeugt, das Haus nicht zu verkaufen, und hätte zu reparieren versucht, was sie durch ihre überstürzte Abreise zwischen ihnen beiden beschädigt hatte. Aber nun war es dafür zu spät.

Wo sollte sie jetzt wohnen? Was sollte sie tun? Würde Star sie überhaupt noch sehen, jemals wieder etwas mit ihr zu tun haben wollen? Hatte Georgia ihre noch recht zerbrechliche Beziehung durch ihre Rückkehr nach Paris endgültig zerstört? Plötzlich kam ihr diese unbedarfte Rückkehr voller Erwartungen dumm vor. Das musste ja zum Scheitern verurteilt sein. Heimatlos und beinahe mittellos war sie in ein Flugzeug gestiegen und auf eine abgelegene Insel geflogen, wo sie nun nicht einmal ein Dach über dem Kopf hatte. Erschreckende Aussichten waren das. Die Zukunft, die sie sich für Star und sich selbst erträumt hatte, würde nun niemals Wirklichkeit werden. Das Haus war weg. Star lebte jetzt auf Lopez Island, und Georgia hatte keine Ahnung, wie sie auf ihre Rückkehr reagieren würde. Hatte sie etwa alles aufgegeben, um nun vor dem Nichts zu stehen?

Und was ist mit dir?, hätte sie Cole am liebsten gefragt, als er mit seinem Beil in der Hand in der Tür gestanden und sie fassungslos angestarrt hatte. Was hältst du von meiner Rückkehr?

Aber sie hatte nicht gefragt. Zu groß war ihre Furcht vor seiner Antwort gewesen.

Plötzlich kam ihr der Gedanke, dass sie Michel eine Nachricht schicken und ihm mitteilen könnte, sie habe ihre Meinung geändert und wolle nun doch seine Chefköchin werden. Sie holte das Handy aus der Tasche, zögerte dann aber. Nein, sie konnte nicht zurück. Auch wenn sie nicht wusste, wie es weitergehen sollte, wusste sie tief in ihrem Innern doch, dass ihre Entscheidung richtig gewesen war. Einfach war es nicht, und bis jetzt lief auch nichts so, wie sie es sich vorgestellt hatte, aber …

»Julia, soll ich wirklich hier auf der Insel bleiben?«, flüsterte sie hilflos. »Ist das der richtige Weg?« Aber Julia schwieg. Ein tiefer Seufzer löste sich aus Georgias Brust.

Offenbar musste sie diese Entscheidung wirklich ganz alleine treffen.

Nachdenklich nagte sie an ihrer Unterlippe. Natürlich war die Vorstellung, sich hier in Friday Harbor ein neues Leben aufzubauen, einschüchternd – ohne Haus und ohne Job. Sie war sogar noch beängstigender als ihre nun schon so lange zurückliegende Ankunft in Paris, als sie blind ihrem Traum gefolgt war. Diesmal gab es keinen Traum, den sie verfolgen konnte. Aber ihre Mutter war hier, auf der Nachbarinsel Lopez Island. Und Cole war hier, auch wenn ihr noch nicht ganz klar war, welche Rolle das spielen würde.

»Ich will bleiben«, flüsterte sie entschlossen. Denn wenn sie jetzt wieder ginge, würde sie das für den Rest ihres Lebens bereuen, das wusste sie. Ihrer Mutter blieb nicht mehr viel Zeit, bis die Krankheit ihren Verstand eintrüben würde. Und wenn sie Star jetzt allein ließ, würde Georgia sich das niemals verzeihen. Ihre Finger wanderten zu ihrem Amulett, und sie flüsterte ein kurzes Gebet – für Glaube, Hoffnung, Liebe und Glück –, während sie sanft über das Kleeblatt strich. Für den Glauben daran, dass alles gut ausgehen würde; für die Hoffnung darauf, dass Verlorenes zurückgeholt werden konnte; für die Liebe der Frau, die ihr das Leben geschenkt hatte, was Georgia unglaublich dankbar machte. Und zum Schluss hängte sie noch den innigen Wunsch nach ein wenig Glück an, das ihr die kommenden Furcht einflößenden Schritte erleichtern sollte.

Cole

Georgia war zurück. Am Morgen nach der Badezimmerszene saß Cole mit laufendem Motor in seiner Martha und sah Georgia hinterher, die gerade auf die Fähre nach Lopez Island stieg. Sie wollte Star besuchen. Schon überraschend früh hatte sie bei ihm geklopft, und er hatte sie zum Fähranleger gefahren. Blass und entschlossen hatte sie die ganze Fahrt über schweigend neben ihm gesessen, was absolut untypisch für sie war.

Nachdem ihre leuchtend roten Locken im Innern der Fähre verschwunden waren, wendete er und fuhr wieder nach Hause. In seinem Kopf herrschte Chaos. Die zwei Wochen ihrer Abwesenheit waren ihm wie eine Ewigkeit vorgekommen. Die Vorstellung, dass sie für immer fort sein sollte, hatte ihn fertiggemacht. Mit ihrem wütenden Angriff am Tag ihrer Abreise hatte sie die Wahrheit wie eine Atombombe auf ihn niedergehen lassen, nur um dann hinauszustürmen und ihn mit seinen Gedanken allein zurückzulassen. Seinen Gedanken und dem besten Reispudding, den er jemals gegessen hatte. Und während er dort gesessen, sich die Wunden geleckt und die cremige Köstlichkeit verspeist hatte, hatten sich ihre Worte bis in sein Unterbewusstsein vorgearbeitet. Ja, sie hatte ihn zum Nachdenken gebracht, und er hatte sich endlich einigen harten Tatsachen gestellt. Wie sich zeigen sollte, hatte dieser Pudding Prozesse in ihm in Gang gesetzt, die längst überfällig gewesen waren. Dabei mochte er Reispudding eigentlich gar nicht. Aber er mochte Georgia May Jackson. Er mochte einfach alles an ihr. Nein, das war eine Lüge, korrigierte er sich still, während er langsam durch

Friday Harbor fuhr. Einiges an ihr machte ihn schlichtweg wahnsinnig. Ihre Sturheit zum Beispiel. Und ihre Fähigkeit, mit einem scharfen Blick sein verletztes Herz zu sezieren, einfach so, ganz nebenbei und mit beängstigender Präzision. Das war wirklich nervtötend. Aber sie zog ihn magisch an und verschaffte ihm Antrieb, wie es noch niemandem vor ihr gelungen war.

Er fuhr am Kings Market und dem Kino vorbei und aus der Stadt heraus. Wie sie ihm gestern Abend beinahe atemlos von ihrem Sieg bei dem Wettbewerb erzählt hatte … Was würde passieren, wenn sie tatsächlich hier auf der Insel blieb? Würde sich das auf seine Pläne auswirken? Vor ein paar Tagen hatte er dieses verlockende Jobangebot in seinem E-Mail-Eingang gehabt, zusammen mit einer Flugreservierung nach San Francisco auf seinen Namen. Seinen vollständigen Namen. Das Timing könnte also nicht schlechter sein. Aber er musste aus dieser Warteposition heraus, er konnte sich nicht länger verkriechen und Buße tun. Georgia hatte recht. Er musste wieder anfangen zu leben. Dr. Cabot Cole Montgomery musste einen Weg zurück in die Welt finden. Aber nun war sie wieder hier …

Mit einem unterdrückten Fluch trat er auf die Bremse, als direkt vor ihm ein Reh über die Straße sprang. Frustriert hielt er das Lenkrad umklammert. Was würde es bedeuten, wenn sie auf Dauer bliebe? Allein die Vorstellung entzündete ein loderndes Feuer in seinem Herzen. Gleichzeitig machte sie ihm aber auch Angst. Ein Teil von ihm wollte die Beine in die Hand nehmen und weglaufen, so schnell und so weit wie möglich, um sein verletztes Herz zu beschützen, um sich weiter zu verstecken, bis es irgendwann nicht mehr wehtat. Doch der Rest von ihm, der sehr wohl merkte, wie sich sein Puls beschleunigte, wann immer ihr Name fiel, wusste genau, dass er bereits verloren war. Er war verdammt noch mal verliebt in diese Frau. Und das machte ihm eine Heidenangst.

Cole trat so fest aufs Gas, dass die Reifen quietschten.

»Mach dir bloß keine Hoffnungen. Wahrscheinlich bleibt sie sowieso nicht hier, nachdem Star ja jetzt weggezogen ist«, ermahnte er sich halblaut. Ihre Verunsicherung angesichts der Nachricht von Stars Umzug und dem Verkauf des Hauses war nicht zu übersehen gewesen. Das hatte all ihre Pläne zunichtegemacht. Vielleicht kam sie nun zu dem Schluss, dass es doch sicherer wäre, nach Paris zurückzukehren. Ruckartig zerrte er am Lenkrad und bog in die Zufahrt der Austernfarm ein, der Kies spritzte unter seinen Reifen. Wie auch immer sich das alles entwickeln würde, eines war klar: Georgias Rückkehr hatte sein Herz und sein Leben ins Chaos gestürzt.

40

Bei Georgias Ankunft auf Lopez Island war es noch früh, und es nieselte. Nachdem sie die Fähre verlassen hatte, sah sie sich zögernd um. In Friday Harbor war es trocken gewesen, und die bleiche Sonne war gerade aufgegangen. Deshalb war sie auf Regen nicht eingestellt. Ein Schirm wäre jetzt wirklich toll gewesen. Die wenigen anderen autolosen Fahrgäste verschwanden schnell, sodass sie bald ganz allein am Fähranleger stand, und nirgendwo war ein Taxi in Sicht. Georgia warf einen Blick auf ihr Handy – kein Netz. Na, toll. Zum Glück hatte sie sich eine Wegbeschreibung zu Stars neuem Heim heruntergeladen, bevor sie auf die Fähre gegangen war. Anscheinend war es ungefähr fünf Kilometer von hier entfernt. Noch einmal sah sie sich um, in der Hoffnung, dass wie durch ein Wunder doch noch ein Taxi auftauchen könnte. Dann besann sie sich auf ihren Entschluss und lief los.

Eine Stunde später war sie nass, zitterte vor Kälte und bereute zutiefst, dass sie nicht vorgesorgt und sich ein Taxi zum Fährhafen bestellt hatte. Oder dort zumindest noch einmal auf die Toilette gegangen war. Ihr grauer, nasser, elender Marsch führte sie über einsame Landstraßen, die sich immer wieder durch dichte Nadelwäldchen zogen. Bisher war noch kein einziges Auto vorbeigefahren. Sie war ganz allein. Frustriert stapfte sie weiter.

Endlich bog sie um die letzte Kurve und atmete erleichtert auf, als sie an einem Pfosten die Hausnummer entdeckte. Hier musste es sein. Eine lange Zufahrt zog sich von der Straße Richtung Meer. In einiger Entfernung entdeckte sie acht oder neun Häuschen, die ebenso wie das angrenzende Bauernhaus in einem fröhlichen Gelb gestrichen waren. Mit schmerzverzerrtem Gesicht bog Georgia in die matschige Zufahrt ein. Während der letzten drei Kilometer hatte sie davon geträumt, ihre Schuhe in den Straßengraben zu werfen und barfuß weiterzulaufen. Die Blase an ihrer linken Ferse hatte bestimmt schon den Durchmesser einer Fünfcentmünze.

Plötzlich kam ein heller Blitz auf sie zugeschossen und hätte sie beinahe von den Füßen gerissen. Georgia schrie erschrocken auf, als Pollen ihre Pfoten gegen ihre Brust drückte, ihr das Kinn leckte und dann begeistert anfing zu bellen.

»Runter, Pollen! Komm her!« Star stürzte aus einem der Häuschen und hetzte hinter ihrem Hund her. Als sie Georgia erkannte, blieb sie abrupt stehen und starrte sie verblüfft an.

»Georgia May?«

»Höchstpersönlich«, entgegnete Georgia schwach und schob Pollen von sich weg. Nun hatte sie zwei dicke, schlammige Pfotenabdrücke auf ihrer Bluse, die allerdings sowieso schon so durchnässt war, dass man ihren Spitzen-BH darunter deutlich sah.

»Was in aller Welt machst du hier?«, fragte Star völlig perplex. Der Nieselregen war nicht besonders dicht, sodass Georgia ihre Miene erkennen konnte; Star wirkte nicht gerade erfreut.

Das nahm ihr den Mut. »Ich bin zurückgekommen«,

antwortete sie unsicher. »Ich habe die Stelle in Paris abgelehnt und bin zurückgekommen.«

»Aber warum tust du denn so etwas?« Nun war Stars Verärgerung nicht mehr zu übersehen.

»Ich dachte, du würdest dich freuen …« Völlig verunsichert verstummte Georgia. Das lief ganz und gar nicht so, wie sie es sich ausgemalt und erhofft hatte.

»Komm erst einmal rein«, seufzte Star schließlich. »Ich mache uns Tee, und dann erzählst du mir alles.«

Pollen hüpfte glücklich um Georgia herum und untermalte ihren Weg zu Stars Häuschen mit fröhlichem Gebell. Georgia zuckte schmerzerfüllt zusammen; dank der Blase wurde jeder Schritt zur Qual. Ihre teuren weißen Ledersneakers waren inzwischen schlammverkrustet und gaben bei jeder Bewegung seltsame Schmatzgeräusche von sich. Wahrscheinlich waren sie vollkommen ruiniert. Georgia stieß einen mutlosen Seufzer aus.

In einem der netten gelben Häuschen angekommen setzte sich Georgia barfuß in die Küche, während Star zwei Becher Tee aufbrühte. Sie kam sich vor wie ein ertrunkenes Kätzchen – alles an ihr war nass, aus ihren Locken tropfte es. Hier in der warmen Küche schien beinahe Dampf von ihr aufzusteigen. Star brachte ihr ein Handtuch.

»Zieh doch die nassen Sachen aus«, schlug sie vor. »Sonst erkältest du dich noch. Ich finde bestimmt etwas, das ich dir leihen kann.«

Voller Dankbarkeit ließ sich Georgia einen weiten Rock und ein dickes Sweatshirt geben. Beides war nicht ihr Stil und passte auch nicht zusammen, aber die Sachen waren warm und trocken. Schnell ging sie in das winzige Badezimmer hinüber, wo sie sich umzog und sich die Haare trocknete. Das gesamte Cottage konnte kaum mehr als achtunddreißig Quadratmeter groß sein. Neben dem Bad hatte sie ein kleines Schlafzimmer entdeckt, und auf dem Weg von der Küche hierher war sie durch eine gemütliche Stube gekommen. Das Ganze wirkte eher wie ein Ferienhaus, hübsch, aber beengt. Doch für eine Person hatte es eine gute Größe. Die Möbel waren ihr alle fremd, nur hier und da stand etwas herum, das sie schon in Stars Cottage gesehen hatte – Fotos und Erinnerungsstücke.

Als Georgia in die Küche zurückkehrte, stellte Star ihr gerade einen dampfenden Becher hin und nahm auf der anderen Seite des Tisches Platz. Nachdem sie Georgia einen Moment lang gemustert hatte, seufzte sie schwer. »Du hast also die Stelle als Chefkoch ausgeschlagen, auf die du so sehr gehofft hattest?«

»Ja.«

Fast schon frustriert runzelte Star die Stirn. »So war das aber nicht geplant«, murmelte sie an sich selbst gewandt.

»Wie war es denn dann geplant?«, erwiderte Georgia leicht gereizt. Nach zwei Reisetagen und dem unangenehmen Marsch durch den Schlamm war sie vollkommen erschöpft. Und nun schien sich ihre Mutter auch noch kein bisschen über ihre unerwartete Rückkehr zu freuen. Sie nippte an ihrem Tee: Minze für Weisheit, Fenchel für Starke, ein Hauch Kamille für die Geduld. Von allem konnte sie gerade eine Menge gebrauchen.

»Du solltest in Paris dein Leben leben, dort wärst du gut aufgehoben gewesen. Ich wollte mich vergewissern, dass du glücklich und versorgt bist, bevor …« Abrupt hielt Star inne und starrte in ihren Becher.

»Bevor was?«, hakte Georgia sofort nach.

Star warf ihr einen unergründlichen Blick zu. »Bevor mich mein Verstand im Stich lässt«, antwortete sie unverblümt. »Aber du kannst ja sicher nach Paris zurückgehen. Es ist noch nicht zu spät, um deinen Wünschen zu folgen.«

»Ich folge hier und jetzt meinen Wünschen«, widersprach Georgia voller Entschlossenheit. »Ich habe Paris für immer hinter mir gelassen. Jetzt bin ich hier bei dir, und genau so will ich es.«

Ihr Wiedersehen entwickelte sich eindeutig in eine unangenehme Richtung.

Star schüttelte den Kopf. »Du solltest nur für eine begrenzte Zeit bei mir sein«, beharrte sie. »Ich wollte dich wiedersehen und mich davon überzeugen, dass du ein gutes Leben führst, wie du es dir erträumt hast. Nichts anderes habe ich mir für dich gewünscht. Und sicher nicht das hier.« Sie wirkte nun beinahe verzweifelt. »Hier wartet nichts auf dich, Georgia.«

Verletzt und mehr als nur ein wenig gereizt erwiderte Georgia: »Das wirst du sicher nicht über meinen Kopf hinweg entscheiden. Du wirfst Daddy vor, dass er uns voneinander ferngehalten hat, als ich noch klein war, und nun tust du genau dasselbe. Ich bin kein Kind mehr. Und ich will nicht in einem sicheren Kokon in einer Pariser Küche festsitzen, während du hier gegen diese Krankheit ankämpfst.« Nachdem sie sich mit einem tiefen Atemzug ein wenig beruhigt hatte, sprach sie genau das aus, was ihr Herz ihr vorgab: »Ich möchte hier sein … bei dir. Komme, was wolle. Das volle Programm. Du bist meine Mutter, und wir haben schon viel zu viel Zeit verloren. Lass uns das genießen, was uns noch bleibt. Bitte.«

Star sackte in sich zusammen. »Georgia, nein«, protestierte sie. »Jetzt geht es mir noch gut, aber der neurologische Verfall schreitet schnell voran. Schon bald werde ich mich an einige wichtige Dinge nicht mehr erinnern können. Irgendwann weiß ich nicht einmal mehr meinen eigenen Namen. Ich werde dich nicht mehr erkennen. Und ich möchte nicht, dass du mich in dem Zustand siehst. Dann wäre ich nur noch eine Last für dich.«

In diesem Moment wirkte Star so verletzlich, dass es Georgia das Herz brach. Ihr Leben lang hatte ihre Mutter versucht, sie zu beschützen. Als Georgia noch klein gewesen war, hatte Star sie verlassen und sich all die Jahre von ihr ferngehalten, weil sie fälschlicherweise angenommen hatte, ihrer Tochter damit etwas Gutes zu tun, da sie ihr nichts bieten konnte. Und nun versuchte sie genau das noch einmal.

»Und wenn ich mich aber um dich kümmern will?«, erwiderte Georgia kämpferisch. »Wenn ich aus eigenem Entschluss bei dir bleibe?«

»Georgia, bitte«, flehte Star hilflos. »Ich möchte, dass du dein Leben lebst. Du sollst es nicht hier bei mir verschwenden, wenn mein Geist nach und nach verblasst.«

»Das ist keine Verschwendung«, beharrte Georgia. »Jahrelang hat ein Loch in meinem Herzen geklafft, von dem Tag an, als du gegangen warst. Mitten in mir drin. Und lange Zeit habe ich gedacht, Paris könnte dieses Loch stopfen, die Erfüllung meines großen Traumes könnte es stopfen. Nun hat sich herausgestellt, dass Paris und die Leitung des La Lumière Dorée nicht einmal annähernd die Form dieses Loches haben. Aber weißt du, was exakt diese Form hat?«

Star schüttelte stumm den Kopf.

»Die Erkenntnis, wer ich wirklich bin, das Bewusstsein, von dir geliebt zu werden, und hier mit dir zusammen zu sein.«

In Stars Augen stiegen Tränen auf, doch sie zögerte noch immer. »Ich befürchte einfach, dass du es irgendwann bereuen wirst«, flüsterte sie. »Jetzt denkst du noch, dass alles gut werden wird. Aber ich weiß, wie es ist, wenn man sich um einen Pflegefall kümmert. Das Ende mit Justine war zermürbend. Es war unglaublich hart. Und ich möchte einfach nicht, dass du mich so siehst. Das kann ich nicht von dir verlangen.«

»Du verlangst ja auch nichts«, stellte Georgia sanft fest. »Ich biete es dir freiwillig an.« Sie griff nach Stars Hand. »Es tut mir leid, dass ich beim letzten Mal einfach verschwunden bin. Ich war verletzt und wütend. Mir kam es so vor, als würdest du mich schon wieder verlassen, ohne dass ich etwas dagegen tun konnte. Deshalb schien mir die Vorstellung, hierzubleiben, zu schmerzhaft zu sein. Ich habe dich verlassen, bevor du mich verlassen konntest.«

»Ich verlasse dich ja nicht freiwillig«, wandte Star leise ein und drückte liebevoll Georgias Finger. »Ich würde alles dafür geben, wenn ich die Vergangenheit ändern und die Fehler korrigieren könnte, durch die du damals so schwer verletzt wurdest. Und ich würde alles tun, um das aufzuhalten, was jetzt mit mir geschieht.«

»Ich weiß.« Georgia seufzte schwer. Sie ließ die Hand ihrer Mutter los und legte ihre Finger um den warmen Teebecher. »Aber das kannst du nicht. Wir können weder die Vergangenheit noch die Zukunft ändern, das weiß ich. Aber ein Gedanke geht mir einfach nicht mehr aus dem Kopf. Zu lieben heißt doch immer, auch mit Verlust konfrontiert zu werden, oder? Liebe und Verlust gehen Hand in Hand. Eines Tages muss jeder seinen liebsten Menschen Lebewohl sagen, oder aber sie verabschieden sich von uns. Das ist unausweichlich.« Sie strich über den Henkel ihres Bechers. »Als Kind habe ich die Sonntagsschule der Baptisten besucht, deshalb weiß ich, dass der Tod nicht das Ende ist. Er ist lediglich ein Tor, das wir alle irgendwann durchschreiten müssen. Wenn wir sterben, lebt unsere Seele weiter, und auch wenn wir durch den Tod getrennt werden, sehen wir uns eines Tages wieder. Also ist der Tod nur ein ›Bis später‹. Aber selbst ein ›Bis später‹ kann hart und schmerzhaft sein. Ich habe dich bereits einmal verloren, ich will dich nicht schon wieder verlieren, nachdem ich dich gerade erst wiedergefunden habe.« Georgia warf ihrer Mutter einen ernsten Blick zu. »Ich wünschte, ich könnte deine Krankheit heilen. Ich wünschte, wir könnten noch viele gemeinsame Jahre erleben. Aber wenn dieser Wunsch nicht in Erfüllung gehen kann, will ich wenigstens noch so viel Zeit wie möglich mit dir verbringen. Und wenn du deine Augen zum letzten Mal schließt, wenn wir uns mit diesem letzten ›Bis später‹ voneinander verabschieden, möchte ich an deiner Seite sein und deine Hand halten.«

Star blinzelte krampfhaft und schniefte ein wenig. »Das habe ich nicht verdient«, stellte sie fest. »Als Mutter habe ich versagt. Deshalb habe ich deine Liebe und deine Fürsorge jetzt wirklich nicht verdient.« Angestrengt starrte sie auf ihre im Schoß verschlungenen Finger.

Georgia ließ sich Zeit mit ihrer Antwort. »Ja, du hast mich im Stich gelassen«, befand sie schließlich. »Und ehrlich gesagt bin ich immer noch wütend auf Daddy und dich. Ich kann gar nicht ganz begreifen, was ihr getan habt und was es mich gekostet hat. Damit kämpfe ich, seit ich von hier fortgegangen bin. Aber am verwirrendsten ist wohl die Tatsache, dass ich einerseits wütend auf dich bin, dich aber andererseits liebe und bei dir sein möchte. Es ist paradox. Trotzdem ist mir in den vergangenen Wochen etwas klar geworden.«

Sie musste wieder daran denken, wie ihr Vater beinahe übergroß im Gästezimmer von Stars Cottage vor ihr gestanden hatte, den Stetson in der Hand, und ihr erklärt hatte, warum er Star verzeihen konnte. *Die Zeit vergeht, und wir werden entweder weicher oder wir verknöchern*, hatte er gesagt. *Es wird Zeit, die Last abzulegen.* Weise Worte zum Thema Vergebung aus dem Mund eines Mannes, dem sie noch immer nicht ganz verzeihen konnte.

»Ihr habt mich beide im Stich gelassen«, fuhr sie fort, »jeder auf seine Weise. Aber das ist eine andere Geschichte. Durch eure unterschiedliche Art der Liebe und Fürsorge habt ihr mich geprägt. Du hast mir das Erbe der Stevensfrauen geschenkt und die Gabe der Freude. Du hast mir Julia und den Traum von Paris geschenkt. Und als du fort warst, hat mir Daddy ein stabiles und sicheres Zuhause geschenkt. Das sind keine Kleinigkeiten. Zwischen all dem Schlechten meiner Kindheit findet sich auch viel Gutes, das ihr als Eltern bewirkt habt. Es war eine bunt gemischte Wundertüte.«

»Das ist es immer«, seufzte Star. »Das Leben ist eine Wundertüte.«

»Und ich lerne gerade, dass Familien ebenfalls wie eine Wundertüte sind«, fügte Georgia mit einem trockenen Lächeln hinzu. »Eine komplizierte, manchmal nervtötende, liebevolle, frustrierende, aber unbezahlbare Wundertüte.«

Star nickte. »Allerdings, ja.«

»Ich möchte nicht an diesem Schmerz und dieser Wut festhalten, bis sie sich irgendwann in Bitterkeit verwandeln«, erklärte Georgia entschlossen. »Ich möchte nicht verknöchern. Du hast mir wehgetan. Daddy und du, ihr habt unsere Familie kaputt gemacht. Eure Fehler haben mir eine Menge genommen, aber ich entscheide mich dafür, euch zu vergeben und weiter an unserer Beziehung zu arbeiten, denn du bist meine Mutter. Und diese Beziehung ist es wert. Du bist es wert. Ich liebe dich nicht, weil es bequem oder einfach wäre. So funktioniert Liebe nicht. So funktionieren Familien nicht. Ich entscheide mich für dich, Mama, und zwar mit dem Chaos und dem Schmerz der Vergangenheit.« Mit einem durchdringenden Blick versuchte sie, ihrer Mutter begreiflich zu machen, was sie meinte.

Star schwieg einen Moment, dann fragte sie unsicher: »Und du willst das wirklich? Bist du dir ganz sicher?«

Georgia nickte. »So sicher war ich mir noch nie.«

»Es wird nicht leicht werden«, warnte Star. Eine Mischung aus Demut und Hoffnung leuchtete in ihren Augen auf.

»Dinge von Wert sind niemals leicht zu erringen«, zitierte Georgia eine von Bucks Lieblingsweisheiten.

Trocken lächelnd stellte Star fest: »Zumindest in diesem einen Punkt sind dein Vater und ich uns einig.« Wieder stieß sie einen schweren Seufzer aus, mit dem ihr Widerstand endgültig zu brechen schien. Georgia spürte, dass sie gewonnen hatte, und begann zu strahlen.

»Wie wäre es mit einem Honigtoast? Toast macht alles besser.«

Zögernd fragte Georgia: »Dein selbst gebackenes Brot?«

Star schüttelte den Kopf. »Leider nur gekauft.«

Georgia grinste. »Klingt wundervoll.«

Vor ihnen lag ein schwieriger Weg, das wusste Georgia. Sie hatte weder Wohnung noch Einkommen, und Star stand eine lange, zermürbende Krankheit bevor. Aber erst einmal waren sie zusammen. Und in diesem kurzen, warmen, strahlenden Moment war einfach alles perfekt.

41

Früh am nächsten Morgen ging Georgia im hellen Sonnenschein zu Coles Blockhütte hinunter, um ihm einen Teller mit frischen Blaubeermuffins zu bringen. Der Jetlag hatte sie um vier Uhr früh geweckt, also hatte sie beschlossen, sich nützlich zu machen, hatte in der Küche Zutaten zusammengesucht und gebacken, bis die Uhr eine vernünftige Zeit anzeigte. Zwar wusste sie nicht, wie Cole auf ihr frühes Erscheinen reagieren würde, doch ihrer Erfahrung nach gaben frische Muffins so ziemlich jeder Situation einen Schubs in die richtige Richtung.

Sie war am Vortag bis zum Abend bei Star geblieben und mit der letzten Fähre nach Friday Harbor zurückgefahren. Star hatte ihr erklärt, dass Übernachtungsgäste in ihrem neuen Zuhause nicht erlaubt seien, hatte aber darauf bestanden, dass Georgia im Cottage in Friday Harbor wohnen solle, bis der Verkauf in ein paar Wochen vollzogen werde. Außerdem hatten sie vereinbart, dass Star am kommenden Nachmittag nach Friday Harbor kommen werde, damit sie sich gemeinsam Gedanken über ihre Zukunft machen konnten. Deshalb blieben Georgia nun noch ein paar Stunden, bis ihre Mutter eintraf, und sie hatte beschlossen, Cole ein kleines, essbares Friedensangebot zu überbringen.

Feiner Nieselregen tränkte das Gras und blieb an Haaren und Wimpern hängen. Georgia klopfte energisch an die Tür der Blockhütte. Sie öffnete sich, und im grauen Morgenlicht stand Cole vor ihr – wie immer ohne Hemd, nur mit einer abgetragenen grauen Pyjamahose bekleidet. Er hielt einen Pfannenwender in der Hand, und Georgia stieg der Duft von brutzelndem Speck in die Nase.

»Du bist schon wach«, stellte sie fest.

»Du schon wieder«, entgegnete er leicht belustigt. Georgia schob sich an ihm vorbei und kam ihm dabei so nahe, dass sie die Wärme seiner Haut spüren konnte. Lief dieser Mann im Haus eigentlich grundsätzlich oben ohne herum? Das war irritierend. Sie stellte die Muffins in der Kochnische ab und setzte sich auf das Bett. Eine Weile musterten sie sich schweigend; keiner von ihnen schien zu wissen, wie man das Schweigen brechen sollte. Wie viel hatte er an dem Abend eigentlich gesehen, als sie vor ihm in der Badewanne gestanden hatte? Georgias Bauchgefühl ging davon aus, dass es ziemlich viel gewesen war. Beim Gedanken daran wurde sie rot.

»Dein Speck brennt an«, bemerkte sie schließlich. Hastig fuhr Cole herum und beförderte die Speckstreifen murmelnd aus der Pfanne auf einen Teller. Georgia ließ ihn dabei nicht aus den Augen. Dabei musste sie wieder an ihre letzte Begegnung mit Etienne denken, bei der sie erkannt hatte, was sie in Wahrheit für Cole empfand. Das machte ihr ein wenig Angst. Sie hatte Etiennes Selbstsucht Coles ruhige, verlässliche Fürsorge und Zuvorkommenheit gegenübergestellt. Natürlich sah er auch umwerfend aus, doch es war mehr als nur das. Er war ein guter Mann, im besten Sinne des Wortes: intelligent, loyal und trotz seines oft mürrischen Auftretens auch äußerst warmherzig, wie sie nach und nach herausfand.

Und jetzt waren sie hier. Zusammen. Was bei ihrer Abreise nach Paris noch schier unmöglich erschienen war, wurde plötzlich greifbar. Aber sie hatte keine Ahnung, wie er dazu stand. Bei ihrer letzten Begegnung in dieser Blockhütte waren heftige Worte gefallen. Was empfand er jetzt noch für sie? Hoffentlich ... Nein, eigentlich wusste sie gar nicht genau, was sie sich erhoffte. Doch offenbar schaffte sie es auch nicht, sich von ihm fernzuhalten.

»Speck?« Er drehte sich zu ihr um und streckte ihr den Teller entgegen. Auf einer dicken Lage Küchenpapier, die das überschüssige Fett aufsaugte, ruhten verführerisch glänzende Speckstreifen.

»Danke.« Sie nahm sich das am wenigsten verbrannte Stück und biss hinein; dass Cole sie dabei aufmerksam beobachtete, entging ihr nicht.

»Wie ist es mit Star gelaufen?«, erkundigte er sich, während er den Teller zum Tisch trug.

Georgia knabberte weiter an ihrem Speck, musste dabei aber wieder an den Kuss beim Austerngelage denken. Was nicht gerade konzentrationsfördernd war.

»Ich habe ihr gesagt, dass ich hierbleiben werde«, begann Georgia, »und dass ich mich um sie kümmern möchte, wenn die Krankheit ausbricht.«

Cole nickte. »Und wie lange?«

»Solange ihr noch bleibt.«

»Hast du denn eine Vorstellung davon, worauf du dich da einlässt?«, fragte er vorsichtig. Seine Augen wurden schmal. »Und wie hart das werden kann?«

Entschlossen nahm Georgia die Schultern zurück und reckte das Kinn. »Nein«, gab sie ehrlich zu. »Aber ich weiß, dass ich keinen einzigen Augenblick mit ihr verpassen will. Und ich kneife nicht, wenn es schwierig wird.«

Cole zog überrascht eine Braue hoch. »Das glaube ich dir sofort. Aber wie soll das in der Praxis funktionieren?« Er zog sich einen Stuhl vom Tisch heran, setzte sich rittlings darauf und sah sie an.

Diese Frage nahm Georgia den Wind aus den Segeln. »Keine Ahnung.« Ihre Schultern sanken mutlos herab. »Ich hatte gehofft, dass du vielleicht ein paar Ideen beisteuern könntest. Ich brauche auf jeden Fall eine Wohnung für Star und mich und einen Job.« Sie biss sich auf die Unterlippe. Das waren schon beängstigende Aussichten. Ihr Blick wanderte zum Fenster und dann hinauf zum Haus. »Ich wünschte nur, ich wäre hier gewesen, bevor Star verkauft hat«, sagte sie traurig. »Ich weiß doch, wie viel ihr das Cottage bedeutet. Und ich werde es ebenfalls vermissen. Für mich ist es auch schon ein richtiges Zuhause geworden.«

Cole griff nach dem dunkelsten Speckstreifen auf dem Teller. »Es ist sicher nicht leicht, es aufzugeben«, nickte er. »Ich habe ihr angeboten, ihr so gut es geht zu helfen, wenn sie nicht verkauft und bleibt. Aber Star hat darauf beharrt, dass sie bei fortschreitender Krankheit mehr Unterstützung brauchen wird, als ich leisten kann. Deshalb hat sie alles so vorbereitet, dass sie die nötige Pflege bekommt, wenn es so weit ist. Ich finde es traurig, dass sie das Haus aufgibt. Es war irgendwie auch mein Heim.« Resigniert biss er in seinen Speck.

Georgia räusperte sich. »Dann sollten wir uns wohl besser mal auf dem Arbeits- und Wohnungsmarkt hier umsehen. Irgendwelche guten Tipps?«

»Die Muschelbude unten in der Stadt kann immer jemanden für die Fritteuse gebrauchen«, witzelte Cole mit einem schiefen Grinsen.

Empört verpasste ihm Georgia einen Klaps auf den Arm. »Eher friert die Hölle zu.« Als sie sich vorbeugte, um sich noch ein Stück Speck zu stibitzen, bemerkte sie die halb gepackte Reisetasche auf dem Tisch. Daneben lag ein ordentlich gefalteter Stapel mit Kleidung. »Willst du verreisen?«

»Äh … ja, so ist es.« Fast schon zerknirscht rieb sich Cole den Nacken und erklärte: »Ich fliege diese Woche nach San Francisco wegen eines … Stellenangebots.«

Überrascht starrte Georgia ihn an. »Du willst die Insel verlassen?« Ihr Herz wurde so schwer, dass es beinahe die Bodendielen durchschlagen hätte.

Verlegen gestand er ihr: »Nach unserem letzten Gespräch bin ich ins Grübeln geraten. Und mir ist klar geworden, dass du recht hattest. Ich habe tatsächlich zugelassen, dass meine Scham wegen dem, was ich Amy angetan habe, mein Leben zum Stillstand gebracht hat. Und dass ich meine Zeit sinnlos vergeude. Dann bin ich zu dem Schluss gekommen, dass ich aktiv Abbitte leisten sollte, indem ich versuche, die Welt ein kleines bisschen besser zu machen, anstatt mich nur hier draußen zu verstecken und Muscheln zu züchten. Die Austernzucht macht mir Spaß, es ist ein nachhaltiges und ökologisch einwandfreies Geschäft. Aber ich wollte schon immer in größerem Rahmen etwas bewirken, durch global nutzbare Ökotechnik, so wie ich es früher getan habe. Also habe ich mich ein wenig umgehört, ein paar Leute angerufen, und ein alter Freund hat tatsächlich etwas von einem neuen Forschungsprojekt gehört, das genau in meinen Bereich fällt. Es geht um Algen.«

Noch immer fassungslos rief Georgia: »Das ist ja großartig, Cole! Ich freue mich so für dich.« Gleichzeitig erfüllte sie der Gedanke, dass er fortging, mit bitterer Trauer. Wenn sie sich ihre Zukunft hier auf der Insel ausgemalt hatte, war er immer ein Teil davon gewesen. Plötzlich erschien ihr das Leben um einiges einsamer.

»Dann sollte ich dich jetzt wohl besser doch Dr. Cabot Montgomery nennen, oder?«, fragte sie neckend, um ihre düsteren Gefühle zu kaschieren.

»Vielleicht, ja.« Er wirkte plötzlich verlegen. »Aber Dr. Cabot Montgomery bin ich doch eher im beruflichen Umfeld. Hier auf der Insel ist mir Cole nach wie vor lieber.«

»Jedenfalls bin ich froh, dass du neue Wege einschlägst.« Nachdenklich sah sie ihn an. »Aber ich kann kaum glauben, dass du die Insel verlässt.«

»Als Star nach Lopez übergesiedelt ist, gab es irgendwie kaum noch etwas, das mich hier gehalten hätte«, erwiderte er offen. Gleichzeitig bekam sein Blick etwas Fragendes.

»Hättest du denn gerne etwas, das dich hier hält?« Eine gewagte Frage. Georgia war nicht einmal ganz sicher, was sie hören wollte, hatte keine Ahnung, was er dachte. Gut, sie hatten sich geküsst. Mehr als einmal. Ungefähr ein Dutzend Mal. Und jeder dieser Küsse war umwerfend gewesen, die Art von Kuss, bei dem die Erde bebt. Aber seitdem war viel geschehen. Hatte es ihm überhaupt etwas bedeutet, oder war dieser Abend einfach nur eine nette Anekdote für ihn gewesen, eine winzige Fußnote in seinem Leben?

»Das hängt wohl davon ab, was genau das wäre.« Seine Antwort schien eine Frage zu enthalten. Er sah sie durchdringend an.

Einen Moment lang war Georgia versucht, einfach mit der Wahrheit herauszuplatzen. Ihm auf den Kopf zuzusagen, wie sehr sie ihn mochte. Wirklich sehr. Und dass sie ständig an ihn denken musste. Dass in all ihren Zukunftsplänen mit Star auch er immer irgendwie dazugehörte. Dass es sie schmerzte, wenn er ging. Sie wollte, dass er blieb. Sie wollte ihn. Punkt, aus, Ende.

Aber wenn er nun die Chance hatte, seinen Traum zu leben, und nicht mehr wie ein bußfertiger Mönch in seiner kleinen Blockhütte versauerte … Sie verkniff sich ihr Geständnis. Für ihn war das genau der richtige nächste Schritt. Bloß weil sie sich in ihn verliebt hatte, hatte sie nicht das Recht, ihn hier festzuhalten. Wäre die Situation eine andere gewesen, hätte vielleicht etwas ganz Besonderes zwischen ihnen entstehen können, aber sie durfte ihn nicht bitten, auf der Insel zu bleiben; nicht, wenn er dafür diese Chance aufgeben musste. Er musste seinem Leben wieder einen Sinn geben. Und das wiederum hieß, dass sie ihn gehen lassen musste.

»Du solltest das machen«, sagte sie also, konnte ihn dabei aber nicht ansehen. »Das ist deine zweite Chance. Und dabei sollte dir nichts und niemand im Weg stehen.«

Sie spürte, wie er aufstand und sich neben sie setzte; die Sprungfedern ächzten unter seinem Gewicht, und sie fühlte seine Schulter dicht an ihrer eigenen.

»Da gibt es allerdings ein Problem«, sagte er ernst. Überrascht drehte sie sich um und sah ihn an. Erstaunlich, wie warm seine eisblauen Augen sein konnten. »Es gibt bereits jemanden, der mir dabei im Weg steht«, gestand er leise. »Und dieser Jemand ist ein ziemlich großes Hindernis.«

»Oh. Wer denn?« Irgendwie wusste sie plötzlich nicht mehr, wie sie richtig atmen sollte.

»Als ich dich an dem Abend in dieser Wanne gesehen

habe, Georgia …« Cole hielt kurz inne, und ein fast schon widerwilliges Grinsen huschte über sein Gesicht. »Duschvorhänge stehen dir übrigens hervorragend, du kannst das tragen.«

»Vielen Dank.« Georgia schluckte. Wo sollte das hinführen? Und warum saß er so dicht neben ihr? Da die Matratze unter ihm nachgab, kippte sie leicht in seine Richtung. Und irgendwie war ihr schwindelig.

»Dich wiederzusehen, hat mir etwas bewusst gemacht«, fuhr er fort.

»Und was?«, brachte sie atemlos hervor.

»Dass ich genau dort sein möchte, wo du bist.«

Überrascht sah sie zu ihm hoch. »Wirklich?«

Cole nickte lächelnd. Georgias Herz machte einen Satz; sie fühlte sich plötzlich so leicht, dass sie zu schweben glaubte.

»Aber was ist denn mit dem Job in San Francisco?«

»Ich gebe zu, das ist ein Problem.« Seine Stimme klang rau. »Aber jetzt, wo ich dich wiederhabe, will ich dich nicht noch einmal gehen lassen. Hättest du vielleicht eine Idee?«

Sie wandte sich ihm zu, sodass sich ihre Nasen beinahe berührten. »Du musst das tun, was du liebst, und ich muss für Star da sein, und zwar hier«, betonte sie möglichst nachdrücklich. Was schwer war, denn er roch so gut. Sie schnüffelte verstohlen. Speck. Wie sollte man denn bitte schön einem Mann widerstehen, der nach frischem Kaffee, Meer und Speck roch? »Angeblich steigert eine räumliche Trennung ja die Sehnsucht.« Sie räusperte sich hastig. Warum war sie plötzlich so wirr im Kopf? Und heiß war ihr auch. »Vielleicht sollten wir diese Theorie auf die Probe stellen?«

»Das habe ich bereits«, erwiderte er in gespieltem Ernst. »Und sie ist valide. Ich habe dich mehr vermisst, als ich es jemals wieder für möglich gehalten hätte.« Nun war das Verlangen in seinen eisblauen Augen nicht mehr zu übersehen. »Wenn du nicht zurückgekommen wärst, wäre ich dir vermutlich nach Paris gefolgt.«

»Wirklich?« Das Atmen fiel ihr immer schwerer. Und warum war es in dieser Blockhütte nur so verdammt heiß?

Cole lehnte sich ein wenig zurück, um sie besser ansehen zu können. »Von dem Moment an, als du mir damals in Paris dein Barbecuezeug in die Smokingtasche gestopft hast, wusste ich, dass du die umwerfendste und anstrengendste Frau bist, die mir jemals begegnet ist.« Seine Mundwinkel zuckten. *»Je suis tombé amoureux de toi«*, fügte er in recht passablem Französisch hinzu.

Ich habe mich in dich verliebt.

Georgia riss die Augen auf. »Nun ja, für mich bist du der attraktivste, sturste, miesepetrigste und gleichzeitig warmherzigste geniale Wissenschaftler-Schrägstrich-Austernzüchter, dem ich je begegnet bin«, platzte es aus ihr heraus.

Cole lachte. »So wurde ich noch nie genannt.«

»Du treibst mich in den Wahnsinn, aber ich kann einfach nicht aufhören, an dich zu denken«, fuhr Georgia fort. »Außerdem hat sich dein Französisch eindeutig verbessert.«

Sein Blick streifte ihre Lippen. »Nach dem Smoking-Debakel habe ich hart an meinen Sprachkenntnissen gearbeitet, damit nicht noch mehr Fleisch mit Soße in meinen Taschen landet.« Mit einem amüsierten Funkeln in den Augen erklärte er: »Ich spreche auch Deutsch, und mein Japanisch ist ebenfalls nicht schlecht.« Es schien ihm schwerzufallen, etwas anderes anzusehen als ihren Mund.

Georgia beugte sich vor. »Sag mal … kannst du denn genauso gut küssen, wie du Französisch sprichst? Irgendwie ist mir das entfallen …« Cole umfasste mit einer Hand ihren Hinterkopf und zog sie zu sich heran.

»Besser«, antwortete er leise. »Viel besser.« Dann küsste er sie.

Zum zweiten Mal in ebenso vielen Wochen glaubte Georgia zu spüren, wie der Boden unter ihren Füßen bebte. Sie schmeckte Speck, Kaffee und Cole. Als er nun den Arm um ihre Taille schlang und sie an sich drückte, übertönte Georgias überraschtes Quieken sogar das Ächzen der Bettfedern, die gegen die plötzliche Gewichtsverlagerung protestierten. Ihre Welt bestand nur noch aus seinen köstlichen, festen Lippen. Georgias Arme legten sich wie von selbst um seinen Nacken, was Cole ein leises Stöhnen entlockte, während er sie weiter küsste, als wäre er zu nichts anderem in diesem Leben bestimmt. Georgia verlor jedes Zeitgefühl, als sie sich diesem Kuss hingab. Wenige Sekunden oder eine halbe Stunde … sie wusste nicht, wie viel Zeit verging, bis Cole sich schließlich von ihr löste.

»Was ich dir übrigens noch sagen wollte«, begann er, als er sich zurücklehnte; sein Atem ging so schnell, als hätte er gerade einen Hundertmetersprint hingelegt. »Die Anemone sucht schon wieder einen neuen Küchenchef. Anscheinend wurde die Köchin, die sich den Finger abgeschnitten hat, in Florida wegen einer Einbruchsserie gesucht. Sie wurde am Wochenende verhaftet. Myra hat mir gestern geschrieben und gefragt, ob ich jemanden wüsste.«

»Hmm …« Georgia ließ den Finger über seine Wange gleiten und studierte aufmerksam sein markantes Kinn, das jedem Zeitschriftenmodel Ehre gemacht hätte, und die eisblauen Augen, die eine solche Wärme in ihr aufsteigen ließen. Wie konnte das wahr sein?, fragte sie sich. Gerade eben erst war sie mit gebrochenem Herzen auf dieser Insel angekommen, ihr Leben ein einziger Scherbenhaufen, und nun war sie zum zweiten Mal hier, hatte ihre Mutter gefunden und kuschelte sich in den Arm dieses aufrichtigen, intelligenten, umwerfenden Mannes, bei dem sie regelmäßig weiche Knie bekam. Das war zu schön, um wahr zu sein. Doch sie genoss jede überraschende Minute davon. Nun sah sie Cole nachdenklich an. »In der Anemone zu kochen, wäre eine gute Ablenkung, während du in San Francisco bist«, stellte sie zögernd fest. Verstand er, was sie ihm damit anbieten wollte?

Grinsend strich er ihr eine Locke aus dem Gesicht. »Wird es dafür sorgen, dass du nicht in Schwierigkeiten gerätst?«

»Ich weiß nicht, ob das überhaupt möglich ist«, konterte sie lachend. »Irgendwie sind mir die Schwierigkeiten immer dicht auf den Fersen.«

»Solange ich dir noch dichter auf den Fersen bin, geht das in Ordnung«, raunte er leise und drückte ihr einen Kuss auf die Wange. »Ich könnte an den Wochenenden herfliegen. So weit ist es ja nicht, oder?«

»Wir überlegen uns etwas«, versprach Georgia überglücklich.

»Genau das wollte ich hören.« Cole hob sanft ihr Kinn an und küsste sie – schon wieder.

42

Wie wahrscheinlich ist es wohl, dass wir zwei Paar Salz- und Pfefferstreuer brauchen werden, ganz egal, wo wir am Ende wohnen?« Georgia kniete auf dem Küchentresen in Stars altem Haus und fischte noch ein Paar Gewürzstreuer vom obersten Brett des Hängeschranks. Sie streckte ihrer Mutter die Keramikstreuer in Form von Pilzen und das teuer aussehende Paar aus geschliffenem Glas entgegen. »Welche willst du behalten?«

Auf der anderen Seite des Raumes blickte Star von der Kiste mit Küchenutensilien auf, die sie gerade zuklebte, und kniff abschätzend die Augen zusammen. »Pilze behalten, Kristall spenden. Die Pilzstreuer habe ich in Nordkalifornien gekauft, als Justine und ich gerade aus Arizona an die Küste gekommen waren. Sie erinnern mich an unsere Reise und die Suche nach einem echten Zuhause.« Seufzend ließ sie sich auf die Fersen sinken und sah sich wehmütig in der Küche um. »Ich dachte eigentlich, ich wäre bereit, diesen Ort loszulassen, aber es tut weh, auch nur daran zu denken.«

Pollen hatte sich neben ihr auf dem Laminat ausgestreckt und döste. Als sie nun Stars traurigen Tonfall hörte, hob die Hündin den Kopf, bellte leise und drückte ihre feuchte schwarze Nase gegen Stars Knie. Im Radio trällerte Joan Baez leise *The Wild Mountain Thyme*. Bedrückt wickelte Georgia die Pilzstreuer in ein Stofftaschentuch.

Wenn sie doch nur früher zurückgekommen wäre. Wenn sie doch gar nicht erst gegangen wäre. So mussten sie nun auf die Schnelle eine Wohnung finden, da die neuen Besitzer das Haus bald übernehmen würden. Doch bisher hatten sie noch nichts in Aussicht. Schon seit einer Woche war sie wieder auf der Insel, und sie hatten jeden Tag gesucht. Ohne Erfolg. Es gab nur sehr wenige Mietobjekte hier, und die waren teuer. Aber ihnen blieb keine andere Wahl. Star hatte schon vor Georgias Ankunft den Kaufvertrag unterschrieben, und heute würde der Makler die letzten Unterlagen vorbeibringen, die Star noch gegenzeichnen musste. Es war also definitiv zu spät, um das Haus zu retten.

»Es tut mir so leid, dass ich nicht früher zurückgekommen bin«, murmelte Georgia reumütig.

Star holte mehrere Backbleche aus einem der unteren Schränke. Kopfschüttelnd versicherte sie: »Den Umzug habe ich schon geplant, bevor du überhaupt hergekommen bist. Nach meiner Diagnose stand fest, dass ich den alten Kasten nicht mehr lange würde halten können. Ja, es fällt mir schwer, loszulassen, schwerer als erwartet. Aber so ist das Leben nun einmal. Wir werden etwas Neues finden und dort neue Erinnerungen schaffen. Am wichtigsten ist doch, dass wir zusammen sind.« Trotzdem wirkte sie traurig, als sie nun einige Backformen in eine Kiste packte.

Georgia brachte die Kristallstreuer vorsichtig zu der Box, in der sie die Spenden sammelten, und warf danach einen Blick auf ihr Telefon. Heute waren Star und sie allein, denn Cole war gerade in San Francisco, um mehr über den Job in Erfahrung zu bringen, den man ihm angeboten hatte. Dass er diesen Schritt in ein neues Leben wagte, erfüllte Georgia mit Stolz, aber sie vermisste ihn ganz schrecklich. Und diesmal war er nur für ein paar Tage fort. Wie sollten sie die wesentlich längeren Trennungsphasen überstehen, wenn er den Job annahm? Diesmal fand sie eine Nachricht von ihm:

Esse gerade Sushi. Wünschte, du wärst hier.

Du fehlst mir auch. Iss ein paar für mich mit, antwortete sie, ergänzt durch etliche Herz-Emojis. Sie schob das Telefon zurück in die Tasche und schnappte sich einen Glaskrug. Joan war inzwischen zu *A Hard Rain's A-Gonna Fall* übergegangen. Was für ein deprimierender Soundtrack zu ihrer Packaktion.

Plötzlich klopfte es an der Haustür. Leicht verspätet hob Pollen den Kopf und bellte warnend, dann sprang sie auf und lief zur Tür.

»Kommen Sie rein, wir sind hier hinten«, rief Star. Wenig später streckte Stars Immobilienmakler Ken den Kopf durch die Küchentür, leicht bedrängt von Pollen. »Ich wünsche einen schönen Nachmittag, die Damen.« Er kam herein, betrachtete das allgemeine Chaos und deutete mit dem Hefter, den er in der Hand hielt, auf die Kisten. »Sie packen bereits, wie ich sehe?«, fragte er mit einem angespannten Lachen.

»Wir dachten, wir fangen besser früh an.« Star erhob sich, stemmte die Hände auf die Knie und bog ächzend den Rücken durch. »Sind das die letzten Dokumente, die ich noch unterschreiben muss?«

Plötzlich wirkte der Makler verlegen. »Nun ja, deshalb bin ich hier.« Er befeuchtete seine Lippen und ließ den Blick durch den Raum huschen. »Es hat sich … äh … ein kleines Problem ergeben.«

»Was für ein Problem?«, fragte Star überrascht. »Sie sagten doch, die Gutachten seien alle in Ordnung.«

»Oh, ja, die sind voll und ganz in Ordnung«, beteuerte Ken. »Äh ... nein ... dieses Problem ist ein wenig schwerwiegender. Also, Star, das lässt sich wohl nicht in schöne Worte packen. Die Käufer treten von dem Vertrag zurück.«

»Wie bitte?« Fassungslos starrten Star und Georgia den Makler an.

»Sie treten vom Kauf zurück? Wieso denn?«, wunderte sich Star.

Hilflos spreizte der Makler die Finger. »Ich war ebenso überrascht wie Sie. Anscheinend haben die Käufer heute Morgen von einer anonymen Quelle gleich mehrere beunruhigende Umweltgutachten zugespielt bekommen, die dieses Grundstück betreffen. Ihr Makler hat mir eine Kopie dieser E-Mail geschickt. So etwas ist mir noch nie untergekommen – eine ganze Ladung an Erdbebenprognosen, Regenmengenberechnungen und Bodenprobenanalysen. Zwar wissen die Käufer vermutlich nicht einmal bei der Hälfte dieser Gutachten, was sie genau zu bedeuten haben, aber sie wurden dadurch offenbar stark verunsichert. Sie haben ihren Makler angerufen und sich sehr besorgt gezeigt wegen des Säuregehalts im zu sandigen Boden und wegen der Nährstoffarmut. Außerdem liegt die Insel angeblich in einer Zone mit erhöhter seismischer Aktivität, was zu einem enormen Tsunamirisiko führt. Ich bin kein Wissenschaftler und habe die Hälfte davon selbst nicht verstanden, aber das Ergebnis ist eindeutig. Sie treten vom Kauf zurück. Ich habe ihnen gesagt, dass sie dann ihre Anzahlung verlieren werden, aber sie sind hart geblieben. Anscheinend wollen sie jetzt lieber nach Arizona ziehen. Sowohl ihr Makler als auch ich haben versucht, sie umzustimmen, aber vergeblich.« Ken war sichtlich verwirrt. »In all meinen Jahren als Immobilienmakler ist mir so etwas noch nie passiert. Es tut mir wahnsinnig leid, Star, aber das Geschäft ist geplatzt.«

Star und Georgia sahen sich an, dann stießen sie einen Freudenschrei aus. »Das ist die beste Nachricht, die ich seit Langem bekommen habe«, verkündete Star. Pollen tanzte um sie herum, bellte fröhlich und wedelte mit dem Schwanz.

Nun wandte sich Star an Georgia. Mit Tränen in den Augen stellte sie fest: »Die Gewürzstreuer können wir dann wohl wieder auspacken.« Mit einem leisen Lachen fügte sie hinzu: »Sieht so aus, als müssten wir nicht umziehen.«

Während Star und Pollen den nun noch verwirrteren und sich weiterhin entschuldigenden Ken zur Tür begleiteten, sah Georgia sich um. Überall standen halb gefüllte Kisten herum, daneben stapelten sich Backutensilien. Voller Erleichterung und Dankbarkeit schaute sie aus dem Fenster und auf die Bucht hinaus. Sie hatte so eine Ahnung, wer die ominösen Gutachten verschickt hatte. Ein absolut brillanter Schachzug.

»Das beweist nur wieder, dass du tatsächlich ein genialer Wissenschaftler bist«, murmelte sie vor sich hin. Nun konnte Star ihr Heim behalten und Georgia sich eines einrichten. Das bedeutete ihr unglaublich viel.

Sie holte ihr Telefon aus der Tasche und schickte Cole eine Nachricht.

Gerade ist etwas Seltsames passiert: Die Käufer sind vom Vertrag zurückgetreten. Eine anonyme Quelle hat ihnen erschreckende Gutachten über Bodenproben und Tsunamis zugeschickt!

Es dauerte nicht lange, bis eine Antwort kam.

Muss wohl Captain Planet gewesen sein.

Lächelnd schrieb Georgia zurück: *Brandheiße News – ich glaube, ich bin in Captain Planet verliebt.* Wieder mit Herz-Emoji. Ja, es ließ sich nicht länger leugnen: Sie hatte sich bis über beide Ohren in Dr. Cabot Cole Montgomery verliebt.

Star kam zurück, wie immer dicht gefolgt von Pollen. »Hm.« Sie musterte die Kisten, das Verpackungsmaterial und die Küchenutensilien, die sich überall stapelten. Entschlossen stemmte sie die Hände in die Hüften. »Tja, dann werden wir die Küche wohl mal wieder einräumen.«

Georgia nickte. »Sieht ganz so aus.« Sie wechselten einen langen Blick und grinsten erleichtert.

»Das ist fast wie ein Wunder«, stellte Star leise fest. »Aber wir wissen wohl beide, wem wir das zu verdanken haben, oder?«

Wieder nickte Georgia. »Ich kenne nur einen Menschen, der ein so bedrohliches Gutachtenpaket schnüren könnte«, antwortete sie mit leiser Ironie.

»Und bei dem der Magnesiumgehalt des Bodens zum Schreckgespenst wird«, lachte Star. »Richte Cole aus, wie dankbar ich ihm bin.«

»Wir beide«, betonte Georgia. Ihr fielen gleich mehrere höchst angenehme Möglichkeiten ein, um Cole ihre

Dankbarkeit zu zeigen, aber das musste alles bis zu seiner Rückkehr warten.

»Zum Auspacken brauchen wir aber fröhlichere Musik«, beschloss sie deshalb. Sie schaltete Joan mitten im Lied aus und wechselte vom Radio zu ihrem Handy. Als Édith Piaf ihr triumphierendes *Non, je ne regrette rien* erklingen ließ, holte sie schwungvoll die Backformen aus ihrer Kiste und stellte sie zurück in den Schrank. Nun kam alles wieder an seinen rechtmäßigen Platz. Auch Star.

»Ich hätte nicht gedacht, dass es so endet«, gab diese mit rauer Stimme zu.

Überrascht sah Georgia sie an. »Ich auch nicht.«

Hastig wischte Star sich die Tränen ab und schenkte ihrer Tochter ein Lächeln. Pollen lief schnüffelnd durch die Küche und klopfte wedelnd mit dem Schwanz gegen die Kisten und Schränke.

»Ich wollte das Haus nie wirklich aufgeben«, gestand Star leise.

»Ich weiß.« Voller Erleichterung sah Georgia ihre Mutter an. Diese plötzliche Wendung war schwer zu verarbeiten. Aber nun fühlte sich endlich alles richtig an. Unwillkürlich wanderte ihre Hand zu dem Amulett an ihrem Hals. Glaube, Hoffnung, Liebe und Glück. Ihr fiel wieder ein, wofür sie vor ihrer Abreise aus Paris gebetet hatte. Nun fügte sie ein zweites Gebet hinzu, das ihre Dankbarkeit darüber zum Ausdruck brachte, dass sich alles zum Guten entwickelte.

»Vor uns liegt trotzdem noch ein schwerer Weg«, warnte Star und drückte sanft Georgias Hand. »Das hier macht nicht automatisch alles gut.«

»Das stimmt.« Georgia umfasste die starken Finger ihrer Mutter. Gemeinsam blickten sie auf die Bucht hinaus, auf die silbrigen Wellen, die gegen die Felsen schlugen. Durch das offene Fenster drang leise das Summen der Bienen zu ihnen herein, die sich irgendwo zwischen den Zweigen der dunklen Tannen herumtrieben. Begleitet wurden diese Laute der Zufriedenheit von einer kühlen, salzigen Meeresbrise. »Es wird nicht immer leicht sein, aber wir stehen das zusammen durch«, versprach Georgia entschlossen. »Und zwar genau hier, wo wir hingehören.«

Epilog

Drei Jahre später

Zweimal Muscheln mit Fenchel, kann raus, River«, rief Georgia und warf noch einen prüfenden Blick auf die Schüsseln, bevor sie sie dem Kellner reichte. Schnell schob sie sich mit dem Handrücken eine schweißfeuchte Locke aus der Stirn. Obwohl der Maitag draußen bewölkt war, hatten sie die Küchentür der Anemone offen gelassen, damit die kühle Meeresbrise hereinwehen konnte – und ein wenig Erleichterung von der Hitze des Gasherdes brachte. Georgias Souschefin Fatima richtete gerade glasierte Apfelscheiben mit Sellerie und Ziegenkäse an, dazu eine Paste aus gerösteten Walnüssen und ein Nest aus kandierten Lachsstreifen. Ebenjenes Gericht, das Georgia Michel in Paris serviert hatte. Seit sie vor knapp drei Jahren hier in der Küche das Ruder übernommen hatte, war es zu einer der bekanntesten Vorspeisen der Anemone avanciert.

Nun nahm sie den Krug mit der Crème Anglaise – abgeschmeckt mit lokalem Brandy und Stars Honig – und richtete drei Portionen Îles Flottantes an. Wie alles, was in der Anemone serviert wurde, war das ursprünglich französische Rezept mit einem Hauch San Juan Island modernisiert worden. Georgia arbeitete schnell und präzise. Die Touristensaison hatte begonnen, und das Restaurant war voller Mittagsgäste. Georgia mochte es, wenn das Haus voll war. Zum einen sicherte das den Fortbestand der Anemone, zum anderen machte die Arbeit so auch noch mehr Spaß. Von der kribbelnden Anspannung in der Küche bekam sie nie genug. Und wenn sie ihre Gäste mit köstlichem Essen verwöhnt hatte, trat sie am späten Abend unter den klaren Sternenhimmel hinaus und kehrte zum Cottage zurück. Dort schlich sie dann die Treppe hinauf, lauschte kurz an der Tür, hinter der Star und Pollen friedlich schnarchten, und ging anschließend in ihr fröhlich gelbes Schlafzimmer am anderen Ende des winzigen Flurs. Dort ließ sie sich erschöpft in ihr Bett fallen und kuschelte sich an das warme, schlafende Forschergenie, das zum Austernmann und dann wieder zum Wissenschaftler geworden war.

Apropos …

»Cole ist da«, meldete Fatima, während sie einem Kellner zwei Portionen Algensalat in die Hand drückte.

Georgia legte vorsichtig das Baisergebäck auf die cremige Vanillesoße.

»Hi, Captain Planet«, begrüßte sie ihn, als er durch die Küchentür trat. Heute trug er Arbeitskleidung: hohe olivgrüne Gummistiefel, wasserfeste Hose und eine wasserfeste Steppjacke mit unzähligen Taschen. Doch egal, was er anhatte, er sah immer so aus, als wäre er gerade einer Werbeanzeige entsprungen. Georgia liebte das.

»Wie geht es meiner Lieblingsköchin?«, fragte er.

»Rundum gut. Wie war das Probensammeln?« Sie streckte ihm die Wange hin, auf die er sofort einen festen Kuss drückte. Seine dunklen Bartstoppeln kratzten auf ihrer Haut. Er roch nach Algen und Salz, mit einer feinen Fischnote. Und er sprühte vor Leben. Nichts machte ihn glücklicher, als sich durch Wasser und Schlamm zu kämpfen, um die Welt zu retten – Kelpwald für Kelpwald.

»Sehr erfolgreich. Wir haben ein paar richtig gute Proben bekommen.« Sein Blick huschte über die Arbeitsflächen, wohl auf der Suche nach einem Snack. Nach einem Vormittag auf dem Wasser war er immer ausgehungert.

»Wasch dir gefälligst die Hände, bevor du in meiner Küche etwas anfasst«, befahl Georgia streng, musste dann aber doch lächeln. »In diesen Gummistiefeln bist du ganz der sexy Wissenschaftler, weißt du?« Sie musterte ihn anerkennend.

Mit einem fröhlichen Grinsen schrubbte Cole seine Hände, dann stibitzte er sich ein Gougère mit Räucherlachs und schob es sich in den Mund. »Du stehst eben auf Gummi«, stellte er mit einem anzüglichen Zwinkern fest. »Pass bloß auf, sonst hole ich die orangefarbene Hose raus.« Er nahm sich noch ein Gougère. »Inzwischen haben wir eine ganze Menge wertvoller Daten, die wir ans Forschungszentrum schicken können. Die Jungs in San Francisco meinten, bisher hätten wir die besten Untersuchungsgrundlagen geliefert.« Das schien ihm zu gefallen. Bei seiner Reise nach San Francisco vor drei Jahren hatte er das Jobangebot angenommen, allerdings unter der Bedingung, dass man ihm erlaubte, auf San Juan Island eine eigene Forschungsstation einzurichten. Zum Glück gab es in den Gewässern rund um die Insel jede Menge Algen, wodurch sie für das Projekt zu einem interessanten Standort wurde. Nun musste er ungefähr einmal im Monat nach Kalifornien, arbeitete ansonsten aber hier auf der Insel. Zufrieden wie ein Fisch im Wasser fuhr er die küstennahen Gewässer ab, beobachtete, nahm Messungen vor und setzte sich mit aller Kraft für den Schutz des fragilen Ökosystems ein. Sein Beitrag zur Entwicklung umweltfreundlicher Technologien und Innovationen, die möglicherweise global Wirkung zeigten, verschaffte ihm eine tiefe innere Befriedigung.

»Angeblich wurden Orcas gesichtet; die J-Herde soll auf dem Weg hierher sein, mit einem neuen Kalb. Es ist ein gutes Jahr für die Lachse, also wird es wohl auch ein gutes Jahr für die Orcas«, berichtete er nun.

»Und das wiederum heißt, es wird ein gutes Jahr für uns«, stellte Georgia zufrieden fest.

Ungefähr ein Jahr nachdem Georgia als Küchenchefin in der Anemone angefangen hatte, hatten Cole und sie das Restaurant von Myra übernommen, da diese verkaufen wollte. Myra konzentrierte sich jetzt ganz auf ihren kleinen Ökobauernhof, von dem die Anemone einen Großteil ihrer Produkte bezog, seien sie nun angebaut oder gesammelt. Diese Verbindung brachte Vorteile für alle. Georgia und Cole hielten an dem Grundkonzept des nachhaltig betriebenen Restaurants fest, das eng mit den Inseln verbunden war und im Einklang mit ihren ökologischen Gegebenheiten agierte. Die Orcaherden brachten viele Touristen, von denen einige in der Anemone essen und sich anschließend zu einer der von Dr. Cabot Cole Montgomery geführten Inseltouren anmelden würden, auf denen der angesehene örtliche Ökologe ihnen den Einfluss des Menschen auf die Natur vor Augen führte.

»Îles Flottantes sind fertig«, rief Georgia und streute noch einen Teelöffel voll Honigstreusel über das Dessert. River eilte herbei und brachte die Schalen in den Gastraum hinüber.

Cole folgte ihm. »Ich mache heute Nachmittag mal wieder die Runde«, verkündete er, bevor er im voll besetzten

Speisesaal verschwand. Mehrmals pro Woche kam Cole ins Restaurant und unterhielt sich ein bis zwei Stunden lang mit den Gästen, um ihnen die Philosophie der Anemone darzulegen und ihnen von der wundervollen und einzigartigen Natur hier auf der Insel zu erzählen, die sie so unbedingt schützen wollten. Er liebte es, über die Inseln und die Orcas zu sprechen, und – welch ein Wunder – er kam bei den Gästen immer sehr gut an. Sicherlich waren diese Gesprächsrunden zum Teil dafür verantwortlich, dass die Anemone bei Yelp zum bestbewerteten Restaurant von San Juan Island aufgestiegen war. Georgias hervorragende regionale Küche erledigte den Rest.

Nun holte sich Georgia vom Regal an der Wand einen mittelgroßen Topf, hielt dann aber inne und tauschte ihn gegen einen größeren aus.

»Beginne stets mit einem größeren Topf, als du zu brauchen meinst«, flüsterte sie vor sich hin, denn in ihrem Kopf erteilte ihr Julia Childs fröhliche Stimme gerade genau diesen Rat. Heutzutage sprach sie nicht mehr so oft mit Julia. Es war nicht mehr nötig. Außerdem wusste sie ziemlich genau, was Julia zu all dem hier sagen würde. Doch hin und wieder spürte sie noch, wie ihre Schutzpatronin mit einem zufriedenen Lächeln über das fröhliche Küchengeschehen in der Anemone wachte.

An der Außentür klopfte es kurz, dann streckte Star den Kopf in die Küche.

»Georgia May? Ich habe hier deine Gemüselieferung.«

Sie trug eine Wolltunika, Gummistiefel und eine grüne Leinenschürze, auf die das Logo von Myras Hof gedruckt war: Bayview Farm. Die langen grauen Locken hatte sie mit einem Stück Schnur zusammengebunden, trotzdem ringelten sie sich wild um ihr Gesicht. Sie war braun gebrannt und kräftig und strahlte über das ganze Gesicht.

»Hi, Mama«, begrüßte Georgia sie. »Bring die Sachen einfach rein. Im Kühlraum ist noch Platz.«

Hinter Star tauchte Pollen auf und versuchte sofort, sich an ihr vorbei in die Küche zu schieben. Aber Star versperrte ihr mit einem Knie den Weg. »Lass es sein, Pollen. Keine Hunde in der Küche, das weißt du doch«, rügte sie den Labrador, um dann nahtlos fortzufahren: »Myra hat mich zusammen mit dem bestellten Rucola und deinem Spargel hergefahren. Außerdem haben wir heute schöne Walderdbeeren gefunden. Ich dachte mir, die willst du sicher auch haben.«

Georgia wischte sich die nassen Hände an ihrer Kochjacke ab. »Danke, Mama. Ich nehme alles, vor allem die Erdbeeren.«

»Okay, dann bringe ich die Sachen mal rein.« Leise einen Protestsong aus den 1960ern pfeifend verschwand Star Richtung Parkplatz, dicht gefolgt von Pollen.

Als Myra Star einen Job als Hilfsgärtnerin auf ihrem Hof angeboten hatte, war das für alle ein Segen gewesen. Mit fortschreitender Krankheit hatte Star das Geschäft mit den Kunden auf der Insel aufgeben müssen, doch die Arbeit auf der Bayview Farm machte ihr viel Freude und gab ihr etwas zu tun. In Myra hatte sie eine verständnisvolle und geduldige Chefin, die mit ihren Gedächtnislücken und vorübergehenden Verwirrtheitszuständen umzugehen wusste, und Myra wiederum profitierte von Stars besonderer Gabe. Zwar schien sie nicht ganz zu begreifen, was es mit Stars magisch anmutendem Händchen für Pflanzen auf sich hatte, aber sie hatte Georgia schon mehr als einmal beinahe ehrfürchtig berichtet, dass sie niemals zuvor so prachtvolles Gemüse, so saftige Pfirsiche oder so süße gelbe Beete gehabt habe. Wenn sie eifrig beteuerte, Star müsse einen magischen grünen Daumen haben, gab Georgia ihr einfach lächelnd recht. Immerhin stimmte es in gewisser Weise. Und da sie nun wusste, dass ihre Mutter nicht nur glücklich und produktiv war, sondern auch gut versorgt, konnte sie sich ganz auf die Leitung des Restaurants konzentrieren. Während der drei Jahre seit ihrer Diagnose hatten sich bei Star zunehmend starke Symptome gezeigt. Sie wurde nach und nach immer vergesslicher, und das Zittern ihrer Hände wurde mit jedem Monat stärker. Die immer weiter um sich greifende Krankheit war eine echte Herausforderung, trotzdem betrachtete Georgia jeden einzelnen Tag mit ihrer Mutter als Geschenk. Sie stellten sich diesen Schwierigkeiten gemeinsam und machten das Beste aus der Zeit, die ihnen noch blieb.

»Hier kommen deine Köstlichkeiten«, rief Myra, als Star und sie nun kistenweise Gemüse hereintrugen und im Kühlraum verstauten. Auf dem Weg zur nächsten Runde stellte Myra ein Kistchen vor Georgia ab, in dem sorgsam auf Stroh gebettete Walderdbeeren leuchteten.

»Die hat deine Mutter heute Morgen im Wald entdeckt und extra für dich gepflückt«, berichtete sie lächelnd, bevor sie hinausging, um den Rest der Lieferung zu holen.

Aus dem Gastraum drangen Coles tiefe Stimme und das Gelächter der Gäste herüber, die er gerade umgarnte. Pollen saß winselnd, aber brav draußen vor der Tür und streckte nur den Kopf in die Küche. Ihr hoffnungsvolles Schwanzwedeln ließ Georgia schwach werden, und sie warf ihr ein Lachs-Gougère zu, das ein wenig zu dunkel geraten war. Glücklich schmatzend tappte die Hündin davon.

Mitten im hektischen Küchenbetrieb hielt Georgia für einen Moment inne. Halb damit rechnend, eine Handvoll Kleeblätter darin zu finden, schob sie tastend die Fingerspitzen in die Tasche ihrer Kochjacke. Nein, alles leer. Sie brauchte den Klee aber auch nicht mehr. Er hatte ihr die Richtung gewiesen. Nun war sie zu Hause angekommen und lebte jeden Tag ihren Traum. Aus wahrer Herzensfreude teilte sie hier ihr kulinarisches Feuer mit anderen, weil sie von all dem Guten, das ihr beschert worden war, etwas abgeben wollte. Allein in den letzten Tagen hatte sich im Restaurant ein Paar spontan verlobt, eine Frau hatte vor allen Gästen von ihrem untreuen Ehemann die Scheidung verlangt, und ein junger Mann, der gerade für den Medizinertest büffelte, hatte seinen Eltern bei der Mandelcreme mit Rosmarinreduktion (inspiriert durch Michels Rezept) verkündet, dass er nach Hawaii ziehen und einen Surfshop eröffnen wolle. In der Anemone wurde es nie langweilig. Jeder Tag hatte seine Höhen und Tiefen, brachte Freuden und Herausforderungen. Und Georgia liebte es. Selbst wenn es schwierig wurde, sah sie sich oft staunend um und konnte kaum fassen, dass dies nun ihr Leben war. Und noch immer spürte sie Tag für Tag die Freude und den Zauber.

Georgias Finger glitten über das Amulett an ihrem Hals, das abgegriffene Kleeblatt. Während sie das Metall rieb, schickte sie ein Dankgebet aus. Glaube, Hoffnung, Liebe und Glück – das Rezept für ein Leben voller Magie. Früher hatte sie geglaubt, das durch genaue Planung und ständiges Streben erreichen zu können, durch messbare Erfolge. Heute wusste sie, wie sehr sie sich geirrt hatte. Das wahre Rezept für ein Leben voller Magie war ganz simpel. Nicht einfach, aber simpel: Arbeit, bei der man den Zauber und die Freude spürte; ein leichtes Herz und Großzügigkeit gegenüber den Mitmenschen; Liebe zu schenken, so gut man es vermochte. Danach hatte sie in Wahrheit immer gesucht. Und so schmeckte das Leben, das für Georgia einst so bitter gewesen war, nun süßer als je zuvor.

Rezepte

Georgias einfaches und köstliches französisches Omelett

Diese üppige, cremige Version der klassischen französischen Eierspeise lässt sich in wenigen Minuten zubereiten.

1 EL Butter
2 große Eier
Salz und Pfeffer nach Geschmack
1 EL frisch gehackte Petersilie

Nach Belieben: Ziegenkäse, Räucherlachs, Schinken, Brie, geschmorte Pilze und alles, was sich gut mit Ei kombinieren lässt.

1. Eine beschichtete Pfanne bei mittlerer Hitze auf den Herd stellen und ein bis zwei Minuten anheizen. Butter in die Pfanne geben und so lange schmelzen, bis sie Blasen wirft, aber noch nicht braun wird. Je nach Herd dauert das ungefähr eine Minute. (Es ist wichtig, dass die Pfanne ausreichend erhitzt wird, sonst klebt das Ei am Pfannenboden fest. Wenn die Butter braun wird, verleiht das dem Omelett allerdings eine unangenehme Geschmacksnote.)

2. Während die Butter schmilzt, zwei Eier aufschlagen und mit einer Gabel verquirlen, bis Eiweiß und Eigelb sich vollständig verbunden haben. Salz und Pfeffer zugeben.
3. Durch Schwenken der Pfanne Boden und Seiten mit der flüssigen Butter überziehen, dann die Eier hinzugeben und die Pfanne leicht kreisen lassen, bis die flüssigen Eier den Boden gleichmäßig bedecken.
4. Ungefähr fünf Sekunden warten, bis die Eier Blasen werfen, dann die Pfanne etwa zehn Sekunden lang auf der Kochplatte kräftig vor- und zurückziehen. Dadurch löst sich das Omelett vom Pfannenboden und faltet sich zusammen, sodass es garen kann.
5. Nun ist das Omelett auf einer Seite fertig gegart und auf der anderen herrlich cremig. Auf einen Teller geben oder aber in der Pfanne wenden, wenn es besonders gut durchgegart sein soll. Noch ein paar Sekunden garen lassen und dann auf einen Teller geben.
6. Mit der Petersilie garnieren und nach Belieben den Ziegenkäse oder weitere Zutaten Ihrer Wahl hinzugeben. Guten Appetit!

Georgias liebste (nicht salzige) Mousse au Citron

Süß, zitronig und luftig wie ein Wölkchen – diese scheinbar simple Zitronenmousse ist ein leichtes und doch dekadentes Dessert. Sie werden jeden Löffel davon genießen. (Solange Sie darauf achten, nicht Zucker und Salz zu verwechseln! ☺)

8 Eier (4 ganze, 4 getrennt in Eiweiß und Eigelb)
1¼ Tassen Zucker
¼ TL Meersalz
Schalenabrieb und Saft von 4 mittelgroßen Zitronen
1 Tasse Schlagsahne
1 TL Vanilleextrakt

1. Zunächst ein *bain-marie* (Wasserbad) ansetzen, indem man einen großen Topf ein paar Zentimeter hoch mit Wasser füllt. Sanft erhitzen. Später stellt man einen kleinen Topf oder eine hitzebeständige Glasschüssel hinein, in der die Zitronenmischung durch die indirekte Wärme des Wassers erhitzt wird. Keine Sorge, es ist ganz einfach!
2. Folgende Zutaten in der Schüssel oder dem kleinen Topf verquirlen: vier Eier, vier Eigelb (die übrigen 4 Eiweiß werden später noch gebraucht) sowie eine Tasse Zucker.
3. Nun Salz, Zitronensaft und Zitronenabrieb hinzuge-

ben und die Mischung gründlich verrühren, bis sich alles auflöst.

4. Topf oder Schüssel in das Wasserbad stellen und bei mittlerer Hitze unter ständigem Rühren etwa zehn Minuten kochen, bis die Zitronenmischung eindickt und die Konsistenz von flüssigem Pudding annimmt.
5. Die Mischung durch ein feines Sieb in eine große Schüssel geben (so werden Fruchtfleisch und Abrieb der Zitronen entfernt, und die Mousse wird schön glatt und seidig), dann mindestens eine Stunde im Kühlschrank kaltstellen.
6. Die restlichen vier Eiweiß und ¼ Tasse Zucker in eine Schüssel geben. Mit dem Handrührgerät schlagen, bis sich eine feste Masse bildet.
7. Das geschlagene Eiweiß mit einem Pfannenwender vorsichtig unter die Zitronenmasse heben. Beiseitestellen.
8. Sahne und Vanilleextrakt mit dem Handrührgerät verrühren, bis die Masse fest wird. Vorsichtig unter die Zitronenmischung heben, bis alles eine einheitliche Masse ergibt. Hurra, Sie haben eine Mousse!
9. Füllen Sie die Zitronenmousse in eine dekorative Schüssel oder verteilen Sie sie in Servierschälchen und stellen Sie sie mindestens ein bis zwei Stunden kalt. Garnieren Sie die Mousse mit Beeren, ein wenig Lemon Curd oder Schlagsahne. Guten Appetit!

Danksagung

Zunächst einmal danke ich meinen wundervollen Leserinnen und Lesern, die sich für Georgias Geschichte entschieden haben! Ich fühle mich zutiefst geehrt, denn sie liegt mir sehr am Herzen. Neben einer Liebesgeschichte ist es auch eine Mutter-Tochter-Geschichte und eine Geschichte über Identitätssuche, Fehlschläge und Vergebung. In ihrem Kern beschäftigt sie sich mit den komplexen Verflechtungen von Familien und der Frage, wie man reagieren sollte, wenn man von einem Menschen verletzt wird, den man liebt. Oder wenn wir einen Menschen verletzen, den wir lieben. (Und ist uns das nicht allen irgendwann schon einmal passiert?) Wie können wir uns selbst und anderen solch schmerzhafte Fehler verzeihen? Wie können wir diese Beziehungen aufrichtig und mitfühlend fortführen? Diese Geschichte ist für all jene gedacht, die Schmerz und Scham der Vergangenheit überwinden möchten und hart daran arbeiten, verzeihen zu können, um dann ihre Beziehungen auf eine gesunde, gütige und einfühlsame Art weiterzuführen. Solltet ihr euch angesprochen fühlen, macht nur so weiter. Ich jubele euch zu, denn ich arbeite ebenfalls daran. Falls ihr mehr darüber erfahren wollt, besucht meine Website rachellinden.com und registriert euch für regelmäßige Updates. (Ich schicke euch auch ein Gratiskochbuch mit meinen Lieblingsrezepten!) Oder kontaktiert mich einfach. Auf Facebook findet ihr mich unter facebook.com/authorrachellinden und bei Instagram unter @rachellinden_writer. Kommt, lasst uns Freunde werden!

Und nun … *un grand merci* an die wundervollen Menschen, die mir dabei geholfen haben, dieser Geschichte Leben einzuhauchen und sie zu den Lesern zu bringen: an meinen superduper Agenten Kevan Lyon, der einfach nur großartig ist; an meine entzückende und verständnisvolle Lektorin Kate Seaver, die vollkommen mühelos jede Geschichte stärker und strahlender werden lässt. Ich danke Amanda Maurer und dem wundervollen Team bei Berkley – wahre Profis und tolle Menschen allesamt. Ich danke Ashley Hayes und Meagan Briggs, den genialen Köpfen hinter Uplit Reads. Außerdem danke ich den Bestsellerautorinnen Marie Bostwick und Katherine Reay, meinen superklugen und stets zuverlässigen Co-Hosts bei der extrem lustigen Autoreninterviewshow, die wir zusammen gegründet haben: @The10minutebooktalk (ihr findet uns auf Instagram, Facebook und YouTube). Ein weiterer Dank geht an meine großzügige und begabte Autorencommunity, darunter die wundervollen Damen von Tea & Empathy und die PNW Author Lunch-Crew. Für ihre überwältigende Unterstützung danke ich auch Debbie Macomber, Adele Macomber LaCombe, Kristy Woodson Harvey, Susan Meissner, Patti Callahan Henry und vielen anderen. Meine Autorenkollegen sind so kreative und gütige Menschen, ich bin noch immer überwältigt davon, mit ihnen befreundet sein zu dürfen! Und auch die Bookstagram-Gemeinde – aufrichtige Buchliebhaber mit einem famosen Stil. Natürlich danke ich auch meiner unglaublichen Mannschaft unabhängiger Buchhandlungen, darunter Watermark Book Co., Invitation Bookshop, Island Books, Magnolia's Bookstore, Queen Anne Book Company, Griffin Bay Bookstore (ja, den gibt es wirklich, und er befindet sich tatsächlich im wunderschönen Friday Harbor), Edmonds Bookshop und Brick & Mortar Books – ihr alle seid einfach die Besten! Ein besonderer Dank geht an: Katherine Walsh für ihr Expertenwissen über Paris und Victoria Greenstreet für ihre Erfahrung mit Profiköchen und dem Geschehen in Restaurantküchen. Außerdem danke ich der Westcott Bay Shellfish Company und Taylor Shellfish Farms dafür, dass ich bei ihnen eine äußerst schmackhafte Austernrecherche durchführen durfte und ihre Angestellten mir voller Geduld meine Fragen zum Thema Austern beantwortet haben. Sämtliche verbliebenen Fehler gehen auf meine Kappe. Bei Ladurée Paris bedanke ich mich dafür, dass man dort irgendwann einmal beschlossen hat, ein Orangenblüten-Macaron zu kreieren, das die Engel zum Singen bringt.

A und B – es ist ein Privileg und eine Freude, eure Mutter zu sein. Und Y, mein Lieblingsspeck, ich danke dir für fünfzehn wundervolle Jahre voller Liebe und Zusammenhalt.